Neapel, 1913. Die siebzehnjährige Leda geht an Bord eines Dampfers, der sie nach Buenos Aires bringen soll. Sie ist auf der Flucht vor der Vergangenheit – der Tod ihrer Cousine Cora ist ein Geheimnis, über das in der Familie nicht gesprochen wird. In Argentinien wartet ihr Ehemann Dante. Als sie jedoch in dem großen, fremden Buenos Aires ankommt, erfährt sie, dass Dante tot ist. Allein und ohne Geld, scheint ihre Lage aussichtslos. Sie nimmt die Geige ihres Vaters und verkleidet sich als Mann. Nur so gelingt es ihr, in einer Gruppe junger Musiker aufgenommen zu werden. Es sind die Anfänge einer ganz besonderen, tieftraurigen Musik: des Tangos. Eine Musik, die ausschließlich Männern vorbehalten ist. Je berühmter die Musiker werden, desto schwieriger ist es für Leda, ihr Geheimnis zu bewahren. Da begegnet sie ihrer großen Liebe... Darf sie ihre wahre Identität enthüllen? Auch wenn sie riskiert, alles zu verlieren?

Ein faszinierendes Frauenschicksal Anfang des letzten Jahrhunderts in Buenos Aires, Stadt des Tangos, der Hoffnungen und verlorenen Träume.

Carolina De Robertis hat lateinamerikanische Wurzeln, denn ihre Familie stammt aus Uruguay. Die 1975 geborene Autorin wuchs in England, der Schweiz und Kalifornien auf. Im Alter von zehn Jahren zog sie mit ihrer Familie nach Kalifornien, wo die Autorin heute noch lebt. Sie arbeitet für die Huffington Post und ist Übersetzerin aus dem Spanischen. Mit ihrem ersten Roman »Die unsichtbaren Stimmen« hatte sie ihren internationalen Durchbruch: Das Buch erschien in über 20 Ländern und stand in Deutschland 14 Wochen auf der Spiegel-Bestsellerliste. Ebenfalls von ihr stammt der Roman »Perla« über die Geschichte der »Verschwundenen« in Argentinien.

Weitere Informationen finden Sie auf www.fischerverlage.de

CAROLINA DE ROBERTIS

Die Tangospielerin

Roman

Aus dem Amerikanischen von
Adelheid Zöfel

FISCHER Taschenbuch

Erschienen bei FISCHER Taschenbuch
Frankfurt am Main, August 2017

Die Originalausgabe erschien 2015 unter dem Titel ›Gods of Tango‹
im Verlag Alfred A. Knopf, a division of Random House LLC, New York

Druck und Bindung: CPI books GmbH, Leck
Printed in Germany
ISBN 978-3-596-03339-3

Für Luciana

Und alles ist einig, uns zu verschweigen, halb als
Schande vielleicht und halb als unsägliche Hoffnung.
Rainer Maria Rilke, Duineser Elegien – Die zweite Elegie

Verwandelt die Empörung der Jahre in Musik.
Jorge Luis Borges

Wenn das Haus in Flammen steht,
wollen wir uns wenigstens daran wärmen.
Italienisches Sprichwort

Prolog

Dante starb als glücklicher Mensch – und als seltsamer. Jeder wusste, dass er mit einem Sarg im Haus lebte. Seit Jahren hatte man in Montevideo darüber spekuliert, warum dieser Sarg bei ihm herumstand: Dante ist ein Vampir. Er ist verrückt. Er hat wahnsinnig Angst vor dem Tod. Er bewahrt darin seine Geige auf, die eine Hexe verzaubert hat, deshalb geht nämlich allen das Herz auf, wenn er spielt, dieser alte Gauner. Was der wahre Grund für den Sarg war, wussten die Menschen nicht, sie konnten es nicht einmal ahnen.

Das Ende kam in der Küche. Plötzlich wurde sein Herz ganz verschwommen und nicht mehr klar erkennbar, als hätte ein riesiger Malerpinsel seine Brust durchbohrt und die Innenseite mit weißer Farbe zugeschmiert. Dante bekam keine Luft, tastete nach der Tischkante, griff ins Leere. Ein Klappern, irgendwo, weit weg.

Es war kein richtiger Schmerz, nur ein Druck, der ihn mit sanfter Gewalt zwang, in sich zusammenzusacken und alle seine Geheimnisse zu zertrümmern. Sein letzter Gedanke galt aber nicht diesen Geheimnissen, auch nicht der Musik oder Gott. Er galt nicht einmal der Frau, die sein Leben mit Freude erfüllt hatte.

Nein, Dante dachte an Cora. Cora, mein Liebling, *carissima*, komm näher. Bist du da? Nimm meine Hand. Wenn es ein Licht gibt, dann führe mich dorthin. Und auch wenn es kein Licht gibt, habe ich keine Angst, weil du ja da bist. Du. Du bist da. Strahlend. So wie du warst, bevor alles anfing.

Er ergriff Coras Hand. Und Cora lächelte, öffnete den Mund, und heraus strömte eine Explosion aus Licht.

TEIL EINS

1

UNO

Denk an nichts, denk an zu Hause

Leda kam am 4. Februar 1913 in Argentinien an, auf einem Dampfer, der zwanzig Tage vorher Italien hatte verschwinden lassen – das Land war von einem gefräßigen Ungeheuer namens Horizont verschluckt worden. An ihrem letzten Morgen an Bord zog Leda sich besonders sorgfältig an und verschloss ihren Koffer ganz fest, damit nichts, kein Ärmel, kein Dorfstaub, keine verirrte Erinnerung entwischen konnte, wenn der Gepäckträger kam und alles hinauf an Deck schleppte. Dann blieb sie eine Weile stumm sitzen.

Ihre Kabinengefährtin Fausta hatte die Laken unordentlich zerwühlt hinterlassen. Bestimmt war sie schon oben und reckte den Hals, um einen ersten Blick auf Buenos Aires zu werfen. Wenn Leda sie in dem Gedränge nicht finden konnte, dann sah sie Fausta vermutlich nie wieder. Eine komische Vorstellung, nachdem sie zwanzig Nächte die Kabine mit ihr geteilt hatte, mit dieser Frau, die nicht mit ihr verwandt war und die sie vor der Reise kein einziges Mal gesehen hatte.

Fremde Menschen. Fremdheit. Diese beiden Dinge bestimmten die Überfahrt nach América. Was würde ihre Mutter sagen, wenn sie hier bei ihr wäre, in diesem kleinen, stickigen Raum? Vielleicht: Da bist du also. Oder: Hier stinkt es wie im Stall. Oder: Du lieber Gott, Kind, setz deinen Hut richtig auf. Leda sagte sich, dass sie ihre Mutter irgendwann wiedersehen würde, genau wie ihren Vater und ihre Vettern und Cousinen, die

Onkel und Tanten und die unruhigen Libellenhände ihrer Urgroßmutter. Aber das stimmte nicht: In den kommenden Jahren und auf dem neuen Erdteil würde Leda viele, viele Dinge sehen, die sie in Staunen versetzten, die sie zerbrachen und wieder zusammenfügten, auf eine Art, wie sie es nie für möglich gehalten hätte – doch ihre Familie sollte sie nie wiedersehen.

Nun saß sie auf dem Koffer, der sie von zu Hause hierher begleitet hatte. So wenig befand sich darin. Zusammengefaltete Kleider. Ein paar Bücher. Ein Glas Oliven, eingelegt von der Frau des Bäckers. Haselnüsse, in Jute gewickelt. Die Geige ihres Vaters, die seit Generationen in der Familie weitervererbt wurde und nun das erste Mal Italien verließ, ein Geschenk für ihren neuen Ehemann.

Es war ihr Großvater, der ihr immer und immer wieder von dieser speziellen Geige erzählt hatte. Als könnte er durch das Erzählen den möglichen Verlust verhindern. Als wäre die Geschichte eingraviert in diese Geige, die von Hunderten Händen berührt, geliebt, benutzt, gestreichelt, gedrückt worden war. Die Geige war dazu geschaffen, ihre Besitzer zu überleben und deren Geheimnisse und Lügen zu bewahren. Stell dir vor, sagte der Großvater, diese Geige hat einmal dem König von Neapel gehört, bis 1501. Das ist wahr, glaub mir! Wie lange sie sich im Besitz der Königsfamilie befunden hat, weiß niemand. Aber es besteht kein Zweifel, dass sie, egal, was vorher war, auf jeden Fall Federico d'Aragona gehörte, dem letzten König von Neapel aus dem Hause Trastámara. Er war ein ruhiger, freundlicher Mann und nicht geeignet für die Auseinandersetzungen, in die er verwickelt wurde – zwei Nationen, Spanien und Frankreich, beide wetteiferten um den Thron, und seine Abstammungslinie war gefährdet, weil vor ihm sein Vater, sein Bruder und sein Neffe nur ganz kurz regiert hatten. Kannst du mir folgen, Leda? Federico wollte herrschen, aber wenn das Unglück es will, müssen sich nur deine Feinde verbünden, und schon bist du eingekesselt, ohne Fluchtmöglichkeit. Was kannst du da tun?

Ich werd's dir sagen. Entweder du stirbst augenblicklich, oder du haust ab und beginnst in einem anderen Land ein neues Leben, das heißt, du rettest wenigstens deine Haut. Und genau das hat Federico getan: Er ist geflohen. Direkt ins Exil. Aber nicht als freier Mann, versteht sich, sondern als Gefangener, flankiert von Soldaten. Doch ehe die Soldaten ihn holten, öffnete er sein Schlafzimmerfenster, und da stand er dann, vor ihm der weite Golf von Neapel, und er spielte Geige. Er spielte ein Klagelied, das aus dem roten Herzen der Erde aufzusteigen schien. Der einzige Mensch, der dieses Klagelied hörte, war ein Graf. Dieser Graf erzählte später jedem, der es hören wollte, es sei die traurigste, schönste Melodie gewesen, die er je in seinem Leben gehört habe. Als der König dieses Klagelied beendet hatte, übergab er dem Grafen seine Geige.

Behalten Sie meine Geige, sagte er. Ich habe mit der Musik abgeschlossen.

Zuerst wehrte der Graf ab. Aber was ist mit Ihren Söhnen?

König Federico schüttelte den Kopf. Die Geige muss hierbleiben.

Ob der König in den Jahren seines französischen Exils je auf einer anderen Geige spielte, weiß keiner, es ist ein Detail, das in den Mantelfalten der Geschichte verlorenging. Deshalb kann ich dir über diesen Aspekt der Ereignisse leider nichts sagen, liebe Leda. Der Graf jedoch behielt die Geige und vererbte sie in seiner Familie immer weiter, bis die Nachkommen schließlich 1815 das Instrument an meinen Urgroßvater verkauften, um irgendwelche Schulden zu tilgen. Zusammen mit der Geige wurde meinem Urgroßvater auch die Geschichte vom Klagelied des Königs von Neapel übergeben, wodurch das Instrument natürlich noch viel wertvoller wurde (wer weiß, ob das stimmt, dachte Leda, während sie ihm zuhörte, aber sie sagte nichts, weil es völlig klar war, dass ihr Großvater keine Sekunde am Wahrheitsgehalt seiner Erzählung zweifelte). Die Hände der Königs hatten also auf diesem Instrument gespielt, am letzten

Tag der Unabhängigkeit, als Neapel noch ein eigenständiges Königreich war. Was genau hat er gespielt, dieser Federico? Wie klang die Melodie? Wir werden es nie erfahren. So ist das mit Melodien: Sie schweben davon. Genau wie die Erinnerungen. Und der Körper. Die Erinnerungen, die Melodien und der Körper lösen sich auf, wenn wir sterben. Ein Musikinstrument ist nicht wie der Körper, sondern ganz anders. Es lebt weiter, wie die Seele.

Leda ging nach oben auf Deck. Es war ein schwülheißer Tag, und den Männern trat der Schweiß auf die Stirn. Es waren wesentlich mehr Männer an Bord als Frauen, und zum größten Teil waren sie sehr jung, wenn auch nur wenige so jung waren wie Leda mit ihren siebzehn Jahren. In ihren Augen leuchtete die Hoffnung, und überhaupt ging von allen eine leidenschaftliche Vorfreude aus. Dreihundertachtundsechzig menschliche Hochspannungsdrähte. Die Frauen waren in der Regel Ehefrauen, die in Buenos Aires ihre Ehemänner treffen wollten. So wie Fausta (und wie ich, dachte Leda, nicht vergessen, nicht vergessen, ich bin auch eine Ehefrau). Auf Deck herrschte großes Gedränge, so wie an dem Tag, als sie Neapel verließen. Keine flotten Kartenspiele mehr, um sich die Zeit zu vertreiben. Die Langeweile war im Meer versunken. Jetzt waren alle auf den Füßen, drängten sich an die Reling und reckten die Hälse, um das Land zu erspähen.

Argentinien. Leda stürzte sich ins Getümmel, schob sich vorwärts, in Richtung Geländer. Rechts von ihr murmelte eine junge Frau einen Rosenkranz. Links trocknete sich ein etwa Vierzigjähriger die Tränen, während der jüngere Mann neben ihm völlig unbeteiligt eine Zigarette rauchte. Oder mit perfekt gespielter Gleichgültigkeit, fand Leda. Seine Haltung wirkte extrem einstudiert. Sie atmete den Geruch von Schweiß und Tabak ein und den zuversichtlichen Duft von Eau de Cologne. Vor ihr, drei oder vier chaotische Reihen weiter, riefen zwei Männer einander zu, wie sehr das Land, das sie nun sahen, sie beeindruckte.

»*Che bella!* Wie schön!«

»Ja. Wunderschön.«

Immer und immer wieder sagten sie das, als würde die Wiederholung den Inhalt dieser Aussage bestätigen, bis sie stark genug war, um sie zu stützen, wenn sie das Schiff verließen. Ihre Stimmen woben sich durch das Jammern und Murmeln der Menge. Vorsichtig schlängelte sich Leda weiter. Ein Mann trat ein Stück beiseite, weil er offenbar genug gesehen hatte, und Leda schlüpfte in die entstehende Lücke, ehe sie sich wieder schließen konnte. Sie war wie ausgehungert und wollte unbedingt ein Stück Festland sehen, aber nicht irgendeines, sondern diese Neue Welt – Buenos Aires, ihr zukünftiges Zuhause. Im Verlauf der letzten drei Wochen hatte sie viele Stunden allein an der Reling verbracht, hatte auf den endlosen Ozean hinausgestarrt und sich vorzustellen versucht, was das für eine Stadt war. Sie wollte sich die gigantischen Gebäude ausmalen, aber ihr inneres Auge konnte nur die üppigen grünen Farne und die Bäume des Botanischen Gartens heraufbeschwören. Dort hatte Dante gleich nach seiner Ankunft ein Foto von sich selbst machen lassen, um es seiner Familie zu schicken. Beim sonntäglichen Mittagessen war das Foto herumgereicht worden, und alle hatten bewundernd und verträumt genickt.

Er ist wirklich dort, in Argentinien.

Er sieht glücklich aus.

Er ist viel zu dünn.

Schau dir mal diese Papageien an – die sind so riesengroß, dass sie ihn auffressen könnten!

Sei nicht albern, Mario. Die Papageien sind doch nicht echt. Das sind bunte Holzvögel.

Woher willst du das wissen?

Ich habe Augen im Kopf.

Du hast keine Ahnung, du Vollidiot.

Ich wollte nur –

Schluss jetzt, heute wird nicht gestritten, Himmelherrgott!, schimpfte Ledas Mutter.

Sollen wir seiner Braut erlauben, einen Blick auf ihn zu werfen?

Stimmt! Leda, willst du ihn sehen?

Das Foto wanderte zu Leda: Dante stand zwischen lauter seltsamen Farnen mit großen Wedeln, und dann waren da noch zwei grellbunte Papageien, die ihr unglaublich lebendig vorkamen, obwohl sie eigentlich ihrem Bruder glaubte, der das Gegenteil behauptete. Dantes Mund war zu einem fröhlichen Grinsen verzogen, und zwischen den Fingern hielt er eine nicht angezündete Zigarette. *Gehört alles mir!*, schien seine Haltung auszudrücken. Aber nur weil Dante an dieser Stelle einen Fotografen gefunden hatte, der ein Bild von ihm knipste, hieß das noch lange nicht, dass die ganze Stadt so aussah. Das war Leda klar. Jedenfalls einem Teil von ihr. Trotzdem leuchtete das Bild in ihrem Inneren.

Jetzt, auf dem Dampfer, fragte sie sich, wie es mit Dante sein würde, heute Abend. Ihr erstes Mal. Wie würde er sie berühren? Wie lange? Würde es weh tun, oder konnte sie es genießen, wie die Bräute in Balladen? Bestimmt musste sie an die weißen Feigen in ihrer Plantage denken, wie sie glänzten, wenn man mit dem Finger hineindrückte. Vielleicht dachte sie aber auch an gar nichts. Oder an zu Hause.

Eine Gruppe von Männern hatte offensichtlich genug gesehen von dem näher kommenden Festland, sie gingen zurück, und Leda konnte sich an die Reling lehnen. Der Wind peitschte ihr ins Gesicht und trieb salzige Luft in die Nase. Sie befürchtete schon, der Wind könnte ihr den blauen Hut vom Kopf reißen, obwohl sie ihn mit mehreren Haarnadeln festgesteckt hatte. Wenn sie den Hut verlieren würde, das wäre schrecklich – er war das Schönste, was sie je besessen hatte, mit echten Perlen bestickt, *passend für eine Braut*, hatte ihre Mutter gesagt. Also hielt sie ihn mit beiden Händen fest.

Während ihr Blick die Stadt in der Ferne verschlang, schienen die Leute um sie herum zu verschwinden (bestimmt ging es den anderen genauso: dreihundertachtundsechzig Italiener, die alle ihre eigenen Vorstellungen von Argentinien im Kopf mit sich herumtrugen). Buenos Aires, jenseits des Wassers. Die Gebäude waren immer noch so klein, dass man sie nicht genau sehen konnte, außer natürlich, dass sie da waren. Das heißt, sie und ihre Landsleute hatten zwar keine konkrete Vorstellung davon, was sie erwartete, wenn sie das Schiff verließen, aber alle wussten, dass da etwas war, eine richtige Stadt. Diese Stadt würde ihnen zeigen, wofür sie übers offene Meer gefahren waren und dass América mehr war als ein Märchen, das sich die Schifffahrtsgesellschaften und die Kartenverkäufer und die Verwandten mit ihren genau überlegten Briefen ausgedacht hatten. Aber auch wenn man sah, dass América existierte, hieß das noch lange nicht, dass gleich das wahre Geheimnis aufgedeckt wurde, ein Geheimnis, das viel schwerer zu entschlüsseln war, nämlich: Was ist América eigentlich?

Lange stand Leda an der Reling und schaute zu, wie Buenos Aires immer näher auf sie zukam, und weil sie es noch nicht wagte, sich die Straßen wirklich vorzustellen und wie sie selbst in die Gebäude und zwischen sie passen würde, malte sie sich lieber den Park aus, wo sie und Dante an den exotischen Farnen vorbeischlenderten und dicht aneinandergeschmiegt einschliefen, irgendwo unter den großen Wedeln, wie unter den Flügeln eines riesigen, gnädigen Schwans.

Ledas Hochzeit war kurz und schlicht gewesen. Vorüber, noch ehe der Geschmack der Abendmahlsoblate aus dem Mund verschwunden war. Da Braut und Bräutigam sich auf verschiedenen Kontinenten befanden, brauchten sie einen Stellvertreter. Dantes Vater, Ledas Onkel Mateo, übernahm am Altar die Rolle seines Sohnes. Leda trug ein einfaches Leinenkleid, das sie in aller Eile von ihrer Cousine geliehen hatte. Es war ihr zu kurz –

Leda war das größte Mädchen in Alazzano – und bauschte sich unpraktisch an den Hüften, aber insgesamt sah sie einigermaßen aus wie eine Braut, mit den weißen Nelken in der Hand und in den Haaren und mit der von Mamma geborgten Perlenkette um den Hals. Auf alle Fälle genügte ihre Erscheinung, um die versammelte Verwandtschaft und den melancholischen Priester zufriedenzustellen.

Leda hätte das Brautkleid ihrer Mutter anziehen sollen, wie es Sitte war, aber die Zeit hatte nicht gereicht, um es entsprechend zu ändern. Leda musste schnell heiraten und schon am nächsten Tag an Bord gehen. Obwohl ihre Mutter in ihrer Jugend längst nicht so füllig gewesen war wie jetzt, hatte sie doch auch damals schon üppige Kurven gehabt, was man an ihrem Hochzeitskleid merkte – eine verlockend sinnliche Figur, ganz anders als Leda mit ihren schmalen Hüften und ihrem flachen Busen. *Wie kann es sein, dass ich ein Mädchen auf die Welt gebracht habe, an dem nichts dran ist?*, seufzte ihre Mutter immer mal wieder.

Sie kannten beide die Antwort. Auf der väterlichen Seite gab es zwei Tanten, die berühmt waren für ihre großgewachsene, geschlechtslose Gestalt. Beide lebten ihr ganzes Leben als unverheiratete Jungfern. Die Leute nannten sie nur »die Nägel«, weil sie so lang und dürr waren, und außerdem waren sie ziemlich schroff und immer zusammen, als würden sie in dieselbe Schachtel gehören. Als Leda vor dem Altar stand und dem Gemurmel des Priesters zuhörte, glaubte sie, die Erleichterung ihrer Mutter mit Händen greifen zu können – die Erleichterung darüber, dass ihre Tochter heiratete und vor einem Leben als Nagel bewahrt wurde.

Allerdings war sie nicht sicher, ob dieses mütterliche Gefühl stärker war als der Kummer, dass sie eben diese Tochter sofort an ein unbekanntes, fernes Land verlieren würde. Seit Dantes Brief gekommen war: *Schickt Leda, ich bin bereit*, war Mamma eingehüllt in eine schwere, bittere Wolke.

»In Armut und Reichtum«, sagte der Priester.

»*Sì*«, sagte Zio Mateo.

»*Sì*«, sagte Leda, und ihre Stimme hallte vom Deckengewölbe wider, so dass die Heiligen in ihren Nischen zu zittern begannen.

Das Ehegelöbnis ging weiter. Zio Mateo schaute Leda nicht an. Er war immer schon ein undurchdringlicher Typ gewesen und gehörte zu den Männern, die irgendwo anders zu leben schienen als in ihrem eigenen Gesicht. Bei Familientreffen brütete er entweder schweigend vor sich hin, oder er hielt lange, leidenschaftliche Monologe, die niemand zu unterbrechen wagte.

Leda heiratete seinen Sohn, aber den Gesichtsausdruck ihres Schwiegervaters konnte sie nicht deuten, da war keine Nachricht für sie, kein Segen, auch kein Nichtsegen, nur eine leicht gelangweilte Bereitschaft, sie zu akzeptieren. Er machte den Eindruck, als würde er eine ziemlich nebensächliche Pflicht erfüllen, deren Resultat ihn nichts anging. Als würde er keinen Gedanken auf seinen jüngeren Sohn verschwenden, der in Argentinien lebte. Als würde er sich niemals fragen, wie Dantes Alltag aussah, ob seine Arbeit von Schweiß und Lärm geprägt war, ob die Nächte einsam waren und wie das Eheleben aussehen würde, das er nun begann. Hatte Mateo seine Rolle als Patriarch satt und maß deshalb dieser Zeremonie keinerlei Bedeutung bei? Besaß die Feier in seinem Inneren kein Gewicht? Oder empfand er sie sogar als Last? Der müde, angeschlagene Patriarch, der am Altar seine Pflicht erfüllte.

Aber er war eine wandelnde Lüge, ein Blender und Betrüger, und es ekelte Leda, ihm ihr Gelöbnis geben zu müssen, diesem Mann, der einen Familienfluch heraufbeschworen hatte, der so schlimm war, dass nicht einmal der Tod ihn durchbrechen konnte. Und der nun ihre Ehe belasten konnte, bevor sie überhaupt begonnen hatte. Sie musste sich immer wieder vorsagen, dass er nur der Vertreter des Mannes war, mit dem sie ihr Leben verband, doch der Widerwille blieb und verknotete ihren Magen und verfinsterte das hohe Kirchengewölbe.

Es war Winter, eine ungewöhnliche Zeit für eine Eheschließung, und als die Hochzeitsgesellschaft, die aus etwa fünfzehn Personen bestand, die Kirchentreppe zur Piazza hinunterging, stach die kalte Luft Leda ins Gesicht. Sie hatte sich vorgestellt, dass die Welt nach der Zeremonie anders aussehen würde als vorher, vielleicht von einem geheimen Leuchten erhellt, das nur verheiratete Paare wahrnahmen. Wie oft hatte man ihr versichert *Das verstehst du, wenn du groß bist* – und nun stand sie an der Schwelle zum Frausein. Doch der Zauber hatte nicht gewirkt. Die Welt war genauso wie vorher. Ihr Bruder Tommaso redete wie immer und brachte ihren Vater zum Lachen, aber Leda konnte nicht richtig verstehen, was sie sagten.

Papà hatte sich bei ihr untergehakt, und das tröstete sie irgendwie, die sanfte Berührung ihres Vaters, fast schüchtern, ein Vogel, der sich verirrt hat. *Ich schwöre, es stimmt*, sagte ihr Bruder, *es hat ihn exakt da erwischt – du weißt schon, wo.* Ihr Vater lachte wieder, vielleicht ein bisschen zu laut, er presste das Lachen aus seiner Kehle heraus. Mamma ging hinter ihnen und verbreitete Chaos. Die drei Kleinen schwärmten um sie herum, zusammen mit anderen Kindern und deren Müttern. Worüber redeten die Frauen? Leda schnappte Wörter wie *Enkel* und *Orangen* und *nie richtig reif geworden* auf. Die Stimmen wogten auf und ab, in melodischen, rivalisierenden Wellen.

Zio Mateo und sein ältester Sohn, Mario, gingen stumm vorneweg. Die Hochzeitsgemeinde überquerte die Piazza, die Schritte hallten auf demselben Kopfsteinpflaster wider wie immer, auf den abgerundeten, grauen, unregelmäßigen Steinen, über die schon ihre Vorfahren gegangen waren, auf dem Weg zur Messe oder um Schach zu spielen oder um in den Gemeinschaftszubern die Wäsche zu waschen. Das war so, seit der erste namentlich bekannte Dante Mazzoni 1582 aus seiner Heimat Puglia geflohen war – nachdem er sich bei einem gescheiterten Versuch, die spanische Herrschaft zu beenden, auf die Seite der französischen Bourbonen geschlagen hatte. Dadurch stand er plötzlich und unerwartet auf der falschen Seite des Gesetzes. Er ließ sich hier in Alazzano nieder, in diesem winzigen Dorf in einem Tal mit Feigenbäumen und Geistern und Olivenhainen.

Inzwischen besaß die Familie Mazzoni die Hälfte des Landes in der Umgebung dieses Dorfes und wurde trotzdem von Schulden und anderen Dämonen erdrückt. Mit dem Ergebnis, dass die junge Generation langsam, aber sicher verschwand, manche nach Übersee, manche ins Reich des Vergessens. Aber so ganz stimmte es nicht, wenn man sagte, das Land gehöre der Familie Mazzoni. Es gehörte einem einzigen Familienmitglied. Und das war Zio Mateo. Ledas Vater war der jüngere Bruder, Ugo, ein Besitzer von Nichts, ihm gehörte nicht einmal das Haus, in dem er wohnte – er lebte nur dort, weil Mateo es ihm in seiner Gnade gestattete, dieser Bruder, der alles geerbt hatte und dem Ledas Familie, Ugos Familie, zu verdanken hatte, dass sie atmen, essen und etwas anbauen durfte.

Wie raffiniert wir das Gift verbergen, dachte Leda, als die Gesellschaft Mateos Haus erreichte: Der Palazzo Mazzoni war das größte Gebäude im ganzen Dorf. Mateos Frau Crocifissa hatte Tischtücher, Teller und Besteck schon Stunden vorher ausgelegt und verschwand nun mit den anderen Frauen in der Küche. Leda wollte sich ihnen anschließen, aber die Tanten funkelten sie vorwurfsvoll an und versperrten ihr die Tür.

»Wo willst du hin?«

»Doch nicht heute!«

»Nicht in dem Kleid, was denkst du eigentlich?«

Im Wohnzimmer duftete es nach Rosmarinhähnchen, Tomatensoße und frisch gebackenem Kuchen. Die Männer zogen sich zurück, um zu rauchen, die Kinder rannten nach draußen, um zu spielen, und Leda fand einen Sessel in einer Ecke. Am liebsten wäre sie hinter den Kindern her gelaufen, hinaus in den Matsch. Sie heftete ihren Blick auf das Ölgemälde über dem Kamin: ein Weinberg unter strahlend blauem Himmel. Am

Rand des Weinbergs leuchtete auf den Blättern eines unglaublich großen Feigenbaums das Sonnenlicht.

Leda kannte diesen Baum. Er hatte am Rand von Zio Mateos Land gestanden, direkt an der Grenze zum Grundstück eines Nachbarn namens Don Paolo. Über diese Grenze hatten sich die beiden gestritten, ein Zwist, den sie von ihren Großvätern geerbt hatten. Don Paolo wollte den Feigenbaum unbedingt, weil die Früchte seiner Mutter besonders gut geschmeckt hatten. Nach endlosem Gezerre entschied ein lokaler Richter zu Zio Mateos Gunsten. Don Paolos Mutter verbreitete augenblicklich das Gerücht, der Richter sei bestochen worden. Nachdem Mateo also den Prozess gewonnen hatte, griff er zur Axt und fällte den Feigenbaum eigenhändig. Weil er es wollte und weil er es konnte. Und damit nie wieder jemand im Dorf die Früchte dieses Baums genießen würde. Auf dem Gemälde jedoch ragten die großen Blätter immer noch himmelwärts, und ihre fünf Abschnitte glichen Fingern, gespreizt in der Luft.

Leda rutschte unruhig auf ihrem Sessel hin und her. Hier im Wohnzimmer musste sie, ob sie wollte oder nicht, an Cora denken, die früher hier gewohnt hatte. Hier war Cora zu Hause gewesen. Wie konnte es einen Hochzeitstag geben ohne sie? Vor allem, wo Leda doch Coras Bruder heiratete! Cora war ihre geliebte Cousine, ihre Seelenschwester, die für sie das Tor zur Welt geöffnet hatte, als sie noch klein waren, damals, vor dem Albtraum, als ihre Gedanken und Träume so groß waren, dass sie zum Frühstück den ganzen Himmel hätten verspeisen können – sie hätten sich anschließend nur die Finger geleckt und sich noch mehr gewünscht. Cora schien das Weltinnere zu verstehen, auf eine geheimnisvolle Weise, die Leda unbedingt lernen wollte.

Cora hatte Leda die Haare frisiert und ihre Milch warm gemacht, wenn Mamma zu müde war. Sie hatte für Leda die Schlaflieder gesungen, die Mütter für kleine Mädchen singen, sie war mit ihr zum Fluss gegangen, um Wasser zu holen, und hatte ihr beigebracht, wie man sich verhält, wenn das Wasser flach, knöcheltief oder knietief war, ja sogar wenn es bis an die Schenkel reichte. Sie war so kühn gewesen, diese Cora, leuchtend wie ein Höllenfeuer in der Fastenzeit. Sie stand im Fluss, die Röcke gerafft, und lachte. Leda, die zwei Jahre jünger war als Cora, wartete näher am Ufer und hatte Angst, zu tief ins Wasser zu gehen. Sie starrte auf ihre Füße durch das kalte, durchsichtige Flusswasser, das floss und floss, immer weiter floss es, und es küsste ihre Haut, und Cora spritzte sie an und rief: *Komm schon, komm, es macht nichts, wenn dein Rock ein bisschen nass wird.*

Cora war eine Lehrerin von Geheimnissen gewesen und hatte ihr alles beigebracht, zum Beispiel wie man Hühner rupft (*du musst die Haut aufweichen,* sagte sie, *damit die Federn froh sind, dass sie raus dürfen, sie wehren sich nicht, wenn sie warm genug sind, tauch das Huhn in kochendes Wasser, die Hitze wirkt Wunder, dann kannst du das Tier von seinen Federn befreien*) und wie man liest. An Winterabenden las sie Leda laut vor, hier in diesem Wohnzimmer. Mit ihrer dunklen Honigstimme, jede Silbe so verführerisch. Mehr als alles liebte Cora die Bücher, in denen es um große Reisen ging. Die *Odyssee.* Das *Inferno. Die Geschichte der Jeanne d'Arc.* Am Ende angekommen, legte sie die Bücher beiseite und fing an, die Handlung mit ihren eigenen Worten nachzuerzählen, aus dem Gedächtnis und oft so ausgeschmückt, wie es ihr gefiel.

Odysseus band sich los und schwamm zu den Sirenen. Jeanne d'Arc floh aus dem Gefängnis, ehe sie auf dem Scheiterhaufen verbrannt werden konnte. Auf dem Weg durch die Hölle begegnete man den Toten aus dem Dorf, der Frau des Ladenbesitzers, dem Priester, der schon vor langer Zeit gestorben war, ihren Vorfahren, deren Namen in den Kirchenbüchern standen. Selbst die Hölle konnte einem Dorfmädchen, das sich nach Abenteuern sehnte, verlockend erscheinen, einem Dorfmädchen wie Cora. Hör zu, Leda, sagte sie immer, stell dir vor, du reist an Orte, wo dir nichts bekannt erscheint, nicht einmal dein eigenes Gesicht. Stell dir das vor! Und Leda stellte es sich vor. Als Cora neun war, erfuhr sie an den steinernen Waschtrögen auf dem Dorfplatz, dass Frauen immer wieder bluteten. Leda war damals sieben. Sie sagen, es tut weh, flüsterte Cora, und Leda erschrak. Hab keine Angst, sagte Cora. Ich fange vor dir an zu bluten, und wenn es dann bei dir losgeht, weiß ich längst, wie ich dir helfen kann. Aber es kam anders. Als Leda zu bluten anfing, war Cora nicht mehr da.

Innerhalb einer Stunde hatten sich noch viele zusätzliche Gäste der Hochzeitsgesellschaft angeschlossen. Sämtliche Dorfbewohner schienen da zu sein, hundertsieben an der Zahl, und außerdem noch einige Gäste aus den beiden Nachbardörfern, Monte Rosso und Trinità. Da es keinen Bräutigam gab, mit dem man reden konnte, wollten sich alle mit Leda unterhalten, ihr gratulieren und Fragen zu Argentinien stellen, die sie nicht einmal ansatzweise beantworten konnte. Die verheirateten Frauen bildeten einen unlösbaren Knoten um sie.

»Bist du fertig? Hast du schon alles gepackt?«

»Hoffentlich. Die Kutsche kommt ganz frühmorgens, bei Sonnenaufgang.«

»Bei Sonnenaufgang!«

»Dein Reisekoffer ist bestimmt randvoll.«

»Ist es dort kalt im Winter?«

»Nein, nein, Giovanna, da ist doch jetzt Sommer – verrückt, oder? –, das heißt, es ist warm, wenn sie hinkommt.«

»Ach so!«

»Selbst wenn es nicht warm ist – Dante wird ihr bald kräftig einheizen!«

Gelächter.

»Arme Braut – ist zwar schon verheiratet, muss aber noch warten.«

»Das Warten lohnt sich.«

»Ja, stimmt. Keine Bange, kleine Leda.«

»Glaub uns: Es wird dir gefallen.«

Wieder Gelächter.

»Leda, ich bringe dir Haselnüsse von meinem Gut. Für dich und für Dante – die könnt ihr dann nach deiner Ankunft gemeinsam essen.«

»Wie romantisch. Er kann sie für dich knacken.«

»Hahaha.«

»So hab ich es nicht gemeint!«

»Aber er wird's trotzdem tun.«

»Was wird er tun?«

»Muss ich es dir wirklich erklären?«

»Weißt du denn nicht Bescheid?«

»Das ist nicht lustig.«

»Aber, aber!«

»Na ja, sie macht immer –«

»Bitte, keinen Streit.«

»Leda, hier – ich hab dir auch etwas mitgebracht. Oliven von der Ernte letztes Jahr. Für deinen Dante.«

»Für unseren Dante.«

»Ja, für unseren Dante. Er wird immer unser Dante bleiben. Wisst ihr noch, wie er erwischt wurde, als er Orangen geklaut hat? Wie alt war er da – fünf?«

»Vier.«

»Santa Maria. Was für ein wundervolle Junge.«

»Der war nicht zu bremsen. Auch wenn er einen Streich ausgeheckt hat.«

»Vor allem dann.«

»Ich muss sagen – mir hat er nie Ärger gemacht. Er hatte immer ein freundliches Wort auf den Lippen, wenn er in die Bäckerei gekommen ist. *›Sì, signora. Per favore, signora.‹* Ein kleiner Gentleman.«

»Bis er ein sehr großer Gentleman geworden ist.«

»Ich wette, jetzt ist nichts mehr an ihm klein, haha.«

»Das geht dich gar nichts an, du alte Krähe.«

»Du hast wirklich Glück, Leda.«

»Alles wird gut, Leda.«

»Ihr zwei werdet euch in Argentinien ein Königreich schaffen.«

»Das Land ist ja nicht ohne Grund nach Silber benannt.«

»Vergiss uns nicht!«

»Du schreibst uns, versprochen?«

»Natürlich schreibt sie uns.«

Leda sagte kein Wort, und niemand forderte sie auf, etwas zu sagen. Inzwischen war es dunkel geworden, und die Gesichter der Frauen schimmerten im flackernden Schein der Petroleumlampen. Am anderen Ende des Raums hatten die Musiker gespielt, aber sie machten eine Rauchpause, die Flöten und Geigen lagen stumm auf ihren Stühlen. Leda juckte es in den Fingern – am liebsten hätte sie eine der Geigen genommen, so wie früher, als Kind, als sie die Hände ihres Vaters auf dem Geigenhals nachgeahmt hatte, Saiten gezupft und Töne entdeckt. Und damit niemand sie daran hinderte, hatte sie sich immer irgendwo versteckt, sie musste es heimlich tun. Und dann hatte sie den Melodien nachgespürt, mit denen ihr Vater immer das Wohnzimmer erfüllt hatte. Die Frauen aßen jetzt ein zweites Stück Kuchen, dann ein drittes, und ihre Lippen waren mit weißem Puderzucker verschmiert. Sie lächelten alle mit dem Mund, aber nur wenige lächelten auch mit den Augen. Leda kam sich komisch vor, als hätten sich alle, sie selbst eingeschlossen, schweigend darauf geeinigt, ein Theaterstück aufzuführen, aus dem die wichtigsten Zeilen gestrichen waren. Unausgesprochene Worte schwebten in der Luft, und Leda konnte ihre Bedeutung nicht entschlüsseln.

Plötzlich packte sie ein entsetzliches Grauen. Sie dachte daran, dass sie diese Gesichter nicht mehr jeden Tag sehen würde. Wie würde die Welt sein ohne sie, ohne diese Frauen, die sie umringten, die lachten und ihr Oliven schenkten, ihr alles Gute wünschten und andere Dinge, die sie nicht laut aussprachen. Als würden sie am liebsten gemeinsam mit ihr auf die Reise gehen, als würden ihre Seelen sich danach sehnen, über den Ozean zu fliehen, als blinde Passagiere in einer Ecke ihres Gepäcks. Ich kann nicht so viel tragen, dachte Leda, ich kann eure heimlichen Wünsche nicht mitnehmen. Sie fühlte sich allein. Aber das war es doch, was sie wollte, oder?

Seit vier Jahren sehnte sie sich danach, von hier wegzugehen. Mit dreizehn hatte sie angefangen, sich auszumalen, wie sie ihr Bündel schnürte, mit Brot und Kleidern, und nach Neapel wanderte, zu Fuß oder indem sie irgendwelche Kutscher dazu brachte, sie ein Stück mitzunehmen. Aber das ging natürlich nicht. Sie kannte die Gefahren der Straße, der Großstadt. Sie hatte sich auch vorgestellt, sie würde auf den Vesuv klettern und sich in sein großes schwarzes Maul stürzen. Aber der Vesuv war weit weg. Wie sollte sie dort hinkommen? Zwei Wochen nach ihrem fünfzehnten Geburtstag hatte Dante ihr einen anderen Ausweg angeboten. Er hatte beim Sonntagsessen mit seiner Familie verkündet, er werde in die Neue Welt aufbrechen, und die Nachmittagssonne hatte durch das Traubenspalier sein Gesicht angestrahlt, während er redete. Anschließend hatte Leda ihm einen Zettel zugesteckt, *Wir treffen uns um neun unter dem großen Olivenbaum hinter unserem Haus.*

Als sie zu dem Baum kam, war Dante schon da. Er wartete im Schein des Halbmonds.

»Nicht hier«, sagte Leda zu ihm. »Wir müssen rein.«

Sie schlich unter die Kuppel aus Zweigen und winkte ihn zu sich. Hier waren sie einigermaßen vor neugierigen Blicken geschützt, wenn auch nicht ganz in Sicherheit. Dante wartete darauf, dass sie etwas sagte.

»Wann gehst du?«, fragte sie.

»In drei Wochen.«

»Warum Argentinien?«

»Warum nicht Argentinien?«

Sie fuchtelte nervös mit den Händen. »Freust du dich?«

»Weiß ich nicht – wahrscheinlich schon.«

»Hast du Angst?«

»Nein«, entgegnete er, zu schnell.

Leda hätte gern gewusst, wovor er weglief, ob es da noch etwas anderes gab als die leeren Taschen des zweiten Sohnes und die Verlockungen der Ferne. Der Tod seiner Schwester. Die Dinge, die er davor in den dunklen Winkeln seines Elternhauses gesehen hatte. »Ich glaub schon – also, dass ich mich freue, meine ich.«

»Und dass du keine Angst hast?«

»Ein bisschen vielleicht.«

Sie sagten beide nichts mehr. Dantes Schatten, so dunkel und kompakt vor den Blättern.

Leda nahm ihren ganzen Mut zusammen. »Lass mich nachkommen«, sagte sie. »Wenn du eine Ehefrau willst.«

Dante gab ein merkwürdiges Geräusch von sich. Zischende Luft zwischen den Zähnen. Hier unter den Blättern war wenig Mondlicht. Leda wartete. Dann fragte er: »Du würdest kommen?«

»Ja, ich würde kommen.«

Danach schwieg Dante eine ganze Weile, wie ein Kartenspieler, der gerade ein unerwartetes Blatt bekommen hat und es erst einmal studieren muss. »Wir wären aber ziemlich lang weg.«

»Ja.«

»Vielleicht für immer.«

»Ja, ich weiß.«

»Und es dauert bestimmt einige Zeit, bis ich dich kommen lassen kann. Monate. Vielleicht sogar noch länger.«

»Ist mir klar.«

Er schaute sie an, aber mit Sicherheit konnte sie das nicht sagen, weil es zu dunkel war. »Du würdest auf mich warten?«, fragte er.

Leda war ungeduldig, sie wollte nicht warten. Wenn Auswandern die einzige Möglichkeit war, die Grenzen ihrer Welt zu öffnen, dann wäre sie am liebsten gleich jetzt aufgebrochen. Sie wollte gemeinsam mit Dante an Bord gehen, den Ozean überqueren und anfangen, ihr eigenes Leben zu leben. Aber er meinte etwas anderes. Ihm ging es um die anderen Dorfjungen. Für Leda bedeutete es kein Opfer, ihnen zu widerstehen. »Ja, ich würde auf dich warten.«

Wieder schwieg Dante. Nachdem sich ihre Augen allmählich etwas mehr an die Dunkelheit gewöhnt hatten, konnte Leda die Umrisse seines Gesichts erkennen. Er musterte sie prüfend. Und sah sie mit ganz neuen Augen. »Leda«, murmelte er und nahm ihre Hand.

»Dante.«

»Sind wir jetzt verlobt?«

»Willst du das?«

»Ja, das will ich.« Er klang nicht überzeugt. Eher so, als müsste er jemanden überzeugen, der über ihnen in den Zweigen saß. Er wiederholte den Satz, diesmal etwas bestimmter. »Ja, das will ich. Ich will eine Frau, die mich hier zu Hause schon gekannt hat. Ich will, dass du da bist, wo ich hingehe, bei mir.«

Immer wieder strich er mit dem Daumen über Ledas Handfläche, ganz sanft, so dass ihre Haut aufwachte. Dante war ein guter Mann. Er war Coras Bruder. Cora hätte das auch gewollt, oder? Dass sie gemeinsam in die Welt gingen, dass sie ihre Welt größer machten, indem sie darauf beharrten, zu leben, jung zu sein, etwas zu wagen, zu fliehen – ach, wenn sie doch hier wäre, um es zu sehen, vielleicht war sie ja da, vielleicht schwebte ihr Geist irgendwo ganz in der Nähe und beobachtete sie voller Glück, und vielleicht konnte dieses Glück Leda reinwaschen von aller Schuld. Und Dante ebenso, falls auch er sich gegenüber Cora schuldig gemacht hatte. Bestimmt hat er das, dachte Leda. Am liebsten hätte sie ihn gefragt, traute sich aber nicht. »In dem Fall«, sagte sie, »in dem Fall sind wir verlobt.«

Während der Wochen vor Dantes Abreise trafen sie sich

jeden Abend unter dem Olivenbaum. Inzwischen war die Verlobung offiziell bekannt, Papà hatte zögernd seinen Segen dazu gegeben. Ihre Mutter hingegen redete eine ganze Woche nicht mit ihr und verhielt sich so, als wäre Leda nicht da, als wäre ihre Tochter schon in eine andere Welt verschwunden, die so unerreichbar war, dass sie genauso gut nicht existieren könnte. Trotzdem waren diese abendlichen Treffen eigentlich nicht gestattet, sie überschritten die Grenze dessen, was die Etikette der Verlobungszeit zuließ. Aber niemand schritt ein. Vielleicht, weil sie Cousins waren. Offenbar gingen alle davon aus, dass Dante sich auch weiterhin wie ein Gentleman verhalten würde. Oder man behandelte sie etwas großzügiger, weil ihnen ja so eine schwere Trennung bevorstand.

Mit jedem Abend wirkte Dante entschlossener, als wäre er ein gewissenhafter Student, der die Aufgabe hat, sich zu verlieben. In der dunklen Kapelle aus Blättern ließ Leda zu, dass er sie küsste, dass er ihren Körper durch die Kleider durch streichelte und dann, nach ein paar Abenden, dass er ihre nackten Brüste berührte, solange er wollte, zuerst im Stehen, dann vor ihr kniend, und schließlich, in der letzten Woche, lagen sie beide auf dem Boden. Seine Berührungen trösteten sie. Sie fühlte sich erwachsen und stark. Durch die Zweige klöppelte der Mond feine Spitzen aus Licht, das jeden Abend schwächer wurde. An ihrem letzten gemeinsamen Abend war kein Mond zu sehen, und ihre Körper versanken in der Dunkelheit. Dantes Hände und sein Mund waren auf ihren Brüsten, und er wurde ganz hart, als er sich an Leda presste, wie jeden Abend, aber er machte keinerlei Anstalten mehr, es vor ihr zu verbergen, ja, er drückte sein Ding an ihren Schenkel, durch die Kleidung hindurch, als hätte es ihr etwas mitzuteilen. Was sie da spürte, machte Leda unruhig und neugierig – wie sah es aus, das Ding? Was wollte es? Und was wäre, wenn jemand vorbeikam und Dantes keuchenden Atem hörte? Sein Körper schien von einer Frage zu brennen, die sie nicht beantworten konnte. Er rieb sich immer stärker an ihrem

Schenkel, sie hinderte ihn nicht daran, sie wusste gar nicht, wie sie ihn hätte hindern können und ob sie ihn überhaupt hindern wollte, sie hielt die Beine geschlossen, und er versuchte nicht, sie zu spreizen, aber seine Hände auf ihren Brüsten wurden sehr fordernd, und er war jetzt noch lauter und biss sie – was ist das, dachte sie, was ist das, mein Cousin hat sich in ein wildes Tier verwandelt, und jetzt spannt sich sein ganzer Körper, er presst, stößt, dann Stille. Sein ganzes Gewicht auf ihr. Sie hielt ihn fest. Sie empfand ein tiefes Verlangen, einen Hunger – wonach?

Nach Wissen.

Sie hätte so gern gewusst, wie sich das für ihn angefühlt hatte, wie es war, in seiner Haut zu leben.

Beide schwiegen sie eine Weile, dann sagte Dante: »Ich kann es gar nicht erwarten, bis du nachkommst.«

»Wenn du viel arbeitest, dauert es nicht lang.«

»Ich arbeite viel. Ganz bestimmt.«

Und so war es dann auch.

Oder jedenfalls schloss Leda das aus seinen Briefen, die ein Jahr und neun Monate lang knappe Eindrücke von seinem Leben in Argentinien zu ihr durchsickern ließen. Die Briefe weckten in ihr den Wunsch, auch den Rest zu erfahren, die vielen nichterwähnten, stummen Sachen, jedes Detail des riesigen Flusses unausgesprochener Dinge. In der Hochzeitsnacht machte sie kein Auge zu. Als sie und ihre Familie nach Hause kamen, blieben nur noch anderthalb Stunden bis zum Eintreffen der Kutsche, die sie und Papà nach Neapel bringen würde, wo am Abend das Schiff ablegte. Kaum hatten sie das Haus betreten, da verschwand Mamma auch schon in ihrem Schlafzimmer und schloss die Tür hinter sich. Sie hatte den ganzen Abend über Leda kaum angeschaut und auf dem Heimweg so gut wie nichts gesagt.

Tommaso und der Vater hatten die beiden jüngsten Brüder, die tief und fest schliefen, heimgetragen, während Margherita, die siebenjährige Schwester, an Ledas Hand selbständig den Weg entlanggestolpert war. Mit klagender Stimme hatte sie immer wieder versichert, sie sei überhaupt nicht müde, aber sobald Leda sie unter die Bettdecke gepackt hatte, war sie auch schon ins Reich der Träume gereist.

Leda ging zurück in die Küche. Die Küche war ein düsterer Raum, dominiert von dem großen Holztisch, an dem sich die Familie immer zu den Mahlzeiten versammelte. Tommaso und der Vater standen verlegen beim Herd, als erwarteten sie von dem längst erloschenen Feuer eine Art Hilfestellung.

»Schlafen die Kleinen?«

»Wie die Murmeltiere«, antwortete Tommaso.

Er sah müde aus. Beim Fest hatten Leda und ihr Bruder nicht miteinander geredet, und nun war es zu spät für einen letzten Witz oder einen letzten Streit. Wie sehr ihr beides fehlen würde!

»Dann bis morgen«, sagte Papà.

»Nein, bis heute«, verbesserte ihn Tommaso. »Heute.«

Papà musterte Leda mit traurigen Augen.

»Du bist eine hübsche Braut«, sagte Tommaso – ausnahmsweise ohne jede Spur von Ironie.

Bei dem Kompliment zuckte Leda zusammen. »Gar nicht so übel für eine große Schwester?«

Er grinste, aber ohne sie anzusehen. »Ja, gar nicht so übel.«

Und dann gingen sie auseinander, jeder verschwand in seinem Zimmer – Tommaso bei den kleinen Brüdern, Papà bei Mamma, Leda in dem kleinen Raum, den sie sich mit Margherita teilte – ohne ein Wort, nicht einmal ein Gute Nacht, als wäre die Luft schon viel zu voll mit lauter Aufwiedersehen. Leda blieb einen Moment neben ihrem Bett stehen, weil sie Angst davor hatte zu schlafen.

»Leda?« Die Stimme ihres Vaters. Er stand im Türrahmen.

»Komm rein.«

Er betrat das Zimmer, den schwarzen Geigenkasten in der Hand. Leda erschrak richtig, als sie diesen Kasten sah, denn die letzten fünf Jahre hatte er sich in einem verschlossenen Reisekoffer befunden – sie hatte vergeblich versucht, das Schloss mit einer Haarnadel zu knacken. Eigentlich hatte sie dem Instrument nur zu ein bisschen frischer Luft verhelfen wollen, zu ein bisschen Licht und einem Tropfen Öl für die Saiten, wie ihr Vater es ihr beigebracht hatte, als sie noch ein kleines Mädchen war. Schließlich konnte die Geige doch nichts für Coras Unglück, es schien eine ungerechte Strafe, dass das unschuldige Instrument weggesperrt wurde. Leda hätte ihm so gern etwas Erleichterung und Abwechslung verschafft, aber offenbar war sie keine besonders begabte Diebin. Ihr Vater hatte ihr nicht beigebracht, wie man stiehlt. Nur wie man den geschwungenen Geigenkörper polierte und wie man die Pferdehaare, mit denen der Bogen bespannt war, mit Wachs pflegte.

Sie machte das sehr gern. Ihr gefiel die Vorstellung, dass sie dadurch indirekt beteiligt war, wenn ihr Vater spielte und der ganze Himmel eine offene Leinwand wurde, die inständig darum flehte, mit seiner Musik bemalt zu werden. Er spielte Scarlatti, Donizetti, Volkslieder, Trinklieder, Tarantellen. Und Melodien, die er improvisierte und für die er nie einen Text erfand. Die Geige verlieh den Dingen, die seine Lippen nicht ausdrücken konnten, eine Stimme. Leda schaute ihm dabei zu, sie wollte alles wissen und wünschte sich sehnlichst, er würde *ihr* Unterricht geben anstatt Tommaso, für den diese Stunden nur Frustration bedeuteten, weil er gar keine Lust hatte, Geige zu spielen. Aber Papà bestand darauf, ihn zu unterrichten, weil er ihn zum nächsten Musiker in der Familie machen wollte.

Es war nicht so, dass noch nie eine Frau Geige gespielt hatte – Leda wusste, dass irgendwelche Damen von Adel seit vielen Jahrhunderten dieses Instrument spielten, in Neapel, in Rom. Sie hatte nämlich im Regal ihres Vaters ein Buch über die Geschichte der Musik gefunden. Aber sie selbst war weder eine Edelfrau noch eine Römerin, in ihrem Dorf wurden die Hände der Frauen fürs Kochen, Nähen und Putzen gebraucht.

Während die Männer bei den Festen Musik machten, schenkten die Frauen Kaffee aus und spülten das Geschirr. Wenn die Männer übten, flickten die Frauen ihre Hemden. Es war reine Zeitverschwendung, den Mädchen etwas beizubringen, was sie nie brauchen würden – oder, schlimmer noch, womit sie sich beschäftigen würden, statt ihren eigentlichen Aufgaben nachzugehen.

So war es nämlich bei Leda gewesen. Vor Coras Tod, bevor ihr Vater aus Kummer und aus Schuldgefühlen die Geige wegschloss (besonders die Schuldgefühle hatten dazu geführt, dass er nicht mehr Geige spielte, das Blut an seinen Händen – sie hatten alle das Gefühl, dass Coras Blut an ihren Händen klebte, jedenfalls kam es Leda so vor, die ganze Familie veränderte sich, als Cora starb, alle wurden bitterer und schwächer und verschlossener, speziell ihr Vater schien unter der Last zu zerbrechen – er hätte etwas unternehmen müssen, immerhin war er ein Mann, oder? Er hatte seine Nichte Cora sehr geliebt, wieso hatte es das alles zugelassen – doch diese Dinge blieben unausgesprochen) – also in den Jahren vor dieser Tragödie hatte Leda die Unterrichtsstunden ihres Bruders voller Leidenschaft verfolgt. Sie hatte im Türrahmen zum Wohnzimmer gestanden oder sich in irgendeine Ecke gedrückt und so getan, als wäre sie in ihre Näharbeit vertieft, während sie sich die Anweisungen ihres Vaters Wort für Wort einprägte. Anschließend ging sie dann heimlich mit der Geige nach draußen und übte, was er gesagt hatte, studierte die Saiten und die Noten, ahmte die Haltung nach, die ihr Vater Tommaso beigebracht hatte, wiederholte immer wieder die Melodien der Tarantelle, bis sie aus ihren Händen flossen, heiß vor Heimlichkeit, allein zwischen den strengen Olivenbäumen.

»Ein Hochzeitsgeschenk«, sagte ihr Vater jetzt, ganz leise, um die kleine Schwester nicht aufzuwecken. »Bring sie Dante mit.«

Leda schaute ihn nur an.

»Sie soll euch beiden ein bisschen Schönheit schenken.«

Bestimmt drehte sich der König von Neapel in seinem vierhundert Jahre alten Grab um. Leda hätte nein sagen sollen. Es war ein Sakrileg, wenn dieses Musikinstrument Italien verließ. Aber war es weniger frevelhaft, wenn es hier blieb, tonlos, weil niemand auf ihm spielte?

Papà hielt ihr den Kasten hin, und ihre Hände griffen danach, ehe ihr Kopf überlegen konnte. Aber sie brachte immer noch kein Wort über die Lippen. Befangen standen Vater und Tochter sich gegenüber, die Luft zwischen ihnen schien undurchdringlich, und dann war Papà wieder verschwunden.

Leda konnte sich nicht dazu bringen, den Kasten zu öffnen und die Geige anzuschauen. Noch nicht. Sie packte ihn in ihren Reisekoffer, setzte sich aufs Bett und versuchte, nicht nachzudenken, versuchte, die ungezähmten Pferde ihrer Gedanken zu bändigen. Hier saß sie: eine Braut in der Hochzeitsnacht, ohne einen Bräutigam, mit dem sie all das tun konnte, was jetzt getan werden sollte. Sie schloss die Augen. Hinter den Lidern war es genauso dunkel wie im Zimmer. Sie gestattete nun ihren Gedanken, die Verankerungen zu lockern und hinauszuschweben in die große Welt der Nacht, wo sie, seltsamerweise, zum Vesuv aufstiegen. Den Vesuv konnte man von den Bergen hinter dem Dorf sehen, wo er wie ein König in einem grünen Mantel über der Welt thronte. Als kleines Mädchen war sie gern auf diese Berge geklettert, um die Landschaft rundum und besonders den Vulkan zu betrachten, wenn sie zwischendurch ein kleines bisschen Zeit ganz für sich hatte, was selten genug vorkam – Zeit, in der sie keine Erbsen puhlen musste, kein Wasser holen, kein Geflügel rupfen. Sie wollte Hinweise auf das tödliche Feuer im Inneren des Vulkans entdecken, auf die wilde rote Glut, welche die antike Stadt Pompeji zerstört hatte.

Ihr Großvater hatte ihr die Geschichte von Pompeji erzählt. Ihr Nonno, der Vater ihrer Mutter, hatte jede Gelegenheit genutzt, um eine gute Geschichte zum Besten zu geben, und am allerliebsten die vom Schicksal der großen Stadt, die vor einigen Jahren (genauso drückte er sich aus, *vor einigen Jahren*, als hätte sich die Katastrophe erst vor kurzem ereignet) von einem Ausbruch des Vulkans begraben worden war. Tausende sind gestorben, sagte er. Es war entsetzlich, alles ging ganz schnell. Frauen erwischte der Vulkan nackt im Bad, sie konnten nicht einmal ihren Morgenmantel überziehen. Nie wieder. Kinder, die sich um eine Holzpuppe stritten, hatten keine Möglichkeit, sich zu versöhnen. Ehemänner auf dem Heimweg bekamen nie die Chance, ihre Frauen noch einmal zu küssen. Alle wurden mitten in einer Bewegung begraben, bei einer Balgerei oder während sie die wunderschönen Oberschenkel einseiften. Kannst du dir das vorstellen? So viel Leben, so viel Leidenschaft, so viele Träume, und dann – *wuschsch!* – alles vorbei. Tot. So schnell kann's gehen, liebe Leda, so ist das Leben. Wir halten uns für stark, für real, aber es gibt Dinge, die sind viel realer als wir und auch viel stärker, und wir beachten sie nicht, bis es zu spät ist und sie uns mit Asche zudecken.

Großvaters Geschichten über Pompeji zogen sich immer endlos in die Länge, manchmal dauerten sie mehrere Stunden. Mit der Zeit schien die begrabene, erstarrte Stadt in Ledas Gedankenwelt lebendiger als ihr eigenes Dorf. Der Großvater erzählte seine Geschichten immer auf dem schattigen Patio, gleich hinter der Küchentür, an langen Sommerabenden, wenn die Dämmerung sie sanft einhüllte. Leda war meistens damit beschäftigt, Haselnüsse zu knacken oder mal wieder Erbsen zu puhlen. Während ihre Hände von Schüssel zu Schüssel wanderten, erschienen vor ihr Legionen von Geistern, klar und überdeutlich. Wagenlenker mit Peitschen, schweißglänzende Pferde. Kinder, die sich um das dem Untergang geweihte Spielzeug zankten, ein kleiner Rüpel packte es mit beiden Händen, während drei andere die Arme danach ausstreckten und es nie zu fassen bekamen.

Und die Frauen im Bad. Die erwähnte Nonno jedes Mal. Im alten Pompeji, erklärte er, gab es Dienerinnen, die Wasser über die reichen Damen gossen und ihnen Rücken und Brüste wuschen. Die Damen genossen das kühle Nass auf der sommerlich erhitzten Haut, nackt in der Marmorwanne, und sie träumten, falls sie noch Jungfrauen waren, von der Hochzeitsnacht und was geschehen würde, nachdem die Festlichkeiten vorüber waren. Den Teil mit der Hochzeitsnacht baute er vor allem dann immer ein, wenn er mehr Wein getrunken hatte als üblich. Leda konnte das Bild von den jungen Frauen nicht abschütteln, die nackt in der Wanne saßen, sich ihren Körper einseifen ließen und vom ersten Liebesabenteuer träumten, das nie kommen würde. Sie dachte an diese Frauen, wenn sie am Fluss hockte und wenn sie allein im Bett lag – und auch jetzt, in ihrer Hochzeitsnacht, wurde ihr ganz heiß, als sie sich eine alte Badewanne ausmalte, direkt vor ihr, ein nacktes Mädchen, das mit geschlossenen Augen den Kopf so weit in den Nacken legte, dass die Brüste zur Decke zeigten, und das Mädchen bebte unter der Berührung imaginärer Hände, ohne etwas von dem Tod zu ahnen, der blitzschnell und unaufhaltsam näher kam.

Als Leda endlich die Augen wieder öffnete, kroch durchs Fenster schon das erste Licht des Tages, frisch und zögernd. Ihr Reisekleid lag unberührt auf dem Reisekoffer. Margherita bewegte sich leise im Schlaf. Draußen begann ein Spatz einen Liebeswettbewerb mit der Morgendämmerung, und aus der Küche hörte Leda Geräusche, die ihr mitteilten, dass Mamma Kaffee kochte. Sie wechselte die Kleidung, zurrte ihre Haare zu einem Knoten zusammen und ging in die Küche, um Mamma zu helfen, die sie nicht begrüßte und nicht einmal den Kopf hob. Sie roch ein wenig säuerlich, wie glimmendes Holz und unruhiger Schlaf. Leda wollte sich diesen Geruch einprägen, ihn im Hinterkopf aufbewahren, zusammen mit der Gestalt ihrer Mutter in der Küche, wo sie sich seit so vielen Jahren aufhielt, dass ohne sie der Raum bestimmt implodieren würde.

Gerade, als der Kaffee auf dem Herd zu gluckern begann, drehte sich Mamma zu ihr um und sagte: »Ich kann nicht.«

Leda dachte, sie würde weiterreden, aber Mamma schaute sie nur mit feuchten, riesigen, dunklen Augen an, mit diesem Blick, der, als Leda ein Kind war, augenblicklichen Gehorsam gefordert hatte und der ihr immer noch das Gefühl gab, als würden ihre verborgensten Gedanken plötzlich ans Tageslicht gezerrt. Bis zu dem Moment war Leda gar nicht auf die Idee gekommen, dass ihre Mutter an diesem großen Tag leiden könnte. Mamma war immer so müde, immer streng mit ihrer Ältesten, mit der Tochter, mit Leda, die nie genug tat und überhaupt nie gut genug war. Leda, die Mammas Verbitterung nicht lindern konnte, auch nicht den Schmerz über die zwei Fehlgeburten und über das totgeborene Kind, das nach Tommaso kam, diesen Schmerz, der ihren Körper zerfraß und vermutlich auch ihr Herz, weshalb sie komplett erschöpft war, als die Kleinen kamen. Deshalb konnte sie sich dann auch gar nicht mehr um die große Tochter kümmern, sie meckerte nur noch an ihr herum und passte auf, ob sie ihre Pflichten erfüllte. Jedenfalls hatte Leda das immer gedacht, vor dem Blick jetzt, vor diesem Moment. Sie hatte keine Ahnung gehabt, wie es im Herzen ihrer Mutter aussah. Instinktiv war sie davon ausgegangen, dass es verschlossen war, ausgelaugt vom Leben und ihr gegenüber gleichgültig. Erst heute, kurz vor dem Abschied, begriff sie, dass sie sich womöglich geirrt hatte.

»Mamma«, sagte sie. Ihre Mutter stand vor dem Brotlaib, ein Messer in der Hand.

»Ich kann jetzt nicht«, erwiderte sie. »Gieß du den Kaffee ein.« Und dann ging sie zur Vordertür hinaus und den Pfad zur Straße entlang, in Richtung Fluss.

Tommaso und Papà standen auf, tranken Kaffee und aßen jeder eine Scheibe Brot, aber Mamma kam nicht zurück. Tommaso redete munter über das Fest gestern Abend, wer zu viel getrunken hatte, und er lachte über seine eigenen Sticheleien. Bestimmt war er aufgeregt, er neigte dazu, mehr zu reden, wenn er aufgeregt war, eine Eigenschaft, die Leda seit jeher auf die

Nerven ging, aber jetzt war der Effekt nur, dass sie den kleinen Jungen in ihm sehen konnte. Den empfindlichen kleinen Jungen, der den Hühnern Lieder vorsang und stundenlang weinte, als er das erste Mal gezwungen wurde, ein Huhn zu schlachten. Heute Morgen hatte er seine Haare mit viel Hingabe frisiert, wie immer für besondere Anlässe. Er hatte den Kamm in ein Öl aus Traubenkernen getaucht und einen perfekten Scheitel gezogen. Leda dachte nicht daran, dass sie ihn nie wiedersehen würde. Sie dachte nicht an ihre Mutter am Fluss, und als die Kutsche kam, versuchte sie immer noch, das Bild wegzuschieben.

Und dann waren sie alle draußen: Leda, ihr Vater, Tommaso und die Kinder, die aus ihren Betten geschüttelt worden waren, eine verschlafene kleine Versammlung, die sich nun von ihr verabschieden wollte, alle noch in ihren zerdrückten Festkleidern vom vergangenen Abend. Gemeinsam hoben der Kutscher und der Vater den Reisekoffer in die Kutsche. Leda küsste die beiden kleinen Brüder, die nichts verstanden, und dann Margherita, die ihr verzweifelt die Arme um den Hals schlang, als wäre sie der Mast in einem sinkenden Schiff. Tommaso küsste sie und brachte zur Abwechslung kein Wort heraus. Ihr Vater streckte die Hand aus, um ihr in die Kutsche zu helfen. Immer noch keine Spur von Mamma. Wie konnte Leda abreisen, ohne ihrer Mutter einen Abschiedskuss zu geben? Aber sie hatte keine Wahl.

Mamma war freiwillig weggerannt, und wenn Leda jetzt loslief, um sie im Wald zu suchen, dann konnte es passieren, dass sie den ganzen Tag unterwegs war und ihre Mutter trotzdem nicht fand. Unter Umständen würde sie heute Abend noch in den Bergen herumirren, im dichten Unterholz, während das Schiff in Neapel ablegte.

Sie musste los. Sie hatte alle zum Abschied geküsst, sie hatte die Kutschentür in der Hand und war schon halb eingestiegen. Ihr Vater fasste sie behutsam am Arm und half ihr hoch, stieg dann selbst ein und setzte sich neben sie. Sie schaute auf Tommaso und die Kinder hinunter, durch das Fenster der erhöhten Kabine. Alle wirkten so klein.

»Ciao, Leda!«, riefen die Jungen. »Ciao – und viel Glück in América!«

Sie klangen so fröhlich und unbefangen, als wäre América ein Dorf gleich hinter Neapel.

Und als der Kutscher die Pferde in Gang setzte, winkten sie alle. Leda winkte zurück, bis sie außer Sichtweite waren.

Papà hielt ihre Hand. Sie schloss die Augen und tat so, als würde sie schlafen. Das laute Getrappel der Pferdehufe auf dem Kopfsteinpflaster wurde zu einem leisen Trampeln auf fester Erde, woran man merkte, dass sie das Dorf verlassen hatten und nicht mehr in Alazzano waren, sondern auf der Lehmstraße, die nach Trinità hinaufführte und durch Trinità hindurch, bis sie überging in die lange, gerade Straße nach Nordwesten, nach Neapel.

Mit jedem Hufschlag kam Neapel näher. Leda wollte sehen, wie die Straße sich veränderte, aber wenn sie die Augen aufmachte, wusste ihr Vater, dass sie wach war, und dann fing er vielleicht an, mit ihr zu reden. Sie wollte gar nicht daran denken, was er sagen würde. Also ließ sie die Augen lieber geschlossen und folgte den Konturen der Landschaft nur im Kopf. Die Abhänge und die Kurven. Die unendlich vielen Grüntöne. Das Rumpeln der Kutsche hüllte sie in eine Wolke, aber sie schlief nicht, sie träumte nicht, sie saß tatsächlich mit ihrem Vater in einer Kutsche, und sie fuhren auf einem langen Band aus goldenem Staub durch die nüchterne Luft, einer riesigen Leere entgegen.

Stimmengewirr weckte sie. Im Schlaf hatte sie sich an den Vater gelehnt und auf seinem Mantelärmel eine Spuckespur hinterlassen, was ihm allerdings gar nicht aufgefallen war – er starrte wie gebannt aus dem Fenster hinaus auf eine Straße voller Menschen. Neapel. Zum ersten Mal Neapel. Jedes Gebäude war höher, als Leda es je für möglich gehalten hatte. Hier eine

Kirche, deren Fassade aussah, als wäre sie direkt der Phantasie verrückter Engel entsprungen: hohe Bögen, Cherubim, die geköpfte Heilige beklagten, Erker, geschmückt mit verfallenden Säulen. Dort ein Brunnen mit lauter Nymphen, deren hauchdünne Gewänder an den Brüsten kleben, während sie sich zum Wasser beugten, im Stein gefangen, in der Bewegung erstarrt.

Und überall Menschen. Der Geruch von Pferdemist und Schweiß und verfaulenden Melonenschalen. Männer mit Hüten und Frauen mit Körben und Verkäufer mit vollgepackten Karren, alle drängten sich rücksichtslos auf dem Gehweg. Wie kamen sie überhaupt aneinander vorbei? Wie schafften sie es, zwischen den Körpern der anderen genügend Platz zu finden, um voranzukommen? Würde sie selbst jemals lernen, sich so zu bewegen? Ein Mann verkaufte Fisch, es war der besten Fang des Morgens, sein Fisch, den sollte man jetzt gleich kaufen, kaufen Sie, junge Frau, wenn Ihr Ehemann mit diesem Fisch im Bauch stirbt, dann stirbt er als glücklicher Mensch. Ein anderer Mann bot Milch an, und wer die Milch noch frischer haben wollte, musste sie direkt aus den Zitzen trinken. Die Menschen auf der Straße strebten weiter, ohne ihr Tempo zu drosseln, den Blick stur nach vorne gerichtet, als könnten sie die Zukunft sehen und würden direkt auf sie zusteuern.

Die Kutsche hielt an einer Kreuzung. An der Ecke stand eine Frau in einem knallroten Kleid, eine Farbe, die Frauen eigentlich gar nicht tragen durften – jedenfalls hatte Leda das bisher gedacht. War diese Farbe in Neapel erlaubt? Aber es war nicht nur die Farbe. Der Schnitt des Kleides war ebenfalls ziemlich riskant und entblößte die blassen Schultern mit den Sommersprossen. Als könnte die Haut lachen. Was für ein Anblick! Leda konnte nicht wegsehen. Die Frau bewegte sich nicht, und als ein Mann seine Schritte verlangsamte, um sie ausführlich zu begutachten, lächelte sie nur und ließ ihn glotzen. Leda schaute sie auch an, was die Frau natürlich nicht merken konnte, und einen Moment lang stellte Leda sich vor, sie würde die Kutschentür öffnen und aussteigen, ohne sich vom Vater zu verabschieden, ohne ihre Sachen mitzunehmen – sie würde zu der roten Frau laufen und in den großen Strom aus Neapolitanern eintauchen, gegen alle Regeln der Vernunft. Was nur in die Gosse führen konnte. Oder zu noch Schlimmerem.

Nichts anderes konnten junge Frauen erwarten, die ihren Reisekoffer und ihren geduldig in der Fremde ausharrenden Bräutigam stehen ließen, um sich allein in die ausgebreiteten Arme der Großstadt zu werfen. Woher kam nur dieser schockierende Gedanke? *Benimm dich*, sagte eine Stimme in Ledas Kopf, die Stimme ihrer Mutter. Und gleich darauf Coras Stimme, *Komm schon, komm, ein bisschen Wasser an deinem Rock macht doch nichts* – und dann konnte sie gar nicht mehr weiterdenken, sie war im Fluss mit Cora, und Cora schrie, sie starb, und Leda würde gemeinsam mit ihr ertrinken, aber sie musste leben, sie würde nicht hineingehen, sie würde nicht aus ihrer Kutsche aussteigen und in diesen Fluss aus Neapolitanern tauchen, sie würde nicht zu der roten Frau gehen. Der Mann auf der Straße, der die Frau angegafft hatte, war weitergegangen, die Frau war wieder allein, ihr Kleid ein Blutfleck in der Menge, die Kutsche fuhr weiter, und Leda saß immer noch in der Kabine, immer noch die gute Ehefrau, das vernünftige Mädchen, eine Dame. Die rote Frau verschwand, und Leda vertrieb die Gefahren und die grellen Abgründe aus ihrem Kopf.

»Wir sind gleich da«, sagte ihr Vater.

Sie verbrachten zwei Stunden am Hafen und warteten auf das Dampfschiff, beobachteten, wie die Menschenmenge um sie herum wuchs und wuchs, mehr Personen, als Leda je versammelt gesehen hatte. Die Einwohner mehrerer Dörfer auf einer Plattform zusammengedrängt! Wie konnten so viele Italiener das eigene Land verlassen, um nach América zu gehen? Wer blieb da noch übrig? Klar, ein paar der Leute blieben im Hafen, zum Beispiel ihr Vater. Sie gingen nicht fort, sondern waren hier, um Angehörige oder Freunde zu verabschieden. Da war die Mutter, die ihr Kind an sich presste, der Vater, der letzte Anweisungen gab, die Verwandten, ganz dicht beieinander, wie eine menschliche Festung, die demnächst zusammenstürzen wird, die Männer, die rauchten, und alle redeten durcheinander, die Frauen vergossen Tränen, das Gewühle, die Kälte, das Rückenklopfen, immer wieder, und unten drunter die Angst vor dem großen Abschied, wenn die Trennung endlich vollzogen wurde.

Ledas Vater empfand das auch so. Das Gespräch versandete. Bestimmt war er sehr müde. Er stand, weil die wenigen Bänke auf der Plattform von alten Leuten besetzt waren, und er hatte darauf beharrt, dass sich Leda auf ihren Koffer setzte. Sie wickelte die braunen Papierpäckchen mit Brot, Käse und Oliven aus, die sie am Morgen gepackt hatte.

»Komm, Papà, setz dich zu mir und iss was.«

»Ich stehe gern.«

»Aber hier ist Platz für uns beide.«

»Nein, der Koffer ist für dich, Leda.«

Sie erhob sich. »Ich bleibe nur sitzen, wenn du dich zu mir setzt.«

Er schaute sie nicht an. »Du warst schon immer sehr stur.«

Schließlich saßen sie nebeneinander auf dem Koffer und aßen, den Blick auf die Boote und Schiffe draußen gerichtet, auf die Stadt, so dicht am Ufer, und auf den Vesuv, hinter den Häusern. Aus dieser Perspektive sah es aus, als würde der Berg über die Stadt wachen, ein Beschützer oder ein Aufseher oder beides.

Die Kälte drang durch Ledas Kleidung. Fröstelnd zog sie den Reiseschal fester um sich.

Das Dampfschiff näherte sich auf dem Wasser, groß und massiv und mit hartem grauen Stahl gepanzert. Irgendwie bewirkte der Anblick des riesigen Gefährts, dass die Ferne spürbarer wurde, quälender.

Papà starrte ebenfalls auf das Schiff.

»Es ist größer, als ich dachte«, murmelte Leda.

»Größer als man denkt, wenn man es auf dem Plakat sieht.«

»Groß genug, um sich darauf zu verirren und zu verschwinden.«

»Du wirst nicht verschwinden«, sagte er und nahm ihre Hand, den Blick immer noch fest auf den Dampfer geheftet.

Die Berührung erstaunte Leda, und einen Augenblick lang wünschte sie sich nichts sehnlicher, als immer hier bleiben zu dürfen, hier am Ufer, mit ihrem Vater. Seit Jahren war sie wütend auf ihn, weil er sich immer so leicht geschlagen gab, weil er so traurig die Schultern hängen ließ. Aber heute weckte seine schlaffe Haltung bei ihr nur eine verzweifelte Zärtlichkeit. Sein Körper war die einzige Schutzbarriere zwischen ihr und dem kalten Wind, der vom Wasser heranfegte. Die Hand ihres Vaters war rau und voller Schwielen, aber seine Fingerspitzen waren wieder weich geworden und hatten nicht mehr diese kleinen harten Stellen wie früher, als er noch Geige gespielt und seine Haut sich von Tausenden und Tausenden Tönen verhärtet hatte.

Das Schiff kam ins Hafenbecken und gab einen langgezogenen, hohlen Klagelaut von sich. Die Menge um sie herum begann vor Erregung zu vibrieren. Ein Gepäckträger kam, um Ledas Koffer mitzunehmen. Nun mussten sie beide stehen, nebeneinander, Leda und Papà, weil sie ja keinen Sitzplatz mehr hatten.

»Leda, *carissima*«, sagte Papà.

Sie drehte sich zu ihm – und wünschte sich gleich, sie hätte es nicht getan. Er weinte. Dabei gab er keinen Ton von sich und unternahm auch keinen Versuch, die Tränen abzuwischen. Leda schaute weg.

»Ich glaube, ich muss an Bord«, sagte sie.

Er nickte, hakte sich bei ihr unter und führte sie zum Landungssteg. Sie mussten drängeln, überall waren so viele Leute, und ihr Vater hielt ihren Arm gut fest, um sie in dem Gewühle nicht zu verlieren. Und ehe sie sich's versah, war sie auch schon beim Steg, und der schreckliche Augenblick war da – die letzte Berührung ihres Vaters. Sie wollte sich einfach losmachen, aber dann schloss er sie so fest in die Arme, dass sie kaum Luft bekam.

»Vergiss uns nicht«, flüsterte er ihr ins Ohr, während die Menschenmenge sie immer weiterdrückte, die Gangway hinauf.

Sie ging also in Richtung Deck und in Richtung América, zu Dante, ihrem Cousin, ihrem Bräutigam, und jetzt, da sie keinen festen Boden mehr unter den Füßen hatte, sondern ein langes Brett, das diagonal in der Luft schwebte, fühlte sie sich, als wäre sie endlich eine Emigrantin geworden. Ein Zwischenwesen. In einem Zwischenstadium, zwischen den Welten. Eine Frau, aber noch unberührt. Weder auf italienischem noch auf südamerikanischem Territorium. Ich bin etwas, was eigentlich gar nicht möglich ist – und dadurch wird alles möglich. Wie eine undichte Stelle, ein Leck im Damm der Zeit. Dieser Gedanke machte sie ganz konfus und begeisterte sie gleichzeitig. Sie wusste nicht mehr, was sie denken sollte.

Die Masse drängte sich an die Reling, um den geliebten Menschen an Land mit den Taschentüchern zu winken.

»Alfredo, siehst du mich? Alfredo!«

»Auf Wiedersehen! Auf Wiedersehen!«

»Mamma, Mamma – vergiss mich nicht – …«

Leda mischte sich unter sie und reckte den Hals, aber als sie endlich vorne an der Reling stand, konnte sie ihren Vater unter den Menschen an Land nicht mehr ausfindig machen. Vielleicht hatte er beschlossen zu gehen, ohne noch einmal zu winken, oder die Menge hatte ihn ganz klein werden lassen. Er war ja auch nur ein zweiter Sohn aus Alazzano. In dem Moment hasste Leda die Leute, jeden einzelnen von ihnen, diese Italiener, die da am Kai standen und winkten. Sie hatten ihren Vater schrumpfen lassen. Mit ihrem Taschentuch winkte sie also dem Vulkan zu. Um sie herum wogte ein Stimmenmeer, Rufe ertönten, *Gott schütze uns* und *Pater noster* und *Amalia, ciao, Amalia!* und *Mein Gott, das Wasser, so viel Wasser* und *Ciao! Ciao, Italia!* – bis ein Mann eine bekannte Tarantella anstimmte, die sich ausbreitete, und bald schienen alle dreihundert-und-irgendwas Italiener sie unisono zu singen, auch Leda sang mit, sie kannte die Melodie seit ihrer Kindheit, ein neapolitanisches Lied über eine Liebe ohne Hoffnung und ohne Ende.

In einem verblüffenden Tempo wich die Küste zurück. Das Wasser umgab das ganze Schiff, groß und blau, wie ein endloser Quilt, gewoben von den Schicksalsgöttinnen, den drei Parzen. Oder besser von zweien, der Spinnerin und der Weberin, ohne die dritte Schwester, die den Faden durchschneidet und damit alles beendet. Wie riesig war dieser Ozean! Gab es auf der Welt wirklich genug Platz dafür? Aber das unermessliche flüssige Gewand breitete sich immer weiter aus.

Leda schlief furchtbar schlecht in der Nacht. Sie kannte die Bewegung des Schiffs nicht und wurde immer wieder aus dem Halbschlaf gerissen – entweder musste ihre Kabinenmitbewohnerin sich übergeben oder sie selbst. Nichts hatte sie darauf vorbereitet, welche Wirkung die nächtliche See auf den Körper hatte. Dieser Aufruhr im Inneren, wenn sie sich hinlegte! Fausta, eine mütterliche Frau mit ernstem Gesicht und etwa zehn Jahre älter als Leda, übergab sich als Erste, über den ganzen Fußboden. Ehe sie aufstehen und es wegwischen konnte, hatte Leda das schon für sie erledigt, mit einem Laken aus ihrem eigenen Bett. Das Betttuch legte sie dann zusammengeknüllt draußen auf den Flur. Auch vor den anderen Türen hatten sich schon solche Laken versammelt, den ganzen Flur entlang. Was für ein Gestank! Leda ging wieder zurück in die Kabine.

»Tut mir leid«, murmelte Fausta von ihrer nackten Matratze.

Eine Viertelstunde später erbrach sich Leda in ihren Nachttopf. Der Geruch erfüllte den engen Raum, es gab kein Entrinnen.

»Geht's wieder?«, fragte Fausta.

»Ja, fast.«

»Zwanzig Nächte lang halte ich das nicht aus.«

»Musst du auch nicht. Es wird besser, glaub mir.«

»Woher willst du das wissen?«

»Weil es gar nicht anders sein kann.«

Das war eine grundlose Behauptung, aus der Situation heraus erfunden, aber sie schien Fausta zu trösten, denn sie schloss die Augen, und ihr Gesicht entspannte sich.

Fausta hatte ein robustes Gesicht, mit dem kräftigen Kinn einer Frau, die dafür geboren ist, früh alt zu werden, dachte Leda. An dem Abend, als sie sich kennenlernten, erzählte sie Leda von ihrem Ehemann, der schon seit zehn Jahre in Buenos Aires lebte. Er war von Italien weggegangen, als sie gerade ein Jahr verheiratet waren. Sie hatten gehofft, dass sie in diesem ersten Jahr ein Kind bekommen würden, aber vergeblich, und als er wegging, um, wie man so sagte, *América zu machen*, um sein Glück zu machen, da hatte er ihr versprochen, bald zurückzukommen – nach einem Jahr oder spätestens nach zwei Jahren, mit Geld und mit einem neuen Fundament für die Familie, die sie unbedingt haben wollten. Aber er kam nicht zurück, die Jahre vergingen. Schließlich schrieb Bruno einen Brief, in dem stand, dass es besser wäre, wenn sie zu ihm nach Buenos Aires käme. Zuerst sperrte sie sich. Sie schrieb zurück: *Ich will nicht weg von hier, ich kann mir das nicht vorstellen, würdest du bitte nach Hause kommen?* Daraufhin schrieb er, schlicht und ergreifend: *Nein.* Es war der kürzeste Brief, den sie in all den Jahren ihrer Trennung von ihm erhalten hatte, ohne Erklärungen und sogar ohne die sonst üblichen Liebesformeln. Und nun war sie hier auf dem Schiff. Fast achtundzwanzig Jahre alt und kinderlos überquerte sie den Ozean in ein fremdes Land. Und – freust du dich?, hatte Leda sie gefragt. Ja, natürlich, hatte Fausta geantwortet, das heißt, ich würde gern in Italien bleiben, aber es gibt etwas, was ich noch lieber will, nämlich zusammen mit meinem Mann eine Familie gründen, bevor es zu spät ist.

Sie schien sich ihrer Sache sehr sicher zu sein, als sie das sagte. Sie sprach im Tonfall einer Nonne, die ihren Glauben an Gott nicht in Frage stellte.

Jetzt war Fausta eingeschlafen. Leda drehte sich in ihrem abgezogenen Bett hin und her. Sie dachte nach über das Wasser und das Land und die Unmöglichkeit solcher Unternehmungen. Wir sind nicht geschaffen für Reisen dieser Art, dachte sie. Die modernen Schiffe widersprechen allem, was wir sind. Sie hätte gern gewusst, wie Dante das empfunden hatte, bei seiner Überfahrt. Hatte er in der ersten Nacht geschlafen? Hatte er eine Kotzschüssel gebraucht? Sie musste ihn fragen, wenn sie dort war. Überhaupt wollte sie ihm sehr viele Fragen stellen.

Als sie schließlich einschlief, träumte sie vom Vesuv. Sie kletterte barfuß den Abhang hinauf. Ihre Füße bluteten. Aber sie ging nicht langsamer. *Ich will ankommen.* Die Strecke schien kein Ende zu nehmen, und ihr Magen verkrampfte sich vor Übelkeit. Plötzlich war sie auf dem Gipfel, direkt am Kraterrand. Sie beugte sich hinunter zum schwarzen Loch. Es war riesig und bodenlos. Wie gelähmt starrte sie hinein, irgendetwas flackerte in der Tiefe, ein fahler Funke, zwei Funken, drei. Das Licht von Lampen in Fenstern, und dann erschien Alazzano, ihr Dorf, gefangen in dem großen Krater, und sie selbst zu hoch oben, um es zu erreichen, weil sie vom Feuer verschlungen würde.

Jetzt, am Tag der Ankunft, stand sie an der Reling und schaute zu, wie Buenos Aires immer größer wurde. Im Hafen wimmelte es von Schiffen, und am Kai wimmelte es von Menschen. Von Argentiniern. Menschen, die in den Straßen dieser Stadt lebten, die in ihren Betten schliefen und den Alltagsgeheimnissen lauschten. Und irgendwo war Dante. Wie sah er aus? Wie würde es sein zwischen ihnen? Leda kontrollierte noch einmal mit einer Handbewegung, ob ihr Hut richtig saß. Ja, die Nadeln waren da, wo sie sein sollten, genau wie die Perlen. Dass sie so ein elegantes Ding auf dem Kopf hatte, gab ihr Kraft, um diesem großen Moment mit Fassung entgegenzugehen, obwohl sie befürchtete, dass sie die geforderte Weiblichkeit nicht ganz bieten konnte. Immerhin war es ihr gelungen, den Hut unbeschadet über den Ozean zu bringen. Das war der Auftrag ihrer Mutter gewesen: *Pass auf, dass deinem Hut nichts passiert.*

Der Hut hatte ihrer Mutter gehört. Ihr bestes Stück, schon bevor sie die echte Perlenkette daraufgenäht hatte. Dadurch, sagte Mamma, konnte Leda nach der Reise noch so erschöpft und müde aussehen – sie würde auf jeden Fall etwas haben, was der Würde des Augenblicks entsprach. Denn wenn man nach Buenos Aires kommt, muss man so gut aussehen wie nur möglich. Du willst doch nicht, dass er glaubt, du seist ein gefallenes Mädchen, nur weil du müde bist. Ganz abgesehen davon, fügte Mamma noch hinzu, während sie weiternähte, dass du eine Braut ohne Kleid sein wirst. Daran musste Leda jetzt denken, während sie sich über die Reling beugte: eine Braut ohne Kleid. Das klang so, als würde sie nackt ankommen und nackt von Bord gehen, nur mit einem eleganten blauen Hut auf dem Kopf. Das Bild versetzte ihr einen Stich. Vielleicht hatte Mamma genau das beabsichtigt.

Das Schiff berührte die Hafenwand. *Klonk.* Das Joch des Festlands. Um sie herum stieg die Erregung. Dreihundertachtundsechzig Italiener drängten zum Landungssteg, um das erste Mal einen Fuß auf argentinischen Boden zu setzen. Eine kleine Gruppe von Männern kam den Steg herauf. Sie betraten das Schiff, alle in frisch gestärkten Uniformen mit glänzenden Knöpfen. Drei von ihnen trugen ein Stethoskop um den Hals.

»Bitte, bilden Sie zwei Reihen, und halten Sie Ihre Dokumente bereit.«

Die Passagiere gehorchten. Leda stellte sich in eine der Reihen und versuchte, sich nach vorn zu mogeln, aber die Männerkörper stießen sie zurück. Ihr Herz hämmerte in der Brust, ihre Haut war schweißnass von der feuchten Luft. Die Menschenschlange wand sich über das Deck, vor und zurück. Von da, wo Leda stand, konnte man den Kai unterhalb des Schiffs gar nicht sehen. Sie zog ein Taschentuch heraus und wischte sich übers Gesicht. Sie musste frisch und gesund aussehen für die Beamten, damit diese keinen Vorwand hatten, ihr die Einreise zu verweigern. Nach allem, was sie gehört hatte, gab es keinen Grund zu Sorge. Argentinien setzte sich für die Einwanderer ein. Man brauchte Arbeitskräfte. Nur die Alten, Kranken oder irgendwie Geistesgestörten wurden nicht eingelassen.

Leda war jung und gesund, hatte allerdings durch die Seekrankheit abgenommen und war noch dünner als sonst. Ihre hervorstehenden Knochen waren nicht zu übersehen. Sie wischte sich noch mal über das Gesicht. Hoffentlich gab es keine Komplikationen. Was die geistige Gesundheit betraf, so war sie sich manchmal nicht ganz sicher, ob sie die besaß, weil sie schon immer ein bisschen komisch gewesen war und nicht ganz im gleichen Rhythmus tickte wie die Menschen in ihrer Umgebung. Aber das war doch bestimmt kein Grund, América nicht betreten zu dürfen. Sie konnte ihre Seltsamkeit gut kaschieren.

Die Menschenschlange bewegte sich nur ganz langsam vorwärts. Bestimmt musste sie noch ewig hier stehen. Sie hatte Hunger, und ihr war heiß. Und Dante war in ihrer Nähe, unten am Landungssteg wartete er auf sie. Sie hätte gern gewusst, was ihm durch den Kopf ging. Was würde er denken, wenn er sie sah? Würde er merken, wie dünn sie war? Würde er sie weniger begehren als früher? Sie straffte die Schultern und richtete sich auf. Dante, dachte sie, Dante, es ist zu spät, mich zurückzuschicken. Wir werden eine Familie gründen, unser eigenes Heim schaffen, Kinder bekommen – sie hatte nicht viel über Kinder nachgedacht, aber sie wusste natürlich, dass sie dazugehörten, unvermeidlich, ein paar undeutliche Wesen am Esstisch, nicht zu viele, keine große Sippe, bitte, sie hatte zu viele Frauen gesehen, unter ihnen auch ihre Mutter, die von ihrer Nachkommenschaft erdrückt wurden. Alles wird gut. Wir schütteln die alten Albträume ab und rufen neue Träume ins Leben.

Da drüben war Fausta, ein Stück vor Leda, in dem Abschnitt der Schlange, der sich gerade in die entgegengesetzte Richtung bewegte. Sie trug ein graues, locker geschnittenes Kleid, den kräftigen Körper leicht nach vorn gebeugt. Leda winkte ihr lächelnd zu, und Fausta grüßte mit einem Nicken zurück, kurz und streng, als wäre jetzt ein gefährlicher Zeitpunkt für freundliche Gesten. Ihr Gesicht war verschlossen, förmlich, ganz anders als während der Nacht auf halber Strecke, als sie stundenlang wach gelegen und geredet hatten, im Dunkeln. Sie konnten beide in der Nacht nicht schlafen und tauschten sich darüber aus, mit welchen Hoffnungen sie dem nächsten Kapitel ihres Lebens entgegenfuhren – ihre Hoffnungen, nicht ihre Ängste. Fausta hoffte, dass sie Thymian, Koriander, Basilikum und Oregano finden würde, die Gewürze, die sie brauchte, um richtig kochen zu können. Ledas Hoffnung war, dass ihr neues Zuhause ein Fenster haben würde, von dem aus man auf einen Baum hinausblicken konnte und wo sie sitzen und nähen würde (und lesen, dachte sie, aber sie sagte nur: nähen). Und dass Dante sich nicht allzu sehr verändert hatte.

Und was ist, wenn er sich verändert hat?, fragte Fausta.

Dann – das weiß ich nicht.

Er ist immer noch dein Mann, erklärte Fausta mit Nachdruck. Du schuldest ihm Respekt.

Ganz egal, was ist?

Ganz egal.

Leda drehte sich um und versuchte, in der Dunkelheit eine bequeme Lage auf der klumpigen Matratze zu finden. Machst du dir Sorgen wegen Bruno und dass er sich vielleicht verändert hat?

Nein.

Leda war verblüfft. Wie konnte Fausta so felsenfest überzeugt sein? Aber zehn Jahre sind eine lange Zeit, wandte sie ein.

Vor zehn Jahren warst du sieben.

Ja.

Wie willst du da irgendetwas verstehen?

Leda zuckte zusammen, weil der Satz so scharf klang. Ich glaube, du liebst ihn sehr, erwiderte sie sanft.

Ja, natürlich.

Fausta sagte das so bestimmt, dass es fast wie eine Warnung klang. Leda wollte lieber das Thema wechseln. Erklär mir doch, was du mit dem Basilikum vorhast, sagte sie.

Das Basilikum ist in der Neuen Welt süß und gleichzeitig herb, und es gibt jede Menge davon. Ich will es auf meinem Fensterbrett haben, so wie zu Hause, es macht meine Soßen würziger und gibt meinen Salaten eine neue Note, und wenn man traurig ist, dann muss man sich nur einen kleinen Zweig unter die Nase halten, und schon ist man geheilt. Hör gut zu, Leda. Es gibt Dämonen in dieser Stadt, und falls sie je in euer Haus kommen, dann denk an das Basilikum. Iss es, riech daran, decke die schlimmen Dinge damit zu. Tauche einen Zweig in Wasser, besprenkle jede Ecke. Und sing ein Lied dazu, irgendein Lied, je fröhlicher, desto besser, damit das Böse verschwindet. Vergiss das nicht, versprochen?

Ja.

Und während sie nun in der sengenden Sonne standen und auf ihre Untersuchung warteten, beneidete Leda ihre Gefährtin um ihre klare Überzeugung, um die unerschütterliche Liebe und um den Glauben, dass ihre ungeheure Hingabe die störenden Jahre wie Salz in einem Wasserglas auflösen würde, falls ihr Mann sich verändert hatte. Vielleicht wohnte der Ehe wirklich so ein Zauber inne.

Allerdings hinterließ Salz, selbst wenn es sich aufgelöst hatte und man es nicht mehr sah, einen Geschmack, der die Zunge attackierte.

Da geht sie, dachte Fausta, dieses junge Mädchen: eine Bohnenstange aus Eisen, die sich im Fell eines Kaninchens versteckt, das zwar beim leisesten Klopfen an der Tür aufschreckt, aber die ganze Nacht kotzen kann und am nächsten Tag frisch gestärkt aufsteht. Und nicht nur das – sie kann auch noch einer kotzenden Fremden helfen, so wie sie mir in der ersten Nacht geholfen hat, sie hat alles aufgewischt vom Fußboden, als wär's nichts, als wäre es ihr eigenes Erbrochenes. Das war sehr lieb von ihr. Ein liebes Mädchen. Ein seltsames Mädchen. Schau sie dir doch an, wie sie da steht mit diesem verwunderten Gesicht, als hätte sie keine Ahnung, wie sie an Deck gekommen ist. Oder vielleicht sogar, wie sie ins Innere ihrer eigenen Haut geraten ist – eine Frage, auf die niemand eine Antwort weiß, höchstens die Priester, und selbst wenn die behaupten, sie wissen es – wer kann sagen, ob's stimmt.

Blasphemie. Ich habe diesen Gedanken nicht gedacht!

Das Mädchen. Sie ist noch so jung. Wie wird sie hier in Buenos Aires zurechtkommen? Und ich – was wird aus mir? Zehn Jahre, hat die Kleine gesagt, in der Nacht, als ich gefährlich nah daran war, mein Geheimnis preiszugeben, als wir so dicht beieinander in der Dunkelheit lagen – zehn Jahre sind eine lange Zeit. Und ich hätte ihr gern etwas gesagt, hab es aber nicht gesagt, nämlich Folgendes: Zehn Jahre sind im Leben einer jungen Frau alles – absolut alles –, ihre eine große Chance, Leidenschaft zu erfahren und fruchtbar zu sein und wenigstens eine Handvoll Glück zu erwischen, und wenn man diese Jahre nicht nutzt, dann welken sie dahin wie verwesende Rosen, oder es gibt eine Explosion, und man landet im Abgrund des Grauens. Ich muss es wissen.

Die Schlange auf Deck bewegte sich mehrere Schritte vorwärts. Offensichtlich war eine ganze Gruppe von Leuten ohne weitere Umstände angenommen oder abgelehnt und einfach durchgewinkt worden. Leda bewegte sich mit ihrer Schlange in die andere Richtung und war jetzt außer Sichtweite. Fausta bekreuzigte sich. Sie hatte keinen Grund anzunehmen, dass sie nicht nach Argentinien hereingelassen würde. Trotzdem spannte sich jeder Muskel in ihrem Körper. Wenn man sie nicht akzeptierte, sollte sie dann in Panik geraten oder sich lieber freuen?

Ach, es war viel zu heiß. Die Sonne brannte erbarmungslos auf sie herunter. Und die Hitze kam nicht nur von oben, sie umgab einen von allen Seiten, wie eine dichte Hülle, aus der man nicht herauskam. Fausta konnte sich Gesicht und Hals noch so oft abwischen – sie würde ganz verschwitzt sein, wenn sie Bruno sah. Und er bestimmt genauso. Die ganzen Taschentücher, die sie ihm immer säuberlich gefaltet zugesteckt hatte, waren zu Hause auch immer völlig durchnässt gewesen. Sie hatte sie im Sommer abends gewaschen und jeden Morgen drei frische für ihn bereitgelegt. Diese Taschentücher hatte sie selbst genäht, aus zerrissenen Hemden. So etwas zu kaufen wäre ein Luxus gewesen, den sie sich nicht leisten konnten, aber sie war ja eine gute Ehefrau gewesen, damals, sie hatte die Ränder bestickt, damit sie einen vornehmen Eindruck machten.

Wie sah Bruno wohl jetzt aus? Ob er sich sehr verändert hatte? Seine Briefe waren kalt geworden. Kurz und knapp. Geschäftsmäßig. Fausta hatte Geschichten von Emigranten gehört, deren Seelen durch das Leben in der Neuen Welt regelrecht erfroren waren. In Salerno hatte sie eine Nachbarin gehabt, deren Onkel nach dreißig Jahren in den Minen von Florida heimgekommen war. Alle hatten ihn immer nur Vampata – Feuer – genannt, denn als er wegging, besaß er so viel Energie, dass man dachte, er könnte jeden Moment in Flammen aufgehen. Aber als Vampata wieder nach Hause kam, war er grau wie Asche, nur noch ein Schatten seiner selbst. Er lächelte nie, er redete nicht, sondern nickte nur oder schüttelte den Kopf, wenn man ihn etwas fragte. Er arbeitete den ganzen Tag in der Schmiede seines Neffen, und die übrige Zeit blieb er für sich. Das Wort *vampata* bekam im Viertel eine neue Bedeutung. Die Leute verwendeten es nun für alles, was kein Leben mehr ins sich hatte. Heirate ihn nicht, diesen Jungen, seine Mutter macht mit ihren ewigen Standpauken eine *vampata* aus dir. Komm schon, lächle, was ist nur mit dir los, du *vampata*? Das Land ist die reinste *vampata* geworden, deswegen wollen alle jungen Männer weg von hier, wer möchte in so einer Wüste sein Leben beginnen?

Die Schlange bewegte sich schleppend ein Stückchen weiter. Näher, immer näher. Bruno, dachte sie, wenn das Feuer in dir erloschen ist, werde ich das nicht hinnehmen. Dann muss ich dich töten, ganz langsam, mit einer stumpfen Gabel. Du bist das Einzige, was ich hier habe, und wenn du mir kein Kind schenkst, bevor es zu spät ist, dann werde ich dir die verlorenen Jahre niemals verzeihen. Das Mädchen, mit dem ich die Kabine geteilt habe, denkt, dass ich es nicht erwarten kann, dich endlich zu sehen, ich habe die Rolle der pflichtbewussten Ehefrau perfekt gespielt und alle mit meiner Darstellung überzeugt, niemand sieht meine rasende Wut. Du hättest nach Hause zurückkehren müssen, wohlhabender als vorher. Du hättest mir ein Leben ermöglichen sollen, eine Zukunft, die man ertragen kann. Mutterschaft.

Ich habe ein Jahr lang auf dich gewartet. Dann zwei Jahre. Gehorsam. Erst nach drei Jahren habe ich die Hoffnung verloren, und von deinen Jahren in América musst du ja wissen, Bruno, was es heißt, allein zu sein – was dem Körper mit seinen Bedürfnissen und Sehnsüchten da abverlangt wird. Vielleicht ist es für Männer schlimmer, weil ihre Bedürfnisse so stark sind, aber Frauen haben diese Wünsche ebenfalls. Sieh mich an. Bin ich die einzige Frau, die weiß, was Leidenschaft bedeutet? Bin ich etwa eine Missgeburt? Das habe ich mich selbst gefragt, in tausendundeiner Nacht – wie konnte Gott mich so verunstalten, wie konnte er so viel schreckliches Verlangen in den Körper einer Frau pflanzen und dann ihren Ehemann über den Ozean schicken und die Frau im Haus ihrer Eltern lassen, wo sie warten muss, unberührt, allein. Kannst du mir das, was passiert ist, zum Vorwurf machen? Die Nachmittage im Lagerraum des Lebensmittelladens, auf den Säcken mit Bohnen und Getreide? Aber natürlich würdest du es mir vorwerfen. Und deshalb habe ich immer und immer wieder gebetet, dass ich die Wahrheit vor dir verbergen kann, wenn ich dich wiedersehe, damit du, mein Ehemann und inzwischen ein Fremder, mir den Betrug nicht vom Gesicht ablesen kannst. Ich habe es nicht getan, um dich zu betrügen, Bruno, sondern um mir selbst treu zu bleiben, meinem erbärmlichen Ich, das kurz davor war zu sterben, ohne Berührung, und der Lebensmittelhändler, dein Onkel, er hat mir gegeben, was ich brauchte, seine Hände auf meiner nackten Haut waren die Hände eines Magiers, er hat mich wieder zum Leben erweckt, ich habe ihn gebraucht, so wie ich die Luft zum Atmen brauche. Jeder dachte, es ist richtig, als ich die Stelle in seinem Laden angenommen habe, um ihm im Lager zu helfen, sie soll ruhig ein bisschen was zu ihrem Lebensunterhalt beisteuern, haben alle gesagt, und außerdem tut es ihr bestimmt gut, wenn sie mal aus dem Haus kommt. Und sie hatten recht.

Aber dann die zwei. Das war so grauenhaft. Die zwei.

Fausta war schon fast ganz vorne. Die Leute wurden inzwischen schneller durchgewinkt. Sie sah, wie der argentinische Arzt jedem in Hals und Ohren schaute, wie er mit seinem Stethoskop jedes Herz abhörte, um herauszufinden, was dieses Herz von einem Kontinent zum anderen mitbrachte, und wie er das Stethoskop dann schnell wieder wegnahm, zufrieden mit dem, was er in den drei Sekunden gehört hatte. Fausta betete, dass man sie ohne Probleme einlassen und dass Bruno noch heute Abend mit ihr schlafen würde und dass Gott das Schreien ihrer Körper hörte und ihnen in seiner unendlichen Güte ein Kind schenkte. Einen Sohn oder eine Tochter – ein Kind würde ihr das Leben retten und wäre ein Zeichen dafür, dass Gott ihr verziehen hatte. Und wenn kein Kind kam, bewies das, dass Gott erzürnt war. Faustas Körper war nämlich fähig zu empfangen: Das wusste sie genau. Eins. Zwei. Ein heller Funke in ihrem Inneren – und das Blut, das nicht floss. Das Kräutersäckchen der Schustersfrau war so bitter, so klein. Der daraus gebraute

Tee brannte Abend für Abend in ihrer Kehle – sie kochte ihn, nachdem ihre Schwiegereltern ins Bett gegangen waren –, und dann brodelte das Blut, und der Händler war wütend, weil sie drei Wochen lang nicht in den Lagerraum seines Ladens kam und ihm nicht erklären wollte, warum. Er dachte, sie wolle ihn nicht mehr. Bin ich dir zu alt?, fragte er sie. Er war nicht zu alt, seine Berührungen waren alterslos und voller Begehren, sein Geschlecht immer noch fest vor Lust und bereit für sie. Für seine Frau nicht mehr, sagte er. Er hatte vier Kinder, und er war der Onkel ihres Mannes, natürlich würde er nichts von dem Tee hören wollen, von den Blutungen und von den Tränen tief in der Nacht, von der Trauer um eine unschuldige Seele, die nicht auf die Welt kommen konnte, es ging nicht, wirklich nicht, weil ihr Schicksal von Anfang an besiegelt gewesen wäre. Und deshalb sagte Fausta ihm nichts, auch als sie wieder zu ihm kam und zu ihren Nachmittagen der Freude, einer Freude, die so gewaltig war, dass Fausta die goldenen Pforten der Unterwelt ahnen konnte. Die Liebe fand immer in absoluter Stille statt, und sie mussten auf das geringste Geräusch aus dem Laden achten. Die Stille verlieh ihren Bewegungen eine wilde Intensität. Eines Tages brachten sie aus Versehen den Mehlsack unter ihnen zum Platzen, und weil der Mann nichts merkte, stieß er immer weiter zu, und Fausta sank und sank immer tiefer in das Weiß. Als sie das zweite Mal zur Frau des Schusters ging, ein Jahr nach dem ersten Mal, musterte die Alte sie mit trauriger Verachtung und sagt: Fausta, ich gebe das Mittel nie zweimal derselben Person.

Bitte, sagte Fausta, du musst mir helfen.

Du kannst daran sterben, das ist dir klar.

Bitte, bitte.

Du darfst so nicht weitermachen.

Ich werde nicht so weitermachen.

Versprich es mir.

Ich verspreche es, antwortete Fausta, ohne zu überlegen.

Du weißt, dass ich keine Klatschbase bin, sagte die Frau des Schusters. Ich bin die einzige Frau im ganzen Ort, die ein Geheimnis für sich behalten kann. Aber wenn du dein Versprechen brichst und zu diesem Mann zurückgehst, dann werde ich es zwei Frauen erzählen, und noch am selben Abend weiß es ganz Salerno.

In dem Moment starb etwas in Faustas Innerem. Sie saß in der Falle. Es gab keinen Ausweg. Wenn sie das Versprechen nicht gab, musste sie ein Kind der Schande gebären, das sie zugrunde richten würde, ebenso ihren Ehemann und beide Familien, und jedes neue Kind würde immer und ewig im Schatten des mütterlichen Vergehens leben müssen.

Diesmal waren die Schmerzen noch viel schlimmer, und es floss noch mehr Blut. Sie starb nicht. Aber es war das Ende ihres Lebens. Vier Tage lag sie im Bett, obwohl ihre Schwiegermutter schimpfte: Du faules Mädchen, wie krank bist du überhaupt? Was ist mit uns? Und was ist mit deiner Arbeit?

Ich gebe meine Stelle auf.

Was höre ich da?

Ich will nicht mehr im Laden arbeiten.

Aber warum denn, Herrgott?

Ich …

Hast du mit meinem Bruder gestritten?

… ja.

Fausta, du kannst nicht einfach aufhören zu arbeiten. Denk doch nur daran, wie viel Essen wir jeden Tag für dich auf den Tisch stellen. Mein Bruder ist manchmal schroff. Ich rede mit ihm.

Ihre Schwiegermutter ging in den Laden, noch am selben Tag, und alles wurde geregelt. Als Fausta wieder zur Arbeit kam, würdigte der Gemüsehändler sie keines Blickes. Sie redeten nur das Nötigste und nie über das, was sich schnell in ein Phantom aus der Vergangenheit verwandelte. Bald war er aus der Rolle des Liebhabers entlassen, wurde wieder ihr Chef, ihr angeheirateter Onkel. Wie war es möglich, dass sie diesen grau werdenden Mann begehrt hatte?

Und da fing Fausta an zu altern. Sie bekam eine matronenhafte Figur, eine breite Taille, schwere Hüften. Ihre Leidenschaft richtete sich auf sie selbst, bis sie ganz verschwand. Sie lebte damit, eine gute Ehefrau zu sein, halb tot, drei weitere Jahre, ohne Hoffnung – bis auf den schwachen Traum, Bruno könnte zurückkehren. Aber dann kam der Brief, in dem er sie aufforderte, in die Neue Welt zu kommen, und nun war sie hier, an der Pforte zu América, ein Dutzend Schritte von den Wächtern entfernt. Der Arzt würde die verborgenen Gräber in ihrem Herzen nicht entdecken. Er würde, wenn er ihr in den Mund blickte, nicht die unausgesprochenen Worte hören, die sie quälten. Wie viele Geheimnisse wurden an diesem Tag in die Neue Welt geschmuggelt?

Fausta blickte hinaus auf den Kai, mit seinem hölzernen Vordach, darunter die versammelte Menge, deren Gemurmel sie hören konnte (bestimmt war Bruno dabei). Das Vordach hatte keine Beschriftung, aber eigentlich, so fand Fausta, müsste da ein riesenhaftes Schild angebracht werden, mit der Aufschrift LETZTE HOFFNUNG, denn genau das war dieser Ort für viele der Menschen auf dem Schiff, man konnte es von ihren Gesichtern ablesen, sie waren voller Hunger, warum sonst hätten sie hierherkommen sollen?

Sie war als Nächste an der Reihe. Der Mann vor ihr stand schon beim Arzt und sperrte den Mund auf. Fausta versuchte, sich ihre Zukunft auszumalen, ein Trick, um die Nerven zu beruhigen. Sie würde – wie viele Kinder würde sie haben? Blieb noch genug Zeit für drei? Jungen, nur Jungen, und diese Kinder würden sie von den Sorgen des Alltagslebens ablenken, sie würden die zwei, die sterben mussten, ersetzen. Aber sie wurde jetzt doch nervös: Die Bilder halfen nicht weiter.

Sie entschied sich für eine andere Taktik und begann, sich die Zukunft des Mädchens Leda auszudenken. Sie hatte Glück, diese Leda, sie war ihr in jeder Hinsicht überlegen, ein unbeschriebenes Blatt, so jung wie Fausta bei ihrer Hochzeit. Sie sah Ledas strahlende Zukunft vor sich. Vier Kinder, vielleicht fünf. Eine lange Ehe, vielleicht mit heftigen Streitereien, aber letzten Endes war die Ehe solide und glücklich, ein Bollwerk gegen die Welt. Freude an der Mutterrolle. Und eines Tages, in vielen, vielen Jahren, würde das Mädchen Leda – das dann natürlich längst kein Mädchen mehr war – mit ihrer ganzen Familie nach Italien zurückkehren und zuschauen, wie ihre Urenkel im Garten ihrer Jugend spielten.

Als Fausta vortrat und für den Arzt den Mund aufmachte, trug sie diese Prophezeiung bei sich wie einen Talisman.

Leda hatte kein Problem bei der ärztlichen Untersuchung, die nur sehr oberflächlich war und überraschend schnell vorbei. Die Kontrolle ihrer Unterlagen verlief ebenfalls reibungslos. Die Angestellten arbeiteten zügig und sachlich. So viele Menschen wollten in ihr Land aufgenommen werden, alle an einem Tag.

Sie betrat den Landungssteg. Unter ihr lag der Kai, eine lange Plattform voller Menschen, die ungeduldig den Kopf in den Nacken legten, um ihre Ehefrauen oder Cousinen oder Neffen oder Nachbarn aus Italien ausfindig zu machen. Sie schrien und riefen die Namen – *Francesca! Emilia! Alessandro! Vito!* – wie eine Beschwörung, als würden ihre Angehörigen schon allein durch die lauten Rufe aus Italien hierhergebracht werden. Die Migranten auf dem Steg wurden von Wellen der Begeisterung getragen, und Leda war in dem Moment nicht Leda, sondern ein Tropfen in einem Fluss, der vom Schiff zum Kai rauschte, von einer eigenen Energie vorangetrieben. Voller Sehnsucht, sich mit einem neuen Erdboden zu verbinden, wurden alle in dieselbe Richtung geschwemmt, abwärts, abwärts, abwärts. Mit den Augen suchte Leda die Menge ab. So viele Gesichter, die zu ihr heraufblickten und dann schnell an ihr vorbei zu den anderen, die mit ihr langsam den Landungssteg hinunterströmten – *Paolo! Da bist du! Paooolooo!* Die Gesichter waren italienisch, genau wie die Worte, die sie riefen – *Gottes Segen! So eine Freude, so eine Freude* –, und Leda horchte nach Dantes Stimme, konnte sie aber nicht hören.

Ihr Fuß berührte das Festland. Es war eine Zementplatte, nicht die Erde Argentiniens, aber Leda war verzückt. Drei Männer hinter ihr entschuldigten sich, als sie an ihr vorbeidrängten und direkt zur Lagerhalle liefen, wo sich ihr Gepäck befand. Offenbar erwartete diese Männer niemand, sie gingen ihren eigenen Weg. Sie würden ihre Sachen zum Hotel de Inmigrantes tragen, eine Unterkunft, die Argentinien speziell für Immigranten eingerichtet hatte, die ankamen und keinen hatten, bei dem sie wohnen konnten. Dort bekamen sie fünf Tage lang Kost und Logis, während sie einen Job suchten – sehr hilfreich, klar, aber Leda hatte doch Mitleid mit ihnen, so allein, so weit weg von zu Hause.

Links von ihr zwei Brüder, die sich gefunden hatten. Sie weinten und lachten und klopften sich gegenseitig auf den Rücken.

Gleich hinter ihnen begrüßte ein Mann seine Frau. Er umarmte sie lange und innig, die beiden wiegten sich hin und her und murmelten sich Dinge ins Ohr, sie waren nicht mehr im Hafen von Buenos Aires, sondern in ihrem eigenen Kosmos.

Dante, wo war nur Dante? Sie schaute und schaute, sah ihn aber nirgends. Sie schob sich durch die Menschenmenge, an den vielen Körpern vorbei. Es war zu laut, zu viele Stimmen, die aufgeregt schrien vor lauter Freude. Ihre Mitreisenden verschwanden nach und nach und waren nicht mehr Teil eines trägen Flusses. Leda war allein. Allmählich bekam sie Angst. Hatte Dante sich verspätet? Oder vergessen, dass heute der Tag ihrer Ankunft war? Oder spielte er ihr einen Streich? So wie früher, als sie noch Kinder waren – er hatte sich oft hinter einem Felsen versteckt, wenn Cora ihn zum Essen rief, und dann musste Cora den Hügel hinaufklettern und ihn suchen, während er die ganze Zeit am Gartenrand hockte.

An einer Mauer blieb Leda stehen. Von da aus konnte sie beobachten, wie die letzten Immigranten von Bord gingen und die Menge sich zerstreute. Ihr Mann war nirgends.

Was tun? Sie hatte nicht die geringste Ahnung. Also würde sie einfach nichts tun und weiter auf Dante warten.

Bald waren kaum noch Leute da. Ein Mann, den sie nicht kannte, beobachtete sie schon seit einer Weile, ein junger Kerl, sauber, aber eher ärmlich gekleidet. Seine Blicke machten Leda nervös. Sie straffte den Rücken und bemühte sich, würdevoll auszusehen, anständig, eine verheiratete Frau, die ein Ziel vor Augen hatte. Die Freude über die Ankunft war verflogen und hatte der Angst Platz gemacht – Angst vor diesem riesigen Land, vor der unbekannten, endlosen Weite, und sie hier, ganz am Rand, allein, eine Frau, leichte Beute.

Der Fremde kam auf sie zu, den Hut höflich an die Brust gedrückt.

»Signora di Mazzoni?«

Sie schaute ihn mit leeren Augen an. Noch nie hatte jemand *signora* zu ihr gesagt. Und einen kurzen, seltsamen Moment lang dachte sie, er würde sie mit ihrer Mutter verwechseln. »Ja?«

»Ich bin hier, um Sie abzuholen. Ich bin ein Freund Ihres Cou… – Ihres Mannes. Dante.«

»Ja? Wo ist er?«

»Es tut mir schrecklich leid, *signora.* Dante ist tot.«

2

DUE

Eine Nische des Möglichen

Der Fremde hieß Arturo. Er sagte, er werde sie nach Hause bringen.

Zuerst versuchte er, alles zu erklären und ihr die Geschichte von Dante zu erzählen, aber die Worte kamen wirr aus seinem Mund, und Leda verstand nichts, nur irgendetwas von einem Irrtum, von einem Helden, vom Hafen von Buenos Aires – nichts ergab einen Sinn. Das Dock, auf dem sie stand, hatte sich in den äußeren Rand des Chaos verwandelt, die Luft um sie herum tobte und brodelte, zerbrochen, zu grell. Sie konnte nur sagen: Entschuldigen Sie, aber ich verstehe Sie nicht, ich verstehe kein Wort. Da gab er auf und schlug vor, am besten sollten sie ihren Koffer holen und nach Hause gehen. Sie folgte ihm zu der Lagerhalle, wo das Gepäck wartete, aber die Frau, die da ging, war nicht Leda, sondern ein Geist, ein Schatten.

Ihr Koffer war leicht zu finden, denn sie waren ja die Letzten, die in die Halle kamen. Der Zollbeamte, der das Gepäck kontrollierte, hatte eine Knollennase und lächelte dauernd. Als er das Olivenglas der Bäckersfrau sah, grinste er richtig. Er sagte etwas auf Spanisch, schüttelte den Kopf, dann schraubte er das Glas auf und steckte sich eine Olive in den Mund. Leda verstand nicht alles, aber der Kern seiner Aussage war klar. Sein Spanisch war für sie, als würde sie durch trübes Wasser ihre Muttersprache hören.

»Er sagt, Sie dürfen die Oliven nicht mitnehmen«, übersetzte Arturo.

Eigentlich hätte ihr das gleichgültig sein können, es spielte ja keine Rolle mehr, aber in dem Moment hatte sie das Gefühl, als würde der Mann ihr das letzte Bisschen von Alazzano, von ihrem alten Leben wegnehmen. Weil er es für sich selbst haben wollte, dieser Kerl, der nicht einmal Italienisch konnte und nichts von den fernen Tälern der Campania und von verlorenen Angehörigen wusste, erst die Cousine, dann auch noch der Cousin. Es war ja nicht so, dass Leda die Oliven unbedingt selbst essen wollte – sie konnte sich nicht vorstellen, je wieder irgendetwas zu essen –, aber sie wollte sie bei sich haben, unangetastet. Es war, als würde der Zollbeamte ein grünes Stück von Dantes Körper aufessen. Aber sie brachte kein Wort heraus, sie konnte sich nicht rühren. Sie stand nur da und schaute zu, wie der Mann noch eine Olive in den Mund steckte. Dabei funkelte sein Gesicht vor Zufriedenheit. Er sagte etwas zu Arturo. Arturo entgegnete etwas, und obwohl Leda auch bei ihm nicht alles verstand, konnte sie doch einzelne Wörter ausmachen, weil sie dem italienischen Singsang entsprachen: *Ehemann* und *gestorben* und *kommt aus Italien*, dann irgendetwas anderes, dann *nur.*

Der Beamte musterte Leda mit neuem Interesse.

Arturo fügte noch etwas hinzu, einen Satz mit dem Wort *Ausnahme*, und am Schluss ging seine Stimme nach oben, wie bei einer Frage. Garantiert fragte er den Mann, ob sie das Olivenglas nicht behalten könnte.

Der Zollmensch aß eine dritte Olive. Dann entgegnete er etwas, langsamer, gedehnter. Das Wort *jung.* Dann *allein.* Und danach noch mehrere Silben, unterstrichen durch wiederholtes, bedächtiges Kopfschütteln, das einerseits betrübt wirkte, andererseits eine Spur von Genugtuung enthielt.

Ihr war offensichtlich etwas entgangen. Arturo richtete sich auf, ein Jäger in Alarmbereitschaft. Seine Antwort war schneidend: *nicht allein*, sagte er, und nun sprach er mit so viel Nachdruck, dass Leda seiner Aussage folgen konnte. *Sie hat mich. Ich war ein Freund ihres Mannes.*

Daraufhin wurde der Tonfall des Beamten unüberhörbar spöttisch. Er redete schnell, und irgendwo in der Mitte seines Redeschwalls glaubte Leda die Formulierung *Glück gehabt* aufzuschnappen.

Arturos Lippen wurden schmal. Er machte den Mund auf, als wollte er etwas sagen. Er schaute kurz zu Leda, die so tat, als hätte sie nichts verstanden. Ihr leeres Gesicht schien ihn zu beruhigen. *Jawohl, señor*, sagte er.

Der Beamte schraubte den Deckel wieder auf das Glas und winkte mit der Hand. Die Oliven mussten bleiben, Arturo und Leda konnten gehen.

Vor der Lagerhalle hob Arturo Ledas Koffer auf eine Karre und führte sie zu der Straße, wo sie in eine riesige öffentliche Kutsche stiegen, die aber nicht von Pferden gezogen wurde. Eine Straßenbahn, eine Tram, sagte Arturo. Ein junger Mann, der ebenfalls mitfahren wollte, half Arturo, den Koffer in den Wagen zu wuchten. Arturos Hand war warm und feucht, als er Leda half, die drei Stufen hinaufzuklettern. Er beharrte darauf, dass sie sich auf ihren Koffer setzte, um es bequem zu haben, aber ihre Knie drückten von unten gegen seine Knie und gegen die Waden anderer Männer, die um sie herum standen und sich an einer Stange über ihren Köpfen festhielten. Es fuhren überhaupt vor allem Männer in der Tram, und die wenigen Frauen hatten alle Sitzplätze. Ein beißender Schweißgeruch erfüllte die Luft. Die Körperhaltung der Männer, alle mit erhobenen Armen, um die Stange zu erreichen, erschien Leda grotesk, aber sobald die Bahn sich ruckelnd in Bewegung setzte, wurde ihr klar, warum sie so dastanden. Eine neue Art von Seekrankheit überkam sie, als sie nun die Stadt durchquerten.

»Es dauerte nicht lang«, erklärte Arturo. »Wir sind bald in La Boca, und da wohnen wir.«

Die Tram ratterte durch belebte Straßen. Leda tat der Nacken weh, weil sie dauernd den Hals zu den offenen Fenstern drehte. Sie konnte den Blick nicht losreißen von dem, was sie sah: ein komplexes Labyrinth aus Gebäuden, die so hoch waren, dass die Straßen mit dem Kopfsteinpflaster im Schatten lagen. Und in diesem Straßenlabyrinth sah sie Männer, die auf den Stufen vor der Haustür standen und rauchten, Männer, die auf umgedrehten Eimern Schuhe polierten, Männer, die lautstark ihre Ware anpriesen, Männer, die Kutschen lenkten und ihre Pferde anbrüllten, Männer, die mit schnellen Schritten irgendwohin eilten – wohin? Die Luft war stickig und schwül, und es stank.

Dante. Leda begriff nicht, was geschehen war. Was Arturo gesagt hatte, kam immer wieder hoch und sprang ihr ins Gesicht, wie dieses Kinderspielzeug, bei dem eine grellbunte Figur aus einer Kiste springt. Ihr Gesicht tat weh, ihre Knochen taten weh, ihre Gedanken taten weh. Ein Mann stieg in die Tram, eine Knoblauchkette um die Brust geschlungen, Hunderte von Knollen, wie Perlen oder wie Gewehrkugeln. Verkaufte er diese Knollen? Sammelte er sie? Oder folgte er den Anweisungen irgendeiner Hexe, um einen Zauber zu durchbrechen? Er stand ein Stück von ihr entfernt, der Geruch stieg ihr in die Nase. Sie schloss die Augen. Sie merkte, wie eine Hand über ihren Nacken strich, und schrak hoch. Ja nicht entspannen, ja nicht wegdösen! Arturo stand vor ihr und schien nichts bemerkt zu haben. Hinter ihr gesichtslose Horden von Männern. Leda spürte immer noch die Finger auf der Haut, feucht, kriechend. Während der restlichen Fahrt saß sie ganz verkrampft da, bis ihr Arturo endlich bei einer Haltestelle signalisierte, sie müssten aussteigen.

Auf der Straße wimmelte es von Fußgängern und Pferdewagen. Die Häuser waren aus scheinbar beliebig zusammengestellten Materialien gebaut: Holz, Metall, Wellblech, irgendwie miteinander verbunden und bunt angemalt: rot, orange, gelb, blau, grün. Leda roch frisch gebackenes Brot und Pferdepisse und

Zwiebeln, die irgendwo auf dem Herd geröstet wurden. Ein alter Mann an der Ecke spielte Geige, während zu seinen Füßen ein kleiner Junge Zigaretten rollte, konzentriert wie ein Priester, der das Brot für die heilige Kommunion vorbereitet. Die Musik besaß eine Kraft, die in krassem Widerspruch stand zu dem versteinerten Gesicht des alten Mannes, die Melodie schwoll an und schwoll wieder ab, ohne Auflösung, sie schwang sich hoch in die Luft, mit einer verzweifelten Schönheit, die Leda direkt ins Herz traf. Was war das für eine Musik?

Sie drehte sich zu Arturo, doch der war schon bei dem Jungen und bat ihn um Hilfe – gemeinsam hoben sie den schweren Koffer hoch. Arturo gab sich große Mühe, die Aktion mühelos aussehen zu lassen, niemand sollte merken, wie sehr er sich anstrengen musste. Sie gingen ein Stück mit dem Koffer und machten dann vor einer alten roten Tür halt. Die Tür gehörte zu einem Haus, welches sich eng an seine Nachbarn schmiegte, so dass es aussah, als bildeten sie alle gemeinsam ein einziges, langes Haus. Nach der Entfernung zwischen dieser Tür und der nächsten zu urteilen, hatte ihr neues Zuhause viele Zimmer und zwei Stockwerke – zwei Stockwerke! Deswegen hatte Dante so lang gebraucht, um das Geld zusammenzukriegen! Aber warum hatte er gedacht, sie bräuchten so viel Platz? Er hätte sie doch viel eher kommen lassen können.

»Wir sind da«, sagte Arturo. »Die rote Tür.«

»Leben Sie in der Nähe?«, fragte ihn Leda.

Er schaute sie verdutzt an. »Ich wohne auch hier. Wir wohnen zusammen.«

Sie hatte seine Freundlichkeit also falsch gedeutet. Wie konnte sie nur so dumm sein. Sie überlegte rasch: Arturo war garantiert stärker als sie, doch sie war größer, sie konnte davonlaufen – aber wohin?

Er bemerkte ihren Gesichtsausdruck und wurde rot. »Nein, nein – in einem anderen Zimmer. Mit meiner Mutter und meinen Schwestern.«

Der kleine Junge verfolgte die Szene aufmerksam. Leda tat so, als würde sie seine Neugier nicht bemerken. »Die ganze Familie? In diesem Haus?«

»Wir sind viele. Viele Familien in einem Haus. Es ist ein Conventillo. Hat Dante das nicht gesagt?«

»Nein.« Selbst in den bescheidensten Bildern von ihrem neuen Leben hatte Leda sich immer vorgestellt, dass sie und Dante ein eigenes Haus haben würden. Ein privates Reich, nur für sie beide, am Ende der Welt, weit weg von ihrer Familie. Selbst wenn es nur eine Hütte mit einem einzigen Raum war, mit gestampftem Lehmfußboden, wie bei den ärmsten Leuten in Alazzano, bei denen, die für die Familien mit Grundbesitz – zu denen ihre gehörte – das Haus putzten und die Ställe ausmisteten. Das war ihr Traum gewesen. Sie war nicht auf die Idee gekommen, dass dieses private Reich erfüllt sein könnte vom Lärm unzähliger Familien und dass andere Immigranten sich in derselben Unterkunft drängten. So viel Naivität!, dachte sie und ging hinter Arturo und dem Jungen durch die Haustür.

Sie kamen in einen halbdunklen Vorraum. Eine Doppeltür führte hinaus auf einen großen, offenen Innenhof, den Patio, der mit allem Möglichen vollgestellt war: Waschzuber, Tische, auf denen Stoffe und Nähsachen lagen, Holzkisten. An Wäscheleinen hing jede Menge Wäsche. Frauen schrubbten und schnitten und schälten und nähten und fegten. Und dann waren da die Kinder, überall waren Kinder, die mit Holzlöffeln spielten und Messer schliffen, die zerrissene Kleider flickten und den Frauen beim Schrubben, Schneiden, Schälen, Nähen und Fegen halfen und sich mit der Hand den Rotz aus den verschmierten Gesichtern wischten. Alle starrten Leda an, als sie in das blendende Licht trat.

»Leda!«, rief eine der Frauen. Sie hatte ein rundes, freundliches Gesicht, wischte sich die Hände am Rock ab und kam mit ausgebreiteten Armen auf Leda zu. Sie war korpulent und ging sehr aufrecht, man spürte einen eisernen Willen, wie bei den Matronen in Alazzano, die mit ihrem giftigen Mundwerk jeden zerreißen konnten. Leda versuchte allerdings, nicht an diese Matronen zu denken, als sie den üblichen Begrüßungskuss entgegennahm.

»Ich bin Francesca«, sagte die Frau. »Wir haben dich schon erwartet!«

Immer noch starrten sie alle an. Es wurde Leda zu viel, sie war so müde. Manche lächelten, während andere – die Kinder, die ja immer am ehrlichsten sind – sie einfach nur anglotzten, als wäre sie ein rätselhaftes Geschöpf, das jemand aus dem Wasser gefischt hatte: die jungfräuliche Witwe, die trauernde Braut. Manche Frauen schienen sie zu bemitleiden, andere beäugten sie kritisch von Kopf bis Fuß, wie die Waren auf einem Markt, auf dem es jede Menge Diebe gibt. So viele Frauen – wohnten sie alle hier? Ohne Männer? Aber nein, es war mitten am Tag, die Männer waren bestimmt bei der Arbeit. Also lebten hier noch mehr Personen!

Es roch nach Urin und altem Öl. Arturo war mit Ledas Koffer hinter einer der vielen Türen verschwunden, die von dem Hof abgingen. Dieser Hof war wie das Herz eines Labyrinths, mit tausend Türen, aber ohne einen eindeutigen Ausgang. Manche Türen standen offen, andere waren geschlossen. Leda hätte gern gewusst, ob eine der Türen zu ihrem Zimmer führte. Hatte sie überhaupt ein eigenes Zimmer? Oder sollte sie hier in dem Innenbereich schlafen, zwischen Kisten und Waschtrögen, ohne Dach?

»Das hier sind meine Töchter«, erklärte Francesca. »Palmira, Diana und Silvana.«

Die drei Töchter – eine so alt wie Leda, zwei jünger – kamen und küssten Leda auf die Wange. Auch die anderen Frauen im Patio stellten sich nun vor, küssten sie ebenfalls und deuteten auf ihre Kinder, von denen mehrere Leda gehorsam küssten, wohingegen andere sich trotzig im Hintergrund hielten. Die Namen schwammen durch Ledas Kopf, um gleich wieder zu verschwinden. Sie konnte sich nichts merken. Hoffentlich wirkte wenigstens ihr Lächeln einigermaßen überzeugend. Die Frauen umringten sie und redeten auf sie ein: wie hübsch sie aussehe und wie jung, wie die Überfahrt gewesen sei, wollten sie wissen, und wie sie sich jetzt fühle. Schließlich nahm Francesca die Sache in die Hand. Sie fasste Leda am Arm, fest und bestimmt, wie eine Mutter. »Komm mit. Ich zeige dir dein Zimmer.«

Sie hatte also ein Zimmer. Die letzte Tür auf der rechten Seite. Drinnen war es heiß und stickig, es gab keinen Ventilator. Da begriff Leda, weshalb die ganzen Familien sich im Innenhof versammelten. Nicht, weil sie keine eigene Wohnung hatten, sondern weil es in den Räumen nicht genug Luft gab. In ihrem Zimmer standen ein Holztisch, zwei Stühle, ein alter Kleiderschrank und ein Waschtisch. Außerdem zwei schmale Betten mit rostigem Metallgestell und Decken aus Sackleinen. Unter einem stand ein leerer Nachttopf. Einen Ofen gab es nicht. Die Wände hatten schon vor längerer Zeit ihren weißen Anstrich eingebüßt.

Arturo und der Nachbarjunge hatten den Koffer in die Ecke gestellt, Arturo gab dem Jungen eine Münze und schickte ihn weg.

»Setz dich hin, setz dich hin«, rief Francesca und schob Leda einen Stuhl hin. Sie strahlte Autorität aus. Ihr Akzent war Leda nicht vertraut. Am ehesten Norditalienisch, vielleicht aus Genua. Oder aus Mailand.

Leda setzte sich hin.

»Du hast doch bestimmt Hunger«, sagte Francesca mit erwartungsvoll hochgezogenen Augenbrauen.

»Bitte, macht meinetwegen keine Umstände.«

»Arturo«, sagte Francesca. »Sag doch bitte Silvana, sie soll der jungen Dame was zu essen machen.«

Arturo nickte und war auch schon verschwunden.

»Der Junge ist nett. Du kannst ihm vertrauen. Und ich muss das wissen – er ist zwar nicht mein Sohn, aber ich bin für ihn hier fast wie eine Mutter. Bei Dante war es ähnlich. Und für dich gilt das auch.«

»Vielen Dank«, murmelte Leda. Etwas Besseres fiel ihr nicht ein. Dann fügte sie überflüssigerweise hinzu: »Ich bin Leda.«

»Ja, ich weiß.«

Francesca musterte sie lange schweigend. Leda wandte den Blick ab und starrte auf einen Fleck an der Wand, wo die Farbe abgeblättert war, so dass man das Holz darunter sehen konnte.

»Du willst dich sicher ein bisschen frisch machen«, sagte Francesca schließlich. »Ich geh schon mal vor. In dem Krug unter dem Waschtisch ist Wasser.«

Dann war Leda allein. Unentschlossen betrachtete sie den Wasserkrug. Sie sollte sich wenigstens Hände und Gesicht waschen, aber sie schaffte es nicht aufzustehen. Sie konnte sich nicht bewegen. Weil die Tür geschlossen war, wurde es im Zimmer unerträglich heiß, aber sie wollte erst einmal eine Weile für sich sein, das war wichtiger als alles andere. Vom Patio draußen hörte sie das Wasser in der Bottichen plätschern, und das Gekicher der Mädchen schwebte über dem allgemeinen Stimmengewirr. Lachten die Mädchen über sie? Immer wieder zischte eine »Pssst!«, aber sie gackerten weiter.

Als sie Dante das letzte Mal gesehen hatte, war er abgelenkt gewesen, weil gerade die Kutsche vorgefahren war. Der Staub auf den Rädern erzählte flüsternd von der Straße nach Neapel, von dem Weg zu seinem Schiff, zum Ozean, der ihn noch an diesem Abend erwartete und auf dessen anderer Seite er, mit ein bisschen Glück, einen Ort fand, den er dann sein Eigen nennen konnte. Die gesamte Familie hatte sich an seiner Haustür versammelt, doch Dante hatte nur Augen für die Kutsche gehabt. Die Sonne brannte herunter und brachte alle zum Schwitzen. In Dantes Augen brannte ein Hunger, der ähnlich war wie der Hunger, den Leda bei ihren nächtlichen Treffen unter dem Olivenbaum gesehen hatte, nur noch hitziger. In den letzten Minuten nahm er geduldig die Küsse entgegen, von seinem

Vater, seiner Mutter, seinen Brüdern und Schwestern, von Onkeln, Tanten und Cousins, bis er sich endlich Leda zuwandte. Er lächelte und küsste sie erst auf die linke Wange, dann auf die rechte Wange. Es war ein fester, zärtlicher Kuss.

Von dir verabschiede ich mich nicht, sagte er, weil wir uns ja bald wiedersehen. Auf der anderen Seite.

Es klopfte an der Tür. Arturo kam herein, mit Francescas jüngster Tochter, die etwa neun Jahre alt war. Sie brachte ein Glas Wein und einen Teller mit Brot, Ricotta und Tomatenscheiben, die mit Öl und Salz gewürzt waren. Leda hatte seit zwei Wochen keine frischen Tomaten mehr gesehen. Tränen schossen ihr in die Augen. Das Mädchen bemerkte ihren Gesichtsausdruck und stellte schnell den Teller auf den Tisch.

Arturo stand da, die Hände vor sich gefaltet. »Hast du was dagegen, wenn ich dir ein bisschen Gesellschaft leiste?«

»Nein, ich habe nichts dagegen«, antwortet Leda, obwohl sie lieber allein gewesen wäre. »Bitte, nimm Platz.«

Arturo setzte sich auf den Stuhl ihr gegenüber. Das Mädchen blieb verlegen stehen – sie konnte eine junge Witwe nicht mit einem Mann allein lassen. Es gab aber keinen dritten Stuhl am Tisch. Leda deutete auf ihren Reisekoffer. »Bitte«, sagte sie.

Mit einem dankbaren Lächeln hockte sich das Mädchen auf den Koffer, ein paar Schritte von Tisch entfernt. Sie war wirklich ein extrem zartes kleines Geschöpf, mit einem fein geschnittenen Gesicht, das immer irgendwie erschrocken dreinschaute.

Arturo fand die Situation sichtlich unangenehm. »Bitte, iss etwas, Leda, lass dich von mir nicht abhalten.«

»Ich habe keinen Hunger.«

»Du musst bei Kräften bleiben.«

Sie starrte auf den Teller. Die Tomate war sehr schön, rot und saftig. Am liebsten hätte Leda sie mit dem Zeigefinger gestreichelt. Aber sie zu essen schien ihr unvorstellbar. Die drei saßen also schweigend da, eingehüllt in die Geräusche, die durch die

Wand drangen: Stimmen, Schritte, das Schimpfen einer Frau, das Pfeifen eines Mannes.

Schließlich sagte Arturo: »Dante.«

Leda schaute ihn an. Er war jünger, als sie anfangs gedacht hatte. Höchstens zwanzig.

»Vielleicht willst du ja erst später alles hören, nachdem du dich ein bisschen ausgeruht hast.«

Plötzlich hatte sie einen säuerlichen Geschmack im Mund, aber sie sagte: »Nein. Bitte, erzähl es mir gleich.«

»Er ist kaltblütig ermordet worden.«

Das verschlug ihr den Atem. Ihr Cousin war ein Idiot! Er hatte sich in einer Bar mit dem falschen Mann gestritten. Er hatte sein Geld verspielt, gegen einen Mann, der so gewissenlos war wie sein Vater, er hatte die Grube für seinen eigenen Sarg geschaufelt. Oder er war eine gefährliche Straße entlanggegangen und von Fremden umgebracht worden, die sein Bargeld wollten – schon öfter hatte Leda gehört, dass Männern so etwas passierte in Großstädten wie dieser hier oder wie Neapel. Der Schmied von Alazzano hatte einen Großonkel, der im Spanischen Viertel von Neapel auf offener Straße verblutet ist, nachdem ihm Räuber sein Geld, seinen Hut, seine Schuhe, seinen Ehering und die Goldfüllungen samt den Zähnen genommen hatten. Der Schmied hatte immer wieder verkündet, aus diesem Grund solle man nicht auf die Lockrufe der Großstadt hören.

»Er ist als tapferer Mann gestorben«, erklärte Arturo mit mehr Nachdruck. »Im Kampf für die Befreiung der Arbeiter.«

Leda starrte ihn an. Sie begriff nicht, was er meinte – bisher hatte niemand erwähnt, dass in Argentinien Krieg herrschte.

»Soll ich dir die ganze Geschichte erzählen?«

Nein, dachte Leda, erzähl mir bitte nichts, ich kann kein Wort mehr ertragen, ich möchte, dass du mich zurückbringst auf mein Schiff und mich ins Nirgendwo schickst.

»Bitte«, sagte sie. »Ich will alles hören.«

Es gab so viel, was Arturo ihr erzählen wollte, mehr als er in Worte fassen konnte, und eigentlich traute er Worten weniger als dem Schweigen. Er redete selten über sich und sein Leben. Noch nie war er darum gebeten worden, von niemandem, aus dem Rohmaterial seines gelebten Alltags eine Geschichte zu formen. Aber jetzt, heute Abend, stand sie vor ihm, die Cousine seines Freundes, die Braut seines Freundes, diese junge Frau, die ein Gesicht machte wie eine Katze, die in die Enge getrieben wurde, und er musste sprechen, er musste ihr die ganze Geschichte erzählen, vollständig. Am liebsten hätte er ihr die ganze Geschichte einfach direkt in den Kopf geschüttet, alles auf einmal, das Schöne mit dem Schrecklichen. Aber keine Sprache der Welt konnte das. Er würde scheitern, so viel war klar, aber er musste es versuchen. Das war er Dante schuldig. Und er hoffte sogar, sich auf diese Weise von den Albträumen zu befreien, in denen Dante ihm erschien, zerschunden und glühend vor Leidenschaft – er musste es nur irgendwie schaffen, diesem Mädchen gegenüberzusitzen und das Unfassbare in Worte zu fassen.

Er begann mit dem Schiff aus Italien, auf dem er Dante kennengelernt hatte. Sie waren beide siebzehn damals und sehr ehrgeizig, zwei Eigenschaften, die als Basis für eine Freundschaft genügten. Während der Überfahrt verbrachten sie viele Stunden gemeinsam mit Kartenspielen, sie beschwerten sich über das Essen, langweilten sich und malten sich ihr neues Leben in América aus, während sie über das endlose Wasser blickten. Arturo jedenfalls malte sich dieses Leben aus. Was in Dantes Kopf vor sich ging, wusste niemand so genau. Dante wirkte ausgesprochen selbstbewusst und besaß eine stolze Lässigkeit, was für Emigranten seines Alters eher ungewöhnlich war. Und es war umso erstaunlicher, weil Dante in Buenos Aires keine Menschenseele kannte und im Hotel de Inmigrantes wohnen würde, wenn er ankam, wohingegen Arturo einen entfernten Verwandten hatte, der ihm versprochen hatte, er werde ihn erst mal bei sich aufnehmen und ihm helfen, einen Job zu finden.

Erst später, als ihre Freundschaft sich vertiefte, kam Arturo der Gedanke, dass Dantes selbstsicheres Auftreten die Botschaft war, die er der Welt vermitteln wollte – mit seinem Gang, seiner kräftigen Stimme, den hochgezogenen Augenbrauen, die zu sagen schienen: Das hab ich alles schon gesehen. Und wenn die anderen ihm das glaubten, dann glaubte er selbst schließlich, dass es stimmte.

An einem dieser trägen Nachmittage erzählte Dante seinem Freund Arturo von dem Mädchen, das er heiraten würde. Sie heißt Leda, sagte er.

Kommt sie aus deinem Dorf?

Sie ist meine Cousine und im Nachbarhaus aufgewachsen. Sie wartet auf mich. Das sagte er mit der zufriedenen Überzeugung eines Mannes, der bereit ist, jeden Tag hart zu arbeiten und dann am Abend nach Hause zu gehen, wenn das Brot frisch aus dem Backofen kommt.

Arturo blickte hinaus auf den Ozean. Es war schon fast Abend, und die Sonne hing müde am Horizont, ihr Spiegelbild brach sich im Wasser. Er fragte sich, was die Sonne zu dieser Tageszeit empfand, ob sie, wenn sie sank, den Wunsch hatte, in der Schwebe zu bleiben – ein aussichtsloser Kampf gegen die Schwerkraft –, oder ob sie es als angenehme Erleichterung empfand, untergehen zu dürfen. Und er versuchte, sich diese Leda vorzustellen. Sie erschien vor seinem inneren Auge, schön und rein, mit Blumen in den Haaren, und sie schöpfte mit der hohlen Hand Wasser aus dem Fluss, der Ansatz ihrer Brüste sichtbar im Ausschnitt ihres Kleides. Arturo beneidete Dante um seine Gewissheit, denn er hatte schon gehört, dass es in Buenos Aires unter den Immigranten nicht genug Frauen gab, und befürchtete deshalb, er würde womöglich nie eine Frau finden. Zu Hause gab es keine, die er nachkommen lassen konnte. Er hatte mehrere Cousinen, aber keine wollte auf ihn warten, höchstens Giulia, aber die war ziemlich dumm, niemand nahm sie ernst, und er konnte sich nicht vorstellen, dass sie fähig wäre, für eine

Familie zu kochen, ohne alles anbrennen zu lassen. Und mit den Anforderungen der Neuen Welt würde sie bestimmt erst recht nicht fertig werden.

Arturo sagte zu Dante: Vielleicht hast du eine Schwester, die du für mich nach Buenos Aires holen könntest – hast du Schwestern?

Nein, erwiderte Dante schroff.

Arturo wurde rot vor Verlegenheit. Das war doch nur ein Witz, sagte er – was allerdings nicht ganz stimmte. Nimm's mir nicht übel.

Eine Schwester ist verheiratet, sagte Dante. Die andere ist tot.

Die Stille lastete schwer auf ihnen, und Arturo spürte, wie die tote Schwester durch den Raum zwischen ihnen schritt. Oder besser gesagt, er fühlte ihre Abwesenheit, sie war wie ein hauchdünner Stoff, der einen erstickt. Sie musste jung gestorben sein, die Geschichte war bestimmt kompliziert, er würde nie wieder fragen. Schweigend blickten die beiden jungen Männer über das weite, dunkelnde Wasser, das danach strebte, den unmöglichen Horizont zu erreichen.

Im Hafen von Buenos Aires erkannte Arturo den Onkel seines Vetters zweiten Grades nicht, sondern ging an ihm vorbei, den Blick immer noch suchend auf die Menschenmenge gerichtet.

Arturo! Ich bin's, Carlo!

Arturo drehte sich um. In den vierzehn Jahren, seit er Italien verlassen hatte, war Carlo grau geworden, und er hatte eine Narbe vom rechten Ohr bis zum Kinn. Er umarmte Arturo so fest, dass dieser die Augen schloss, um den Schmerz abzuwehren. Er sah die Narbe innen auf seinen eigenen Augenlidern, riesig, leuchtend rot, eine schlimme Schnittwunde. Als er die Augen wieder aufmachte, ging gerade Dante vorbei. Er rief: Dante, warte, komm zurück!

Dante drehte sich um.

Willst du dich nicht verabschieden?

Entschuldige.

Das ist mein Onkel Carlo.

Die beiden Männer küssten sich zur Begrüßung. Dante sah aus, als fühlte er sich nicht richtig wohl, und wie so oft konnte Arturo seinen Blick nicht deuten. Bevor sein Freund wieder verschwand, sagte er ihm noch, an welcher Adresse er ihn finden konnte. Komm doch mal vorbei, sagte er. Wir können dir vielleicht behilflich sein.

Dante nickte so teilnahmslos, dass Arturo dachte, er werde ihn bestimmt nie wiedersehen. Sie küssten sich zum Abschied und verließen dann den Hafen, ihre Koffer auf kleinen Rollwagen. Dante in Richtung Hotel de Inmigrantes, Arturo und Carlo zur nächsten Straßenbahnhaltestelle.

Als Dante am fünften Tag in seinem Conventillo auftauchte, freute sich Arturo sehr. Er fühlte sich nämlich ziemlich unsicher in der fremden Stadt, ohne den lässig selbstbewussten Freund an seiner Seite. Selbst wenn Dantes stolze Haltung gespielt war, empfand Arturo sie als beruhigend, und seine Ängste bekamen dadurch helle Ruhepunkte.

Wie war das berühmte Hotel de Inmigrantes?

Dante zuckte die Achseln. Nichts Berühmtes.

Ich bin froh, dass du hier bist.

Gibt es bei euch Platz für mich?

Arturo wusste es nicht, sagte aber: *Mio amico*, wenn kein Platz ist, dann werden wir welchen schaffen.

Er schlief im mittleren Zimmer rechts auf dem Fußboden. In dem Zimmer lebten nur alleinstehende Männer, weshalb es alle »la camera di scapolo« nannten, das Junggesellenzimmer. Als Arturo kam, wohnten dort schon sechs Junggesellen, vier von ihnen teilten sich zwei Betten, Kopf an Fuß, und zwei schliefen auf dem Boden, auf Strohmatten, gewoben von Francescas Töchtern, die auf der anderen Seite des Patio wohnten. Arturo schlief ganz hinten an der Wand – falls man überhaupt von Schlaf reden konnte, bei diesen unruhigen Stunden, die er in dem heißen, stickigen Zimmer liegend zubrachte. Wenn Dante dazukam, gab es noch weniger Luft zum Atmen. Aber die anderen Männer hießen ihn freundlich willkommen, teilweise deswegen, weil einer von ihnen, ein grüblerischer Mann aus Ligurien, schon bald mit einem Cousin, der demnächst herkam, ein eigenes Zimmer bekommen sollte. Teilweise auch deswegen, weil nie genug Pesos da waren.

Dante schlief nun neben Arturo, so wie früher sein Bruder neben ihm geschlafen hatte, als sie noch Kinder waren. Die Atemzüge des Freundes waren eine leise, langsame Klangschleife, die ihn sanft in den Schlaf trug.

Es war nicht schwer für Arturo und Dante, Arbeit zu finden. Einer der Männer in ihrem Zimmer arbeitete für ein Exportunternehmen, das kräftige junge Männer für die Lagerhalle brauchte, weil gerade mehrere wegen Krankheit oder Tod ausgeschieden waren. Seite an Seite luden sie die Fracht auf die Schiffe oder entluden sie, elf Stunden am Tag, und in der sengenden Sonne lief ihnen der Schweiß in Strömen über den nackten Rücken. Sie kamen dreckverschmiert und mit ächzenden Knochen nach Hause, dann gab es eine warme Mahlzeit von Francesca und ihren Töchtern, die für eine kleine Summe die Junggesellen verköstigten.

Arturo arbeitete, bis sein Rücken knirschte und er an Händen und Füßen lauter Blasen hatte. Er arbeitete, bis er das Gesicht seiner Mutter vor sich sah, was er allerdings keiner Menschenseele gegenüber zugegeben hätte. Seine Mutter beugte sich über ihn, sang ein tröstendes Lied, streichelte seine schmerzende Haut und drückte ihn an sich, so wie damals, vor langer, langer Zeit, als er noch ein kleiner Junge war, wenn sein Vater endlich aufhörte, ihn zu verprügeln, und er ins Bett durfte. Als Arturo sieben Jahre alt war, brach der Vater ihm bei einer seiner Prügelorgien den Arm. Der Arm wuchs nicht richtig zusammen und machte ihm immer Probleme, auch jetzt noch. Seine Mutter hatte ihn verarztet, statt den Dorfheiler zu rufen. Sie wollte dem allgemeinen Tratsch nicht noch mehr Futter geben. Nachdem sie das Blut aufgewischt, die Striemen mit Eis gekühlt und aus alten Stofffetzen eine Art Stützverband gefertigt hatte, nahm sie Arturo in die Arme, summte ein Lied für ihn und drückte sein Gesicht an ihre Brust.

Diese Erinnerung war das Schönste, Wärmste, was er in sich trug. Mamma, Mamma, mein Arm tut so weh, am Ende jedes Tages hier in Buenos Aires. Und noch etwas anderes tut weh, sogar noch schlimmer, mitten in meiner Brust. Da ist eine leere Stelle, die nie gefüllt werden wird, solange ich so weit weg bin von zu Hause in einer riesigen, lauten Stadt, die nie das Tempo drosselt und wo es nie still ist. Dass er sein Heimatdorf so vermissen würde, hatte er nicht erwartet. Er vermisste nicht die Angst, nicht seinen Vater, nicht die Tage, an denen es nur eine Scheibe Brot gab, die ihm sein älterer Bruder womöglich aus der Hand riss – er vermisste die Sonne und die helle Luft und das Gefühl von viel Platz. Und das üppige Grün.

Er sehnte sich so nach den Bäumen. Die hatte er als selbstverständlich hingenommen, wie die Luft zum Atmen. Jetzt waren sie nicht mehr da, waren ersetzt worden durch den ständigen Krach und den Gestank einer Stadt, in der man nirgends allein und für sich sein konnte, wo man nirgends seine Ruhe hatte, wo es nirgends frisch und sauber war – aber er wagte nicht zu klagen. Es gab in seinem Dorf junge Männer, die würden ihren linken Arm dafür opfern, wenn sie die Möglichkeit hätten, nach América zu gehen. Sie hatten ihn während der letzten Tage daheim voller Neid angeschaut, nachdem seine Mamma ihm das Geldbündel gezeigt hatte, das sie wie durch ein Wunder zusammengekratzt hatte, indem sie bei den Mahlzeiten gespart und von Verwandten etwas erbettelt hatte. Außerdem hatte sie immer inständig zur Jungfrau gebetet, damit sie Arturo entkommen ließ. Und dann die anderen Männer, mit denen er hier lebte. Zum Beispiel Dante, der mit grimmiger Entschlossenheit arbeitete, nie war auch nur eine Spur von Protest in seiner

Stimme zu hören oder in den Muskeln seines Gesichts zu sehen. Dieser Mann hatte einen starken Willen! Er hatte ein Ziel vor Augen! Und er würde etwas aufbauen, selbst wenn er seinen Körper über die Belastungsgrenze hinaus antreiben musste, um es zu erreichen.

Ich versteh dich nicht, sagte Arturo. Wie kannst du immer weitermachen?

Sie waren auf dem Heimweg, und einen Augenblick lang hörte er nur den Rhythmus ihrer Schritte auf dem Kopfsteinpflaster.

Die Geister.

Welche Geister?

Nein, Quatsch, keine Geister, sei nicht blöd, sagte Dante schnell. Ich möchte genug zu essen haben, und ich will eine Familie gründen, wie alle anderen auch.

Mehr sagte er nicht. Aber schon zweimal war Arturo nachts aufgewacht, weil sein Freund sich neben ihm hin und her warf, in einem Albtraum gefangen, und er hatte im Schlaf gerufen: *Nein. Nein. Cora!* Das erste Mal hatte Dante sogar um sich geschlagen, als würde ihn jemand angreifen. Arturo schüttelte ihn und flüsterte, so laut er sich traute: Dante. Dante!

Dante machte die Augen auf.

Du hast geträumt. Es war nur ein Traum.

Dante gab ein merkwürdig würgendes Geräusch von sich.

Brauchst du irgendwas? Ein Glas Wasser?

Nein. Tut mir leid, dass ich dich geweckt habe.

Ist doch egal.

Dante schloss die Augen wieder. Arturo wusste nicht, ob er schlief oder nur so tat, aber sie redeten nicht mehr in dieser Nacht.

Sechs Wochen vergingen, bis es wieder passierte. Arturo schüttelte Dante wieder, bis er wach war, dann flüsterte er ihm die Frage ins Ohr, die er seit dem ersten Mal mit sich herumtrug: Wer ist Cora?

Dante schwieg so lange, dass Arturo schon dachte, er sei wieder eingeschlafen. Dann antwortete er sehr leise: Niemand.

Arturo zögerte. Aber –

Und wenn du je wieder diesen Namen in den Mund nimmst, dann schlage ich dich grün und blau. Verstanden?

Die Dunkelheit schien auf sie herabzustürzen, lauter bedrohliche Schatten. Ja, sagte Arturo. Ich verstehe.

Egal, welche Geheimnisse Dante antrieben, welche Geister er verbarg – er musste trotzdem seine Vorstellungen revidieren. Als er nach Buenos Aires kam, hatte er vorgehabt zu warten, bis er sich eine eigene Wohnung leisten konnte, ruhig auch eine ganz bescheidene, dann erst wollte er heiraten. Mit der Zeit kapierte er, dass dieser Plan vollkommen absurd war in einer Stadt mit so vielen Immigranten, die alle ihre Chance nutzen und ein gutes Leben haben wollten, dass die Mieten in die Höhe geschossen waren und es für die meisten Leute völlig normal war, in einem Conventillo zu wohnen, mit einem Badezimmer und einer Küche für sechzig Personen oder mehr. Wenn er auf eine richtige Wohnung wartete, war er an seinem Hochzeitstag ein alter Mann, und seine Braut hatte das gebärfähige Alter längst hinter sich. Am ehesten konnte er auf ein eigenes Zimmer hoffen: Tisch und Bett und an der Seite noch ein bisschen Platz für die Kinder, wenn die auf die Welt kamen. Das Zimmer wurde sein neues Ziel.

Er sparte fast zwei Jahre dafür.

Während dieser Zeit entdeckte Arturo die Anarchisten, oder genauer gesagt, die Anarchisten entdeckten ihn. Sie waren überall. Debattierten in Cafés, leiteten Schulungen in der Gewerkschaft, organisierten sich heimlich in der Lagerhalle, gegen die Verbote der Unternehmer. Wie sie redeten! Glühende Worte, grandiose Gesten – mit einer einzigen Handbewegung konnten sie eine goldene Zukunft heraufbeschwören. Es gab keine Anführer – die Anarchisten hielten nichts von Hierarchie –, aber in der Gewerkschaft der Hafenarbeiter, in die Arturo bald eintrat, wusste jeder: Wenn Beto etwas sagte, dann musste man zuhören, seine Worte würden das Herz der bevorstehenden Entscheidungen bilden. Beto war klein und schmächtig, und auf den ersten Blick hätte man denken können, er sei ein scheues Reh, das schnell erschrak. Aber wenn er den Mund aufmachte und zu reden begann, forderte seine verblüffend tiefe Stimme die gesamte Aufmerksamkeit, und er konnte den ganzen Raum fesseln. In seinen Reden brachte er immer Beispiele für die Ungerechtigkeit, er verwendete rhetorische Wiederholungen, achtete auf den Rhythmus und zitierte gern einen Mann namens Bakunin. Wenn Beto in einer anderen Zeit und in einer anderen sozialen Schicht geboren worden wäre, dann hätte er sich vielleicht zu einem berühmten Dichter entwickelt, oder er wäre ein Hochstapler geworden, der die Könige dazu verleitet, große Reichtümer herzugeben. Mit seiner Kraft gelang es ihm, irgendwie die Wörter neu zu ordnen, und wenn er die Möglichkeit gehabt hätte, mit ihm zu sprechen, hätte er garantiert sogar den Präsidenten überzeugt, dass die anarchistische Revolution unmittelbar bevorstand und dass sie erst Argentinien umkrempeln würde und dann die ganze Welt.

Aus diesem Grund wünschte sich Arturo, dass Beto immer weiterredete. Das waren keine Träume, nein, das waren Prophezeiungen, und er, Arturo, würde dafür sorgen, dass sie Wirklichkeit wurden. Er setzte sich mit allem, was er hatte, für die Gewerkschaft ein, verteilte Flugblätter, ging zu Versammlungen und war bei allen Demonstrationen und Protestveranstaltungen dabei. Oft musste er vor den Schüssen der Polizisten in irgendwelche engen Gassen und Hinterhöfe flüchten. Das Adrenalin, das in solchen Situationen durch seine Adern rauschte, überdeckte das schreckliche Loch in seiner Brust und die Schmerzen in seinen Knochen. Er war lebendig, er war ein Mann, er hatte ein Ziel, eine Aufgabe, sein Leben hatte einen Sinn. Er brauchte keine Autoritäten, die über sein Leben bestimmten, er konnte selbst bestimmen. Wenn Arturo die Welt durch diese Linse betrachtete, ergaben die verschiedenen Fragmente plötzlich ein Bild, in dem er sich selbst erkannte, klar und deutlich.

Außerdem gingen Dante und er ins Lo de Dalia (etwas, was dieser seiner Braut und Cousine sicher nicht schrieb), einmal oder vielleicht auch zweimal im Monat. Die Abende dort waren wie Diamanten in einem Haufen grauer Steine. Vor dem Einschlafen in der bevölkerten Dunkelheit des Conventillo schloss Arturo jeden Abend die Augen und stellte sich die Mädchen aus dem Bordell vor, ihre nackten Brüste, die gespreizten Schenkel, ihre Hüften unter seinen von der Arbeit schwieligen Händen, wie er sie immer und immer wieder an sein Geschlecht zog, als könnte er dadurch in ihr innerstes Zentrum vorstoßen, seine Einsamkeit dort ablegen und sie so tief vergraben, dass sie ihn am nächsten Tag nicht wiederfand. Er dachte an die reichen Männer, beispielsweise an den Besitzer des Unternehmens, der gelegentlich durch die Lagerhalle schlich, die Hände untätig hinter dem Rücken verschränkt. Solche Männer konnten sich jeden Abend ein Mädchen leisten. Jeden Abend!

Arturo malte sich aus, er hätte einen Geldbeutel voller Pesos und würde damit durch das Bordell schlendern, sich ein Mädchen nach dem anderen aussuchen und manchmal auch zwei auf einmal, sein Glied in der rundlichen Blondine, die so komisch blechern stöhnte, seine Hände auf den Brüsten des schlanken Mädchens, das Dante so mochte, dieses stille, zarte kleine Wesen, das weder Spanisch noch Italienisch konnte und ganz ruhig dalag, egal, wie wild man sie fickte – sie wartete, bis man fertig war, und murmelte dann etwas in dieser Kieselsteinsprache aus einem kalten, fernen Land.

Es gab aber noch eine bessere Version: Er würde die Mädchen aus dem elenden Gestank des Bordells herausholen und sie in einen privaten Raum bringen, mit einem sauberen Doppelbett, Laken aus Satin und Spiegel an allen Wänden, und auf dem Tisch stünden Teller voller Trauben und kaltem Braten. Zuerst würden die Mädchen natürlich gar nichts essen, dafür blieb ja später noch genug Zeit, unverschämt viel Zeit, und wie durch ein Wunder würde er endlich den Mut finden zu fragen, was Frauen wirklich wollten, was ihnen am meisten Lust bereitete, und dann konnte er miterleben, wie sie in echte Ekstase gerieten. In seiner Phantasiewelt war auch das möglich. Die Mädchen würden ihn anflehen, genau das zu tun, was sie sich am sehnlichsten wünschten, und er würde darauf eingehen. Wenn sie dann alle drei befriedigt waren, würden sie dicht aneinandergeschmiegt auf dem Bett liegen und sich in einer Sprache, die sie alle verstanden, unterhalten. Diese Sprache hätten sie durch ihre erotische Liebe erschaffen, eine mystische Mischung aus ihren unterschiedlichen Muttersprachen und dem argentinischen Spanisch. Die Mädchen würden seinen Kopf zärtlich an ihre moschusduftenden Brüste drücken. Er würde reden. Gesättigt, wie er war, wäre er redegewandt wie Beto – noch ein Wunder! Ohne jede Mühe würden die Wörter mit seinen Gedanken verschmelzen. Wisst ihr, was bald kommen wird?, würde er sagen. Die nackten Mädchen würden sich gegenseitig mit Trauben füttern und den Kopf schütteln. Und er würde für sie ein Bild entwerfen: eine neue Nation, jenseits aller Nationen. Wir werden alle Grenzen niederreißen. Der Patriotismus wird entlarvt werden als das, was er ist: eine Lüge, die von der besitzenden Klasse erfunden wurde, um die Macht der Arbeiter weltweit zu untergraben. Denkt doch nur daran, wie viele wir sind, in Europa, hier in América, in Afrika – Millionen und Millionen, getrennt durch Grenzen, aber verbunden durch unsere Armut, unsere Würde, unser Recht. Wo kommt ihr her? Aus Polen? Aus Russland? Ihr kommt aus dem Volk, ihr seid das Volk. Auch ihr werdet ausgebeutet, und ihr habt Rechte, genau wie die Männer, die in den Fabriken und Häfen arbeiten. Wisst ihr – die Anarchisten haben das von Anfang an kapiert. Wollt ihr für die Freiheit kämpfen? Möchtet ihr frei sein? Bei dieser Frage würden die Augen der Mädchen aufleuchten, weil sie begriffen, was er meinte, in ihnen würde die Sehnsucht erwachen, und womöglich würden sie sich auf ihn stürzen und ihn zwingen, es erst noch einmal mit ihnen zu machen, ehe er weiterredete. Er würde sich ihrem Wunsch fügen, und wenn sie alle wieder Luft bekamen, würde er sagen: Sie kommt, sie kommt, die Revolution. Sie gehört uns allen. Und die beiden Frauen würden zustimmend ihre warmen Körper an ihn schmiegen.

Arturos reale Besuche im Lo de Dalia verliefen ganz anders. Er musste immer ewig warten, dann eine schnelle, hastige Nummer, bei der nichts oder nur sehr wenig geredet wurde. Es gab viel mehr Männer, die für die Dienste der Frauen anstanden, als Frauen, die sie bedienen konnten. Das Bordell war in einem Conventillo untergebracht, der genauso konstruiert war wie das Gebäude, in dem er wohnte: ein Innenhof, von dem die Türen abgingen, hinter denen die Mädchen arbeiteten, immer drei pro Zimmer, ihre Betten durch Laken getrennt, die an der Decke befestigt waren. Er und Dante warteten immer ein, zwei Stunden im Innenhof, bis sie an die Reihe kamen, zusammen mit den anderen Männern. Ein Musiktrio spielte für sie, spielte eine seltsame, neue Art von Musik, Großstadtmusik, amerikanische Musik, Tango nannte man sie, traurig oder fröhlich, schnell oder getragen, instrumental oder mit Gesang, mit Texten über Maiskolben oder reife Feigen oder andere Dinge, die einen dazu brachten, an das zu denken, was einen in dieses Bordell geführt hatte, wodurch die Sehnsucht nur noch größer wurde. Goldene Musik, um die Mühen des Conventillo-Lebens zu besiegen. Geschmeidige Musik, um die Knochen aufzuwecken, so dass sie nach Bewegung flehten.

Manchmal tanzten die Männer miteinander, während sie warteten – eine gute Übung, sagten sie, falls wir tatsächlich mal ein anständiges Mädchen finden, um das wir werben wollen. Sie schauten einander an, verschränkte Körper, die irgendwie durch den Raum rauschten, und Dante und Arturo schlossen sich ihnen an, Dante führte, seine Hand ruhig und fest auf Arturos Rücken, wie ein Vogel, der den Heimweg kennt. Der Gitarrist des Trios war Arturos Onkel Carlo. (Dieser irre Mistkerl, wie hatte er es vom *Cilentano*-Bauern zum Musiker geschafft, der in einem Bordell Tango spielte? Wenn die Verwandten zu Hause ihn sehen könnten, was würden sie sagen?) Begleitet wurde er von einem Flötenspieler und dem Geiger Nestore, einem der Nachbarn. Nestore konnte die Leute echt verzaubern. Er war alt, aber unverwüstlich und ein Genie auf seinem Instrument. Mein Geheimnis, sagte er, ist eine tägliche Dosis Zigarren und Whiskey. *Epa!*, rief dann die Madam, so laut, dass alle Kunden im Hof es hörten und vielleicht auch einige der Leute hinter den Türen. Hallo-he! Das ist ja wirklich mal ein rasantes Stück. Um so was spielen zu können, muss man schon ein richtiger Mann sein.

Ein richtiger Mann, erwiderte Nestore, kann noch ganz andere Sachen, *señora*. Ich führe Ihnen das gern mal vor, wenn Sie möchten – jederzeit.

Die Madam machte daraufhin einen tiefen Knicks und schenkte ihm ein charmantes Lächeln mit mehreren Zahnlücken. Die Männer lachten und nickten und klopften die Asche von ihren Zigaretten. Oder sie spielten ungeduldig mit der Blechmünze, die sie beim Bezahlen bekommen hatten und die sie der Hure geben mussten, wenn sie endlich dran waren, wie eine Eintrittskarte. Wenn Arturo den ihm zugewiesenen Raum betrat, war er meistens beschwipst von der Musik und vom Grappa, wodurch sein großer Moment noch schneller vorbei war als sowieso schon, ein Wirrwarr aus Armen und Beinen, Stöhnen und trübem Licht, das offene Geschlecht des Mädchens umschloss ihn, dann ein kraftvoller, guter Stoß, ein kurzer Kollaps, vielleicht ein leises Murmeln von ihr in ihrer Muttersprache, vielleicht blieb sie aber auch stumm, Zeit zu gehen.

Dann wieder ein Monat grimmiger Entbehrung, voller Sehnsucht, wieder dort zu sein.

Die Forderungen der Gewerkschaft wurden ehrgeizig: Achtstundentag und Gehaltserhöhung. Man stelle sich vor! Sich jeden Tag ausruhen können und trotzdem überleben! Klar, dass das Management diese Bedingungen ablehnte und den Verhandlungstisch verließ. Streik, flüsterten die Arbeiter in der Lagerhalle. Streik, riefen sie bei den Versammlungen im Café. Schon das Wort war eine Beschwörungsformel.

Es dauert nicht mehr lang, sagte Arturo eines Abends nach dem Essen, als die Di-Camillo-Mädchen das Geschirr holten und abwuschen. Höchstens eine Woche.

Dante ließ seine Zigarette auf den Boden des Patio fallen und trat sie aus. Hoffentlich nicht.

Die Apathie seines Freundes ärgerte Arturo, diese unbekümmerte Zurückweisung des Traums. Wie kannst du so was sagen? Willst du nicht mehr Geld? Willst du nicht besser behandelt werden als die Tiere?

Die Bosse sind die Bosse. Die geben ihre Macht nicht her.

Wir werden sie dazu zwingen. Beto sagt –

Beto ist ein Idiot. Der verträgt ja nicht mal ein bisschen Alkohol.

Arturo versuchte es mit einer anderen Taktik. Die Bosse sind nichts ohne die Arbeiter. Sie brauchen uns, wir zeigen ihnen unsere Stärke.

Dante musterte ihn geduldig, wie ein Vater, der ein Kind belehren will. Arturo. Benutze deinen Kopf. Denk an die Packerei.

Arturo wollte aber nicht an die Packerei denken, den Betrieb, wo der Streik der Anarchisten von der Polizei mit Waffengewalt niedergeschlagen worden war – vier tote Arbeiter. Und außerdem würde das hier nicht passieren, nicht mit Beto am Steuer. Sie würden siegen, sie mussten siegen, das wusste er, daran gab es keinen Zweifel, denn er sah es ganz genau vor sich, wenn er hellwach in der Dunkelheit auf seiner Pritsche lag. Visionen von Buenos Aires nach der Revolution, eine Stadt, in der die Arbeiter jeden Morgen aufstanden, um in Würde zu arbeiten, und wo sie selbst festlegten, wann sie mit der Arbeit anfingen und wann sie wieder aufhörten, Matrosen und Fabrikarbeiter,

Mütter und Huren und Hafenarbeiter, alle, mit ihren verschiedenen Muttersprachen und den unzähligen Heimatländern, die in ihnen weiterlebten, unter ihrer Haut. Sie alle würden sich zusammentun, um eine andere Stadt zu schaffen, in der jeder genug zu essen hatte und ein gut belüftetes Zimmer, das ihm gehörte, und die Arbeiter würden auf die Dächer klettern, um den Ruf der Freiheit hinauszuschreien über die ganze Stadt, wie stolze Hähne, und abends versammelten sich alle mitten auf den Straßen und tanzten hemmungslos den Tango des Volkes, den Tango der Menschen, die man früher als die Armen bezeichnet hatte. Diese Vision war so schön, dass der Welt gar keine andere Wahl blieb, als sie wahr zu machen. Aber ihm fehlte die sprachliche Fähigkeit, um es seinem Freund zu vermitteln. Stattdessen sagte er: Du kannst dich nicht raushalten.

Ich will nur einfach mein Leben leben.

Als Streikbrecher? Als ein Verräter an deinen eigenen Leuten?

Siehst du mich so?

Ich will dich nicht so sehen.

Dante starrte ihn an. Arturo hatte nicht die Absicht gehabt, so schroff zu klingen. Oder vielleicht hatte er es gewollt, aber nicht geahnt, dass seine Worte so verletzend sein würden. Er erwiderte Dantes Blick. Dante schaute als Erster weg.

In der Nacht drehten sie sich den Rücken zu.

Vier Tage später schloss sich Arturo den zweihundert Männern an, die vor der Lagerhalle eine Streikpostenkette bildeten. Es war heiß und schwül, einer dieser Januartage, an denen der Himmel drückte wie eine drohende Macht. Die Männer standen vor den Toren der Lagerhalle und schauten auf die blauen, gelben, grünen und orangeroten Häuser am Rand von La Boca, die aus Wellblech und Brettern gebaut waren und zusammengehalten wurden von ein paar Nägeln und von den kühnen Hoffnungen der Immigranten. Die Streikposten schützten den Betrieb gegen Streikbrecher. Arturo erwartete, dass Dante einer von ihnen sein würde. Deshalb war er richtig schockiert, als sein Freund plötzlich neben ihm auftauchte, wie aus dem Nichts, eine Zigarette in der Hand.

Schön, dass du da bist, sagte Arturo.

Dante zuckte die Achseln.

Das war's. Er hatte es geschafft. Er hatte noch einen Arbeiter dazu überredet, sich dem Kampf anzuschließen. Nicht irgendeinen, sondern diesen hier, Dante. Und Dante war ein guter Mann, sein bester Freund. Die rostbraune Lagerhalle sah für ihn jetzt aus wie eine uralte Festung, die sie stürmen und zerstören konnten. Irgendwo dahinter floss der Fluss, blockiert durch die Lagerhalle, aber trotzdem riesig und machtvoll und garantiert auf ihrer Seite. Arturo bemühte sich, die Anwesenheit des Flusses zu spüren und auch ihn zu den Waffen zu rufen, während er gemeinsam mit den anderen Arbeitern skandierte: *Gerechtigkeit für alle Arbeiter! Wir wollen unser Recht!*

Zehn Minuten später kam die Polizei, zu Pferde, sie ritten direkt auf die versammelten Streikenden zu. Weg hier!

Die Leute johlten und pfiffen, stießen sich gegenseitig an. Ein Ruf erklang und übertönte das Gewühle: *Unterdrücker! Unterdrücker* –

Löst die Versammlung auf, oder wir schießen!

Unterdrücker!, schrie Arturo und reckte die Faust.

Dante packte ihn am Arm und zog ihn nach unten. Nicht so laut! Sei vorsichtig.

Wie kannst du so was sagen, *mio amico*? Das ist der große Moment!

Ich möchte, dass du diesen Streik lebendig überstehst.

Arturo schüttelte Dantes Hand ab. Ich bin kein Feigling, fauchte er. Unterdrücker!, schrie er wieder. Unterdrücker!

Eines der Polizeipferde wurde nervös. Es stampfte und wieherte, hob die Vorderhufe, gefährlich nahe bei Betos Kopf. Der Polizist hatte sein Pferd nicht mehr unter Kontrolle – konzentriert biss er die schiefen Zähne aufeinander –, aber nein, das stimmte nicht, Arturo sah etwas ganz anderes: Der Polizist versuchte gar nicht, sein Pferd zu beruhigen, er stachelte es an, gab ihm die Sporen, drängte es in eine Gruppe von Männern. Das Pferd scheute und bebte, suchte einen Ausweg. Es wirkte völlig verzweifelt und zu allem bereit. Der Polizist hatte seine Waffe schussbereit, sein Gesicht sah aus wie das eines Mannes, der jedem, der ihm in die Quere kommt, die Knochen bricht.

Wut stieg in Arturo hoch, rot und riesig. Er war kein hilfloser Junge mehr. Das wollte er sich nicht gefallen lassen.

Er hob einen Stein auf und schleuderte ihn mit einem lauten Wutschrei auf den Polizisten.

Der Stein traf den Mann an der Schulter, er drehte sich blitzschnell um und zielte mit seiner Waffe in die Richtung, aus welcher der Stein gekommen war. Eine Sekunde lang begegnete Arturo seinem Blick, den kleinen grünen Augen, dann duckte er sich weg. Der Polizist schoss. Die Kugel traf Dante genau zwischen die Augen – und auch das erzählte Arturo der Braut und Cousine nicht, die ihm hier am Tisch gegenübersaß und zuhörte: Er sagte, *ein Schuss*, aber er sagte nicht, wer den Schuss provoziert hatte oder wohin er traf oder wie Arturo, der nur ein paar Zentimeter von Dante entfernt kauerte, spürte, dass Blutstropfen und Knochensplitter auf ihn niederregneten, ein heißer Schauer, den er nicht von seiner Haut abwaschen konnte, weil er ein Teil von ihm war, die zerfetzte Haut, die immer noch seine eigene versengte. Und er hatte keine Worte dafür, um dem Mädchen auf der anderen Seite des Tisches zu beschreiben, wie Dante in sich zusammensackte, eine Marionette, der Puppenspieler war müde geworden und hatte die Fäden durchgeschnitten.

Die Kugel hatte einen furchtbaren Fehler gemacht, als sie Dantes Kopf explodieren ließ, eigentlich hätte sie Arturo töten sollen – der Polizist wusste das, denn er zog vor Enttäuschung ein ganz böses Gesicht, ehe er abgelenkt wurde und sich nach links drehte. Arturo wusste es auch. In vielen Nächten lag er wach, allein, und dachte weder an die Huren noch an die Revolution, sondern an sein Verbrechen, das darin bestand, dass er immer noch auf dieser jämmerlichen Erde herumlief. Und Gott, der oben im Himmel saß, wusste es bestimmt auch, denn er sah alles, schrecklich böse, weil er, Arturo, noch lebte und in diesem stickigen Zimmer saß und nun mit Leda redete, obwohl doch eigentlich der andere Mann mit ihr reden müsste, der Mann, den sie geheiratet hatte, der Mann, den sie mit Sicherheit liebte.

Arturo verstummte. Schweigend saß Leda auf ihrem Stuhl und starrte in die schmale Flamme der Lampe. Sie sah Dante darin, klein, orangerot gefärbt, die Augen fest geschlossen, die Hände in die blutende Brust gekrallt (oder hatte ihn die Kugel gar nicht in die Brust getroffen? Wo hatte ihn die Kugel getroffen?). Sie hätte mit der Hand in die Lampe gefasst, um ihn zu retten oder wenigstens zu trösten, aber er war unwirklich, außer Reichweite. Arturo schien darauf zu warten, dass sie etwas sagte. Sie merkte, dass er irgendetwas von ihr brauchte, hatte aber keine Ahnung, was, und sie bezweifelte sowieso, dass sie es ihm geben konnte. Der Tag hatte sie ausgebrannt, es waren keine Wörter übrig, keine Gedanken, nur noch Dunkelheit.

»Du hast immer noch nichts gegessen«, sagte Arturo.

Leda sagte nicht. Sie brauchte nur an Essen zu denken, dann wurde ihr schon übel.

»Francesca schimpft, wenn wir den Teller mit den Sachen drauf in die Küche zurückbringen. Stimmt's, Silvana?«

Das Mädchen auf dem Koffer nickte und versank dann wieder in absolute Reglosigkeit.

»So ist sie nämlich.« Arturo drehte sich wieder zu Leda. »Später schickt sie dir noch ein Abendessen.

»Vielen Dank, aber das ist mehr als genug für mich heute.«

»Möchtest du lieber allein sein?« Arturo schaute jetzt auch in die Flamme. »Ich muss dir aber noch zwei Sachen sagen. Erstens: Seine Kleidungsstücke sind hier drin.«

Er deutete auf den Schrank, dessen geschlossene Türen auf

einmal eine neue Aura bekamen, sie waren keine normalen Holztüren mehr, sondern die Pforten des Todes.

»Wir wussten nicht, ob du … ob du sie haben willst. Wahrscheinlich brauchst du den Platz für deine eigenen Kleider. Wenn du möchtest, dass sie abgeholt werden, dann sag mir Bescheid, und ich kümmere mich darum.«

Leda nickte.

»Also nicht jetzt gleich, nehme ich an.«

Sie schüttelte den Kopf. Der Gedanke, Dantes Kleidungsstücke zu verlieren, erschien ihr unerträglich.

»Sehr gut. Der zweite Punkt. Dein Zimmer ist bezahlt, und zwar für die nächsten beiden Monate. Wir haben unter den Gewerkschaftern gesammelt. Nein, schau mich nicht so an – was hätten wir anderes tun sollen? Dante war ein guter Mann, das hat jeder gewusst. Wir haben alle gesehen, was für Opfer er gebracht hat, um dich hierher zu holen. Und unsere Brüder im Kampf wissen, dass er für uns alle sein Leben gegeben hat.«

Leda versuchte zu lächeln.

»Auf jeden Fall hast du Zeit, um dir zu überlegen, was du tun willst. Ob du lieber Arbeit suchen möchtest oder wieder nach Hause fahren. Meinst du, dass du zurückgehst?«

Seine Stimme hatte einen eigenartigen Unterton, man merkte, dass er beiläufig klingen wollte. Leda hatte keine Ahnung, was sie antworten sollte. »Ich weiß es nicht. Ich habe gar nicht genug Geld für die Rückfahrt.«

»Deine Familie könnte es dir schicken. Oder du kannst es dir verdienen, im Lauf der Zeit. Aber ich sollte auch sagen« – wieder war diese Enge in seiner Stimme, weil er sich zu sehr bemühte, unbeteiligt zu klingen –, »wenn dein Vater dir seinen Segen gibt, hierzubleiben, also, es gibt nicht allzu viele unverheiratete Mädchen, ich meine, anständige unverheiratete Mädchen, hier in Buenos Aires, aber ein paar gibt es schon. Francesca und ihre Töchter sind Näherinnen. Sie helfen dir sicher, Arbeit zu finden. Glaubst du nicht auch, Silvana?«

Silvana nickte wieder.

»*Grazie*«, murmelte Leda. In den letzten Stunden hatte sie dieses Wort so oft gesagt, es schien jede Kraft verloren zu haben.

»Du musst es ja nicht heute entscheiden. Wir lassen dich jetzt lieber in Ruhe. Du bist bestimmt müde.«

Sie nickte.

War Arturo enttäuscht? Er benimmt sich wie ein kleiner Hund, dachte Leda. Ein Welpe, der zu konfus war, um zu merken, dass er sich verlaufen hat. Sie sah, wie er zögerte, bevor er aufstand. Silvana folgte ihm.

»Versprich mir, dass du vor dem Schlafengehen noch etwas isst«, sagte er.

»Versprochen.«

»Dann – gute Nacht, Leda. Ruh dich ein bisschen aus. Morgen ist erst morgen und kommt von allein.«

Sie verließen das Zimmer. Lange Zeit saß Leda reglos da. Dann schob sie den Teller an den äußersten Rand des Tischs, drehte die Lampe weg und leerte das Weinglas mit zwei Schlucken. Sie hörte Geklapper und Geplapper: In der Küche wurde das Essen gekocht, es waren die Stimmen der Frauen und Mädchen, die schnippelten, wuschen, rührten. Sie hörte auch die Stimmen der Männer, die nach Hause kamen. Rufe. Gemurmel. Gelächter. Sie konnte wirklich froh sein, dass sie bei Menschen gelandet war, die sie so großzügig aufnahmen. Sie müsste ihnen danken! Aber sie kannte diese Leute nicht, konnte nicht wissen, wie weit ihr guter Wille reichte, woraus er überhaupt bestand. Sie starrte auf die Wand. Lauter Flecken. Fett oder Feuchtigkeit. Leda konnte sich nicht vorstellen, hier zu schlafen. Die Nacht lag vor ihr, leer, unüberwindlich. Dante, tot. Wo war er begraben? Was für eine Schande – sie hatte vergessen zu fragen. Der Verlust wuchs in ihr, dazu kamen unzählige Ängste, Angst vor der Dunkelheit draußen, vor der riesigen Stadt, vor den Gedanken in ihrem Kopf. Würde sie den Tag morgen überhaupt ertragen können?

Was, wenn sie es nicht konnte? Wenn sie starb?

Sie überlegte. Es wäre eine Möglichkeit, allem zu entkommen. Aber wie? Sie hatte kein Gift. Kein Messer. In der Küche könnte sie bestimmt eines auftreiben, aber sie wusste nicht, wo sie hinstechen sollte.

Sie dachte an Arturo, der gerade seinen Freund beerdigt hatte. Dann müsste er auch noch die Braut seines Freundes zu Grabe tragen.

Sie dachte an ihre Mutter, die ewig auf einen Brief aus Argentinien warten würde.

Sie dachte an die Geige in ihrem Koffer, allein und verlassen auf einem fremden Kontinent und ohne jede Chance, ihre Geschichte weiterzugeben oder ihr eine Melodie zu verleihen.

Das Stimmengewirr draußen vor ihrer Tür wurde leiser. Immerhin war heute Dienstagabend, morgen mussten alle wieder arbeiten. Ihre eigene Zukunft lag formlos vor ihr. Sie konnte sich umbringen, oder sie konnte sich Arbeit suchen. Sie konnte mit Francesca sprechen wegen der Näherei, eine Nadel nehmen und ihr vorführen, wie geschickt sie war. Sie konnte die Straße entlanggehen und hören und sehen und riechen, sie konnte versuchen, die neue Stadt, dieses Buenos Aires, zu begreifen. Sie konnte ihrer Familie einen Brief schicken, so wie sie es versprochen hatte. Gleich nach meiner Ankunft schreibe ich, hatte sie gesagt. Aber was sollte in diesem Brief stehen? Was würde sie ihnen sagen?

Sie musste es wenigstens versuchen.

Sie ging zu ihrem Koffer, um einen Federhalter, Tinte und Papier zu holen. Dann setzte sie sich an den Tisch. Die Seite war unbarmherzig leer. Eine ganze Weile starrte Leda darauf, und als sie schließlich zu schreiben begann, zitterte ihre Hand.

Lieber Papà, liebe Mamma,
schreckliche Neuigkeiten – euer Neffe ist fort – er ist nicht mehr da –

Nein, dachte sie, das stimmt so nicht. Er ist mein Ehemann. Zuerst und vor allem ist er mein Mann, dann erst ihr Neffe. Und *nicht mehr da* stimmt auch nicht, er ist ja nicht zu irgendeinem Abenteuer aufgebrochen. Sie strich alles, was sie geschrieben hatte, wieder aus, zog eine Linie darunter, und nahm noch einmal Anlauf.

Lieber Papà, liebe Mamma,
ich muss euch leider mitteilen, dass mein Mann, Dante, mein Cousin, ~~kaltblütig erschossen wurde~~ aus dem Leben geschieden ist. ~~Ich bin allein und weiß nicht, wie ich~~

Falsch, ganz falsch. Sie strich alles wieder aus und drehte das Blatt um. Der Federhalter stockte in der Luft. Ihr fiel nichts ein. Zio Mateo schien sie aus der Dunkelheit zu beobachten. Sie versuchte, sich vorzustellen, wie traurig er war, weil er seinen Sohn verloren hatte, aber sie konnte ihn nicht vor sich sehen. Bei Coras Begräbnis, beim Begräbnis seiner Tochter, hatte er mit verschlossener Miene alles verfolgt. Wie versteinert war sein Gesicht gewesen, als wäre es selbst ein Grab. Leda warf ihren Federhalter auf den Boden und starrte wieder auf die Seite, deren makelloses Weiß verunziert war von Tintenflecken und von den ausgestrichenen Linien auf der anderen Seite, ein Dschungel aus Wörtern, in dem sie sich unwiderruflich verirren konnte.

Cora wurde erst zwei Tage nach ihrem Tod gefunden. Vom Frühlingsregen war der Fluss angeschwollen, und das Wasser hatte ihre Leiche flussabwärts getragen, zu der flachen Stelle hinter dem Dorf. Ihr Gesicht war schon blau und grau angelaufen und aufgequollen, so dass man sie fast nicht mehr erkannte. Ihre Unterwäsche war vollgestopft mit schwarzen Steinen. Ein Kruzifix aus Eisen, fast zwanzig Zentimeter lang, war auch dabei.

Cora war aus der Hütte auf dem Berg beim Dorf geflohen,

in der sie sechs Monate gelebt hatte, hinter Schloss und Riegel, weit weg von allen. Nur ein alter Mönch aus dem Franziskanerkloster in der Nähe kam immer vorbei und brachte ihr, was sie brauchte. Niemand hatte erwartet, dass sie versuchen würde zu fliehen – und schon gar nicht, dass es ihr gelingen könnte. Sie hatte ihre Flucht genau geplant. Als der Mönch am Nachmittag mit Brot und Käse zu ihr kam, erwartete sie ihn mit dem eisernen Kruzifix in der Hand, dem einzigen Gegenstand in ihrem kahlen Zimmer. Der Mönch hatte an den Tagen vorher beobachtet, wie sie das Kruzifix in den Armen wiegte, als wäre es ein kleines Kind, und wie sie mit ihrer heiseren Verrücktenstimme Schlaflieder sang. Wegen dieser Blasphemie hatte er ihr natürlich Vorhaltungen gemacht, aber es war ihm nicht gelungen, sie davon abzubringen. Das erzählte er Coras Vater, Zio Mateo, an dem Abend, als Cora verschwand. Leda war nicht im Zimmer, als dieses Gespräch stattfand, aber sie hörte das Geflüster, und sie konnte sich genau vorstellen, was für ein Gesicht Zio Mateo gemacht hatte, als der Mönch ihm die Geschichte erzählte: dieses mitleidige Grinsen, vermischt mit Wut, so wie er immer schaute, wenn Leute sich weigerten, nach seiner Pfeife zu tanzen. Dann hast du also gewusst, sagte Mateo zu dem Mönch, dass sie das Kruzifix von der Wand nehmen kann.

Der Mönch nickte beschämt.

Aber du hast es nicht entfernt.

Sie hatte ja sonst nichts, erwiderte der Mönch. Ich habe gehofft, dass die Gegenwart Unseres Herrn ihrer Seele beisteht.

Ihrer Seele? Wie fühlt sich dein Kopf jetzt an, alter Mönch? Hat er genug von Coras verrückter Seele abgekriegt?

Der Mönch rieb sich den Schädel und verzog wehleidig das Gesicht. Die Attacke war schnell und unerwartet gekommen. Cora hatte ihm von hinten einen Schlag auf den Kopf verpasst, als er ihren Teller auf den Holztisch stellte. Er hatte das Bewusstsein verloren, und als er wieder zu sich kam, war das Mädchen weg.

Ihre beiden Brüder suchten sie. Sie dachten, Cora könnte im Wald schlafen, in einem Bett aus Laub, und dabei Wörter murmeln, die wild genug waren, dass die Erde unter ihr verrückt wurde. Sie musste gefunden werden! Sie brauchte Hilfe. Natürlich sollte sie auch bestraft werden, klar, aber das wurde nicht ausgesprochen. Nachts sah Leda vor sich, wie Cora durch das Tal rannte, immer weiter, und dann aus dem Tal heraus, durch den Wald und über die Berge, an den Dörfern vorbei, die überall in der Landschaft verteilt waren, mit ihren traurig zusammengedrängten Existenzen, immer weiter, bis zu den Ausläufern des Vesuvs, und der Vesuv würde sie dann in sein schwarzes, hohles Herz aufnehmen und Mittel und Wege finden, um sie zu befreien.

Aber es kam anders. Dante war es, der sie fand. Er hatte die Idee gehabt, flussabwärts zu suchen, dem Weg der Ertrunkenen zu folgen. Er zog Coras Leiche aus dem Wasser, sie war noch leicht genug, dass er sie tragen konnte, trotz des zusätzlichen Gewichts, das ihre nassen Haare, die nasse Kleidung und die aufgedunsene Haut bedeuteten, ganz zu schweigen von den Steinen, von denen er allerdings noch gar nichts wusste. Er hob sie hoch, drückte sie an seine Brust, einen Arm unter ihren Knien, den anderen um ihren Rücken geschlungen, als wäre sie eine Prinzessin, die durch einen Fluch zu ewigem Schlaf verdammt war. Aber anders als eine Prinzessin hing Cora in einem starren, eckigen Winkel herab und weigerte sich, biegsam und elastisch zu sein. Der Heimweg war eine Qual. Dante tat alles, um zusätzlichen Klatsch im Dorf zu vermeiden, niemand sollte ihn sehen, er machte einen langen Umweg durch den Wald, und das Haus betrat er durch die Hintertür. Aber es half alles nichts.

Auch diesen Teil konnte Leda sich ganz genau vorstellen: wie Dante den Berg hinaufging, mit einer entstellten Toten in den Armen. Der Nacken schweißnass vor Anstrengung. Die verwesende Leiche, durchweicht auf eine Art, wie sie bei lebendigen Menschen gar nicht vorkam. Die letzten, grauenvollen

Momente der Berührung. Und er musste sie auf den Boden legen, um die Hintertür öffnen zu können, da niemand im Haus ihn kommen sah und öffnete. Er musste berichten, wie er sie gefunden hatte, als er dann drinnen war, und seine Stimme war in der allgemeinen Stille nur ein mattes Kratzen.

Die vollständige Geschichte wurde bei Leda zu Hause nicht erzählt, nie bestätigt. Cora war nicht an dem schrumpeligen Körper des alten Mönchs vorbeigerannt, mit den zielstrebigen Schritten eines Mörders. Sie hatte den Fluss nicht erreicht, hatte keine Steine in ihre Taschen und ihre Unterwäsche gestopft und auch nicht das heilige Kreuz, möge der Himmel ihr gnädig sein, sie hatte das alles nicht an ihren Unterleib gepresst, damit es sie unter Wasser hielt. Sie war nicht in den Fluss gegangen, um zu sterben.

Doch im Dorf wurde die Geschichte immer und immer wieder erzählt – auf dem Marktplatz, in dem stinkenden Laden des Apothekers, bei den öffentlichen Waschtrögen, wo die Frauen sich trafen, um ohne Erbarmen fleckige Laken zu schrubben. Die Zungen flackerten von der Geschichte.

Dieses Mädchen – was für eine Strafe sie für ihre Familie war.

Und seht euch an, wie's zu Ende ging mit ihr.

Wisst ihr, wie man sie gefunden hat? Ein heiliges Kreuz in ihrer – könnt ihr euch so was vorstellen?

Nein.

Soll das etwa heißen –?

Im Namen des Vaters, des Sohnes und des heiligen Geistes, Amen! Grauenvoll!

Eine Schande, ein Frevel.

Sie war verrückt. Man darf nicht vergessen, dass in ihrem Kopf etwas nicht gestimmt hat.

Das Mädchen war von Dämonen besessen.

Ich habe gehört, bei Vollmond hat sie geheult wie ein Hund.

Ich habe gehört, ihre Augen waren blutrot, als sie den armen Mönch angefallen hat.

Fast hätte sie ihn umgebracht.
Ich habe gehört, sie hat sich die Kleider vom Leib gerissen, wie eine Hure.
Stimmt, das haben wir ja *alle* gesehen.
Und wisst ihr noch, die arme Schwester Teresa –?
Ach, gütige Mutter Gottes, die arme Schwester.
Sie ist nie darüber weggekommen.
Was dieses Mädchen den Nonnen angetan hat. Allen Nonnen.
Pfff, sie hat die bösen Geister auf uns gebracht.
Sie ist schuld, dass der Wald verhext ist.
Ich gehe da nicht mehr alleine hin.
Ich auch nicht.
Ich auch nicht.
Gepriesen seien die Nonnen, sie haben getan, was sie konnten.
Ja, wie sie die –
– wie sie die Wälder gereinigt haben.
Ja!
Gereinigt vom bösen Geist dieses Mädchens.
Für uns alle haben sie das getan.
Und die Mutter des Mädchens – was muss sie gelitten haben in all den Jahren! Immer musste sie denken, dass ihr eigener Schoß so eine Kreatur geschaffen hat.
Das ist für eine Frau das Allerschlimmste.
Aber letzten Endes ist es doch ihre Schuld! Was für eine Mutter bringt so ein Mädchen auf die Welt?
Und jetzt, die Sündigste aller Sünden. Sich das Leben nehmen!
Wenn man bedenkt – ein Mazzoni-Mädchen, das nicht auf dem Friedhof liegt – welche Schmach!
Aber trotz des ganzen Geredes wurde Cora nicht außerhalb des Friedhofs bestattet. Zio Mateo gab der Kirche eine Spende, und die Priester waren sofort einverstanden. Ja, ja, selbst-

verständlich, Sie haben absolut recht, Don Mateo, es war ein schrecklicher Unfall, sie ist in den Fluss gestürzt, sie muss ja solche Angst gehabt haben, das arme Mädchen, eine Tragödie, und wir danken Ihnen für Ihre Großzügigkeit, Don Mateo.

Sie wurde mit einer spärlichen Zeremonie bestattet. Niemand begleitete sie. Nur der engste Familienkreis. Leda spürte die allgemeine Verachtung. Am liebsten wäre sie hingegangen und hätte jeder der Dorfklatschbasen ins Gesicht gespuckt. Die Luft war an diesem Tag sehr unruhig, viel Wind, immer wieder eine heftige Böe, vier Rosen ließen den Sargdeckel im Stich und versuchten, zwischen den dürren Friedhofsbäumen davonzufliegen, ohne Erfolg. Das Familiengrab der Mazzonis war vorbereitet, die Marmorplatte beiseitegeschoben, der unersättliche Schlund der Erde stand offen. Eine kleine Gruppe von Verwandten, alle schwarz gekleidet, und viele schluchzten pflichtbewusst, während der Priester seine Gebete murmelte. Die Frauen mussten ihre Hüte festhalten, ihre schwarzen Schleier wehten. Leda starrte auf den Sarg. Wie konnte es sein, dass der wunderbare Glanz, den ihre Cousine immer verbreitet hatte, nun in diese Holzkiste eingesperrt war? Das konnte doch nicht wahr sein! Auch wenn die Lebensfreude schon lange vorher verschwunden war. Sie dachte an Cora vor zwei Jahren, bevor der Wahnsinn sie gepackt hatte – als sie noch das Mädchen war, das viel zu hell leuchtete und das von viel zu hohen Felsen sprang. Diese Cora wollte sie wiederhaben. Sie konnte unmöglich in dem Sarg liegen! Sie war verschwunden, ohne zu sterben, und das war schlimmer als der Tod.

Coras Mutter weinte stumm, das Gesicht verschleiert, ihre Schultern bebten. Dante stand neben ihr, aber er machte keine Geste, um sie zu trösten. Er sah aus, als bräuchte er all seine Kraft, um zu verhindern, dass sein Gesicht in tausend kleine Splitter zerbrach. Vor ihrem inneren Auge sah Leda, wie Dante den Berg hinaufging, seine tote Schwester auf dem Arm. Und dann, ohne Vorwarnung, hob er die Augen und schaute Leda an. Ihre Blicke verhakten sich. Er weiß es, dachte sie plötzlich und erschrak. Er weiß, warum Cora verrückt geworden ist. Er hat es gesehen – vielleicht nicht alles, aber genug. Und er hasst sich dafür, dass er es wusste und dass er nichts tun konnte. Genauso geht es mir auch, sagte Leda in Gedanken zu ihm. Dante nahm ihren Blick in sich auf, dann schaute er weg, zum anderen Ende des Friedhofs, wo jahrhundertealte Grabsteine teilnahmslos dastanden im klaren Wind.

In dieser Nacht lag Leda im Bett und versuchte, mit ihrer toten Cousine zu sprechen. Sie begann ganz vorsichtig. Cora. Cora, bist du da? Meine Seelen-Cousine, meine Fast-Schwester, wo bist du? Ist dir kalt? Hast du Hunger? Oder hört das alles auf, wenn man tot ist? Ich habe dich nicht vergessen, *cara, carissima.* Ich werde dich nie vergessen. Ich wollte, du wärst nicht weggegangen, und ich rufe ganz laut, dass du zurückkommen sollst! Aber ich weiß auch, dass für dich hier in Alazzano kein Platz ist – kannst du mich hören? –, seit zwei Jahren schon ist für dich kein Platz mehr in Alazzano, und jetzt, also seit heute Abend, ist hier auch kein Platz mehr für mich. Ich werde wegfliegen, weit weg, sobald ich eine Möglichkeit finde. Und du, Cora, kommst mit. Alles, was auf dieser Welt von dir übrig ist, kommt mit mir, das verspreche ich dir. Bleib bei mir im Geist, und ich hole dich von hier fort, gemeinsam finden wir eine Nische, die wir Zuhause nennen können.

Ich hätte das schon damals tun müssen, ich hätte auf dich hören sollen, als du mich gefragt hast, ob wir nicht weglaufen können, verzeih mir, Cora, bitte, bitte, verzeih mir, ich hab es nicht verstanden, aber du hast es gewusst, schon damals hast du alles gewusst, viel zu viel hast du gewusst, seinetwegen. Er hat unser Dorf in eine Hölle verwandelt. Er hat den Schleier der Nacht weggerissen und hat die weiche Innenseite der Tage beschmutzt, und ich rede von deinem Vater. Denn als du verrückt geworden bist, war er nicht überrascht, und als du in die Hütte auf dem Berg gegangen bist, hat man mir verboten, dich zu besuchen, keiner durfte dich besuchen, wir haben ihm alle gehorcht. Wir waren Verräter, alle miteinander, wir haben vor jedem seiner Worte gekuscht, er war der Einzige, der dich besuchen durfte – der Einzige! –, dein eigener Vater, Cora, dein Vater –, und alle haben so getan, als könnte es nicht sein, das konnte einfach nicht sein, niemand wollte es glauben, niemand wollte es sehen, alle hatten Angst –

Diese Gedanken schrie sie schluchzend hinaus in die Nacht, tonlos und stumm.

Die Nacht antwortete mit einem Schutzwall aus Sternen.

Die Morgendämmerung war nah, keine Stunde mehr entfernt. Ihre erste Morgendämmerung in Buenos Aires. Leda saß immer noch auf dem Stuhl, vollständig angekleidet, und die Dunkelheit im Zimmer hüllte sie ein wie ein Umhang. Sie hörte die ersten leisen Schritte draußen, jemand überquerte den Patio, um Wasser zu holen, wahrscheinlich. Oder vielleicht auch, um einen Nachttopf zu leeren. Wo wurden die Wasserkrüge gefüllt, die Töpfe geleert? So viele Einzelheiten, so viele Pfade, die sie lernen musste.

Die Nachtwache hatte ihren Gedanken eine schreckliche Klarheit verliehen, die blitzende Schärfe eines Messers. Die Tatsachen entfalteten sich vor ihr, mitleidslos und ohne Gnade. Dante war tot. Sie war eine Witwe, unzählige Kilometer entfernt von ihrer Heimat. Aber die Heimat war schon lange kein Zuhause mehr gewesen. Sie hatte nicht darum gebeten, Witwe zu werden, aber es blieb ihr keine andere Wahl. Wenn es mein Schicksal ist, dachte sie, dann will ich nicht kapitulieren, ich will lernen, in dieser neuen Haut zu leben.

Sie machte die Lampe an und wartete, bis sich ihre Augen an das Licht gewöhnt hatten. Dann nahm sie ihren Federhalter und begann noch einmal zu schreiben.

Liebe Mamma, lieber Papà,
Dante ist tot. Es tut mir sehr leid, dass ich Euch diese traurige Nachricht schreiben muss. Es war ein Unfall bei der Arbeit, vor meiner Ankunft, und es ging alles sehr schnell, er hatte keine Schmerzen. Ich habe hier ein Zimmer und bin umgeben von guten Menschen aus Neapel und auch aus dem Norden. Sie sind sehr freundlich zu mir.
Ich habe im Moment kein Geld für die Rückfahrt, ~~und selbst, wenn ich Geld hätte, würde ich gar nicht nach Hause fahren wollen, glaube ich.~~ Aber gleich heute suche ich mir Arbeit. ~~Ich möchte nicht nach Italien zurück.~~
~~Ich weiß nicht, ob ich zurückfahren will.~~
~~Bitte, sagt nicht, ich soll zurückkommen, w~~
Ihr müsst Euch keine Sorgen machen. Ich schreibe bald wieder.

An dieser Stelle hielt sie inne und starrte auf ihre eigene Handschrift. Dann starrte sie in die Flamme der Petroleumlampe, und schließlich schrieb sie:

Es gibt kein Zurück. Ich kann den Weg nach vorn nicht sehen. Ich kann mein eigenes Gesicht nicht sehen.

Die Worte machten ihr Angst. Sie hatte keine Ahnung, was sie bedeuten könnten. Sie strich sie aus und schrieb immer wieder darüber, bis sie ganz von der schwarzen Tinte verschluckt wurden. Auf ein neues Blatt schrieb sie die Wörter, die sie nicht ausgestrichen hatte, noch einmal ab, faltete es zusammen und steckte es in einen Briefumschlag, den sie aus Alazzano mitgebracht hatte. Wie eine Taube würde er mit ihrer Nachricht zurückfliegen. Sie würde hierbleiben, sie war keine Taube.

Eigentlich müsste sie schlafen, aber jeder einzelne Muskel ihres Körpers war angespannt. Draußen vor dem Haus wartete das Labyrinth der Stadt. Das Labyrinth des bevorstehenden Tages. Die Dämmerung kam angekrochen, langsam, ganz langsam, begleitet von den scharrenden Geräuschen einer Großstadt, in der es nie wirklich still war, zu keiner Tages- oder Nachtzeit. Und in dem neuen, schwachen Licht versuchte Leda, dieser Stadt zuzuhören, die erfüllt war von so vielen Schicksalswegen, die sie noch nicht ahnte. Die Stadt konnte sie umbringen, oder sie neu erschaffen.

Das ferne Summen und Rauschen von Buenos Aires, am Rand der Dämmerung – vielleicht war das die Begleitmusik ihres neuen Lebens.

3

TRE

Die guten Menschen von Neu-Babel

Es dauerte Wochen, bis sie sich an den Lärm gewöhnt hatte. Das Rattern und Dröhnen hörte nie auf, auch nachts nicht, keine Minute. Leda wusste nicht, wie sie bei dieser Geräuschkulisse sich selbst hören sollte. Vielleicht hatte es in dieser Stadt einmal so etwas wie Stille gegeben, früher, bevor die Immigranten herbeigeströmt kamen, zu Tausenden, mit ihren polternden Stimmen und mit ihren Händen, die unbedingt arbeiten wollten. Hatten sie die letzten Spuren von Ruhe vernichtet? In den Conventillos – die diesen Namen verdienten, das hatte sie inzwischen gelernt, denn man lebte beengt und spartanisch wie in einem Konvent, wie die Nonnen und Mönche in ihren Klöstern – hörte man das Scheppern der Wasserbottiche, oder es wurden Kisten über die kaputten Fliesen geschoben, oder ein Mann stritt sich im Duett mit seiner Frau, dazu Geschrei und Gejammer und das hungrige Jaulen der Kinder, die Schimpfereien, die Schlaflieder, die Drohungen der Mütter, das Getrappel der Jungen, die nach Hause kamen, nachdem sie in der Straßenbahn Zeitungen verkauft hatten, das müde Lachen der Männer, die am Ende des Tages noch eine Zigarette rauchten, das Tratschen der Frauen, während sie die Wäsche auf die Leine hängten, der Chor einer Familie, die sich beim Abendessen zankte, die älteren Kinder wurden geschimpft, weil sie sich zu viel Brot genommen hatten. Auf der Straße war es noch schlimmer: das konstante Geklapper der Pferdehufe, das Rasseln der Kutschen, die Verkäufer mit ihren Handkarren priesen lautstark ihre Ware an – frisches Brot so gut wie von Muttern! Schuhe! Die Pfanne wird euren Frauen einheizen! –, das Knallen der Peitschen, das Ächzen der Räder, Frauen unterhielten sich am Fenster mit Nachbarinnen, die gerade mit einem Korb auf dem Weg zum Markt waren, eine Atempause von der pausenlosen Plackerei zu Hause. Und jedes Zuhause, das wusste Leda, war im Innern mindestens so laut wie ihr eigener Conventillo, ganze Familien in einem Zimmer, Junggesellen, die dicht aneinandergedrängt schliefen, und dünne Wände, durch die lautes Schnarchen drang.

In ihrem Dorf konnte sie zur Bäckerei gehen, und auf dem ganzen Weg war nur der Wind in den Olivenbäumen zu hören. Nachts, wenn der Mond nicht schien, schlief alles in Alazzano, sogar der Staub. In Alazzano stank es auch nie so, nicht nach dreiundsechzig Menschen, die sich zwei kaputte Toiletten teilen mussten, in die sie den Inhalt ihrer Nachttöpfe kippten, ein nicht enden wollender Strom. Leda hatte in Alazzano nie Hunger gehabt. Hier hatte sie zwar Glück, sie bekam jeden Tag etwas zu essen, mehr als einmal sogar, aber immer stand irgendein Kind in der Tür und starrte auf ihren Teller, und sie konnte nicht anders, sie musste diesen Kindern etwas abgeben.

Wenn sie das Haus verließ, was selten genug vorkam, ging sie immer nur zum Metzger zwei Querstraßen weiter, wo sie exakt nach Francescas Anweisungen ihre Einkäufe erledigte. Der Metzger sprach perfekt Italienisch, mit einem Akzent aus dem Norden. Er war höflich, schnitt aber das Fleisch mit so viel Schwung, dass es Leda ganz nervös machte. Sie hielt sich nie länger als unbedingt nötig in seinem Laden auf. Allerdings verbrachte sie auf dem Heimweg gern ein bisschen Zeit bei dem Brotverkäufer, der seine Ware auf der Straße anbot. Er hatte einen alten Handwagen, der mit Laiben vollgepackt war, und hieß Alfonso Di Bacco. Er trug eine alte Matrosenmütze schief auf dem Kopf, war drahtig, mit verwitterter Haut, und bewachte seine Ecke, als wäre er ein Leuchtturmwärter an einer Felsenküste. Als Leda das erste Mal zu ihm kam, verlangte sie drei runde Laibe, und obwohl Francesca ihr am Morgen versichert hatte, dass der Verkäufer Italiener sei und sie ohne Probleme verstehe, hielt sie vorsichtshalber drei Finger hoch und zeigte auf das Brot.

Der Mann zog die Mütze vor Leda. »Es ist mir eine Ehre, dir etwas zu verkaufen. Deine Schönheit blendet mich!«

Leda gab ihm ihre Pesos, abgegriffene Münzen, die Dantes Arbeitskollegen gesammelt hatten, und der alte Mann streichelte das Geld mit seinen schwieligen Fingern.

»Francesca schickt dich?«

»Ja.«

»Du musst Dantes Witwe sein. Stimmt's?«

Leda nickte. Das Herz tat ihr weh. Wie viele Leute hier in der Straße kannten ihre Geschichte?

»Schrecklich, was passiert ist.« Er schnalzte mit der Zunge. »Ich habe Dante gekannt. Er war ein guter Mann. Er ist für uns alle gestorben.«

Ihr Ehemann. Jesus, der Anarchist. Aber sie hatte nur einen Wunsch: dass der Mann ihr die drei Laibe gab und sie gehen ließ.

»Also, dann – such dir was aus.«

Sie wählte drei Laibe. Sie waren frisch gebacken, und die Kruste war genau die richtige Mischung aus knusprig und weich. »Bäckt Ihre Frau das Brot?«

»Meine Tochter. Meine Frau lebt auch nicht mehr.«

»Das tut mir leid.« Verlegen verstaute sie den letzten Laib in ihrem Korb. Der Mann packte sie am Handgelenk.

»*Signora*«, sagte er. »Ich möchte dir einen Rat geben.« Er beugte sich so dicht zu ihr, dass sie seinen Atem riechen konnte. Saure Milch und alter Tabak. »Nimm dich in Acht – es gibt viele, viele Männer hier in der Stadt, und nicht alle sind so freundlich wie ich.« Sein Mund lächelte, seine Augen nicht. »Ein Mädchen wie du, hübsch und sauber, bekommt bestimmt viele Angebote.

Aber du musst aufpassen. Nicht alle Zwiebeln sind süß, wenn man sie aufschneidet.«

Sein Blick war durchdringend. Leda konnte ihm nicht standhalten. Sie schaute hinunter auf die braunen, schmucklosen Brotlaibe.

»Verstehst du, was ich meine?«

»Ja, *signore.*«

»Sehr gut. Dann – willkommen in Argentinien. Nimm diesen Laib da auch noch mit, ein Geschenk von mir – nein, nein, nimm ihn ruhig. Für dein neues Zuhause.«

Als sie sich entfernte, sah sie plötzlich vor sich einen Mann, der wie eine Zwiebel in zwei Hälften zerschnitten wurde. Rippen und Herz und das ganze innere Räderwerk – alles bloßgelegt, so dass jeder es sehen konnte. Bei dieser Vorstellung stieg ein Lachen in ihr hoch. Sie drehte sich noch einmal zu dem Brotverkäufer um, der ihr nachschaute und mit zwei Fingern an seiner Kappe salutierte. Dazu lächelte er breit, so dass die dunklen Höhlen sichtbar wurden, wo früher seine Zähne gewesen waren.

An ihrem zweiten Tag in Buenos Aires begann Leda, mit den Frauen der Familie Di Camillo zu nähen. Die Frauen produzierten Kleidung für einen Laden in einem eleganten Viertel am anderen Ende der Stadt, der vor allem Herrenhemden verkaufte. Francesca bestand darauf, dass Leda mitmachte. Nein, sagte sie, stell dich nicht so an, du nimmst uns keine Arbeit weg, es ist genug da für alle.

»Das Problem ist nicht, genug Arbeit zu bekommen.« Francesca verzog den Mund, als ginge es um ein Kind, das sich unmöglich benahm. »Es ist nur schwierig, von dem bisschen Geld, das sie uns dafür geben, einigermaßen zu überleben.«

An sechs Tagen in der Woche bauten die drei Di-Camillo-Töchter im zentralen Innenhof ihren Nähtisch auf, sobald die Männer, die in den Fabriken oder im Hafen arbeiteten, weg waren. Wenn es hell wurde, waren die Männer allesamt verschwunden, bis auf Carlo, Carlo mit den Narben, der tagsüber schlief und nachts arbeitete. (Francesca sagte nicht, was der alte Mann machte, aber sie sprach das Wort *Arbeit* aus, als hätte sie Angst, es würde ihren Mund beschmutzen, wenn sie es nicht ganz schnell ausspuckte. In den seltenen Momenten, wenn er tagsüber aus der Camera di Scapolo kam, um sich ein bisschen Wasser zu holen, und dann wieder in sein Zimmer schlich, ohne ein Wort zu sagen, folgte Leda ihm deshalb neugierig mit den Augen, aber niemand sollte es merken.) Nachdem also alle Männer außer Carlo gegangen waren, räumten zwei Schwestern das Frühstück weg (wenn es Frühstück gegeben hatte; an manchen Tagen gab es nichts, an besseren Tagen ein Stück Brot von gestern oder Kaffee mit Milch für die Männer, und an richtig guten Tagen so viel, dass es auch für die Frauen und Kinder reichte). Die dritte Schwester trug währenddessen die Stühle ins Freie, außerdem ein Brett, das sie über zwei Betonblöcke legte und das als Tisch diente.

Dazu kamen Leinensäcke mit Stoffen, Scheren und Faden sowie die Schnittmuster, die ihnen von ihren Arbeitgebern zugeteilt wurden, damit sie den Stoff zuschneiden konnten für die Hemden und die Hosen. Sie breiteten ihr Arbeitszeug auf dem Brett und zwei zusätzlichen Stühlen aus. Diesen Arbeitsplatz richteten sie in einer Ecke auf, die anfangs im Schatten lag und erst später von der gnadenlosen Sonne attackiert wurde. Man konnte dem Schatten leider nicht folgen, weil der Rest des Innenhofs immer schon besetzt war: rennende Kinder, schreiende Säuglinge, meckernde Mütter, die endlose Kocherei und die Wäsche und eine ganze Horde von Mädchen und Frauen aus den Nachbarzimmern, die ebenfalls Stückarbeit machten. Tagsüber summte der gesamte Patio von der Tätigkeit der Frauen, war davon ausgefüllt, eine Zeitfabrik, die verschwand, sobald die Männer abends nach Hause kamen.

Während der Stunden, die Leda mit den Di-Camillo-Mädchen nähte, fühlte sie sich eingebettet in diese kollektive Konzentration. Sie machten alles von Hand, weil sie sich keine Nähmaschine leisten konnten. Francesca herrschte mit kluger Voraussicht über ihre drei Töchter. Sie merkte sofort, wenn ein Stich danebenging, selbst wenn es außerhalb ihres Gesichtsfeldes geschah. Wenn ein Topf in der Küche dringend verlangte, dass ein Mädchen angerannt kam und umrührte, merkte sie das auch. Sie gab ihren Töchtern einen Klaps, wenn sie einen Fehler gemacht hatten oder sich ablenken ließen, was selten vorkam, denn die Mädchen waren gut trainiert. Sie durften sich unterhalten, solange sie ihr Arbeitstempo beibehielten.

Die älteste Tochter, Palmira, sah aus, als wäre sie etwa so alt wie Leda. Allerdings war sie wesentlich schöner, fand Leda, und hatte eine tolle Figur, sie lachte viel und gern und hatte unendlich lange Wimpern. Silvana, die Jüngste, arbeitete ruhig vor sich hin und schien ganz in ihrer eigenen Welt zu leben, jenseits der Grenzen der Unterhaltung. Sie war für die Schere zuständig. Immer, wenn Stoff geschnitten werden musste, legte sie das Schnittmuster aus, schnitt ganz präzise an den Linien entlang und stapelte dann die zugeschnittenen Stoffstücke entsprechend auf dem Tisch. Diana, die Mittlere, war höchstens zwölf. Sie war dünn und zappelig und nähte überhaupt nicht gern, wie sie Leda schon gleich am ersten Morgen erklärte.

»Das ist doch stinklangweilig, oder?«, flüsterte sie leise, damit ihre Mutter sie nicht hören konnte. »Ein Stich wie der andere, und abends tun dir die Hände so weh, dass du am liebsten die Handflächen abreißen würdest. Ich würde gern was anderes machen – Wäsche waschen, kochen, auf dem Markt Brot kaufen.«

»Und wenn sie nicht die Erledigungen machen darf, dann nörgelt sie stundenlang«, sagte Palmira.

Diana wollte protestieren. Aber Palmira ließ sie nicht zu Wort kommen.

»Stimmt doch! Das weißt du doch selbst.«

»Kann ja sein«, gab Diana widerwillig zu. »Aber ich habe auch meine Rechte.«

»Was für Rechte? Du hast zu viel anarchistische Propaganda gelesen.«

»Schön wär's!« Jetzt lachte Diana.

Palmira lachte auch.

»Heißt das, du liest *keine* anarchistischen Schriften?«, fragte Leda, den Blick auf ihre Näharbeit geheftet. Diese Anarchisten! Die Streiks, die Aufstände, die Kugel in Dantes Brust. Es gab für sie in Buenos Aires noch viel zu lernen.

Die Schwestern antworteten nicht. Als Leda die Augen hob, sah sie, dass alle drei sie anstarrten.

»Du kannst *lesen*?«, fragte Diana.

»Ja, klar.«

»Mein Gott!«

»Wer hat dir das beigebracht?«, wollte Palmira wissen.

»Mein Vater.« *Und Cora*, dachte sie, aber sie brachte den Namen nicht über die Lippen.

»Und kannst du auch schreiben?«

»Ja.«

Allgemeine Fassungslosigkeit. Die Mädchen nähten weiter. Schließlich sagte Diana: »Dann kannst du mir ja helfen, mein eigenes anarchistisches Flugblatt zu schreiben. Über die Rechte mittlerer Töchter.«

Palmira grinste. »Und was ist mit den Rechten der ältesten Töchter?«

»Da musst du dein eigenes Flugblatt schreiben lassen.«

»Was sagst du dazu, Leda?«

»Warum nicht?«, antwortete Leda. Hinter ihr roch es plötzlich nach Fäkalien. Bestimmt war es eins der kleinen Kinder gewesen. Eine ganze Gruppe spielte mit Stöcken in einem Eimer, sie quietschten und lachten und waren völlig vertieft in ihr selbsterfundenes Spiel. Die Mädchen zeigten keine Reaktion. Entweder bemerkten sie den Geruch nicht, oder sie waren daran gewöhnt und konzentrierten sich nur auf ihre Arbeit. Leda war ganz verlegen geworden, wusste aber selbst nicht recht, warum – es war schließlich keine Schande, wenn man lesen und schreiben konnte, oder? Sie war jedenfalls froh darüber. Trotzdem machte es ihr etwas aus, dass sie sich von den drei Schwestern unterschied. Diese Mädchen waren anders aufgewachsen als sie. Ledas Familie zu Hause hatte Grundbesitz, es gab immer Fleisch zu essen, und im Haus waren Bücher. Leda versuchte, sich jetzt auch auf die Stiche zu konzentrieren, suchte in dem sich ständig wiederholenden Rhythmus der Nadel Schutz vor ihren Gedanken. Ein paar Stunden lang schaffte sie es, nicht reden zu müssen.

Aber am Nachmittag, als das Licht sich nach und nach zu einem dunklen Gold verdichtete, als die Finger ihr bei jedem Stich weh taten und als Francesca ankündigte, sie sollten in einer Stunde ihre Sachen wegräumen und Abendessen kochen, sagte Palmira: »Leda, erzähl uns was von deinem Dorf.«

»Bitte!«, unterstützte Diana ihre Schwester. »Unsere eigenen Geschichten hängen uns zum Hals heraus.«

Ein Stich und noch ein Stich. Leda blickte nicht auf. »Ich hab nichts Interessantes zu erzählen.«

»Irgendwas muss es doch geben!« Palmira ließ nicht locker. »Wie heißt es noch mal, dein Dorf?«

»Alazzano.«

»Und wie groß ist es?«

»Nicht besonders groß.«

»Wie viele Einwohner?«

»Ungefähr hundert.«

»Was? Nicht mehr? Du hast sie bestimmt alle gekannt.«

»Ja.«

»Ich stelle mir das toll vor.«

Ein Stich, noch ein Stich. Ledas Nadel blitzte.

»Ganz anders als hier«, seufzte Palmira. »In Buenos Aires kann man unmöglich jeden kennen.«

»Vor allem, weil wir gar nicht raus dürfen«, brummte Diana.

»Das ist nur zu deinem Besten«, sagte Palmira. »Und du weißt das ganz genau. Ehrlich, Diana!«

»Ach, komm schon. Du hast doch selbst gesagt –«

»Ich will lieber Ledas Geschichte hören –«

»– du würdest gern rausgehen und mehr Männer kennenlernen.«

»Hab ich nie gesagt!«

Palmira piekte Diana mit ihrer Nadel, und ein kleiner Tropfen Blut erschien.

»Au!«, jaulte Diana. »Mamma!«

Francesca kam aus der Küche und verpasste Diana eine Ohrfeige. Die Kinder hinter ihnen, die jetzt im Kreis hockten und Erbsen puhlten, blickten alle gleichzeitig hoch, als sie den Schlag hörten. Mit leeren Gesichtern verfolgten sie die Szene. »Hör auf, deine Schwestern abzulenken, und arbeite weiter.«

»Aber –«

Francesca hob wieder die Hand. Diana duckte sich weg und beugte sich über ihren Stoff. Die Kinder widmeten sich wieder ihren Erbsen.

Nach einer Weile sagte Palmira leise: »Und gibt es bei euch Obst? Was für Früchte wachsen in deinem Dorf?«

»Feigen«, antwortete Leda. »Weiße und violette Feigen. Haselnüsse. Zitronen. Und natürlich Oliven, überall in den Bergen.«

»Ich habe noch nie was von weißen Feigen gehört«, sagte Palmira.

»Es ist so traurig, was mit deinem Mann passiert ist«, platzte Diana heraus. »Dass er in den Kopf geschossen wurde.«

In den Kopf. Nicht in die Brust. Leda wurde ganz schlecht, sie hatte das Gefühl, als würde sie gleich umfallen, der Innenhof kippte gefährlich.

Francesca kam wieder mit drohend erhobener Hand.

»Nein, nein, tu's nicht«, sagte Leda. »Bitte. Es ist okay.«

»Es ist nicht okay, sie ist ungezogen.«

»Ich bin nicht gekränkt«, sagte Leda.

Francesca war hin und her gerissen zwischen mütterlicher Strenge und den Gesetzen der Gastfreundlichkeit. Sie zögerte einen Moment, dann verschwand sie wieder in der Küche.

Die drei Schwestern nähten weiter und schwiegen eine ganze Weile.

Leda starrte auf den weißen Stoff in ihrer Hand, jetzt eine Leinwand für Dantes zerfetztes Gesicht.

»Tut mir leid«, murmelte Diana.

»Es ist okay«, sagte Leda.

»Ich hab gehört, er war sehr tapfer. An dem Tag, als es passiert ist, meine ich.«

»Klar war er tapfer«, sagte Palmira.

»Aber du hast ihn gar nicht mehr gesehen, seit er dein Ehemann war.« Jetzt flüsterte Diana nur noch. »Ihr konntet gar nicht – du weißt schon – miteinander schl…«

»Diana!«, zischte Palmira und hielt drohend ihre Nadel an den Arm ihrer Schwester.

Diana schwieg.

»Wenigstens hast du noch Zeit«, sagte Palmira. »Du bist so jung, du kannst noch mal heiraten.«

»Hier gibt es nämlich viele Männer, die eine Frau suchen. Palmira hat schon mehrere Anträge bekommen«, verkündete Diana stolz.

»Das ist doch jetzt egal«, warf Palmira schnell ein.

»Es ist überhaupt nicht egal!«, sagte Diana. Dann senkte sie wieder die Stimme. »Aber sie darf noch nicht heiraten – erst wenn unser Bruder mit dem Studium fertig ist. Wir arbeiten alle dafür, dass er studieren kann.«

»Und für die Familie.«

»Immer für die Familie.«

Ein Stich, noch ein Stich. Geblendet vom weißen Stoff.

»Gleich müssen wir zusammenpacken«, sagte Palmira.

Leda nickte. Ihre Finger pochten, und von der gebeugten Haltung tat ihr der Rücken weh. Sie hätte gern gewusst, wie viel Geld ihr diese Arbeit brachte, ob es reichen würde, um jeden Tag ihr eigenes Brot zu kaufen, wenn das für sie gesammelte Geld verbraucht war. Aber was sollte sie mit dem Mitleid anfangen, das ihr die Mädchen entgegenbrachten? Plötzlich sehnte sie sich nach Alazzano, wo sie jedes Gesicht und jeden Baum kannte. Was für eine absurde Sehnsucht! Sie hatte doch nur noch einen einzigen Wunsch gehabt, den Wunsch, von dort wegzugehen, aber sie konnte nichts machen, sie sah alles vor sich, die Orangenhaine, den Fluss, die Haselnüsse, die unter ihrem Schuh aufplatzten und ihren Schatz preisgaben. Trotzdem – sie wollte nicht zurück. Aber was wollte sie dann? Einen neuen Ehemann, wie die Mädchen vorschlugen? Bei dem Gedanken schüttelte es sie regelrecht. Die wichtigste Aufgabe war, erst einmal irgendwie zu überleben. Dann musste sie lernen, mit dem ständigen Summen des Leids fertig zu werden. Und schließlich musste sie ihren Appetit wieder finden, der mit Dantes Tod verschwunden war.

Wieder Hunger haben!

Weiter als das konnte sie nicht in die Zukunft blicken.

An dem Abend – nachdem sie geholfen hatte, das Essen zu kochen, und zwei Bissen zu sich genommen hatte, in ihrem Zimmer, obwohl die Familie Di Camillo sie eingeladen hatte, mit ihnen zu essen – und nachdem Arturo irritierend hartnäckig versucht hatte, ein Gespräch mit ihr anzufangen, als sie den Hof durchquerte, um vor dem Schlafengehen ihren Nachttopf zu leeren, Arturo, mit so viel Verlangen in den Augen, als hätte er ein schmerzendes Loch in seinem Inneren, das sie füllen sollte – an dem Abend nun lag sie im Bett und horchte auf das Knarren und Murmeln des Conventillo und ließ sich von ihren Gedanken zurücktragen nach Alazzano. Das Dorf mit seinen prächtigen weißen Feigen, die in Argentinien längst nicht jeder kannte, und dort hingen sie einfach an den Zweigen und winkten. So oft hatte sie Feigen gepflückt und zum Trocknen auf lange Holzbretter gelegt, damit man sie während des langen Winters genüsslich essen konnte. Und die Süße dieser Früchte erzählte dann von dem Sommer, der gerade zu Ende gegangen war, wie Honig, der die Zunge verwöhnt.

Ledas Matratze war steinhart. Sie drehte sich mühsam auf die andere Seite und dachte an Palmira: Palmira unter einem Baum mit weißen Feigen, sie schaute die Blätter an, die sie von allen Seiten umgaben, wie breite grüne Hände. Darf ich's dir zeigen, Palmira? Schau zu, wie ich es mache: Ich greife nach oben und taste nach den Früchten, die am reifsten sind, die weichen, die sich nach deinem Mund sehnen. Sie beobachtete, wie Palmira die süße, unbekannte Frucht kostete und wie sich auf ihrem Gesicht eine verblüffte Freude ausbreitete: die Lippen geöffnet, die Augen weit aufgerissen – aber dann kam ein Wind, Leda drehte sich wieder um und sah Cora, ihre Haut war blau, ihre Haare nass vom Fluss, und Cora schaute ihnen zu, mit einem schrecklichen Ausdruck auf dem Gesicht.

Cora, Cora, komm näher!

Was macht ihr da?

Palmira verschwand. Leda schämte sich. Es fühlte sich an wie ein warmer Stein in ihrem Unterleib. Sie war bei etwas erwischt worden, was falsch war – aber was? Hatte sie Obst gestohlen? War sie zu weit in die Dunkelheit gegangen?

Sie wollte die Feigen probieren. Was nicht ganz stimmte, wenn Leda ehrlich war.

Cora schüttelte die nassen Haare, wie eine Mutter, die betrübt ist über ihr widerspenstiges Kind. *Leda. Dieser Ort hier ist nicht das, was du denkst.*

Leda schreckte hoch, schweißgebadet. Schwüle Luft erdrückte sie von allen Seiten. Sie war froh und verängstigt zugleich, hätte aber nicht sagen können, warum. Das Atmen fiel ihr schwer, sie sehnte sich nach ein bisschen Zugluft, aber es wäre nicht anständig, wenn sie mit offener Tür schliefe. Vielleicht wäre es sogar gefährlich. Sie ließ also die Tür geschlossen und lag wach, bis der Schlaf sie ins Dunkel zerrte.

Am Samstagabend badeten die Männer mit viel Getöse: scheppernde Zinkwannen und heißes Wasser, und alle warteten brav, bis sie an der Reihe waren, um sich in einem der drei großen Zuber hinter geschlossenen Türen zu schrubben und zu waschen. Wenn sie wieder auftauchten, wirkten sie erfrischt und etwas desorientiert. Nach den Männern kamen die Frauen dran. Bei Leda sah das Wasser schon ziemlich grau und trübe aus, fast so schmutzig wie der Fußboden. Silvana war gerade aus der Wanne gestiegen und trocknete sich diskret in einer Ecke ab. Leda wusste inzwischen, dass man am besten immer wegschaute, nur so konnte man beim Leben im Conventillo eine gewisse Privatsphäre wahren. In der Wanne wusch sie sich, so schnell sie konnte, unterdrückte ihren Ekel. Anschließend fühlte sie sich viel frischer, als sie erwartet hatte.

Etwa um ein Uhr nachts zogen die Männer gemeinsam los, gekämmt und geschniegelt und voller Elan. Manche torkelten erst am Sonntagmorgen heimwärts, als Leda und die Di-Camillo-Mädchen schon dabei waren, den Pastateig auszurollen und in säuberliche Reihen zu zerteilen – diese Norditaliener machten ihre Linguini breiter, als sie es von zu Hause kannte, daran musste sie sich erst gewöhnen, und außerdem musste man zwischendurch die Kakerlaken zerquetschen, ein ewiger, aussichtsloser Kampf. Die Kinder schrien und quiekten im Hof, weil sie jetzt in die Wanne mussten und keine Lust hatten.

Um neun stellten Leda und die drei Schwestern die Pasta beiseite, zogen ihre besten Sachen an und steckten die Haare hoch. Die Kirche war nur ein paar Meter weiter als der Metzger und wesentlich größer als die Dorfkirche daheim; noch nie hatte Leda so viele Personen auf einem Fleck gesehen. Wie die Menschenmenge im Hafen von Neapel, nur dass die Menschen hier auf Gott warteten und nicht auf ein Schiff. Leda wurde ganz nervös während der Messe und musste hin und her rutschen, obwohl sie sich bemühte, still zu sitzen. Arturos Nacken war direkt vor ihr, ungeschützt und irgendwie unschuldig. Arturo war wirklich ein netter Mann. Immer ernst. Seine Gebete kamen bestimmt von Herzen und waren voller Hoffnung. Warum konnte sie nicht auch so sein? Um sich zu beruhigen, zählte sie die winzigen Härchen in Arturos Genick, schwarz, zart, verletzlicher als irgendetwas an einem Mann sein sollte.

Sogar das Abendmahlsbrot war hier anders. Säuerlich, weniger locker.

Als sie nach dem Gottesdienst wieder in den Conventillo kamen, holten die Männer Tische und Bänke und Kisten aus den Zimmern und stellten sie im Innenhof auf, so dass alle gemeinsam essen konnten. Wie eine Familie am Sonntag, dachte Leda.

Es gab Fleisch. Es gab Wein. Der Duft von Basilikum und Tomatensoße überdeckte den Müllgeruch. Weinflaschen machten die Runde, Becher wurden gefüllt.

»Signora Chiara, Ihre *bolognese* würde sogar die Erzengel zu einer Sünde verlocken.«

»Diese Woche haben meine Töchter die Soße gemacht.«

»Sie sind Heilige.«

»Stimmt genau. Mädchen, da müsst ihr gar nicht rot werden – eure Mutter hat euch gut erzogen.«

Am anderen Ende des Hofs: »Und dann habe ich zu ihr gesagt, hör mal zu, wer denkst du eigentlich, dass du bist –«

»So schöner Blumenschmuck auf dem Altar heute!«

»Bald ist Fastenzeit. Freut euch dran, solang noch Blumen da sind.«

»Ja, vor der Fastenzeit gibt's einiges, was wir noch genießen müssen.«

»Oho!«

Gelächter.

»He, meine Herren! Es sind junge Mädchen anwesend!«

»Entschuldigung.«

»Ah, Francesca, komm schon –«

»Ich sage euch, Leute, wenn sie das noch mal mit mir versucht, dann werde ich –«

»Leda! Wie findest du unser Sonntagsessen?«

Als ihr Name fiel, wurde es still an den Tischen. Leda fühlte alle Blicke auf sich. Sie müsste etwas sagen, brachte aber keinen Ton heraus. Die Luft war voller Erwartung.

»Ist es so schön wie zu Hause?«

»Natürlich nicht!«, mischte sich Francesca ein. »Nirgends ist es so schön wie zu Hause.«

Das stimmte nicht – so viel Wärme und eine so ungezwungene Atmosphäre hatte Leda seit vielen Jahren nicht mehr bei den Sonntagsmahlzeiten in Alazzano erlebt. Aber Francescas Worte untergruben die Stimmung. Die Gespräche wurden jetzt gedämpfter, befrachtet mit Gedanken an die ferne Heimat.

Nach dem Essen schoben die Männer die Tische wieder zurück in die Zimmer, während die Frauen Kaffee kochten. Die Stühle und Kisten blieben draußen. Carlo ging kurz weg und kam ein paar Minuten später mit einem Nachbarn im Schlepptau zurück. Es war der alte Mann, den Leda schon an ihrem ersten Tag gesehen hatte, als er auf der Straße Geige spielte. Carlo und der Alte gingen Arm in Arm, wie Brüder. Der alte Mann hatte sein Instrument dabei.

Kaum waren die beiden da, erhoben sich schon die ersten Rufe.

»Mu-sik! Mu-sik!«

Immer mehr Männer stimmten mit ein, dann auch Diana, dann Palmira – bis schließlich alle dreiundsechzig Bewohner des Conventillo klatschten und skandierten. Auch Leda machte mit, getragen vom kollektiven Rhythmus.

Carlo verschwand in seinem Zimmer und kam mit der Gitarre zurück. Die Rufe gingen über in allgemeinen Jubel, begleitet von rhythmischem Klatschen. Dann plötzlich Stille. Carlo setzte sich neben den alten Mann, gleich bei der Küchentür.

Er zählte auf vier.

Und es ging los.

Musik. Sie kam von Saiten und Fingern, eng verbunden, schluchzend unter dem herrischen Strich des Bogens. Gitarrensaiten vibrierten, vertieften den dunklen Brunnen des Leids.

Carlo sang. Etwas von der Nacht, die nach seinem Herzen griff, etwas von einer Frau, einer bösen Frau, Leda verstand den spanischen Text nicht ganz. Aber die Musik nahm sie gefangen, ging ihr durch Mark und Bein, beschleunigte das Blut in ihren Adern. Sie kannte sich nicht wieder, und ihr wurde klar, dass sie nichts, nichts, nichts wusste von der Welt, ja, dass sie gar nichts wissen konnte, als sie noch nicht geahnt hatte, dass es auf der Welt dieses Gefühl gab, diese Musik, diese Wachheit, eine Melodie, so reich wie die Nacht.

Jemand tippte ihr auf die Schulter. Arturo. »Möchtest du tanzen?«

Sie hatte nicht gemerkt, dass die Leute angefangen hatten zu tanzen. Sie tanzten über den ganzen Patio verteilt, nicht in einer Reihe oder in einem Kreis, sondern paarweise, Augen in Auge, die Männer hielten ein Mädchen oder einen anderen Mann im Arm. So glitten sie durch das Zentrum des Innenhofs.

»Ich weiß nicht, wie das geht.«

»Stimmt. Du hast ja noch nie Tango getanzt.«

Tango. Ein Name für die Musik. Sie wiederholte das Wort im Kopf. *Tan-go.*

»Keine Sorge. Der Mann führt, deshalb ist es nicht schwer für dich. Komm, wir versuchen's mal.«

Eigentlich wollte sie nicht, aber sie brachte es nicht übers Herz, nein zu sagen. Sie erhob sich verlegen, als gerade ein Stück zu Ende ging. Arturo hatte breite Schultern und roch nach einem seifigen Rasierwasser. Er umschloss eine ihrer Hände und legte die andere auf seine Schulter. Zu ihrer großen Erleichterung blickte er ihr nicht in die Augen, als das nächste Stück begann. Es war langsamer als das erste, und mit sanftem

Druck zwang er ihre Schritte in den richtigen Takt. Zuerst verkrampfte sie sich, aus Angst, sie könnten mit den anderen Paaren zusammenstoßen oder sie könnte stolpern, aber sobald sie sich entspannte, nahm die Musik Besitz von ihrem Körper, trieb sie an, verlieh ihr Form. Der Klang schwoll an und verebbte wieder, wie Wellen, und von diesen Wellen ließ Leda sich treiben, mit Arturo, plötzlich mit ihm zusammen. Sahen es die Nachbarn? Was dachten sie? Was wollte Arturo mit diesem Tanz?

Sie sah, dass er Geduld hatte mit ihr, der Neuen, und unter dieser Geduld spürte sie seinen Hunger. Nach Trost. Nach einer Frau. Nach einer Ehefrau. Ja, das wäre eine Möglichkeit zu überleben – einen gut riechenden, gut tanzenden Mann zu heiraten, ihr Schicksal mit seinem zu verknüpfen, zu hoffen, dass er sich nicht aus dem Staub machte. Genau was ich brauche, dachte sie, ein neues Rettungsseil, ein neuer Mann. Was für ein furchtbarer Gedanke, nicht gerade weiblich, aber sie konnte nicht anders. Im Grunde wollte sie sowieso nur da sitzen und die Hände des alten Mannes auf der Geige beobachten.

Arturo hob ihren Arm wie zum Ehrensalut, gerade als das Stück zu Ende war. Leda entschuldigte sich, so höflich es ging.

»Wollen wir nicht noch eine Runde tanzen?«

»Ich bin müde«, log sie.

»Verstehe«, murmelte er entmutigt.

Leda setzte sich in die Nähe der Musiker, die noch anderthalb Stunden spielten. Reglos verharrte sie da, hingerissen, und versuchte, sich jeden Takt genau einzuprägen. Nach einer Weile hatten die Männer ihr gesamtes Repertoire durchgespielt und fingen wieder von vorne an. Das gab Leda die Möglichkeit, alle Melodien noch einmal zu hören, ihnen mit den Gedanken zu folgen, die Bewegung nachzuvollziehen. Da geht es nach oben. Da geht es nach unten. Da tritt die Geige in den Vordergrund und treibt die Musik aufwärts, der alte Mann dehnt die Töne, der Bogen zeigt zum Himmel, der Blick des alten Mannes ist weit weg, während die Saiten ihre Klage anstimmen. Nestore, er heißt Nestore, die Tanzenden rufen seinen Namen, damit er weiterspielt. Er lässt sich darauf ein, schaut aber nicht zu den Tänzern, auch nicht zu Leda, wie sie da kauert und ihn anstarrt. Er befindet sich in seiner eigenen Welt, in der Welt der Klänge. Er dehnte die Phrasen stärker als Papà, setzt den Bogen mit mehr Druck an. Leda hatte gar nicht gewusst, dass die Geige eine so wilde Energie in sich hatte. Sie musste an die Tarantella denken, die mit den Noten hüpfte, man konnte nicht sitzen bleiben, sie holte die Leute aus sich heraus, *komm und spiel mit*! Aber diese Stücke, diese Tangos, sie katapultierten einen nicht nur nach oben, sondern ließen einen auch abwärtsstürzen, tief ins eigene Innere, zu den unerforschten Winkeln des Herzens. *Komm*, flüsterten sie, *komm und schau, sieh dir an, was da ist, und nimm es mit in den Tanz, auch das ist Musik.*

Als die Musiker schließlich doch aufhörten zu spielen, half Leda beim Abwasch in der Küche, und mit jedem Teller, mit jedem Topf, den sie abtrocknete, wanderten ihre Gedanken zurück zu den Tangos. Sie ging die Stücke in Gedanken noch einmal durch, eines nach dem anderen, spielte sie in ihrem Kopf, um sich ihre Form einzuprägen. Sie dachte an die Geige ihres Vaters, die in dem großen Koffer lag, begraben unter ihren Kleidern, stumm, seit vielen Jahren schon. Die Versammlung im Hof dauerte bis tief in die Nacht, aber Leda schützte Müdigkeit vor und zog sich in ihr Zimmer zurück. Die Stimmen der Nachbarn drangen durch die geschlossene Tür. Schnell zog sie ihr Sonntagskleid mit den Unterröcken und Knöpfen aus und streifte das weite Baumwollnachthemd über, klappte den Koffer auf und wühlte sich durch ihre Kleider – sie verstaute sie immer noch dort, der alte Schrank blieb ungeöffnet, ungestört –, bis sie den Geigenkasten spürte. Sie stellte ihn auf den Tisch. Die Schnappriegel ließen sich mühelos öffnen. Die Geige schimmerte, wie von einem inneren Licht erhellt. Mit den Fingern strich Leda sanft über das Instrument, tastete nach den

Klagen und Schluchzern, die sich vielleicht in seinem Körper verbargen, streichelte den langen schwarzen Hals.

Kann ich?, versuchte sie, das Instrument zu fragen. Darf ich?

Die Geige lag stumm da und antwortete nicht.

In dem kleinen Fach unter dem Hals der Violine fand sie ein Quadrat aus frischem Harz für die Pferdehaare des Bogens. Damit verwandelt man die Pferdehaare in Seide, hatte ihr Vater immer erklärt. Es sah genau aus wie das Harz, das er gemacht hatte. Früher. Von den Olivenbäumen hinter dem Haus. Und er hatte Leda erlaubt, mit dem Bogen darüberzustreichen, um ihn für das Musizieren vorzubereiten. Diesen Harzblock musste ihr Vater in den Monaten vor der Hochzeit gemacht haben. Was bedeutete, dass er eine ganze Weile schon über sein Geschenk nachgedacht hatte.

Konnte es sein, dass er irgendwie geahnt hatte, was passieren würde? Dass er ihr die Geige mitgegeben hatte mit dem Gedanken, das Instrument könnte in ihren Händen landen? *Für Dante*, hatte er gesagt. Klar, Dante hatte immer wieder ein bisschen Geige gespielt, hier und da, aber Leda war diejenige gewesen, die eine echte Leidenschaft für das Instrument an den Tag gelegt hatte, die Papà angefleht hatte, sie zu unterrichten, und die abgewiesen worden war. Sie war ja schon glücklich gewesen, wenn sie wenigstens den Bogen präparieren und die Saiten ölen durfte. *Sie soll euch beiden ein bisschen Schönheit schenken*, hatte Papà gesagt. Was für Schönheit? Die des Zuhörers oder die des Spielers? Ihr Vater war ein freundlicher Mensch, aber kein tapferer. Wenn er wollte, dass Leda gegen die Regeln verstieß, sagte er ihr das nicht direkt, sondern sabotierte selbst die Vorschriften, ließ den Gefängnisschlüssel in Reichweite liegen, wie zufällig, und ging weg.

Sie klemmte die Geige unters Kinn und umschloss mit der Hand den Hals. Es war lange her, mindestens sechs Jahre, seit sie heimlich das Instrument ihres Vaters entwendet hatte. Aber ihr Körper passte sich ihm sofort an, mühelos und voller Freude, er erinnerte sich an die richtige Haltung, an das rauschhafte Glück. Sie musste mehr Druck ausüben als in ihrer Erinnerung, um die Saiten gedrückt zu halten. Sie beschloss, den Bogen wegzulassen. Nichts durfte durch die dünnen Wände dringen, sie wollte ohne Töne spielen und die Musik mit den Fingern und im Kopf hören.

Eine Melodie. Die erste Melodie. Wo hatte der alte Mann die Finger aufgesetzt?

Hier. Hier. Hier.

Was für ein Genuss! Furios. Überwältigend. Musik ohne Ton. Die eine Hand ahmte die Bewegung eines unsichtbaren Bogens nach, während die andere sich um den Hals legte, den Leda schon immer geliebt hatte und nie aufgehört hatte zu lieben, ein Gefühl, das ganz frisch war und gleichzeitig vollkommen vertraut. Sie war das kleine Mädchen draußen im Olivenhain, das sich mit dem Instrument ihres Vaters dort versteckte, umgeben vom Geruch der nächtlich feuchten Erde. Sie war eine junge Witwe, verloren in einem fremden Land, und entwarf mit ihrem Körper eine neue Musik. Stundenlang spielte sie so, bis sie einschlief, die Rundungen der Geige eng an ihre eigenen geschmiegt.

Das Geld, das sie mit dem Nähen verdiente, würde nicht ausreichen, um das Zimmer zu behalten. Wenn die Summe verbraucht war, die nach Dantes Tod für sie gesammelt worden war, musste sie entweder umziehen oder nach Italien zurück. In zwei Monaten, höchstens drei. Und während sie nebeneinander saßen und nähten, erklärte ihr Francesca, dass es gar keinen Sinn hatte, einen besser bezahlten Job zu suchen. Fabrikjobs für Frauen gab es nicht mehr, die Gewerkschaften hatten schon vor einer ganzen Weile aufgehört, für die Frauen zu kämpfen, für ihr Recht auf Arbeit, weil die Frauen den Männern die Stellen wegnahmen und außerdem als Arbeitskräfte die Bewegung schwächten, weil ihre Väter und Ehemänner sie zwingen konnten, während eines Streiks trotzdem in die Fabrik zu gehen. Also gab es keine Fabrikjobs für Frauen. Es gab Arbeit in Haushalten, aber dafür musste man die Sprache beherrschen, sonst konnte es leicht passieren, dass die Dame des Hauses nicht bezahlte und die Sprachbarriere ausnutzte und so tat, als würde sie nichts verstehen. In einem Restaurant zu bedienen war jetzt gesetzlich verboten; zu viele Gaststätten und Bars hatten einen schlechten Ruf, und die Frauen, die dort gearbeitet hatten, waren *diese Art* von Frauen – oder jedenfalls hatte man ihnen das unterstellt, und von *dieser Art* von Frauen gab es so viele in der Stadt, dass es vermutlich stimmte. Und außerdem gehörte es sich sowieso nicht für ein anständiges Mädchen, an so einem Ort zu arbeiten – keine Mutter, die einigermaßen etwas auf sich hielt, würde ihre Tochter dorthin schicken, gleichgültig, wie verzweifelt die finanzielle Lage war – und deshalb konnten jetzt nur noch Männer als Kellner arbeiten.

Was nun *die Art* von Frauen betraf, so ging das Gerücht, dass sie mehr als genug Arbeit hatten und besser bezahlt wurden als Frauen in allen anderen Jobs. Allerdings richteten sie sich im Lauf der Zeit zugrunde, ihren sterblichen Körper und ihre unsterbliche Seele. Es gab ja dieses Mädchen, das hier im Conventillo gelebt hatte – es reichte wohl zu sagen, dass niemand sie gern wieder willkommen heißen würde. Demzufolge blieben nur Nadel und Faden übrig, Stückarbeit, wofür man genug Geld bekam, um in einer Familie etwas dazuzuverdienen, nicht aber, um sie zu ernähren, weshalb jede Frau, die einen gesunden Ehemann hatte, täglich Gott auf Knien danken sollte – hier verstummte Francesca, peinlich berührt, weil ihr bewusst geworden war, mit wem sie redete, und dass diese Bemerkung extrem taktlos gewesen war. Sie beugte sich tiefer über ihre Arbeit. Die drei Töchter spürten ihre Verlegenheit, und selbst Silvana erstarrte einen Moment, die Schere offen in der leeren Luft.

Ermunternd lächelte Leda den Mädchen zu. Palmira starrte nur auf ihre Nadel, Diana musterte ihre Mutter, Silvana erwiderte das Lächeln und klappte ihre Schere zu, *schnipp*, als wollte sie die schwüle Luft zu einer Form zuschneiden, die man anziehen konnte.

Leda nähte weiter. Stich für Stich. Es machte ihr nichts aus, dass Francesca über Ehemänner gesprochen hatte, sie fand es viel schlimmer, dass sie offenbar wenig Aussichten hatte, genug Geld zu verdienen. Sie dachte über *diese Art* von Frauen nach. Sie waren die Leiter hinuntergefallen, zur niedrigsten Stufe der Würde. Verdienten sie tatsächlich viel mehr Geld als die braven Frauen, die nähten? Wie sah ihr Leben aus? Konnte es passieren, dass sie, Leda, eines Tages eine von ihnen werden musste? Sie versuchte, sich das vorzustellen, und spürte im Inneren einen Stich, nicht direkt Angst, auch nicht Abscheu, sondern eher ein ratloses Schwindelgefühl, als würde sie in einen Abgrund blicken, der jenseits der Grenze der bekannten Welt lag.

»Du kannst selbstverständlich zu uns ziehen und mit uns in unserem Zimmer wohnen«, sagte Francesca. »Sozusagen eine Schwester für die Mädchen.«

Leda war ganz erleichtert. Sie würde nicht ins Ungewisse springen müssen. Als eine Schwester für die Mädchen. Würde sie neben Palmira schlafen? Würden sie sich im Winter eine Decke teilen, wie bei Schwestern üblich, und sich aneinanderschmiegen, um sich zu wärmen, würde sie den leichten Hauch des Atems der anderen spüren? Bei dem Gedanken wurde ihr ganz heiß, Panik überkam sie. Und noch etwas anderes, das sie nicht benennen konnte. Dann war da die Sache mit Francesca. Francesca war die Kämpferin gegen Schmutz und Sünde, eine gute Frau, sie war ein Vorbild, so gut, dass es sie verhärtet hatte. Würde sie, Leda, es aushalten, unter der Fuchtel so einer Frau zu leben?

»Du bist viel zu großzügig«, sagte Leda und schaute kurz zu Palmira, die sich ganz ihrer Arbeit widmete. Ein paar widerspenstige Haarsträhnen hatten sich aus ihrem Kopftuch befreit, durch die Böen eines nicht vorhandenen Winds.

»Aber«, fuhr Francesca fort, »ich finde, du solltest nach Hause gehen, Leda. Bei der ersten Gelegenheit. Die Familie ist die Heimat des Herzens.«

»Ich wette, du kannst es gar nicht erwarten, nach Hause zu gehen«, sagte Diana.

Leda nickte und nähte weiter, sie nähte, nähte, nähte, und sie beneidete ihre Nadel, dass sie so genau wusste, wohin. Das da wird ein Kragen, hier ist der Ärmel, folge den Stecknadeln, und das Hemd wird von ganz alleine fertig. Mir geht es anders als der Nadel, dachte sie. Es gibt keine Stecknadeln, die mir den Weg zeigen, ich stolpere blind immer weiter.

Später am Nachmittag ging Leda auf den Markt, ihre einzige Chance, dem Conventillo ohne Begleitung zu entkommen. Francesca hatte sie gewarnt und ihr befohlen, nur bis zu den Ständen und Verkäufern zu gehen und dann schnell wieder nach Hause. Aber Leda wollte mehr von der Stadt sehen. Im Conventillo fühlte sie sich eingesperrt. Sie hatte nicht vorgehabt, gegen die Regeln zu verstoßen und umherzuwandern, aber nachdem sie ihren Korb mit Brotlaiben von Alfonso Di Bacco gefüllt hatte, der wieder einmal ihre Schönheit gepriesen und ihr väterliche Ratschläge gegeben hatte, wie er es mittlerweile jeden Tag tat – *wo Leben ist, da ist auch Hoffnung, einen Leinenstoff oder einen Mann soll man nicht bei Kerzenlicht aussuchen, das beste Wort ist immer dasjenige, welches nicht ausgesprochen wird* –, stand sie an der Ecke und blickte die Straße hinunter, unbekannte Gebäude, Türen und Zimmer und lauter Leben, von denen sie nichts ahnte, Kutschen, gezogen von Pferden, die zu Orten trappelten, die sie kannten und die sie, Leda, nicht kannte, die Mähnen glänzten in der Sonne des Spätnachmittags, bevor sie in den Schatten eintauchten. Was wird es schon schaden, dachte Leda, wenn ich bei Tageslicht ein Stückchen weitergehe? Kann es wirklich so gefährlich sein?

Sie ging die Straße hinunter, überquerte sie, ging immer weiter. Menschen, die alle zu irgendeinem Ziel strebten, Frauen in den Hauseingängen, alte Männer in Cafés oder mit klapprigen Handkarren unterwegs, Männer, die etwas riefen, aber nicht auf Italienisch, sondern auf Spanisch, dieser merkwürdigen Sprache, die wie Italienisch klang, aber von einem anderen Stern. Von einem Planeten mit lauter Betrunkenen vielleicht. Leda verstand schon ein bisschen mehr, was hieß, dass sie entweder Spanisch lernte oder selbst betrunken war oder beides.

Die Straßen waren voll mit Menschen, mit unzähligen Menschen, die alle schon vor ihr ins gelobte Land gekommen waren und ihren Platz gefunden hatten. Land der Verheißung, du hast schon vielen Tausenden zu viel versprochen. Leda ging weiter. Sie hörte Fetzen anderer Sprachen. Sie hörte, wie eine Frau im Türrahmen Laute von sich gab, die anders klangen als alles, was sie bisher gehört hatte, herb und melodisch zugleich. Sie hatte keine Ahnung, welche Sprache das war – vielleicht die Sprache der Dämonen und Götter. Weiter weg riefen Kinder ihre Mütter vom Hausinneren. Auf Spanisch, Italienisch und wieder in einer unbekannten Sprache. Zwei Mädchen mit Körben überholten sie zielstrebig. Sie unterhielten sich auf Französisch. In einem Café erzählte ein alter Mann einer Gruppe von Männern einen Witz im Dialekt von Neapel, und alle lachten begeistert. Noch mehr Neapolitaner. Während ihres kurzen Aufenthalts dort hatte Leda gedacht, sie würde nie wieder etwas von Neapel hören, aber die Stadt war ihr über den Ozean gefolgt. Neapel war überall um sie herum. Neapel war in Buenos Aires eingefallen! Schon komisch, dachte sie, dass eine Großstadt so in einer anderen Großstadt herumrührt – so wie man in einem bestimmten Land leben und trotzdem ein anderes Land unter der Haut haben kann. Und wie sich ein Ort verändert durch die Menschen, die dorthin kommen wie Schlamm, der in einen Fluss geschwemmt wird. Ja, genau das war sie: eine Handvoll Schlamm.

Die Vorstellung gefiel ihr, und plötzlich kamen ihr die Tränen, ohne Grund. Jedenfalls kannte sie den Grund nicht. Bei jedem

Einwanderer, dem sie begegnete, wollte sie stehen bleiben und ihm oder ihr ins Gesicht blicken und mit den Augen fragen: *Und du? Wozu bist du hier? Warum bist du hierhergekommen?* Als würden sich dadurch, dass sie die Menschen anschaute, die Falltüren zu ihren verborgenen Geschichten öffnen. Es wären unendlich viele Geschichten, die sie hören würde, keine wie die andere, brennend vor Hoffnung und Niederlagen und wütender Verzweiflung, in mehr Dialekten erzählt, als sogar Gott beherrschte, und trotzdem erkannte Leda plötzlich, dass diese verborgenen Geschichten vielleicht unter der Oberfläche alle dasselbe Grundmotiv hatten, ein einziges Flüstern der Sehnsucht, *ich bin gekommen, um zu leben.* Das traf mit Sicherheit auf jeden zu, auch auf sie. Und, Buenos Aires, sag mir, gibt es eine Chance, dass ich irgendwo in deinen Falten einen Platz für mich finde? Werde ich je mit einem Gefühl der Vertrautheit durch diese lauten Straßen gehen – ohne Angst? Weiter, immer weiter. Der Rhythmus ihrer Schritte, der Rhythmus der Stadt. Sie war wie hypnotisiert, als würde sie sich immer mehr ausdehnen. Die Dinge um sie herum – Türen, Menschen, bunt gestrichene Mauern – drohten ihre innere Schutzhülle aufzureißen, einfach dadurch, dass sie da waren. Noch nie in ihrem Leben hatte sie sich so hellwach gefühlt. Die Stimmen der Stadt vermengten sich und strömten in sie hinein, füllten sie aus, leuchtend, süß und tödlich, und in dem Moment begriff sie: Was immer diese Stadt ist, was immer sie zu bieten hat – ich will es haben. Alles.

Sie wollte Buenos Aires in sich haben, um sich herum, die Stadt sollte ihre Haut bedecken wie eine Schweißschicht. Sie wollte den Atem dieser Stadt in den Lungen spüren, gleichgültig, wie gefährlich das war, gleichgültig, dass es auch die andere Geschichte gab, die von dem braven Mädchen, das im Haus eingeschlossen war, mit Nadel und Faden, bis sie wieder in ihr Heimatdorf zurückkehren konnte – weg mit dieser Geschichte, sie wollte Freiheit, sie wollte diese Stadt schmecken, selbst wenn es sie umbrachte. Sie war beschwingt, euphorisch, und hatte gleichzeitig Angst vor diesem Hochgefühl. War sie kurz davor, verrückt zu werden? Cora, hast du dich auch so gefühlt? Sie blieb stehen, lehnte sich an eine Hauswand und schloss die Augen. Ihre Gedanken bekämpften sich, und sie wusste nicht, ob sie sich zusammenreißen sollte oder ob sie noch tiefer in diesen Strudel sinken wollte.

»Señorita?«

Sie öffnete die Augen. Vor ihr stand ein Mann, Hut in der Hand. Er hatte ein ziemlich nettes Gesicht, aber sein Blick war zu aufdringlich. Er sagte etwas auf Spanisch, was Leda nicht verstand. Dann grinste er und fasste sie am Arm. Ihre Haut kribbelte. Sie wollte sich losmachen, aber er hielt sie fest.

Leda befreite sich und rannte weg.

Sie wusste nicht mehr, wo sie war. Sie bog in eine Straße ein, in die nächste – sie befand sich in einer Gegend, die sie überhaupt nicht kannte. Alte Männer spielten mit Würfeln auf dem Gehweg und stritten sich lautstark auf Italienisch. Sie redeten in derselben Sprache wie Leda, aber jetzt hatte sie Angst, um Hilfe zu bitten, und ein Gedanke schoss ihr in den Kopf, ohne dass sie ihn aufhalten konnte: *Ich will meine Mamma. Mamma, wo bist du?* Aber Mamma war nicht hier, sie war nicht erreichbar, sie war zwanzig Tage mit dem Dampfer entfernt, quer über den riesigen blauen Ozean des Unmöglichen. Leda versuchte es mit der anderen Richtung. Allmählich tat ihr der Arm weh von ihrem Brotkorb, sie nahm ihn in die andere Hand und lief und lief, bis sie das Ende einer Straße erreichte und am Hafen stand. Da sah sie die Schiffe und die Ladung, sah Männer, die auf hohen Kränen arbeiteten oder Kisten schleppten, der Schweiß lief ihnen übers Gesicht, und einer von ihnen – Dante! – drehte sich um, als wollte er sie rufen, nein, es war nicht Dante, sein Blick wanderte ungerührt weiter, er wischte sich das Gesicht ab und hob seine Last wieder hoch. Dante war tot und arbeitete nicht mehr hier. Du bist allein, Leda. *Allein.*

Sie brauchte eine ganze Stunde, um nach Hause zu finden.

»Wo warst du?«, schimpfte Francesca los, als sie hereinkam. »Du kannst nicht einfach in der Stadt herumlaufen. Du weißt gar nicht, was einer Frau da draußen zustoßen kann.«

In dieser Nacht konnte Leda nicht schlafen. Sie wälzte sich hin und her, fiebrig vom vielen Denken. Sie dachte an die große Stadt, die jenseits der Mauern ihres Conventillo pulsierte. Leben und Lärm und Gefahr. Sie dachte an Palmira, die auf der anderen Seite des Flurs schlief und bestimmt die Decke von ihrem erhitzten Körper geworfen hatte. Sie dachte an Dante, an den Augenblick im Hafen: Er war es, er war es nicht, er würde nie wieder im Hafen arbeiten. Seine Abwesenheit versetzte ihr einen Stich. Sie fragte sich, was er empfunden hatte, wenn er hier die Straßen entlangging, so wie sie heute. Hatte er genauso gestaunt wie sie? Wie gern sie ihn das fragen würde. Um die Lücke zwischen seinem Leben und ihrem zu schließen.

Sie stand auf und öffnete zum ersten Mal die Schranktüren.

Da hing seine Kleidung, genau wie man ihr gesagt hatte. Abgestandene Luft wehte ihr entgegen, ein Gemisch aus Mottenkugeln, trockenem Schweiß und Moder. Zuerst berührte sie die Sachen nur zaghaft, weil sie ihren Schlaf nicht stören wollte. Aber dann holte sie eine Hose heraus, ein Hemd, eine Weste, ein Jackett. Sie legte alles aufs Bett, in der Gestalt eines Mannes. Es waren leere Kleider, sonst nichts. Sie berührte sie wieder. Wie hatten sie sich auf seiner Haut angefühlt? Und dann, bevor ihr Kopf den Körper fragen konnte, was er vorhabe, zog sie das Nachthemd aus und Hose, Hemd und Weste an. Bestimmt wären alle Menschen auf der Welt entsetzt, wenn sie das sehen könnten, die Lebendigen und vielleicht auch die Toten. Die Hose saß auf ihren Hüften wie angegossen. Ihr wurde heiß. Was, wenn jetzt zufällig jemand ins Zimmer kam? Nein, das war undenkbar. Keiner kam in ihr Zimmer, nachdem sie sich für die Nacht verabschiedet hatte. Trotzdem konnte sie das Gefühl einer unaussprechlichen Gefahr nicht abschütteln. Dante, kannst du mir verzeihen? Entweihe ich die Erinnerung an dich, oder bezeuge ich ihr Achtung?

Es war ein richtiger Schock, wie angenehm sich seine Kleidung anfühlte. Das Hemd spannte ein bisschen über der Brust, und es war ein komisches Gefühl, zwei Lagen Stoff zwischen den Oberschenkeln zu haben. Bestimmt war es beim Gehen ein völlig anderes Gefühl, wenn die Beine so umkleidet waren, als wenn um sie herum lauter Unterröcke rauschten. Sie probierte es aus, machte ein paar Schritte, anfangs zögernd, dann energischer, und sie stellte sich vor, wie Dante in diesen Sachen morgens zur Arbeit gegangen war, mit entschiedenen Schritten, muskulös und zielstrebig, voller Hoffnung. Und wenn er an einem Mann vorbeiging, dann senkte er nicht bescheiden den Kopf und wandte den Blick ab, nein, er nickte ihm zu, mit erhobenem Kinn, die Schultern breit, ein Bollwerk gegen die Welt. So bewegen sie sich doch, die Männer, oder? Ganz sicher war Leda sich allerdings nicht. Sie wusste, wie es aussah, wie der Gang der Männer nach außen wirkte, aber nicht, wie es sich von Innen anfühlte. So zu gehen. Sie probierte es aus, ging imaginäre Straßen entlang, an einem imaginären Mann vorbei, nickte, nicht zaghaft und mit gesenkter Stirn, wie Frauen das machten, sondern schnell, das Kinn gereckt. Sie kam sich lächerlich vor, aber da war noch etwas anderes: ein verführerischer Rausch.

Sie zog Dantes Sachen rasch wieder aus, starrte darauf, als sie zerknüllt auf dem Fußboden lagen. Was hatte sie getan? Sie durfte das nie wieder tun. Das schwor sie sich, aus tiefstem Herzen. Nie wieder.

Sie brach den Schwur schon in der nächsten Nacht.

Diesmal zog sie die Sachen ganz langsam an. Die Finger taten ihr noch weh vom Nähen, als sie die Knöpfe zumachte. Dann betrachtete sie sich in einem Handspiegel, hielt ihn schräg, ließ ihn im Schein der Lampe ihren Körper hinauf- und hinunterwandern. Sie sah aus wie ein Mann. Sie fühlte sich wie ein Mann – oder besser: Sie fühlte sich so, wie sie dachte, dass ein

Mann sich fühlte. Kühn: als könnte sie bis ans andere Ende des Viertels gehen, und niemand würde sie belästigen. Als könnte sie ein Café betreten, mitten in der Nacht, und der Barmann würde sie ganz selbstverständlich bedienen, wie einen ganz normalen Gast, der ganz normal einen Drink bestellte.

Aber sie war kein Mann. Sie war eine Frau.

Oder?

Welche Frau macht so was wie du jetzt gerade?

Die Frage kam angeflogen und umzingelte sie. Leda wollte nicht über die Antwort nachdenken, und sie wollte auch Dantes Kleidung nicht ausziehen.

Du musst die Sachen ausziehen. Du widerliches Mädchen. Zieh sie aus!

Reglos stand sie da. Eine ganze Weile. Etwas in ihr zerbrach. Sie spürte es genau: Je länger die Kleider auf ihrem Körper blieben, desto unwiderruflicher war die Veränderung. Und trotzdem machte sie keine Anstalten, sie auszuziehen. Stattdessen öffnete sie den Geigenkasten und holte das Instrument heraus.

Sie spielte.

Die Bewegungen wurden selbstverständlicher für ihre Hände. In den Männerkleidern bewegten sich ihre Finger müheloser, mit mehr Kraft und Vertrauen, und das überraschte sie. Es war schwierig, keine Töne zu produzieren – sie wollte unbedingt die Wirkung ihrer Finger hören, die Qualität des Klangs überprüfen. Aber sie durchbrach die Stille nicht. Die Stille war ihr Schutzschild, ihre Zuflucht. Und bald erfüllte die Musik ihren Kopf und übertönte die feindselige Stimme, die verlangte, dass sie Dantes Sachen auszog. Die Stimme verkroch sich in der Zimmerecke, vorübergehend besiegt und ohnmächtig angesichts der tonlosen Musik.

Dies wurden die zwei Säulen ihres heimlichen Rituals: Abend für Abend zog sie Dantes Kleidung an und spielte Geige ohne Töne. Sie tat dies mit fiebriger Besessenheit. Jeden Tag setzte sie die Finger präziser, um eine Saite besser gedrückt zu halten, ohne dass eine andere dadurch beeinträchtigt wurde. Ihre Arme wurden kräftiger, der eine Arm hielt den Körper der Geige, der andere strich mit einem unsichtbaren Bogen durch die Luft. Ihr Gehör stimmte sich immer intensiver auf die Musik ein. Wenn man ohne Töne musiziert, erschaffen nicht nur die Finger die Musik, sondern auch das Ohr. Das Ohr ist sozusagen das Instrument, welches die Töne und dann die Linienführung der Melodie formt, geschaffen aus dem Klangmaterial der Gedanken. An diesen Abenden fühlte sich Ledas innere Vorstellungswelt riesig an, sie passte nicht mehr in ihren Kopf, sondern war wie eine Kapelle, wie die Kirche von La Boca, ein weiter Raum, in den sie Gottes geheimes Summen zu sich holen konnte, herab vom Himmel oder wo immer es sich aufhielt – eine leise, schrankenlose Musik ohne Worte, die ungeahnte Lust, die Gott an seiner eigenen Stimme empfand. Diese Musik strömte aus ihren Armen in die Geige, auf der ihre Hände sie der gleichgültigen Welt darbrachten. Ledas Finger agierten jetzt schneller, geschickter, sie hörte die Musik in der Kapelle ihrer Phantasie, als hätte sie die Töne tatsächlich gespielt. Die andere Stimme in ihr, die tadelnde Stimme, verstummte, sobald sie zur Geige griff. Leda wiegte sich zu Melodien, an die sie sich erinnerte, zu ausgedachten Melodien, zu klagenden Rufen und zu eleganten Glissandi, gefolgt von einem schroffen Staccato, das knisterte und prasselte wie blitzende Funken. Und all das in absoluter Stille, umgeben vom Lärm einer Großstadt, die nicht ihre Heimat war und doch ihr Zuhause sein musste.

Der alte Nestore spielte fast jeden Tag auf der Straße, allerdings zu verschiedenen Zeiten, und Leda wusste nie im Voraus, ob sie ihn auf dem Weg zur Metzgerei oder zu dem wandernden Wagen des Gemüsehändlers antraf oder ob sein Platz auf dem Gehweg leer war und sie ihn verpasste und seine Musik nicht hörte. Sie fand immer irgendeine Ausrede, um ihren Nähplatz verlassen zu können. Bei den ersten beiden Ausflügen war Nestore nicht da. Am dritten Tag spielte er, als sie kam, und sie beeilte sich mit ihren Erledigungen, damit sie noch ein paar Minuten in seiner Nähe herumstehen konnte. Der Junge saß neben ihm auf einer Holzkiste und schliff Küchenmesser mit einem flachen Stein. Sie schaute ganz genau hin. Männer gafften sie im Vorbeigehen an: eine junge Frau, die ohne erkennbaren Grund auf dem Gehweg stand. Ich habe meine Gründe, erklärte sie ihnen in Gedanken, vermied aber jeden Blickkontakt. Nestore spielte gerade eine schlichte Melodie, vier Noten, die sich ständig wiederholten, voller Anmut, voller Sehnsucht. Er blickte nicht auf, um sie zu begrüßen, nicht einmal, um ihre Anwesenheit zu bestätigen. Er war absorbiert von seiner Musik. Der Junge sah sie, schien aber nicht weiter beeindruckt.

Der Brotkorb an ihrem Arm wurde immer schwerer, und Leda überlegte schon, ob sie nach Hause gehen sollte. Vielleicht schaute der alte Mann hoch, wenn er eine Pause machte, und dann konnte sie seinen Blick aufgreifen, ein Gespräch beginnen und eine Frage stellen, die ihr auf der Seele brannte. Als das Stück zu Ende war, stand Nestore auf. Der Junge erhob sich ebenfalls, ohne dass er dazu aufgefordert werden musste, er legte seine Messer in die Kiste, auf der er gesessen hatte, und reichte Nestore seinen Arm, um ihn ins Haus zu führen. Nestore brauchte offenbar immer jemanden, der ihn führte – als Leda begriff, warum, zuckte sie zusammen: Er war blind. Wie konnte es sein, dass sie das nicht längst gemerkt hatte?

Sie konnte nicht darauf warten, dass er sie bemerkte.

Als sie ihn das nächste Mal auf der Straße sah, trat sie näher zu ihm und wartete stumm. Sie ignorierte wieder die Blicke der vorbeigehenden Männer, ließ sich ganz von der Musik einhüllen – eine kraftvolle Musik, bei der sie seltsamerweise an Wasserrinnen denken musste. Sie hörte nicht nur mit den Ohren zu, sondern mit jeder Faser ihres Körpers. Sobald das Stück zu Ende war, stellte sie ihren Korb auf den Boden und klatschte.

Nestore drehte den Kopf in ihre Richtung.

»Wunderschön«, sagte Leda. »Ich liebe Ihre Musik.«

»Vielen Dank, *signorina.*« Er überlegte kurz. »Oder ist es *signora?*«

»Ich heiße Leda. Ich wohne nebenan, im selben Haus wie die Di Camillos. Ich bin immer da, wenn Sie sonntags mit Carlo spielen.«

»Ah! Ja, natürlich. Du bist die junge Witwe, stimmt's? Dantes Witwe?«

Die Bezeichnung *Dantes Witwe* kam schnell, fand den Weg zu ihr und heftete sich an sie. Das irritierte Leda, sie verstand nicht, wieso, und sie war sauer auf sich selbst deshalb. Nestore lächelte ihr zu. Seine Augen schienen auf einen Punkt gleich rechts von ihr gerichtet zu sein. Was sollte sie sagen?

»Es gefällt mir, wenn Sie spielen.«

»Es gefällt mir, wenn jemand zuhört.«

»Ich habe eine Frage.«

»Na, dann schieß los.«

»Können Sie mir Unterricht geben?«

Er wich zurück. Sein Lächeln verschwand.

»Ich – ich habe eine Geige. Sie hat meinem Mann gehört.«

Nestore drehte sich weg, neigte sich zu dem Jungen, der heute in eine Schüssel auf dem Boden Erbsen puhlte. Das Geräusch beim Öffnen der Schoten hatte einen unregelmäßigen Rhythmus. *Tschk, tschk. Tschk.* »Darum kannst du mich nicht bitten«, sagte der alte Mann, so wie ein Großvater sein Enkelkind ermahnt.

»Warum nicht?«

»Das ist nicht irgendeine Musik. Das ist Tango.«

»Ich liebe den Tango.«

»Du hast keine Ahnung, was Tango ist«, erwiderte er scharf. »Frauen haben da nichts verloren.«

»Aber Frauen tanzen Tango, oder?«

»Stimmt – im Innenhof ihres Conventillo, nach dem Sonntagsessen. Aber der Tango geht zu vielen anderen Orten, wo eine *Dame* nicht zugelassen ist.«

Leda wollte nach diesen »anderen Orten« fragen, ließ es aber lieber bleiben. Sie brauchte eine plausible Erklärung, warum sie Unterricht nehmen wollte. Sie überlegte. Schließlich begann sie im Tonfall der loyalen Ehefrau, ein leises, schmerzvolles Beben in der Stimme. »Mein Mann würde sich bestimmt freuen, wenn er noch am Leben wäre. Er fände es schrecklich, wenn die Geige ungenutzt herumliegt.«

»Tut mir sehr leid«, murmelte Nestore. »Das mit deinem Mann, meine ich.«

Sie wartete und schwieg.

»Aber ich kann nichts für dich tun. Such einen Mann für die Geige.«

Er drehte ihr den Rücken zu und fing wieder an zu spielen.

Leda war ein wenig aus dem Gleichgewicht, aber sie blieb und hörte zu: eine leichtfüßige Melodie, die hüpfte und funkelte. Am liebsten wäre sie darin versunken oder in tausend kleine Stücke zersprungen, bevor die Musik sie zerbrach. Sie hatte etwas Peinliches von sich preisgegeben. Und da war ja noch viel mehr, was sie nicht gezeigt hatte. Wenn Nestore das wüsste!

Sie ging und verschwand schnell im Haus, bevor die Musik endete.

Nach diesem Erlebnis gab sie ihren Plan auf. Deshalb war sie regelrecht schockiert, als am folgenden Sonntag, nachdem das Geschirr weggeräumt war und die Musiker etwa eine Stunde gespielt hatten, Nestore plötzlich rief: »Dantes Witwe. Ist sie da?«

Es wurde still im Innenhof. Leda, die ganz in seiner Nähe kauerte, um seine Hände beobachten zu können, aber doch weit genug weg, dass es nicht zu sehr auffiel, rührte sich nicht. Sie bekam kaum Luft.

»Ja, sie ist da«, antwortete Palmira, die mit Arturo getanzt hatte und immer noch neben ihm stand. »Sie sitzt links von dir.«

»Leda«, sagte Nestore.

»Ja.«

»Hol dein Instrument.«

Sie rannte in ihr Zimmer und holte die Geige aus dem Kasten, schnell, bevor die Angst sich meldete und sie bremste. Als sie zurückkam, empfing sie spannungsgeladenes allgemeines Gemurmel.

Siehst du das?

Was macht sie?

Hat das Instrument Dante gehört?

Ich habe ihn nie damit gesehen.

Ja, ja, es hat Dante gehört –

Gestohlen.

Nein.

Doch.

Woher weiß Nestore Bescheid?

Sie muss –

Genau zwischen die Augen hat's ihn getroffen –

Francesca hatte sich jetzt dicht bei den Musikern postiert, ganz die strenge Wächterin. Ihre Missbilligung war mit Händen zu greifen, ein dunkler Glanz umgab sie – wenn der Tango ein Höllenreich war, das Frauen nicht betreten durften, dann war Francesca die Erste, die das Tor zu diesem Reich versperren würden. Lass dich von ihr nicht aufhalten, dachte Leda, tu so, als wäre sie nicht da. Sie trat vor Nestore und zupfte eine Saite, um ihm zu signalisieren, wo sie stand. Der Ton wurde von den Mauern zurückgeworfen.

»Mach alles, was ich mache«, sagte Nestore.

Er spielte eine simple Sequenz, drei sich wiederholende Noten. Leda versuchte, ihn zu kopieren, und strich zum ersten Mal seit Jahren mit dem Bogen über die Saiten. Die Töne keuchten und kreischten. Hinter ihr lachte jemand, eine Frau. Leda wurde rot vor Verlegenheit. Zum Glück hatte sie in den letzten Wochen wenigstens den Bogen mit Harz präpariert, einfach so, zum Spaß.

»Du bist verstimmt«, sagte Nestore.

»Ja.«

»Bring's in Ordnung.«

Er zupfte seine Saiten, eine nach der anderen, damit Leda ihre Geige stimmen konnte. Sie musste es ein paarmal machen, und jeder Versuch dauerte endlos. Als sie fertig waren, spielte Nestore noch einmal dieselbe Melodie wie gerade eben. Leda imitierte ihn. Ein bisschen besser. Aber nicht viel.

»Hast du schon mal gespielt?«

Sie zuckte mit den Achseln, dann fiel ihr ein, dass er sie ja gar nicht sehen konnte. »Nein«, sagte sie. Eine kompliziertere Antwort wollte sie nicht geben.

Nestore verzog ungläubig das Gesicht, was Leda Auftrieb gab.

»Du gibst am Ende des Bogenstrichs zu viel Druck. Hör zu.«

Sie machten weiter, probierten zwei Tango-Stücke auf ihren Geigen. Genau diese hatte Leda nachts ohne Ton geübt, und nun konnte sie diese Melodien hervorholen, konnte die linke Hand korrigieren – bei manchen Noten war sie auf dem Hals zu weit oben gewesen, bei anderen nicht weit genug –, sie konnte mit einem realen Bogen über die Saiten streichen, mit Pferdehaar, das dem Instrument raue Töne entlockte, und immer wieder blitzte ein helles Leuchten auf. Die Leute versammelten sich um sie, scharrten mit den Füßen, husteten, flüsterten, zischten sich etwas zu. Beachte sie nicht. Beachte sie nicht! Es gibt nur das hier, die ganze Welt lebt in diesen vier Saiten.

»Okay, das reicht, du kannst gehen«, verkündete Nestore. »Carlo, wir machen weiter.«

Die beiden Männer legten nun gemeinsam los. Leda zögerte einen Moment, betrachtete erst Nestores geschickte Hände, dann Carlos Hände auf seiner zerschrammelten Gitarre, ihren aggressiven Umgang mit den Saiten – oder bildete sie sich das nur ein? Sie wagte es nicht, Carlo ins Gesicht zu blicken. Hinter ihr tanzte niemand. Alle starrten sie an. Ihr wurde ganz heiß von diesen Blicken. Es war zu viel. Auf einmal fühlte sich ihre Geige bleischwer an. Sie ging in ihr Zimmer und horchte durch die geschlossene Tür. Die Leute fingen wieder an zu tanzen, aber gedämpfter als vorher. Leda tauchte erst wieder auf, als die Musiker gegangen waren. Sie hörte, dass die Frauen in der Küche Geschirr spülten. Wenn sie jetzt nicht erschien, wurde nur noch mehr über sie getratscht. Sie begab sich also in die Küche, um beim Aufräumen zu helfen.

»Wo hast du die Geige her?«, wollte Palmira wissen. Sie stand neben Leda und trocknete ab, während Leda mit beiden Armen bis zu den Ellbogen in einem Zuber voller Teller und Seifenwasser steckte.

»Ich habe sie aus meinem Dorf mitgebracht.« Sie überlegte, ob sie noch *für Dante* hinzufügen sollte, tat es aber nicht. »Sie hat meinem Großvater gehört.«

»Soll ich dir was sagen?«, flüsterte Palmira und neigte sich so dicht zu ihr, dass Leda den Hauch ihres Atems am Ohr spürte. »Ich finde, du spielst schön.«

»Danke«, murmelte Leda in das schmutzige Wasser.

»Du musst unbedingt weiterspielen«, sagte Palmira. »Egal, was die Leute sagen.«

Leda stellte einen abgespülten Teller auf die Platte zwischen ihnen und ließ ihre Hand darauf liegen, bis Palmira nach ihm griff. Einen Moment lang berührten sie beide denselben nassen Gegenstand und waren dadurch miteinander verbunden. Dann verließ der Teller Ledas Hand und landete in den Falten von Palmiras Geschirrtuch. Ledas Ohr glühte immer noch von Palmiras warmem Atem, von den Lippen, die ihr so nah gekommen waren. Ja, sie würde weiter spielen. Egal, was die Leute sagten. Heute Abend würde sie in ihr Zimmer gehen und die beiden Stücke üben, bis die Melodien in ihre Hände eintätowiert waren.

Und wenn Nestore sie wieder mitspielen ließ, dann wollte sie die Chance ergreifen, selbst wenn es bedeutete, dass sie die ganze Welt gegen sich hatte. Zum ersten Mal hatte sie erlebt, wie es war, hörbar zu spielen, vor vielen Leute. Dafür lohnte es sich zu leben, für diese Erfahrung. Musik ist reine Macht. Sie erfüllt den Raum. Sie kann sogar die Welt jenseits eines Raums durchfluten. Du kannst eingesperrt sein, hinter verschlossenen Türen sitzen und nicht nach draußen dürfen, aber deine Musik kann Schloss und Riegel und Mauern überwinden und die freie Luft auf der anderen Seite erreichen, wo alles, was atmet – ein Hund, eine Königin, ein junges Mädchen wie Palmira – von deiner Musik ergriffen wird.

Ich habe einen Fehler gemacht, dachte Nestore an diesem Abend, als er sich vor der Arbeit in seiner Waschschüssel das Gesicht wusch. Sonntagabend war im Bordell fast genauso viel los wie am Abend vorher, und er nahm an, dass er erst in der Morgendämmerung heimkommen würde, seine Finger wund und zufrieden, nach unzähligen Stunden auf den Saiten. Ich werde es bereuen, dass ich diesem Mädchen etwas beibringe, dieser Kind-Witwe, dieser Leda von nebenan. Und vor so vielen Leuten. Na ja. Wie sonst hätte er sie finden können? Er hatte nach dem Essen ihren Namen gerufen, weil er wusste, dass sie da war. Nein – das war nicht die ganze Wahrheit. Es hatte ihm gefallen, was in der Luft passierte, als er sie herbeirief: das Verstummen und der Schrecken, bei Frauen und bei Männern. Vor allem das Entsetzen der Frauen hatte ihn amüsiert. Außerdem geschah es dem Mädchen recht, denn sie hatte sich in eine Welt gewagt, die nicht die ihre war. Auf diese Weise hatte er die Möglichkeit gehabt, ihr zu geben, was sie wollte, und sie gleichzeitig zu bestrafen. Das war Absicht gewesen. Er wusste nämlich nicht recht, wie er dieses Mädchen einschätzen sollte. Oder besser gesagt, er hatte ganz widersprüchliche Gefühle: Ärger, Neugier, Abwehr. Und da war noch etwas, aber was? Ja, genau: eine Form des Wiedererkennens.

Sie hatte ein Gehör, wie es nur selten vorkam. Das war ihm

sofort klar gewesen, als sie zu spielen anfing, und seither verstand er besser, weshalb sie sich an ihn gewandt hatte. Unfair von Gott, so ein Gehör an eine Frau zu verschwenden.

Bisher war er nur einem einzigen Menschen begegnet, der so hörte wie sie, und das war sein Vater, den man in Neapel nur Il Magnifico genannt hatte, weil er so großartig mit der Geige umgehen konnte. Er war hochberühmt gewesen, und sogar vornehme, etablierte Geiger – Männer, die nicht nur Wörter, sondern auch Noten lesen konnten, die an Konservatorien unterrichteten und im Teatro di San Carlo bei luxuriösen Operninszenierungen mitspielten –, solche Geiger hatten sich in die schmutzigen engen Straßen des spanischen Quartiers gewagt, nur um die Magie der geschickten Hände des Il Magnifico zu sehen. Sechs Tage in der Woche arbeitete er in einem Pfandhaus, fegte die Flure und staubte die Überreste der zerbrochenen Träume seiner Nachbarn ab. Abends, nach der Arbeit, spielte er auf der Straße Geige, um dem Zimmer zu entkommen, in dem er, seine Frau und seine sieben Kinder lebten. Nestore, das sechste Kind, schlich hinter ihm her immer nach draußen, um zu sehen und zu hören, wie er spielte. Seine Mutter versuchte nie, ihn daran zu hindern – es war heiß und stickig im Zimmer, nicht genug Platz für alle, und an vielen Abenden gab es nicht genug Brot für die Kinder. Nestore kauerte dann an der Straßenecke und studierte die Hände seines Vaters, versuchte, sich die Bewegungen einzuprägen. Ihm wurde richtig schwindelig von der Schönheit der Musik. Il Magnifico spielte bekannte Balladen, aber er improvisierte auch aus dem Stegreif, erfand spontan Melodien, die ein Geflecht aus Tönen entstehen ließen, gewoben aus dem Chaos, aus den Streitereien der Männer, dem Geschimpfe der Frauen, dem Weinen der Kinder, den Prahlereien der Männer, dem Flehen der Frauen, den Tränen der Männer, aus dem Gelächter und den betrunkenen Prügeleien.

Als Nestore acht Jahre alt war, zog Garibaldis Armee triumphierend in die Stadt ein, und der kleine Junge ging mit seinen

Brüdern nach draußen, um zu sehen, was da los war. Die Soldaten marschierten in geordneter Formation, sie waren zwar erschöpft von den vielen Nächten in den Tälern, doch ihr Gang war aufrecht und stolz. Sie waren dabei, die Königsherrschaft in Neapel ein für alle Mal zu beenden und den Weg frei zu machen für ein vereinigtes Italien. Bald sollte es von Triest bis Kalabrien nur noch eine Fahne und ein Gesetz geben. Eine neue Zeit war angebrochen! Jedenfalls sagte das Il Magnifico an diesem Abend zu seinen Cousins.

Bah, erwiderten die Cousins. Das trifft vielleicht für Könige zu. Für uns wird alles so bleiben wie vorher.

Ein Jahr später kam Il Magnifico zu der Erkenntnis, dass seine Cousins recht gehabt hatten: Er war genauso arm wie früher, und bei seinen Nachbarn sah es auch nicht anders aus. Genau wie bei den Bauern, unter denen es ständig Aufruhr gab. Soldaten kamen aus dem Norden, um für Ruhe zu sorgen. Und schon bald marschierten sie auch in Neapel ein.

Im Jahr 1862 machte Il Magnifico eine Veränderung durch. Er war davon überzeugt, dass alle Soldaten Unglück brachten und jeden mit ihrem bösen Blick verfluchen konnten. Nur den Toten kann man trauen, sagte er. Die Toten begannen mit ihm zu sprechen, im Bett und auf der Straße und durch die brüchigen Steinmauern des Viertels. Sie flüsterten mystische Axiome, unbarmherzigen Tratsch und gewinnverheißende Lottozahlen. Natürlich glaubten alle ihm am Anfang mit den Lottozahlen, denn es war allgemein bekannt, dass es im Bereich der flüchtigen Schicksalswendungen keine besseren Ratgeber gab als die Toten. Aber nach einer Weile untergrub eine Pechsträhne die Autorität seiner Quellen. Er verlor Geld, das er nicht besaß, Geld, das er von seinem Chef im Pfandhaus geborgt hatte. Als er es nicht zurückzahlen konnte, brachen ihm drei Männer die Nase und den Arm und bedrohten ihn: Er solle nur ja gut auf seine Familie aufpassen.

Mein Arm!, klagte Il Magnifico, als er abends nach Hause

kam, sein Gesicht noch blutverschmiert. Ich kann nie wieder spielen.

Nie wieder spielen?, schimpfte Mamma. Und wir? Was sollen wir essen?

Mein Arm, mein Arm.

Du Mistkerl.

Sie wollen dich holen, dich und die Kinder.

Oh, Gott.

Mein Arm. Das Leben ist zu Ende.

Du musst deine Geige verpfänden.

Nein!

Wird das reichen?

Il Magnifico schloss die Augen und schwieg.

Kinder, sagte Mamma, kniet nieder, sofort. Betet zum heiligen Gennaro.

Alle sieben Kinder gehorchten. Durch die geschlossenen Augenlider sah Nestore den Kopf des enthaupteten Schutzheiligen der Stadt, außerdem ein Fläschchen mit seinem Blut, was er beides schon kannte, denn der Priester hatte diese heiligen Reliquien hervorgeholt, als das Fest des heiligen Gennaro gefeiert wurde. Es war eine große Versammlung gewesen, und Nestore hatte die Reliquien nur ganz von weitem gesehen, aber er wusste, sie verteidigten Neapel so wirkungsvoll, dass im Jahr 1631 Tausende vor dem sicheren Tod bewahrt wurden, als der Vesuv ausbrach und Lava spuckte, die bis an den Stadtrand floss. Heute noch waren der Kopf und das Blut des mächtigen Heiligen das Einzige, was sie davor schützte, lebendig begraben zu werden, wie die Einwohner des alten Pompeji, denn wie sich herausstellte, war die Welt stets voll glühender Asche, die nur darauf wartete, einen zu vernichten. Heiliger Gennaro, rette unsere Familie. Rette meinen Vater. Beschütze uns.

Am nächsten Tag trug Il Magnifico seine Geige ins Pfandhaus, verließ den Laden und zog all seine Kleider aus – an der Straßenecke, wo er immer gespielt hatte. Splitternackt marschierte er los. Sein stattliches Geschlecht stolz aufgerichtet, sein gebrochener Arm in einem unnatürlichen Winkel herunterhängend, so marschierte er aus dem Spanischen Viertel und begab sich zur Piazza del Plebiscito, wo er vor dem königlichen Palast auf und ab paradierte, bis ihn eine Gruppe von nervösen jungen Soldaten mit siebenunddreißig Schüssen tötete.

Das geschah 1863. Nestore war elf Jahre alt. Er erfuhr nie, was seine Mamma unternahm, um die Schulden bei der lokalen Mafia zu tilgen, aber bald darauf gab sie sich auf: Sie saß den ganzen Tag nur da und starrte auf den Herd, als könnte er jeden Moment von sich aus anfangen zu kochen. Sie zeigte keine Reaktion, wenn ihre beiden älteren Töchter nach Hause kamen mit dem Bargeld, das sie auf Knien in irgendwelchen Hinterhöfen verdient hatten; sie sagte kein Wort, als ihr zweiter Sohn im feuchtkalten Labyrinth des Spanischen Viertels verschwand und nie zurückkehrte. Sie hörte nicht mehr zu, sie aß nicht mehr und hörte bald auf zu atmen, wie aus eigener Willenskraft.

Nach Mammas Tod wurde Nestores älterer Bruder das Familienoberhaupt. Es gab oft kein Brot, kein Wasser, keine Liebe. Nestore stromerte barfuß durch die Stadt, eine Straßenratte, er betätigte sich als Taschendieb auf der Piazza, klaute Knochen von den Hunden in den Hinterhöfen, aß Abfälle oder gar nichts. Er war ständig unterwegs, angetrieben vom Hunger und von einer stummen, ungreifbaren Wut. Er gewöhnte sich an, zum Hafen hinunterzugehen, wo er beobachtete, wie die Leute vom Land eintrafen, um die Dampfschiffe in die Neue Welt zu besteigen. Sie hatten fast nichts bei sich und wirkten völlig benommen von der Großstadt. *Vedi Napoli e poi muori.* Neapel sehen und sterben. So hieß das Sprichwort. Aber ob das bedeuten sollte, dass die Stadt so wunderschön war, dass man glücklich und zufrieden sterben konnte, nachdem man sie gesehen hatte, oder ob es hieß, dass diese Stadt einen umbrachte, das wusste Nestore nie so genau. All diese Menschen, all diese Italiener, die am Dock hockten und dann mit unsicheren Schritten den Landungssteg hinaufstolperten – war das ihr Tod? War das Weggehen eine Art von Tod, und wenn ja, war dieser Tod irgendwie schlimmer, als in Armut zurückzubleiben? Er dachte an den leeren Blick seiner Mutter, an den unnatürlichen Winkel von Vaters Arm. Er dachte an Essen, an Berge von Essen, Fleisch und Obst und Brot, dick mit Butter bestrichen. Wo gingen sie hin, diese Menschenmassen in ihren abgerissenen Kleidern, was erwartete sie auf der anderen Seite des Ozeans, wie würden sie leben, was würden sie essen – was würde er essen, wenn er mit ihnen ginge?

Er war neunzehn, als er aufbrach. In Buenos Aires fand er wieder Dreck und Armut vor, obwohl damals, im Jahr 1871, die Einwandererwelle gerade erst anschwoll. Die Stadt erschien noch nicht so überfüllt, ihm jedenfalls, nichts im Vergleich zu Neapel. Nachdem er ein paar Wochen auf der Straße geschlafen hatte, fand er ein Zimmer in San Telmo – ein Zimmer nur für ihn, ein Luxus, der ermöglicht wurde durch das Gelbfieber, das in den südlichen Stadtvierteln wütete: San Telmo, San Cristóbal, Montserrat. Die reichen Familien, die seit Generationen dort gewohnt hatten, verließen in Panik ihre Häuser und bauten sich im Norden neue. Ihre leeren Villen verwandelten sich rasch in Conventillos, in denen die Immigranten hausten. Nestore war der erste Arme, der das Zimmer bewohnte. Als er kam, gab es noch zwei wohlhabende Familien in der Straße, Nachzügler, die nur mit ihrer Flucht beschäftigt waren. Sie wirkten orientierungslos und waren sichtlich sauer auf ihre neuen Nachbarn, grüßten sie nie auf der Straße, schauten sie nicht einmal an und taten so, als würden die Neuankömmlinge gar nicht existieren. *Du kannst dir nicht vorstellen, wie schlimm das war während der Krankheit*, erzählte ihm sein italienischer Nachbar. *Sie haben uns die Schuld an allem gegeben, bei der Arbeit hat man uns gekündigt, unsere Leute sind arbeitslos herumgelaufen, manche hatten keine Wohnung mehr, Männer sind auf der Straße gestorben, an der Kälte oder an der Krankheit, und es hat stundenlang gedauert, bis jemand gekommen ist, um die Leichen abzuholen.* Nestores Zimmer leuchtete: Es hatte eine Blattgold-Tapete, die noch nicht verblasst war. In einer Ecke stand eine Kommode, die mit Schnitzereien kunstvoll verziert war – jemand hatte viel Zeit, Mühe und Geduld investiert, und das nur, damit eine Dame in den Schubladen ihre Strümpfe aufbewahren konnte. In der untersten Schublade entdeckte Nestore ein Fläschchen mit teurem Parfüm. Das brachte ihn ganz durcheinander. Jeden Abend, bevor er ins Bett ging, sprühte er ein bisschen davon in die Luft und legte sich dann unter dieser süßen Duftwolke auf seine Pritsche. Er stellte sich die Frau vor, der das Parfüm gehört hatte. Sie war ein junges, unberührtes Mädchen aus einer vornehmen Familie, und es hatte ihr das Herz gebrochen, dass alle ihre Schwestern ganz schnell gestorben waren. Wie durch ein Wunder hatte sie als Einzige die Krankheit überlebt. An ihrem letzten Abend hier im Haus hatte sie in einem durchsichtigen weißen Nachthemd im Bett gelegen, doch dieses Nachthemd hatte sie bald ausgezogen, um die kühle Nachtluft von La Boca ein letztes Mal auf ihrer nackten Haut zu spüren. Sie würde La Boca vermissen, sie würde ihre Kindheit vermissen, sie war jetzt kein kleines Mädchen mehr. Im Mondlicht betete sie um Gesundheit. Sie war so voller Sehnsucht, sie wollte leben, sie wollte einen Mann! Und dann übersprang Nestore durch einen Zaubertrick die räumliche und zeitliche Kluft, die ihn von diesem Mädchen trennte, und erschien neben ihr, hier in diesem Zimmer. Er flüsterte ihr ins Ohr: *Du bist so wunderschön, lass es mich dir zeigen*, und er liebte sie, viele Stunden lang, diese vornehme Tochter Argentiniens, dieses Mädchen, das die furchtbaren Dinge, die sie über die Italiener gehört hatte, ignorieren konnte, und sie bebte vor Lust und vor Staunen, als er mit ihr all das machte, was er mit einer jungen Frau tun konnte und sich jetzt wenigstens ausmalte, während er allein auf seiner harten Pritsche lag, sein Glied in der Hand.

Sie wurde seine heimliche Braut. Er behielt die Parfümflasche, und abends rief er die junge Frau herbei, auch noch, als der Duft längst aufgebraucht und verflogen war. Über Jahrzehnte hinweg blieb sie die Gleiche, eine staunende Jungfrau, dankbar, sinnlich, immer rein. Er schlief im Lauf der Jahre mit Hunderten von Huren und dachte dabei an sie. Sie war die einzige Person auf der Welt, die ihn wirklich liebte und ihn mit offenen Armen aufnahm, egal, was war, die Einzige, der er vertrauen konnte in dieser großen Stadt mit den vielen Menschen, die alle ums Überleben kämpften.

Er konnte nicht zurück nach Neapel. Dort wartete nichts und niemand auf ihn. Er nahm jede Arbeit an. Er schleppte Steine und gerbte Leder, und in den Schlachthöfen am Stadtrand schnitt er den Kühen die Kehle durch. Das bisschen Geld, das er verdiente, verbrauchte er für Schnaps und für Frauen, Brot interessierte ihn nicht. Und wenn es nicht für Alkohol und für eine Frau reichte, gab es immer noch die Musik, und manchmal genügte sie, vor allem in Buenos Aires, wo die Musik an jeder Ecke pochte und summte und pulsierte – man brauchte nicht einmal in eine Bar zu gehen damals: Männer erschienen in den Hinterhöfen oder versammelten sich auf den Gehwegen und spielten los. Man musste gut aufpassen, musste sein Messer und seinen Verstand bereithalten, aber was für eine Musik! *Payadas*, gesungen von zwei Männern vom Land, die das Leben der Gauchos kannten, die Pferde, die Lassos, die staubige Erde, zwei Männer, die sich gegenseitig durch die Musik bekämpften, in einem Wettstreit aus Schlagfertigkeit, schwingenden Gitarren und Texten, die aus ihren Mündern zischten, während die betrunkenen Zuhörer sie anfeuerten; *habaneras*, vorgebracht von Seeleuten, frisch aus Kuba, die sich in den Bordellen drängten und mit den Knöcheln überall ihre aufreizenden Rhythmen trommelten, auf jeder Oberfläche, die sie finden konnten; *milongas*, diese fast fröhlichen Lieder, die einen verdreckten Hinterhof schneller mit Tanzenden füllten als der Honig die Fliegen anlockte; und dann *candombe*, die Musik der Schwarzen, die auf

Schiffen von Afrika hierhergebracht worden waren, gefesselt, versklavt, und die jetzt unter den Immigranten lebten, arm wie diese, oft noch ärmer, mit der unglaublichsten Musik, anders als alles, was Nestore je gehört hatte, sie wurde auf Trommeln gespielt, die aus ausrangierten Fässern bestanden und deren Rhythmen sich miteinander verquickten, bis sie einen eng gewobenen, riesigen Klangteppich bildeten. Eine Melodie gab es nicht. In Europa würde man diese Musik als Krach bezeichnen. Aber der Candombe hatte eine Kraft, die Nestore direkt in den Solarplexus traf und Abgründe in ihm berührte, von deren Existenz er nichts geahnt hatte. Und dann dazu tanzen! Das weckte einen richtig auf. Sofort wollte man wieder wach sein, wollte leben, nicht unbedingt noch einen Tag, aber mindestens noch eine Stunde, hier, genau so, genau jetzt, im kollektiven Takt der Trommeln.

Dann nahm er das erste Mal eine Geige und spielte mit – ein paar Nachbarn hatten sich im Innenhof eines Conventillo versammelt, es war vier Uhr morgens, und betrunken, wie er war, betrachtete er diese Männer zwar nicht als Freunde, aber doch als etwas Ähnliches, ähnlicher konnte er es sich nicht vorstellen – und als er mit ihnen spielte, sah er einen gespenstischen abgehackten Kopf im dunklen Schatten. Aber es war nicht San Gennaro, sondern Il Magnifico, der seinen Sohn mit wild funkelnden Augen beobachtete.

So vieles hatte sich seither geändert, seit damals, als der Tango noch jung und neu war und diese enorme Energie und Lebendigkeit besaß – bevor er durch die Hände unendlich vieler Immigrantenhorden gegangen war und bevor er vom *bandoneón* und seinem Klagegesang verlangsamt wurde. Das Bandoneón, dieses deutsche Kasteninstrument, das viel Ähnlichkeit mit dem Akkordeon besaß, passte genau für schwelgende Melancholie. Aber die perkussiven Elemente des Tango verschwanden nicht völlig. Sie lauerten, schreitend, pulsierend, *tak-tak*, unter der Oberfläche.

Diese Musik war, zusammen mit dem Parfümfläschchen, das Einzige, was ihn durch die Jahre begleitete, Jahre, in denen er vieles verlor, auch sein Augenlicht. Aber das Leben verlor er nicht. Zu seiner eigenen Überraschung lebte er immer weiter, obwohl die Musik und die Männer von gestern im Mahlwerk der Zeit verschwanden. Die Katarakte hatten ihm vielleicht sogar geholfen, länger zu leben, die Leute empfanden Mitleid mit einem blinden alten Mann. Ohne die Fähigkeit zu sehen wurde das Reich der Töne so lebendig, dass es fast schon weh tat. Nestore war einer der wenigen Musiker, die sich an die Frühzeit des Tango erinnerten, aber diese Erfahrung verkapselte er in seinem Inneren, er teilte seine Erinnerungen mit niemandem, außer durch die Töne seiner Geige.

Jetzt machte er sich fertig für die Arbeit, rief nach dem Jungen, seinem *lazarillo*, seinem Blindenführer, seinen Ersatzaugen. Der Junge war sofort da und berührte ihn kurz am Arm, um ihm seine Anwesenheit mitzuteilen. Zuverlässig war er, dieser Junge, und er beschwerte sich nie; ihm gefiel seine Arbeit ganz offenbar, er begleitete den alten Mann gern in die Bordelle, und das nicht nur wegen des Trinkgelds, das er dafür bekam. Diese Kind-Witwe, dachte Nestore, sie würde nie die Möglichkeit haben, an all den Orten zu spielen, an denen er schon gespielt hatte. Was stellte sie sich eigentlich vor? Für ihn war sie ein Rätsel, das er nicht entschlüsseln konnte. Ob sie hübsch war? Würde sie mit ihm ins Bett gehen, wenn er sie nett und zuvorkommend behandelte? Es lag schon mindestens dreißig Jahre zurück, dass er mit einer Frau zusammen gewesen war, die er nicht bezahlt hatte. Keine wollte einen blinden alten Mann, nicht einmal Maria, die süßeste aller Huren, die ihm danach immer über die Brauen strich. Das erinnerte ihn an seine Mamma und brachte ihn fast zum Weinen – eine Mischung aus Dankbarkeit und Erleichterung. Aber selbst Maria verlangte ihre Pesos, wie alle anderen auch.

Nestore ahnte allerdings, dass dieses Geigen-Mädchen nicht so leicht rumzukriegen war. Sie hatte etwas Verzweifeltes an sich, und bei Verzweiflung gab es immer zwei Möglichkeiten, das wusste er: Entweder wurden die Leute nachgiebig wie Wasser, oder sie wurden eine wandelnde Waffe. Das Mädchen wirkte nicht biegsam, nicht gefügig. Die Stadt war schon dabei, sie zu einer Klinge zu formen.

Auch gut, dachte er, als er am Arm seines Lazarillo den Conventillo verließ. Denn falls die Kind-Witwe so weitermachte wie bisher und alles riskierte, in einer Stadt voller Gefahren, musste sie genau das sein: eine Klinge.

Sechs Wochen nach ihrer Ankunft in Buenos Aires erhielt Leda den ersten Brief von ihren Eltern, in der Handschrift ihres Vaters.

Cara Leda!
Welche Tragödie. Wir tragen alle Schwarz, und Dantes Mutter hört nicht auf zu weinen. Wir sind froh, dass Du in Sicherheit bist und Menschen hast, die Dir beistehen.
Du musst so schnell wie möglich nach Hause kommen. Ein fremdes Land ist kein Ort für eine junge, unverheiratete Frau. Leda, was Dir alles zustoßen kann! Wir sammeln Geld für Dich und schicken es Dir per Schiff, sobald wir genug beisammen haben. Nimm es für die Fahrkarte nach Neapel.
Wir warten auf Dich.
Sei umarmt,
Papà und Mamma

Sie hielt den Brief in der Hand und starrte lange auf die knappe, saubere Handschrift ihres Vaters. Der Abend dämmerte, die drückende Hitze des Tages lag noch in der Luft, aber draußen vor ihrer halb offenen Tür unterhielten sich die Frauen schon leise darüber, ob sie die Wäsche abnehmen sollten, schau dir die Wolken an, siehst du, was ich meine? Leda konnte es immer noch nicht fassen, wie oft ein heißer Tag in einem Platzregen endete, aber sie hatte es schon häufig genug erlebt, rasche, kurze Sommerregengüsse, und einmal hatte es sie auch erwischt, an dem Tag, als Arturo sie zu Dantes Grab führte, einem bescheidenen Arbeitergrab, auf das sie ihre Nelken legte, nass und traurig und zart lagen die Blumen da, wie gefallene Mädchen. Leda fühlte sich hin und her gerissen. Einerseits wollte sie den Eltern gehorchen und nach Hause gehen, sich in ihre Arme flüchten. Aber ein anderer Teil, der stärkere, suchte einen Ausweg aus den engen Grenzen dieses Briefs. Ihr kam es vor, als wären die Sätze ihrer Eltern die Stäbe eines Käfigs und sperrten sie ein wie ein Tier, das nach einem Spalt sucht, durch den es entkommen kann.

Wenn sie zurückging, musste sie dasselbe Mädchen sein wie früher.

Dafür war es zu spät. Sie hatte kleine Fragmente der Freiheit gekostet, sie wohnte mit Fremden zusammen und hatte sich ein Zuhause geschaffen. Sie arbeitete jeden Tag und behielt den Lohn für sich, musste ihn nicht ihrem Vater aushändigen. Das Geld, auch wenn es erbärmlich wenig war, gehörte ihr. Sie hatte immer wieder die wunderbar schrille Melodie einer südamerikanischen Großstadt vernommen, war durch die Straßen gegangen, hatte die grenzenlose Anonymität und die Kraft gespürt. Sie hatte sogar Männerkleidung angezogen und es überlebt.

Sie hatte Geige gespielt.

Vier Sonntage nacheinander hatte Nestore sie nun schon zu sich gerufen und war mit ihr verschiedene Tango-Stücke durchgegangen. Nicht viele. Immer nur zwei oder drei. Er behandelte sie schroff, aber das machte ihr nichts. Sie richtete ihre gesamte Aufmerksamkeit auf seine Hände. Seine Instruktionen, Takt für Takt, widmeten sich immer anderen Melodien als in der Woche vorher. Anschließend spielte er dann, vielleicht als Test, ein Stück, das er ihr bereits beigebracht hatte, und sie spielte mit. Carlo mit der Gitarre. Da ahnte Leda dann Nestores gesamtes Können, das strahlende Selbstbewusstsein seiner Töne, ihr üppiges Timbre. Sie selbst spielte bewusst leise, um ihn ja nicht zu übertönen, sondern sich ihm anzupassen. Was er ihr beibrachte, war mehr als Technik. Es war etwas Größeres, eine Art Vermächtnis, und obwohl sie nicht genau wusste, was es war, spürte sie, dass von ihm etwas ganz Besonderes ausging, das sie gierig in sich aufsog. Es gab eine Kluft zwischen dem, was ihr Ohr hörte, und dem, was ihre Finger zustande brachten, und das machte sie verrückt, aber jede Woche schien sich der Abstand ein kleines bisschen zu verringern. Die Töne, die sie produzierte, waren auf dem Weg zur Schönheit. Ihre Hände lernten, ein Instrument aus Holz zum Singen zu bringen.

Die Nachbarn tanzten inzwischen wieder, der ungewohnte Anblick einer mit den Männern musizierenden jungen Witwe hielt sie nicht mehr zurück. Viele hatten allerdings immer noch etwas dagegen. Vor allem Francesca. Und Leda verstand es: Sie hatte das empfindliche Gleichgewicht der guten Sitten gestört, ein Gleichgewicht, ohne das Francescas Töchter in Gefahr gerieten – sie konnten auf falsche Gedanken kommen und vom rechten Weg weggelockt werden. Vielleicht landeten sie in dieser Welt, wo die ganze Nacht Musik gemacht wurde und wo ein Mädchen unwiderruflich verloren war. Francesca redete nicht mehr mit Leda, außer um die Erledigungen und die Pläne fürs Abendessen zu besprechen, wodurch die langen Nähtage ziemlich verkrampft waren und sich noch endloser anfühlten. Die Di-Camillo-Mädchen verhielten sich allerdings anders als ihre Mutter. Vor allem Palmira schien Leda dafür zu bewundern, dass sie gegen die unausgesprochenen Vorschriften verstieß. Sie strahlte sie an, während sie nähten, sie machte lustige Bemerkungen und erzählte Geschichten, genau wie vorher. Diana schwankte zwischen Bewunderung und einer gewissen Vorsicht, die wahrscheinlich daher kam, dass sie auf keinen Fall den Zorn ihrer Mutter auf sich ziehen wollte. Silvana war so nett und zurückhaltend wie immer. Wenn das Geld verbraucht war, musste Leda wohl oder übel im Zimmer der Di Camillos wohnen. Falls die Einladung überhaupt noch galt (was nicht sicher war). Musste sie vor Francesca kapitulieren, sich ihren Regeln unterwerfen? Durfte sie ihr Instrument dann nicht mehr herausholen?

Da würde sie lieber wieder nach Italien gehen.

Nein, stimmte nicht. Sie würde viel mehr verlieren, wenn sie nach Hause ginge.

Sie konnte den Gedanken nicht ertragen, sich wieder in das klösterliche Leben zu Hause einzufügen, zumal als siebzehnjährige Witwe, eingesperrt in schwarze Kleider und strikte Erwartungen. Die Frauen im Dorf waren gnadenlos gegenüber Witwen, die nicht entsprechend zu trauern schienen, *Seht sie euch an, erst zwei Jahre ist es her, und meine Nachbarin hat gehört, wie sie gelacht hat – laut gelacht hat sie, in aller Öffentlichkeit, am Dorfbrunnen, könnt ihr euch das vorstellen?* So eine Witwe wollte Leda nicht sein. Sie wollte überhaupt keine Witwe sein! Vielleicht verdiente sie es, dass man sie deswegen verachtete, aber eigentlich wollte sie nur die Person sein, die sie wurde, wenn sie sich in ihr Zimmer einschloss, Dantes Sachen anzog und Musik ohne Töne spielte. Diese seltsame neue Musik. Tango! Der Tango konnte Teile ihrer Seele ausdrücken, die sie noch nie in Worte gefasst hatte. In diesen Momenten spätabends, allein in ihrem Zimmer – da war sie freier als je zuvor, freier, als sie je geglaubt hatte, dass eine Frau sein könnte.

Am liebsten würde ich Musik gegen Brot tauschen, dachte sie. Dann hätte ich eine Chance zu überleben, ohne eine Hure werden zu müssen.

Aber selbst hier, in América, in der Welt der gebrochenen Vorschriften, war das nicht möglich. Nur Männer konnten den Tango spielen. Leda konnte es nicht.

Es sei denn –

Und das war der Augenblick, in dem der Gedanke das erste Mal in ihr Bewusstsein drang: Es sei denn, sie lebte als Mann. Sie bekam kaum Luft. Draußen hatte es angefangen zu regnen. Sie hatte es gar nicht gemerkt. Die Luft rauschte und seufzte, als würde sie einen Traum erzählen. Im Innenhof nahmen die Frauen eilig die Wäsche von der Leine. Leda wusste, sie müsste ihnen helfen, obwohl es nicht ihre Wäsche war. Doch sie blieb sitzen, wie erstarrt von diesem Gedanken. Ein gefährlicher Gedanke – so gefährlich wie Selbstmord, vielleicht noch gefährlicher.

Wasser kroch über ihre Türschwelle, ein dunkler, nasser Gast.

Cora, meine Seelenschwester. Sag mir: Was würdest du tun?

Die erste Stufe von Coras Veränderung war ganz plötzlich gekommen, so still und unauffällig, dass die Klatschbasen im Dorf gar nichts merkten – jedenfalls noch nicht genug, um ihr schon den Beinamen *matta* – die Irre – zu geben. Sie war dreizehn, Leda fast zwölf. Cora ging nicht mehr aus dem Haus. Zuerst war das alles. Leda wartete am Fluss auf sie, im Hof an der Hintertür, wo sie sich immer trafen, um Bohnen zu putzen oder um Butter zu stampfen, aber Cora kam nicht.

Wo ist Cora, Mamma?, wollte Leda wissen.

Ich weiß es nicht.

Kann ich heute Nachmittag die Eier rüberbringen?

Als sie hinüberging, stand Coras Mutter in der Tür, nahm wortlos den Eierkorb entgegen und legte die Eier in eine große Holzschüssel. Sie bat Leda nicht, hereinzukommen. Und obwohl Leda bisher das Haus der Tante genauso selbstverständlich betreten hatte wie das ihrer Eltern, hielt irgendetwas im Verhalten ihrer Tante sie auf der Türschwelle fest. Sie reckte den Hals – vielleicht konnte sie ja Cora in der Küche sitzen sehen, aber der gewaltige Körper ihrer Tante verstellte ihr die Sicht.

Was ist mit Cora?

Sie fühlt sich nicht gut, sagte Coras Mutter. Ihre Stimme

klang, als würde ein Pferd mit dem Schwanz schlagen, um die Fliegen zu verjagen. Da merkte Leda, dass Zia Crocifissa ihr die ganze Zeit nicht in die Augen geschaut hatte.

Hat sie Fieber? Kann ich ihr etwas bringen?

Das wird schon wieder. Geh nach Hause, Leda. Sie kommt wieder aus dem Haus, wenn es ihr bessergeht.

Aber Cora kam die ganze Woche nicht aus dem Haus, am Sonntag ging sie nicht einmal in die Kirche und nahm auch am anschließenden Familienessen nicht teil. Drei Wochen lang blieb sie verschwunden. Dann tauchte sie endlich wieder auf. Zur sonntäglichen Messe. Sie saß in der ersten Reihe, auf der Bank mit der Kupferplakette LA FAMIGLIA MAZZONI. Leda saß in der Reihe dahinter. Sie war auch eine Mazzoni, gehörte aber nicht zum wichtigsten Zweig der Familie, und auf den Ehrenplätzen in der ersten Reihe war nicht genug Platz für alle. Während der gesamten Messe, immer, wenn sie aufstanden, sich wieder setzten oder niederknieten, den vertrauten lateinischen Anweisungen des Priesters folgend, starrte Leda auf Coras Hinterkopf, der von einem weißen Tuch bedeckt war, und wollte sie mit ihren Blicken dazu bringen, sich doch bitte umzudrehen und sie anzuschauen. Aber Cora drehte sich nicht um. Selbst als alle aus den Bänken heraustreten mussten, um sich fürs Abendmahl einzureihen, hielt Cora den Blick gesenkt, ein Bild der Frömmigkeit. Überhaupt nicht das lebhafte Mädchen, das Leda kannte, das Mädchen mit dem frechen Mundwerk, frecher, als gut für sie war, wie manche Leute meinten, immer am Singen und voller Widerspruchsgeist und voller selbsterfundener Geschichten. Nach der Messe, beim großen Familienessen, versuchte Leda wieder, mit Cora einen Blick zu tauschen – aber wieder vergeblich. Cora starrte nur auf ihren Teller. Sie lachte über keinen von Dantes und Tommasos Witzen. Sie stand nicht auf, um ihrer Mutter zu helfen, als der Tisch abgedeckt wurde und die Frauen sich in die Küche zurückzogen, während die Männer und Jungen rauchten und redeten. Leda, Teller in der

Hand, schaute völlig verblüfft zum Tisch. Cora war das einzige Mädchen, das noch da saß.

Mateo, Coras Vater, funkelte seine Tochter böse an. Geh und bring meinen Teller weg.

Cora rührte sich nicht. Sie schaute reglos auf die Tischdecke.

Cora, sagte Mateo. Bring. Meinen. Teller. Weg.

Jetzt schwiegen alle Männer und Jungen. Die Teller, die Leda trug, waren schwer, aber sie war wie erstarrt. Selbst das Klappern der Töpfe in der Küche verstummte, und als einziges Geräusch war das laute Geschrei der Vögel in den Olivenbäumen zu hören.

Ich mach das, Papà, erklärte Dante und stand auf, um den Teller seines Vaters wegzubringen.

Mateo hob die Hand, um Dante zu schlagen, aber Mario, der älteste Sohn, war schneller: Er sprang auf und schubste den jüngeren Bruder zurück auf seinen Platz. Dante wehrte sich, kurz rangelten die beiden Brüder, aber Mario war nicht nur größer und stärker, sondern auch rücksichtsloser. Er verkürzte den Kampf mit einem Faustschlag, den man im ganzen Hof hörte und der sogar die Vögel verstummen ließ.

Die ganze Zeit über saß Cora nur da und bewegte sich nicht. Sie schien nicht einmal zu blinzeln.

Leda schaute zu ihrem eigenen Vater, der mit hochgezogenen Schultern und leerem Gesicht am Tisch hockte. Auch er rührte sich nicht und machte den Eindruck, als wäre er ganz woanders, nicht hier am Tisch, sondern fortgetragen von seiner Feigheit. In dem Moment hasste ihn Leda mehr, als sie je für möglich gehalten hatte.

Also gut, Cora, sagte Mateo, du hast fünf Sekunden Zeit, um meinen Teller wegzubringen.

Leda spürte, wie jeder der Anwesenden im Kopf zu zählen begann.

Eins. Zwei. Drei.

Vier.

Cora erhob sich, nahm den Teller ihres Vaters, dazu ihren eigenen und den von Dante, und trug alle drei in die Küche.

Mateo lehnte sich zurück und tupfte sich die Mundwinkel mit seiner Serviette.

Als hätte sie auf diesen Augenblick gewartet, erschien nun Coras Mutter, in den Händen ein Tablett mit einer Flasche Grappa und einer Armee kleiner Gläser für die Männer.

Leda ging in die Küche. Cora war inzwischen schon dabei, das Geschirr abzuwaschen. Leda nahm ein Geschirrtuch und fing an abzutrocknen. Lange schwiegen sie beide.

Ist alles okay?, fragte Leda schließlich.

Cora zuckte mit den Achseln.

Geht es dir besser? Bist du nicht mehr krank?

Anscheinend hatte sie das Falsche gefragt. Cora drehte sich weg und widmete sich nur ihrem Zuber mit Schmutzwasser.

Kommst du mit zum Fluss, wenn wir hier fertig sind?

Cora schüttelte den Kopf. Ich bin müde.

Da gab Leda auf, und sie arbeiteten schweigend weiter. Sobald das Geschirr gespült und weggeräumt war, verschwand Cora in ihrem Zimmer.

Es dauerte noch drei Wochen, bis Leda sie endlich dazu brachte, mit ihr allein etwas zu unternehmen. Es war am Sonntag, nach dem Familienessen. Sie gingen zu ihrem Lieblingsplatz beim Fluss.

Leda zog die Schuhe aus. Komm, wir waten ein Stück ins Wasser.

Cora schüttelte den Kopf.

Leda wusste nicht, was tun. Dann ging sie allein in den Fluss. Das Wasser war kalt, so dass die Haut an ihren Füßen sich zusammenzog. Wie konnte sie ihre Cousine aufmuntern? Erzähl mir doch eine Geschichte.

Keine Lust.

Bitte. Welche du willst. Das Inferno. Diana und Aktäon. Das alte Pompeji.

Du kennst die doch alle schon, was soll's?

Cora sagte das sehr harsch, Leda zuckte richtig zusammen. Ihre Cousine schaute sie an. Zum ersten Mal seit zwei Monaten erwiderte sie Ledas Blick und drehte sich nicht weg. Leda suchte in ihren Augen nach Spuren des Mädchens, das sie bisher gewesen war, nach Hinweisen darauf, was sich in ihr geändert hatte. War es das Frauenblut? Jetzt schon? Tat es schlimmer weh, als sie gedacht hatten?

Als Cora weiterredete, war ihre Stimme ganz sanft. Weißt du was?, sagte sie. Du kennst die Geschichten schon so gut, da kannst du doch selbst eine aussuchen und sie mir erzählen.

Leda zögerte. Das war ein radikaler Rollentausch. Bisher war immer sie die Zuhörerin gewesen, nie die Erzählerin. Aber sie kam aus dem Wasser, setzte sich zu Cora ins Gras und fing an.

Sie entschied sich gegen das Inferno und erzählte lieber vom alten Pompeji, wo vor dem Vulkanausbruch die Menschen ganz normal gelebt hatten: Männer bauten Häuser, und in den Innenhöfen der Reichen malten sie Fresken von Athene, die auf ihrem Thron saß, von Aktäon, wie er von den Hunden in Stücke zerrissen wurde, von Poseidon, der sich ein Erdbeben ausdachte, während die Meeresnymphen ihm Zaubersprüche ins Haar flochten. Frauen heirateten, bekamen Kinder und rannten hinter den Nachbarjungen her, wenn die über ihre Gartenmauer kletterten, um Obst zu klauen, und zur Strafe zogen sie ihnen die Ohren lang. Mädchen verliebten sich in junge Männer, die ihre Väter niemals akzeptieren würden; junge Männer schrieben klagende Liebesgedichte im Mondlicht und verfluchten ihr Schicksal als aussichtslose Bewerber, Kinder rannten durch die engen Straßen und mussten aufpassen, dass die Eier in ihren Körben heil blieben; Kinder ließen Körbe mit Eiern fallen und heulten, als wäre es der Weltuntergang. Männer, Frauen und Kinder zerstampften begeistert mit den Füßen die Trauben für den Wein, in dem festen Glauben, dass sie lang genug leben würden, um diesen Wein zu trinken. Sie ahnten alle nicht, welche Katastrophe ihnen bevorstand – bis auf ein junges Mädchen, das immer wieder vom Vesuv träumte und dass er zittern und ein brüllendes Dröhnen von sich geben würde: eine Warnung vor dem bevorstehenden Feuerausbruch. Die ganze Nacht donnerte der Berg in ihren Träumen, aber wenn sie aufwachte, war keiner da, dem sie von ihrem Traum erzählen konnte. Im alten Pompeji galt nämlich der Vesuv als ein Berg wie jeder andere. Niemand wusste, dass er ein Vulkan war, mit einem hohlen Bauch und einer verborgenen, tödlichen Macht. Wer würde da den Träumen eines jungen Mädchens Glauben schenken? Wer hatte je von einem donnernden Berg gehört?

Während Leda redete, lag Cora neben ihr im Gras. Sie hatte sich auf den Bauch gedreht und das Gesicht in den grünen Halmen versteckt. Als sie schließlich den Kopf hob, war ihr Gesicht ganz mit Erde verschmiert. Leda gefiel das, es sah aus, als wäre Coras Gesicht mit braunen Symbolen in einer unverständlichen Sprache bemalt.

Red weiter.

Ich weiß nicht, was jetzt kommt.

Irgendwas.

Leda überlegte sehr angestrengt, aber bevor ihr etwas einfiel, sagte Cora: Komm – wir laufen weg.

Was?

Wir hauen einfach ab. Nur du und ich.

Wohin?

Keine Ahnung. Nach Neapel. Ans Meer. Oder vielleicht bis nach Rom.

Und was machen wir da?

Wir leben – was sonst?

Und wie sollen wir leben?

In Freiheit.

So war Ledas Frage natürlich nicht gemeint gewesen. Sie hatte noch nie von zwei jungen Mädchen gehört, die ohne ihre Familien überlebten, ohne einen Ehemann oder Vater, der für sie sorgte, allein in einer großen Stadt oder am Hang eines Vulkans. Das ging doch gar nicht! Vielleicht meinte Cora den Vorschlag als Anfang einer neuen Geschichte, der sie folgen sollte, zu ungeahnten Höhenflügen – aber es war zu spät. Cora hatte sich aufgerichtet und wischte sich die Erde vom Gesicht.

Vergiss es. Du hast recht – blöde Idee.

Sie sprachen nie mehr darüber. Überhaupt war es der letzte Tag, an dem sie miteinander redeten. Angesichts dessen, was danach geschah, verfolgte der Satz *Komm, wir laufen weg* Leda in der Nacht, er riss sie aus dem Schlaf und zwang sie, die Augen zu öffnen und ihn anzuschauen.

Der Sommerregenguss hörte bald nach Einbruch das Dunkelheit auf, doch Leda konnte nicht einschlafen. Stumm spielte sie Geige, bis ihr die Finger weh taten, dann legte sie sich aufs Bett und starrte ins Dunkel, ihr Instrument an die Brust gedrückt. Der gefährliche Gedanke hatte sich in ihren Kopf gekrallt und wollte sie nicht mehr loslassen. Am nächsten Morgen trank sie ihn mit dem Frühstückskaffee, sie nähte ihn in jeden Ärmel, in jeden Kragen, er bestimmte den Rhythmus ihrer Schritte, wenn sie Brot holte.

Wie sollte sie vorgehen? Ein neues Leben, ein Leben als Mann. Ein unnatürlicher Vorgang, unerhört, ein Taschenspielertrick – oder vielleicht mehr als das, vielleicht eine richtige Verwandlung.

Aus dem eigenen Leben verschwinden. In einem anderen Leben wieder auftauchen.

Ein unmöglicher Plan.

Andererseits – wenn es irgendwo auf der Welt einen Ort gab, wo so ein Plan funktionieren könnte, dann war das América. Das Land der Selbst-Erschaffung. Das Land der Wurzellosigkeit. Das neue Babel. Klar, auch in Buenos Aires gab es Mauern und Regeln. Aber trotzdem – in einer Stadt mit so viel Krawall und Anonymität, mit so vielen Immigranten, so vielen Kulturen, so vielen Sprachen, da konnten verrückte Ideen garantiert den Weg in die Wirklichkeit finden.

Während sie im Innenhof saß und ihre Finger vom Nähen langsam taub wurden, überlegte sie, was ein Leben als Mann ihr bringen würde. Andere Jobs. Für Männer gab es viel mehr Arbeit. Und die Möglichkeit, zu jeder Tages- und Nachtzeit draußen herumzulaufen. Welche Art von Arbeit konnte sie übernehmen? Sie war nicht kräftig genug, um im Hafen zu schuften, wie Dante und wie die Männer, die sie vor ein paar Tagen dort gesehen hatte und die sich in der prallen Sonne abquälten, muskulös und mit entblößter Brust. Das ging nicht. Aber es gab ja auch Fabriken. Läden. Sogar Orte, wo Männer dafür bezahlt wurden, dass sie Musik machten, wie Carlo und Nestore. Wie konnte sie herausfinden, wo die beiden auftraten?

Außerdem war da das Problem, dass sie alle Welt davon überzeugen musste, dass sie tatsächlich ein Mann war. Gar nicht so leicht. Wenn sie scheiterte, war sie in Gefahr, in großer Gefahr – so groß, dass sie gar nicht darüber nachdenken wollte, aber die Bilder erschienen trotzdem, ein Knäuel aus Männern, aufgebracht, betrunken, stärker als sie, und sie wollten diese Grenzüberschreitung aus ihr herausprügeln. Oder Schlimmeres. Sie hatte keine Veranlassung, etwas anderes zu erwarten. Sie dachte an den Junggesellen in ihrem Conventillo, der letzten Monat bei einem Streit in einer Bar zusammengeschlagen worden war. Obwohl die Frauen ihn ganz selbstverständlich pflegten, bis es ihm besserging, war sonnenklar, was sie dachten: Er hat es nicht geschafft, auf sich selbst aufzupassen, er ist zu sanft, deshalb konnte er gar nichts anderes erwarten. Was die Frauen selbst betraf – sie verdienten es, dass man sie beschützte, allerdings nur, wenn sie bestimmte Grenzen nicht überschritten, wie zum Beispiel dieses Mädchen, von dem Francesca geredet hat. Sie hatte früher hier gewohnt und wurde weggeschickt, weil sie als Prostituierte arbeitete, und wie es ihr danach erging – wen kümmert's? Nein. Sie durfte nicht scheitern. Sie ging die verschiedenen Aspekte durch. Eine dunkle Stimme. Kleine Brüste. Schmale Hüften. Groß. Lange Arme und Beine, langer Oberkörper. Wer hätte gedacht, dass ihre äußere Erscheinung einmal von Vorteil sein könnte. Wie oft hatte Mamma über ihre Figur geklagt, *wie willst du je ein Kind austragen in dem Körper, du bist wie ein Schlauch, die Dinge gehen in dich rein und kommen wieder raus, aber nichts bleibt hängen und wächst, wie es soll.* Und dann ihr Gesicht: länglich, herb, knochig, nicht weich, wie das Gesicht einer Frau (wie Palmira, wenn sie sich über ihre Näharbeit beugte – die sanfte Rundung ihrer Wangen). Ledas Gesicht wurde dominiert von einer Nase, die deutlich hervortrat, fast wie ein Schnabel, und in der Mitte des Nasenrückens war ein trotziger Knubbel. Eine Männernase, würden viele sagen. Nicht zart und fein. Fürchterlich.

Der Tag ging seinem Ende entgegen, das Licht war schwer und golden geworden. Wie Honig ruhte es auf dem weißen Stoff in ihren Händen. Ihre Finger schmerzten. Sie wollte ihre Nadel in etwas stecken – in irgendetwas – zur Not auch in ihre eigene Haut –, um endlich diese Näherei los zu sein, damit ihre Finger sich frei bewegen konnten.

Durfte sie es wagen?

Wenn sie sich als Mann auf den Weg machte, allein und heimlich, nur sie und Buenos Aires und die Geige – was würde sie finden? Was würde aus ihr werden?

Sie brannte darauf, es zu erfahren.

Drei Wochen später kam das Geld aus Italien. Leda kaufte keine Fahrkarte, obwohl der Begleitbrief ihr dies vorschrieb. Stattdessen faltete sie die Scheine zusammen und versteckte sie in ihrem Geigenkasten.

Der nächste Schritt: Haare abschneiden.

Der Perückenladen war nicht schwer zu finden. Alfonso Di Bacco hatte ihr davon erzählt, wenn auch ungern – es schmerzte ihn richtig, sagte er, bis ins Herz hinein, dass sie glaubte, zu so extremen Maßnahmen greifen zu müssen.

»Behalte deine Haare, und ich geb dir das Brot umsonst.«

»Vielen Dank, Don Alfonso, aber ich muss es tun.«

»Du hast keine andere Wahl?«

Sie schüttelte den Kopf, und sein Gesicht war so traurig, so betroffen von ihrem schweren Schicksal, dass sie ein schlechtes Gewissen bekam. Garantiert war es eine Sünde, vor einem guten Menschen die Wahrheit zu verbergen.

Der Perückenladen gehörte einem Genueser, einem Mann mit schwermütigen Augen. Er flocht ihre Haare zu zwei Zöpfen, die er so blitzschnell abschnitt, dass Leda vor Schreck die Tränen in die Augen schossen. All die Jahre – die ganzen siebzehn Jahre ihres Lebens – waren die Haare gewachsen, und nun wurden sie in einer Sekunde radikal gestutzt, hinter den Tresen geworfen, auf einen Haufen mit anderen amputierten Zöpfen, wie in ein Massengrab, ohne Namen. Asche zu Asche, Zöpfe zu Staub.

»Wenn du das ein bisschen in Form bringen willst«, sagte der Mann aus Genua, nicht unfreundlich, »dann geh zu meinem Schwager, er hat einen Friseurladen, ein Stück die Straße runter.«

Ich bin tot, dachte Leda, als sie die Hand ausstreckte, um das Geld entgegenzunehmen. Dann ging sie, ohne lang zu überlegen, zu dem Friseurgeschäft. Ich bin tot, dachte sie, als sie sich auf den Stuhl setzte und ihr Spiegelbild betrachtete. Der Friseur war korpulenter als sein Schwager, mit grauen Haaren und Geheimratsecken und einer roten Trinkernase. An der linken Hand fehlte ihm der kleine Finger. Zu Ledas Erleichterung waren sie allein in seinem Laden, in dem es nach Lavendel, Kampfer und Schweiß roch. Leda bat ihn, ihr einen Männerhaarschnitt zu verpassen.

»Bist du sicher?«, fragte der Friseur verblüfft.

Sie nickte.

»Ich könnte nämlich auch –«

»Einen Männerhaarschnitt«, wiederholte sie, diesmal mit mehr Nachdruck. Sie begegnete seinem Blick im Spiegel.

Der Friseur schob das Kinn vor und verschränkte die Arme vor der Brust. Die Sache war gar nicht so einfach, wie Leda gehofft hatte.

Sie holte das Foto von Dante hervor. »Das hier ist mein Mann«, sagte sie. »Möge er in Frieden ruhen. Ich möchte, dass Sie mir die Haare so schneiden.«

Der Mann studierte das Foto. »Er ist tot?«

»Ja.«

»Schon lange?«

»Seit drei Monaten.« Und dann fügte sie noch hinzu, weil sie ihre Chance witterte: »Er war neunzehn.«

»So jung! Wie ist er gestorben?«

»Die Polizei hat ihn erschossen. Bei einem Streik.«

Der Friseur zog bekümmert die Luft ein und hielt das Foto ins Licht. »Gutaussehender junger Mann.«

»Ja.«

»Ich hatte eine Tante, die sehr jung Witwe wurde. Sie hat nie wieder bunte Farben getragen. Sie hat nie wieder gelacht. Als es passiert ist, war sie noch keine dreißig – aber du, du siehst ja fast noch aus wie ein Kind.« Er schüttelte den Kopf. »Du darfst nicht deine Trauer heiraten.«

»Das tue ich auch nicht.«

Der Mann musterte sie, und einen grimmigen Augenblick lang fürchtete sie, er könnte sie fragen, was sie vorhabe. Doch dann gab er ihr das Bild zurück und griff zur Schere. »Die Migration ist eine herzlose Hure«, murmelte er und begann zu schnippeln.

Leda hoffte, Dantes Seele – wo immer sie war, möge sie in Frieden ruhen, wie sie ja vorhin gesagt hatte – Dantes Seele musste ihr vergeben, dass sie das Foto wie einen Joker am Spieltisch eingesetzt hatte. Sie schloss die Augen und ergab sich der

Schere. Vielleicht würde er sogar verstehen, was sie machte – dass sie die Flucht ergreifen musste und endlich frei sein wollte, um jeden Preis.

»Also gut«, sagte der Friseur schließlich. »Wie findest du's?«

Sie betrachtete sich im Spiegel. Eine Mann-Frau blickte ihr entgegen. Mit Haaren wie Dante. Nichts Weiches. Nichts Hübsches.

Plötzlich erschrak sie. Ihre ganze Weiblichkeit war verschwunden. Sie fühlte sich hässlich, wertlos – und gleichzeitig irgendwie erleichtert, als wäre sie an einen unbekannten, schwindelerregenden Ort katapultiert worden.

Sie zahlte und ging.

»Pass auf, dass du dich nicht verirrst«, rief ihr der Friseur nach.

Auf dem Heimweg dachte sie immer nur: *Was bin ich?* Von allen Seiten stürmten Antworten auf sie ein, von den Häuserwänden, von dem Stückchen Himmel über ihr.

Du bist ein Monster.

Eine Missgeburt.

Ein Irrtum der Natur.

Besessen von Dämonen.

Dann meldete sich eine andere Stimme, frech und unerwartet: Das mag ja alles zutreffen, aber dann sollen die Dämonen singen!

Die Frauen im Conventillo musterten sie mitleidig. Selbst Francescas vorwurfsvoller Blick wurde sanfter, jedenfalls ein bisschen. Sie kannte sämtliche Probleme des weiblichen Überlebenskampfes. Seht euch die junge Witwe an, sie hat kein Geld mehr und verkauft ihre Haare, damit sie nicht auf die Straße muss. Dabei sahen alle nur das Tuch, das Leda sich um den Kopf gebunden hatte. Wenn sie den eigentlichen Haarschnitt zu sehen bekämen – was würden sie dann sagen? Leda wollte lieber gar nicht dran denken.

»Hast du’s wirklich getan?«, flüsterte Palmira ihr am Herd zu. »Du hast dir tatsächlich die Haare abgeschnitten?«

»Ja.«

»Deine Haare waren so schön. Sie waren das Schönste an dir.«

Leda schwieg. In ihrem Kopf hörte sie das unausgesprochene Ende des Satzes: *Und ohne sie bist du hässlich, keiner wird dich wollen.*

»Ich kann mir das nicht vorstellen.« Palmira wusch zwei grüne Paprika und reichte sie Leda. »Du bist so viel mutiger als ich.«

Leda nahm die feuchten Paprika und begann sie zu schneiden. Ihr Messer bewegte sich schnell. Ach, Palmira, du hast keine Ahnung, dachte sie, ich bin überhaupt nicht mutig. Mut und Verzweiflung sind nicht das Gleiche. Während sie schnippelte, überlegte sie, wie sie weiter vorgehen sollte. Ihre neue Rolle ausprobieren und sich in Männerkleidern nach draußen schleichen, um zu testen, wie die Welt reagierte? Nein. Zu riskant. Das wäre nur in einem relativ engen Zeitrahmen möglich, so um halb vier Uhr morgens, wenn alle entweder schliefen oder noch weg waren. Sie könnte nicht wieder nach Hause, ohne bemerkt zu werden. Nein, sie musste einen klaren Schnitt machen. Heute Abend. Dantes Sachen anziehen, die wichtigsten Dinge einpacken und für immer verschwinden. Losgehen – wohin? Durch ganz La Boca und noch weiter, in ein Viertel, wo niemand sie kannte und wo man sie als Mann kennenlernen würde. Von jetzt an immer. Jenseits von La Boca wartete der Rest von Buenos Aires, unberührt, noch unerforscht, jedes Viertel eine Welt für sich, vor allem für die Frauen, die sich nie weit entfernten, und es waren die Frauen, die für sie die größte Bedrohung darstellten, weil sie am besten beobachteten und weil sie gerne tratschten. Wenn sie also im nächsten Viertel ankam (wie hießt es? Nicht einmal das wusste sie!), würde sie sich ein Zimmer suchen, dann einen Job und schließlich, wenn sie großes Glück hatte, auch einen Ort, wo sie Geige spielen konnte.

Sie verkündete, dass sie heute nicht zum Abendessen komme, und ging zum Pfandhaus am anderen Ende der Straße, gegenüber von der Metzgerei. Dort verkaufte sie ihren blauen Hut mit den Perlen. Am liebsten hätte sie auch ihre Kleider hingebracht, um mehr Bargeld zu haben – je mehr, desto besser, für so einen Sprung ins Wasser –, aber sie wusste nicht, wie sie das anstellen sollte, ohne Verdacht zu erregen.

Um Mitternacht, allein in ihrem Zimmer, zog sie Dantes Sachen an. Diesmal band sie mit einem Stück Laken ihre Brüste fest. Schockierend, dass sie so flach wurden unter dem Druck. Wie formbar, wie geschmeidig ihr Körper war.

Ein Uhr. Sie kämmte sich die Haare. Kämmte sie noch einmal. Durch das Olivenöl, das sie aus der Küche stibitzt hatte, waren sie glatt und glänzend, genau wie der Kamm, der das einzige von Cora war, was sie aus dem Zimmer mitgehen lassen konnte, nach Coras Tod. Hatte sie zu viel Öl genommen? Zu wenig? Sie musste herausfinden, wie die Männer das machten. Und sie musste Traubenkernöl kaufen, damit sie nicht wie Salat roch – bei dem Gedanken musste sie grinsen. Sie dachte an ihren Bruder Tommaso, wenn er sich morgens frisierte – wie die dünnen Zinken seines Kamms im Licht des neuen Tages schimmerten. Sie sah ihn vor sich, was für ein Gesicht er machen würde, wenn er sie jetzt sehen könnte. Ungläubig. Entrüstet. Nein, nein, schieb den Gedanken weg – tut mir leid, Tommaso, aber ich kann dich jetzt nicht brauchen. Sie fuhr sich mit einem Tuch über die Haare und frisierte sie neu. Besser. Es war schon fast beunruhigend, wie männlich sie aussah.

Zwei Uhr nachts. Alles vorbereitet. Draußen war nichts mehr zu hören, Carlo war zur Arbeit gegangen, aber Leda hatte Angst, schon aufzubrechen, sie hatte öfter gehört, wie jemand um diese Zeit zum Wasserhahn schlurfte. Klar, das konnte auch um drei oder um fünf oder irgendwann dazwischen passieren, ganz in Sicherheit war sie nie. Sie faltete die Hände, löste sie wieder. Sollte sie Geige spielen? Nein, dafür war sie viel zu aufgeregt. Sie holte das Instrument nur aus dem Kasten, strich über die Kurven, ließ sich von seiner Schönheit trösten.

Wie gern hätte sie gewusst, was Cora in den letzten Augenblicken durch den Kopf gegangen war, als sich ihre Lunge mit Wasser füllte und sie nur noch Wasser um sich sah. Cora, dachte Leda in der nächtlichen Dunkelheit, Cora, das bin ich dir schuldig, diese Flucht, ich muss die Mauer durchbrechen, komm mit, ich nehme dich an der Hand, diesmal tun wir es, gemeinsam, wir laufen weg, endlich.

Drei Uhr morgens. Leda erhob sich. Auf dem Tisch hinterließ sie einen Zettel für ihre Nachbarn – *Ihr wart alle so gut zu mir, ich werde Euch ewig dankbar sein* – und schlüpfte hinaus in die Nacht, nichts nahm sie mit als den Anzug, den sie trug, ihre Pesos, ein paar von Dantes Kleidungsstücken in einem Kartoffelsack, Coras Kamm und die Geige des Königs von Neapel. Der Koffer aus Italien blieb zurück, mit den zusammengefalteten Kleidern, die nun nur noch leere Hüllen waren, Spuren einer Frau, die es nicht mehr gab.

TEIL ZWEI

4

QUATTRO

Lärm und Klingen und Tod und noch mehr

Sie ging nach Westen, weg aus La Boca, ging fremde Straßen entlang, die sich langsam von der Herrschaft der Nacht verabschiedeten. Männer standen in Hauseingängen und auf bröckelnden Balkonen herum. Leda zwang sich, sie direkt anzuschauen. Die Männer reagierten weder entsetzt noch überrascht. Ein kurzer, taxierender Blick, mehr nicht, dann ließen sie die Augen weiterwandern. Was hatten sie in ihrem Gesicht gesucht? Jedenfalls schienen sie einverstanden zu sein. Niemand wusste, wer sie war, niemand wollte es wissen. War ihr Gang zu weiblich? Oder übertrieb sie es mit dem selbstbewussten Männergang? Sie hatte keine Ahnung. Irgendwie fühlte sie sich größer als ihr eigener Körper, fast als würde sie schweben. Die laue Nachtluft hüllte sie ein. Leda traute sich nicht stehenzubleiben. Sie trug den Kartoffelsack über der Schulter, die Geige schwang seitlich im Takt ihrer Schritte, ihr Anker, das Einzige, was sie mit der Erde verband.

Sanft breitete sich das Morgenlicht über Buenos Aires aus. Ein neues Viertel zeigte sich ihr: müde, alte Häuser, dicht aneinandergedrängt an Kopfsteinpflasterstraßen. Das Viertel gefiel ihr. Die Männer, die im Morgengrauen zur Arbeit aufbrachen, sahen aus wie Arbeiter, Einwanderer, nicht anders als in La Boca. Hinter den geschlossenen Fensterläden hörte sie Kinder, die sich auf Italienisch stritten. Sie überquerte die Plaza, machte kehrt, ging zurück zu ihrem Ausgangspunkt, mehr als einmal, zog eine große Schleife um die Straßen, wie ein Lasso. Ihre Augen brannten, weil sie nicht geschlafen hatte, und alle Muskeln taten ihr weh. Immer mehr Männer eilten die Gehwege entlang, manche zu zweit oder in Gruppen, andere stumm und allein. Zwei Arbeiter in Fabrikkleidung kamen ihr entgegen. Der Kleinere der beiden sprach Spanisch, aber so schnell, dass sie kein Wort verstand. Der Größere schüttelte verständnisvoll und traurig den Kopf. Anscheinend war die Geschichte furchtbar und spannend zugleich. Da blieb der kleine Mann plötzlich stehen und spuckte auf die Straße. Einfach so. Er sammelte den Speichel im Mund und schleuderte ihn mit Schwung auf das Kopfsteinpflaster. Dann wischte er sich mit dem Ärmel übers Gesicht und redete weiter, während der größere Mann ihm weiter zuhörte, als wäre nichts passiert.

Leda hatte schon oft gesehen, wie Männer auf die Straße spuckten, aber dieses Mal war sie richtig fasziniert. Dass jemand es wagen konnte, sich dermaßen vulgär zu benehmen! Und noch dazu mit so einer Selbstverständlichkeit, dass es ganz natürlich wirkte. Als wäre die ganze Welt ein Spucknapf.

Zwei Straßen weiter beschloss sie, es selbst einmal auszuprobieren. Sie blickte sich um. Überall Männer auf dem Weg zur Arbeit. Sie war quasi unsichtbar. Schultern nach hinten, Wangen anspannen. Spucken.

Niemand bemerkte es. Jedenfalls kümmerte es keinen. Die Spucke hinterließ einen dunklen Fleck auf den Steinen. *So was tut eine Dame nicht*, hörte sie ihre Mutter sagen. Wenn Mamma da wäre, würde sie ihre Tochter am Ohr ziehen. Aber sie war nicht da. Nur ich bin hier, dachte Leda. Allein mit dieser Stadt. Und ich werde auf die Straße spucken, wann es mir passt.

Sie ging weiter, bis die Morgensonne hoch genug stand, um die Schatten der hohen Gebäude zu durchbrechen. Jetzt konnte sie ihre Müdigkeit nicht länger wegschieben. Sie horchte auf italienische Stimmen und ging auf eine schwergewichtige Matrone zu, eine Frau wie ein Fels, die gerade einen Eimer Schmutzwasser auf die Straße kippte.

»Buongiorno, signora«, sagte Leda mit dunkler Stimme. Der Klang gefiel ihr – ihre eigene Männerstimme! –, aber gleichzeitig hatte sie Angst, sie könnte komisch klingen und sich verraten. »Ich suche ein Zimmer.«

»Bei uns ist alles voll«, entgegnete die Frau, ohne aufzublicken. Sie schien genervt, als hätte sie die Frage schon so oft beantwortet, dass sie keine Lust mehr dazu hatte. »Hier gibt's keinen Platz, nicht mal ein winziges Eckchen.«

»Verstehe«, murmelte Leda. »Entschuldigen Sie die Störung.«

Sie war schon weitergegangen, als die Matrone hinter ihr her rief: »Junger Mann!«

Leda brauchte eine Sekunde, um zu begreifen, dass sie gemeint war. Sie drehte sich um.

»Woher kommen Sie?«

»Aus Campania.«

»Ein Stück die Straße runter wohnen ein paar Neapolitaner, direkt neben dem Gemüseladen.«

Leda bedankte sich, beflügelt, weil sie ihr erstes Gespräch überstanden hatte. Neben dem Laden war ein Hauseingang mit einer prächtigen Flügeltür, die an längst vergangene Zeiten erinnerte. Dort stand eine junge Mutter, ein Kind auf dem Arm, während ein zweites das Gesicht in ihrem Rock versteckte. Sie sagte, sie hätten tatsächlich ein Männerzimmer, in dem es eventuell einen Schlafplatz gebe. Allerdings seien die Männer im Moment alle bei der Arbeit, und die müssten es letztlich entscheiden. Ob er am Abend um neun noch mal vorbeikommen könne?

Leda traute sich nicht, bis zum Abend herumzulaufen, ohne Schlaf. Aber sie konnte sich auch nicht irgendwo hinlegen und schlafen, das war zu gefährlich. Sie überlegte kurz. »*Signora*, ich habe die ganze Nacht gearbeitet und bin todmüde. Gibt es vielleicht irgendwo einen Winkel, wo ich mich ein bisschen ausruhen kann – für einen Peso?«

Die Frau musterte sie nun etwas gründlicher. »Für einen ganzen Peso?«

Leda wollte lieber einen großzügigen als einen verzweifelten Eindruck machen. »Ja, für einen ganzen Peso.«

»Sie müssen im Voraus bezahlen.«

»Ja, klar.«

Die Frau starrte sie an, als wäre sie ein Ungeheuer mit zwei Köpfen, und Leda war schon darauf gefasst, eventuell schnell die Flucht ergreifen zu müssen. Aber das kleine Kind auf der Hüfte der Frau wurde quengelig und zerrte an ihrer Bluse, um an ihre Brust zu kommen. Die Mutter gab ihm einen Klaps auf die Finger und zuckte die Achseln. »Sie können mein Zimmer für ein paar Stunden haben. Kommen Sie mit.«

Leda folgte der Frau einen Korridor hinunter und durch den Hof, zu einem kleinen Zimmer. In der Ecke hockte ein alter Mann und trank Grappa. Sein rechtes Bein war amputiert: Vom Knie abwärts hing das Hosenbein schlaff herunter. Er musterte Leda und die junge Mutter misstrauisch, als sie hereinkamen.

»Er schläft nur heute hier, Nonno – und nur tagsüber«, sagte die junge Frau streng. »Und er bezahlt mir einen ganzen Peso dafür, also lass ihn gefälligst in Ruhe.« Sie nickte Leda zu. »Keine Angst, er ist harmlos.«

»Danke.«

»Gern geschehen. Den Peso.«

Leda gab ihr die Münze, die sie kritisch betastete.

»Wie heißen Sie noch mal?«

»Dante.« Das war der einzige Name, bei dem sie sich vorstellen konnte, dass sie von nun an auf ihn reagieren würde.

»Also, Dante, dann schlafen Sie gut«, sagte die Frau und ging.

Leda legte sich auf das Bett, traute sich aber nicht, unter die zerknitterte Bettdecke zu schlüpfen, weil der alte Mann sie so feindselig musterte. Betrachtete er ihre Figur? Ahnte er am Ende etwas? Eine falsche Bewegung konnte den Tod bedeuten. Im Zimmer stank es nach Knoblauch und Urin. Völlig verkrampft lag Leda da. Die Augen des alten Mannes huschten wieder über sie hinweg. Da begriff sie, dass es ihm nicht um ihren Körper ging, sondern um den Geigenkasten. Sie umklammerte ihn mit den Armen und atmete tief durch. Alter Mann, wenn du mir mein Instrument stiehlst, wirst du sehen, wie schnell ich dir mit bloßen Händen den faltigen Hals umdrehe. Wie konnte sie so etwas denken – er war doch ein Krüppel! Sie schämte sich. Was war nur los mit ihr? Trotzdem hielt sie den Geigenkasten ganz fest. Sie schloss die Augen, blieb aber noch lange wach und schielte immer wieder zu dem Alten hinüber, und erst als sie sah, dass er eingenickt war, schlief auch sie endlich ein.

Als sie aufwachte, war es fast dunkel, und die Arbeiter waren wieder da. Sie saßen auf Holzkisten im Hof, rauchten und redeten, ungefähr zwanzig Männer, im Unterhemd oder mit freiem Oberkörper. So erholten sie sich von der Hitze des Tages. So werde ich mich nie ausziehen können, dachte Dante. Sie schwitzte, und der Schweiß durchnässte das Stück Laken, das sie sich um die Brüste gewickelt hatte. Sie hätte sich die Stirn abwischen sollen, bevor sie auf den Hof ging, dann würde sie jetzt einen lässigeren Eindruck machen in Hemd und Weste.

Die Männer musterten sie, weder freundlich noch abweisend. »Du bist also der Neue.«

Sie nickte und machte sich auf alle möglichen Fragen gefasst.

Ein großer Mann mit zotteligem Bart bot ihr eine Zigarette an. Sie steckte sie in den Mund und ließ sich Feuer geben. Der Rauch kratzte sie im Hals, und sie musste husten.

»Sag nur, du hast noch nie geraucht!«

»Bist du noch Ministrant?«

Allgemeines Gelächter. Dante spürte, dass sie rot wurde. Sie nahm noch einen Zug und beschwor ihre Lunge, diesmal mitzumachen. Es klappte. »Na, geht doch!«

»Weiter so.«

»Rauchen die Männer nicht, da, wo du herkommst?«

Dante zuckte mit den Achseln. Ihr fiel keine Antwort ein.

»Du redest nicht viel, was?«

Wieder ein Achselzucken. So im Mittelpunkt zu stehen machte ihr Angst.

»Du kommst bestimmt vom Land.«

Jetzt nickte sie.

»Woher?«

»Aus Campania.«

Die Männer freuten sich: Fast alle stammten aus Neapel und der Region Campania, und das genügte hier in América, um sie – oder ihn, wie die Männer glaubten – als zugehörig auszuweisen. Nachdem sie herausgefunden hatten, wo ihr Dorf lag und dass keiner von ihnen von dort stammte, verloren sie das Interesse an ihr und stritten sich gutgelaunt darüber, wessen Heimatdorf oder Stadtviertel das beste war. Beim Abendessen fiel es Dante schwerer als erwartet, sich wie die anderen Männer von den Frauen bedienen zu lassen. Sie aß ihre Spaghetti mit trockenem Brot im Hof, gemeinsam mit den anderen alleinstehenden Männern. Ein paar der verheirateten Männer waren ebenfalls geblieben und nicht mit der Familie in ihr Zimmer gegangen. Die junge Mutter, die ihr tagsüber das Bett überlassen hatte, brachte ihr ein Glas Wein. Leda wollte es nicht annehmen, denn sie merkte schon, dass sie pinkeln musste – und sie wusste noch nicht, wie und wo sie das ungestört tun konnte. Ein Nachttopf kam nicht in Frage.

»Was ist hier los?«, rief einer der Männer mit vollem Mund. »Kein Wein für den Messdiener?«

»Kein Blut Christi?«

»Komm schon, trink was.«

Sie fügte sich. Der Wein war säuerlich und schmeckte nach Essig. Die Männer stießen mit ihr an, und damit war sie in ihre Zimmergemeinschaft aufgenommen.

Als es Zeit war, schlafen zu gehen, fand sie eine freie Stelle mitten im Raum. Sie legte sich ihren Kartoffelsack als Kissen zurecht. Die Männer – es waren insgesamt acht – pinkelten einer nach dem anderen in einen Nachttopf und wuschen sich am Waschtisch das Gesicht. Sie zogen sich voreinander aus, ohne sich gegenseitig zu beachten, aber Dante konnte es ihnen trotzdem nicht nachmachen. Sie würde wohl oder übel in Kleidern schlafen müssen. Sie schlüpfte aus dem Zimmer und stellte sich in die Schlange vor der einzigen Toilette. Mit Tür. Immerhin gab es hier diesen Luxus. Das war ein echter Fortschritt. Ein Ort, wo sie für sich war. Ihre Blase drückte so, dass sie sich zwingen musste, nicht von einem Fuß auf den anderen zu treten. Als sie schließlich an der Reihe war, hatte sie Angst, die anderen Leute in der Schlange könnten hören, dass sie nicht den Nachttopf benutzte wie die übrigen Männer, und sich darüber wundern. Aber das Geklapper und Gerede aus der Küche nebenan übertönten das Plätschern. Und dann konnte sie sich endlich auf dem Stückchen Fußboden ausstrecken, für das sie sechzehn Pesos im Monat zahlten musste. Sie war hellwach. Weil sie den ganzen Tag über geschlafen hatte, war ihr Rhythmus völlig durcheinander. Das Zimmer war erfüllt von den Atemzügen und dem Schnarchen der Schlafenden und von Ledas maßloser Angst, einer der Männer könnte ihre Lüge durchschaut haben und jetzt versuchen, ihren Körper abzutasten. Oder ihr die Violine stehlen, die sie an sich drückte. Oder die Pesos aus ihrer Tasche ziehen. Dann wäre alles aus – kein Geld, keine Geige, kein Leben als Mann. Sie brauchte Stunden, bis sie endlich einschlief, und um die Gedanken an die Zukunft zu vertreiben, ging sie im Kopf alle Tangos durch, die sie kannte, und ließ die Rhythmen durch ihren Körper rauschen.

Am nächsten Tag, als die Männer zur Arbeit gegangen und die Frauen sich mit Dingen beschäftigten, bei denen sie ihnen nicht zu helfen wagte, unternahm sie einen ausgedehnten Streifzug durch das Viertel. San Telmo hieß es. In gewisser Hinsicht unterschied es sich von La Boca. Der Hafen war weiter entfernt, und es gab keine bunt angestrichenen Hütten aus Brettern und Wellblech. In San Telmo sah man hauptsächlich große alte Villen, welche die Reichen schon vor Jahrzehnten verlassen und den Ausländern überlassen hatten, während der legendären Gelbfieber-Epidemie. Jetzt drängten sich arme Familien in den herrschaftlichen Häusern. Am Straßenrand boten Bäcker und Gemüsehändler ihre Ware an. Die Cafés waren geschlossen und dämmerten während des Tages vor sich hin. Im Zentrum des Viertels war ein großer Platz namens Dorrego. Dort versammelten sich die Männer am Abend, um zu trinken und zu würfeln. Aber trotzdem hatte dieses Viertel viel Ähnlichkeit mit La Boca. Zum Beispiel die vielen verschiedenen Sprachen, die sich gegenseitig überlagerten und ineinander übergingen, wie Flüsse, die im Ozean mündeten. Straßenverkäufer mit Karren voller Brot aus ihren Conventillo-Küchen oder mit alten Stiefeln von Gott-weiß-woher. Die Menschen in der Neuen Welt waren erfinderisch, wenn es darum ging, ihren Lebensunterhalt zusammenzukratzen, was alles andere als einfach war. Dante schlenderte breite Straßen entlang und durch enge, feuchte Gassen. Die Häuser warfen tiefe Schatten auf das Kopfsteinpflaster. Ein Schatten neben dem anderen, Straße für Straße. Die grünen Blätter und die braune Erde von Alazzano waren hier so weit weg, dass es ihr beinahe vorkam wie ein Traum. Aber vielleicht war sie ja auch damals wach gewesen, und ihr Leben hier war der Traum – dass sie in Dantes Kleidern herumlief und sich Dante nannte, in einer Riesenstadt voller Menschen, die fast eine Welt für sich war.

Sie hatte es gut getroffen mit ihrer Unterkunft. Aber sie konnte nicht bleiben. Das wurde ihr zwei Tage später klar: Plötzlich stand eine Badewanne in dem Männerzimmer, alle zogen sich aus und stiegen nacheinander ins Wasser, um sich den Schmutz und die Erniedrigungen der vergangenen Woche abzuschrubben. Das Zimmer gehörte allen, und während gebadet wurde, herrschte ein Kommen und Gehen, ständig holte jemand irgendetwas oder bereitete sich auf sein Bad vor.

»Du bist dran, Ministrant«, sagte Alfredo, der älteste der Männer, der als Erster gebadet hatte.

»Nein, danke«, sagte sie. Sie saß im Hof und drehte sich schon die zweite Zigarette. Wenn sie doch zusammenschrumpfen könnte, zwischen den Tabakkrümeln verschwinden und dann als Rauch zum Himmel aufsteigen.

»Du musst deine Chance nutzen«, sagte Emilio, ein drahtiger junger Mann, der im Schlaf immer wild um sich schlug. »Nächste Woche bist du nämlich der Letzte, und dann ist das Wasser so dreckig, dass man den Boden der Wanne nicht mehr sehen kann.«

Die anderen Männer lachten. Leda grinste, aber ihr wurde eng ums Herz, und das Tuch um ihre Brust fühlte sich an wie eine eiserne Klammer. Sie konnte nicht hineingehen und baden – und sie konnte keinem erklären, warum.

»Ich muss los«, sagte sie, nahm ihre Geige und floh hinaus auf die Straße.

Die nächsten Stunden lief sie ziellos durch die Gegend und dachte fieberhaft nach. Sie war wütend auf sich selbst – wieso hatte sie dieses Dilemma nicht vorher durchdacht? Dauernd musste sie so viel Kraft aufbringen, so genau aufpassen, dass sie gar nicht an die Zukunft denken konnte. Sie bog in eine Straße ein, die sie nicht kannte. Es war Samstagabend, überall Menschen, überall Trubel. Sie konnte unmöglich mit den Männern baden, so viel war klar. Aber sie konnte auch nicht ohne Bad und ohne saubere Kleidung auskommen. Seit drei Tagen hatte sie sich nicht gewaschen! Einmal hatte sie versucht, am Waschtisch ihre Achselhöhlen zu befeuchten, ohne das Hemd auszuziehen, aber das hatte nicht viel gebracht, und außerdem fanden die anderen das bestimmt sehr eigenartig. Oder sie hielten sie für komplett übergeschnappt. Und nun hatte sie sich auch noch geweigert, in den Badezuber zu steigen! Das machte alles noch schlimmer.

Ihr blieb keine andere Wahl. Sie musste ein eigenes Zimmer finden – für Immigranten quasi ein Ding der Unmöglichkeit.

Sofort fing sie an zu suchen. Fragte Frauen, die im Fenster lehnten, alte Männer, die in Eingängen herumstanden und Mate tranken, Ladenbesitzer, die misstrauisch grinsten. Es war eine so merkwürdige Bitte – ein eigenes Zimmer –, dass die Leute sie verwundert musterten. Wozu brauchte ein junger Mann ein eigenes Zimmer – außer für irgendwelche Perversitäten?

Schließlich gab ihr ein Ladenbesitzer den entscheidenden Tipp.

»Geh zu La Strega«, sagte er. »Sie wohnt gleich um die Ecke, drei Häuser weiter. In dem Haus mit der blauen Tür und den sieben silbernen Nägeln neben der Klingel. Frag mich nicht, was die Nägel bedeuten. Sie sind schon immer da, und niemand zieht sie raus, obwohl sie keine Funktion haben. La Strega redet mit allen Leuten, und alle reden mit ihr. Wenn es irgendwo ein Zimmer gibt, dann weiß sie es.«

Leda bedankte sich und ging los. La Strega! Die Hexe! Sie sah vor sich eine bucklige Frau mit runzligem Gesicht und zappelnden Aalen im Haar. Wie war sie zu ihrem Namen gekommen?

Wie sich herausstellte, war La Strega eine freundliche Frau, die gerne lächelte. Groß und korpulent und fast schön. Alt genug, um erwachsene Kinder zu haben, aber noch jung genug, um auf der Straße die Blicke auf sich zu lenken. Sie musterte Dante von Kopf bis Fuß, führte sie dann in den Vorraum des Conventillo, von wo aus Dante eine Gruppe von Frauen und Mädchen sah, die gerade dabei waren, Wäsche von der Leine zu nehmen, während die Männer rauchten und kleine Kinder mit Stöcken einen Schwertkampf ausfochten.

»Was genau suchst du?«

»Ein eigenes Zimmer.«

»Hmmm!«

»Es kann ruhig klein sein. Ich brauche nicht viel. Nur eine Tür und vier Wände.«

»Wir haben nichts zu vermieten.«

»Ich zahle achtzehn Pesos im Monat.«

La Strega schien schockiert. Sie fing an, etwas zu sagen, überlegte es sich aber im letzten Moment anders. »Na gut. Lass mich überlegen«, sagte sie dann. »Siehst du die Treppe?« Sie zeigte zum anderen Ende des Hofs, dorthin, wo eine schmale Treppe über der Toilette zu einem wackligen Balkon führte. »Und siehst du die Tür da oben? Das ist ein Zimmer – das heißt, eigentlich ist es nur ein Kabuff. Wir bewahren da alles Mögliche auf, aber das können wir für dich freiräumen.«

»Ja.«

»Was, ja?«

»Ich nehme das Zimmer.«

»Moment mal, du hast es doch noch gar nicht gesehen.«

»Macht nichts.«

»Es ist winzig. Gerade genug Platz, um sich auf dem Boden auszustrecken.«

»Ich brauche nicht viel.«

»Und es gibt Kakerlaken. Genau über der Küche. Junger Mann – ich will ehrlich zu dir sein.«

»Kann man die Tür zumachen?«

»Natürlich.«

»Mehr brauche ich nicht«, sagte Leda.

»Warum ist dir das so wichtig?«

»Ich bin Musiker.« Ziemlich gewagt, diese Selbstbeschreibung.

»Das sehe ich«, erwiderte La Strega und deutete auf den Geigenkasten.

»Ich muss viel üben. Wenn ich die Tür zu meinem Zimmer zumachen kann, störe ich die Nachbarn nicht.«

»Du kannst auf dem Hof spielen. Dann brauchst du kein eigenes Zimmer.«

La Strega presste die Lippen aufeinander und musterte Dante eingehend. Die wäre am liebsten in Panik weggelaufen. Was redete sie für einen Quatsch! Wie viele Musiker gab es in San

Telmo, die im Innenhof ihres Conventillo übten, umgeben von Verwandten und Fremden? Verzweifelt suchte sie nach einer anderen Ausrede, ihr fiel aber keine ein.

»Du hast ein Geheimnis, stimmt's?«

Die Panik wuchs. Es gab keinen Fluchtweg.

»Na gut.« La Strega beugte sich zu ihr. Sie roch nach Brot und Orangenschale. »Mir ist das egal. Gott weiß, wir tun alle seltsame Dinge, um in dieser Stadt zu überleben.«

Am selben Abend holte Leda den Sack mit ihren Habseligkeiten aus dem anderen Conventillo – dass die Männer so enttäuscht waren, weil sie ging, überraschte sie – und nahm ihr neues Zimmer in Besitz. Es war tatsächlich so winzig, wie La Strega gesagt hatte, und im Grund genommen konnte man es nur als Abstellraum verwenden. Es roch nach Schimmel und Abfall. Es gab nur eine Palette auf dem Boden, kein Bett. Kein Fenster. Einzig und allein an dem Lichtstreifen unter der Tür konnte man sehen, ob Tag oder Nacht war. Aber das Kabuff gehörte ihr. Ihm. Leda oder Dante? War das Zimmer für die Frau, die sich unter den Kleidern verbarg, oder für den Mann, den sie jetzt darstellte? Eigentlich spielte das keine Rolle. In der ersten Nacht wachte sie keuchend auf und musste hinaustreten auf die kleine Plattform oben an der Treppe. Von dort aus konnte sie auf den zentralen Innenhof blicken. Er war leer, die Türen geschlossen. Die Nachbarn schliefen. Bisher hatte sie nur ein paar kennengelernt, morgen würden weitere dazukommen. Sie rauchte eine Zigarette, was sie inzwischen richtig genießen konnte, und schaute erst hinunter auf den schwarzweiß gefliesten Boden, dann empor zu den schimmernden Sternen. So viele Gedanken gingen ihr durch den Kopf, während der Rauch ihrer Zigarette himmelwärts stieg und sich in nichts auflöste: Gedanken über Sterne, über riesige Entfernungen, über verschlossene Türen und offene Hände. Dann ging sie zurück in ihr Zimmer und schlief tief und fest. Nur die Kakerlaken und die Geige leisteten ihr Gesellschaft.

Babel. Nun lebte sie wirklich in Babel. In diesem Conventillo gab es drei Zimmer mit vielen, vielen Kalabriern, Verwandte von La Stregas Ehemann; ein Zimmer mit einer französischen Familie; ein stilles, kinderloses Paar aus Spanien, das sich mit den Kalabriern arrangierte. Außerdem gab es einen libanesischen Clan: Brüder und Onkel und Ehefrauen und Kinder – es dauerte mehrere Wochen, bis Leda die genauen Verwandtschaftsverhältnisse begriff. Und schließlich waren da noch mehrere alleinstehende Männer, die miteinander Spanisch redeten, in unterschiedlichen Dialekten.

Das Haus hieß La Rete. Es war für Leda der erste Conventillo mit Namen, was den Eindruck verstärkte, dass es sich hier um eine Art Miniaturstadt innerhalb der eigentlichen Stadt handelte. Im La Rete herrschte eine freundschaftliche, aber chaotische Atmosphäre. Im Hof wurde gewaschen, genäht, gefaltet, Gemüse geschnippelt, gestritten, geraucht, geschnitzt, getratscht, gespielt, gebrüllt, geflüstert, als könnte ein leises Wort den magischen Schleier der Privatheit herbeibeschwören, und es war dem unausgesprochenen Verhaltenskodex im Conventillo zu verdanken, dass dies sogar gelegentlich klappte. Wenn Leda sich einsam fühlte, setzte sie sich zu La Strega in den Hof, während diese ihre Wäsche oder ihre Töpfe schrubbte. Dann erzählte La Strega Geschichten aus ihrer Heimat, einem kleinen Fischerdorf namens Scylla, an der kalabrischen Küste gelegen, bitterarm, aber weltberühmt, weil Odysseus dort alle seine Schiffe verloren hatte bis auf ein einziges. In La Stregas Version der Ereignisse fuhr der griechische Held durch die Meeresenge zwischen den Klippen von Scylla und der Insel Sizilien hindurch, und plötzlich tauchte ein grässliches Ungeheuer auf – manche behaupteten, es war eine Hexe –, und dieses Ungeheuer zertrümmerte die Schiffe und schleuderte die Männer gegen die Felsen. »Homer hat das nicht gewusst«, sagte La Strega, »aber zwei dieser Seeleute wurden unter Wasser von einem einzigen Speer aufgespießt. Ihre Skelette blieben ein ganzes Jahrtausend lang an derselben Stelle.« Dabei lächelte sie so verzückt, als beschriebe sie die süßesten Blüten ihrer Heimat. »Die Seehexe, die auf den Klippen lebte und Odysseus diese Niederlage zufügte, habe ich selbst nie gesehen. Aber angeblich ist sie nie gestorben. Wir haben ihr immer Feigen mit Brot und Honig hingestellt, um sie zu besänftigen.«

Leda starrte auf den Waschzuber. La Strega arbeitete sehr zügig, ihre Hände waren so geschickt wie die von Mamma. Oder ihre eigenen. Es fiel Dante schwer, nur da zu sitzen und einer Frau bei der Arbeit zuzusehen, ohne ihr zu helfen und genau wie sie die Laken auszuwringen, die Hemden zu waschen. Ihre Hände waren das Nichtstun nicht gewohnt. Sie musste Zigaretten rauchen, um sie zu beschäftigen. Es kam ihr schon relativ unmännlich und daher gefährlich vor, dass sie hier saß und sich Geschichten anhörte. Aber La Strega freute sich, dass sie ein neues Publikum gefunden hatte und wieder einmal von verwundeten Matrosen, zerstörten Schiffen und honigsüßen Gaben erzählen konnte.

La Strega hatte ihren Spitznamen schon sehr lange – seit sie in Buenos Aires das erste Mal den Mund aufgemacht und den Gründungsmythos ihres Dorfes zum Besten gegeben hatte. Anfangs passte es ihr gar nicht, als Hexe bezeichnet zu werden, aber mit der Zeit gewöhnte sie sich daran. Immerhin verband der Name sie mit Scylla, und außerdem blieb ihr sowieso keine Wahl. In Argentinien waren solche Beinamen so wichtig, dass der eigentliche Name einer Person oft in Vergessenheit geriet. La Strega hatte solches Heimweh nach Scylla, dass es ihr körperlich weh tat, klagte sie.

»Was vermisst du denn?«, fragte Leda.

»Alles.« Die hohen Klippen, rundgespült vom Mittelmeer. Den salzigen Geruch des Windes. Die engen Gassen, die alten Steinhäuser, so dicht am Klippenrand, dass man ständig das Gefühl hatte, sie könnten gleich ins Meer stürzen. Die Körbe voll mit Fischen, die die Männer an guten Tagen nach Hause brachten: glatte silberne Fischen, deren glasige Augen den Tod schon kannten. Am meisten aber vermisste sie die Netze, die überall hingen: an den Wänden, über den Türen, quer über die Tische ausgebreitet, um in der Sonne zu trocknen. La Strega hatte gelernt, wie man die Netze flickte, kaum dass sie laufen konnte. Alle Mädchen besserten Netze aus. Aber damit nicht genug: In Scylla wurden sämtliche Kinder in ein Netz hinein geboren. Die älteren Frauen breiteten das Netz auf dem Boden aus, so dass die werdende Mutter sich darauflegen oder stellen oder kauern konnte, wenn es so weit war. In Scylla wusste jeder, dass es Unglück brachte, wenn ein Kind auf die Welt kam, ohne dass ein Netz unter der Mutter lag. Dieser Brauch war als Abwehr gegen die Seehexe und ihre mörderischen Absichten entstanden, vermutete La Strega, aber beweisen konnte sie es natürlich nicht. Als sie selbst schwanger wurde, war sie in Buenos Aires und hatte große Angst davor, das Kind ohne Netz zur Welt zu bringen. Verzweifelt versuchte sie, eins aufzutreiben oder zu knüpfen, aber sie und ihr Mann hatten nicht genug Geld, um das richtige Garn zu kaufen, und sie musste ihr Kind auf dem nackten Fliesenboden zur Welt bringen – nicht nur einmal, sondern viermal. Das wollte sie wiedergutmachen, und deshalb hatte sie das Haus La Rete genannt. Das Fischernetz. Es war das Beste, was sie der ungreifbaren Bedrohung durch den bösen Blick entgegensetzen konnte.

»Man tut, was man kann, um das Chaos einzudämmen«, sagte sie. »Aber das Chaos ist überall, man ist nie fertig damit, so wie man mit der Wäsche hier nie fertig wird und wie man pausenlos hungrige Mäuler stopfen muss. In Scylla haben die alten Leute immer gesagt, die Irrfahrten des Odysseus gehen niemals zu Ende. Stimmt genau! Und keiner weiß das besser als die Immigranten.«

Im La Rete aßen die Leute nicht gemeinsam. Die Kluft zwischen den verschiedenen Sprachen, den Speisen und den kulturellen Sitten war zu groß. Gegen eine bescheidene Summe kochte La Strega für die Junggesellen. Sonntags hielt sich jede Gruppe an die eigenen Traditionen. Dadurch war man auch nicht ständig gezwungen, alles ins Spanische zu übersetzen, sondern konnte sich in seiner Muttersprache erholen. Das sonntägliche Mittagessen war also keine Gemeinschaftsveranstaltung; man aß im Zimmer, und wenn es zu heiß war, an einem der Tische, die verstreut im Hof standen. Anschließend gab's keinen Tango, es wurde nicht getanzt. Leda gab sich Mühe, ihre Enttäuschung zu verbergen.

Sie musste nach draußen gehen, um den Tango zu suchen. Eines Sonntags wanderte sie nach dem Essen im Licht der Nachmittagssonne durch die Straßen und horchte. Sie fand den Tango eine Straße weiter, als sie um die Ecke bog, hinter einem Fenster mit gelbem Laden. Geige, Gitarre, Gelächter. Lange blieb sie stehen und horchte und versuchte, sich unsichtbar zu machen. Die Straße war menschenleer. Jetzt im April pfiff ein kalter Herbstwind. Sie stellte den Kragen auf und lehnte sich an die Hauswand. Das waren Amateure, diese Musiker, nicht mit Nestore zu vergleichen – der Rhythmus war unregelmäßig, die Gitarre etwas verstimmt –, aber der Enthusiasmus machte alles wett. Die Geige spielte die Hauptstimme, schwang sich hinauf bis in die höchsten Höhen. Die Schritte von Tänzern. Plötzlich hörte sie, dass jemand zur Tür kam. Sie wollte nicht gesehen werden – ein fremder Mann, der auf der Straße herumlungert. Rasch ging sie weiter, ohne sich umzudrehen, ohne zu schauen, wer die Tür öffnete.

Sie gewöhnte sich an, jeden Sonntag herumzuwandern. In vielen Conventillos wurde nach Gottesdienst und Mittagessen Musik gemacht, sozusagen der dritte Teil der Heiligen Dreifaltigkeit. Um den Tag des Herrn zu feiern, so kam es ihr vor. Vielleicht empfand sonst niemand die Musik als Teil irgendeiner Dreifaltigkeit an – oder überhaupt als Teil von etwas Heiligem. Vielleicht war die Musik nur eine kurze Möglichkeit, allem zu entkommen – den Mühen der langen Tage und der erdrückenden Hitze der Nacht in Räumen mit viel zu vielen Menschen, weit weg von der Heimat. Eine Atempause. Ein Glücksmoment zwischen den Kämpfen der vergangenen Woche und denen der kommenden. Aber egal, was die Musik den Menschen bedeutete, sie sehnten sich ganz offensichtlich danach, suchten sie, verlangten nach ihr, brachten sie in den baufälligen Gebäuden, die ihr Zuhause waren, zum Klingen. Leda wanderte die Straßen entlang und horchte an jedem Fenster, ob dort Tango gespielt wurde, und wenn sie einen Tango hörte, lehnte sie sich an die Hauswand und sog die Töne in sich auf. Nirgends blieb sie lange stehen, und sie verließ nie die Straßen von San Telmo. In diesem Viertel fühlte sie sich auf fast mythische Art beschützt vor allen, die sie als Leda erkennen könnten (sie dachte aber oft an die Leute, die sie kannte, und fragte sich, ob die anderen umgekehrt auch an sie dachten: Palmira, Arturo, Francesca und besonders, zu ihrer eigenen Überraschung, Alfonso Di Bacco, der umherziehende Bäcker – er war so präsent in ihrer Erinnerung, dass sie beschloss, seinen Nachnamen anzunehmen).

Einer der Junggesellen, ein kleiner Mann namens Valentino, mit Hakennase und einem verblüffend lauten Lachen, half ihr, in der Zigarettenfabrik, in der er arbeitete, einen Job zu bekommen. Dort schuftete sie zwölf Stunden am Tag, zerkleinerte Tabakblätter mit einer großen Maschine – wenn sie abends die Augen schloss, sah sie die Kolben vor sich, wie sie unaufhörlich die Blätter zerstampften. Sie stank nach Rohtabak, und die Füße taten ihr weh, weil sie den ganzen Tag stehen musste. Aber immerhin hatte sie Arbeit, wenn auch nur vier Tage in der Woche. Doch damit verdiente sie nicht genug, um bei La Strega für Zimmer und Essen zu zahlen. Sie hatte ja zusätzlich immer noch das Geld, das ihre Eltern geschickt hatten. (Wie ging es ihnen? Warteten sie auf ein Lebenszeichen von ihr? Nein, nicht dran denken, nicht an sie denken.) Vorerst brauchte sie sich keine Sorgen zu machen.

Das neue Leben brachte viele Freiheiten mit sich. Sie konnte rauchen, abends durch die Straßen schlendern, sie konnte fluchen und in den Rinnstein spucken. Sie hatte einen Job, bei dem sie doppelt so viel verdiente wie jede Frau, die nicht bereit war, sich auszuziehen. Aber es gab auch neue Zwänge: Sie musste extrem auf ihre Körperhaltung achten (Kopf hoch, Schultern zurück) und auf ihren Gang (große, zielstrebige Schritte, sich nicht in den Hüften wiegen), selbstbewusst, vielleicht sogar ein bisschen angeberisch, und das die ganze Zeit. Sie musste ihre Stimme kontrollieren und durfte immer nur die unteren Register ihrer natürlichen Stimmlage nutzen. Einen eigenen Nachttopf hatte sie jetzt zwar im Zimmer, aber ihre Menstruationslappen konnte sie nicht einfach auswaschen und an die öffentliche Wäscheleine hängen. Sie war gezwungen, die Lappen in Jutebeuteln aus dem Haus zu schmuggeln, mit etwas Basilikum, um den metallischen Geruch zu überdecken, und sie irgendwo abzustellen. Mit schlechtem Gewissen ließ sie den Beutel jeden Monat in einer anderen Gasse stehen, wie die blutigen Abfälle eines Mörders oder eine perverse heidnische Opfergabe. (Den Ratschlag hatte sie Fausta zu verdanken: Basilikum hilft, und jedes Mal, wenn sie den verräterischen Beutel hinausschmuggelte, hörte sie die Stimme ihrer Reisegefährtin auf dem Schiff: *Nimm Basilikum, damit das Böse verschwindet.* Was wäre, wenn Fausta sie sehen könnte, wie sie sich in die Hinterhöfe schlich, als Mann verkleidet? Würde sie verstehen, dass Leda sich vor dem bösen Blick schützte, oder würde sie bei ihr den bösen Blick vermuten, den man abwehren musste? Und was war mit Fausta, wie ging es ihr mit ihrem Ehemann in der Wildnis dieser Stadt? Hatte sie gefunden, wonach sie suchte: Thymian, Koriander, Mutterschaft, Pesos fürs tägliche Brot? Wie gern sie das wüsste! Allerdings machte ihr der Gedanke, Fausta zufällig über den Weg zu laufen, große Angst.) Sie musste ständig auf der Hut sein, ohne Pause, denn wie sie bald herausfand, taxierten die Männer sich gegenseitig. Ihr war nicht klar gewesen, wie umfassend diese Einschätzungen waren, bis sie sich konkret damit konfrontiert sah. Manchmal geschah es ganz offen, dann wieder subtil, mit verkniffenem Mund oder mit schnellen Blicken, manchmal mit einem Grinsen oder mit einem Kuss auf die Wange, immer begleitet von der Überlegung, wie die Chancen stehen würden, wenn es zu einer Auseinandersetzung käme. Ein Mann zu sein bedeutete, dass man jederzeit mit Gewalt rechnen musste. Hilflosigkeit brachte nicht weiter, anders als bei den Frauen, die davon profitierten, wenn sie unschuldig und wehrlos wirkten. Einem Mann kam keiner zu Hilfe, wenn er Schwäche ausstrahlte und in Bedrängnis geriet. Leda war längst nicht muskulös wie die Männer in ihrem Umkreis, und das wusste nicht nur sie selbst, die Männer wussten es ebenfalls. Sie konnte ihre schmalen Schultern und ihre schlanke Figur nicht verbergen. Um das auszugleichen, musste sie noch entschiedener auftreten. Im Pfandhaus kaufte sie sich ein Messer – der Verkäufer nannte es *facón:* In Argentinien benutzten die Gauchos auf dem Land so eines. Sie trug es immer bei sich, versteckt im Hosenbein. Beim Gehen spürte Dante die Klinge an der Wade, was ihr ein angenehmes Gefühl machte. Vor, zurück. Vor, zurück. Ihr kleiner, aber wirksamer Gefährte tätowierte quasi einen lautlosen Rhythmus in ihre Haut. Der Druck gab ihr Kraft. In der Großstadt muss man sich behaupten, wenn man nicht sterben will.

In der Nacht befreite sie ihre schmerzenden Brüste von den Tüchern, und manchmal setzte sie sich vor den zerbrochenen Spiegel, um sich im Kerzenschein zu begutachten. Was sie da sah, verblüffte sie: Sie sah einen Nicht-Mann. Eine Nicht-Frau. Gefallene-Frau-neu-erstandener-Mann. Sie wusste nicht, was merkwürdiger war: dass es in ihrem Inneren einen Mann gab – oder dass die Welt seine Existenz akzeptierte. Vielleicht sahen die Menschen ja immer nur das, was sie erwarteten, weil es in ihre Vorstellungswelt passte. Als würden die Menschen in zugeschnittenen Schablonen denken, die begrenzter waren als die Welt selbst, und genau das ermöglichte es ihr, sich in aller Öffentlichkeit zu verstecken.

Versteckt, aber nicht stumm. Jetzt spielte sie laut, in ihrem eigenen kleinen Zimmer. Niemand schien sich daran zu stören oder es überhaupt zu bemerken – im La Rete herrschte tagsüber dauernd Lärm. Leda genoss die neue Freiheit, die ihren Händen gestattete, einen Tango zu üben und die Töne weiterzuentwickeln – jeden Tag wurden sie ein bisschen klarer und heller, während sie in ihrem Kabuff übte, in das nur durch den Schlitz unter der Tür das Sonnenlicht drang. Aber sie liebte dieses winzige, muffige Loch, weil es ihr gehörte. Hier ergriff die Musik Besitz von ihr. Die Musik, ihr erster Geliebter, ihr einziger Geliebter, vielleicht für immer, denn selbst wenn es ihr gelang, dieses gefährliche Spiel weiterzutreiben und wie durch ein Wunder unentdeckt bleiben sollte, unversehrt – sie würde nie einen Mann haben können. Doch dieses Opfer brachte sie gern. Das Leben schien ihr reich genug, wenn sie sich der Musik hingab, so wie Nonnen sich Gott hingaben. Sie weihte sich der Musik, sie unterwarf sich ihr. Nur die Musik machte das Leben erträglich. Nur durch die Musik fühlte sie sich – ja, wie eigentlich? Frei? Glücklich?

Nein, es war etwas anderes.

Wach. Lebendig.

Die Musik – der Pfeil, der alle Hindernisse durchdrang. Die Musik, der große Gleichmacher. Die Musik, der jahrhundertealte Eroberer. Nektar der Dämonen, Whiskeyflasche Gottes.

Es regnete viel im Winter 1913. Kinder wurden krank und starben in ihren Zimmern an Lungenentzündung. Brüder und Schwestern mussten, um der Ansteckung zu entgehen, draußen im Hof schlafen, in der Kälte, im Regen. Immer, wenn ein Kind starb, klagten die Mütter, und die Junggesellen schüttelten traurig den Kopf und wandten sich wieder dem Kartenspiel zu. Wenn sich abends der Hof mit Regen füllte, hockten die unverheirateten Männer dichtgedrängt in ihrem Junggesellenzimmer und brachten dem jungen Dante alle möglichen Spiele bei, Spiele aus Frankreich, dem Libanon, aus Andalusien und Katalonien, außerdem Schimpfwörter und nützliche Redewendungen auf Spanisch. Ohne dass es ihnen bewusst war, führten sie Dante in den Geheimbund der Männer ein. Dass man sich beim Sitzen breitbeinig zurücklehnte. Die Welt unter der Oberfläche ihrer Worte, das instinktive Verstehen. Gespräche über Frauen, leise, damit kein weibliches Ohr etwas aufschnappen konnte, denn schließlich waren sie ja anständige Männer und wollten nicht, dass die Damen hörten, was sie mit den Huren trieben. Die drastischen Ausdrücke für Lust und Begehren! Dante hatte nicht im Entferntesten geahnt, dass es so viele Begriffe für die Geschlechtsteile gab. Kein Gemüse und kein Gegenstand waren ausgenommen von den sexuellen Anspielungen: Maiskolben, Steckrübe, Stange, Stock, Speer, Messer, Wurst, Besenstiel, Zigarre, Stößel, Melonen, Äpfel, Feigen, Kuchen, Becher, Topf, Schlitz, Ritze, Loch. Fieberhaft prägte sie sich die neue Kosmologie des Körpers ein.

Die Männer wussten nicht so recht, was sie von dem komischen jungen Mann halten sollten. Eigentlich war er ja noch ein Kind, fanden sie; in seinem Gesicht war nicht die Spur von Bartwuchs zu entdecken. Alle sagten nur El Chico, was auf Spanisch »Junge«, aber auch »der Kleine« hieß – gegen den Spitznamen wehrte sie sich vergeblich. Dieser El Chico war ja wirklich ein eigenartiger Fisch im Teich, ein seltsamer, stiller Junge, der in der ganzen Stadt keinen einzigen Verwandten hatte, der hinter der geschlossenen Tür Geige spielte und immer allein in seinem Zimmer badete, was bedeutete, dass zwei Männer den vollen Blechzuber – das Wasser war schon ganz grau von einer Familie oder auch zweien – die Treppen hinaufschleppen mussten.

»Warum willst du da oben baden?«, wollten die Männer wissen.

»Hast du eine Narbe, die keiner sehen darf?«

»Oder Leberflecken?«

»Oder ist dein Ofenrohr so klein?«

»Als hätten wir noch nie ein kleines gesehen.«

»Oder ein großes. Ist das etwa dein Geheimnis, Chico?«

Die Männer lachten. El Chico grinste nur und sagte nichts.

Sie engagierte einen kräftigen jungen Mann zum Tragen der Wanne, meistens La Stregas Sohn Guido, der am Anfang die Bezahlung gar nicht annehmen wollte. Erst, als nach einem Monat klar war, dass die Hemmung dieses merkwürdigen Mieters, vor anderen Männern zu baden, nicht weichen würde, steckte er die Münze in die Tasche und murmelte: »Sag aber bitte meiner Mutter nichts.«

Aus den Gesprächen der Männer erfuhr sie von mehreren Lokalen, in denen sie den Tango finden konnte. Es waren Orte der Dunkelheit. Cafés, in denen die ganze Nacht über Licht brannte und gelärmt wurde, in die anständige Frauen keinen Fuß setzten und wo die Männer gut auf sich aufpassen mussten.

»Da kann ich nicht hin«, dachte sie. »Da muss ich hin«, dachte sie.

Mit dem »La Moneda« wollte sie anfangen. Ein kleines Café, zwischen Pfandhaus und Bäckerei. Die Junggesellen redeten oft darüber, und es sah relativ harmlos aus, jedenfalls tagsüber. Vor allem Valentino mochte dieses Café. Sie würde ihr Messer mitnehmen. Und alleine hingehen.

Um ein Uhr nachts betrat sie das «La Moneda», das sich erst allmählich füllte. Der Innenraum war größer, als man von der Straße aus vermutet hätte: eine unscheinbare Fassade, doch dann trat man in einen langen, schmalen Raum, der voll stand mit kleinen Tischen, an denen Männer saßen, tranken und Karten spielten, ohne sich zu unterhalten. Die Regale hinter dem Tresen waren vollgestellt mit tausend Flaschen. Stickige Luft – es roch nach Zwiebeln und schlechtem Atem. Überall Männer: auf den Stühlen sitzend, an die Wand gelehnt, in drei Reihen die

Bar belagernd. Es waren auch Frauen da, allerdings nicht viele, und sie mischten sich unter die Männer. Sie anzuschauen war nicht leicht, aber noch schwerer war es, sie nicht anzuschauen. Sie lieferten sich regelrecht aus. Die Lippen knallrot geschminkt und zu einem verführerischen Lächeln verzogen, neigten sie sich zu den Männern, berührten sie, schmiegten sich an sie wie menschliche Schals.

Von weiter hinten im Raum kam Musik, aber weil das Lokal so voll war, konnte Dante die Musiker nicht sehen. Gitarre, Flöte – und noch ein Instrument, das sie nicht identifizieren konnte. Es klang wie ein Akkordeon, aber zarter und gleichzeitig intensiver, wie eine gedämpfte Klage. Das Stück kannte sie. Es war eins der ersten, die sie von Nestore gelernt hatte. Sie begab sich in Richtung der Bar.

»Und?« Der Barkeeper war ungeduldig.

»Wie bitte?«

»Was darf es sein?«

Darauf hatte sie sich nicht vorbereitet: Sie wusste nicht, wie man an einer Bar bestellte. Schnell ließ sie den Blick über die Flaschen an der Wand schweifen und sagte dann so selbstbewusst wie möglich: »Grappa.«

Der Barkeeper nickte und entfernte sich. Gleich darauf kam er mit ihrem Drink zurück. Die Männer um sie herum leerten ihre Gläser in einem Zug, also machte sie es ihnen nach, den Kopf in den Nacken gelegt. Der Grappa brannte. Die Musik wirbelte, steuerte auf den Höhepunkt zu und endete mit einem fulminanten Schlussakkord, der vom Applaus ertränkt wurde. Ein neues Stück begann. Keine Schlägereien, niemand suchte Streit, kein Messer wurde gezückt, obwohl es sicher viele gab im Raum, gut versteckt. Sie selbst hatte ihren Facón griffbereit im Hosenbein. Entschlossen bestellte sie noch einen Grappa und genoss die Hitze, die er in ihr auslöste.

Ein paar Schritte von ihr entfernt stand eine Frau in einem grünen Kleid. Sie befand sich in Begleitung von zwei Männern:

Der eine hatte ihr den Arm um die Taille gelegt, der andere betatschte ihre Brüste. Sie schubste seine Hand weg und flüsterte ihm etwas ins Ohr. Der Mann lachte und griff ihr wieder an den Busen, dieses Mal fester, so dass es garantiert weh tat, aber sie zeigte keine Reaktion, wehrte sich nicht mehr, sondern schaute unbeteiligt vor sich hin, als wäre der Mann gar nicht da. Die Frau war klein und zart, wie ein Spatz, nur ihre Brüste waren überraschend üppig. Leda starrte sie an. Nein, das sollte sie lieber bleiben lassen. Rasch wandte sie den Blick ab und schaute den Tanzenden zu, die sich in der Mitte des Raums tummelten. Manche Männer tanzten mit Frauen, viele aber auch mit Männern. Der Grund dafür war sonnenklar: Es gab nicht genug Frauen. Nur sechs oder sieben insgesamt, aber Dutzende von Männern. Und wie sie tanzten, diese Frauen! Sie bewegten sich wie königliche Schlangen. Rückwärts gebeugt in den Armen des Mannes. Die in dem roten Kleid, das schon etwas verwaschen war (Leda dachte an die rote Frau in Neapel an der Straßenecke, die in ihr den Wunsch ausgelöst hatte, aus der Kutsche zu springen und alles hinter sich zu lassen), konnte ausgezeichnet tanzen, besser als ihr Partner, obwohl er eigentlich führte. Ihr Gesicht wirkte wie eine steinerne Maske, hochkonzentriert, während sie dahinglitt, den Oberkörper neigte, sich wieder aufrichtete, immer dem Partner zugewandt, als wollte sie mit ihm verschmelzen. Als das Stück zu Ende war, flüsterte der Tanzpartner ihr etwas ins Ohr, sie schüttelte den Kopf und drehte sich weg. Da merkte sie, wie Dante sie anstarrte, und lächelte, hielt ein paar Sekunden ihren Blick fest, kam dann an die Bar und stellte sich neben Dante.

»Willst du tanzen?« Sie hatte einen ausländischen Akzent, den Leda nicht einordnen konnte, einen harten Blick und wallende braune Haare. Sie reichte Dante kaum bis ans Kinn und war jünger, als sie gedacht hatte, höchstens zwanzig. Dreister als die andere Frau, das Spatzenmädchen. Verwirrend.

»Tut mir leid. Ich kann nicht tanzen.«

Die Frau zuckte die Achseln und schob sich noch näher heran. Mit der Hand berührte sie ganz leicht Dantes Nacken. »Dann willst du vielleicht lieber gleich nach oben?«

»Nach oben?«

»Dreißig Centavos.«

Diese Finger. Sie glitten über Dantes Nacken, zart und mit lässigem Selbstvertrauen, als hätten sie den Weg schon tausendmal eingeschlagen, als würden ihre Fingerspitzen sich auskennen. Jetzt waren sie am Kinn angekommen, das sich für sie bestimmt zu weich anfühlte – keine Bartstoppeln, nicht einmal andeutungsweise. Dante entzog sich. »Nein. Nein, tut mir leid.«

Die Frau ließ die Hand sinken und verzog irritiert den Mund. »Wieso hast du mich dann hergerufen?«

»Hab ich das? Ich … Mir war nicht klar …«

Die Frau musterte Dante halb verärgert, halb ungläubig. Dann drehte sie sich abrupt um und mischte sich wieder unter die anderen Gäste.

Wie erstarrt stand Dante da. Die Regeln dieser Welt kannte sie nicht. Sie war ein Idiot. Sie hatte versucht, sich auf die Gefahren vorzubereiten, die von den Männern ausgingen, aber nicht auf das, was die Frauen mit ihr machen könnten. Eine Frau. Die Geheimsprache, die solche Frauen mit den Augen praktizierten.

Nach oben.

Sie sollte lieber gehen. Andere Gäste hatten den Vorfall beobachtet – was dachten sie jetzt von ihr, von diesem ahnungslosen jungen Mann, der nicht einmal wusste, wie man mit einer Hure redete? Sie blickte sich um, aber niemand schien sich groß für sie zu interessieren. Die Männer waren mit Trinken oder Tanzen beschäftigt, die Frauen mit den Männern. Das Spatzenmädchen und der Mann, der ihre Brüste betatscht hatte, waren beide verschwunden, zweifellos waren sie nach oben gegangen. Dante war allein in dem überfüllten Raum. Die Band spielte ein neues Stück, leidenschaftlich, schwelgerisch. Die Luft klebte von Schweiß und Alkohol, und das Atmen fiel schwer.

Diese Frau. Das rote Kleid, hochgerutscht. Gespreizte Schenkel, zur Berührung freigegeben. Die Stelle zwischen den Beinen, entblößt, für dreißig Centavos. Der Geruch, den sie verströmte.

Und was dann?

Du Schwachkopf. Was hättest du denn mit ihr anfangen wollen, du hast doch nichts in der Hose, nur eine zusammengerollte alte Socke. Wenn du mit ihr nach oben gegangen wärst, dann wäre alles aufgeflogen. Dein neues Leben wäre zerbrochen.

In ihrem Inneren meldete sich eine Gegenstimme: Vielleicht hätte ich nicht alles tun können, was ein Mann tun kann, aber irgendwas schon.

Ach ja? Zum Beispiel?

Sie anschauen. Sie berühren. An ihr riechen.

Und wieso hättest du das tun wollen?

…

Das ist nicht richtig. Mit dir stimmt etwas nicht.

Sie dachte an Cora, in der Hütte oben auf dem Hügel, die Beine gespreizt, voller Angst und Schmerz.

Du bist ein Scheusal.

Sie brauchte einen Drink, also bestellte sie sich noch einen Grappa und kippte ihn hinunter. Die Musik schwoll an, drückte gegen die stickige Luft des »La Moneda« und ließ die Gegenstände vor Dantes Augen verschwimmen.

Später, als sie auf wackligen Beinen nach Hause ging, dachte sie die ganze Zeit an die Treppe, die nach oben führte.

Ein Brief kam für Leda Mazzoni; die Adresse war in der Handschrift ihrer Mutter geschrieben. La Strega übergab ihn Dante voller Mitgefühl. Sie hatte die Geschichte, die sie ihr aufgetischt hatte, ohne weiteres geglaubt. *Ich habe meinen Verwandten gesagt, meine Cousine Leda ist unter dieser Adresse zu erreichen. Sie ist letzten Sommer in La Boca gestorben, und weißt du – ich bringe es einfach nicht übers Herz, es ihren Eltern zu sagen.* Als wäre der neue Mieter Dante eine Art Held, der seine Verwandten schonen wollte. Dabei war er das glatte Gegenteil. Ein Lügner. Ein Hochstapler. Vielleicht sogar eine Art Mörder.

Sie wartete mit dem Brief, bis sie alleine war. Selbst dann saß sie lange auf ihrer Pritsche und starrte im schwachen Schein der Petroleumlampe auf den zerdrückten Umschlag. Die Buchstaben der Adresse wirkten irgendwie aggressiv; die Schleifen beim g und z und beim großen L schienen Vorwürfe zu transportieren. Ihre Mutter. Wütend und mächtig. Sie schrieb Buchstaben, die ihrer Tochter, Tausende von Kilometern entfernt, ins Fleisch schnitten. Die Tochter hatte das Geld für die Rückfahrt einfach behalten und war damit abgehauen, sie weigerte sich zu gehorchen und blieb, wo sie war, trotz der Gefahren und der Schande, die sie dadurch vielleicht über die ganze Familie brachte, denn jeder wusste, dass eine verwitwete junge Frau allein in einer Großstadt unweigerlich in der Gosse endete. In der Sünde. Wahrscheinlich hatten die Klatschtanten im Dorf schon ihre bösen Zungen gewetzt und Geschichten von Laster und Schande fabriziert, *diese Leda, allein in América*, und Dante konnte ihre Mutter nicht verteidigen, aber genauso wenig konnte sie beweisen, dass die Gerüchte nicht stimmten. Sie war gefallen, ohne Hoffnung auf Erlösung. Aber wie die Sünde in Wirklichkeit aussah, das ließen sich die Klatschtanten vermutlich nicht träumen.

Dante schob den Brief unter ihre Pritsche, auf den kalten Steinfußboden, und nahm sich vor, ihn erst später zu öffnen, wenn sie sich ihm stellen konnte. Wenn sie mehr Mut hatte.

Als sie das nächste Mal ins »La Moneda« ging, traf sie an der Theke Valentino, ihren Nachbarn. Sie tranken ein paar Drinks miteinander, und Valentino wunderte sich, als er hörte, dass Dante keinen Tango tanzen konnte.

»Du hast tatsächlich noch nie Tango getanzt, kein einziges Mal?«

»Nein«, sagte sie. Dass sie mit Arturo getanzt hatte, erwähnte sie lieber nicht. Der Tanz hatte in einer Vergangenheit stattgefunden, über die sie unter keinen Umständen reden wollte.

»Da wird's aber höchste Zeit! Tanz mit mir, ich bring dir alles bei.«

»Ich weiß nicht«, murmelte Dante. Wenn sie sich so nahe kamen, dann fand er vielleicht ihr Geheimnis heraus: an ihrem Geruch, an ihren Bewegungen oder an der leichten Wölbung ihrer Brust. »Ich bin ein miserabler Tänzer.«

»Umso mehr Grund, es zu lernen. Du bist in Buenos Aires, Chico. Hier wimmelt es nur so von Männern. Du kannst es dir auf die Dauer nicht leisten, ein schlechter Tänzer zu sein.«

Er packte Dante am Handgelenk, legte ihr eine Hand auf den Rücken und umschloss mit der anderen ihre Hand. Zu ihrer Erleichterung war ziemlich viel Raum zwischen ihren Körpern, sie berührten sich nicht. Valentino war kleiner als sie, aber das schien ihn nicht weiter zu stören. Er lächelte ihr beruhigend, fast väterlich zu und begann dann, sich im Rhythmus der Musik zu bewegen, drängte ihre Füße rückwärts, seitwärts und stieß gelegentlich gegen andere Paare. Er roch nach Zigaretten, nach Schweiß und Rasierwasser. Insgesamt schien er geübter als Arturo, ein leichter Druck gegen ihren verlängerten Rücken genügte, um sie zu führen, um einen Schritt vorzubereiten, minimale, klare Gesten, auf die ihr Körper reagierte, bevor ihr Kopf sie richtig registriert hatte. Sie bewegte sich rückwärts, ohne zu sehen, wohin, und wurde dabei ganz verkrampft.

»Überlass mir die Führung«, flüsterte Valentino ihr ins Ohr. »Entspann dich.«

Sie wollte sich nicht entspannen, sich nicht ergeben. Sie sperrte sich dagegen. Doch ähnlich wie schon bei Arturo gab sie mit der Zeit den Widerstand auf, und sobald sie sich fügte, strömten die Bewegungen aus ihr heraus, sie strömten aus ihnen beiden heraus, als hätte eine unsichtbare Flut sie erfasst und trüge sie nun weiter, in sanften Kreisen, die von den Beinen und Armen der anderen Paare beschrieben wurden, welche sich ihrerseits von ihrer eigenen unsichtbaren Strömung tragen ließen. Sobald Dante wieder anfing zu überlegen, stolperte sie. Nicht nachdenken! Die Schritte kommen aus dem Nichts, aus der Berührung, Hand auf dem Rücken, der Körper spricht, hier, da, hier. Am Ende des zweiten Stücks ließ Valentino die Arme sinken, trat einen Schritt zurück und grinste. Sie hatte überlebt. Er hatte keinen Verdacht geschöpft.

»Nicht übel.«

»Danke für den Unterricht.«

»Wenn du die Führung übernimmst, darfst du nicht vergessen: Der Mann ist derjenige, der die Frau lenkt. Du musst der Frau das Gefühl geben, dass sie keine Wahl hat – sie soll dahin, wo deine Gedanken sie hinführen.«

Leda nickte. Valentino musterte sie aufmerksam, als würde er auf eine Reaktion warten. Aber auf welche? War ihr ein Witz entgangen?

»Was ist?«, fragte sie.

»Du bist ein komischer Junge, weißt du das?«

»Findest du?« Erschrocken wappnete sie sich für Fragen, denen sie irgendwie ausweichen musste, ohne dass er es merkte.

Aber Valentino lachte nur sein herzhaftes Lachen. Was für ein gewaltiges Dröhnen für einen so kleinen Mann. »Komm, wir trinken noch was.«

Später ging Valentino mit einer blässlichen Frau, die schlaffe Papierblumen in den Haaren trug, nach oben. Leda kippte noch einen Grappa hinunter und quetschte sich dann durch die Menge bis zu den Musikern.

Die saßen in einer Ecke eng zusammen, mit ernsten Gesichtern. Der Gitarrist und der Flötist waren höchstens dreißig, zwei schlanke, drahtige Männer. Der Bandoneónspieler war eher korpulent, aus seinen Nasenlöchern und Ohren wucherten Haare, und überhaupt sah er aus wie ein zu groß geratener Gnom. Er saß über das wunderschöne viereckige Instrument gebeugt und hielt es auf seinem Schoß wie einen gestohlenen Schatz. Die drei Männer spielten sehr routiniert, aber nicht mit besonders viel Schwung und Leidenschaft. Dante hätte ihnen so gern Fragen gestellt, viele Fragen. Ob die Musik sie erfüllte und beflügelte – man hatte nicht den Eindruck – oder ob es vielleicht nur früher so war, in einer vergangenen Phase ihres Lebens. Ob er stimmte, ihr großer Traum: dass die Musik das Zersplittern der Seele verhindern konnte. Wie sie es geschafft hatten, in der Öffentlichkeit zu spielen und damit Geld zu verdienen. Wie sie vorgehen sollte, um das ebenfalls hinzukriegen.

Erst bei ihrem nächsten Besuch in der Bar traute sie sich, die Musiker anzusprechen. Sie näherte sich ihnen während einer Pause und bot an, ihnen Drinks zu spendieren.

Die Männer musterten sie misstrauisch, nahmen ihr Angebot aber an. Sie tranken schnell, und als sie sich den Mund mit dem Handrücken abwischten, fragte Leda: »Wie lang spielt ihr schon zusammen?«

»Schon ewig«, antwortete der Bandoneonist und wollte schon gehen.

»Ich mache auch Musik«, platzte Leda heraus. »Ich spiele Geige. Kennt ihr vielleicht jemanden, der einen Geiger braucht?«

Der Mann musterte sie von oben bis unten. »Wie alt bist du, Kleiner? Fünfzehn?«

»Zwanzig«, antwortete sie, bereute die Lüge aber gleich, als sie sein skeptisches Gesicht sah.

»Wie viele Stücke hast du drauf?«

»Viele. Und ich lerne schnell.«

»Hör zu, *muchacho.* Ich weiß von nichts. Du musst dich umhören. Und jetzt verzisch dich. Ich muss wieder an die Arbeit.«

Du musst dich umhören. Das klang so einfach, wie er das sagte. Sie glühte vor Verlegenheit, als sie an die Theke zurückging, wo sie das Mädchen vom ersten Abend entdeckte, das Spatzenmädchen mit den großen Brüsten. Sie trug dasselbe grüne Kleid. Es war links an der Taille aufgerissen, sah Leda. Das Mädchen merkte, dass sie begutachtet wurde, und zog die Augenbrauen hoch, eine müde Einladung. Leda wandte den Blick ab. Sie hatte begriffen, wie gefährlich und wie wichtig der Augenkontakt war.

Als der gedehnte Schlussakkord des nächsten Stückes verklang, trat Leda hinaus in die von Laternen erleuchtete Nacht.

Aber sie gab nicht auf. Im Gegenteil: Während ihrer endlosen Schicht in der Zigarettenfabrik, während der Tabak ohne Pause in sein kleines Gefängnis aus weißem Papier gerollt wurde, dachte sie ständig an die Musik, die sie spielen wollte. Den nächsten Monat verbrachte sie damit, durch die Nächte von San Telmo zu streifen. Sie öffnete eine Tür nach der anderen, folgte der Musik, die durch die Mauern auf die Straße strömte. Nicht alle Orte waren für sie zugänglich. Richtung Innenstadt entdeckte sie Tanzhallen, die so exklusiv waren, dass es eine Gästeliste gab, und die edel frisierten Damen im Foyer ließen sich nicht dazu herab, mit Dante zu sprechen – sie wandten ihr einfach den Rücken zu, den Rest erledigten ihre bedrohlich kräftigen Aufpasser. Und es gab Bordelle, die in heruntergekommenen Conventillos eingerichtet worden waren; dort konnten die Kunden Musik hören, wenn sie bezahlt hatten, aber noch warten mussten, bis sie an der Reihe waren. Freier, die, genau wie Dante, den ganzen Tag in einer Fabrik oder in einem Warenlager oder auf dem Bau geschuftet hatten, schleppten nun ihre erschöpften Körper hierher, um die Dinge zu genießen, für die Gott sie empfänglich gemacht hatte. Das Begehren der Männer faszinierte Dante, ihre Konzentration, die pfeilgerade Zielrichtung: Ich will eine Frau, und wenn ich sie habe, dann weiß ich, was ich tun möchte, und danach geht es mir besser. Bei ihrer Jagd nach dem Tango ging Dante nur in ein einziges Bordell, an einem einzigen Abend. Sie drückte sich in eine Ecke, umklammerte die Marke aus Zink, die sie erworben hatte, hörte dem ziemlich mittelmäßigen Musiker-Trio zu und dem Stöhnen, das aus den geschlossenen Türen drang, bis die Madam ihr ein Zeichen gab und auf ein Zimmer deutete, *du bist dran, da rein* – woraufhin sie in Panik die Flucht ergriff. Die Marke behielt sie in der Tasche und befingerte sie, während sie die Straße entlangging, bis das Zink durch die Berührung ganz warm wurde. Die besten Lokale für einen merkwürdigen Menschen wie sie (zu arm für die Tanzhallen, eingeschüchtert von den Huren) waren die Cafés, wo sie sich einen Drink kaufen und dann unbehelligt herumstehen konnte. Es gab erstaunlich viele Cafés in San Telmo – in La Boca waren es angeblich noch mehr, aber da ging sie lieber nicht hin. In allen Cafés gab es Tango und jede Menge Männer. Männer, die trinken wollten, Männer, die Frauen anpriesen, deren Körper sie verkauften (diese Männer kamen immer in makellosen Anzügen und mit schräg sitzenden Hüten, zwei oder drei Frauen im Schlepptau, die sie den ganzen Abend nicht aus den Augen ließen, während sie ihrem Gewerbe nachgingen), Männer aus den wohlhabenden Vierteln im Norden (häufig junge Männer, fast noch Kinder, arrogant, gierig, glühend vor Rebellion, wild darauf zu tanzen, zu vögeln, eine ungezügelte Nacht im falschen Teil der Stadt zu verbringen), Männer, die sich mit anderen schlaflosen Menschen amüsieren wollten und so die Einsamkeit und den Schmerz vertreiben. Sie, Leda, Dante, war wegen der Musik da, sog die Musik durstig in sich auf und genoss immer noch die Freiheit, nachts unterwegs sein zu können, ohne Angst davor zu haben, dass sie vergewaltigt wurde oder ihren Ruf aufs Spiel setzte.

Alle lebenden Kreaturen auf Erden schlafen, entweder tagsüber oder nachts, aber Buenos Aires schläft nie, was die Stadt zu einem Ungeheuer macht, welches nicht von dieser Welt ist. Nachts leuchteten in den Cafés tausend Lichter, meistens Petroleumlampen. Manchmal waren es auch die hochmütigen neuen Leuchten aus Strom. Männer tanzten und tranken und verschwanden mit frivolen Frauen (manchmal verschwanden sie auch gar nicht, mehr als einmal sah Dante ein Paar, in einem Winkel an die Wand gedrückt, der Rock der Frau nach oben gerutscht, ihre Beine um den Mann geschlungen, der rhythmisch zustieß. So sieht das also aus. Bei dem Anblick wurde ihr heiß, ob aus Scham oder Erregung, ob aus Angst oder Verlangen, das wusste sie nicht). Wenn der Morgen dämmerte, hockten die Männer immer noch in den Cafés mit den fleckigen Wänden, um kleine runde Tische versammelt, oder sie tranken ihren letzten Drink an der Bar, Schulter an Schulter mit Fremden. Sobald die Nacht sich verabschiedete, begannen die gnadenlosen Mühen des Tages: Der eine taumelte nach Hause, der andere strebte tapfer zur Fabrik. Manchmal begab sich Dante direkt von einem Café zur Arbeit. Dort zerkleinerte sie Tabak für unzählige Zigaretten und konnte kaum die Augen offen halten. Das Geklapper und das Scheppern und der Gestank retteten sie, hielten sie wach. Die Erinnerung an die vergangene Nacht half ebenfalls, bescherte ihr immer wieder neuen Schwung, wie ein Schluck Kaffee. Es gab so viel zu sehen. So viel aufzunehmen. Die Welt unter der Oberfläche des gesellschaftlich Akzeptierten, die *Unterwelt*. Hier tobte das Leben, ganz egal, was den braven Mädchen weisgemacht wurde. Nach der Arbeit ging Leda in ihr Zimmer und schlief ein paar Stunden, bis La Stregas Tochter klopfte, um ihr zu sagen, das Essen sei fertig. Dann ging sie nach unten und aß einen Bissen, bevor sie wieder in die Nacht eintauchte.

Alles veränderte sich, als in einem Café namens »Il Sasso« etwa um halb drei Uhr morgens der Geiger während seines Solos erstochen wurde.

Der Angreifer war ein Zuhälter. Er zielte auf das Herz, verpasste es aber und rammte die Klinge direkt unter den Brustkorb. Der Geiger sank auf die Knie, die Musik verstummte, und die Tanzenden drehten sich zu der niedrigen Bühne, auf der sich rasch eine große Blutlache ausbreitete.

»Du Hurensohn!«, rief der Zuhälter lallend. »Du fasst sie nicht an!«

Der Geiger gab ein furchtbares Geräusch von sich, irgendetwas zwischen Stöhnen und lautem Geheul.

»Chucho!«, schluchzte eine Frau. »Nein, Chucho – nein –«

Und dann drängte sich die Frau, immer noch schluchzend, durch die Menschen zur Bühne, schlang die Arme um den Geiger, aber nur kurz, denn schon zog ihr Zuhälter sie von ihm weg. Ihr blaues Kleid war jetzt blutrot. Sie war sehr jung, ein dünnes Mädchen mit einem blauen Auge, und der Blick, mit dem sie den Geiger anschaute, war verzweifelt und zärtlich zugleich. Sie wollte sich losreißen und zu ihrem Geliebten zurücklaufen, doch dann schlug der Zuhälter sie ins Gesicht, sie sackte in sich zusammen, und ihre Augen wurden leer.

Die anderen beiden Musiker hatten ihre Instrumente weggelegt und kümmerten sich um den Geiger. Der Gitarrist zog sein Hemd aus, um die Wunde zu verbinden, damit er nicht so viel Blut verlor. Der Zuhälter schlug noch einmal zu, Dante wollte dem Mädchen helfen, hatte aber Angst vor der Wut dieses Mannes, vor seiner Muskelkraft, vor seinem Messer. Sie spürte beide Wunden – die Klinge im Brustkorb des Geigers, die Schläge, die das Mädchens bekam –, als hätte es sie selbst getroffen. Sie beugte leicht das Bein, um ihr Messer an der Haut zu fühlen, hart und bereit. Aber was konnte sie gegen so einen großen und brutalen Mann ausrichten? Nichts. Ein Welpe in einer Löwengrube. Der Raum war voller Männer, sie saßen an alten Holztischen, standen dichtgedrängt am Tresen und rauchten, lehnten an der Rückwand, an der sich Schubladen mit Vorräten befanden, *Kaffee, Mehl, Zucker*, jedes Wort in hoffnungsvoller Schreibschrift geschrieben. Keiner der Männer machte Anstalten, der Frau zu helfen. Leda hatte immer gedacht, dass Frauen beschützt werden müssten und dass dies für Männer eine Grundregel war, aber nun war sie mit einem anderen Gesetz konfrontiert: dass Huren keine Frauen waren und dass deswegen diese Grundregel für sie nicht galt. Und wenn ihre Verkleidung je aufflog, dann konnte es ihr genauso ergehen wie der jungen Hure auf der Bühne in ihrem blutverschmierten Kleid: eine Frau außerhalb der Gesetze des Anstands, erbarmungsloser Kälte und Gleichgültigkeit ausgesetzt. Dante straffte die Schultern und blieb stumm.

Es war der Barmann, der schließlich eingriff, als der Typ zum dritten Mal zuschlug. »Jetzt reicht's aber!«, rief er. »Entweder du beruhigst dich, oder ihr geht nach draußen. Ich dulde das nicht in meinem Café.«

Der Zuhälter packte die Frau an den Haaren und zerrte sie durch die Menge hinaus in die Nacht. Die Frau gab keinen Ton mehr von sich. Der Barkeeper ging zu der Bühne und half dem Gitarristen, den verletzten Geiger in den Lagerraum zu schleppen. Der Bandoneónspieler blieb allein auf der Bühne zurück, mit mutlos hängenden Schultern.

»War's das?«, rief da ein Mann. »Gibt's keine Musik mehr?«

Der Bandoneonist blickte ratlos in die Runde, verloren auf der blutroten Bühne. Er war noch nicht alt, höchstens vierundzwanzig, ein kleiner Mann mit hervorquellenden Augen, die den Eindruck erweckten, als wäre er immer traurig. Ein Mann mit einem viel zu empfindlichen Gemüt für einen Ort wie diesen. Aber Dante hatte ihn schon oft spielen hören und wusste, dass er, wenn es um Musik ging, so verlässlich war wie ein Fels in der Brandung. Unter den Gästen erhob sich unzufriedenes Gemurmel, vereinzelt wurde gepfiffen, und als ein Glas in Richtung Bühne flog und an der Wand hinter dem Bandoneónspieler in tausend Scherben zersprang, begriff Dante plötzlich: Das war ihre Chance.

Sie überlegte nicht lange. Sie dachte nicht über die Risiken nach, ging auf die Bühne, hob die blutverschmierte Geige auf und sagte ganz ruhig zu dem Bandoneónspieler: »Ich kann mit dir spielen.«

Der Bandoneonist starrte den jungen Mann, der da vor ihm stand, fassungslos an, als hätte dieser ihm bei einem Begräbnis einen unanständigen Antrag gemacht. »Du willst spielen?«

»Nur bis dein Freund wieder da ist«, versicherte Dante schnell. »Bis es ihm bessergeht.«

Der Bandoneónspieler schien über den Vorschlag nachzudenken und die Alternativen abzuwägen. Schließlich nickte er apathisch, setzte sich hin und griff nach seinem Instrument. Das Bandoneón war alt, aber elegant, mit Einlegearbeiten aus Perlmutt und Rippen aus Metall am schwarzen Akkordeon-Mittelteil. Die Tasten an den Seiten erinnerten an kleine, fleckige Zähne. »Welche Stücke kannst du?«

»Wie wär's mit ›El Choclo‹?«

Sie spielten. Die Geige war rot und klebrig vom Blut des anderen Mannes und leichter als Dantes eigenes Instrument. Ganz zu schweigen davon, dass von ihrem Steg ein metallischer Geruch aufstieg und man Flecken an den Fingern bekam. Aber trotzdem war es eine Geige, und Dante konnte darauf spielen. Zuerst ein bisschen ungeschickt, mit einem Ton, der rauer klang als beabsichtigt, aber die Noten stimmten, ihr Rhythmus war perfekt, der Bandoneónspieler schaute sie an, als wollte er Dante ermutigen, und schmückte seine Melodie ein wenig aus. Sie spielte sich durch ihre Verlegenheit hindurch, spielte durch das Blut hindurch, und als der Klang klarer wurde, grinste der Bandoneónspieler. Das war der Punkt, an dem sie anfingen, wirklich gemeinsam zu musizieren. Die Männer tanzten wieder, miteinander oder mit den Huren, und beim dritten Stück kam der Gitarrist aus dem Hinterzimmer und machte mit. Es war ein magisches Erlebnis, mit ihnen die Töne verschmelzen zu lassen, mit fremden Männern, und die Musik, die nun entstand, war rot, rot, rot und frei von den ganzen Lügen, die alle ständig von sich gaben, Tag und Nacht, um in América zu überleben, ein nackter Klang, der vibrierte von dem, was sie sein wollten und nie werden würden, nur hier, allein in der Menge, beim Tango.

Sie spielten noch zwei Stunden. In diesen zwei Stunden verblutete der verwundete Geiger im Hinterzimmer. Er starb, und durch seinen Tod wurde seine Stelle frei, er machte Platz für den neuen jungen Mann, wenn er den Job haben wollte, sagte der Gitarrist – wie heißt du noch gleich?

Er hieß Dante, und er wollte den Job. Oh, ja, auf jeden Fall.

Ehe Dante an dem Abend vom »Il Sasso« nach Hause ging, drückte ihm der Barmann ein verschwitztes Bündel mit kleinen Scheinen in die Hand. »Bis morgen, Junge.«

Dante ging, beschwingt, hellwach. Es war fünf Uhr morgens, und die Straße hallte bei jedem ihrer Schritte, als warte sie sehnlichst auf die Berührung ihrer Füße. Als wären die Straßen selbst ein Musikinstrument, eine riesige Trommel aus Asphalt und Stein. Morgen würde sie besser spielen und danach sogar noch besser, auch wenn das bedeutete, dass sie üben musste, bis ihre Finger bluteten. Das war es, wonach es sie hungerte: Perfektion, die Bühne, das Leben selbst. Sie wollte eigentlich nach Hause, aber sie hatte die feuchten Geldscheine in der Tasche, und diese Scheine verlangten einen anderen Plan. Sie schickten Dante nach links, um die Ecke, die enge Straße entlang zum »La Moneda«, wo Dante etwas fand, wovon sie gar nicht gewusst hatte, dass sie es suchte. Es war die Nacht der glücklichen Zufälle.

Das Spatzenmädchen. In ihrem verwaschenen grünen Kleid. Sie kam gerade wieder nach unten, als Dantes Drink auf dem Tresen erschien. Dante kippte den Grappa hinunter und begegnete dem Blick des Mädchens. Diesmal hielt sie ihrem Blick stand, und es war spannend zu beobachten, wie das Mädchen auf sie zukam, als besäße ein Blick die gleiche Macht über die Menschen wie ein Magnet über Eisen.

Der Junge ist unkompliziert, dachte das Spatzenmädchen, als es sich der Bar näherte. Er wirkte nicht gewalttätig, noch nicht, vielleicht hatte er sogar ein bisschen Angst. Die Ängstlichen waren einfacher, außer wenn ihre Angst kippte und sie gemein wurden – dann waren sie die schlimmsten Freier von allen. Bis jetzt war es eine gute Nacht gewesen. Keine neuen blauen Flecken, und der Mann, von dem sie gerade kam, war schnell gewesen, routiniert, er hatte in einer Sprache vor sich hin gebrummelt, die sie nicht kannte und die sie deshalb ohne Mühe ignorieren konnte. In den drei Jahren, die sie jetzt in Argentinien war, hatte sie für sämtliche Sprachen dieser Erde die Beine breit gemacht oder jedenfalls für mehr Sprachen, als sie in ihrer Kindheit für möglich gehalten hätte. Sie sprach inzwischen Spanisch, aber keine der anderen Sprachen, sie wollte die anderen Sprachen gar nicht verstehen, die Wörter der Männer sollten über sie hinwegspülen, wie Wasser über einen Felsen, rasch, bedeutungslos, gleich wieder fort. Polnisch sprach sie nie. Das Polnische war eine Geheimsprache, die sie tief im Innern in einer Schatulle aufbewahrte, und sie weigerte sich, diese Schatulle zu öffnen. Das war ihr einziger Widerstand. Die übelsten Männer waren nicht diejenigen, die sie schlugen, oder diejenigen, die sie da unten verletzten, so dass tagelang alles weh tat, nein, die schlimmsten waren die Polen, die mit ihr reden wollten. Sie tat so, als würden sie sich irren, schüttelte den Kopf, als verstünde sie nichts. Was bist du?, fragten die Männer. Bist du taubstumm? Eine Russin? Manche gaben auf, schließlich waren sie ja auch nicht zum Reden gekommen, aber andere wurden richtig sauer und versuchten, sie durch Schläge dazu zu zwingen, ihre Frage zu beantworten. Aber die Männer verloren jedes Mal, und sie gewann immer, sie sagte nichts.

Die Schatulle würde verschlossen bleiben, bis sie starb. Sie träumte vom Tod, so wie andere Mädchen in ihrem Alter vom Heiraten träumten. Wenn sie starb, kam sie bestimmt in die Hölle – aber davor fürchtete sie sich nicht mehr, sie hatte die Hölle schon kennengelernt. Vorher würde sie allerdings noch zur Himmelspforte gehen und ihr Polnisch hervorholen, den Mund aufmachen und Wörter durch die goldenen Stäbe schicken, bei denen Jehova und sämtlichen Erzengeln das große Zittern kam, wegen der Dinge, die sie ihnen zu sagen hatte. Dann wollte sie endlich alles aussprechen, nichts würde sie zurückhalten, sie würde Gott mit seinem Namen anreden und durch das Tor spucken und schreien: Wo warst du? Hast du dein verfluchtes América überhaupt schon mal gesehen? Und wenn sie zuhörten, diese Erzengel, Michael, Gabriel, Rafael, dann würde sie diese drei hinunterschicken, damit sie den Männern, die sie über den Ozean geschleppt hatten, die Gesichter abrissen.

Sie wird die Welt sehen, hatte der Fremde zu ihrem Vater gesagt, und seine Goldringe glänzten im Feuerschein. Ihr Vater starrte fasziniert auf den elegant geschnittenen schwarzen Anzug des Besuchers, die Mode hatte man im Dorf noch nie gesehen, ohne Zweifel das feinste Tuch, das Warschau zu bieten hatte. Er schien stolz darauf zu sein und gleichzeitig eingeschüchtert, dass so jemand zu ihm kam. Ein Bauer, der von einem König besucht wird. Sie stand am anderen Ende des Raums, neben ihrer Mutter, und zerdrückte Majoran mit einem Stößel. Matka, ihre Mutter, war dabei, Teig in drei Stränge zu teilen, um für den Sabbat eine Challah zu flechten. Wie müde Matka aussah. Immer war sie müde. Elf Kinder hatte sie zur Welt gebracht. Und du, sagte sie immer, du bist die Schwierigste, du bist ein Fohlen, das gezähmt werden muss. Dein armer Ehemann wird es mal schwer haben mit dir. Aber zu dem Fremden sagte sie das nicht, als er davon redete, er wolle ihr hübsches Mädchen mitnehmen, so sagte er, *euer hübsches Mädchen*, mitnehmen in die Neue Welt, wo ein Ehemann auf sie wartete. Der Fremde gab ihrem Vater Geld, eine Brautgabe wie für eine Prinzessin, und er versprach, auch die Kosten für das Brautkleid zu übernehmen, für die Reise sowieso und für Essen und Unterkunft bis zum Tag der Heirat.

Seither hatte sie den Ozean gesehen, vom Deck eines großen Schiffs, und danach viele kleine, dunkle Zimmer, die sich allzu schnell mit Männern füllten. Es gab keine Hochzeit. Die ersten Wochen waren die schlimmsten, weil sich das Fohlen in ihr immer wieder wehrte und so die Männer zwang, ihr eine Lektion zu erteilen – und noch eine und noch eine. Lektionen, die ihre

Haut aufrissen und jede Öffnung ihres Körpers vollspritzten, sie war ein Feld mit lauter Löchern, ein vergiftetes Feld, auf dem nie wieder etwas wachsen würde.

Das war drei Jahre her. Jetzt ging es besser. Es gab Nächte, wie zum Beispiel die Nacht heute, in denen sie fast gar nichts empfand. Sie ging selten raus, aber sie vermisste die Sonne nicht. Sie wollte keine Wärme, sie wollte ihr nicht ausgesetzt sein. Ihr fehlte die Kälte, die sie von zu Hause kannte, der tiefe Winter, heiße Gemüsebrühe, das Feuer knistert im Ofen, du hüllst dich in Fell oder in Wolltücher oder in Pelz, weiche Schutzschichten zwischen dir und der Welt.

Wenn sie zu träumen wagte, dann träumte sie vom Schnee.

Schnee, der sich auf die Felder legte, um die aufgerissene Erde zu verbergen.

Schnee, der jeden Zweig zum Glitzern brachte, eine zarte Danksagung.

Schnee, um die Bären in ihre Höhlen zurückzudrängen.

Schnee auf den Dächern, als würden sie gewaschen.

Schnee vor Fußspuren, vor Matsch und Eis, nur Schnee, so weit das Auge reichte, eine weiße Stille.

Und wenn ihr Zimmer unerträglich wurde, dann hielt sie es nicht mehr aus, löste sie sich aus ihrem Körper, verließ die Stadt, verließ América und tauchte anderswo wieder auf: im perfektesten Moment ihres Lebens. Sie war acht Jahre alt und sollte draußen frisches Wasser holen, im ersten Schnee, und sie ließ ihren Blick über das Feld schweifen. Es war zauberhaft, frisch und rein und ruhig. Deshalb brauchte sie eine ganze Weile, bis sie das Wunder entdeckte: ein Tüpfelsumpfhuhn, einen Rallenvogel, der so federleicht durch die weiße Landschaft trippelte, dass er keine Spuren hinterließ. Niemand würde ihr glauben, dass sie diesen Vogel gesehen hatte. Die Sumpfhühner waren Zugvögel, im Herbst flogen sie davon und waren im Winter nirgends zu sehen. Seine Verwandten waren bestimmt längst alle weg. Aber er war hier, und er verhielt sich nicht so, als fühlte er sich verloren, er trillerte vor Freude, und sie konnte die Augen nicht von dem frechen kleinen Vogel nehmen, von diesem herrlichen Geschöpf – so etwas Schönes hatte sie noch nie gesehen, der Vogel war so voller Frühling, dass er sang, obwohl sein Schwarm ihn verlassen hatte, allem zum Trotz sang er, auf diesem schneebedeckten Feld, vor Einbruch der Dunkelheit.

Das Spatzenmädchen trat neben Dante, schaute zu ihr hoch und wartete. Dante wusste nicht, was sagen. Guten Abend? Ich habe oft an dich gedacht? Ich heiße Dante? Sollte sie dieser Frau wirklich ihren Namen sagen? Wozu? Was würde sie damit anfangen?

Sie entschloss sich für den direkten Weg. »Wie viel macht es, wenn wir nach oben gehen?«

»Dreißig Centavos.«

Dante nickte. Das Mädchen drehte sich um und ging, Dante folgte ihr zur Treppe und die Stufen hinauf (der Schwung des grünen Rocks, verwaschen und schmutzig, aber das, was ihm seine Form gab, erschien ihr trotzdem nicht weniger bestaunenswert), dann einen schmalen dämmrigen Flur entlang, mit lauter geschlossenen Türen, durch die Dante hören konnte, dass das Gewerbe ausgeübt wurde. Die letzte Tür links war ihre. Ein winziger Raum, gerade groß genug für ein Bett. Die Matratze mit einem fleckigen Laken bedeckt. Kein Kissen. Auf dem Fenstersims eine Öllampe, die noch brannte. Das Mädchen drehte sich mit ausdrucksloser Miene zu ihr und wollte pflichtbewusst die Hose ihres Freiers aufknöpfen. Darauf war Dante vorbereitet und hielt sie am Handgelenk fest.

»Nein«, sagte sie. »Das will ich nicht.«

Das Mädchen war erst verdutzt, dann verärgert und machte ein Gesicht wie ein Kind, dem man etwas vorgeschwindelt hat. Sie war etwa so alt wie Dante, vielleicht ein bisschen jünger, sechzehn oder siebzehn. Da sind wir, dachte Dante, zwei junge Mädchen in einem Zimmer, sonst nichts, aber eine von uns beiden wird es nie erfahren. Sie drückte dem Mädchen Geld in die Hand, einen ganzen Peso, den sie gerade im »Il Sasso« verdient hatte, der Schein noch feucht von Schweiß oder Rum oder Gottweißwas.

»Keine Sorge, ich zahle.«

Erstaunt schaute das Mädchen auf den Schein. »Was willst du dann?«

Ihren Akzent konnte Dante nicht einordnen, ihr Spanisch klang alles andere als flüssig, eher eckig und knöchern. »Dich ansehen.«

»Nur ansehen?«

»Und anfassen?«

Der Blick des Mädchens wurde spöttisch.

Dante fühlte sich wie ein Idiot. Sie hätte es nicht als Frage formulieren sollen. Sie hatte erwartet, das Mädchen würde sich freuen, dass sie einen Kunden hatte, der um Erlaubnis bat, aber stattdessen schien das für sie ein Zeichen dafür zu sein, dass er ein Waschlappen war.

»Ich nehme an, du willst, dass ich das Kleid ausziehe.«

Dante hatte einen Kloß in der Kehle. Sie nickte.

»Fünfzehn Minuten, wie alle anderen auch«, sagte das Mädchen, schnürte das Oberteil auf und ließ das Kleid auf den Boden fallen. Sie trug jetzt nur noch einen Büstenhalter und ein Höschen. »Die Sachen auch?«

Wieder nickte Dante nur.

»Was ist los?«, fragte sie genervt, während sie sich vollends auszog. »Sag bloß nicht, du hast das noch nie gesehen.«

Dante konnte nicht sprechen, nicht atmen. Das Mädchen war jetzt nackt, und Dante sog den Anblick in sich auf. Die Brüste des Spatzenmädchens, ihre Haut, ihre Hüften, der Haarbusch, wo ihre Beine sich trafen – das war alles viel glorioser, als sie es sich vorgestellt hatte. Der Anblick weckte etwas in Dante, das wild und stürmisch genug war, um sie zugrunde zu richten. Diese brutale Stadt war voller Lärm, Messerklingen, Tod, Schmutz,

Hunger – und dann auch noch das, ein nacktes Mädchen, so wunderschön, dass selbst die Sterne neben ihr verblassten. Dante wäre am liebsten niedergekniet und hätte die Hände nach dem Mädchen ausgestreckt, aber die junge Frau hatte inzwischen begriffen, welche Macht sie über ihren Freier hatte. Er würde sich ihr unterwerfen, da war sie sich sicher, also nahm sie die Situation in die Hand, legte sich auf die Bettpritsche und schloss die Augen.

Dante, der auch Leda war, setzte sich vorsichtig auf die Bettkante. Bestimmt war das Mädchen müde. Sie arbeitete seit Stunden. Und *Arbeit* war für sie etwas anderes als die Schichten in der Fabrik oder die Tage mit Nadel und Faden. Wie war das Mädchen in diesem elenden Leben gelandet? Dante brachte es nicht über sich, sie zu stören. Ein Teil von ihr wollte sie umarmen, so wie sie sich gewünscht hatte, Cora zu umarmen, vor vielen Jahren, als der Albtraum begann, sie wollte das Mädchen warm zudecken und vor der erbarmungslosen Seite der Wollust schützen. Aber diesmal war sie, Leda, der Feind – sie saß hier und konnte es nicht leugnen, dass sie das Mädchen begehrte. Deswegen war sie mit ihr nach oben gegangen – etwas, was sie sich vorher nicht einmal in ihrem tiefsten Inneren hatte eingestehen können. Aber wie war es möglich, dass sie diese Wünsche hatte? Wie konnte eine Frau –? So etwas hatte sie noch nie gehört. Das war doch unmöglich! Oder dämonisch, des Teufels, die schlimmste Sünde, jenseits jeder Hoffnung auf Vergebung.

Und doch war es so. Sie wollte es.

Ganz vorsichtig berührte sie den Bauch des Mädchens. Keine Reaktion. Entweder schlief sie schon, oder sie tat so, als würde sie schlafen, was eher wahrscheinlich war. Dante bewegte ihre Hände über die Haut des Mädchens, eine sanfte Wanderung über die perfekten Rundungen ihrer Brüste, Arme, Beine und wieder zurück zu den Brüsten. Ihre Hände staunten nicht nur über die Schönheit, die sie da berührten, sondern auch über den Genuss, den diese Berührung ihnen bereitete. Da war eine

Lust in ihren Handflächen und im Rest ihres Körpers, ein hitziges Ziehen zwischen ihren Hüften. Diese Empfindung war so eigenartig und so stark, dass Dante sie fast für übernatürlich hielt. Und plötzlich wusste sie, sie würde lieber die Gesetze Gottes missachten und zur Hölle fahren, wenn sie starb, als nie wieder bei einem schönen nackten Mädchen sein. In dem Moment richtete die junge Frau sich auf und schubste Dante vom Bett – als hätte sie eine tickende Uhr in sich, die exakt die Sekunden ihrer Arbeit zählte.

»Das war's«, erklärte sie und griff nach ihren Kleidern. »Die Zeit ist um.«

Dante erhob sich, wie betäubt. Das Blut stieg ihr in den Kopf. Was sollte sie jetzt sagen? Sich bedanken oder das Mädchen um Verzeihung bitten oder ihr versichern, sie sei wunderschön? Ihr war schwindelig, Sie war verstört und glühte innerlich, bis ins Mark. Irgendwie musste sie ihre Gedanken ordnen.

»Raus«, sagte das Spatzenmädchen.

Als Dante den Flur zur Treppe hinunterging, betete sie – allerdings nicht zu Gott, der sie in seinem Zorn ohnehin nicht verstehen würde. Sie betete, dass sie dem Mädchen nichts angetan hatte. Dass das Mädchen irgendwie gespürt hatte, wie viel Anbetung in ihrer Berührung gelegen hatte.

Aber du wolltest sie nicht nur anbeten, stimmt's?

Nein. Ja. Ich weiß nicht. Ich weiß nicht, wie man das nennt, dieses Verlangen. Es gibt kein Wort dafür.

Sie ging nach Hause, durch Straßen, die in der Dämmerung erwachten.

Dante spielte das ganze Frühjahr im »Il Sasso«, und jeder Abend war sein eigenes kleines Wunder. Es gab keine Morde mehr auf der Bühne und kaum Messerstechereien. An einem Abend zog ein *compadrito* allerdings seine Pistole und zielte auf einen Mann, doch der Barkeeper, ein erfahrener Beschützer seines kleinen Reiches, beförderte die beiden auf die Straße, ehe die Schießerei losging. Dante spielte, ohne ein einziges Mal verletzt zu werden. Mit ihrer eigenen Geige unterm Kinn spielte sie wesentlich besser als am ersten Abend. Die beiden anderen Musiker redeten kaum mit ihr, stellten keine Fragen, und Dante war froh darüber. Sie lernte neue Stücke von ihren Kollegen, neue Tricks, die ihr Spiel stärkten. Sie lernte, richtig laut zu spielen, aufrecht zu stehen, selbstbewusst und mit breiter Brust, um richtig lange musizieren zu können. Man durfte nicht in schüchterner Mädchenpose spielen, dadurch ruinierte man sich Rücken und Nacken. Man musste die Geige so halten, als wäre man der König. Dante genoss die dynamische Energie. Je mehr Tango-Stücke sie lernte, desto heimischer fühlte sie sich in dieser Musik. Kein Stück war wie das andere, aber es gab Überschneidungen in den Melodien, in den bevorzugten Noten, in der Textur, beim Aufbau und bei der Einteilung von Strophe und Refrain. Von der Form her war er schlicht, dieser Tango, kein Vergleich mit den komplexen klassischen Stücken, mit denen ihr Vater sich wochenlang abgemüht hatte. Keine Musik für die Plaza im Tageslicht, sondern für dieses Lokal, für diese schwülen Nächte, für dieses hell erleuchtete Café, wo die schlaflose Seele ihr Pendant fand. Dante spielte einen Tango nach dem anderen, Melodien, die aufblühten, sich ergossen, die dahinströmten, sich brüsteten, rasten, krochen, balzten, glitzerten, heulten, klagten, prahlten und mit der Luft kämpften. Sie mochte sie alle, verstand sie alle, spielte sie alle. Ihre Freude wuchs mit ihrem Können.

Sie sehnte sich nicht danach, wieder eine Frau zu sein, aber die dumpfen Schmerzen in ihren Brüsten wäre sie gern los gewesen. Ihre Nippel wurden durch die Bandage gequetscht, ein Schmerz, wie Daphne ihn in ihren Gliedmaßen gefühlt haben musste, nachdem sie, um Apollo zu entkommen, sich in einen Baum verwandelt hatte und Zuflucht suchte in der Freiheit, die nur eine verzauberte Welt ihr schenken konnte. Schmerz – da war viel Schmerz gewesen in der Version, die Cora ihr als

Kind erzählt hatte, denn Daphnes Hände waren gezwungen, die Form unbeweglicher Zweige anzunehmen, und der Baumstamm besaß keinen Mund, um zu sprechen. So sah Leda ihre wunden Nippel. Ihr Daphne-Schmerz.

Aber das zusammengerollte Stück Stoff vorn in ihrer Hose fand sie überhaupt nicht unangenehm. Es passte sich ihr an. Sie experimentierte mit verschiedenen Formen und Materialien, mit Socken und Servietten und zerrissenen Lappen, mit Farben, Blau und Grauweiß und Braun, bis sie sich schließlich für Rot entschied. Am stärksten und am selbstsichersten fühlte sie sich mit Rot, es pumpte seine Präsenz in sie hinein, und der leichte Druck erinnerte sie an die Stelle ihres Körpers, wo das männliche Glied wäre. Wenn sie auf der Bühne stand, kam ihr Spiel von da. Sie hatte nicht das Gefühl, als würde etwas fehlen. Irgendetwas war da, eine Wärmequelle, und sie stellte sich vor, dass sich diese Hitze in ihrem ganzen Körper ausbreitete und durch ihre Arme in die Geige strömte, wo sie sich in peitschende Töne verwandelte.

Sie waren schön, diese ersten Monate im »Il Sasso«. Aber Dante schlief praktisch nie. Eines Tages kam sie so übermüdet zur Arbeit, dass sie einnickte und ihre Hand fast in das Tabakmahlwerk geraten wäre. Sie schreckte hoch, als einer der Arbeiter warnend »Dante!« schrie – gerade noch rechtzeitig, um der rotierenden Klinge zu entkommen.

Sie bedankte sich bei dem Mann, einem rundlichen Spanier, der immer ein ganz finsteres Gesicht machte und wenig redete.

»Idiot«, knurrte der Spanier nur und ging zurück an seinen Platz.

Die Klinge surrte weiter. Das Geräusch erschien ihr jetzt richtig aggressiv, *rrrrr, ich hätte dich zerkleinert, Tabak, Hand, für mich ist alles gleich.* Leda, sagte sie zu sich selbst, du musst etwas ändern, bevor du eine Hand verlierst und überhaupt nicht mehr spielen kannst. Die Fabrik und die Musik – es ist riskant, beides miteinander vereinbaren zu wollen. Aber sie schob den

Gedanken weg, ihren Fabrikjob konnte sie nicht aufgeben, weil das Geld, das sie mit der Musik verdiente, nicht für ihren Lebensunterhalt reichte. Und der Gedanke, vom »Il Sasso« wegzubleiben, war unerträglich. Zu Hause oder im Café zu spielen, das waren zwei völlig verschiedene Dinge. Im Café konnte sie die Musik bis zum Anschlag ausreizen, sie lernte von den anderen, ließ ihre Töne mit den runden Klängen der Gitarre verschmelzen, mit dem bittersüßen Orgeln des Bandoneóns. Sie redeten fast nicht mit ihr, ihre Musikerkollegen, und trotzdem hatte sie das Gefühl, in ein langes Gespräch mit ihnen verwickelt zu sein, ohne Worte, ein Gespräch, das sie begannen, wenn sie spielten, und das Bereiche berührte, die sie sonst niemals erreicht hätten. Und dann war da das Café selbst: »Il Sasso«. Jedes Mal eine Reise an die Grenzen des Chaos. Dadurch, dass Dante für fremde Menschen spielte – für harte Männer, schroffe Huren, für ein paar reiche Knaben –, und dadurch, dass sie sah, wie alle zu den Tönen, die sie schuf, begeistert tanzten, spürte sie eine unvergleichliche Macht, als wäre es nicht die Musik, sondern sie selbst, die Musikerin, die ihre Körper in Bewegung setzte, sie antrieb und ihr Verlangen weckte.

Was ihr eigenes Verlangen betraf, so konzentrierte sie sich ganz auf ihre Geige und auf das Spatzenmädchen, die sie einmal in der Woche besuchte und an die sie während der Zwischentage oft denken musste. Das Mädchen hatte sich an ihren komischen neuen Freier gewöhnt, an den jungen Mann, der gebrochen Spanisch sprach und sie immer nur anschaute und nie seine Hose aufknöpfte. Sie redeten nicht mehr miteinander. Ein Blick an der Bar genügte als Signal, dann gingen sie die Treppe hinauf in ihr Zimmer, wo das Mädchen sich rasch und ohne Umstände auszog, sich aufs Bett legte und die Augen schloss. Ihr Kunde war dann allein mit dieser nackten Schönheit, die Dante in einen stummen Idioten verwandelte und fünfzehn Minuten lang nur staunen ließ. Dante berührte das Mädchen mit zarten Fingerspitzen, um sie nur ja nicht zu belästigen – mehr traute sie sich nicht. Der Gedanke daran, wie das Mädchen die Stunden vorher verbrachte hatte und was ihr noch bevorstand, quälte Dante sehr. Ihre Berührungen sollten deshalb den Schlaf nicht stören, und trotzdem genügten sie, um ihre Fingerspitzen zum Glühen zu bringen, als würde sie die Hände in Feuer halten.

Zu Hause im La Rete hatte sie begonnen, im Innenhof zu spielen, anfangs, um ihre Technik zu verbessern, und dann, weil es ihr Spaß machte. Wenn sie ein paar Stunden ihre Geige nicht in die Hand genommen hatte, juckte es sie schon in den Fingern – sie vermisste das Instrument, so wie ihre Lunge die Zigaretten vermissten. Sie hatte gedacht, ihre Musik würde die Leute stören, wenn sie im Hof spielte, mitten in dem betriebigen Familienleben, aber genau das Gegenteil war der Fall: Sobald sie aufhörte zu spielen, baten Männer und Frauen und vor allem Kinder um mehr. Manchmal machten ihre Nachbarn einfach weiter mit dem, was sie gerade taten – sie wuschen und putzten und rauchten –, aber manchmal legten sie auch eine Pause ein und fingen an zu tanzen: La Strega tanzte mit ihrem Sohn (der mindestens einen Kopf größer war als sie), die libanesischen Männer nahmen ihre Frauen, die französischen und die kalabrischen Kinder probierten miteinander verschiedene Schritte aus, das kinderlose Paar aus Spanien (die Frau war mittlerweile schwanger) schwebte mit leisen Schritten über den Fliesenboden, und die Luft um sie herum knisterte von dem sehr intimen Kontakt. Es erinnerte Leda an früher, als sie noch klein war und ihr Vater immer sonntags nach dem großen Familienessen gegeigt hatte. Die Nachbarn kamen vorbei, um zuzuhören. Oder er hatte sich auf die Piazza gestellt, wo die Menschen lachten, sangen, tanzten. Eine einzige Melodie kann zum Tanzen ausreichen. Eine solide musikalische Sequenz genügt, um den Körper mitzunehmen – wenn er bereit ist, wenn er wach ist. In Alazzano konnte eine einzige Geige die Leute von den Sitzen holen und zum Hüpfen bringen. Sie klatschten den Takt, sie schwangen das Tanzbein: Großmütter, schlaksige

Jungs, Mädchen, die einen Augenblick lang ihre obligatorische Zurückhaltung abschüttelten, Arbeiter, die gerade vom Feld zurückkamen. Bei diesen Gelegenheiten hatte Leda ihr Dorf immer als den schönsten Ort auf der ganzen Welt empfunden. Ein Ort, den man niemals verlassen wollte, nie im Leben, weil die Sonne und die Menschen und eine einzige Geige ausreichten, um so einen Zauber entstehen zu lassen. Sie versuchte, etwas von diesem Gefühl lebendig werden zu lassen, wenn sie im Conventillo spielte und den Innenhof in eine Art Piazza verwandelte, trotz des Gedränges, trotz der Feuchtigkeit und trotz des Gestanks, dem man nicht entrinnen konnte. Sie versuchte, durch ihr Spiel die fernen grünen Hügel ihrer Heimat herbeizuzaubern.

Und sie hatte sie geliebt, diese grünen Hügel, wirklich. Sie waren so schön gewesen – sie waren ihr Zuhause gewesen –, bevor Cora verrückt wurde. In ihrem neuen Leben hier in San Telmo versuchte Leda, nicht an Coras Wahnsinn zu denken. Aber es half alles nichts – immer, wenn sie an ihr Dorf dachte, kam auch der Wahnsinn dazu und überflutete alles, überschwemmte ihre Gedanken.

Coras Wahnsinn drang bei drei Gelegenheiten an die Öffentlichkeit. Das erste Mal war drei Tage nach dem Nachmittag am Fluss, als Leda es nicht geschafft hatte, mit Sonne und Gras und den Geschichten vom alten Pompeji ihre Cousine aufzuheitern. Drei Tage lang war Leda ganz bedrückt gewesen und hatte sich geschämt. Sie hatte ihre Cousine nicht geheilt. Sie hatte versagt. Sie musste sich noch mehr anstrengen. Ja, sie mussten gemeinsam eine Möglichkeit finden, um wegzulaufen und ein neues Leben anzufangen, irgendwo auf der Welt. Sie würde hinter Cora her rennen, aus dem Dorf heraus, sie würde keine Fragen stellen und niemals stehen bleiben, selbst wenn ihre Fußsohlen bluteten. Unermüdlich würde sie weiterlaufen, bis ihre Seelen-Cousine sagte: *Hier, schau nur, schau! Wir sind da.*

Aber sie hatte ihre Chance verpasst.

Sie stand an den Waschtrögen auf der Piazza, bei den Frauen, und schrubbte die Kleider ihres Bruders, als das Geschrei losging. Es kam aus der Kirche. Die Frauen ließen alles liegen und stehen und eilten über die Steinplatten, von ihren Händen tropfte die Seifenlauge.

»Hör auf!«, zeterte eine weibliche Stimme in der Kirche, noch lauter als das Geschrei. »Hör auf, du Teufelsmädchen!«

Die Frauen drängten sich an der Kirchentür, und Leda musste den Hals recken, um über sie weg in den Innenraum blicken zu können. Cora stand im Gang zwischen den Bänken, ein paar Schritte vom Altar entfernt. Auf dem Altar lag ihr zusammengeknülltes Kleid, sie war nackt. Schwester Teresa vom lokalen Orden wollte ihr ein weißes Tuch um die Schultern legen, aber Cora war jünger und stärker als die Nonne und zog es unter Protestgeheul immer wieder weg.

»Schwester Teresa!«, riefen die Frauen.

»Ich – will – sie – bedecken –«

Da beugte sich Cora vor und biss Schwester Teresa in die Hand.

Mit einem Aufschrei ließ die Nonne das Tuch los. Es fiel auf den Boden. In dem Moment sah Leda erst, dass es sich um ein besticktes Altartuch handelte, auf dem der Abendmahlskelch und die Hostie abgebildet waren. Die Frauen auf der Kirchentürschwelle ächzten vor Entsetzen – das heilige Tuch auf dem Fußboden, Cora splitternackt, ihre gebleckten Zähne, Schwester Teresas unnatürlich verdrehter Arm.

Und schon war die Frau des Bäckers bei den beiden. Eine korpulente Frau, die von morgens bis abends große Bleche mit Brotlaiben wuchtete. Mit einer schnellen Bewegung zog sie Cora weg von der Nonne. Cora schrie gellend, und Leda spürte, wie die Dorffrauen in Spannung gerieten, weil sie erwarteten, gleich noch einen Kampf zu erleben, und diese Erwartung bedeutete offenbar eine Art Genuss. Leda spürte das, wusste aber gleichzeitig, dass keine der Frauen es je zugeben würde – doch zur allgemeinen Überraschung endete das Geschrei ganz abrupt, denn Cora sackte in sich zusammen, und ihr Kopf landete am üppigen Busen der Bäckersfrau.

»Holen Sie bitte ihre Kleider«, befahl diese der Nonne, die augenblicklich gehorchte.

Als sie das Kleid brachte, schüttelte Cora heftig den Kopf und gab ein schrilles *Iiiiiii* von sich.

»Zieh dich an!«, riefen die Frauen an der Tür und schwärmten herbei, um Cora einzukesseln.

»So eine Unverschämtheit.«

»Wie kann sie das wagen?«

»Das ist Gotteslästerung!«

»Jemand muss das Mädchen in seine Kleider zwingen, bevor –«

»Ich mach das schon –«

»Moment mal, lass mich vorbei, ich verpasse ihr so eine Ohrfeige, dass sie nicht mehr weiß, wie sie heißt!«

»Nein, ich bin zuerst dran –«

Mehrere Frauen umringten sie nun, kämpften mit dem Kleid und mit Coras Gliedmaßen, sperrten Cora in einen Käfig aus Menschen, die sie packten und auf sie einschlugen, während sie immer lauter schrie: *Iiiiiii.* Leda stand wie erstarrt im Türrahmen. Das war nicht ihre Seelen-Cousine Cora, die kluge Cora, die mutige Cora. Das konnte nicht sein.

»Schafft sie raus!«, ertönte da eine Männerstimme. Es war der Priester, der durch die Sakristeitür den Kirchenraum betreten hatte.

»Habt ihr ihn gehört?«, rief die Frau des Bäckers. »Lasst uns durch.«

Die Frauen wichen zurück, und die Bäckerin kam mit Cora, die immer noch nackt war, zur Tür. Die Frau drückte sie an sich. Sie bewegten sich im Gleichschritt, wie ein merkwürdiges vierbeiniges Ungeheuer. So überquerten sie die sonnenüberflutete

Piazza, in Richtung Palazzo Mazzoni. So hieß das Haus, in dem Cora wohnte. Ihnen folgten die ganzen Frauen, und es kamen immer mehr dazu, die Waschtrog und Herd verließen, um mit den anderen über Cora herzuziehen. Sie schüttelten die Köpfe, glotzten und pressten die Hand aufs Herz, hielten Kruzifixe und andere Gegenstände hoch, zur Abwehr gegen den bösen Blick. Ein prunkvoller Umzug, der Leda an die Prozessionen für die Heiligen erinnerte, nur eben unter anderen Vorzeichen.

Als sie den Palazzo Mazzoni erreichten, packte Coras Mutter ihre Tochter am Handgelenk, schlug sie, für alle sichtbar, ins Gesicht, zerrte sie ins Haus und knallte die Tür zu. Die Menge wartete vor dem Haus, in der Hoffnung, es könnte Gebrüll durch die majestätischen Fenster dringen oder noch mehr frevlerische Laute des Mädchens. Doch alles blieb still. Nach und nach löste sich die Versammlung auf, und Leda blieb allein zurück. Lange stand sie da und starrte hinauf zu den Fenstern im Obergeschoss. Sie musste wissen, was sich im Inneren des Hauses abspielte, sie klopfte sogar an die Haustür, aber niemand öffnete. Als sie zu den Waschtrögen zurückkam, war das Tageslicht verschwunden, und im Dunkeln konnte sie nicht weiterwaschen. Bestimmt schimpfte Mamma mit ihr, wenn sie nach Hause kam und die Wäsche nicht fertig war. Aber das war ihr egal. Sie konnte nur an Cora denken. An ihre schmalen Handgelenke, umklammert von der Nonne. Und wie sie der Bäckersfrau an die Brust sank. Cora, *carissima*, was ist mit dir los?

Am nächsten Tag war Cora im ganzen Dorf das große Gesprächsthema. Sie war offenbar mitten am Tag in die Kirche gegangen, als nicht einmal die alte Witwe Fiora dort saß. Zuerst verhielt sie sich so leise, dass niemand ihre Anwesenheit bemerkte, bis Schwester Teresa in die Sakristei kam, um das Messhemd des Paters zu flicken, und im Kirchenraum ein Summen hörte. Als sie nachschaute, sah sie Cora hinter dem Altar – splitternackt kniete sie da und summte, den Blick starr auf das große Kruzifix an der Rückwand geheftet. Ihre Kleider lagen auf dem Alter. Die Melodie, die Cora summte, war bekannt, den Text wusste jeder auswendig: *Kyrie eleison, Kyrie eleison.* Die Nonne war entsetzt, und ohne zu überlegen, griff sie nach dem nächstliegenden Gegenstand, der diesen Frevel abmildern konnte, ein zusammengefaltetes Altartuch. Sie versuchte, es um das Mädchen zu wickeln und sie gleichzeitig aus der Kirche zu schieben. Und da fing das Mädchen an zu schreien.

Am folgenden Sonntag kam Cora wieder nicht zum Gottesdienst. Leda spürte genau, dass die Klatschbasen furchtbar enttäuscht waren, obwohl keine etwas sagte. Es würde also kein Spektakel geben, keine Gotteslästerung, keine Möglichkeit, das Mädchen zu beschimpfen. Trotz allem genossen die Frauen den wunderbaren Grusel, den die Geschichte bei ihnen auslöste. Wahnsinn allein hätte als Makel schon genügt, um sie in Entzücken zu versetzen. Aber dass die Täterin eine Tochter von Mateo Mazzoni, dem Gutsbesitzer, war, machte alles noch besser. Es war zu schön, um wahr zu sein. Don Mateo beutete die Armen aus und war für so viel Leid verantwortlich, dass selbst Jesus davor zurückgeschreckt wäre, sich mit ihm zu treffen. Und nun wurde dieser Mann von der eigenen Tochter mit Schande überhäuft. Den Einwohnern von Alazzano erschien dies wie eine Strafe, die der Himmel ihm geschickt hatte.

Cora *matta* nannten sie das Mädchen. Die irre Cora. Bei den Waschzubern, auf dem Markt, in der Bäckerei, beim Apotheker. Tage- und wochenlang immer nur: Cora *matta* dies, Cora *matta* jenes. Cora musste die Last der Sünden ihres Vaters tragen. Zwei Monate vergingen, bis ihr Wahnsinn ein zweites Mal gesichtet wurde. Es war an einem Donnerstag. Leda war zu Hause und bereitete mit ihrer Mutter das Abendessen vor. Sie bekam nichts mit und erfuhr erst später davon. Diesmal wurde Cora in dem Wald östlich des Dorfes angetroffen. Wieder war sie nackt, und ihre Kleider waren verschwunden. Den ganzen Körper und auch die Haare hatte sie mit Matsch eingeschmiert, so dass sie aussah wie eine Sumpfkreatur, aufgetaucht aus einem unterirdischen Reich. Mit bloßen Händen hatte sie ein Loch gegraben, eine Art flache Wanne, in der sie kniete, sich Erde in den Mund stopfte und hinunterschluckte. Es war der Sohn des Schmieds, der sie entdeckte, ein elfjähriger Junge. Er rannte schreiend nach Hause und zerrte seinen Vater in den Wald, um ihm die Erdhexe zu zeigen. So nannte er die Erscheinung, die er gesehen hatte. Der Schmied wollte mit Cora sprechen, aber sie fixierte ihn nur schweigend, mit einem Blick, der ihn, wie er sagte, bis an sein Lebensende verfolgen werde.

Das ist keine Erdhexe, sagte er zu seinem Sohn. Das ist Cora *matta*.

Er schickte den Jungen los, damit er Hilfe holte. Vier erwachsene Männer waren nötig, um Cora zu packen und nach Hause zu zerren.

Der dritte und letzte Vorfall ereignete sich einen Monat später, zweieinhalb Stunden nach Mitternacht. Cora wurde auf der zentralen Piazza von Alazzano gesehen. Bei Vollmond. Sie wäre vielleicht gar nicht aufgefallen, wenn die Frau des Schmieds nicht aus einem Albtraum erwacht und ins Freie getreten wäre, um Luft zu schnappen. Da trug der nächtliche Wind eine Melodie zu ihr. Sie folgte den Tönen bis zur Piazza – und rannte dann schnell wieder nach Hause, um ihr Kruzifix zu holen, denn das Kreuz war der beste Schutz gegen jede Art von Teufelswerk. Unterwegs weckte sie das halbe Dorf auf und holte alle aus den Betten, damit sie sich in dem Spektakel suhlen konnten. Leda wachte auf, weil sie unter ihrem Fenster trappelnde Schritte und aufgeregte Stimmen hörte.

Cora matta. Cora matta.

Schlamm in ihrer –

Der Teufel –

Pssst – grauenvoll –

Ledas Magen verkrampfte sich, als sie den Namen ihrer Cousine hörte. Leise schlich sie aus dem Haus, obwohl sie genau wusste, dass ihre Mutter sie verprügeln würde, wenn sie es merkte. Zu ihrer Überraschung schien der Rest der Familie nichts von dem Aufruhr mitzukriegen. Sie lief die hundert Meter bis zur Piazza. Im Nachthemd. In der kühlen Nachtluft fröstelte sie, ein belebendes, unbekanntes Gefühl, das sie vielleicht sogar genossen hätte, wenn sie nicht solche Angst um Cora gehabt hätte.

Sie dachte, die Leute hätten sich bestimmt um ihre Cousine versammelt und würden auf sie einschlagen und sie beschimpfen, so wie in der Kirche, aber stattdessen hatten sie einen großen Kreis gebildet, hielten Kreuze vor sich und murmelten ein Vaterunser oder ein Ave Maria, ein leiser Klangteppich. Im Schein des Vollmonds sahen die Dorfbewohner aus wie Silhouetten des Todes. Und in der Mitte dieses Kreises, mehrere Meter von ihnen entfernt, befand sich Cora – als würde niemand es wagen, sich ihr zu nähern. Angekleidet lag sie auf dem Boden, Arme und Beine ausgebreitet, so dass sie an einen fünfzackigen Stern erinnerte. Sie musste im Wald gewesen sein, denn ihre Haare, ihr Kleid und ihr ganzer Körper waren mit Schlamm bedeckt. Und wieder diese Melodie: *Kyrie eleison, Kyrie eleison, Kyrie eleison.* Es war aber kein Summen, sondern ein wortloses *Aaaaaah*, irgendetwas zwischen Singen und Stöhnen. Coras Klage wurde begleitet von den gemurmelten Gebeten der Dorfbewohner, die sie fast übertönten, aber nicht ganz.

Leda wollte zum Mittelpunkt des Kreises. »Cora«, rief sie. »Cora!«

Cora ignorierte sie und sang weiter.

Ehe Leda ganz bei ihr war, kam jemand hinter ihr her gerannt und packte sie. »Du kannst nichts machen, Kind«, sagte die Person. Es war die Frau des Bäckers. »Komm. Komm mit.«

Sie war nicht unfreundlich, aber sie ließ Leda nicht los, obwohl diese sich wehrte und ganz laut »Cora!« schrie.

Da richtete Cora sich auf und begegnete Ledas Blick – zum ersten Mal, seit der Wahnsinn begonnen hatte.

Und das, was Leda in ihren Augen sah, raubte ihr alle Hoffnung. Es war nicht Wahnsinn, sondern etwas anderes, etwas, was sie noch nie gesehen hatte. In dem Moment, als sie da auf der mondhellen Piazza stand, festgehalten von der Frau des Bäckers, spürte Leda, wie sich in ihrem Inneren etwas löste – die empfindlichen Haken, die dem Denken seine Form geben und es daran hindern, ins Chaos abzurutschen. Sie wusste nichts, sie konnte nichts tun, konnte sich an nichts festhalten, außer an der Melodie, die Cora immer und immer wieder sang, ohne Worte, *Kyrie eleison.* Worte, deren Bedeutung die Nacht verschluckte.

Herr, erbarme dich.

Sie wäre vielleicht ewig im »Il Sasso« geblieben, wenn Santiago nicht gekommen wäre.

Er tauchte an einem Dezemberabend auf, als die ersten heißen Atemzüge des Sommers dafür sorgen, dass die Männer ihre Jacketts auszogen und sich den Schweiß von der Stirn wischten. Santiago war ein eleganter Mann. Seine Kleidung war nichts Besonderes, aber immer frisch gewaschen, und seine Hosen hatten richtige Bügelfalten. Den Hut trug er selbstbewusst schief. Er sah aus wie Ende dreißig und hatte ein sinnliches Gesicht, schwarze Locken wie ein Sizilianer und Augen, so groß und verlockend, dass die Frauen freiwillig ihr Herz darin versenkten.

Er tanzte nicht. Stattdessen lehnte er am Tresen und beobachtete aufmerksam die Musiker. Vor allem den Geiger. Es machte Dante richtig nervös, dass jemand sie so intensiv musterte. Wer war dieser Mann, was hatte er hier zu suchen? Ahnte er ihr Geheimnis? Aber eigentlich konnte das nicht sein. Bis jetzt hatte noch niemand Verdacht geschöpft. Gelegentlich vergaß sie selbst fast, dass sie kein Mann war. Hatte ihn womöglich jemand hierher geschickt, der sie als Leda kannte? Fausta, Arturo, Nestore? Irgendjemand, der ihr auf die Spur gekommen war und einen Mann losgeschickt hatte, um sie aufzuspüren?

Die Angst war komplett unlogisch – diese Leute hatten alle keinerlei Grund, sich die Mühe zu machen, außer Arturo vielleicht, und der hatte garantiert schon längst eine neue Braut, da war sie sich sicher. Trotzdem verschlug es Dante den Atem, und sie hatte Mühe, sich durch die nächsten Stücke zu schummeln.

Als die Musiker eine Pause einlegten, wollte sie dem Fremden aus dem Weg gehen, aber er folgte ihr und kam zum anderen Ende des Tresens. »Dante?«

»Ja.«

»Ich bin Santiago.«

Sie wollte sich wegdrehen.

»Ich würde dir gern einen Drink spendieren.«

»Was willst du von mir?«

»Nichts. Nur reden.«

Dante zögerte. Wenn dieser Mann im Auftrag von jemandem, der sie von früher kannte, hinter ihr her spionierte, wollte sie lieber gar nicht hören, was er zu sagen hatte. Aber vielleicht machte sie alles noch schlimmer, wenn sie sich nicht auf ihn einließ. »Gut, von mir aus. Einen Drink«, sagte sie.

Sie standen an der überfüllten Bar, und als ihre Grappas kamen, kippten sie die Gläser gleichzeitig hinunter.

»Sie sagen, du bist gut«, begann Santiago.

Wer waren »sie«?

»Und sie haben recht.«

Fast hätte Dante sich bedankt, aber sie wollte nicht zu nett wirken. Also nickte sie nur kurz.

»Ich bin hier, weil ich hören wollte, wie du spielst.« Er beugte sich weiter vor. Seine Gegenwart hatte etwas Elektrisierendes, die Luft um ihn herum vibrierte. »Ich bin dabei, ein *orquesta* zu gründen, und möchte, dass du bei uns mitmachst.«

Damit hatte sie nicht gerechnet. Einen Moment lang war sie sprachlos. Santiago wartete mit undurchdringlicher Miene. Dante fasste sich wieder. »Wo?«

»In einer Tanzhalle – die Leute wollen uns unter Vertrag nehmen Die Gäste dort zahlen gut. Anders als hier. Sie haben Kohle.« Mit einer Handbewegung gab er dem Barmann zu verstehen, er solle ihre Gläser nachfüllen. Der Barmann, der gerade ein paar lärmenden Männern am anderen Ende des Tresens Whiskey einschenkte, winkte etwas genervt zurück, um zu signalisieren, er werde gleich kommen. »Aber da ist noch etwas. In der Innenstadt machen mehrere Cabarets auf, die mindestens so gut sind wie die in Paris, und ich kann dir jetzt schon versprechen, dass mein Orquesta eines Tages da spielen wird.«

»Wie willst du das wissen?«

»Ich weiß es eben.«

»Und du brauchst einen Geiger?«

»Ich brauche dich.«

Etwas in ihrem Inneren öffnete sich. Sie wollte sich aber nichts anmerken lassen. »Welches Instrument spielst du?«

»Bandoneón. Wir werden zu dritt sein. Das heißt, demnächst zu viert.«

Der Barmann kam endlich, füllte ihre Gläser und verschwand wieder. Dabei zupfte er an seinem haarigen Ohr. Dante hatte gesagt, dass sie einen Drink nehmen würde, aber nun war sie schon beim zweiten, und als sie ihn hinunterkippte, wurde ihr noch wärmer.

»Wann soll's losgehen?«

»Morgen.«

»Morgen!«

»Sonst verliere ich den Vertrag, Dante. Gib diesen traurigen Ort hier auf und spiele richtigen Tango.«

Dante fingerte an ihrem Glas herum. Ihre Kollegen kamen wieder auf die Bühne. Die Männerclique am Tresen war inzwischen bei der dritten Runde Whiskey angelangt, die Stimmen wurden immer lauter, die Sprüche immer derber. Womöglich floss heute Abend noch Blut.

»Hör zu«, sagte Santiago, und seine Augen funkelten, weil sich die Flamme der Petroleumlampe in ihnen spiegelt. »Du bist jung – und wenn ich's recht sehe, bist du neu in Buenos Aires. Stimmt's?«

Dante zog die Augenbrauen hoch und schwieg.

»Also stimmt's. Dann hast du wahrscheinlich noch nicht gemerkt, dass der Tango sich verändert. Dass er sich verwandelt. Im Winter, während wir uns monatelang vor dem Regen verkrochen haben, war in Frankreich Sommer. Und rate mal, was die Menschen in Paris getan haben?«

»Sie haben in der Sonne gesessen?«, sagte Dante und sah weiße Sonnenschirme vor sich, einen kunstvoll gestalteten grünen Park, Manschettenknöpfe, die im Licht blitzten.

»Sie haben Tango getanzt.«

»Unseren Tango?«, fragte Dante – verblüfft über diese Information und weil sie gerade »unser Tango« gesagt hatte.

»Ja, klar, unseren Tango. Was sonst? Sind dir schon mal die reichen Jungs aufgefallen, die hierherkommen, um zu trinken und um ein leichtes Mädchen zu finden?«

»Natürlich.«

»So wie's aussieht, haben manche von ihnen den Tanz mitgenommen auf ihre Urlaubsreise nach Paris und haben versucht, die französischen Frauen damit zu beeindrucken. Das hat ganz schön viel Wirbel gemacht. Und jetzt wollen die feinen Damen von Paris so tanzen wie die Huren im alten »Il Sasso«. Kannst du dir das vorstellen?«

Dante schüttelte den Kopf. Nein, das konnte sie sich nicht vorstellen. Die Alte Welt, Europa, entflammt von einer Musik aus den grimmigen Conventillos des Neuen Babel. Schon komisch – sie hatte den Ozean überquert, um diese argentinische Musik zu entdecken, und nun segelte diese Musik zurück nach Europa. So schloss sich ein großer Kreis.

Santiago redete weiter: »Wir habe noch keine klare Idee, was aus dem Tango alles werden kann. Es ist noch gar nicht lange her, da konnte man ihn nirgends öffentlich tanzen. In vielen Oberschichtbezirken wären die Leute vor ein paar Jahren eher durch Pisse geschwommen, als Tango zu tanzen. Die Seite von Buenos Aires kennst du wahrscheinlich gar nicht. Oder?«

Dante schüttelte den Kopf.

»Hab ich mir's doch gedacht. Aber jetzt ist der Tango dort angekommen. Und ich sag dir was über die Reichen: Sie machen alles, was aus Paris kommt, nach. Und wenn Paris Tango tanzt, dann ändert sich alles. Es geht nicht nur ums Geldverdienen. Unsere Musik wird ganz groß rauskommen.«

Der Gitarrist schaute vorwurfsvoll zu Dante herüber. Sie musste zurück auf die Bühne.

»Wie meinst du das?«

»Unsere Musik wird in der Geschichte Spuren hinterlassen. Selbst wenn uns niemand kennt und unsere Namen längst vergessen sind. Die Musik wird auch nach unserem Tod weiterklingen.«

Wie dieser Santiago redete! Diese Begeisterung! »Ich muss wieder an die Arbeit.«

»Tu's nicht. Vergiss dieses Café. Geh heute Abend mit mir von hier weg – jetzt gleich. Ich geb dir das Geld, das du verdient hättest, dann üben wir, bis es hell wird.«

Er fixierte Dante mit einem Blick, der die Frau in ihr ganz unruhig machte, ein Blick, der verführerisch gewirkt hätte, wenn sie nicht als Mann verkleidet gewesen wäre. Die Whiskeytrinker hinter ihm hatten angefangen zu streiten, allerdings hatte noch keiner ein Messer gezückt. Dante verstand nicht, was sie sagten. Eine Hure kam, stellte sich zwischen die beiden Rädelsführer und lächelte, als wäre ihr Mund auch eine Art Waffe. Ein Ablenkungsmanöver. Gott segne die Huren.

»Wo arbeitest du sonst noch, Dante, außer hier? In einer Zigarettenfabrik?«

Sie erstarrte. Hatte er sie etwa doch ausgekundschaftet? Was wusste er sonst noch über sie? »Wer hat dir das gesagt?«

»Niemand. Ich rieche den Tabak.«

Sie wurde rot vor Verlegenheit.

»Keine Sorge. Wir riechen hier alle nach unseren Jobs, nach Metall, Gerbsäure, Brot oder Scheiße. Wenn du für mich arbeitest, kannst du irgendwann aufhören in der Fabrik, und dann riechst du nur noch nach Musik.«

Dante musste lachen. »Ach, wirklich? Und wie riecht Musik?«

»Sag du's mir.«

Dante begegnete seinem Blick. Santiago meinte es ernst. Sie war noch nie einem Mann begegnet, der so redete. Er liebte die Musik genauso uneingeschränkt wie sie selbst. Eigentlich war es verrückt, in dieser Stadt einem Fremden zu vertrauen. Er konnte sie belügen, sie in eine Falle locken. Ein ahnungsloser neuer Immigrant, den man ohne Probleme erstechen konnte, um ihm seine paar Münzen abzunehmen. Aber Santiagos Vision lockte sie. Sie wollte ihm folgen, wohin auch immer, hinaus in die Nacht, so wie die Kinder dem Rattenfänger gefolgt waren, weil sie von seinem unwiderstehlichen Flötenspiel geblendet waren.

»*Che*, Dante!« Es war der Gitarrist, der jetzt hinter ihr stand und sie am Arm packte. »Kommst du oder was?«

Santiago beobachtete sie abwartend.

Dante stand auf, um auf die Bühne zu gehen. Sie würde Santiago bitten, ihr Bedenkzeit zu lassen und morgen wiederzukommen oder in einer Woche, weil sie sich das genau überlegen musste. Aber der Gitarrist hielt sie fest – und was war, wenn der Fremde nicht wiederkam, sondern einen anderen Geiger fand und mit ihm zusammen die Musik machte, die noch nach ihrem Tod weiterklang? Das würde sie sich nie verzeihen. Dieser Mann hatte im Chaos dieser großen Stadt eine Tür für sie geöffnet, und wenn sie nicht durch diese Tür ging, würde sie niemals erfahren, was sich auf der anderen Seite befand.

»Ich komme«, sagte Dante.

Der Gitarrist ließ ihren Arm los. »Wird auch Zeit.«

Sie ging zur Bühne, nahm ihre Geige und den Bogen. Sie spürte Santiagos Blick. Ihr Geigenkasten befand sich im Hinterzimmer, aber dafür blieb keine Zeit. Egal – sie würde sich einen neuen beschaffen. »Ich gehe«, verkündete sie und ging zur Bar.

»Wie bitte? Du kannst doch nicht einfach abhauen, du –«, rief der Gitarrist hinter ihr her.

»Komm, schnell«, zischte Santiago, als sie bei ihm war, nahm sie an der Hand und zog sie durch das überfüllte Café. Der Gitarrist war dicht hinter ihnen, folgte ihnen durch das Gewühle, und als Leda sich umdrehte, sah sie eine schimmernde Klinge und ein feuerrotes Gesicht. Sie wusste nicht, was sie erwartet hatte, aber dass er ein Messer ziehen würde, damit hatte sie nicht gerechnet.

»Dreh dich nicht um, du Idiot«, sagte Santiago. »Komm schon, komm –«

Das ist Wahnsinn, dachte Leda, während sie mit ihm zur Tür rannte, über die Schwelle und dann mit klopfendem Herzen hinaus in die Nacht.

5

CINQUE

Meine Damen und Herren! Ladies and Gentlemen!

Alles gefiel ihr, jeder Aspekt, nichts störte sie, weder die Blasen an den Fingern noch die schmerzenden Füße. Es machte ihr auch nichts aus, dass ihr die Arme weh taten, weil sie immer diese verdammte, wundervolle Geige halten musste. Die Abende, an denen sie auftraten, waren endlos – bis Sonnenaufgang, als könnte nur ihre Musik das Tageslicht zur Rückkehr verführen. Die Klangfarbe des neuen Orquesta wurde im Lauf der Monate präziser und nahm immer mehr Gestalt an, fokussierte sich, schwang sich in höchste Höhen und bekam Biss. Sie spielten und spielten, für ein arrogantes Publikum, für ein Publikum, das ihnen zugetan war. Ohne Unterschied. Danach ging Dante zu Fuß nach Hause, durch Straßen, die in die goldenen Strahlen der Morgensonne getaucht waren. Wie benommen blickte sie sich um und bestaunte die Stadt, die sie aufgenommen und ihr eine Möglichkeit des Überlebens geschenkt hatte. Jedenfalls noch. Denn kein Tag war selbstverständlich, die Nächte noch weniger. Diese Stadt war nicht weich, sie hatte Ecken und Kanten, an denen man sich verletzen konnte, man konnte stolpern und fallen, blitzschnell, ohne Wiederkehr, auf dem direkten Weg hinab in die Hölle. Das machte jeden Atemzug, den man in Buenos Aires erlebte, zu einem Akt der Gnade. Manchmal, wenn Dante morgens in ihr winziges Streichholzschachtelzimmer kam und sich auf die Pritsche legte, wunderte sie sich: wieder eine Nacht, wieder eine steinige Morgendämmerung, ein Geschenk, so groß, dass es fast unverdient erschien. Sie verdiente ihren Lebensunterhalt mit der Geige, auch ein grandioses Wunder, so groß wie das mit den Broten und Fischen. Sie konnte ihren Job in der Fabrik kündigen, wie Santiago vorhergesagt hatte, und ein Leben führen, das sie niemals für möglich gehalten hätte: Sie lebte von der Musik. Und für die Musik. Denn wenn Menschen die Tanzhalle füllten und der Tango sie packte wie ein herrlicher Fluch und sie in Paaren durch den Saal wirbelte, ihre Körper in der leidenschaftlichen Sprache des Tanzes gefangen – dann verschwindet der Raum, die Welt verschwindet, alles weicht zurück, und übrig bleibt ein einziger strahlender Kreislauf des Lichts zwischen zwei Tanzenden. Dante wusste genau, wie sich das anfühlte, denn sie hatte diesen Tanz ja auch schon getanzt. Aber das Gefühl, dass die Welt nur noch aus zwei Menschen besteht und aus sonst nichts – dieses Gefühl war eine Illusion. Kein Paar schuf den Tanz aus eigener Kraft. Es gab keinen Tango ohne Musik, und die Musik kam von ihr, sie kam von ihnen, den Musikern: Dante drückte die Saiten, und die wohlgeformten Knöchel von fünfzig Frauen bewegten sich im Takt, fünfzig hübsche Rücken wölbten sich, fünfzig Oberschenkel schoben sich entlang behosten Beinen, oh, begnadetes Kicken, Haken, Gleiten. Oh, Körper, die pressten, während sie den süßen Hals ihres Instruments presste und von der Bühne aus zuschaute. Halte sie fest, *compadre*, dachte Dante immer wieder, schiebe dein Bein zwischen ihre, drücke sie so zärtlich nach links, dass sie glaubt, die Wendung komme aus ihrem eigenen freien Willen, lege deine Hand auf ihren verlängerten Rücken, als wäre dieser das Zentrum aller Lust auf Erden, und ich schenke euch meine Töne, immer und immer wieder, Nacht für Nacht, meine Töne werden euch bewegen, euch führen, meine Töne werden sie, durch dich, leidenschaftlich lieben.

Das Orquesta nannte sich El Cuarteto Torres, nach seinem Leiter, El Negro Torres, den Dante immer noch Santiago nannte, denn so stellte er sich immer vor, Santiago, sein eigentlicher Name, der schnell verschwunden war hinter dem »Negro«, welcher an ihm hängen blieb und von jedem im Publikum gerufen wurde. Da war nichts zu machen, denn in dieser Stadt wählt nicht der Mann seinen Namen, nein, die Stadt gibt ihm einen. Man musste nicht einmal ein Schwarzer sein, um El Negro genannt zu werden, aber wenn man tatsächlich schwarz war oder so dunkel wie Santiago mit seinen wilden schwarzen Locken und der Olivenhaut (weshalb Dante ihn zuerst für einen Südeuropäer gehalten hatte), dann hieß man El Negro dies oder El Pardo das, und es gab kein Entrinnen – so wie aus einem kleinen Mann ein El Petiso wurde, aus einem Dicken El Gordo, aus einem Kahlkopf El Pelado und so weiter. Der Beiname wird gefräßig und verschluckt den richtigen Vornamen.

Am Anfang dachte Dante manchmal nicht daran und nannte Santiago wie alle anderen auch Negro, aber sie merkte schnell, dass er sich zwar nicht aktiv gegen seinen Beinamen wehrte, aber wenn sie ihn Santiago rief, reagierte er irgendwie anders, fast als wäre er freudig überrascht. Dante wusste, wie es sich anfühlte, wenn man selbstbestimmt leben will. Es war ein schwer greifbares Ziel, das einem schnell entgleiten konnte. Sie gab Santiago, was sie konnte, indem sie den Namen verwendete, den er bevorzugte.

Pedro war der zweite Bandoneónspieler, nicht so gewandt mit den Tasten wie Santiago, aber zuverlässig, präsent und leidenschaftlich. Er spielte oft mit geschlossenen Augen, und seine Haare klebten in wilden Strähnen an der schweißnassen Stirn, wodurch er aussah wie ein ungewöhnliches Amphibienwesen, weder Tier noch Mensch, nass, transformiert. Dann öffnete er die Augen, verließ die Bühne – und die Härte kehrte in sein Gesicht zurück, zusammengebissene Zähne, trotziges Kinn, wie ein ausgefuchster Gangster oder wie ein Junge, der es satthat, verprügelt zu werden. Er war jung, höchstens dreiundzwanzig, ein Herumtreiber aus der Pampa, den Viehzuchtgebieten außerhalb der Stadt. Niemand wusste, wie er nach Buenos Aires gelangt war und warum (man konnte es sich allerdings denken, und alle sahen das so: der Lärm, die Musik, die Arbeit, eine größere Auswahl an Huren – wer wollte nicht in der Großstadt sein, wenn es irgendwie ging?).

El Loro war das vierte Mitglied der Gruppe und spielte ebenfalls Geige. Er hieß El Loro, seit er drei Jahre alt war, denn er fungierte als Dolmetscher seiner Eltern – Juden, die aus Russland gekommen waren – und war deswegen gezwungen, ständig zu quasseln und sich pausenlos zu wiederholen, in beiden Sprachen. Wie ein Papagei, *un loro*, sagten seine Conventillo-Mitbewohner. El Loro war noch jünger als Pedro, erst einundzwanzig. Er war auf einem Schiff zur Welt gekommen, mitten auf dem Atlantik, was ihn – wie eine wichtigtuerische ältere Dame meinte, die darauf bestanden hatte, bei der Geburt zu assistieren – dazu verdammte, für den Rest seines Lebens ankerlos herumzutreiben. Na und, was soll's, sagte er lachend, als er die Geschichte morgens um sechs nach der Arbeit bei Whiskey und Eintopf erzählte, wer will schon einen Anker? Ein Anker ist doch nichts als ein Stück Eisen, das man mit sich herumschleppt. El Loro wohnte mit seinen Eltern, seinen Schwestern und einem Bruder in einem kleinen Zimmer und teilte sein Einkommen mit ihnen. Er war umgänglicher und freundlicher als Pedro. Wenn er redete, teilte er die Luft mit so ausholenden Handbewegungen, dass der Raum größer zu werden schien. Als Geiger war er undiszipliniert, überschwänglich, aber er besaß eine Energie, welche die Gruppe antrieb und durch Dantes Stabilität ideal ausgeglichen wurde.

»Du bleibst nicht im Tempo, wenn du in Fahrt kommst«, sagte Santiago zu ihm. »Reiß dich zusammen! Vergiss das Wesentliche nicht! Halte dich an Dante.«

»Ja, klar. Er ist der Fels in der Brandung, unser Dante«, erwiderte El Loro, ein bisschen beleidigt.

»Stimmt.«

»Wie macht er das nur?« El Loro seufzte. »Er ist doch noch ein Kind.«

El Loro und Pedro schauten Dante an, weil sie eine Reaktion erwarteten. Dante zuckte die Achseln und drehte sich weg, widmete sich ihrem Geigenkasten.

»Es kann dir doch egal sein, wie er das macht«, sagte Santiago. »Sei froh, *dass* er es macht.«

Sie wusste selbst nicht, wie sie es machte, woher ihre Stabilität kam. Alles in ihrem Leben war instabil: Geld, Essen, Arbeit, ihr winziges Zimmer, die bedrängende Nähe der Nachbarn, die unter keinen Umständen erfahren durften, wer und was sie war. Ihr Leben konnte in Sekundenschnelle zu Ende sein, und dieses Wissen gab ihr oft das Gefühl, schwach und zerbrechlich zu sein. Aber sobald sie auf der Bühne stand (oder, falls kein Podium vorhanden war, in einer Ecke) und spielte, erwachte etwas anderes in ihr, eine Sicherheit, die so groß, so umfassend war, dass sie gar nicht zu ihr zu gehören schien, sondern zu irgendeinem Berg, zu einem Monster, irgendeinem uralten Wesen. Keine Sicherheit des Überlebens – die nicht. Die Sicherheit der Bewegung. Die Sicherheit des Rhythmus. Die Sicherheit der Töne, verbunden durch Sehnsucht.

Santiago war ein Rätsel. Er schien von Kräften jenseits des menschlichen Kosmos angetrieben zu werden. Anders war die einzigartige Intensität, mit der er arbeitete, nicht zu erklären. Er redete selten über sich, und trotzdem hatte Dante das Gefühl, als würde sie ihn schon lange kennen. Als könnte sie ihm alles erzählen, und er würde ihr zuhören, sie vielleicht sogar verstehen. Dank Santiago war sie nicht mehr allein, sondern Teil einer Gruppe, einer Vierergemeinschaft, die auf einem gemeinsamen Floß durch die Welt segelte, und hatte Vertrauen zu dieser Gruppe, sie vertraute auf Santiagos Führung, auch wenn er weder ein Steuer noch eine Karte besaß. Sie hätte nicht erklären können, warum sie an ihn glaubte. War es seine Zuversicht? Möglicherweise. Oder die Kraft seiner Vision. Santiago wollte nicht nur Tango spielen: Er wollte den Tango in neue Welten katapultieren, wo seine Existenz immer noch nicht bemerkt worden war. Ihm genügte es nicht, wenn sein Orquesta gut war, es musste zur Legende werden. Deshalb war er manchmal ein strenger Chef, der viel verlangte, aber er war nie grausam oder gemein, wie sie es von anderen Orquesta-Leitern schon gehört hatte. Er beleidigte seine Musiker nicht, er belog sie nicht und versuchte nie, sie um ihren Lohn zu betrügen. Aber er schikanierte sie wie ein Ghoul, ein schrecklicher Dämon. Bei den Proben gab es nie eine Pause, Fehler auf der Bühne waren ein Verbrechen. Gelegentlich beschwerten sich Pedro und El Loro und drohten, sie würden nicht mehr mitmachen, aber in Wirklichkeit wussten sie genau, dass sie ersetzt werden konnten, dass es viele Männer gab, die davon träumten, mit ihren Instrumenten die Welt des Tango zu erobern. Pedro und El Loro besaßen zwar beide eine perfekte Mischung aus elementarer Begabung und leidenschaftlicher, an Wahnsinn grenzender Hingabe, die ihnen sicher auch andere Chancen eröffnet hätte, aber trotzdem riskierten sie nie ernsthaft einen Bruch. Dante dachte nicht daran, die Gruppe zu verlassen, sie hinterfragte nie die strahlende Überzeugungskraft in Santiagos Stimme, wenn er zum Beispiel sagte: Wir werden es weit bringen, das verspreche ich euch, also bleibt bei mir und seid optimistisch. Dante war es sowieso egal, ob sie es weit brachte oder nicht. Ihr genügte der Glanz der Gegenwart.

Sie spielten überall. Sie spielten, wo sie konnten. Es gab fette Zeiten, in denen El Cuarteto Torres zwei oder drei Angebote gleichzeitig hatte und sich das beste Lokal aussuchen konnte, aber noch häufiger gab es magere Zeiten, in denen sie sich zufriedengeben mussten mit Lokalen, die sie morgens klebrig und verschwitzt und erschöpft verließen, dankbar dafür, dass sie die Nacht unbeschadet überlebt hatten. Es gab funkelnde Tanzhallen, in denen die Trinkgelder für die Musiker langsam, aber sicher eine Kristallschüssel füllten. Cafés mit Kerzenlicht, das die Flecken auf den Tischtüchern und auf den Kleidern der Huren kaschierte. Bars, wo alte Einschusslöcher ein eigenartiges Netz aus Rissen in die Wände gezeichnet hatten, die an das Werk einer bösen Spinne denken ließen. Sie spielten die Nächte durch, um die Sonne über die Dächer zu schieben. Sie spielten für arme Leute und für reiche, die sich auf Abenteuersuche unter die Armen mischten, für Frauen, die fürs Tanzen bezahlt wurden, für Frauen, die fürs Tanzen und fürs Ficken bezahlt wurden, und wenn sie wirklich nichts anderes bekommen konnten, spielten sie auch für Frauen, die nur für Sex bezahlt wurden und deshalb nie Zeit hatten zu tanzen. Obwohl Dante nun schon so viele Monate diesen Job machte, konnte sie sich nicht an diese Frauen gewöhnen. Diese Frauen quälten sie. Verfolgten sie bis in ihre Träume. Sie wachte schwitzend auf, bedeckt vom Schweiß des Verlangens, der Trauer und der Scham. So viele der Frauen hatten Augen wie tote Fische, was die Männer gar nicht zu bemerken schienen oder wofür sie sich nicht interessierten, weil sie wahrscheinlich dachten: Die ist doch schon kaputt, da spielt es keine Rolle mehr, was ich mit ihr mache. Oder weil sie es nicht erwarten konnten, bis sie endlich an der Reihe waren. Aber Dante musste ständig an den Schmerz dieser Frauen denken. Es erschien ihr wie ein Verbrechen, sie zu begehren. Sie lag im Dunkeln und versuchte, nicht an sie zu denken, versuchte, nicht an Cora zu denken, wie sie auf dem Rücken lag, die Augen geschlossen, damit sie den Schatten ihres Vaters nicht sehen musste. Den Gedanken, einer Frau weh zu tun, konnte Dante nicht aushalten.

Ach, du Lügnerin. Die Bestie in dir. Was will diese Bestie, wenn sie dich schweißgebadet aufweckt?

Sie wollte ihnen nicht weh tun, nein, nein – verzweifelt wehrte sie sich gegen die Stimmen in der stickigen Dunkelheit. Sie anschauen, ja, sie berühren, ja, sich in sie versenken, wie Männer das tun, lieber Gott, wenn nur – aber ihnen weh tun? Niemals.

Du denkst, sie können das unterscheiden, diese Mädchen?

Nach allem, was sie durchgemacht haben? Für sie wärst du nichts anderes als noch so ein Scheusal.

Jede Nacht kämpfte sie mit diesen Stimmen, fand keine Antwort. Sie war schuldig. Sie haderte mit ihren Schuldgefühlen. Sie wollte nicht begehren, sich nicht nach den Frauen sehnen, aber sie scheiterte. Also schloss sie einen unbehaglichen Waffenstillstand mit sich selbst: Sie durfte die Frauen anschauen, aber nur von weitem und ohne sie anzufassen. Sie musste die Huren vor ihrer Berührung schützen. Die einzige Ausnahme war das Spatzenmädchen, zu dem sie immer wieder zurückging, wie zum heiligen Schrein, bis sie eines Tages ins »La Moneda« kam – und das Mädchen verschwunden war. Niemand wusste, was mit ihr war. Oder es wollte keiner etwas sagen.

»Such dir 'ne andere«, knurrte der Barmann mit einem Achselzucken. »Und jetzt bestell dir 'nen Drink und lass mich weiterarbeiten.«

Dante wollte sich das Spatzenmädchen nicht krank und elend vorstellen oder wie sie erstochen in einem Hinterhof lag oder einfach durch die langen Nächte zu Tode erschöpft war. Mädchen wie sie verschlang diese Stadt Tag für Tag, um sie dann irgendwo wieder auszuspucken. Vielleicht war ja gar nichts passiert, vielleicht war sie weggelaufen, auf einem Boot über den Fluss geflohen oder mit dem Zug in die Pampa, in diese endlose Ebene, die angeblich hinter der Stadt begann. Hoffentlich! Wenn sie wenigstens den Namen des Mädchens wüsste. Sie hatte sich geweigert, ihn ihr zu sagen, und Dante wollte sie nicht bedrängen. *Such dir 'ne andere.* Alles kein Problem. Die anderen Huren beäugten sie schon, auf der Jagd nach Centavos, aber Dante konnte ihnen nicht ins Gesicht schauen. Sie schlich sich davon und ging eilig nach Hause.

Die Männer in ihrem Orquesta hatten alle eine Freundin, doch die Freundinnen kamen und gingen und hinderten sie keineswegs daran, nebenbei immer wieder ins Bordell zu gehen. Im Gegenteil – ernsthafte Freundinnen waren oft eher tugendhaft, und je tugendhafter ein Mädchen war, desto dringlicher wurden die Bordellbesuche. In den ersten Monaten ließ sich Dante immer irgendwelche Ausreden einfallen, weshalb sie nicht mitgehen konnte, aber die Männer wurden immer ungeduldiger. Es ärgerte sie regelrecht.

»Du kannst doch nicht schon wieder nein sagen«, schimpfte El Loro. »Hast du ein Problem?«

»Er ist noch ein Kind«, sagte Pedro höhnisch mit hoher Stimme.

»Stimmt nicht«, protestierte Dante. »Ich will mich nur konzentrieren.«

»Worauf denn?«

»Auf meine Musik.«

Santiago verfolgte die Szene aufmerksam. Aber Dante konnte von seinen Augen nicht ablesen, was er dachte.

Pedro grinste. »Ja, klar – auf deine Musik! Weißt du, was einem Mann hilft, sich noch besser auf die Musik zu konzentrieren?«

»Er hat recht, Dante«, sagte El Loro. »Wenn du nicht aufpasst, explodieren deine Eier.«

»Heute Abend kommst du mit«, verkündete Santiago im gleichen Tonfall, in dem er ihnen befahl, zu einer bestimmten Zeit bei der Arbeit zu erscheinen oder noch eine Stunde zusätzlich zu proben. Und dieser Tonfall zeigte Dante, dass sie verloren hatte. Sie zuckte resigniert mit den Schultern, und weil sie den Männern nicht in die Augen sehen wollte, nahm sie ihre Geige, um sie zu stimmen. Ihre Hände zitterten, als sie die Wirbel drehte.

»Seht euch das an – er wird knallrot!« Pedro lachte. »Er hat's wirklich nötig.«

Dante schwieg. Die Antwort: *Ich kann das nicht, ich kann nicht mit* lag ihr auf der Zunge. Sie stellte sich vor, wie sie den Mund aufmachte und den Satz aussprach – worauf unter Garantie noch mehr Sätze folgen würden, Bekenntnisse, die Demaskierung. Aber es war Zeit für den Auftritt, und sie folgte El Loro drei wackelige Holzstufen hinauf auf ein erhöhtes Podium, das zwar abgenutzt und schäbig war, sie aber trotzdem in ein Zauberreich transportierte, die Welt der Bühne, ihre heimliche Zuflucht. Mit der Zeit hörten ihre Hände auf zu zittern, und die Musik trug sie auf ihrer Strömung davon.

Nach der Arbeit gingen sie ins »Lo de Amalia«, eine Tanzhalle, in der sie schon öfter gespielt hatten. Hier gab es mehrere Hinterzimmer, die man fast als sauber bezeichnen konnte. Als sie kamen, war es schon halb sieben morgens, und das tanzende Publikum hatte sich größtenteils verabschiedet, so dass die Mädchen sich vor allem ihrer Arbeit in den Hinterzimmern widmeten. Die Tanzhalle war voll, schummrig beleuchtet und roch nach Petroleum und Bier. In dem Mief bekam Dante nicht gut Luft. Aber vielleicht kam das auch von ihrer Angst. Sie folgte den anderen an einen kleinen Tisch und nahm beklommen Platz. Schon wenig später kam eine Hure und schlang ihr die Arme um den Hals. Zum Glück hatte sie sehr lebendige Augen. Und sie war hübsch, auf eine mondgesichtige, mollige Art. Sie wirkte älter als die meisten anderen Prostituierten, dreißig oder vielleicht sogar noch älter. Eine Frau mit Lebenserfahrung, die schon einiges gesehen hatte, aber nicht daran kaputtgegangen war.

»Na, du hübscher Junge«, sagte sie. »Du kommst am besten mit mir.«

Sie sagte das wie eine Mutter, die ihr Kind ermahnt, es solle sich das Gesicht waschen. Dann setzte sie sich zu Dante auf den Schoß und drängte ihren üppigen Busen an sie.

»So ist's gut, mein Junge.«

Sie roch nach Schweiß und Zimt. Dante wurde ganz schwindelig. Diese Frau, ihr runder Körper, so nah. Sie hatte sich geschworen, keine Frau mehr anzufassen, keine außer dem Spatzenmädchen, aber hier war sie ja nicht diejenige, von der die Berührung ausging, oder? Die Frau war von sich aus auf sie zugekommen, unaufgefordert, und sie schien nicht besonders zerbrechlich, im Gegenteil, sie war massiv wie eine Eiche. Santiago warf Dante mit hochgezogenen Brauen einen kurzen Blick zu, als wollte er sagen: *Es gibt noch andere Mädchen hier, du musst ihr Angebot nicht annehmen – oder willst du sie wirklich?* Dante bemühte sich, ihm mit den Augen zu signalisieren, dass er ganz zufrieden war. Santiago sah aus, als müsste er sich ein Grinsen verkneifen, und Dante spürte, dass sie wieder rot wurde vor Verlegenheit – und weil sie das Gefühl hatte, ausgelacht zu werden. Doch dann zog Santiago seinen nichtvorhandenen Hut vor Dante, wandte sich wieder dem Mädchen auf seinem Schoß zu und flüsterte ihr etwas ins Ohr, was sie zum Kichern brachte. Nein, kein Spott. Nur ein freundschaftliches Lächeln. Erleichtert, weil Dante, der Jüngste der Truppe, gut versorgt war und bestimmt seinen Spaß haben würde. Die Geste wirkte väterlich, fast zärtlich, und vielleicht war es ja genau das, vielleicht war es ein traditionelles Ritual für Väter und Söhne. Dante hatte keine Ahnung, sie war nie ein Sohn gewesen, aber jetzt fühlte sie sich trotz ihres schlechten Gewissens gegenüber den Mädchen ermutigt durch Santiago. Er kümmerte sich um sie, er kümmerte sich um alle im Orquesta, um diese jungen Männer, die fast noch Kinder waren und die er aus der Gosse von Buenos Aires geholt hatte. Die Männer gingen bald in Richtung Hinterzimmer. Dante folgte ihnen, dicht hinter der Frau mit dem Mondgesicht. Hoffentlich waren die Wände nicht zu dünn (eine Hoffnung, die garantiert vergeblich war), denn es erregte ja sicher Verdacht, wenn sie nicht die entsprechenden Geräusche von sich gab. Sie war völlig verkrampft, alle Muskeln angespannt, und bei jedem Schritt musste sie gegen Wellen der Panik ankämpfen. Im Grund wollte sie die ganze Sache nur irgendwie überstehen, ohne aufzufliegen. Der Korridor erschien ihr endlos – wenn herauskam, wer sie wirklich war, musste sie weit rennen. Und noch viel weiter, um irgendwo in diesem Land einen Winkel zu finden, wo sie dann hoffentlich wieder von vorn anfangen konnte.

Als sie das Zimmer betraten, flüsterte Dante: »Leg dich mit mir hin.«

»Du kleiner Dummkopf – was denn sonst?«

»Nein, ich meine, ich will einfach nur auf dem Bett liegen. Sonst nichts.«

»Was ist los? Ist er wund? Hast du 'nen Tripper?«

Dante zuckte die Achseln. Die Frau lachte und legte sich hin. Die Wände waren sehr hellhörig. Nebenan war El Loro. Er ächzte schon. Dante legte sich zu der Frau auf die dünne Matratze. »Wie heißt du?«, fragte sie.

»Alle nennen mich Mamita.«

Sie war eine wunderbare Frau, das spürte Dante jetzt noch mehr. Entspannt lag sie auf dem Bett, als würde sie gleich beginnen zu träumen. Dante wollte sie eigentlich nicht berühren, aber schon wanderten ihre Finger über Mamitas Körper, ganz sanft. Öffneten ihr Oberteil. Das zählte nicht, oder? Nicht anfassen, nein – »Deine Haut ist so warm, Mamita.«

»Das ist erst der Anfang. Tut's weh?«

»Tut was weh?«

»Dein Ding.«

»Es – äh – nein, nicht besonders.«

»Bist du sicher? Soll ich es küssen, damit alles wieder gut wird?«

»Nein, vielen Dank.«

»Ich mache dich schüchtern.«

»Nein.« Ihre Hand war jetzt in Mamitas Oberteil, streichelte ihre Brüste und kehrte immer wieder zu den wunderbaren Nippeln zurück. Nein, das durfte sie nicht. Sie musste aufhören. Jede Faser ihres Körpers brannte vor Lust.

»Doch, ich weiß es.« Mamita lachte nett. »Du bist noch ein Junge, stimmt's?

Sie schaute Dante mit ihren großen braunen Augen an, halb spöttisch, halb fürsorglich. Sie flirtet mit mir, dachte Dante ganz erschrocken. Sie macht sogar den Eindruck, als würde es ihr –

und das war noch viel erstaunlicher – als würde es ihr gefallen. Man stelle sich vor. Eine Hure, die innerlich lebendig war, die lachte und dieses Lachen ehrlich meinte. Die Brüste waren jetzt aus ihrem Mieder befreit und gehörten Dantes gierigen Händen. »Ich tu dir nicht weh?«

»Ob du mir weh tust? Mit diesen kleinen Pfötchen?«

»Ich will … ich will dir nicht weh tun.«

»Ach, du armes Herzchen. Du hast ja keine Ahnung. Und jetzt bleiben dir nur noch ein paar Minuten – hörst du deinen Freund nebenan, der ist gleich fertig. Und du plantschst noch im flachen Wasser herum, wie ein Baby. Ich will dir ein Geheimnis verraten. Komm her.«

Dante beugte sich zu ihr und begegnete ihrem Blick.

»Hörst du mir auch zu?«

Dante nickte.

»Ich tu dir einen großen Gefallen mit dem, was ich dir jetzt sage. Die meisten Damen würden das niemals zugeben. Jedenfalls nicht offen. Es ist aber etwas, was du als Mann wissen musst. Verstehst du?«

Wieder nickte Dante.

»Es ist gut, wenn du sie sanft behandelst, so wie du das jetzt gemacht hast. Aber das ist auch langweilig. Die meisten Damen haben's gern ein bisschen heftiger. Nimm den Nippel zwischen Daumen und Zeigefinger und quetsche ihn richtig, eine ganze Weile.«

Nebenan hatte das Stöhnen und Ächzen aufgehört, und es herrschte Stille.

»Mach schon!«

Dante gehorchte zögernd.

»Nein, fester.«

Sie drückte fester.

»Jämmerlich. Du willst ein Mann sein? Fester! So fest du kannst.«

Dante tat, was sie verlangte. Mamita wölbte den Rücken,

schloss die Augen und stieß einen langgezogenen, hohen Schrei aus, klar und wunderschön. Einen Moment lang war die Grenze zwischen ihnen aufgehoben, die Distanz, die durch die Rollen, die sie spielten, entstand, und es war, als würden sie sich anderswo begegneten, auf einem großen Ozean, Dante ein Floß, Mamita das schimmernde Wasser. Dann kehrte das Zimmer zurück. Mamita öffnete die Augen und starrte einen Moment lang ausdruckslos auf einen Punkt an der Wand, bis sie sich mit einem amüsierten Lächeln zu Dante drehte. »Na, so was. Du kleiner Teufel!«

Dante wusste nicht, was sie sagen sollte, suchte verzweifelt nach Worten, stolperte.

»Deine Zeit ist um.«

»Ah. Ja.« Sie erhob sich zitterig und griff nach ihrem Hut. »Danke für den Geheimtipp.«

»Vergiss ihn nicht.«

Wie könnte ich?, dachte Dante, und sie hätte es auch gesagt, wäre Mamita nicht schon dabei gewesen, ihr Mieder zuzumachen. Mit so sachlichen Bewegungen, dass Dante das Gefühl bekam, verjagt zu werden wie ein Hund. Sie ging, mit unsicheren Schritten. Der Korridor leuchtete eigenartig. Pedro und El Loro lehnten an der Wand und warteten. Santiago war noch nicht zurück.

»Was hast du mit ihr gemacht, Dante?«

Vor dieser Frage hatte sie sich gefürchtet. El Loro musterte sie mit Interesse. Er wollte eine Antwort. Wenn die beiden erfuhren, dass sie gar nicht – dass sie gar nicht konnte –, dann würde die Welt um sie herum sich auflösen.

»Wie hast du das geschafft, dass sie so schreit? Komm schon, verrat's uns!«

Was sie in El Loros Gesicht sah, war kein Misstrauen, sondern Bewunderung. Sein Mädchen war die ganze Zeit über stumm geblieben. Sogar Pedro musterte sie mit neidischer Neugier.

Ein neuer Dante lächelte nun, setzte seinen Hut schief auf

und streckte sich. »Leute, ihr wisst doch, was man sagt. Ich bin ein Gentleman. Ich genieße und schweige.«

Manchmal fiel Dante morgens, wenn sie heimkam, in einen Tiefschlaf, aber es kam auch vor, dass sie wach lag, unruhig, mit Schmerzen. Die Einsamkeit schnürte ihr die Kehle zu, legte sich um sie wie ein dünner Draht, tödlich. Es gab niemanden, der sie so sah, wie sie wirklich war. Die Verkleidung würde nie ein Ende haben, so wenig wie die erfundene Geschichte. Klar, sie wollte als der neue Dante leben. Aber dadurch, dass sie die Hälfte ihrer Geschichte verbarg, war sie quasi unsichtbar oder jedenfalls nur zur Hälfte sichtbar, wie der Mond, wenn er die Hälfte seines Gesichts in Dunkelheit hüllt. Und es gab Zeiten, da wollte sie gesehen werden. Und sogar berührt werden. Aber das war nicht möglich, sie musste diese Wünsche unterdrücken. Eigentlich war sie froh, dass niemand sie sah – dass sie unsichtbar sein konnte, obwohl alle sie sahen. Das war ihre Rettung. Die Leute sehen nichts, was sie sich nicht vorstellen können, und sie war unvorstellbar, sogar für sich selbst, eine Art Riss im Stoff der Wirklichkeit. Keine Frau hatte je so etwas getan. Oder?

An einem regnerischen Morgen legte sie sich auf den feuchtkalten Boden, um zu schlafen. Von den vielen Stunden Arbeit taten ihr die Arme weh. Sie dachte an Jeanne d'Arc. Schwere Tropfen klatschten im Korridor vor ihrer Tür auf den Boden. Wasser drang über die Türschwelle der geschlossenen Tür und durchnässte ihre Pritsche. Dante hörte, wie unten La Strega ihre Tochter ermahnte, mit den Erbsen ein bisschen voranzumachen, sonst würde sie noch welche puhlen, wenn die Erzengel den Jüngsten Tag verkündeten. Was war mit Jeanne d'Arc? In der feuchten Luft konnte man nicht richtig atmen, und da lag sie nun in ihrem kleinen Zimmer und dachte an die Geschichte, die Cora ihr über diese Heilige erzählt hatte. Ein Mädchen in einer Rüstung. Im Kampf für Gerechtigkeit. Na ja, dachte Leda, ich kämpfe nicht für Gerechtigkeit oder für die Freiheit der Menschen, meinen Kampf sieht keiner, ich werde begraben sein im Lärm unzähliger Leben, die nie erzählt wurden, ein Sandkorn in der Lawine der Geschichte. Niemand wird je wissen, dass es mich gegeben hat.

An Jeanne d'Arc hingegen erinnerten sich die Menschen. Man verehrte sie sogar als Heldin.

Aber sie wurde auch auf dem Scheiterhaufen verbrannt.

Lieber nicht zu tief in alten Geschichten wühlen.

Nur die Geige akzeptierte sie uneingeschränkt, fraglos. Manchmal stellte sich Dante vor, es wäre ein Liebesakt, wenn sie spielte: Sie schenkte der Geige ihre ganze Kraft, ihr ganzes Verlangen, und die Geige empfing sie in ihren feinen Biegungen, ihren geheimen Öffnungen, ungeheuer sinnlich, weder männlich noch weiblich, vollkommen. Ich kann ohne eine Liebesaffäre leben, dachte Dante, daran ist sowieso nichts zu ändern (obwohl sich ein leiser Zweifel meldete – Mamitas gewölbter Rücken, das Aufblitzen ihrer Lust – was, wenn sie das auch bei anderen Frauen auslösen konnte? – nein, denk lieber nicht dran), ich kann damit leben, dass mich niemand sieht, ich kann sogar mit dem Wissen leben, dass der Himmel sein Tor vor mir verschließen wird, wenn ich sterbe, und dass ich hinunter muss in die Hölle, aber ohne meine Geige kann ich nicht leben.

Manchmal malte sie sich aus, jemand oder etwas würde sie mit der gleichen Leidenschaft spielen und durch sie eine unergründliche, rätselhafte Vision erfüllen. Sie wäre dann nichts anderes als ein Instrument, vielleicht ein Instrument des Göttlichen. Allerdings konnte es nicht der Gott der Priester und der Bibel sein, aus dessen Umarmung sie zweifellos durch ihre Sünde vertrieben war, exkommuniziert. Nein, es musste eine andere Macht geben, die ebenfalls göttlich war oder sich zumindest so anfühlte. Vielleicht ging sie von nachlässigen Engeln aus oder von dreisten Dämonen oder von irgendeinem Wesen, das beide in sich vereinte, ein Engelsdämon, ein spiritueller Hermaphrodit, der genau wie sie aus dem Himmel verbannt war und hellwach. Nur diese Art von Gott würde sich dazu herablassen, ein Gefäß wie Leda, die jetzt Dante war, zu füllen, während sie spielte, sich in sie zu ergießen, durch ihre Arme zu strömen, bis in die Fingerspitzen und von da in die Saiten, die herrlich seufzten, nicht nur für sie allein, sondern für alle, die hier auf Erden im Exil leben mussten, unbemerkt.

Die alte Heimat zerrte immer noch an ihr. Eine Rückströmung, so stark, dass man darin ertrinken konnte. Sie versuchte, nicht daran zu denken, sie wollte Alazzano nicht vermissen, wollte es lieber wegschieben, die Bilder hinter ihren Lidern ignorieren, die auftauchten, wenn sie die Augen schloss, aber Alazzano war da, es pulsierte immer unter der Oberfläche, ständig winkte es ihr zu und bedrohte den Boden, auf dem sie stand. Immer wieder trafen Briefe ein. Inzwischen las sie diese Briefe, und gelegentlich schrieb sie sogar eine Antwort. Um den Schmerz über ihre Abwesenheit etwas abzumildern, erfand sie ein glückliches Leben: Sie lebte von ihrer Nadel, in einer lebhaften, liebenswerten Stadt, in der keusche und aufrechte junge Immigrantinnen sich trafen, um gemeinsam zu nähen und um sich gegenseitig zu beschützen, in einem Mietshaus, dessen Wände die Gefahren der Welt von ihnen fernhielten. Sie hatte keine Ahnung, ob ihre Eltern diese Lügengeschichten glaubten oder nicht. Sie schrieben ihr unermüdlich. Und jeder Brief endete mit der gleichen Aufforderung: *Und bitte, Leda, komm mach Hause, komm endlich nach Hause.* Aber das klang eher wie eine Beschwörungsformel, die sie aus Pflichtgefühl vortrugen und die durch die mechanische Wiederholung ihre Kraft verlor. Inzwischen war es ihr Vater, der die Briefe schrieb. Es geht allen gut, sagte er. Die Kleinen werden beängstigend schnell größer. Tommaso hat jetzt einen Sohn, ein zweites Kind ist unterwegs. Die Ernte war ertragreich. Der Krieg in anderen Teilen Europas macht uns Sorgen, weil Italien sich womöglich beteiligen möchte, aber der Krieg ist wie das Wetter, behauptete ihr Vater: Er bricht über dich herein und dringt in alle Ritzen, man kann ihn nicht aufhalten, für den kleinen Mann gibt es keine Möglichkeit, sich zu wehren. Dante versuchte, zwischen den Zeilen zu lesen. War Tommaso glücklich? Und Mamma? Würde Papa ihr je verzeihen, dass sie ohne seinen Segen in Argentinien blieb? Seinen Eltern nicht zu gehorchen galt als die schlimmste Form von Verrat. Sie war eine schlechte Tochter. Schlechter, als sie zu Hause je erfahren würden. Dass sie hierblieb, war schlimm genug, aber es schützte die Eltern wenigstens davor mitzukriegen, dass es etwas noch viel Schlimmeres gab.

Hier war nun ihr einziges Zuhause. Buenos Aires, La Rete, wo sie immer wieder im Innenhof spielte, die kniffligen Stellen eines neuen Stücks übte, die Nachbarn beim Tanzen beobachtete. Flotte Bewegungen, tanzende Paare, und die Wäsche flatterte über ihren Köpfen wie eine disparate Ansammlung von Fahnen; die Bewohner vom La Rete tanzten sogar, wenn die Luft kalt war, wenn sie den Job verloren hatten, wenn es nichts zu essen gab, wenn das Kind gestorben war. La Strega fing an, Tangos zu singen. Ihre Stimme war kräftig und rau, sie kletterte die Mauern hoch und strebte voller Hingabe himmelwärts.

Manchmal träumte Dante vom Vesuv und dass sie mit bloßen Füßen die Abhänge hinaufkletterte. Ihre Füße bluteten, taten aber nicht weh. Sie kletterte und kletterte, immer weiter, bis der Vulkan ausbrach, und zuerst schien das, was aus ihm herausquoll, Lava zu sein, doch als sie näher kam, sah sie, es war ein schimmernder Fluss aus Menschen, auf allen Seiten des Berges, Scharen und Scharen von Immigranten strömten an ihr vorbei, abwärts, abwärts, mit entsetzten Gesichtern, wie die Opfer von Pompeji, aber im Gegensatz zu den Menschen aus der Antike waren diese Leute nicht tot, sie waren ganz und gar lebendig, streckten die Arme aus und versuchten verzweifelt, sich irgendwo festzuhalten – an einem Zweig, an einem Stein, an einer Erinnerung –, während sie den Abhang hinuntergeschwemmt wurden und dann dem Horizont entgegen, der sie verschlang, Tausende und Abertausende, und sie hinterließen keine Spur.

El Cuarteto Torres konnte viele Erfolge verbuchen und musste nur ganz selten eine Demütigung einstecken, dass zum Beispiel ein Manager sie ohne Bezahlung wegschickte, was zweimal passierte, einmal in einem finsteren kleinen Bordell und einmal in einer blitzsauberen Tanzhalle, deren Besitzer sie drohend anlächelte und einfach behauptete: »Ich habe euch das Geld schon gegeben.«

»Stimmt nicht«, entgegnete Santiago, seine Miene versteinert, eine Mauer der Ruhe.

»Ihr wollt mich übers Ohr hauen.«

»Wir haben uns auf Bezahlung am Schluss geeinigt.«

»Hör mal zu, du *negro de mierda*, hau bloß ab, bevor ich die Polizei hole!«

Santiago rührte sich nicht, er zuckte nicht mit der Wimper.

El Loro spuckte auf den Fußboden und rief: »Das können Sie nicht mit uns machen!«

Dante schaute ihn ganz verdutzt an. So hatte sie ihn noch nie erlebt. Er war immer sehr umgänglich, sogar richtig nett, die Art von Immigrantenjunge, der seine Eltern ehrt und Konflikte bewusst meidet. Plötzlich sah sie eine andere Seite von ihm, die Seite, die aufflammte, wenn er mit Ungerechtigkeit konfrontiert war, eine kämpferische Seite – oder vielleicht auch eine dumme, das konnte sie nicht beurteilen. Der Tanzhallenbesitzer beugte sich vor. Ein kleiner Mann mit riesigen Ohren und zu viel Schmierfett in den Haaren. Selbst ich könnte es mit diesem Dreckskerl aufnehmen, dachte Dante, und nur das Schreckgespenst einer fast sicheren Gefängnisstrafe hielt sie zurück. »Schafft diesen Jungen hier raus.«

»Kommt, wir gehen«, sagte Santiago.

»Nein, Negro –«, protestierte El Loro.

»Du hast gehört, was er gesagt hat«, meldete sich Pedro zu Wort. »Wir gehen.«

Sie gingen in die Nacht. Die Straße war laut, feindselig. Sie bogen um die Ecke und zündeten sich unter der Straßenlaterne eine Zigarette an. Es war fünf Uhr morgens, aus den Bars und Tanzhallen schwappten die Männer, bevölkerten die Gehwege, summten vor sich hin, stritten miteinander oder strebten allein durch die Dunkelheit nach Hause.

»Du hättest ihm eine in die Fresse hauen sollen«, schimpfte El Loro. Er schmollte jetzt, die Flammen der Wut waren zu Asche zerfallen.

»Wir werden uns schon noch rächen«, erklärte Santiago.

»Ach, ja? Und wie, wenn ich fragen darf? Sollen wir ihn bei der Polizei verpetzen?«

»Red keinen Quatsch«, sagte Santiago. Eine Weile waren alle still. Dass die Polizei sich niemals auf die Seite von ein paar *tangueros* aus den Conventillos schlagen würde statt auf die eines Geschäftsinhabers, war sonnenklar.

Sie gingen weiter, in Richtung San Telmo, rauchend, ihre Instrumentenkästen in der Hand oder über die Schulter gehängt. Im Osten wurde der Himmel langsam heller. Auf der breiten Straße hatte ein Laternenanzünder begonnen, die Lichter zu löschen. Er führte seinen Stock zu den von Glas umschlossenen Flammen und löschte sie durch einen raschen Schwung mit dem Handgelenk. Sein Gesicht war müde, ausdruckslos. Wie viele Lampen löschte er an einem Morgen? Hunderte? Tausende? Wie viele kleine Feuer brannten in dieser Stadt? Bei dem Gedanken wurde Dante ganz schwindelig.

»Wir können einbrechen und sein Geld klauen«, schlug Pedro vor. Dante wusste nicht, wie ernst er das meinte. Er klang witzig, aber seine Augen funkelten wütend.

»Nein.«

»Am liebsten würde ich meine Scheiße überall auf seine hübschen Wände schmieren«, sagte El Loro.

Pedro musste lachen. El Loro lachte ebenfalls. Die beiden waren sich einig, auf eine kumpelhafte Art, wie zwei Schuljungen, und Dante wurde unwillkürlich neidisch.

»Nein«, sagte Santiago wieder. Er ging vor Dante, weshalb sie sein Gesicht nicht sehen konnte.

»Das war ein Witz, Negro.«

»Ich will kein Risiko eingehen. Keine krummen Touren.«

»Ich dachte, du hast gesagt, wir zahlen es ihm heim.«

»Ja, aber nicht so.«

»Wie dann?«

Die Schritte der vier Musiker verhallten in dem allgemeinen Lärm.

»Indem wir erfolgreich sind.«

Dante sah auf der Straße eine Kutsche, die von einem Pferd gezogen wurde, welches die gleiche Farbe hatte wie Kichererbsen. Die Vorhänge an den Fenstern waren zugezogen, im Inneren der Kutsche konnte sich alles Mögliche abspielen. Bei Santiagos Worten bekam Dante eine Gänsehaut. Eine ungewohnte Mischung aus Furcht und Hoffnung.

»Und was ist mit unserem Geld?«, wollte El Loro wissen.

»Keine Sorge.« Santiago schnippte seine Zigarettenkippe in den Rinnstein. »Wir finden im Handumdrehen einen neuen Job.«

Und so war es auch.

Es gab schließlich eine große Nachfrage nach Gruppen wie ihrer, mit einem packenden Sound und mit Musikern, die alles gaben, um die Leute zum Tanzen zu bringen. Jeden Tag schienen mehr Leute zu kommen und neue Hallen zu entstehen. Der Tango veränderte sich: Alle wollten ihn jetzt tanzen, nicht nur die Armen. Und auch der Klang veränderte sich: Manche Instrumente wurden wichtiger, dominanter, während andere immer mehr in den Hintergrund traten. Im Winter 1915, als in Europa bereits der Erste Weltkrieg tobte und die Immigranten in Buenos Aires nachts aus dem Schlaf hochschrecken ließ, weil sie Angst hatten um ihre Verwandten auf der anderen Seite des Ozeans (Dante erfuhr von ihrem Vater in einem kurzen Brief, dass Alazzano vorerst nicht von Bomben und Kanonen bedroht sei – aber was dieses *vorerst* bedeutete, konnte sie natürlich nicht einschätzen), wurde Tango ohne das Bandoneón schon nicht mehr als echter Tango betrachtet. Dieses merkwürdige deutsche Instrument war in die Musik aufgenommen worden, es veränderte ihre Grundstruktur und verlangsamte ihr Tempo, denn es gibt Grenzen dafür, wie rasch die Finger über die Tasten des Bandoneóns fliegen können, wie schnell die Luft darin zusammengepresst werden kann. Das Bandoneón brachte eine samtene Atmosphäre der Sehnsucht in den Tango, machte ihn bedächtiger und majestätischer als zu der Zeit, als Dante ihm das erste Mal begegnet war. Gleichzeitig kamen andere Instrumente – Flöte, Gitarre, Mandoline – aus der Mode. Sie wurden Teil des alten Stils, des alten Tangos, der bald in Vergessenheit geriet und in den Abgrund des Vergangenen stürzte, während der neue Tango einen grandiosen Aufstieg erlebte, mit seinem luxuriösen Klang, an dem mehr Musiker beteiligt waren – fünf, sechs, sieben –, und wenn ein Lokal besonders schick sein wollte, kam auch noch ein Klavier dazu, um den Klang noch komplexer und raffinierter zu machen. Durch die Einführung des Klaviers wurde wirklich alles anders. Ein Klavier konnte man nicht über die Schulter hängen oder unter den Arm klemmen. Jedes Lokal musste sein eigenes anbieten, und dafür brauchte es Platz und Geld. Umgekehrt galt, wenn ein Lokal ein Klavier anzubieten hatte, dann mussten die Musiker selbstverständlich einen Pianisten mitbringen.

Man konnte ja die Klavierbank nicht leer und verwaist herumstehen lassen, wenn das Orquesta spielte – wie eine sitzengelassene Braut.

So formulierte es La China Irene, als sie Santiago mitteilte, sie habe für ihre Tanzhalle ein Klavier gekauft.

Es war eine gute Tanzhalle, größer als die meisten und ziemlich sauber. Ohne Fenster. Die Wände waren mit exotischen Teppichen und Leuchten aus Buntglas verziert. Die Bühne sah aus, als hätte ein etwas sprunghafter Architekt sie im Fieberrausch gebaut. Es gab käufliche Mädchen – aber nur fürs Tanzen. Pflichtbewusst hielten sie die Illusion aufrecht, dass sie ansonsten nicht zu haben waren. Die Männer, die hierher kamen, um zu tanzen, waren schließlich meistens bessergestellte Herren vom anderen Ende der Stadt. Wer nur normal rammeln wollte, wie La China sich ausdrückte, der war hier fehl am Platz. Falls ein Mann sich mit seiner Tanzpartnerin zurückziehen wollte, um noch etwas zu trinken oder vielleicht im Park spazieren zu gehen (und an diesem Punkt blickte La China ihrem Gegenüber immer fest in die Augen, um zu unterbinden, dass jemand vorschlug, es könnte auch andere Gründe geben), dann war das Privatsache und hatte nichts mit ihr zu tun. La Chinas Lokal war so seriös, dass immer ein Aufpasser an den Toilettentüren stand, damit ja kein Paar gemeinsam dort verschwand. Sie leitete die Bar für einen Besitzer, der sich niemals sehen ließ. Solange sie dafür sorgte, dass Gäste und Geld hereinströmten, konnte sie uneingeschränkt herrschen, eine Königin mit grellbunten Halsketten und mit einem Lachen, das einen noch im Traum verfolgen konnte.

El Cuarteto Torres spielte schon drei Wochen in dieser Bar, als La China Irene nun verkündete, sie kaufe ein Klavier.

»Wer ein anspruchsvolles Publikum hat, braucht so was«, sagte sie. »Ihr wisst das ja.«

»Natürlich«, antwortete Santiago. Sie befanden sich gerade in dem winzigen, durch einen Vorgang abgetrennten Raum, der als *Garderobe* bezeichnet wurde. El Loro und Dante waren dabei, ihre Geigen zu stimmen, so nah beieinander, dass sie den Atem des anderen hören konnten. Pedro saß auf einer Holzkiste und wischte im Halbdunkel sein Bandoneón ab.

»Tut mir leid, dass ich euch entlassen muss«, sagte La China.

»Du musst uns nicht entlassen.«

»Ihr habt keinen Pianisten.«

»Doch, haben wir.«

Sie zog die gemalten Augenbrauen hoch. In ihrer Jugend, als Neuankömmling aus Andalusien, hatte sie in den Hinterzimmern gearbeitet. Wenn Dante daran dachte, staunte sie immer, weil man sich diese Frau eigentlich nicht anders als robust und respekteinflößend vorstellen konnte, mit Federn geschmückt, die aus ihrem Kleid aufstiegen wie strammstehende Soldaten. »Ach – und wo?«

»Wir haben einen in – wann kommt das Klavier?«

»In zwei Tagen.«

»In zwei Tagen haben wir unseren Klavierspieler.«

»Das ist doch absurd, Santiago, ihr habt gar nicht genug Zeit, um zu proben –«

»Die Zeit reicht. Keine Sorge.«

»Santiago«, sagte La China. »Du weißt, dass ich dich mag. Aber ich will nicht, dass meine Gäste gezwungen sind, zu euren Proben zu tanzen.«

»Chinita«, erwiderte Santiago. »Ich verspreche dir, dass wir das hinkriegen. Wir werden dir genau das bieten, wovon du träumst, und wenn du nicht zufrieden bist, dann gebe ich dir das gesamte Geld zurück, das du uns in den vergangenen drei Wochen gezahlt hast.«

El Loro nahm den Blick nicht von seinen Stimmwirbeln, aber sein Gesicht wurde immer angespannter. Pedro wedelte hörbar mit seinem Staubtuch. Das Geld war unter ihnen aufgeteilt worden, und höchstwahrscheinlich hatte jeder seinen Anteil längst für Miete und Essen ausgegeben. Dante hatte jedenfalls nichts mehr. Wie konnte Santiago dieses Geld auf den Tisch legen, sozusagen als Wetteinsatz? Was, wenn er verlor?

»Gut, einverstanden«, sagte La China schließlich. »Aber wehe, es klappt nicht.«

»Ich verspreche dir, dass wir das Publikum um den Finger wickeln.«

La China verschwand durch den roten Baumwollvorhang, gefolgt von einer Wolke aus Rosenduft.

»Was soll das?«, rief Pedro. »Du hast doch keinen Pianisten!«

El Loro stimmte mit ein: »Wie sollen wir –«

»Haltet die Klappe, alle beide!«, sagte Santiago. »Überlasst die Sache ganz einfach mir.«

Als er in dieser Nacht das Lokal von La China verließ, zog er durch die Bars und Cafés von Buenos Aires, auf der Suche nach einem Pianisten, so wie er ein paar Jahre davor einen Geiger ausfindig machen wollte und Dante gefunden hatte. Niemand wusste, wie viele Bars er besuchte und was er dort machte. Dante stellte sich vor, dass er jede Bühne inspizierte, überprüfte, ob es dort ein Klavier gab, dass er dem Barkeeper ein paar Scheine zusteckte, um zusätzliche Informationen zu bekommen, eine Weile zuhörte und sich dann wieder auf den Weg machte, weiter, immer weiter.

Als Dante am nächsten Tag zu Santiagos Wohnung in der Calle Defensa kam – ein Vorderzimmer in einem Conventillo, das seine Familie während der Proben für die Musiker räumte –, traf er in dem Raum nicht nur einen, sondern zwei Fremde an.

»Das ist Amato.« Santiago glühte triumphierend, als er auf den Mann deutete, der in der Ecke auf einem Hocker saß. »Pianist.«

Amato nickte allen zu. Er schien schon etwas älter, Ende zwanzig vielleicht, unrasiert und mit einem leichten Bauchansatz, was ihm eine Aura der Autorität verlieh. Pedro, El Loro und Dante nickten zurück, doch ihr Nicken war eigentlich keine Geste der Zustimmung, sondern nur eine kurze Bewegung mit dem Kinn.

»Und das ist Joaquín. Er spielt Kontrabass.«

Joaquín war groß und mager und stand wachsam neben seinem riesigen schwarzen Instrumentenkasten. Sein Gesicht wirkte gleichzeitig betrübt und vergeistigt, als hätte es sich in der Trauer eingerichtet und sie zu einer Kunst veredelt.

»Er macht auch mit?«, wollte El Loro wissen.

Santiago nickte. »Wir treten von jetzt an als Sextett auf.«

»Ich habe noch bei keiner Tango-Gruppe einen Kontrabass gesehen«, sagte El Loro.

»Wir brauchen auch keinen«, brummte Pedro.

Santiago schaute ihn an. Man spürte die Spannung in der Luft. Pedro rechnete nicht vor, dass mehr Musiker weniger Geld für den Einzelnen bedeuteten, er brauchte es auch gar nicht zu erwähnen. Dass er nicht mit Joaquín teilen wollte, war sonnenklar. Dieser verfolgte den Austausch stumm und mit ernster, undurchdringlicher Miene.

»Es geht nicht darum, was wir brauchen«, sagte Santiago ruhig. »Es geht darum, was aus uns werden kann.« Dann schwieg er eine Weile und ließ diese Worte wirken. Eine Herausforderung: Wer würde es wagen, ihm da zu widersprechen? Keiner. »Joaquín hat etwas zu bieten, was sonst niemand hat. Wir sind durch ihn etwas Besonderes, eine Band wie sonst keine. Der Tango ist zum Tanzen da. Entscheidend ist der Rhythmus. Dafür gab es früher die Trommeln.«

Dante war schockiert. Das hatte sie noch nie gehört. Wie konnte das sein, Trommeln beim Tango! Sie hatte so viele Fragen, traute sich aber nicht, sie zu stellen.

Zum Glück war El Loro weniger gehemmt. »Trommeln! Soll das ein Witz sein?«

»Nein.«

»Was für Trommeln?«

»Afrikanische«, antwortete Amato. Es war das erste Mal, dass er den Mund aufmachte. Seine Stimme war tief und sonor – die Stimme eines Mannes, der doppelt so groß war wie er.

»Und? Was ist passiert?«, fragte El Loro.

»Die Musik hat sich verändert«, erwiderte Amato.

»Alles verändert sich«, warf Santiago rasch ein. »Das ist ganz normal. Der Tango verändert sich auch jetzt noch ständig, und wir sind ein Teil dieser Veränderung.«

Pedro verzog misstrauisch das Gesicht, sagte aber nichts. El Loro schien neugierig und ein wenig verwirrt. Amato trommelte mit den Fingern auf seine Oberschenkel wie auf unsichtbaren Klaviertasten, und als er merkte, dass Dante ihn beobachtete, schenkte er ihm ein nettes Lächeln, als wären sie schon ewig die besten Freunde. Joaquín starrte auf einen Fleck an der gegenüberliegenden Wand. Nach einer Pause fuhr Santiago fort: »Wir können Teil von etwas Größerem sein, von etwas viel Größerem. Wollt ihr das etwa nicht?«

Diese Frage war an alle gerichtet. Keiner antwortete. Dadurch wurde die Frage immer bedeutsamer und größer und füllte den Raum zwischen ihnen.

»Wir fangen jetzt an zu proben«, verkündete Santiago.

Bei Santiago gab es kein Klavier, also saß Amato auf seinem Hocker und beobachtete die anderen Musiker, während er seine Finger durch die Luft wandern ließ. Joaquíns Basstöne passten verblüffend gut zu ihrem Sound. Mehr als das: Sie gruben einen tieferen Brunnen für ihre Musik, lieferten ein Fundament für die himmelstürmenden Eskapaden der Geigen, für die weiche Klage des Bandoneóns. Joaquín war ein standfester und zugleich wendiger Spieler. Santiago hatte eine gute Wahl getroffen. Er war wirklich ein Genie, dieser Santiago, er hatte sie alle zusammengeführt, und nun bildeten sie etwas, was jeder isoliert niemals zustande bringen könnte, einen dynamischen, strahlenden Klang, der ganz und gar ihrer war. Im Inneren dieses Sounds fühlte Dante sich den Männern sehr nah, fast mit ihnen verschmolzen, und das auf eine Art, die viel direkter und unmittelbarer war als Sex – jedenfalls erschien es ihr so, nach allem, was sie bisher durch die Frauen in Alazzano und in den Bordellen und Bars mitbekommen hatte. Die Kommunikation war komplett anders als die Muster zwischen Ehemann und Ehefrau, zwischen Freier und Hure. Niemand unterwarf sich, niemand eroberte. Jeder der Musiker penetrierte die anderen und wurde gleichzeitig von ihnen durchdrungen, jeder entblößt sich: Du, du fühlst diesen

Schmerz, du erlebst dieses Leuchten, hier ist das, was dich antreibt. Und was mich betrifft, hier, dieser Schmerz, dieser Funke. Jeder Mensch hat in sich Bereiche, die nicht zugänglich sind, die man nicht sieht, aber verbinde die Rhythmen und die verborgenen Teile kommen ans Licht und strahlen.

Meine Damen und Herrn!, rief La China von der Bühne und breitete die Arme aus. *El Sexteto Torres!*

Wie eine Explosion erschütterte ihre Musik die Halle. Der Klang war umfassender, runder, reicher als je zuvor. Amatos kunstvolle Triller und seine rhythmischen Akkorde auf dem Klavier erfüllten den Raum unter den hochfliegenden Geigen, stützten ihren Flug und verwoben sich mit Joaquíns rhythmischem Rückgrat. Die Melodien des Bandoneóns schufen eine noch vielfältigere Textur als vorher, wurden kühner, machten dramatische Pausen, die einem Tränen entlockten, wirbelten schwelgerische Sequenzen heraus, die den Zuhörer durchdrangen und ihn gleichzeitig in Bewegung setzten, ließen ihn alles vergessen, die unbezahlten Rechnungen und die Einsamkeit und die Mama, die im Sterben lag. Die Welt schrumpfte zusammen, sie bestand nur noch aus dieser Tanzhalle, erhellt von der Musik, das gesamte Leben spielte sich innerhalb dieser Wände ab. Santiago hatte recht gehabt: Sie hatten das Publikum im Griff, niemand konnte sich ihnen entziehen, sie folgten ihnen alle, willenlos. Männer drückten ihre Tanzpartnerinnen enger an sich, die Bar verkaufte jeden Abend mehr Drinks. La China konnte, zu ihrer großen Freude, zusätzliche Mädchen einstellen, weil die Nachfrage ständig wuchs. Am Ende der ersten Woche bot sie den Musikern einen Dreimonatsvertrag an. Sie feierten das in einer Bar gleich um die Ecke, und Santiago bestand darauf, für ihre Chorizo, ihren Whiskey und auch für die Mädchen zu bezahlen.

»Meinst du das ernst, Negro?«

»Ja, heute ist ein besonderer Abend.«

»Ein besonderer Morgen, meinst du.«

»Wenn schon Morgen ist, dann zeigt das noch viel deutlicher, wie hart ihr arbeitet.«

Sie setzten sich um einen großen runden Tisch in der Ecke, und schon lächelten die Huren ihnen zu, kamen aber noch nicht näher, weil sie mit den übrigen Gästen noch genug zu tun hatten.

»Ist das wirklich Arbeit, wenn wir die ganze Nacht mit dem Tango verbringen?«, sagte Joaquín.

»Das ist ja fast so, als würde man sagen, es ist Arbeit, wenn du die ganze Nacht deine Frau vögelst«, sagte El Loro.

»*Das* kann man allerdings als Arbeit bezeichnen«, brummte Pedro, und alle lachten.

»Ihr habt doch keine Ahnung!«, rief Amato. »Keiner von euch ist verheiratet.« Pedro schaute sich nervös um, weil er Angst hatte, er könnte den einzigen Ehemann am Tisch beleidigt haben.

Aber Amato grinste nur verschmitzt.

Erleichtert fügte Pedro hinzu: »Warum soll ich heiraten? Die Musik reicht mir als Sträflingskugel.«

»Stimmt«, sagte Amato trocken.

»Aber die Musik ist wunderschön«, sagte Santiago.

Die Musik ist ein Geliebter, dachte Dante. *Das empfinde ich auch so. Aber was für ein Geliebter? Eine Frau? Ein Mann?*

»Und sie widerspricht nie«, sagte Pedro.

»Oh, doch!«, entgegnete Santiago. »Aber sie erwartet nicht, dass du zu einer bestimmten Zeit nach Hause kommst.«

»Weil du mit *ihr* ausgehst«, sagte Amato. »Du machst, was sie sagt, und behandelst sie wie eine Königin.«

Wenn der Tango selbst mit mir tanzen könnte – würde er führen oder folgen?

»Sie erlaubt dir, dass du jede Menge Frauen hast«, sagte El Loro.

»Stimmt«, sagte Joaquín.

»Stimmt nur halb«, verbesserte ihn Santiago. »Sie erlaubt es nur, solange sie die Nummer eins ist.«

»Ja, genau!«, pflichtete Amato ihm bei. »Sie ist nämlich ganz schön eifersüchtig, diese Musik.«

»Aber sexy, oder?« El Loro strahlte richtig. »Sexier als alle anderen.«

Was bist du, Tango? Und was, in aller Welt, bin ich?

»Nein, da gehst du zu weit«, protestierte Amato. »Die Musik hat keine Möse.«

»Und keine Titten«, ergänzte Pedro.

»Keine Titten«, wiederholte Joaquín.

Und auf einmal waren die sechs Männer eine Einheit, einfach so. Die Luft zwischen ihnen begann zu funkeln. Sie lachten alle. Santiago schenkte nach und hob sein Glas. »Auf die Musik!«

»Auf die Titten.«

»Auf die Musik.«

»Titten.«

»Musik!«

»Titten, Titten!«

Sie machten Witze und lachten, und Dante lachte mit ihnen. Zuerst, um nicht am Rand zu stehen, aber dann, ohne dass sie selbst es richtig merkte, war ihr Lachen plötzlich nicht mehr gezwungen, sondern echt. Sie stießen alle miteinander an, auf die Titten, und einen Augenblick lang, als der Whiskey durch Dantes Kehle rann, fühlte sie sich dazugehörig, sie gehörte zu dieser Männersippschaft, die alle miteinander Musik und Titten liebten, sie war genau wie die anderen und nicht allein, sie wischte sich den Mund mit dem Ärmel ab, genau wie die anderen, und zu ihrer großen Verwunderung fühlte sich ihr Körper ganz leicht an, ihre Schultern waren von einer Last befreit, als wäre für einen flüchtigen Augenblick die Scham von ihr gewichen.

Wenn die Scham sie bedrückte, hörte sie manchmal die alten Stimmen, wie sie an einem Nachmittag vor vielen Jahren gemurmelt hatten, während sie sich hinter einem Baum an der Piazza versteckte.

Schändlich, schändlich.
Pfft, dieses Mädchen.
Cora *matta*.
Eine Schmach.
Dass sie sich mit Schlamm eingeschmiert hat.
Wie ein brünstiges Tier.
Wie eine Hure.
Verflixt, ich habe keine Seife mehr und muss noch so viele Laken waschen.
Hier, nimm meine.
Oder meine.
Oder meine.
Danke, Gott vergelt's.
Cora.
Das ist Hexerei, ich sag's euch.
Teufelswerk.
Und dann gestern Nacht auf der Piazza.
Hat sie gesungen? Warst du da?
Ich war da. Ich habe nur die Dämonen gehört.
Was für Dämonen?
Es war ein ganzer Schwarm. Sie haben das Mädchen eingekreist. Der Lärm, den sie beim Fliegen gemacht haben, hat alles übertönt.
Was heißt das?
Ja, du musst es genauer erzählen. Was für ein Geräusch machen fliegende Dämonen?
Ich will das nicht beschreiben, es ist zu schrecklich.
Komm schon, wir wollen es wissen.
Also, von mir aus, es klingt wie *Wuuuuuuuusch.*
Noch mal.
Wuuuuuuusch.
Ha ha! Noch mal.
Ach, seid doch still.
Also ich habe nichts von Dämonen gemerkt, aber Cora

habe ich gehört, ganz deutlich. Sie hat vor sich hin gebrabbelt.

Wirklich? Was hat sie gesagt?

Keine Ahnung. Es klang nicht Italienisch.

Die Sprache des Teufels.

Bestimmt war's ein Fluch, sie hat Alazzano verflucht.

Ich hab gesehen, wie sie anfing zu schweben.

Nein!

Doch. Genau hier, auf der Piazza.

Wie hoch?

Höher als ein großes Kind.

Nein!

Das Böse, das Böse.

Sie hat über den Steinen geschwebt wie eine Hexe.

Sie hat uns verflucht.

Unsere Kirche ist bis in alle Ewigkeit befleckt durch das, was sie getan hat.

Schsch! Sag so was nicht. Die armen Nonnen tun, was sie können.

Ich habe gehört, jetzt putzen sie nur noch dreimal am Tag.

Das hab ich auch gehört.

Aber wie will man so etwas wegputzen, ein nacktes, schreiendes Mädchen?

Weiß ich nicht.

Ich auch nicht.

Sie lassen sie nicht mehr aus dem Haus.

Sie haben sie schon vorher nicht rausgelassen, und sie hat's trotzdem geschafft.

Aber jetzt kann sie nicht mehr fliehen.

Warum nicht?

Ich habe gehört, man hat sie gefesselt, und sie wird bewacht, Tag und Nacht.

Einen Dämon kann man nicht fesseln. Die Dämonen können überall hinfliegen, direkt aus dem Körper heraus.

Im Namen des Vaters und des Sohnes und des heiligen Geistes.

Gott sei Dank, dass sie mit dem Exorzismus angefangen haben.

Keine Sekunde zu früh. Gerade noch rechtzeitig.

Ich hab gesehen, wie sie ins Haus gegangen sind, Pater Domenico und die Nonnen.

Ich habe die Gesänge gehört.

Ich habe die Schreie gehört.

Dämonengeschrei.

Ja, natürlich.

Heilige Maria, Mutter Gottes, hilf ihnen bei dem, was sie tun müssen.

Der Sommer kam mit gnadenloser Hitze, die Hunde und alte Männer gleichermaßen fällte. In den schlimmsten Monaten, also im Januar und Februar, reiste das Torres-Sextett in abgelegene Städte, um auf den Freiluftbühnen des argentinischen Carnaval zu spielen. Gemeinsam fuhren sie mit dem Zug durch die ebene Landschaft. Sie schliefen in winzigen Dorfhotels, immer zu dritt in einem Zimmer, dessen Fenster oft direkt auf den Hühnerstall hinausging. Beim ersten Hotel zog sich Dantes Herz zusammen, als sie in der Ecke den Waschtisch mit der großen Schüssel sah. Alle mussten sich im selben Raum waschen. Sie konnte das nicht vor den anderen, aber wenn sie sich den ganzen Sommer nicht richtig wusch, in dieser dämonischen Hitze, was würden die anderen denken? Zum Glück schliefen ihre Kollegen den ganzen Vormittag wie die Murmeltiere. Sie legten sich um sieben oder acht Uhr ins Bett, gleich, wenn sie von der Arbeit zurückkamen, und wachten erst wieder auf, wenn es Zeit war fürs Mittagessen. Dante nahm sich vor, als Erste aufzuwachen, sie betete, dass es so sein möge, plante die Spannung in ihrem Körper, so wie man einen Wecker stellt. Und ihr Körper machte mit: Sie wachte immer vor allen anderen auf, dann schlüpfte sie aus dem Bett und wusch sich, ohne ihre Unterwäsche auszuziehen und ohne die Binde abzunehmen, die sie immer um ihre Brust wickelte. Sie achtete darauf, dass sie den schlafenden Männern den Rücken zudrehte. Während der ersten beiden Wochen gelang ihr das, bevor einer sich rührte. Und wenn ihre Kollegen die Augen aufmachten, war sie bereits angezogen und zuckte beiläufig die Achseln, *Auf geht's, compadres, ich habe mich schon gewaschen.* El Loro und Amato hatten keine Hemmungen, sich auszuziehen und ihren Körper zu zeigen: El Loros schlanker, muskulöser Rücken, Amatos behaarte Brust und sein gemütlicher Bauchansatz.

»Wie machst du das, Dante?«, fragte El Loro. »Schläfst du gar nicht?«

Wieder zuckte sie die Achseln. »Ich wollte eine rauchen.«

»Das ist nicht der Grund«, erklärte Amato und klang wie immer sehr überzeugend.

El Loro musterte ihn erwartungsvoll. Vor Angst, entlarvt zu werden, verkrampfte sich Dante – zum zehntausendsten Mal.

»Er macht das, weil er noch so jung ist«, erklärte Amato. Und lachte.

El Loro war verdutzt. »Aber ich bin auch jung.«

Amato klopfte ihm auf den Rücken. »Tut mir leid, Junge. Aber Dante ist jünger als du.«

Eines Morgens, in der dritten Woche, in einer kleinen Stadt nicht weit von Rosario, zog Dante nach dem Waschen das Hemd über, und als sie sich umdrehte, merkte sie, dass El Loro sie mit großen Augen anstarrte.

»Wofür ist der Verband?«

Dante hatte geahnt, dass ihr diese Frage eines Tages gestellt würde, hatte also ein paar Jahre Zeit gehabt, um sich eine Antwort zurechtzulegen. »Für die Narbe in meiner Brust. Sie ist nie richtig verheilt.«

Loro blinzelte nicht einmal, er war hellwach. Ein Junge mit einem freundlichen Gesicht, so wie die Mütter es lieben. Weshalb sie solche Jungen dann übermäßig verwöhnen. Eines Tages wird er eine Braut finden und sie sehr glücklich machen, dachte Dante.

»Woher ist die Narbe?«

»Eine Messerwunde.«

Dazu sagte Loro nichts. Er beobachtete, wie Dante den Gürtel durch die Laschen ihrer Hose schob, ihn zumachte und sich hinsetzte, um die Socken anzuziehen. Wieder ein glühend heißer Tag. Wenn Musiker doch nur Sandalen tragen könnten. Selbst barfuß zu gehen wäre besser als diese Schuhe. Schließlich fragte El Loro: »Hat es weh getan?«

Dante zündete sich eine Zigarette an, um Zeit zu gewinnen. Der Tabakrauch kratzte in ihrer Lunge. »Ich hab's überlebt.«

El Loro schloss die Augen wieder und schlief noch eine halbe Stunde, oder jedenfalls schien er zu schlafen. Er kam nie auf dieses Gespräch zurück.

Dante konnte nicht wie die Männer am Rand eines Feldwegs oder gegen eine Hauswand urinieren. Die Lokale in Buenos Aires hatten wenigstens immer abschließbare Toiletten, auch wenn sie oft klein und verdreckt waren, aber diese Dorfbars verließen sich darauf, dass man die Wiesen hinter dem Haus benutzen konnte. Dante versuchte, wenig zu trinken, aber die anderen protestierten: *Es ist knallheiß, du bist verrückt, hier, ein Bier.* Also gewöhnte sie sich an, so zu tun, als würde sie trinken, und in der Pause schlich sie dann nach draußen, um ihr Bier ins Gras zu kippen. Ihr Herz wummerte vor Angst. Was, wenn jemand sie dabei erwischte? Aber das passierte nie. Sie gewöhnte sich auch daran, den zweiten Teil des Programms mit dem Druck einer vollen Blase zu spielen, bis sie ins Hotel kamen. Dort gab es immer ein Plumpsklo, wo auch ein Mann in die Hocke gehen konnte.

»Du kackst aber ziemlich viel«, bemerkte Pedro lachend.

Die anderen Männer musterten Dante interessiert, als wäre ihnen das auch schon aufgefallen.

Sie grinste, und jeder Muskel ihres Körpers war in Alarmbereitschaft, als sie Pedro direkt ins Gesicht schaute und erwiderte: »Besser, als es drin zu behalten.«

Die Männer lachten, Pedro verzog das Gesicht zu einem mürrischen Grinsen, und Dante empfand eine enorme Erleichterung.

Es war wunderbar, mit diesen Männern unterwegs zu sein. Dante lernte sie alle sehr gut kennen. Amatos Geschnarche, El Loros warmes, spitzes Lachen, das nur selten zu hören war, aber dann umso länger nachwirkte. Gelegentlich, bei langen, öden Zugfahrten, erzählten sie einander Geschichten aus ihrem Leben. Amato berichtete von den zahlreichen Orquestas, mit denen er schon gearbeitet hatte, und von den Sängern, hinter denen er schon gespielt hatte, ihr müsst nämlich wissen, sagte er, das gibt's jetzt immer öfter, dass zum Tango gesungen wird, und der beste Sänger von allen ist dieser Carlitos, habt ihr von dem schon gehört, Carlos Gardel? Seinen Namen kannten sie alle, aber sie hatten ihn noch nie singen hören. Er sang in einem Duo, Gardel – Razzano, und stammte aus den Straßen und Conventillos, die sie bestens kannten. Amato hatte ihn bei einem Auftritt in einer Tanzhalle begleitet, und er schwor, dieser Mann hatte eine Stimme wie süßes Feuer, und er wusste genau, wie er sie einsetzen musste. Er war überhaupt ein ziemlich cleverer Typ, der den Café-Besitzern um den Bart ging, als wären sie irgendwelche Dorfschönheiten. Seit er sich in besseren Kreisen bewegte, verhielt er sich etwas seriöser. Erst letztes Jahr war er durch Uruguay und dann durch Brasilien getourt und überall empfangen worden wie ein Fürst. Sein Gesicht war auf Flugblättern abgebildet, die in den Städten überall an den Wänden klebten, er wurde von den größten Zeitungen interviewt – und dann war er nach Buenos Aires zurückgekehrt und letzten Monat prompt angeschossen worden. Bei einem Streit, bei einem Fest, ihr kennt ja solche Feste, sagte Amato, unsere Art von Fest. Von den höchsten Höhen hinunter in die tiefsten Tiefen.

So ist das eben beim Tango, sagte Pedro. Kann sein, sagte Amato. Jedenfalls habe ich ihn besucht, während seine Schusswunde verheilt ist, ein paar Wochen, nachdem ich mich mit euch zusammengetan habe. Ich saß an seinem Krankenhausbett und habe mit ihm geredet, unmissverständlich habe ich ihm gesagt: Du musst wieder gesund werden, Carlitos, du Gauner, du kannst uns nicht diese Stimme wegnehmen, und soll ich euch sagen, was er geantwortet hat? Er sagte, in Montevideo sind am Ende seines Auftritts die ganzen Zuhörer aufgesprungen, alle bestens angezogen und überhaupt sehr vornehm, und sie haben eine Zugabe verlangt und seinen Namen gerufen, *tocate otra, Carlitos*, sie haben geschrien und geklatscht und gejubelt, bis er wieder auf die Bühne kam und noch ein Lied gesungen hat. Er musste sich schnell etwas einfallen lassen, weil er ja nicht darauf vorbereitet war, er hatte noch nie im Leben eine Zugabe gespielt. Und als er dann in seine Garderobe zurückging – wisst ihr, was er da gemacht hat? Er hat mir das mit ganz leiser Stimme erzählt, weil die Wunde so empfindlich war und ihm beim Sprechen die Brust weh getan hat. Er hat zu mir gesagt: Ich habe geweint, Amato. Ich habe geweint wie ein Kind.

Amatos Geschichten öffneten die Tür für andere. Dante war ganz erstaunt, als sie begriff, dass sie nicht als Einzige die Erwartungen anderer enttäuscht hatte, um Musiker zu werden. El Loro hatte, wie er selbst es ausdrückte, seinen Eltern das Herz gebrochen. Sie waren dankbar dafür, dass er Geld nach Hause brachte, aber eigentlich hatten sie gehofft, er würde Arzt werden und seine Familie unterstützen, ein jüdisches Mädchen aus Russland heiraten und sich nicht die Nächte draußen in diesen Brutstätten der Sünde um die Ohren hauen, sogar am Sabbat – wenn seine Vorfahren in der Alten Welt das wüssten, würden sie sich im Grab umdrehen. Und dass er die Sommermonate Geige spielend auf irgendwelchen Schotterpisten verbrachte! Welches anständige russische Mädchen war bereit, ihn in diesem Zustand zu nehmen? Er lachte, als er das erzählte, aber Dante hörte an seiner Stimme, dass die Tränen nicht weit waren. Und dann legte Joaquín los: Ich glaube, ich weiß, was du meinst. Joaquín hatte noch nie über sein Leben außerhalb der Musik gesprochen, und alle schauten ihn verwundert an. Nun erzählte er ihnen, während die Weizenfelder vor dem Fenster vorbeisausten, dass er der Sohn eines Anwalts war und von Kindheit an zur klassischen Musik hin erzogen worden war. Sein Vater liebte die Musik mehr als alles auf der Welt und hatte schon als Kind Klavier gespielt, als hinge es von diesen Melodien ab, dass die Galaxien sich weiter drehen konnten. Doch dann hatte er Jura studiert, weil seine Eltern darauf bestanden. Sie waren Immigranten aus Spanien. Sein größter Traum war gewesen, seinen Sohn aufs Konservatorium zu schicken, und das tat er auch. Dass dieser Sohn das Musikstudium abbrach, um eine völlig andere Art von Musik zu machen, die, bei aller Popularität, doch immer die Musik der Unterschicht blieb, der Menschen, die keine Kultur hatten und Händel nicht von Bach unterscheiden konnten – damit hatte der Vater nie gerechnet.

Dante hörte Joaquín aufmerksam zu, und über die Formulierung *keine Kultur* ärgerte sie sich. Einen Moment lang überlegte sie sich, wie Joaquín sie sah – und auch die anderen Mitglieder ihrer Gruppe. Aber sie schob die Frage beiseite. Joaquín war aus dem gleichen Grund zum Tango gekommen wie sie alle: aus Leidenschaft. Die anderen Männer störten sich nicht weiter an diesem Teil der Geschichte, jedenfalls ließen sie sich nichts anmerken. El Loro nickte, als wäre er froh, dass es auch in Joaquíns Geschichte um Druck vonseiten der Eltern ging. Pedro lauschte gespannt. Er sagte nicht, musste nicht sagen, dass er keine Eltern hatte, die ihn zu irgendetwas zwingen wollten. Er war schon lange verwaist. Amato ließ seine Finger über unsichtbare Klaviertasten wandern, während er zuhörte. Er schien immer irgendwie zu üben. An dem Gespräch beteiligte er sich nur halbherzig. Santiago drehte sich eine Zigarette und zündete sie an, allem Anschein nach unbeeindruckt – solche Geschichten hatte er schon oft gehört. Bestimmt hatte er sogar noch viel schlimmere Dinge über den Tango gehört, über seinen Tango, ihren Tango. Seine schwarzen Haare waren ein ganzes Stück gewachsen und lockten sich widerspenstig im Nacken, deutlich zu sehen vor dem vorbeifliegenden Himmel draußen.

Solche Gespräche, solche Augenblicke gaben Dante das Gefühl, dass sie tatsächlich ein Teil von etwas Größerem war, dass sie zu einer langen Tradition herumziehender Musiker gehörte, die den Menschen für ein paar Münzen oder für ein Strohlager, auf dem sie schlafen konnten, ein wenig Freude schenkten. In Alazzano hatte sie von Musikanten gehört, die ein anspruchsloses Leben führten – an manchen Tagen hatten sie etwas zu essen, an anderen mussten sie hungern, sie lebten an den Rändern der Welt und brachten den Menschen ihre Musik, unermüdlich. Solche Musikanten hat es schon immer gegeben, hieß es. Dante fühlte sich als ein Mitglied ihrer alten, namenlosen Zunft, und das fand sie sehr ergreifend. Sie fand es auch ergreifend, draußen auf dem Land zu spielen, in ruhigeren Gegenden und nicht in der lauten Stadt. Zum ersten Mal seit ihrer Ankunft in der Neuen Welt konnten sich ihre Augen wieder an dem endlosen Grün freuen, an den sanften Hügeln, den großen, flachen Wiesen und Feldern, an den hohen alten Bäumen, deren üppige Zweige mit winzigen Lichtflecken verziert waren wie mit eigenwilligen Sternen, welche die ganze Nacht hindurch blitzten.

Die wohlhabenden Paare, die auf den Familienlandgütern Urlaub machten, tanzten und vergaßen sich in den Armen des Tango, unbeeindruckt von den hartnäckigen Moskitos und von der Dunkelheit der Landschaft um sie herum. Die Frauen trugen schwere, gerüschte Kleider, die bis zum Hals zugeknöpft waren, betont keusch. Dazu kunstvolle Hüte, die so schwer aussahen, dass man von ihnen bestimmt ständig Kopfschmerzen bekam, dachte Dante. Sie tanzten extrem sittsam: pflichtbewusst setzten sie die Füße rückwärts oder seitwärts, den Schritten des Mannes entsprechend. Nur selten wagten sie einen *gancho* und schoben ihre Wade zwischen die Beine des Mannes – ein unschicklicher Akt –, und selbst wenn sie das taten, war es nur eine hastige, scheue Bewegung, verdeckt von ihrem bodenlangen Rock. Trotzdem hatte man den Eindruck, als würden die Frauen das Tanzen genießen. Dante vermutete, dass der Tanzboden ihnen eine Freiheit gab, die ihnen sonst nicht gestattet war: Sie durften sich bewegen, sie durften einen Mann in aller Öffentlichkeit berühren, sie durften ein klein wenig ungehemmter atmen.

»Sieh dir das an.« Pedro pfiff durch die Zähne. »Wie diese Ladys Tango tanzen. Hätte nie gedacht, dass ich so was mal sehen würde.«

Die Reichen übten auf Dante eine ganz spezielle Faszination aus. In vielerlei Hinsicht machte es Spaß, für sie zu spielen. Sie zahlten großzügig, warfen ihre Scheine in die Schüssel der Musiker, ohne lang zu überlegen – als handelte es sich nicht um Geld, sondern um alte Lappen, die sie ohnehin wegwerfen wollten. So viel Wohlstand auf einmal hatte Dante noch nie gesehen. Im Dorf war ihre Familie, die Familie Mazzoni, immer die reichste gewesen, und Onkel Mateo hatte seine aristokratische Stellung als selbstverständlich hingenommen, wie etwas, was ihm die anderen schuldig waren. Aber diese Menschen hier ließen Mateo Mazzoni aussehen wie einen aufgeblasenen Bauerntölpel. Schon die Kleidung blendete einen regelrecht. Ihre Haltung war Ausdruck einer majestätischen Gesinnung – oder mindestens einer Art virtuoser Arroganz. Sie hatten Bücher in ihren riesigen Häusern, Gemälde von sich selbst, sie verfügten über einen Grad an Bildung, der die höchsten Höhen des menschlichen Denkens erreichte. Jedenfalls die Männer. Ihr Blick schätzte die Musiker auf der Bühne blitzschnell ein, wie eine Gruppe von Bediensteten oder Sklaven. Alles in Ordnung, ja, nichts Besonderes, nicht weiter beachtenswert. Und doch, dachte Dante, ihr nehmt uns zwar nicht wahr, aber ihr braucht uns. Ihr braucht diesen Tango. Deshalb kommt ihr hierher, zu diesem Sommerspektakel, in euren opulenten Kutschen und euren frisch polierten Schuhen. Ihr braucht den Tango, und wir sind diejenigen, die ihn besitzen, hier ist er, ihr Mistkerle, (eine Melodie erklingt unter ihren Fingern) und hier (Staccato, verbündet mit dem verknoteten Gewirr des Klaviers) und hier noch das und das, und wenn ihr auch nur einen Augenblick lang glaubt, ich hätte euch nicht in der Hand, dann beweist das, dass ihr hier die Idioten seid.

Die Männer würdigten die Musiker kaum eines Blickes, doch einige der weiblichen Wesen konnten die Augen nicht von ihnen nehmen. Junge Ehefrauen, korpulente Matronen, jungfräuliche Mädchen. Wenn die Ehemänner oder Väter abgelenkt waren, dann musterten sie die Musiker voll Neugier oder Sehnsucht oder Unbehagen, je nachdem. Als wären diese Männer auf der Bühne wilde Wölfe, die sie in ihrem normalen, geregelten Leben nie zu Gesicht bekamen und von denen sie jederzeit verschlungen werden konnten, wenn sie nicht aufpassten, und oft waren sich die Frauen gar nicht sicher, ob sie wirklich so vorsichtig sein wollten.

Die Mitglieder des El Sexteto Torres verhielten sich absolut korrekt gegenüber diesen Damen, nur gelegentlich gab es vielleicht einmal eine etwas längere Pause, in der Joaquín oder Pedro oder Amato zur selben Zeit verschwanden wie eine von ihnen, die dann mit einer Matschspur am Rocksaum und einem offenen Knopf ganz oben am Hals zurückkam. Diese Ereignisse besprachen die Musiker untereinander in der stummen Sprache der Blicke: Belustigung, Neid, Bewunderung und, von Santiagos Seite, Missbilligung – es brauchte sich nur eine einzige Frau zu beklagen, und schon waren sie in der Bredouille –, vermischt mit fast väterlicher Resignation, *junge Männer sind nun mal so.* In der Regel sparten die Musiker aber ihre Bedürfnisse für die Bordelle in den Städten auf und gelegentlich auch für ein Zimmermädchen, eine Küchenhilfe oder für die Tochter des Wirts. Vor allem Pedro fand überall, wo sie hinkamen, sofort eine neue Freundin. Die Mädchen folgten ihm mit Augen wie junge Rehkitze. Er ermutigte sie nicht (anders als Joaquín, der jedoch nur gemischte Erfolge vorzuweisen hatte), wies sie aber auch nicht zurück. Natürlich wurde auch manchmal nichts daraus, weil ein Vater bremste oder weil Pedros Reaktion doch zu lauwarm war oder weil den Mädchen moralische Bedenken kamen. Pedro ging mit ihnen in eine Scheune, einen Garten, auf ein Dach, und wenn die Musiker weiterzogen, gab es einen tränenreichen Abschied, eine Haarlocke für ihn und das Versprechen, auf seine Rückkehr zu warten. Er steckte diese Versprechen in die Tasche wie Kleingeld, verstaut und schnell vergessen. Dante tat so, als würde sie die Wünsche der Männer teilen. Ihre eigenen Unternehmungen beschränkte sie auf die Bordelle, meist klapprige alte Schuppen, die hinten an die Bars angebaut waren. Dort löste sie ihre Münzen ein wie alle anderen auch, um nur ja keine Aufmerksamkeit auf sich zu lenken, aber wenn sie dann mit dem Mädchen allein war, schaute sie nur den wunderschönen Körper an – oft ganz nackt, manchmal nur die Brüste oder die Oberschenkel entblößt, den Rumpf vorgebeugt und den Rock zurückgeworfen –, während in ihr ein Durst tobte, den sie nicht löschen konnte.

Nur mit dem Tango. Mit der Musik. Der Tango trug etwas von diesem Land in sich. Seltsamer Gedanke, absurd – wie sollte Musik den Pulsschlag oder den Abdruck ihres Ursprungslandes enthalten? Solche Gedanken brachten die Menschen ins Irrenhaus. Und doch, in manchen Nächten, wenn Dante auf einer dieser von Fackeln erhellten Sommerbühnen spielte, fühlte sie, wie der Kontinent unter ihren Füßen – das Erdgestein tief unter den Holzbrettern – vor Schmerz stöhnte. Oder vielleicht auch vor Lust. Das konnte sie nicht entscheiden. Aber das Stöhnen war da, es legte sich um das Rückgrat von Joaquíns Kontrabass, diese Basistöne, die eine Struktur vorgaben, um die herum die Melodie schwingen und atmen konnte. Das Stöhnen schwebte an der Unterseite des warmherzig klagenden Bandoneóns entlang und hallte wider zwischen den ruhelosen Klängen des Klaviers. Es hob und senkte sich, ein Geisterklang mitten unter ihnen, ein Echo ohne Körper, das Pulsieren unaussprechlicher Wunden, Funken, Begierden und Farben: der Puls Américas, der Herzschlag des Kontinents, entfesselt.

Dante behielt dieses Geheimnis für sich, zusammen mit all den anderen Geheimnissen.

Sie spielte für sich.

Sie spielte für niemanden.

Sie spielte für América.

El Sexteto Torres kehrte im März 1916 nach Buenos Aires zurück, nachdem sie neuen Ruhm gesammelt hatten, an den Rändern der Tango-Welt, die ihrerseits immer größer wurde. Neue Cabarets eröffneten, schwammen auf der Welle der wachsenden Popularität, die der Tanz bei der Oberschicht genoss, und jedes Cabaret wollte der verschwenderischste Luxustempel dieser Musik sein.

Ihr erster Job in der Stadt war wieder bei La China. Santiago war an dem Abend in strahlender Laune, er hatte ein Cabaret gefunden, das sie einstellen wollte. Man hatte ihn gebeten, in zwei Tagen noch einmal vorbeizukommen, um den Vertrag zu unterschreiben. Bei dieser Nachricht waren alle Männer sofort Feuer und Flamme. Ein Cabaret bedeutete: die andere Seite der Stadt, mehr Geld, ein Riesensprung von den verrufenen Tanzhallen zum lackierten Glamour der argentinischen Elite.

In der Pause, als sie miteinander neben der Bühne standen, kam eine junge Frau zu ihnen. Sie trug ein schlichtes gelbes Kleid; dichte, kurze schwarze Locken umrahmten ihr Gesicht. Sie war hübsch, auf eine ganz elementare Art – in einer Menschenmenge hätte man sie vielleicht nicht weiter beachtet. Man musste genauer hinsehen, um die feinen Gesichtszüge zu bemerken, die katzenhafte Glut in ihren Augen.

Zuerst sagte sie gar nichts, sondern stand nur da und musterte die Männer, bis das Gespräch verstummte und alle sich zu ihr drehten. Lauter Gockel, dachte Dante, bereit zum Angriff, abschätzend, wessen Trophäe sie sein wird.

»Ihr könntet gut einen Sänger gebrauchen«, sagte das Mädchen.

»Ach, tatsächlich?«, erwiderte Joaquín, ohne die Zigarette zwischen den Lippen zu bewegen.

»Am besten lasst ihr mich mal vorsingen.«

Amato lachte als Erster, dann lachte Pedro, dann lachten sie alle.

»Ich meine es ernst. Ich bin gut. Und ich kenne viele Tangos.«

Die Männer verstummten, als sie merkten, wie ernst dieses Mädchen es meinte. Sie wechselten fragende Blicke und schauten dann zu Santiago.

»Frauen können keinen Tango singen«, sagte Santiago.

»Doch, können sie«, entgegnete das Mädchen. »Und sie tun's. Denkt doch nur an Linda Thelma. Pepita Avellaneda. Andrée Vivianne.«

Die Männer musterten sie von Kopf bis Fuß. Das Mädchen zuckte nicht mit der Wimper. Hinter ihr wetteiferten zwei Männer um die Aufmerksamkeit eines Tanzhallenmädchens – vom einen nahm sie eine Zigarette an, vom anderen ließ sie sich Feuer geben, ihr Gesicht eine Maske, alles nur Teil ihres Jobs.

»Wie heißt du?«, fragte Santiago.

»Rosa.«

»Hör zu, Rosa. Du hast recht – es gibt Frauen, die Tango singen. Aber sie können nicht das ganze Repertoire singen, weil die meisten Texte aus der Männerperspektive erzählt werden – ihre Liebe, ihr Schmerz. Die Lieder passen nicht für eine Frau. Tut mir leid.«

Das Mädchen stand still und aufrecht da. Dante bestaunte ihren Mut. Wenn sie selbst dort stehen würde, in einem Kleid und mit Lippenstift, hätte sie wahrscheinlich längst die Flucht ergriffen.

»Ihr habt mich noch nicht gehört«, sagte Rosa.

»Wir könnten einen Raum suchen, wo wir mehr Ruhe haben«, schlug Pedro vor.

Sie funkelte ihn an.

»Tut mir leid«, sagte Santiago. »Aber wir suchen keinen Sänger.«

Rosa wartete noch einen Augenblick, dann drehte sie sich um und ging.

Dante schaute ihr nach. Sehr hübsch, auch von hinten.

Die Blicke der anderen Männer ruhten auf demselben Körperteil.

»Die traut sich was«, sagte Pedro.

»Sie ist bestimmt nicht übel – für andere Sachen«, brummte El Loro.

»Sie ist okay«, sagte Joaquín etwas gedehnt. »Ich hab schon Besseres gesehen.«

»Das wissen wir alle.«

»Also, ich würde sie nehmen.«

»Loro, du nimmst alles, was sich bewegt.«

Die Männer lachten. El Loro wurde rot und strich sich die Haare aus dem Gesicht. Als sie ihm wieder über die Augen fielen, ließ er es dabei.

»Jungs«, sagte Santiago. »Noch drei Minuten. Letzte Chance, um zu pinkeln oder was zu trinken.«

Als Santiago zwei Tage später in das Cabaret ging, um den Vertrag zu unterschreiben, kam ein Kellner an den Dienstboteneingang und verwehrte ihm den Zutritt. Der Besitzer habe ein anderes Orquesta verpflichtet, sagte er. Santiago protestierte – man habe ihm den Job versprochen, und sein Orquesta sei sowieso besser als diese Idioten, das wisse jeder. Schließlich erbarmte der Kellner sich seiner und gestand ihm die Wahrheit: Der Besitzer habe etwas gegen den Namen der Gruppe – nicht gegen den offiziellen Namen, El Sexteto Torres, sondern gegen den gebräuchlichen, nämlich El Sexteto del Negro Torres. Als

Santiago das hörte, war er kurz fassungslos, dann drehte er auf dem Absatz um und ging ohne ein weiteres Wort.

Er erzählte es seinen Männern am Abend, hinter dem Vorhang bei La China. Mit monotoner Stimme. So hatten sie ihn noch nie gesehen.

»Das sollen sie uns büßen«, schimpfte Joaquín. Er stimmte gerade in der anderen Ecke seinen Bass und nahm den Blick nicht von den Saiten.

Amato klopfte Santiago beschwichtigend auf die Schulter. »Wir finden irgendetwas anderes.«

»Ich will nicht ›irgendetwas‹«, erwiderte Santiago. »Wir sind besser als ›irgendetwas‹.«

Dante hörte einen Unterton, der nach Verzweiflung klang. Nur eine kleine Spur, aber mehr, als sie ertragen konnte.

»Wir sind die Besten«, sagte sie eindringlich. »Und das haben wir nur dir zu verdanken. Eines Tages wissen das alle, du kannst jetzt nicht die Hoffnung aufgeben.«

Die anderen schauten sie – ihn – Dante – verdutzt an, den schmalen Jungen, der normalerweise die Gespräche mit großen Augen und geschlossenem Mund verfolgte.

Santiago blinzelte.

»Na, Chico, das ist doch mal was«, sagte El Loro.

»Der Junge hat tatsächlich etwas zu sagen«, fügte Amato hinzu.

Dante zuckte nur mit den Achseln.

Santiago musterte Dante mit einer Mischung aus Stolz und Verwunderung. Er fühlte sich besser, das sah man ihm an. Bei dem Gedanken, dass sie ihm geholfen hatte, wurde Dante ganz warm ums Herz.

La China war sofort bereit, ihren Vertrag zu verlängern. Das Orquesta war ihr ganzer Stolz, ihre Geheimwaffe, ein überzeugendes Angebot in der ständig wachsenden Welt des Tango. Aus ihrer Tanzhalle war genau das geworden, was sie sich immer erträumt hatte: ein hochmodisches Untergrundlokal für reiche Männer, die weg wollten von ihren Frauen – bei einem Cabaret-Besuch hätten sie sich eventuell verpflichtet gefühlt, sie mitzunehmen. Hier bei La China konnten sie den Tango so tanzen, wie sie es sich wünschten: Die Frau wurde nicht dezent auf Armeslänge gehalten, sondern so eng herangezogen, dass die beiden Körper fast ineinander übergingen und der Duft der Frauen die Lunge und das Denken des Mannes beherrschte. Sie konnten jede Menge Ganchos einschließen, ohne befürchten zu müssen, sie könnten sich in zu vielen Röcken verheddern – die tanzenden Mädchen bei La China trugen kurze Fähnchen, wie sie die Oberschichtdamen im Leben nicht anziehen würden. Sie mussten sich auch keine Gedanken darüber machen, ob man ineinander verschlungene Schenkel als ungehörig betrachtete. Das Allerbeste war aber, dass sie ihre Tanzpartnerinnen, wenn sie ihnen das Richtige ins Ohr flüsterten, dazu überreden konnten, den Kontakt jenseits des Tanzboden fortzusetzen, in einem schäbigen kleinen Hotel oder auf dem Rücksitz ihrer Kutsche, während der Fahrer stumm draußen in der von Laternen erhellten Nacht hockte und die Zügel hielt.

Es kam vor, dass sich zwischen Musikern und Tanzmädchen Liebesgeschichten entspannen, auch wenn klar war, dass sie keine ernsthaften Freundinnen sein konnten und schon gar keine zukünftigen Ehefrauen. Man verführte das Mädchen mit süßen Worten, mit Liedern und Blumen und testete aus, wie viel man umsonst bekam oder für die indirekten Kosten von Blumen, Abendessen und kleinen Geschenken. El Loro hatte eine Beziehung mit einem Mädchen namens Raquel, die gebaut war wie eine Stute und pechschwarze Haare hatte, in denen man ertrinken konnte. Dante beobachtete die beiden mit hungrigen Augen, aber sie war nicht wirklich neidisch, denn auf das Unmögliche kann man ja nicht neidisch sein, und eine solche Beziehung war für sie schlicht unmöglich. Bis El Loro ihr eines Tages hinterbrachte, dass Raquels Freundin ein Auge auf sie geworfen habe.

»Die ist dir bestimmt auch schon aufgefallen – Alma – klein, tolle Beine? Sag nur nicht, du weißt nicht, welche ich meine. Sie versucht schon seit Tagen, dich anzulocken.«

Dante schaute ihn nur an, mit ausdrucksloser Miene.

Pedro wischte sich lachend mit einem Taschentuch den Schweiß von der Stirn, die Ellbogen auf sein Bandoneón gestützt. »Wenn das Mädchen mich so anmachen würde, wäre ich in null Komma nix mit ihr im Bett.«

»Oh, bitte«, stöhnte El Loro. Er präparierte seinen Bogen gerade mit Harz und schlug damit in die Luft, als wollte er Pedro hauen.

»Das würde ich echt machen, ich sag's dir.«

»Ohne dass deine Freundin was mitkriegt?«

»Warum nicht?«

»Ach, egal, vergiss es einfach. Alma ist nicht hinter dir her – die hat nur Augen für Dante.«

»Ohne Witz?«, fragte Dante.

»Dante!« Pedro schüttelte den Kopf. »Manchmal bist du so ein Vollidiot.«

»Halt! So idiotisch kann er doch gar nicht sein!«, mischte sich Amato ein. »Du bist nicht derjenige, der demnächst mit Alma in die Kiste steigen wird.«

»Schon kapiert. Du hast gewonnen, Dante.«

»Kommt schon, Jungs!«, rief Santiago durch den Vorhang. »Die Pause ist vorbei.«

Dante betrat die Bühne und nahm ihre Geige. Alma. Alma! Wo war sie jetzt? Die Leute standen heute Abend besonders dicht gedrängt, die Musik und der Alkohol zeigten schon Wirkung. Keine Spur von Alma. Sie war schmal und zierlich, mit dichten schwarzen Haaren, und sie tanzte wie ein honigsüßer Traum. Sie hatte immer knallrot geschminkte Lippen, und die Augen umrahmte sie mit dunklem Kajalstift, weil sie reifer wirken wollte, als sie war. Vielleicht auch, um zu kompensieren, dass sie so klein war. Ihre Kleinheit verhinderte aber nicht, dass die Männer sie bemerkten, im Gegenteil, sie scharten sich um Alma, weil sie so winzig war, ein zartes Vögelchen, das man fast in die Tasche stecken konnte oder schützend in der Hand halten musste. Alma weckte bei allen eine wilde Sehnsucht, die so rein war, dass sie fast in Zärtlichkeit umschlug. So sah es jedenfalls für Dante aus. Es gab Gäste, die extra früh kamen, um sie für sich zu reservieren, und wenn sie mit ihr tanzten, wirkten sie im Vergleich richtig groß – und doch schwerelos, weil sie mit Almas leichtem, vogelhaftem Gleiten verbunden waren.

Stimmte das, was El Loro gesagt hatte? Konnte das wahr sein? Hatte Alma sie ausgewählt? Und noch wichtiger: War es vielleicht doch möglich für sie, eine richtige Freundin zu haben? Drei Jahre lebte sie nun schon als Mann, und die Einsamkeit war für sie wie eine zweite Haut geworden, ein Teil ihres eigenen Selbst, der Preis, den sie automatisch dafür bezahlen musste, dass sie am Leben war. Du lebst, du atmest, du wirst nicht erwischt, und für dieses enorme Geschenk musst du mit Einsamkeit bezahlen. Du siehst die Mädchen an und berührst sie nicht – keine außer Mamita, und selbst bei ihr ist es nur ein aufgeschnürtes Oberteil, ein paar Minuten, sonst nichts. Du willst keiner weh tun. Und die Bordellfrauen verschlossen ihre Seelen sowieso. Das war keine Liebe. So viel war klar. Dante hatte keine Ahnung, was Liebe sein könnte, und ohne es zu merken, hatte sie die Hoffnung, es je herauszufinden, längst aufgegeben.

Dann sah sie Alma, hinten im Saal, in den Armen eines grauhaarigen Mannes, die Augen geschlossen, das Gesicht sehr ernst, als hätte sie gerade das Abendmahl genommen und als würde sich die heilige Hostie langsam in ihrem Mund auflösen, während sie tanzte.

Mit einer Frau zusammen sein, die einen wirklich will! Die einen an sich heranlässt, nicht nur körperlich, sondern auch an ihre Gefühlswelt. Und wenn es Alma wäre, dieses zarte Mädchen, dieses zerbrechliche Mädchen – in ihrer Nähe sein zu können, und dann – Dantes Finger stolperten über eine Note, Santiago vor ihr erstarrte, sie musste sich konzentrieren.

Sie brauchte eine ganze Woche, bis sie den Mut aufbrachte, um Alma anzusprechen, als sie in der Halle hinten vor der Toilettentür wartete. Dante begann mit einem blöden Kompliment. »Du tanzt sehr schön.«

Alma lächelte leicht spöttisch. Diese roten Lippen.

»Wir sollten mal miteinander ausgehen.« Eigentlich hatte Dante vorgehabt, den Vorschlag als Frage zu formulieren, aber jetzt war es zu spät.

Alma musterte sie. »Warum?«

»Weil ich in deiner Nähe sein will.«

Sie lachte. Goldener Honig in ihrer Stimme.

»Wir könnten tanzen gehen.«

»Tanzen!«

Dante tanze eigentlich nie, weil sie immer auf der Bühne stand und Musik für die anderen spielte. Und genau das gefiel ihr. Tanzen fühlte sich gefährlich an, eine Prüfung ihrer Männlichkeit, und außerdem musste sie nicht tanzen, weil sie ja den Tango in ihrem Inneren auslebte, indem sie die Musik spielte. »Wenn du Lust hast.«

»Ich tanze doch jeden Tag hier.«

»Was würdest du gern machen?«

»In den Park gehen. Tagsüber.«

»In welchen Park?«

»Den im Viertel Palermo.«

»Morgen?«

»Du meinst – heute?«

Kurz war Dante verwirrt, aber dann kapierte sie – es war schon drei Uhr morgens. »Stimmt. Heute.«

Am folgenden Nachmittag um halb vier stand Dante vor dem Conventillo, in dem Alma wohnte, nur vier Straßen von ihrem Zuhause entfernt. Die Eingangstür war grau und verwittert. Alma hatte gesagt, Dante solle draußen auf der Straße warten, bis sie so weit war. Obwohl Dante gern gewusst hätte, wie ihre Unterkunft aussah und mit wie vielen Frauen sie das Zimmer teilte. Sie fuhren dann mit der Straßenbahn quer durch die Stadt nach Norden, zum Park in Palermo. Sonnenstrahlen blitzten im Gras und glitzerten auf der glatten Oberfläche des Sees. Bäume reckten die Arme und verbreiteten wechselnden Schatten. In San Telmo gab es ebenfalls einen Park, den Parque Lezama, und Dante hatte eigentlich vorgehabt, Alma zu fragen, wieso sie nicht dorthin gehen wollte, aber jetzt verstand sie, warum. Sonntags war der Parque Lezama immer total überlaufen, und unter den Besuchern dort befanden sich auch immer einige Schlägertypen. Hier in Palermo spazierten reiche Damen mit Sonnenschirmen die Wege entlang, gefolgt von Bediensteten, die ihre Sachen trugen, während die Herren in makellos gebügelten Anzügen einherschritten und dabei Spazierstöcke schwangen. Die Damen und Herren beäugten Alma und Dante misstrauisch, weil sie sofort als Eindringlinge aus den Mietskasernen zu erkennen waren. Aber sie waren nicht die Einzigen. Auf den Bänken saßen Familien, die sich einen Laib Brot teilten; es gab junge Paare, die den überbelegten Zimmern entfliehen wollten, um händchenhaltend durch den Park zu schlendern; ein einsames Mädchen in Dienstmädchenkluft starrte traurig ins Wasser. Und niemand forderte sie auf, den Park zu verlassen.

Ihr könnt glotzen, so viel ihr wollt, sagte Dante in Gedanken zu den Reichen, die Stadt gehört uns genauso wie euch, und wir werden jeden Tag mehr. Sie kam sich groß vor, was sie selbst verblüffte. Es war ein Gefühl, als könnte Buenos Aires tatsächlich ihr gehören, als könnte sie eines Tages dazugehören. Vielleicht gelang es ihr ja doch, als männlicher Einwanderer hier zu leben und zu arbeiten, Tango zu spielen, allen Gefahren zu entrinnen und nicht jung zu sterben, vielleicht – was für ein radikaler Gedanke – nicht einmal allein zu sterben. Sie fühlte, wie sich etwas in ihrer Brust ausbreitete, etwas Warmes, Gefährliches, das Ähnlichkeit mit Hoffnung hatte.

Dante und Alma unterhielten sich angeregt, während sie herumwanderten. Dante brachte Alma zum Lachen, allerdings war es eher zurückhaltend, zaghaft. Würde man das jetzt schon als Flirten bezeichnen? Sie hatte bei anderen Männern beobachtet, wie sie ein Mädchen um den Finger wickelten und gleichzeitig alles offenließen. Für Alma war dieses Spiel nichts Neues. Jede ihrer Gesten wirkte routiniert, auch die schüchternen, die ganz besonders. Aber trotzdem war da ein Funkeln, das echt wirkte. Es erinnerte Dante an Palmira, mit ihren unendlich langen Augenwimpern und dem strahlenden Lächeln. Klar, dieses Mädchen lebte nicht so beschützt wie Palmira. Alma hatte schon einiges erlebt. Und einiges getan. Wie oft? Mit wie vielen Männern? Ein Abgrund des Begehrens tat sich vor Dante auf, wie ein tiefer Riss im Boden. Sie musste bei jedem Schritt aufpassen, nicht das Gleichgewicht zu verlieren.

Als es zu dunkeln begann, fuhren sie mit der Tram zurück nach San Telmo und tranken Bier in einer Bar, dazu gab es ein gegrilltes Sandwich. Nach dem Norden der Stadt erschien ihnen ihr Viertel heruntergekommen und vertraut, einladend und überfüllt, lebendig und warm durch die vielen Stimmen. Es stank nach Müll. Und nirgends ein Baum. Bald war es für sie beide Zeit, nach Hause zu gehen und sich für die nächtliche Arbeit fertigzumachen. Dante begleitete Alma zu ihrem Conventillo. Unterwegs warf Alma ihr einen verärgerten Blick zu. Oder war es Enttäuschung? Was machte sie, Dante, falsch? Den ganzen Tag über hatte sie sich bemüht, Alma Respekt entgegenzubringen.

»Du bist wunderschön, Alma.«

»Findest du?«

»Weißt du das nicht?«

»Was soll ich nicht wissen? Dass ich schön bin oder dass du mich schön findest?«

»Dass ich dich schön finde.«

»Nein. Eigentlich weiß ich das nicht.«

Dante kam sich vor wie ein Schwachkopf. Sie war zu zurückhaltend gewesen. Wie weit wäre ein richtiger Mann inzwischen gegangen? Sie nahm ihren ganzen Mut zusammen, blieb auf dem Gehweg stehen, zog Alma an sich und küsste sie. Sie standen im Schatten, am Rand eines Hinterhofs, und niemand mischte sich ein, keiner verlangsamte auch nur seinen Schritt. In der Großstadt konnte jeder seine Sünde ausleben, wie er wollte. Der Rinnstein roch nach Pferdepisse und nach Zitronenschalen, in der Ferne dröhnte ein Motorrad und verhallte. Der Kuss war am Anfang sehr sanft, ein zärtliches Vibrieren zwischen ihnen. Seit jenen Nächten in Italien unter dem Olivenbaum hatte Dante niemanden mehr auf den Mund geküsst. Küsste sie wie eine Frau? Schmeckte sie wie eine Frau? Wie schmeckte ein Mann, wenn man ihn auf den Mund küsste? Almas Lippen schmeckten nach Zigaretten und Cognac und nach dem reinen, grausamen Leben. Ihre Zunge war weich und zugleich erstaunlich stark. Ihr Körper blieb entspannt, sie schien keinen Verdacht zu hegen. Dante küsste sie mit mehr Druck, Alma leistete keinen Widerstand, sondern schlang die Arme um Dantes Hals. Dante zog sie in den Hinterhof und drückte sie gegen die feuchte Steinwand, hörte nicht auf, sie zu küssen, eine Hand in ihren Haaren, in ihrem Nacken. Almas Brust hob und senkte sich, sie maunzte leise. Dante musste eine Hand frei haben, ganz dicht bei ihrem eigenen Geschlecht, falls Alma auf die Idee kommen sollte, sie dort zu berühren. Eine unnötige Vorsichtsmaßnahme, wie sich herausstellte, denn Almas Hände waren immer noch um Dantes Nacken geschlungen, sie schmolz dahin, kuschelte sich sanft an Dante, und Dante wusste genau, wie sich das anfühlte, dieser überwältigende Wunsch, sich anzuschmiegen, sich mit leisen, wiegenden Bewegungen an etwas, an irgendetwas zu pressen, weil man es sonst nicht aushält, deshalb schob sie ihren Schenkel zwischen Almas Beine.

Alma stöhnte auf. Nicht laut, aber heftig, eine Art Zischen, so dicht bei Dantes Ohr, dass das Geräusch den Straßenlärm übertönte. *Mach, dass sie es tut. Mach's einfach.* Sie drängten sich aneinander, Alma an die Wand gedrückt und um Dantes Bein geschlungen. Berührten ihre Füße noch den Boden? Oder schwebte sie? Alma, vom Boden gelöst, sich an Dantes Bein reibend, mit wilden, ungezähmten Lauten – *auch das ist Tango, oder?* –, bis sie abrupt Luft holte, kurz den Atem anhielt und dann ganz schlaff in Dantes Armen zusammensackte.

Betrunkene Stimmen, ahnungslose Stimmen, das Knarzen und Quietschen von Rädern, das Wiehern eines müden Pferdes, das seine Herrschaften nach Hause zog.

»Du … Dante …«

»Alma.«

Ihre Hand glitt über Dantes Brust und abwärts, immer tiefer. Dante nahm diese Hand, führte sie an die Lippen und küsste jeden Finger einzeln.

»Lieber nicht. Du musst das nicht tun.«

»Okay«, sagte Alma. »Ich muss nicht.«

Sie klang scheu, versuchte aber gleichzeitig, ihre Hand freizubekommen. Dante hielt sie fest. »Lieber nicht«, sagte sie noch einmal, aber mit mehr Nachdruck.

Alma wich zurück, um sie anschauen zu können. Und Dante widerstand dem Impuls, ihrem Blick auszuweichen. Neugier und Misstrauen und ein Hauch von Erleichterung.

»Du bist ein komischer Kerl.«

Was sollte sie dazu sagen? Wie hätte sie antworten können?

Der Rest des Heimwegs war wunderbar, erhellt von viel zu vielen Sternen.

An Almas Haustür küssten sie sich noch einmal. Leidenschaftlicher als vorher. Nachdem Alma im Inneren des Conventillo verschwunden war, ging Dante beschwingt davon. Eine fiebrige Wärme zog durch ihre Hände, ihre Gliedmaßen, ihr Becken. Sie spürte ein übermächtiges Verlangen, sich wieder an Alma zu drängen, stärker diesmal, mit jeder Faser ihres Körpers.

Und was dann?

Die Art, wie Alma sie angeschaut hatte, kurz vor dem Kuss: diese Erwartung. Männer müssen die Führung übernehmen, sie müssen wissen, was sie wollen. Dante musste sich besser vorbereiten.

Später am Abend ging sie zur Arbeit, und statt morgens schlafen zu gehen, ging sie direkt in eine andere Tanzhalle, ins Lo de Amalia. Sie musste zwanzig Minuten warten, bis Mamita frei war. In dem kleinen, stickigen Hinterzimmer roch es nach überreifem Gemüse, darüber eine dünne Schicht Lavendelöl.

Mamita setzte sich aufs Bett und musterte Dante mit einem Lächeln. »Schön, dich zu sehen, mein Schatz.«

»Ganz meinerseits.«

»Was wollen wir heute machen?«

»Ich will es sehen.«

»Was willst du sehen?«

Dante machte eine Handbewegung.

»Ach, du lieber Gott. Du warst schon so oft hier, und du warst noch nie drin? Was soll ich nur mir dir machen, Dante?« Sie raffte ihre Röcke, setzte sich aufs Bett und machte die Beine breit. Sie trug keine Unterwäsche. »Schau's dir ganz genau an.«

Mamita war sichtlich belustigt und auch etwas gelangweilt, aber auf eine Art, die Dante half, sich zu entspannen. Der schmerzhafte Druck auf ihrer Brust ließ nach. Drei Jahre hatte sie gebraucht, bis sie den Mut aufbrachte, eine Frau zu bitten, für sie die Beine zu spreizen – teils aus Verlegenheit und Scham, teils, um die Frauen vor ihrem Verlangen zu schützen. Doch diese Frau, ihre Mamita, war nicht zerbrechlich, sondern groß und kräftig, die Mutter jedes armen, einsamen Mannes in Buenos Aires. Diese Rolle ermöglichte es ihr, in einem Alter, in dem andere Prostituierte längst aus den Bordellen und manchmal auch vom Erdboden verschwunden waren, sich immer noch ihren Lebensunterhalt zu verdienen. Nichts konnte sie erschüttern. Ein ungeschickter, liebesgieriger Junge schon gar nicht. Es war ungefährlich hinzuschauen, hoffte Dante und schaute hin. Was sie sah, war ganz anders, als sie es sich vorgestellt hatte. Sie sank auf die Knie. Mamita lachte.

»Komm schon«, sagte sie, nicht unfreundlich. »Fass hin.«

Diese Wärme, diese Feuchtigkeit, diese unglaubliche Weichheit. Und dann der Geruch: Lorbeerblätter und Kupfer und frische, bittere Erde. Dante strich mit den Fingern über die Spalten, erforschte alles, konnte den Blick nicht davon nehmen, Staunen und Sehnsucht, besessen vom Geruch des geheimen Ortes dieser Frau. Er war ihr Zentrum und Thema unendlich vieler Lieder und Witze, Demütigungen, Warnungen und blutiger Fehden. Schau's dir an, schau dir das hier an, schau sie an, Mamita, voll der Gnade und du, unter den Weibern – und dann gab Mamita ein leises Stöhnen von sich.

»Gefällt dir das?«

»Mmmmm.«

»Wirklich?«

»Wirklich.«

»Was gefällt dir sonst noch?«

»Alles, was dir gefällt, *corazón.*«

»Nein.« Dante richtete sich auf. »Mach mir nichts vor.«

»Na, na – reg dich nicht gleich auf.«

»Ich möchte gern, dass du mich unterrichtest.«

»In was?«

»Ich möchte lernen, wodurch du dich gut fühlst.«

Mamita stützte sich auf die Ellbogen und musterte Dante im dämmrigen Licht. »Warum?«

»Ich zahle extra.«

»Wo wollen wir anfangen?«

»Sag du's mir.«

»Wie viel Erfahrung hast du?«

Dante antwortete nicht.

»Ach, Kindchen«, seufzte Mamita.

»Ich bezahle für die ganze Nacht.«

Wieder betrachtete Mamita sie wortlos. Sie lachte jetzt nicht mehr. »Hast du so viel Geld?«

»Wie viel?«

»Sieben Pesos.«

»Ich habe vier Pesos und sechzig Centavos. Den Rest kann ich dir am Donnerstag bringen. Oder ich gebe dir, was ich habe, und bleibe so lange, wie das Geld reicht.«

Mamita schwieg eine ganze Weile, und Dante spürte, wie die Kälte langsam ihre Beine hochkroch. Dann fragte sie: »Du hast eine Freundin, stimmt's?«

Fast hätte Dante genickt, aber sie schüttelte den Kopf.

»Noch nicht. Du hoffst, dass du sie kriegst. Aber du weißt nicht, was du mit ihr machen sollst.«

Dante senkte den Blick. Holzdielen. Abgenutzt und grau, erschöpft von den Dingen, die sie gesehen hatten.

»Und du möchtest sie glücklich machen. Ja, genau das willst du.« Was Mamita als Nächstes tat, schockierte Dante: Sie streichelte ihre Wange. »Du bist ein guter Junge«, sagte sie. »Und du hast einen hübschen Mund.« Mit der Hand packte sie Dantes Gesicht, den Daumen in der einen Wange, die Finger in der anderen, und sie drückte so fest zu, als wollte sie ein Loch bohren. »Also, dann mal los.«

Dante ergab sich Mamita, wie ein Zweig sich einem Gewittersturm ergibt.

Wenn die Leute dich Mamita nennen, ahnst du am Anfang natürlich nicht, dass dieser Name alle anderen übertrumpfen wird und dass der Name, den du bei deiner Geburt bekommen hast, spurlos untergehen wird im Getöse des Lebens. Aber so ist das in Buenos Aires, die Stadt gibt dir einen Namen, tauft dich um, auf Gedeih und Verderb. Zuerst hast du keine Ahnung davon. Du arbeitest, weil du musst, weil dein Körper darauf besteht, dass du ihm Brot gibst und einen Ort zum Schlafen und einen anderen Ort, um sich zu entleeren. Irgendwie will dein Körper am Leben bleiben, selbst wenn der Kopf protestiert und wütet und ans Sterben denkt, als wäre der Tod eins dieser süßen Desserts, die in den Schaufenstern der feinen Konditoreien herumstehen und aussehen wie überschäumende Wolken, die du aber niemals auch nur berühren wirst. So wie sich dein Mund nach diesem Gebäck sehnt, so sehnt sich dein Kopf nach dem Tod. Aber der Körper hat etwas dagegen. Egal, was passiert, der dumme Körper will weiterleben. Er beharrt darauf, dass du atmest und dass du etwas isst, und so kommt es, dass du immer weitermachst. Und Leben heißt Ficken, und Ficken heißt, dass du deinen Körper öffnest, für jeden, der zur Tür hereinkommt, und es kommt immer einer rein, immer noch ein hungriger Mann in dieser Stadt, in der die Nacht keinen Anfang hat und kein Ende. Die Männer kommen und kommen, und sie sind es, die in dir ihre Mamita finden, nicht du, und sie fangen an, dich so zu nennen, sie geben dir diesen Namen. Sie geben ihn dir, weil sie ihn brauchen. Die Mamita ist es, die sie von dir wollen, denn ob sie es wissen oder nicht, in ihrem Inneren sind sie alle kleine Jungen, die sich immer noch nach dem Rocksaum ihrer Mutter sehnen. Die meisten sind Tausende Kilometer von ihren Müttern entfernt, und sie können es kaum aushalten, sie können den Gedanken nicht ertragen, dass ihre Mamma oder Mutti oder Ommi oder Mère auf einem fernen Kontinent immer älter wird und dass sie sterben wird, ohne ihren Sohn je wiedergesehen zu haben, und dass sie, die Söhne, nie mehr die Hände ihrer Mutter berühren können oder ihren Eintopf essen oder Hemden tragen, die ihre Mutter geflickt hat mit einer Nadel, die spitz genug ist, um sich damit blutig zu stechen. Diese erwachsenen Männer liegen nachts wach und schluchzen, weil sie ihre Mutter vermissen, sogar die harten Kerle, besonders die harten Kerle – und wenn sie auch nur einen Funken ihrer eigenen Mutter in dir entdecken, dann kommen sie angekrochen und wollen genau das haben, sie können dich nicht anders sehen, dich nicht anders nennen. Du lässt dich darauf ein und merkst nicht, dass dieses Spiel, das sie spielen, dich verändert. Jahr um Jahr vergeht, und eines Tages wachst du auf und bemerkst zwei Dinge: dass du Mamita geworden bist und dich kaum noch erinnerst, je etwas anderes gewesen zu sein, und zweitens, dass im Lauf der Zeit deine Überlebenschancen geringer geworden sind und dass es eventuell deine Rettung ist, Mamita zu sein. Dadurch kannst du vielleicht wunderbarerweise eine lange Laufbahn als Hure haben und noch weiterarbeiten, wenn deine Altersgenossinnen alle schon verhungert oder verschwunden sind oder mit einem üblen Kerl abgehauen, weil sie sonst nirgends hinkonnten. Von deinem eigentlichen Ich ist nichts mehr übrig, das Huren-Ich überdeckt alles, und in diesem Ich steckt viel Kraft, solange du das alles ertragen kannst. Und du kannst es. Dein Körper ist ein leeres Gefäß, das sie mit allem füllen, was sie sich wünschen. An guten Tagen gelingt es dir, sämtliche Gefühle und Empfindungen abzuschalten, dich von deinem eigenen Körper abzuwenden, während dieser seine Arbeit macht. Manchmal leidest du. Aber meistens ist es nur eine Art Irritation, als würden harmlose Kakerlaken über deine Haut krabbeln. Hin und wieder, das stimmt, erlebst du sogar so etwas wie Lust, aber das ist reiner Zufall, ein flüchtiges Aufblitzen, das genauso schnell wieder verglüht, wie es begonnen hat. Außer jetzt, heute Nacht, mit dem Jungen. Dante nennt er sich, aber du vermutest, dass er genau wie du andere Namen hat, die er hinter dem Namen, mit dem ihn alle rufen, verbirgt. Die Spannung, die von ihm ausgeht, sagt dir, dass er Angst hat, wie ein Dieb auf der Flucht, auch wenn es eher unvorstellbar ist, dass dieser Junge ein ernsthaftes Verbrechen begangen haben könnte. Aber – egal. Er ist ein Kind, und er erinnert dich an deinen eigenen Jungen, deinen Jungen, der nicht mehr da ist. Immer rechnest du sein Alter aus, während die Jahreszeiten vorüberziehen, und du malst dir sein Gesicht aus, an glühend heißen Tagen im unruhigen Schlaf. Du warst vierzehn, als du mit ihm schwanger geworden bist, fünfzehn, als er auf die Welt kam, und die Männer, für die du gearbeitet hast, sorgten dafür, dass die anderen Huren im Kreis um dich herumstanden, während du in den Wehen lagst. Dann haben sie dir ein paar Tage gegeben, damit du deinen kleinen Jungen in den Armen halten und ihn stillen kannst. Du hast ihm deine Brust gegeben, und wenn es besonders schlimm ist, dann sagst du dir das immer wieder, immer wieder: *Wenigstens hat er meine Milch getrunken, meine Milch.* Und dann haben die Männer, denen du gehörtest, ihn dir weggenommen. Danach hast auch du die Kräuter genommen, die alle anderen Mädchen nahmen, wenn es nötig war, damit du dich nicht noch einmal so verabschieden musst. Und jeden Tag denkst du an ihn, und möge Gott dich dafür strafen, dass du an deinen Sohn denkst, wenn junge Männer zu dir kommen – aber zur Hölle mit Gott, er ist derjenige, der die Hölle erfunden hat, also kann er auch gleich dort wohnen, wie wir anderen auch. Die jungen Männer zerren an deinem Herzen, weil jeder es sein könnte, jeder von ihnen könnte dein Sohn sein. Er ist inzwischen ein Mann, achtzehneinhalb, alt genug, um zu den Huren zu gehen, und du hast die Hoffnung, dass er, wo immer er sein mag, zu den Netten, den Sanften gehört. Dieser Dante, dieser Junge, der jetzt bei dir ist, er gehört zu den Sanften, er möchte dich befriedigen, damit er andere Mädchen befriedigen kann, und seit elf Jahren hat keiner dich für die ganze Nacht bezahlt, und auch damals haben sie dir keine sieben Pesos gegeben, was für eine haarsträubende Lüge, armer, ahnungsloser Junge. Am liebsten würdest du einfach seinen Kopf nehmen und zwischen deine Schenkel drücken, du möchtest ihn in deine Möse aufnehmen, ganz und gar, so wie dein Junge aus dir herausgekommen ist, nur andersherum, er ist aus dir herausgeschlüpft, langsam, ganz langsam zuerst und plötzlich schockierend schnell, hinaus in die Welt, ans Licht, so kam er aus dir herausgeschossen, es ist deine strahlendste Erinnerung, und nun willst du mit diesem Jungen das

Gegenteil machen, du möchtest ihn aus der Welt heraussaugen, aus dem Licht, ihn in dir aufnehmen, ihn verstecken, damit du ihn für immer bei dir haben kannst – aber das geht nicht. Unmöglich. Stattdessen bringst du ihm etwas bei. Du bist nicht geduldig. Wenn er etwas lernen will, dann muss er seine Muskeln spielen lassen. Wenn er etwas lernen will, dann muss er seine Angst überwinden, vor allem die Angst, zwischen zwei Schenkeln zerquetscht zu werden. Wenn er etwas lernen will, dann soll er am besten gleich etwas für *dich* tun und dich dafür bezahlen – warum nicht? So ist's gut, mein Junge, tu, was ich dir sage, und wenn du es nicht richtig machst und die entscheidende Stelle nicht findest oder wenn du die Zähne nimmst, weil du nicht richtig aufpasst, dann bekommst du einen Klaps. Den Rhythmus musst du hinkriegen, den richtigen Druck. Du hübscher kleiner Junge. Du sagst, du möchtest, dass ich mich gut fühle. Du willst wissen, was du dafür tun musst. Wie wär's, wenn du meinen kleinen Jungen für mich findest? Nein, das kannst du nicht? Besitzt ihr hübschen Jungen nicht eine telepathische Verbindung untereinander, die mir hilft, ihn durch dich zu finden? Dann nimm mal deine Zunge, bis alle Wörter, die sie je geformt hat, aus ihr herausgewrungen sind. Befolge meine Anweisungen ganz genau, nimm deine Finger und steck sie in mich hinein, damit ich Lust empfinde, ja, aber auch für dich, damit du eine Art Anker hast, wenn ich explodiere, eine Brücke zu dieser Welt hier, damit du nicht in die nächste Welt geschleudert wirst.

Dante verbrachte drei Nächte mit Mamita, ehe sie wieder mit Alma ausging, drei Nächte, die alles in ihr aufwirbelten, sie in Brand setzten und alles niederrissen, was sie zu wissen glaubte. Dann kam der Sonntag. Sie fuhren wieder in den Park. Und als das warme Gold des Nachmittags verblasste und die Dämmerung sich über alles senkte, flüsterte Dante Alma ins Ohr: »Ich möchte mit dir allein sein.«

Einen köstlichen Augenblick lang schmiegte sie sich an Dante, dann richtete sie sich auf, ihre Miene so ruhig und gelassen wie die einer Königin. »Wo?«

Darüber hatte Dante lange nachgedacht. Der Conventillo war ein Minenfeld: dünne Wände, schreiende Kinder, La Stregas allsehendes Auge, Familien, die sich in allen möglichen Sprachen stritten und bestimmt missbilligende Blicke tauschten, wenn eine junge Frau mit einem Mann in einem Zimmer verschwand. Ein strafender Blick der Conventillo-Frauen konnte den zarten Faden zwischen Dante und Alma schnell zerreißen und zu einem Nichts zusammenschnurren lassen. Ganz zu schweigen von dem unromantischen Gestank. Deshalb hatte sich Dante in der Nacht davor bei El Loro erkundigt, der ihr bereitwillig erklärte, wie sie ein Zimmer finden konnte, wo sie ungestört war – für etwas, was El Loro als »einen Fick, den du dir mit was anderem als mit Pesos verdient hast« bezeichnete.

Jetzt sagte Dante: »Ich kenne ein Haus in San Telmo, wo wir ein Zimmer haben können.«

Alma wandte den Blick ab, ging weiter. Um den Schein des Anstands zu wahren, durfte sie nicht einfach ja sagen. Aber sie hatte nicht nein gesagt.

Dante nahm ihren Arm und dirigierte sie in Richtung Tram. »Komm mit.«

Das Zimmer war ziemlich dunkel, es roch nach Schimmel und Essig. Die Bettlaken waren hastig zurechtgezupft worden, aber auf einem schlanken Beistelltischchen stand eine hoffnungsvolle Schüssel mit Wasser, auf dem eine einzelne rote Rose schwamm. Die Blütenblätter waren schon welk und an den Rändern braun verfärbt, aber mit etwas Glück würde Alma das nicht merken. Sie beachtete die Wasserschüssel gar nicht, als sie eintrat und mitten im Raum stehen blieb, mit dem Rücken zu Dante. Ein anmutiges Wesen aus einer anderen Dimension, die Flügel wartend angelegt.

Man hörte das Gemurmel der Straße durchs offene Fenster. Dante schloss es, wodurch sie natürlich die Hitze der Dämmerung im Zimmer einsperrte. Dann lehnte sie sich an die Wand und zündete sich eine Zigarette an.

»Zieh dich aus«, befahl sie.

Zuerst reagierte Alma nicht, sondern stand reglos da, schaute Dante nicht an, sagte kein Wort. Die Luft knisterte vor Stille. Dante blies bedächtige Rauchkringel in Richtung Decke. Wenn das Spiel nicht nach ihren Regeln gespielt werden konnte, dann wollte sie es lieber gar nicht spielen. Vielleicht war das ganze Unternehmen sowieso ein Fehler. Ihr blieb immer noch Zeit, es zu beenden, das Zimmer zu verlassen und diese Frau sicher nach Hause zu geleiten.

Und dann fasste Alma nach hinten und öffnete den Reißverschluss ihres Kleides.

Der entblößte Körper. Arme und Schenkel und Taille, eine perfekte Melodie.

Der Stoff auf dem abgewetzten Parkett umschloss die Füße, die noch in den hochhackigen Schuhen steckten. Aufrecht, den Blick ruhig auf die Wand gerichtet, eine Tänzerin, konzentriert.

Dante bekam keine Luft. Macht. Angst vor der eigenen Macht. Erregung. Ein Beben.

Wo war ihre Stimme? Dante fand sie. »Den Büstenhalter auch. Das Höschen. Alles, außer den Schuhen.«

Ist das wirklich meine Stimme? Wirklich?

Alma gehorchte.

Die Melodie, nun vollkommen.

Ihr Körper war die Musik, die den Tanz lenkte.

Dante, der auch Leda war, drückte ihre Zigarette auf dem Fenstersims aus und näherte sich Alma von hinten. Sie drückte ihren bekleideten Körper an Almas nackten. Sie achtete sorgfältig darauf, dass ihr Unterleib auf Distanz blieb, damit Alma nicht merkte, dass da kein hartes Glied war (denn sie erinnerte sich daran, wie sich ihr Cousin Dante angefühlt hatte, damals, in

Italien, unter dem Feigenbaum, an ihrem Schenkel, der Druck, der sie sein Begehren spüren ließ). Ihre Hände und ihr Mund übernahmen die Regie. Almas Nacken, ihre Arme, ihre Brüste, die Hüften. Sie gaben beide keinen Laut von sich, wie zwei Tango-Tänzer, die sich ohne Worte bewegen, sei still und lass deinen Körper sprechen, so und so und so und so. Alma stand da, die Arme an den Seiten, umschlossen. Ganz allmählich entspannte sich ihre Haltung. Butter, von der Sonne zum Schmelzen gebracht.

Alma unter Dantes Händen. Alma an ihren Lippen. Alma überall, unentrinnbar, ihr Duft, ihre warme Haut, die sich ihrer Zunge darbot. Zähne, Hunger. Das Crescendo ihres Atems. Schmerz, Staccato – oder war es Lust? Anspannung und Nachgeben wechselten sich ab, in Wellen. Dante nahm sie an der Hand und stieß sie aufs Bett, küsste sie hart. Sie war darauf vorbereitet, kämpfen zu müssen, falls Alma versuchte, sie zu entkleiden, aber Alma machte keine Anstalten. Mit geschlossenen Augen lag sie da, bereit, genommen zu werden, sich von einer Strömung, die nicht ihre eigene war, auf dem Fluss treiben zu lassen.

Ihre Schenkel öffneten sich ohne Widerstand. Aber als sie Dantes Mund an ihrem Geschlecht fühlte, stieß sie einen Schrei aus, und ihr Körper verkrampfte sich. »Was tust du da?«

»Das, was ich tun will.«

Alma öffnete die Augen, hob den Kopf und starrte Dante an, als hätte sie plötzlich zwei Köpfe.

Möchtest du das nicht?, wollte Dante sie fragen, aber sie fragte nicht, weil das nicht zum Kodex für männliches Verhalten passen würde. Also sagte sie nur: »*Schsch*, leg dich hin, keine Angst.«

Alma fixierte sie noch eine Weile, dann legte sie sich wieder hin. Sie schmeckte heller als Mamita, eine Spur von Bitterorange, vermischt mit Kupfer und frisch umgegrabener Erde. Sie hatte auch eine andere Form, länglicher, straffer. Anders als Mamita gab sie keine Hinweise, keinen Ratschlag, sie sagte nichts, um Dante anzuleiten. Da war nur der ungeschützte, blendende Augenblick.

Sie blieb lange dort. Sie hätte für immer dort bleiben können.

Zweimal wollte Alma aufstehen, doch Dante drängte sie zurück. Schließlich begannen Almas Hüften zu beben. Sie machte ein Geräusch, als würde sie gegen etwas ankämpfen – einen Jaguar, einen Hai, ein Schwert der Freude. Dann gab sie den Kampf auf, und als die Lust sie überschwemmte, hielt Dante ihre Hüften ganz fest, damit ihr Mund da blieb, wo er war, so wie sie es von Mamita gelernt hatte. Sie begleitete den Sturm, sie verschlang ihn und brannte selbst in jeder Zelle ihres Körpers.

Als Alma wieder auf den Rücken gesunken war, von Schweiß vergoldet, lag Dante zwischen ihren offenen Beinen, wie Männer das tun, ihre Köpfe nebeneinander, ihre Hüften nebeneinander, Dantes Hand auf Almas Geschlecht, zwei Finger hatte sie nun hineingeschoben, Almas Augen waren geschlossen, sie trieb auf dem weiten Meer, sie war nicht wirklich in einem Zustand, in dem sie nach unten blicken und alles entdecken würde – und selbst wenn – Dante hatte plötzlich keine Angst mehr. Wie durch ein Wunder war kein Platz mehr für Angst, sondern nur das schockierte Gefühl, dass dies alles genau richtig war. Dante fühlte sich stark und lebendig und ganz sie selbst, während sie mit Alma tat, war Männer tun.

Die Lust, die sie dabei empfand, war ungeheuerlich, allumfassend. Die Nähe einer Frau, überall. Eine Hitze, die ihr bis ins Mark drang. Die über ihre Haut strömte, durch ihren Arm bis in ihre Hand, die sich dort in Alma bewegte, direkt vor ihrem eigenen Geschlecht, als wäre die Hand seine Fortsetzung, und sie stieß zu, immer wieder, ein ungezähmter Rhythmus, ursprünglich, ungeprobt.

Danach drehte Alma sich zur Wand und lag lange still da.

Nun meldete sich bei Dante doch die Angst. Hatte Alma einen Verdacht? Dann würde sie – nein, es konnte nicht sein.

»Alma. Ist alles in Ordnung?«

Endlich wandte Alma sich Dante zu, mit tränenüberströmtem Gesicht.

»Ja, klar.«

»Habe ich dir weh getan?«

»Nein.«

»Habe ich –«

»Sei still, Dante.« Alma streichelte ihr über die Wange. »Versprich mir einfach nur, dass wir das wieder tun.«

»Ich verspreche es dir.«

»Deine Haut. Sie ist so weich, das ist unglaublich.«

Dante schwieg.

»So vieles an dir ist unglaublich.«

»Wie meinst du das?«

»Ich muss jetzt gehen«, sagte Alma und hob ihre Kleider vom Fußboden auf. »Sonst komme ich zu spät zur Arbeit. Und du auch.«

Dante ging an diesem Abend zur Arbeit, als würde sie schweben. War das Liebe? Fühlte sich Liebe so an? Ein süßes Gefühl der Leere, tief im Innersten, eine Leere, die unbedingt gefüllt werden will. Eine Freude, die brennt und schneidet. Der sehnliche Wunsch, mit ihr zusammen zu sein, jetzt gleich, sofort, es immer wieder zu tun, und der Rest der Welt soll bleiben, wo er ist.

Bei La China standen seine Musikerkollegen hinter der Bühne erwartungsvoll um Santiago herum, der sie betrachtete wie ein Kapitän, der seine Besatzung mustert. Er nickte Dante zu. »Da bist du ja.«

»Entschuldigung, aber ich –«

»Ist schon gut«, sagte Santiago. »Ich wollte nur, dass alle da sind, wenn ich es verkünde. Heute ist unser letzter Abend bei La China.«

Dante stand zwischen El Loro und Pedro und merkte, wie die beiden ganz aufgeregt wurden.

»Wir haben es geschafft – wir haben ein Engagement im Leteo.«

»Im Leteo?«, wiederholte El Loro.

»Das ist ein Cabaret, du Dummkopf«, sagte Amato freundlich.

»Eins der besten«, ergänzte Santiago.

»Wo ist es?«, wollte Joaquín wissen.

»In der Innenstadt. Direkt in der Calle Corrientes.«

Die Männer tauschten erstaunte Blicke.

Es ist soweit, dachte Dante. Sie waren kurz davor, die Grenze in eine andere Welt zu überqueren. Eine Welt, zu der Männer wie sie – und alle Männer, die sie kannte – normalerweise keinen Zutritt hatten, in die sie nicht gehörten. Wie schnell das Leben dich zwergenhaft erscheinen lassen kann. Wie riesig die Welt ist. Dante wurde von einer schrecklichen Angst gepackt, verbunden mit einem Rausch der Begeisterung und einer immensen Vorfreude.

»Wisst ihr, was das bedeutet?«, fuhr Santiago fort. »Es geht aufwärts – bis nach ganz oben. Wir werden ein richtiges Orchester sein und richtig viel Geld verdienen. Mit Smoking und allem.«

»Mit Smoking?«, rief El Loro und strich sich die widerspenstigen Haarsträhnen aus dem Gesicht.

»Ja, klar!«

Dante versuchte, sich vorzustellen, wie sie in einem Smoking aussehen würde. Ein neues Kostüm der Männlichkeit. Würde es leichter oder schwerer sein als die Verkleidung, die sie jetzt trug?

»Leteo«, wiederholte Amato ganz langsam, als wollte er jeden Buchstaben auskosten.

Die anderen Männer schwiegen, und das Gewicht dieses großen Namens hing zwischen ihnen. Sie standen dicht beisammen in ihrem durch einen Vorhang abgetrennten Bereich hinter der Bühne, so dicht, dass jeder den Atem der anderen atmen konnte.

»Es wird von einem gewissen Señor Carrasco und seiner Schwester geführt«, berichtete Santiago.

»Wie bitte?«, rief Joaquín. »Von seiner Schwester?«

»Ich weiß, das ist merkwürdig. Sie ist verwitwet. Und angeblich hat sie den Laden mit ihrem Geld finanziert. Aber der eigentliche Besitzer ist selbstverständlich der Señor.«

Das schien Joaquín einigermaßen zu beruhigen.

»Sie haben erst vor einem halben Jahr eröffnet, und heute habe ich Señor Carrasco selbst kennengelernt. Er hat ehrgeizige Pläne. Er möchte ganz neues Terrain erobern. Und wir werden ihm dabei helfen.« Santiago schaute seinen Musikern in die Augen, einem nach dem anderen. »Es darf keine Fehler geben. Wer Fehler macht, dem schneide ich die Eier ab.«

Pedro und El Loro lachten.

»Und ihr werdet aus dem Orquesta geschmissen.«

Jetzt lachte keiner.

»Wem das nicht passt, der soll lieber gleich gehen. Verstanden?«

Alle nickten.

»Will einer gehen?«

Alle schüttelten den Kopf.

»Wir müssen perfekt sein«, sagte Santiago. »Besser als perfekt. Wir müssen so wunderschön spielen, dass die Leute ihre eigene Mutter vergessen. Dass sie ihren eigenen Namen vergessen.«

»Wir können das«, sagte Amato.

»Ja, klar!«, sagte El Loro und grinste sein fröhliches, jungenhaftes Grinsen.

Die anderen murmelten zustimmend, und Dante liebte sie, jeden Einzelnen von ihnen, für ihre Besessenheit, für die Gemeinschaft, die sie geschaffen hatten – ein unausgesprochener

Pakt zwischen den sterblichen Seelen der Männer. Einen Moment lang, während sie hinter dem dünnen Vorhang bei La China stand, im Kreis der Musiker, ihr Körper noch glühend vom Sex – einen Moment überkam sie ein Gefühl, das sie niemals für möglich gehalten hatte: das Gefühl, dass die Welt ihr gehörte.

6

SEI

Ein Becher aus dem Fluss des Vergessens

Einen Ort wie das Cabaret Leteo hatte es in der Geschichte der Menschheit noch nicht gegeben. Davon war Dante überzeugt. Als sie durch die Tür trat, verschwand die Stadt hinter ihr, der Lärm und das Getöse von Buenos Aires verstummten, nicht nur für ihre Sinne, sondern auch für ihr Denken und fast für ihr Gedächtnis, ersetzt durch die luxuriöse Atmosphäre einer umgrenzten Welt. Dante und ihre Musikerkollegen kamen durch den Dienstboteneingang, der in eine riesige Küche führte, in der es so viele Töpfe und Pfannen und Messer und Köche gab, dass man ohne weiteres ein Mahl für die Götter hätte zubereiten können. Und während sie sich rasch an Stapeln mit Gemüsekisten und an brodelnden Töpfen vorbeidrückten, um zu der weißen Tür zu kommen, die in den großen Saal führte, dachte Dante an diese Götter und Göttinnen von früher, deren Geschichten Cora ihr erzählt hatte – eine Göttin war dem Kopf ihres Vaters entsprungen, eine andere kam hervor aus dem Schaum des Meeres, und göttliche Zwillinge wurden auf einer schwimmenden Insel geboren, weil es ihrer Mutter untersagt war, sie sonst irgendwo auf die Welt zu bringen. Sie stellte sich vor, diese Götter würden sich am Eingang zu dem Tango-Cabaret versammeln, weil sie unbedingt tanzen wollten. Der Haupteingang sah aus, als wäre er genau dafür entworfen, die Götter anzulocken. Dante hatte ihn gesehen: die hohe, kunstvoll verzierte Flügeltür, durch die man ein Foyer mit Spiegeln und funkelndem Messing betrat. Das gedämpfte Licht des Kristallkronleuchters schuf eine verspielt subtile Melodie aus Flammen und Schatten. Üppige rote Teppiche bedeckten den Fußboden, die Garderobe war flankiert von Kristallvasen, jede so groß wie ein Riesenhund, und die Blumen mit den langen Stielen bewachten den Raum wie ein vielköpfiges Raubtier.

Egal, ob man durch den Haupteingang oder durch die Hintertür kam – alle Wege führten in den großen Saal. Er war kreisförmig angelegt, und die Decke war so hoch, dass man denken konnte, sie sei der Himmel. Die Bühne schwebte einen ganzen Meter über dem Boden, davor war eine riesige freie Fläche, die für die Tanzenden reserviert war, umringt von weiß gedeckten runden Tischchen. Dazu Stoffservietten, kunstvoll fächerförmig in Weingläsern dekoriert. Wenn viel Betrieb war, glitten die Kellner unaufdringlich von Tisch zu Tisch, hochelegant in ihren schwarzweißen Uniformen; diskret nahmen sie die Bestellungen entgegen und verschwanden dann durch die weiße Tür in der Küche.

Gemälde von Nymphen und Satyren zierten die Wände, und überall im Raum verteilt hielten nackte Statuen Wache, erhoben sich zwischen den Tischen, so dass die Gäste ihren Wein oder ihr *Bœuf au vin* in Reichweite nackter Brüste verspeisten. Schwärme bunter Vogel – Tukane, Stare, Raben, Drosseln, Purpurglanzvögel – tummelten sich unter der hohen Decke, im Flug erstarrt. Die Fäden, an denen sie hingen, waren für die Augen der Sterblichen da unten nicht zu erkennen. Das Dekorationselement jedoch, das Dante am meisten verzauberte, war ein Spiegel, genau gegenüber von der Bühne. Er war vier Meter lang und mit einem riesengroßen Pfau bemalt, dessen blaue und fahlgrüne Federn zu einem Halbkreis gespreizt waren, welcher majestätisch leuchtete, gepünktelt und umrandet mit Gold. Immer, wenn Dante zu diesem Spiegel schaute, sah sie Fragmente ihres eigenen Abbilds, gefangen zwischen den langen, leuchtenden Federn.

Sie lernte, rasch den Bereich des großen Saals zu durchqueren, der zwischen der Küche und der Tür zur Musikergarderobe lag. Der Saal jagte ihr Angst ein, er war zu prächtig, geschaffen für alte Götter und reiche Männer, nicht für sie. Sie hielt die Luft an und atmete erst wieder aus, wenn sie die Garderobe erreicht hatte und die Tür hinter sich schließen konnte. Dort war die Atmosphäre vertrauter: Es roch nach Zigarettenrauch und Schweiß und nach dem Mief, der entstand, wenn mehrere Männer sich in einem ungelüfteten Raum aufhielten. Die Garderobe hatte nichts von dem geschliffenen Glanz der Halle oder des Foyers, aber für die Musiker war sie der Inbegriff von Luxus nach der kleinen Ecke bei La China, die nur durch einen Vorhang abgetrennt gewesen war. Es gab zwei Samtsofas mit relativ wenig Flecken. Im Parkettfußboden fehlte kein einziges Stückchen Belag, die Tapete hatte ein rot-gelb-orangefarbenes Lilienmuster, das dem Raum – der außerdem kein Fenster besaß – eine dämmrig höhlenartige Atmosphäre verlieh, als wären sie keine Musiker, sondern Löwen, die sich in ihrer Höhle versammelten, wie Pedro eines Abends scherzhaft sagte, und von da an nannten sie ihre Garderobe nur noch »die Höhle«.

Dort trafen sie sich an sechs Abenden in der Woche kurz vor Mitternacht und öffneten ihre Instrumentenkästen, als würden sie wunderschöne Damen entkleiden. Sie stimmten ihre Instrumente und besprachen die Reihenfolge der Stücke, oder sie redeten einfach miteinander, ohne zu reden, wie Männer das tun, wie Musiker das tun, voll stummer Vorfreude und in ihre geliehenen Smokings gesperrt. Sie waren keine Gentlemen, aber sie würden so elegant sein, als wären sie welche. Sie wollten die echten Gentlemen da draußen im Publikum in den Schatten stellen. Seht uns an, wenn wir auf die Bühne kommen, wenn wir uns zu eurem höflichen Applaus verbeugen, seht, wie makellos unsere Anzüge sind, wie sauber poliert unsere Schuhe. Ihr könnt ruhig über uns lachen, wir sehen euer herablassendes Lächeln, aber wir sind nicht da unten bei euch, wo ihr uns verspottet und euch über uns lustig macht, nein, wir sind hier oben, in einer völlig anderen Welt, in der Welt, die wir Bühne nennen, und diese Welt ist weder ein Palast noch eine Mietskaserne, sie gehört weder euch noch den Armen, hier ist unser Territorium, die Welt der Musik, und die Musik ist etwas, was wir für euch aus dem Nichts schaffen und zu euren feinen Tischen schicken – unsere Töne werden eure Ohren, eure Gedanken und das Blut in euren Adern erobern.

Die reichen Männer, die ins Leteo kamen, waren nicht völlig anders als die bei La China. Dante erkannte sogar ein paar Gesichter aus der Tanzhalle. Aber hier benahmen sich die Herren vornehm und führten eine Dame am Arm. Die Frauen trugen teure Kleider und Perlenketten und tranken Champagner, und wenn sie tanzten, waren ihre Bewegungen diskret, sie drängten sich nicht in die Umarmung. Schließlich war der Tango hier zivilisiert, und die Damen waren ebenfalls zivilisiert. Sie wurden nur von Männern, die an ihrem eigenen Tisch saßen, zum Tanzen aufgefordert. Sie kamen in Gruppen oder mit ihren Ehemännern, niemals allein.

Bis auf eine.

Jeden Abend saß eine sehr aparte Frau an einem kleinen Tisch am Rand des Saals. Sie trug riskante Abendkleider, tief ausgeschnitten, ganz in dem Pariser Stil, der gerade Mode war und bei den oberen Zehntausend von Buenos Aires viel Unruhe stiftete. Aber im Gegensatz zu den leuchtend bunten Roben, die aus Paris importiert wurden, waren ihre Kleider immer schwarz. Ihre schwarzen Hüte waren extravagant verziert, mit schwarzen Samtschleifen oder mit langen schwarzen Federn. Selbst im Sitzen wirkte sie groß. Alterslos. Undurchschaubar. Aufrecht, gerader Rücken, die Haltung einer arroganten Tänzerin. In kleinen Schlucken trank sie ihren Portwein und beobachtete die Gäste.

»Wer ist diese Frau da hinten, so ganz allein?«, fragte El Loro, als sie während der Pause in der Höhle saßen.

»Das ist La Viuda Ruiz«, erklärte Santiago. »Die Schwester von Don Carrasco.«

»Viuda?« Fassungslos blickte El Loro von seiner Geige hoch. »*Die* ist Witwe?«

Auch Dante war überrascht – obwohl sie ja selbst verwitwet war und ihr das bestimmt auch keiner ansah. Aber sämtliche Witwen, denen sie in Alazzano begegnet war, hatten völlig anders ausgesehen: korpulent, verschleiert, resigniert, bis in die Krümmung ihrer Wirbelsäule. Diese Frau hier war genau das Gegenteil von resigniert. Sie strahlte Macht aus. Schien genau zu wissen, dass sie den Männern den Kopf verdrehte. Schon ihre Kleidung verspottete den Sittenkodex, der für Witwen galt. Sie lenkte den Blick direkt auf ihre nackte Haut und flüsterte leise: *Bleib.*

Pedro pfiff leise durch die Zähne und spielte mit seinem Bandoneón einen langgezogenen, schmelzenden Ton.

El Loro grinste und machte den Mund auf, um etwas zu sagen.

Aber Santiago unterbrach ihn schon vorher. »Halt die Klappe.«

»Ich hab doch überhaupt nichts gesagt.«

»Fang gar nicht erst an. Kein Wort über Doña Ruiz. Ihr dürft nicht mal an sie *denken.* Doña Ruiz ist keine Frau. Sie ist die Schwester eures Arbeitgebers. Kapiert?«

Sie nickten. Doch als Dante später die Bühne betrat, blickte sie verstohlen zu Doña Ruiz hinüber. Die Witwe musterte die Musiker gelassen, aber sehr wachsam, wie ein General die Truppen vor der Schlacht.

Sie verdienten gut, verdammt gut. Amato schenkte seiner Frau eine Singer-Nähmaschine und seiner Geliebten einen Mantel aus Paris. El Loro mietete im Conventillo noch ein Zimmer für seine Familie, und in einem Anfall von Optimismus verlobte er sich mit einem süßen Russenmädel, das schräg gegenüber auf demselben Flur wohnte. Er trug Goldringe, die blitzten, während er aus seinem Bandoneón Musik herauspresste. Niemand wusste genau, was Joaquín mit seinem Geld anstellte, er redete nicht darüber und wirkte völlig unverändert. Bei Santiago war es ebenso. Weil er darauf bestand, kauften sie sich alle einen maßgeschneiderten neuen Smoking von einem Schneider in der Calle Corrientes, einem vornehmen Herrenschneider, der bei ihrem Anblick etwas schockiert schien, sie aber trotzdem freundlich bediente. Dante hielt den Atem an, als das Maßband sich ihrem Schritt näherte, aber es kam zu keiner intimen Berührung, sie flog nicht auf, sondern überstand alles ohne Probleme. Falls der Schneider bei ihren Proportionen irgendetwas merkwürdig fand, ließ er sich nichts anmerken, ein Beispiel an Diskretion. Der fertige Anzug saß wie angegossen, wie eine zweite Haut. So perfekt sitzende Kleidung hatte sie seit La Boca nicht mehr getragen. In ihrem Smoking fühlte sie sich stark, mächtig, die Welt in Reichweite.

Das Geld hatte eine ähnliche Wirkung. Geld öffnet viele Türen in einer Großstadt. Man kann in ein Restaurant gehen und direkt neben einem vornehmen Paar essen, auch wenn die anderen Gäste glotzen. Man kann fünf Kilo Fleisch auf einmal kaufen, wenn man will. Oder eine Perlenkette und eine Flasche Parfüm vom anderen Ende der Welt. All das kaufte Dante: das Fleisch für La Strega, die Perlenkette und das Parfüm für Alma. Mit ihr traf sie sich einmal pro Woche, immer am Sonntagnachmittag. Der schneidende Herbstwind verkürzte ihre Spaziergänge auf der Promenade. Aber das war nicht schlimm. Dante führte sie in einen feinen Salon, wo *High Tea* serviert wurde, ganz im britischen Stil, mit Scones, frischer Marmelade, leckeren kleinen Kuchen und geschlagener Sahne, die in der glänzenden Silberschüssel verlockend schimmerte. Alma berührte das Gebäck, als wäre sie kurz davor, die heilige Kommunion zu zelebrieren, und ihre Augenlider senkten sich flatternd, wenn sie genüsslich hineinbiss. Dante betrachtete sie voller Entzücken, am ganzen Körper elektrisiert. Anschließend fuhren sie quer durch die Stadt nach San Telmo, zu dem dämmrigen Zimmer mit der Wasserschale, in der eine welke Rosenblüte schwamm (meistens war sie rot, manchmal aber auch weiß, pink oder gelb, aber welk war sie immer). Dort erlebten sie verstohlene Stunden körperlicher Lust. Alma immer nackt, Dante immer vollständig angekleidet. Sie begann mit dem Mund, um Alma in eine Art Delirium zu versetzen, damit sie sich ergab und glaubte, was sie zu glauben schien – dass nämlich das, was Dante als Nächstes mit ihr machte, genau das war, was jeder Mann tun würde.

Als zusätzliche Sicherheitsmaßnahme verband sie Alma manchmal die Augen mit einem Taschentuch und fesselte ihr die Hände hinter dem Rücken. Warum?, fragte Alma beim ersten Mal, und Dante suchte nach einer Antwort. Weil du dann besonders schön bist, sagte sie. Was auch stimmte. Die Vorsichtsmaßnahme stellte sich allerdings als überflüssig heraus. Alma nahm alles hin und machte keine Anstalten, in Dantes Schritt zu greifen oder sie ausziehen zu wollen. Sie ließ sich einfach auf den Wellen treiben, sonst nichts. Die ganze Woche über dachte Dante an das Wiedersehen, sie wagte es sogar, von einer Zukunft zu träumen, von gemeinsamen Tagen mit Alma, Hunderten von Tagen, die sich bis in den großen Nebel der Zeit erstreckten. Seit sie ein Mann war, dachte sie eigentlich nur an die unmittelbare Zukunft – morgen, nächste Woche, nächsten Monat, falls ich noch da bin.

Sie glaubte so fest, dass sie jung sterben würde – entweder durch einen Messerstich oder weil der Racheblitz Gottes sie traf und sie für ihre Sünden bestrafte. Aber bisher war nichts dergleichen geschehen. Gott langweilte sich, oder er war anderweitig beschäftigt, oder er musste mit seinen Blitzen sparsam umgehen. Was die Messer betraf, so gab es im Leteo weniger in den Hosenbeinen, dafür mehr auf den Leinentischdecken, es war ein anderes Leben, eben zivilisiert. Wenn sie die Zukunft erleben sollte, dann waren die Nächte voller Musik, die Tage mit Alma, die Monate und Jahre mit Tango und Sex Grund genug, um am Leben zu bleiben.

Dann, an einem grauen Juninachmittag, sagte Alma, nackt in Dantes Armbeuge geschmiegt: »Ich bin schwanger.«

Das konnte nicht wahr sein. Sie musste sich verhört haben. »Was hast du gesagt?«

»Ich bin schwanger«, wiederholte Alma, etwas leiser.

Die Wände bebten. Alles geriet ins Wanken.

»Vielleicht … vielleicht bist du nur spät dran.«

»Ich bin immer pünktlich.«

»Es gibt für alles ein erstes Mal.«

»Nein, in dem Fall nicht.«

»Woher weißt du das?«

»Ich weiß es eben.« Almas Ungeduld war mit Händen zu greifen. Was wussten die Männer schon von diesen Frauensachen.

»Von wem?«

»Von wem soll es sein?«

»Keine Ahnung. Du musst es mir sagen, Alma.«

»Wie kannst du es wagen!«

Ein Fleck schlängelte sich die Wand beim Fenster hinunter, braun, bedrohlich. Dante hatte ihn noch nie bewusst wahrgenommen.

»Warum misstraust du mir?«

Dante konnte den Grund nicht sagen, ihr war die Zunge gebunden. Alma hatte alles geglaubt, Dantes Plan war aufgegangen, besser als gehofft. Vielleicht zu gut.

Alma schmollte. Alma wartete.

»Was willst du tun?«

»Was willst *du* tun?«

Dante wollte etwas sagen, brachte aber kein Wort über die Lippen.

»Ich habe gedacht, du bist anders als die anderen Männer!« Alma sprang vom Bett und griff nach ihren Kleidern. »Aber da habe ich mich offensichtlich gewaltig geirrt.«

Wie gelähmt schaute Dante ihr beim Anziehen zu. Wenn Alma wirklich schwanger war, wollte sie ihr gern helfen. Aber sie log, denn es musste ja einen anderen Mann geben – oder andere Männer. Egal, wie die Antwort lautete, Dante wurde auf jeden Fall betrogen. Ihr Kopf tat weh.

Alma war angekleidet, die Haare noch unfrisiert, aber schon elegant. Ihr Bauch gab keinerlei Hinweis auf das, was er enthielt. »Und? Hast du sonst nichts zu sagen?«

Was, wenn sie gar nicht schwanger war? Wenn sie nur Geld wollte? War das womöglich der Grund, weshalb sie überhaupt mit ihr – mit *ihm* – ins Bett gegangen war? Wieso war sie nur so dumm, so vertrauensselig gewesen!

»Du Dreckskerl. Du Schwuchtel. Du Feigling.«

Dante stand nun auch auf. Alma zuckte zusammen, wich aber nicht zurück.

»Alma«, sagte Dante.

Alma blickte ihr in die Augen und rannte dann aus dem Zimmer, ohne die Tür hinter sich zu schließen.

Sieben Tage lang überlegte Dante – tief in der Nacht, auf der hell erleuchteten Bühne, wenn sie durch den frühen Winterregen ging –, was sie tun sollte.

Eines war sicher: Sie konnte nicht der Vater sein. Sie konnte keine Frau schwängern, konnte nicht einmal nackt neben ihr liegen. Sie wusste ja, wie das ging, was dazu nötig war, und sie wusste, dass sie das nicht hatte. Sie war eine Farce, eine Anomalie, die sich als Mann ausgab. Trotzdem litt Alma ganz bestimmt. Dante wollte nicht grausam sein. Sie wollte nicht einer dieser Männer sein, die eine Frau im Stich ließen, wenn sie besonders verwundbar war. Schon der Gedanke war für sie wie ein Schlag in die Magengrube. Sie sollte Alma Geld anbieten. Oder sie heiraten. Heiraten! Wie wäre das, für den Rest des Lebens an eine Lüge gekettet zu sein? Ein Albtraum, ein falsches Leben, eingesperrt, für immer. Klar, sie log auch jetzt, aber diese Lüge gab ihr die Freiheit, ihre eigene Wahrheit besser leben zu können, als sie es sonst könnte. Vielleicht fühlte sich für Alma ihre Lüge ähnlich an: der Schlüssel zur besten Möglichkeit, authentisch zu leben. Dante versuchte, sich das vorzustellen. Aber sie wusste die Antwort nicht, konnte sie nicht wissen. Die Erkenntnis erschütterte sie, denn obwohl sie so viele leidenschaftliche Stunden mit Alma verbracht hatte, obwohl sie ihren Körper in- und auswendig kannte, wusste sie nur sehr wenig über ihre Gedankenwelt.

Manchmal wachte sie im Dunkel der Nacht auf und war wütend auf Alma, weil die sie in eine Falle locken wollte. Dann wieder lag sie wach und sehnte sich nach ihrem hübschen Bauch, der nun anschwoll, weil ein neues Leben in ihm wuchs, wunderbar, verletzlich. Ganz unterschiedliche Gefühle zerrten an ihr. Sie hatte noch nie von einem ähnlichen Dilemma gehört. Der Geist der Jungfrau von Orleans verfolgte sie in der Nacht, stand in der Ecke ihres Zimmers, wie ein Gefängniswärter, in einer mattglänzenden Rüstung und mit einer Flammenkrone. *Du bist widerlich*, flüsterte der Geist, *unaussprechlich, du bist wie niemand in der gesamten Weltgeschichte. Ich bin nicht auf deiner Seite. Niemand ist auf deiner Seite. Du bist allein.*

Am folgenden Sonntag traf sie Alma noch einmal, zur gewohnten Stunde, an ihrer Haustür. Alma kam heraus, für den Park gekleidet: Sie trug den seidig glänzenden blauen Hut, den Dante ihr vor ein paar Wochen gekauft hatte. Sie wirkte argwöhnisch und gleichzeitig hoffnungsvoll.

»Da bist du ja«, sagte sie. »Ich war mir nicht sicher, ob du kommst.«

»Hör mir zu, Alma.«

Alma wartete, mit mürrischem Gesicht.

»Ich möchte dir helfen.«

Keine Reaktion.

»Aber du musst mir die Wahrheit sagen.«

»Tu ich doch.«

»Die ganze Wahrheit. Über den anderen Mann. Oder die anderen Männer.«

Alma schwieg. Sie starrte auf die Straße, wo gerade mit lautem Gerassel ein Kohlenwagen vorbeifuhr, in Richtung Boulevard.

»Ich weiß, dass ich nicht der Vater bin. Ich kann gar nicht der Vater sein. Sei bitte ehrlich zu mir, dann werde ich dir helfen.«

»Warum glaubst du mir nicht?«, fragte sie mit vorwurfsvoller Kinderstimme.

Dante sprach ganz leise und wandte den Blick ab, eine Geste der Scham. »Weil ich unfruchtbar bin.«

Alma zuckte zusammen. »Du lügst.«

»Nein. Es stimmt.«

»Wie willst du das wissen?«

»Das ist eine lange Geschichte.«

»Schau mir in die Augen und sag, dass du nicht lügst.«

Dante erwiderte Almas Blick, öffnete den Mund, merkte aber, dass die Worte nicht kommen wollten, weil sie ja in Wirklichkeit log, wenn auch anders, als Alma dachte, anders, als Alma ahnen konnte. Einen Moment lang stand sie nur da, mit offenem Mund und leeren Händen. Schließlich sagte sie: »Es ist die Wahrheit.«

Aber sie hatte zu lang gezögert, und ihr Schweigen war beredter gewesen als ihre Worte. Sie wussten es beide. Alma schüttelte angewidert den Kopf. »Ich hoffe, du schmorst in der Hölle«, zischte sie, ging zurück ins Haus und knallte die Tür hinter sich zu. Dante blieb lange wie angewurzelt stehen und starrte auf die Tür, ehe sie kehrtmachte und die Straße hinunterging, vorbei an den Immigranten, die aus den Türen quollen, weil sie etwas vom Sonntag haben wollten, sie tranken Grappa aus der Flasche, lachten viel zu laut und schnitten Grimassen, während sie ihre Schals zum Schutz gegen den Wind fester um den Hals schlangen.

»Sei froh, dass du sie los bist«, sagte Pedro, als er es erfuhr. »Das ist das Letzte, was du brauchst – eine schwangere Schlampe, die dich an die Kette legen will.«

Der Winter überzog die Stadt mit kalten Unwettern. Don Carrasco, der Besitzer des Leteo, hatte befürchtet, der Regen könnte die Gäste fernhalten, aber so war es nicht. Santiago komponierte neue Stücke, die das Sextett im Leteo das erste Mal spielte, die Melodien sprudelten vor Schwung und Energie, und das sprach sich in diesem Winter in der ganzen Stadt herum, was sowohl die Musiker als auch das Cabaret, in dem die Stücke uraufgeführt wurden, sehr berühmt machte.

Die Nachrichten aus Europa wurden von Tag zu Tag schlimmer. Überall wurde gekämpft. Die Briefe von Dantes Vater waren kurz und grimmig. In Salerno, was ganz in der Nähe lag, gab es inzwischen eine Munitionsfabrik. Die Hühner legten kleinere Eier. Die gesunden Männer waren aus dem Dorf geholt und in den Krieg geschickt worden. Unter ihnen Tommaso, der Bäcker und sämtliche Söhne des Schmieds. *Die Frau des Bäckers*, schrieb ihr Vater, *sitzt immer nur in der Kirche, sie will nicht raus, abends müssen die Nonnen sie nach draußen zerren.*

Ihr Bruder Tommaso. Im Krieg. Die Männer wurden geholt – das klang, als hätte man sie in einen Leinensack gestopft und abtransportiert, wie frisch gemahlenes Mehl. Tommaso war immer so ein empfindliches Kind gewesen, das am liebsten Geschichten hörte und Phantasiespiele machte. Er hatte sich nur mit den anderen Jungen im Dorf geprügelt, weil er es musste, und war dann grün und blau von den Fäusten und zerschrammt vom Gestrüpp nach Hause gekommen. Aber das waren freundschaftliche Kämpfe gewesen, keine gebrochenen Knochen, kein Ende der Freundschaft, und meistens hatte er verloren. Dantes Magen verkrampfte sich bei dem Gedanken, dass Tommaso eingezogen worden war, und sie hatte einen säuerlichen Geschmack im Mund.

Sie war nicht als Einzige im La Rete vom Krieg betroffen. Der deutsche Junggeselle hatte zwei Brüder und einen Onkel, die Soldaten waren, aber er redete kaum darüber, weil er nicht die Nachbarn gegen sich aufbringen wollte, denn ihre Nationen in der Alten Welt waren ja jetzt verfeindet. Die französische Familie im hinteren Zimmer rechts hatte alle Verwandten verloren, vierundzwanzig Familienmitglieder. Sie waren in einer Schlacht umgekommen, bei der ihr Dorf dem Erdboden gleichgemacht worden war. La Strega hatte zwei Brüder, drei Neffen und elf Vettern, die nun alle beim Militär waren. »Halb Scylla ist weg«, sagte sie, ganz leise und auf Italienisch, aus Rücksicht auf die französische Ehefrau, die am anderen Ende des Patio ihre Laken auswrang (es war das erste Mal seit drei Wochen, dass sie ihr Zimmer verließ; die anderen Frauen hatten ihre Wäsche gewaschen und ihr immer etwas zu essen gebracht, ohne auch nur ein Wort darüber zu verlieren; sie hatten alle Stricke und Messer versteckt und nie zu ihr gesagt, sie solle endlich still sein und aufhören zu weinen, nicht einmal nachts hatten sie die arme Frau ermahnt). »Und wofür? Irgendeine Schlacht, weit weg von uns. Was wollen die da mit den armen Fischern aus dem Süden? Die Fischer werfen Netze und sie nehmen Fische aus. Die können nicht mit Gewehren umgehen.«

In Argentinien war eine andere Art Krieg im Gange. Die Anarchisten stifteten weiterhin Unruhe und organisierten die Arbeiter. Im Juni versuchten sie, Präsident Victorino de la Plaza zu erschießen. Die Kugel streifte ihn während einer Parade am Kopf, aber er war nicht richtig verletzt. Trotzdem gerieten die Regierung und die Oberschicht in Panik.

»Das hat er sich selbst zuzuschreiben«, sagte El Loro. Er war ein glühender Anarchist geworden und kam zu den Proben oft direkt von einer Versammlung. In der vergangenen Woche waren mehrere Freunde von ihm und zwei seiner Onkel verhaftet worden.

»Wenn du irgendwie an diesem Attentat beteiligt warst«,

sagte Santiago, »dann sorge dafür, dass ich das nie erfahre. Und Don Carrasco darf es noch viel weniger wissen.«

Don Carrasco war ein entschiedener Anarchistengegner und hatte schon zwei Küchenjungen rausgeschmissen, weil sie einem Kollektiv angehörten.

»Also ist das jetzt alles, was wir hier tun? Wir hofieren die Reichen?«

»Wir sind hier, um Tango zu spielen«, erwiderte Santiago. »Und unsere Musik erreicht viel mehr Menschen, weil wir hier sind.«

»Aber was ist mit den Arbeitern? Der Tango kommt von uns, er gehört uns!«

»Der Tango gehört allen.«

»Es gibt Kinder, die haben nicht genug zu essen. Und diese reichen Gäste –«

»– helfen dir dabei, Brot auf den Tisch zu bringen«, sagte Santiago. »Oder hast du das noch nicht gemerkt? Wenn du eine Bühne hast, auf der du spielen kannst, und außerdem noch Geld in der Tasche, kannst du viel mehr Gutes tun. Hör zu, Loro. Ich sage nicht, dass du nicht zu den Versammlungen gehen sollst. Aber du musst vorsichtig sein. Sonst kann es passieren, dass wir alle miteinander hier rausgeschmissen werden, und damit ist keinem geholfen.«

El Loro schmollte den Rest des Abends, aber er blieb beim Orquesta und hielt sich an Santiagos Regeln. Dante wusste nicht recht, was sie glauben sollte. Bei den Anarchisten musste sie immer an ihren Cousin denken, auf der Straße erschossen, sein Gehirn auf dem Gehweg. Vor einer Bewegung, die so etwas auslösen konnte, wich sie instinktiv zurück. Gleichzeitig fand sie die Anarchisten extrem mutig, und ihr Traum war edelmütig, jedenfalls so wie El Loro und auch ihre Nachbarn im La Rete darüber redeten, immer leidenschaftlich, immer hitzig, voller Empörung: Sie wollten einen angemessenen Lohn für alle, ein anständiges Leben für jeden, der arbeitete. Dante verdiente jetzt gut, und sie wusste, wie unglaublich sich dieses Gefühl der Leichtigkeit anfühlte, wenn man wusste, was man morgen und übermorgen essen würde. Die Freude über einen neuen Anzug, das Glück, jemandem helfen zu können, der dringend ein paar Pesos brauchte. Wenn sie wollte, könnte sie es sich sogar leisten, aus dem Conventillo auszuziehen. Aber im La Rete fühlte sie sich aufgehoben. Der ewige Lärm, die chaotischen Gerüche, La Stregas Zuneigung. Für sie war La Rete ihre Heimat geworden, sofern sie überhaupt auf so etwas wie Heimat hoffen konnte. Statt auszuziehen, mietete sie ein größeres Zimmer, das nicht so stank, mit einem Fenster, in dem sie sitzen und Geige üben konnte, so dass die ganze Straße sie hörte.

Dadurch hatte sie Geld für andere Dinge übrig. Zum Beispiel für ihre Eltern, denen sie kurze, nebulöse Briefe mit schuldbewussten Geldscheinen schickte. Und für Frauen, denn es gab immer ein Tanzhallenmädchen, das gerne mit einem ausging, wenn man ihr ein gutes warmes Essen bezahlen konnte. Dante lud diese Mädchen ein, weil ihr wegen Alma gebrochenes Herz Trost brauchte. Und um zu vergessen. Aber in den ersten Wochen konnte sie sich beim besten Willen nicht vorstellen, jemals wieder einen Menschen zu lieben. Sie wollte nicht lieben. Sie wollte diese Frauen anschauen, bei ihnen sitzen, beobachten, wie sie ein Steak aßen und den Whiskey hinunterkippten und ihren göttlichen nackten Hals bogen. Sie forderte diese Mädchen nicht auf, mit ihr ins Zimmer der welken Rosen zu kommen. Du bist wirklich ein Gentleman, sagten die Mädchen, erstaunt, erleichtert, verwirrt, und dann ging Dante allein nach Hause und dachte in der Dunkelheit an die Mädchen, während sie ihren eigenen Körper berührte, ihr Geschlecht streichelte und vor Lust bebte. Gelegentlich schlug ein Tanzhallenmädchen von sich aus vor, ob sie nicht irgendwohin gehen könnten, wo sie ungestört waren. Dante wollte eigentlich nicht darauf eingehen, aber dann fand sie sich doch in dem Zimmer wieder, oft betrunken, das Mädchen nackt – wie hieß es gleich noch mal, das Mädchen, wie hieß sie selbst, ach, ist doch egal –, sie ließ Hände und Zunge über den Mädchenkörper mit seinen Kurven und Vertiefungen wandern, über diesen wundervollen Körper, sterblich, vollkommen, so unermesslich, dass er die ganze Welt in sich aufnehmen konnte, und diesem Taumel gab sie sich hin, bis es keinen Dante und auch keine Leda mehr gab, nur noch überwältigende Ekstase und eine Stimme, die um Gnade flehte oder um mehr bettelte. Manchmal schoss die Lust durch ihren ganzen Körper, bis in ihr eigenes Geschlecht, ein Höhepunkt, der dem der Tanzmädchen entsprach; manchmal genügte es ihr, die Hingabe der Mädchen zu sehen und zu genießen, wie sie, Dante, die Lust in ihnen weckte. Sie presste ihre Hüften nicht mehr zu dicht an ihre, wenn sie in sie eindrang, damit die Mädchen immer wussten, es waren ihre Hände, und nicht später mit irgendwelchen Forderungen ankamen. Danach hüpften manche Mädchen sofort in ihre Kleider, während andere sie (beziehungsweise ihn, wie sie dachten) versonnen anschauten, neugierig, aber gleichzeitig auch hoffnungsvoll. Doch gleichgültig, wie sie reagierten – Dante wusste genau, dass sie nie dasselbe Mädchen zweimal hierher in das Zimmer mitnehmen würde. Auf diese Weise konnten sie nicht allzu viele Fragen stellen oder in die verborgenen Kammern ihres Herzens vordringen.

Vielleicht war das, was sie tat, monströs.

Aber sie war ja sowieso schon ein Monster. Da gab es kein Entkommen.

Die Monate vergingen, der Frühling kam. Das Leteo blitzte und summte, als wollte man den riesigen, von Menschen geschaffenen Himmel zum Einsturz bringen. Im Leteo vergaß Dante sich selbst, sie vergaß ihre Traurigkeit, den Krieg, die Gefahren der Großstadt. Hier war sie groß, unbesiegbar. Ihr Instrument war dahin zurückgekehrt, wo es hingehörte, in einen Palast, wo es die Ohren von Königen verzaubern konnte.

Oder von Königinnen.

Es gab eine unangefochtene Königin in Leteo. Die Witwe. Es fiel schwer, sie nicht anzuschauen, und wenn man sie erst einmal anschaute, konnte man den Blick nicht mehr von ihr nehmen. Sie war immer die eleganteste Frau im Saal und für Dante auch die schönste. Natürlich waren auch andere Frauen mit feinen Gesichtszügen und einer grazilen Nackenlinie anwesend, Frauen mit einem makellosen Glanz, dem Glanz von Anstand und Sitte. Sie hatten noch nie ein Laken geschrubbt oder einen Wassereimer geschleppt. An ihrer Art zu tanzen konnte man erkennen, dass ihre Schenkel darauf trainiert waren, geschlossen zu bleiben. Sie besaßen die gebremste Schönheit einer Porzellanpuppe. La Viuda Ruiz hingegen war so schön wie die Flamme, die von einem Holzfeuer aufsteigt: unruhig, unberechenbar, stark. Ihre Schönheit schien die Grenzen des eigenen Körpers sprengen zu wollen, um alle Zwänge und Einschränkungen zu durchbrechen.

Sie tanzte mit vielen verschiedenen Männern. Sie tanzte mit allen Männern, mit denen sie tanzen konnte. Sie war die einzige Frau im Leteo, die das tat, und sie schaffte es, ein derart skandalöses Verhalten in einen Unternehmensvorteil zu verwandeln. Die männlichen Gäste hatten sich schon angewöhnt, einen Tanz mit der Herrin des Saals – nie mehr als einen – einzuplanen, sie betrachteten diesen Tanz als eine Art Begrüßungsritual, aber vielleicht war es ja auch ein Test. Das Leteo, so viel hatte Dante den Gerüchten entnommen, die unter den Kellnern kursierten, hatte bei der Elite von Buenos Aires den Ruf erworben, wenn nicht das beste, dann zumindest das extravaganteste aller Cabarets zu sein. Hier gab es nicht nur exzellentes Essen und exzellente Musik sowie luxuriöses und eigenwilliges Decor, sondern auch die Möglichkeit, mit einer extrem schönen Witwe zu tanzen, die immer ganz in Schwarz gekleidet war und so mühelos und elegant über den Tanzboden glitt, dass selbst die tapsigsten Männer durch sie das Gefühl bekamen, sie verstünden etwas von der Sache. Dante bemühte sich, die Witwe ja nicht aufdringlich anzustarren, aber manchmal konnte sie nicht anders. Wenn man der Witwe beim Tanzen zuschaute, war es, als würde man einen Moment lang die Seele des Tango erblicken, entfesselt. Und doch war Doña Ruiz, bei aller Schamlosigkeit, absolut unberührbar. Sie unterhielt sich nach dem Tanz nicht mit den Männern, lächelte nicht, bedankte sich nicht. Sie zog sich an ihren kleinen schwarzen Tisch zurück, allein, nippte an ihrem Drink und ließ den Blick über ihr Reich schweifen.

An einem Abend im Oktober merkte Doña Ruiz, wie Dante sie ansah.

Das Gesicht der Witwe zeigte unverhohlene Überraschung: Wer ist dieser Junge, für wen hält er sich? Schnell blickte Dante weg, beschämt, beunruhigt, sie hatte eine Grenze überschritten, ihretwegen würden sie alle gefeuert werden. Sie schaute zu dem Pfauenspiegel am anderen Ende des Saals, aber der Anblick ihres eigenen Gesichtes zwischen den leuchtend blauen Federn entnervte sie, also konzentrierte sie sich lieber auf Santiagos Hinterkopf. Santiago saß rechts vor ihr und bewegte sich leicht zum Takt der Musik. Vielleicht glaubt Doña Ruiz, sie habe den Blick falsch gedeutet. Als das Stück zu Ende war, schaute Dante wieder zu ihr. Sie erwiderte den Blick, und ihre Überraschung war etwas anderem gewichen, kontrolliert, fokussiert, intensiv, entweder fasziniert oder maßlos wütend. Sie schauten beide nicht weg. Keiner darf es merken! Keiner darf es sehen! Bald spielten sie wieder, und Dante sah auf ihr Instrument, wie eine blutige Anfängerin, die ihre Töne nicht findet, wenn sie nicht genau aufpasst. Wenn die Geige wie der Körper einer Frau war, dann war die Stelle, wo sie am Hals des Musikers ruht, ihr Geschlecht. Wieso war ihr der Gedanke noch nie gekommen? Das Instrument erschien jetzt ganz warm. Ruhig, ruhig mit dem Bogen. Nicht leichtsinnig werden. Der Schweiß brach ihr aus, ihre Haut fühlte sich feucht und fiebrig an und so lebendig, dass es weh tat.

Es gab keine Strafe, weder in dieser Nacht noch in der nächsten. Dante wiegte sich schon in Sicherheit – wahrscheinlich hatte sie sich den Austausch von Blicken nur eingebildet, was natürlich eine Erleichterung wäre. Es gab keinen Grund für diesen Nadelstich der Enttäuschung.

Eine Woche später kam ein Kellner hinter die Bühne, mit einer versiegelten Botschaft auf einem Silbertablett. Für Dante.

»Von wem ist das?«, fragte Amato.

Dante öffnete den Umschlag.

Ich will Dich sprechen, nach der Arbeit. Oben, in meinem Büro, zweite Tür links. Falls jemand fragt – Du wurdest nach oben bestellt von Doña Ruiz.

»Ach – von niemandem«, sagte Dante. »Nicht wichtig.«

Aber ihr Herz klopfte wild.

Was hatte das zu bedeuten?

Die Strafe, die sie befürchtete?

Oder –

Der zweite Teil des Auftritts flog vorbei wie unter einem Dunstschleier. Als Dante es schließlich wagte, zum Tisch von Doña Ruiz hinüberzusehen, saß diese nicht auf ihrem Stuhl, sondern befand sich auf der Tanzfläche, mit einem Stammgast, einem untersetzten Mann, dessen Frau von ihrem Tisch aus die Szene hilflos verfolgte und nervös am Ärmelaufschlag ihrer steifen blauen Robe herumzupfte.

In dieser Nacht brach Dante nach dem Auftritt mit den anderen auf, aber in der Küche sagte sie: »Ich habe meinen Schal hinter der Bühne vergessen. Ihr könnt ja schon mal gehen – wir sehen uns morgen.«

»Was? Keine Drinks?«

»Kein Mädchen?«

»Wir warten auf dich.«

»Nein, ich bin zu müde. Ich hole nur noch schnell meinen Schal und gehe dann nach Hause.«

Die anderen protestierten gutmütig und ließen sie gehen.

Eigentlich wollte sie hinter die Bühne gehen, um den Schal zu holen, den sie absichtlich liegengelassen hatte. Aber sie konnte nur an das Büro oben denken. Sie hatte es noch nie gesehen, noch nie war sie die majestätisch geschwungene Treppe hinaufgegangen, die ins obere Stockwerk führte. Der dicke rote Teppich verschluckte das Geräusch ihrer Schritte. Dante war darauf eingestellt, wenn sie jemandem begegnete – einem Dienstmädchen, dem Boss – zu antworten, dass Doña Ruiz sie zu sich ins Büro bestellt habe, aber keiner hielt sie auf, niemand war zu sehen.

Die zweite Tür links. Grau, die Oberfläche mit feinen Rillen. Dante klopfte.

»Herein.«

Der Raum war größer, als sie erwartet hatte, und überraschend nüchtern im Vergleich zu dem dekorativen Überfluss unten. Kein Gemälde schmückte die elfenbeinfarbenen Wände. Ein wertvoller Perserteppich bedeckte den Parkettfußboden. Links standen ein Diwan und ein Sessel, beide mit saphirblauem Samt bezogen. In der Mitte befand sich ein Schreibtisch aus schimmerndem Holz. Er beherrschte den gesamten Raum und war größer und kunstvoller gestaltet, als Dante das je bei einem Schreibtisch gesehen hatte.

Davor stand Doña Ruiz, leicht angelehnt. Hinter ihr ein großes Fenster, welches den Himmel von Buenos Aires einrahmte: das tiefe Dunkelblau der frühen Morgendämmerung.

»Schließ die Tür.«

Dante gehorchte. Doña Ruiz forderte sie nicht auf, Platz zu nehmen, also blieb sie mitten im Zimmer stehen.

Die Witwe holte aus ihrer kleinen Handtasche ein Zigarettenetui und klappte es auf. Langsame, methodische Bewegungen, hochkonzentriert. Dann steckte sie sich eine Zigarette zwischen die Lippen und zündete sie an. Sie inhalierte, atmete bedächtig den Rauch aus und hielt dann Dante das Etui hin.

Dante nahm sich eine Zigarette und beugte sich zu der Flamme des Streichholzes, das die Witwe ihr hinhielt. Sie hatte noch nie erlebt, dass eine Frau einem Mann Feuer gab. Sie hatte auch noch nie eine Dame der Oberschicht rauchen sehen.

»Du kannst deine Geige abstellen.«

Dante hatte ganz vergessen, dass sie den Geigenkasten immer noch in der Hand hielt, was öfter passierte, weil ihr das Gewicht so selbstverständlich war. Nun stellte sie ihn ab und zog an der Zigarette. Das Aroma kannte sie nicht, mild und nicht nur Tabak, sondern mit etwas anderem vermischt.

»Du bist Dante.«

Es war keine Frage. »Ja.«

»Italiener.«

»Aus welcher Region?«

»Campania. Südlich von Neapel.«

»Bist du ein Dorfjunge?«

Sie war kein Dorfjunge. Sie war nie ein Dorfjunge gewesen. Früher war sie ein Dorfmädchen und jetzt ein Mann oder Nicht-Mann in einer Großstadt. »Manche Leute würden mich so bezeichnen.«

»Verstehe.«

Doña Ruiz schwieg nun eine Weile. Stumm rauchten sie beide, bis von ihren Zigaretten nur noch Asche übrig war. Dante überlegte schon, ob sie gehen sollte – sie hatte keine Ahnung, warum sie hierherbestellt worden war, und glaubte nicht, dass sie es je herausfinden würde.

»Du spielst sehr schön.«

Die schwarze Witwe blickte ihr in die Augen. Es war kein keuscher Blick. Es war auch nicht der Blick einer Frau, die süßlichen Träumen von romantischer Liebe nachhängt. Sie legte den Kopf nicht schräg, sie lächelte nicht. Der Blick war direkt und so klar, so durchsichtig wie Kristall. Voller Begehren, aber gleichzeitig sachlich, nüchtern, unverhüllt. Und da war eine Frage. Etwas Suchendes. Dante erwiderte den Blick und spürte, wie ihr kunstvoll errichteter sexueller Schutzwall in sich zusammenfiel, die ganzen Mauern und Regeln wie *Nicht anfassen* und *Keine zweite Nacht* und *Auf keinen Fall die Witwe, niemals* – sie hatten alle keine Bedeutung mehr angesichts der Kräfte hier im Raum, im offenen Blick dieser Frau.

Dante war besiegt und bereit, sich zu ergeben. Sie wollte auf die Knie sinken, den Befehlen dieser Frau gehorchen.

Doch ehe sie reagieren konnte, brach Doña Ruiz den Bann.

»Du kannst gehen.«

Kurz zögerte Dante, ratlos. Der Boden unter ihren Füßen schwankte. Dann nahm sie ihre Geige. »Gute Nacht, Doña Ruiz.«

»Nenn mich Carmen.«

Dante blinzelte verdutzt, was die Witwe zu belustigen schien. Es war das erste Mal, dass sie lächelte. »Carmen«, murmelte Dante. »Gute Nacht.«

»Gute Nacht, Dante.«

Sechs Tage später erhielt Dante wieder eine versiegelte Nachricht.

Heute Abend im Büro. C.

Sie konnte sich entschließen, nicht zu gehen. Noch war es nicht zu spät, der Gefahr zu entrinnen, sagte sie sich.

Aber sie wollte nicht weglaufen. Die letzten sechs Tage hatte sie wie im Fieberrausch verbracht, mit ihren Gedanken ständig bei Carmen, und als sie nun wieder die Treppe hinaufging, beeilte sie sich, nahm immer zwei Stufen auf einmal.

Carmen stand auch diesmal an ihren Schreibtisch gelehnt. Das Orquesta hatte etwas später aufgehört als sonst, und der Himmel hinter ihr war schon verblasst, die Gebäude hoben sich deutlich ab. Zwei lange schwarze Federn ragten kühn aus dem Hut der Witwe. Mit Federn geschmückte Hüte waren in der

Oberschicht zur Zeit der letzte Schrei, aber Dante hatte noch nie so große Federn gesehen wie bei Carmen. Sie verliehen auch einer eher kleinen Frau eine ungeheuerliche Präsenz.

Carmen holte wieder ihr Zigarettenetui aus der Tasche, klappte es auf und bot es Dante an, zur Begrüßung.

Sie rauchten. Der Rauch ihrer Zigaretten vermischte sich in der Luft zwischen ihnen. Die Entfernung, die sie trennte, war nicht sehr groß.

»Was sagen sie über mich?«, fragte Carmen.

»Wer?«

»Die Musiker.«

»Sie sagen gar nichts.«

Carmen zog tadelnd die Augenbrauen hoch. »Ach, du willst es mir nicht sagen. Ich weiß, wie die Leute mich nennen. Aber soll ich dir etwas sagen? Mich öden Vorschriften und Regeln nur noch an. Niemand weiß, was ich durchgemacht habe.«

»Kein Mensch weiß das je von einem anderen.«

Dante hatte diese Erwiderung nicht geplant, und offenbar hatte auch Carmen nicht mit so einer Antwort gerechnet. Sie machte allerdings keinerlei Anstalten, ihre Überraschung zu kaschieren. »Stimmt.« Sie musterte Dante eingehend. »Ich nehme an, du hast auch schon einiges ertragen müssen.«

»Ja.«

»Erzähl's mir.«

Die Überfahrt hierher, ganz allein. Und ich habe Cora verloren. Ich habe meinen Mann verloren. Ich habe alles verloren, was ich besitze. Ich habe meinen Namen verloren. Ich lebe in ständiger Angst davor, entdeckt zu werden. »Warum haben Sie mich gerufen?«

»Glaubst du etwa, du kannst hier Fragen stellen?«

»Wieso nicht?«

Carmen schien belustigt. Sie drückte ihre Zigarette aus. »Weißt du, was mir am Tango besonders gefällt?«

»Nein.«

»Zwei Dinge. Erstens ist der Tanz ein Flug. Du gleitest mit jemandem über den Boden, und es gibt keine Schwerkraft, vor allem, wenn der Partner gut ist, da ist eine Leichtigkeit, die man nur im Tango findet oder wenn man stirbt.«

»Sind wir leicht, nachdem wir gestorben sind?«

»Was denkst du?«

»Ich weiß es nicht.« Schon die Fragestellung empfand Dante als subversiv. Spekulationen über ein Leben nach dem Tod bedeuteten, dass man den Himmel anzweifelte – und damit natürlich auch die Hölle und Gott und die Seele und die ewige Finsternis. Sie hatte noch nie mit jemandem über diese Dinge gesprochen. Außer mit Cora. »Und was ist der zweite Punkt?«

Carmen musterte Dante prüfend. Sie machte einen Schritt, so dass nur noch ein paar Zentimeter zwischen ihnen waren, eine Ritze, nur wenige Finger breit.

»Tanz mit mir.«

Innerlich zitternd griff Dante nach ihr und staunte selbst, wie ruhig ihre Hände waren. Die eine umschloss Carmens Hand, während sie die andere auf ihr Kreuz legte. Keine Musik – aber die brauchte Dante gar nicht, sie hatte die Musik in sich, die Töne waren in ihre Knochen eingraviert, unverlierbar. In Gedanken wählte sie eine bestimmte Melodie aus – »El Llorón«, das Stück, bei dem sie sich immer am meisten danach sehnte, sie könnte von der Bühne herunterspringen und eine Frau in die Arme schließen. Und dann begann der Tanz.

Carmen tanzte, als würde auch sie die Musik hören. Sie war geschmeidig, sie war stark, sie hatte ein gutes Körpergefühl, und weder am Beginn noch am Ende jeder Figur war eine Spur von Anspannung zu entdecken. Ihre Reaktionen schienen sich selbst zu lenken. Die Illusion eines einzigen Körpers auf vier Beinen, der Befehlen folgt, die weder der eine noch der andere sich ausdenkt, die niemand sich ausdenkt, sondern die irgendwoher kommen, aus einem Bereich, den das Denken gar nicht erreichen kann. Aufrichten und anlehnen und gleiten und einhaken und drehen und wieder zurück zum Zentrum, immer zurück zum Mittelpunkt, dann wieder hinaus zu den Rändern, wo die Seele sich sehnen und sich dehnen kann und aus ihrer Sehnsucht einen Bogen schlagen, dessen geheime Form sie in die Luft zeichnet, die Figur hinterlässt keine Markierung, denn das ist der Tanz, er hinterlässt keinen Abdruck, es gibt keinen Besitzer, der Tanz leuchtet auf und ist verschwunden, ohne Spur.

Dante konnte die Musik nicht abbrechen. Sie tanzten immer weiter. Sie waren jetzt ganz dicht beieinander, in enger Umarmung. Frischer Tau auf Carmens Stirn, wo sie Dantes Kinn streifte.

Aufhören. Aufhören. Du musst aufhören mit diesem Tanz.

Die letzte Figur: Carmen neigte sich zu Dantes Körper, als würde sie fallen. Dante hielt sie fest, eine gebeugte Linie. So blieben sie stehen, reglos, beide heftig atmend. Die Zeit dehnte sich, verlangsamte sich, ein Hauch Unendlichkeit, und dann zog Dante Carmen zärtlich hoch. Aber als sie sich entfernen wollte, hielt Carmen ihre Hand fest, damit sie bei ihr blieb. Nun rührten sie sich beide nicht mehr. Nichts rührte sich. Der Duft ihrer Haare. Schweiß und Brot und französisches Parfüm. Straff frisiertes Haar, das vom Licht der heraufziehenden Morgendämmerung erfasst wurde.

Gib nicht nach, dachte Dante panisch. Gib nicht nach.

Ihre Lippen berührten Carmens Hals, und sie gab nach.

Küsse, unendliche Küsse auf schmiegsamer Haut. Carmens Geräusche, wunderschöne Geräusche, nicht laut, aber kühn, präsent, konkret. Ätherisch und bedrohlich grollend zugleich. Das vornehme schwarze Gewand geöffnet und langsam abgestreift, so dass eine Gestalt sichtbar wurde, eleganter als all die griechischen Statuen im großen Saal unten. Carmen, nackt vor Dante stehend. Dante auf Knien, vollständig angekleidet. Dieser Schock – nach oben blicken, und Carmens Augen sind weit offen. Dieser Schock – ihren Blick erwidern, ihr in die Augen sehen, jede Rundung ihres Körpers sehen. Sie zurück gegen den Schreibtisch drängen, ihre Oberschenkel mit den Strapsen spreizen – sie öffnen sich ohne Widerstand – und in sie eindringen, tief, immer tiefer.

Wie lang war sie da? Sie wusste es nicht. So etwas wie Zeit existierte nicht. Es gab auch keine Gefahr. Oder doch – aber sie spielte keine Rolle. Selbst wenn ich sterben müsste, es wäre egal. Ich gebe Leben dafür. Mein Mund auf dir, und er spricht eine uralte Sprache, die er niemals hätte lernen sollen.

Carmens gewölbter Rücken. Ihre Schreie. Sie wird die ganze Stadt aufwecken!

Sie wird ganz América aufwecken!

Plötzlich Angst, Rückzug.

»Mach weiter«, sagte Carmen.

Vom Himmelsquadrat des Fensters strömte die Sonne in den Raum. Carmen zog Dante zu sich hoch und lehnte den Kopf an ihre Brust. »Ah«, seufzte sie und schwieg.

Wie konnte sie von hier wegkommen? Dante sah den Flur und die Treppe vor sich – und überall potentielle Spione. War jemand hier? Hatte irgendjemand etwas gehört?

Als könnte sie Gedanken lesen, sagte Carmen: »Um diese Zeit ist kein Mensch im Haus. Mach dir keine Sorgen. Die ersten Angestellten kommen frühestens um zwei. Mein Bruder erscheint immer erst um acht Uhr abends, vorher nicht – wenn überhaupt. Du kannst gehen – niemand merkt etwas.« Sie küsste Dante auf den Mund. »Und niemand *darf* etwas merken. Verstehst du?«

»Ich verstehe.«

»Ich meine es ernst. Wenn du irgendjemanden einweihst, muss ich dich leider töten.« Sie lachte, ein bisschen zu hektisch, wie ein betrunkener Seemann über ein gut gesponnenes Garn.

»Ich werde keinem etwas sagen.«

»Aber du kommst wieder?«

»Ja.«
»Sonst lasse ich dich nicht gehen.«
»Ich komme wieder.«
»Versprich es.«
»Ich verspreche es.«
Es stimmte: Der Flur war leer, die Treppe verlassen. Dantes Beine funktionierten noch nicht wieder ganz, sie fühlten sich an wie heiße Flüssigkeit – Dante ging nicht, sie ergoss sich hinunter ins Erdgeschoss und hinaus ins blendende Licht des Tages.

Am nächsten Abend hatte sie richtig Angst, zur Arbeit zu gehen. Wenn Santiago herausfand, was sie getan hatte, warf er sie sofort aus dem Orquesta. Bestimmt merkten es alle. Sie konnten es riechen, obwohl Dante sich in ihrer Waschschüssel zu Hause ein paarmal das Gesicht gewaschen hatte, und trotz ihres Eau de Toilette. Und wenn sie es nicht an ihrem Körper rochen, dann in ihren Gedanken.

Aber nichts war anders als sonst. Die Musiker versammelten sich hinter der Bühne, alle bester Laune. Während der ersten Sequenz spielten sie wieder mal eine neue Nummer von Santiago – seit Wochen komponierte er fieberhaft, mit schockierender Leichtigkeit. Wie er Dante in einem der seltenen Augenblicke, in denen sie mit ihm allein war, erzählte, weckten ihn die Melodien mitten in der Nacht und zwangen ihn, das Bandoneón zu nehmen und seinen Fingern die Töne beizubringen. Es war ein grandioses Stück, schwelgerisch, verführerisch, die Paare eilten auf die Tanzfläche und wollte unbedingt nach seinem Rhythmus tanzen. Carmen saß an ihrem gewohnten Tisch, mit der gleichen wachsamen Strenge wie immer. Ihre Augen wanderten über die Bühne, über die Männer, über Dante, und das mit einer so unpersönlichen Aufmerksamkeit, dass Dante sich einen Moment lang fragte, ob das Ganze ein Traum gewesen sei. Ein Fiebertraum, so fiebrig wie die Visionen der badenden Mädchen in Pompeji.

In der Pause und nach dem zweiten Teil erwartete Dante eigentlich wieder eine Notiz auf dem Silbertablett. Aber es kam kein Kellner mit einem Brief für sie. Also ging sie nach Hause und lag im frühen Morgenlicht in ihrem Zimmer, berührte sich selbst blindwütig und dachte dabei an Carmen, nackt, gegen den Schreibtisch gepresst, Carmen, die Laute von sich gab, mit denen sie die ganze Welt zerreißen konnte.

Fünf Tage später erst kam die nächste Vorladung. Dante ging nach der Arbeit ins obere Stockwerk, wo sie Carmen am selben Platz antraf wie immer – vor ihrem Schreibtisch. Keine Zigaretten diesmal. Sie sagten beide kein Wort. Alles, was Dante sich zurechtgelegt hatte, *Warum hast du mich so lang warten lassen* und *Was soll das, wir müssen damit aufhören*, löste sich in Luft auf, als Carmen vor ihr stand und sie in ihrer Haltung und in ihrem Gesicht dieses hemmungslose Begehren sah. Sie küssten sich, hart, und als Carmens Hände sich abwärts bewegten, packte Dante sie an den Gelenken und hielt sie mit der einen Hand hinter dem Rücken fest, während sie mit der anderen Carmen überall berührte. Gib den Rhythmus vor. *Du* musst bestimmen. Lass nicht zu, dass ihre Hände das tun, sonst bist du verloren. Verschlinge sie, heb sie hoch, wie leicht sie ist, trage sie auf das Sofa, und zu deiner Überraschung leistet sie keinen Widerstand, sondern ergibt sich mit einem katzenhaften Seufzer. Schiebe ihr Kleid nach oben, bis über ihre Strapse und noch weiter, enthülle ihr Geschlecht, das unbedeckt ist unter ihrem Kleid und nach dem du dich seit eurer letzten Begegnung jede Minute gesehnt hast.

Danach lagen sie beide auf dem Sofa, keuchend, Dantes Kopf auf Carmens Bauch, auf dem zerknitterten Stoff ihres hochgeschobenen Rocks.

»Fick mich«, sagte Carmen leise.

Dante erstarrte.

Carmen schien es zu bemerken. »Keine Angst. Ich will es.«

Dante wusste nicht, was tun. Sie musste gehorchen. Aber es war längst Tag, die Sonne stand hoch, im Zimmer war es hell. Und Carmen gehörte nicht zu den Frauen, die es mit geschlossenen Augen machten. In ihrer Ratlosigkeit zog Dante ein Taschentuch hervor, um Carmen die Augen zu verbinden.

Verdutzt wich Carmen zurück.

»Wenn du es willst« – Dante streichelte ihr Gesicht – »dann musst du« – sie legte ihr das Tuch über die Augen – »mir vertrauen« – ein fester Knoten.

Dann war Dante zwischen ihren Schenkeln und drang in sie ein, und die Sonne war ein Fluss, der sie beide davontrug.

Von da an gab es keine Briefe mehr, sie waren nicht mehr nötig. Carmen trug ein spezielles Rubinhalsband, wenn sie nach der abendlichen Arbeit einen Besuch wünschte. Die Rubine funkelten im Licht der Kronleuchter. Von weitem sah es aus, als hätte sie eine blutende Wunde am Hals. Diese heimlichen Einladungen wurden an drei oder vier Abenden in der Woche ausgesprochen – für den Morgen, denn die ersten Rosenfinger der Morgenröte waren immer schon erwacht, wenn Dante die Stufen hinaufging. Und Dante gehorchte, er schlich direkt von der Arbeit in das Büro, wo sich in kürzester Zeit der Duft von Sex ausbreitete. Manchmal redeten sie miteinander, aber meistens sagten sie beide nichts, bis Dante sich auf Carmen sinken ließ, den Kopf auf ihren schweißnassen Brüsten, und sie brauchten immer ein paar Minuten, um wieder Atem zu schöpfen. Dann murmelten sie irgendetwas, oder sie lachten, oder sie taten beides gleichzeitig, und sie verstanden alles und nichts.

Für Schlaf blieb wenig Zeit. Aber Dante war das egal. Sie lebte von Sex und Musik, und sie labte sich daran, so wie sich in ihrer Vorstellung die alten Götter am Nektar gelabt hatten: gierig. Sie war ständig halb betrunken und trotzdem hellwach, angespannt wie ein Drahtseil. Wenn sie nicht mit Carmen zusammen war, empfand sie ein verzehrendes Verlangen nach ihr, dachte nur an sie, wollte sie spüren. Die Musiker wussten, dass bei Dante irgendetwas lief, weil sie nur noch selten nach der Arbeit mit ihnen wegging, um »was zu trinken und was zu nageln«, wie die Männer sich ausdrückten. Sie zogen Dante damit auf – »oho, unser Don Juan! Endlich! Da hast du dir 'ne Oberschicht-Lady angelacht, stimmt's?« –, aber sie taten das mit Bewunderung und verständnisvoll und in der festen Überzeugung, dass sie übertrieben. Dante konnte unmöglich zwischen den mit Leinen gedeckten Tischen des Leteo eine Geliebte gefunden haben.

Oder doch?

Santiago schien sich diese Frage zu stellen. Er beobachtete Dante unauffällig, so wie er seine Männer immer beobachtete, nur vielleicht ein bisschen kritischer. Es war ein konzentrierter Blick, der bei Dante den Wunsch weckte, Santiago alles zu erzählen, ein Geständnis abzulegen, ihm zu beichten, wie einem liebevollen Vater, dessen Arme stark genug sind, einen zu umschließen, egal, was man getan hat. Aber Dante befürchtete, wenn sie anfing zu reden, dann würde sie nicht mehr aufhören können; wenn sie Santiago von ihren Verabredungen mit der reichen Witwe erzählte, dann würde sie auch von den anderen Geheimnissen sprechen, von ihren schmerzenden abgebundenen Brüsten, von der Socke vorn in ihrer Hose, von der unaussprechlichen Form ihrer Lust, von den verschiedenen Arten, die sie gelernt hatte, wie sie Frauen Lust bereiten konnte (machen die Männer das auch so? manche vielleicht?), der ausstrahlende Krampf in ihrer Hand, wenn Carmen endlich um Gnade flehte, die schreckliche Angst in ihrem Herzen, die nie ganz wich, die Einsamkeit, weil sie aus dem Himmel verbannt war. Wenn es jemanden gab, dem sie das alles anvertrauen könnte, dann war es Santiago. Aber genau deswegen war es so gefährlich, mit ihm zu reden. Also wagte sie es nicht.

Leteo, Reich des Luxus, der Ekstase, der Gefahr.

»Ich habe nicht gewusst«, sagte Carmen eines Morgens,

nackt, mit verbundenen Augen, befriedigt und schweißnass, »dass es so etwas gibt.«

»Was?«

»So viel Lust in einem einzigen Moment. In einem einzigen Leben.«

Dante überschwemmte ein Glücksgefühl. »Eine Frau wie du? Wie kannst du das nicht wissen?«

»Was soll das heißen, ›eine Frau wie du‹?«

»Ich wollte sagen – du bist –«

»Sei lieber vorsichtig!« Spöttisch.

»Nein, das meine ich nicht. Aber du kannst doch alles haben, was du willst. Du bist so selbstbewusst. Und du kannst sagen, was du willst. Das habe ich noch nie bei einer Frau erlebt.«

»Na ja, ich habe das auch noch nie bei einem Mann erlebt.«

»Was heißt ›das‹?«

»Das hier.«

»Die Augenbinde?«

»Da ist noch viel mehr.«

»Ich bin sicher, dein Ehemann –«

Carmen lachte, scharf und bellend. »Das meinst du nicht ernst.«

Sie schwiegen beide.«

»Mach mich los.«

Dante löste Carmens Hände und entfernte die Augenbinde. Carmen musterte sie nachdenklich.

»Ich kann längst nicht alles haben, was ich will«, sagte sie schließlich. »Es wäre schön, wenn ich diese Freiheit hätte.«

»Aber du bist frei«, erwiderte Dante, und in Gedanken fuhr sie fort: *freier als alle meine Nachbarn, freier als jede der armen Seelen in San Telmo.* »Du hast Geld. Du hast dieses Cabaret aufgebaut.«

»Das spielt keine Rolle. Geld macht eine Frau nicht frei. Du verstehst das nicht, weil du ein Mann bist.«

Dante biss sich auf die Lippe. *Sei still, sei still, sag nichts.*

»In einem Punkt hast du allerdings recht: Ich habe dieses Cabaret aufgebaut.«

»Wie?«

»Wie ich es aufgebaut habe, willst du wissen?«

»Ja.«

»Möchtest du das wirklich hören?«

»Ja.«

Die Geschichte kam nur stoßweise aus ihr heraus. Am Anfang stand Carmens Ehe, die, nach ihren eigenen Worten, nichts anderes war als eine private Hölle. Don Ruiz war ein böser alter Mann gewesen, der nach kalter Suppe roch und nie lächelte. Ihr Bruder hatte sie gezwungen, ihn zu heiraten. Seit sie siebzehn war, fungierte ihr Bruder als ihr Vormund. Er war fünfundzwanzig damals, und ihr Vater war gerade an einem Herzinfarkt gestorben. Die Mutter lebte schon lange nicht mehr. Nach dem Tod ihres Vaters stellte sich heraus, dass er das Familienvermögen verschleudert hatte, das über vier Generationen in den Rinderfarmen von Entre Ríos angehäuft worden war. Und er hatte eine endlose Serie von Schulden hinterlassen. Sie waren also mittellos und mussten alle Bediensteten gehen lassen, bis auf die alte Haushälterin, die früher Carmens Kindermädchen gewesen war. Als der betagte Don Ruiz begann, Carmen zu umwerben, und ihr Rosenbouquets schickte, die groß genug waren, um darin ein Kind zu verlieren, witterte ihr Bruder Felipe eine Chance.

Du wirst ihn heiraten, sagte er, und wir gewinnen unsere gesellschaftliche Stellung zurück.

Carmen sträubte sich, aber ihr Bruder gab nicht nach. Einmal versuchte sie, durch das Schlafzimmerfenster zu entkommen. Die alte Haushälterin dachte, es seien Einbrecher im Haus, schrie laut und weckte Carmens Bruder auf, der sofort in der kleinen Garten rannte, noch bevor Carmen über den Zaun klettern konnte.

Er packte sie am Arm. Du dummes Mädchen, fuhr er sie an, wo willst du hin?

Weg von hier.

Und Hure werden.

Nein – dazu willst du mich doch machen!

Er hob die Hand, um ihr eine Ohrfeige zu verpassen, aber ihr Blick hinderte ihn daran.

Carmen, sagte er mit fester Stimme. Carmen, das ist doch lächerlich.

Ach, wirklich?

Tut mir leid. Du willst das nicht. Aber es nicht so, wie du sagst. Es ist eine ehrenwerte Ehe. Und du wirst sehen – mit der Zeit wirst du ihn lieben lernen.

Felipe schien voller Hoffnung und so voller Zärtlichkeit für seine Schwester. Er wollte seine Worte gern selbst glauben.

Und wenn nicht?, fragte Carmen.

Er schloss sie in die Arme, und sie spürte seinen leisen Herzschlag. Glaub mir, dass es so sein wird. Ich verspreche es dir.

Sie gab sich Mühe, ihm zu glauben.

Nach der Hochzeit mit Carmen arrangierte Don Ruiz bei einer Eisenbahngesellschaft, bei der er Anteile besaß, einen Traumjob für Felipe. Felipe füllte sich die Taschen und gewann eine aristokratische Braut. Carmen tat ihr Bestes, um aus der trockenen Frucht ihrer Ehe ein wenig Glück herauszupressen. Das erste halbe Jahr war ganz erträglich. Don Ruiz war nicht gerade nett zu ihr, aber er lebte sein eigenes Leben und schien stolz zu sein auf Carmens Schönheit oder wenigstens darauf, wie andere auf ihre Schönheit reagierten, wenn sie neben ihm stand. Aber nach diesen ersten sechs Monaten wurde er krank. Die Ärzte konnten nichts Ernsthaftes finden, abgesehen davon, dass er alt war – bis schließlich der fünfte Arzt, der seine Vorgänger ersetzte, eine ganze Liste von Diagnosen erstellte und nutzlose Tabletten verschrieb. Don Ruiz war allerdings nicht nur krank, sondern auch immer wütend. Je mehr Carmen versuchte, ihn mit Worten und mit Zärtlichkeiten zu besänftigen, desto schroffer stieß er sie weg. An allem gab er ihr die Schuld.

Sie war schuld, dass er dauernd Schmerzen hatte, dass die Bediensteten so faul waren, dass es permanent regnete. Er redete nicht mehr mit ihr, und als der erste Hochzeitstag kam, bedachte er sie eigentlich nur noch mit Beschimpfungen und Befehlen. Im Bett behandelte er sie wie einen Maulesel, den er schlagen konnte, wenn es ihm passte. Es machte ihm Spaß, auf sie zu urinieren. Es machte ihm Spaß, sie beim Akt weinen zu sehen. Keine Spur von Freude, von Lust. Carmen fing an, wie besessen Vögel in Käfigen zu halten und ihnen dabei zuzuschauen, wie sie gegen die Gitterstäbe flatterten. Aber immer nur ein paar Tage lang – dann öffnete sie die Käfigtüren und ließ die armen Tiere frei, damit sie in den Himmel von Buenos Aires fliegen konnten. Sie prägte sich ganz genau die Stellung ihrer Flügel ein, wenn sie in die Freiheit flogen, damit sie sich in Augenblicken der Verzweiflung dieses Bild ins Gedächtnis rufen konnte. Sie kaufte Tausende von Vögeln, die sie alle später fliegen ließ, aber das reichte ihr nicht, es würde erst genügen, wenn der Himmel so dicht mit Finken und Papageien und Blauhähern bedeckt war, dass sie sich an ihren Federn festhalten konnte wie an den Sprossen einer Leiter, um zu den Wolken hinaufzusteigen.

Nach drei Jahren ging sie zu ihrem Bruder und sagte: Ich bin unglücklich, ich bin furchtbar unglücklich.

Das tut mir leid, Carmencita.

Er ist grausam zu mir.

Das tut mir sehr leid. Er schien wirklich betroffen.

Dann hilf mir.

Eine Ehe kann man nicht auflösen. Was soll ich tun?

Hilf mir zu fliehen.

Wie bitte?

Über die Grenze. Ich gehe nach Frankreich, nach Marokko, irgendwohin.

Nach Marokko. Du bist verrückt, Carmen. Was würden die Leute sagen?

Mir egal.

Es würde uns ruinieren.

Dich würde es ruinieren. Ich bin schon ruiniert.

Bist du nicht. Du bist eine Dame der Gesellschaft, eine angesehene Ehefrau.

Ich bin gar nichts. Ich bin ein Fleck auf seiner Schuhsohle.

Mit der Zeit wird es bestimmt besser, *querida.*

Da irrst du dich.

Mit etwas mehr Nachdruck sagte er nun: Du musst nach Hause zurückgehen.

Ich werde mich umbringen.

Nein, du wirst dich nicht umbringen. Diese Schande wirst du uns nicht antun.

Woher willst du das wissen?

Aber er hatte recht – sie konnte sich nicht umbringen. Sie versuchte es. Sie hatte ein tödliches Gift greifbar und setzte im Verlauf der Jahre mehrmals dazu an, es zu trinken. Aber eine unsichtbare Kraft hinderte sie daran, und sie nahm das Fläschchen jedes Mal wieder von den Lippen. Sie wollte weg, ja, das stimmte, aber nicht durch den Tod. Sie wollte leben! *Aber*, so fragte sie sich manchmal, wenn sie neben ihrem Ehemann lag, *wofür*?

Ein Vogel nach dem anderen flatterte mit verzweifeltem Flügelschlag gegen die Käfigstäbe.

Nach zehn Ehejahren führte ihr Ehemann sie ein einziges Mal in den Club Armenonville, um ihr den Tango zu zeigen. Der Club war das erste Luxus-Cabaret in Buenos Aires, und in diesem Jahr – es war 1913 – gingen die Mitglieder ihrer Schicht mindestens einmal, zwischen ihren Opernbesuchen, in so ein Cabaret, um zu sehen, was sich hinter der ganzen Aufregung verbarg. Carmen liebte die Oper, hasste sie aber gleichzeitig: Sie liebte den Schmerz und die tiefe Leidenschaft der Figuren, weil diese Gefühle direkt zu ihrem Herzen sprachen, aber sie hasste das Publikum im Teatro Colón, das brav nach jedem Akt applaudierte – als würden diese Leute sich auch nur im Geringsten um heroische Liebe oder tragischen Verlust scheren. Ihnen ging es doch nur darum, sich in der Pause gegenseitig den neuesten Tratsch ins Ohr zu tuscheln. Trotzdem war die Oper für Carmen ihr einziger Trost gewesen – bis sie den Tango entdeckte. Im Armenonville verfolgte Don Ruiz das Spektakel absolut teilnahmslos. Sie tanzten nicht. Doch Carmen war fasziniert: Der Tanz war anders als alles, was sie bisher gesehen hatte, ein Paartanz ohne Abfolge vorher festgelegter Schritte, sondern eher improvisiert. Die Körper der Tanzenden mussten sich verständigen. Eine Geheimkommunikation ging zwischen ihnen hin und her – wie machten sie das? Woher wussten sie, was sie wussten? Der Tanz und die dazugehörige Musik gingen ihr unter die Haut und direkt ins Blut, sie weckten etwas in ihr, was erstarrt gewesen war, ein inneres Zentrum voller Wut und Freude, Träume, brodelnd vor Leben. Dieses Zentrum wartete nur darauf, endlich zu erwachen.

Dann starb ihr Ehemann ganz plötzlich im Schlaf. Alter und Herzschwäche, sagte der Arzt. Die Summe seiner Krankheiten hatte ihn schließlich überwältigt. Carmen war frei. Sie zog schwarze Kleider an und ging direkt zu ihrem Bruder.

Du bist mir etwas schuldig, sagte sie. Ich habe das alles für dich getan.

Stimmt, sagte er. Es tut mir leid. Und ich bin dir wirklich etwas schuldig.

Sie war so verblüfft, dass sie einen Moment lang nicht wusste, was sie sagen sollte.

Was kann ich dir geben?, fuhr er fort. Ich könnte dich nach Paris schicken.

Nein, danke. Ich habe jetzt Geld. Ich kann mich selbst nach Paris schicken.

Was dann?

Ich möchte ein Cabaret.

Was redest du da?

Es war das erste Mal, dass sie diesen Gedanken laut aussprach. Das war es, was sie sich mehr wünschte als alles auf der Welt: einen Ort, wo sie Tango tanzen konnte – aber nach ihren eigenen Regeln. Ein Cabaret, in dem sie das Sagen hatte.

Du hast richtig gehört, sagte sie. Ich will ein Cabaret, und dafür brauche ich dich, du musst es gemeinsam mit mir führen, sonst nimmt kein Mensch es ernst. Ich investiere mein Geld und mache dich zum Besitzer. Das ist ein gutes Geschäft für dich. Ich will nur den Namen bestimmen, die Dekoration auswählen und so viel Zeit dort verbringen können, wie ich möchte. Und ich will bei allem die letzte Entscheidungsbefugnis haben.

Ihr Bruder war einverstanden, und sieben Monate später erblickte das Cabaret Leteo das Licht der Welt.

Dante hörte zu, den Kopf an Carmens nacktem Busen. Sie streichelte ihre Nippel, wie betrunken von ihrer Form. Was diese wunderschönen Brüste, dieser Körper schon gelitten hatten. Daran dachte Dante – und an die unzähligen Vögel, die im großen Saal von der Decke herunterhingen. »Und der Name?«

»Welcher Name?«

»Du hast dem Cabaret seinen Namen gegeben, oder?«

»Ja.«

»Warum Leteo?«

»Nach Lethe, dem Fluss in der Unterwelt. Du kennst die Geschichte?«

Dante kannte die Geschichte. Cora hatte die antiken Sagen von der Unterwelt geliebt. »Es ist der Fluss, aus dem die Menschen trinken, wenn sie sterben, um ihr Leben zu vergessen.«

»Um ihr Leiden zu vergessen.«

»Ja.«

»Genau das soll dieses Cabaret sein. Ein Fluss, aus dem man trinkt. Jeder Tanz ist ein Becher aus dem Fluss.«

»Ein Becher des Vergessens?«

»Vergessen ist Genuss.«

Vergessen. Das Elixier, der Heiltrank des Vergessens.

Der Gedanke verfolgte Dante tagelang. Sie stellte sich einen großen Kelch vor, mitten im Leteo, der die Tanzfläche beherrschte und aus dem mystisches Wasser quoll. Das Wasser des Vergessens. Seit Coras Tod hatte sie sich danach gesehnt, alles vergessen zu können. Diese Sehnsucht gehörte zu dem, was sie über den Ozean getrieben hatte. Solange sie noch in Alazzano gelebt hatte, war sie immer wieder an Dinge erinnert worden, die sie eigentlich aus ihren Gedanken verbannen wollte – aber ohne Erfolg. Die Geräusche von Coras Exorzismus, die Schreie aus dem großen alten Haus, wo alle Türen und Fenster fester verschlossen waren als die Faust Gottes. Die Nonnen, die ein und aus marschierten wie eine schwarz gewandete Armee, mit strengen Mienen, grimmig entschlossen, den Feind zu vernichten, koste es, was es wolle. Aber sie scheiterten mit ihrem Unterfangen, und schließlich gaben sie auf.

Das Teufelsmädchen war ein hoffnungsloser Fall, es gab keine andere Möglichkeit, als sie in die verfallene Hütte hoch in den Bergen zu sperren wie einen räudigen Hund. Eigentlich war sie schlimmer als ein Hund, denn die Hunde konnten auf der Suche nach Abfällen über den Dorfplatz streunen, während Cora eingesperrt war, hinter Schloss und Riegel. Sie durfte niemanden sehen, niemand durfte sie besuchen, nur der Mönch, der ihr zweimal am Tag etwas zu essen brachte und nachschaute, ob sie sich auch nichts angetan hatte (und ihr Vater, ihr Vater ging auch zu ihr, er war der Einzige, dem das erlaubt war, aber – vergiss alles, vergiss es, vergiss es).

Leda war ein Feigling, ein jämmerlicher Feigling, und deshalb dauerte es vier Monate, bis sie es wagte, sich in der Nacht aus dem Haus zu stehlen und durch den Wald zur Hütte zu schleichen. Selbst im Licht des Dreiviertelmondes (sie traute sich nicht, bei Vollmond zu gehen, weil das immer eine gefährliche Zeit war) hatte sie Angst in diesem Wald, das raschelnde Laub und das leise Knacken der Äste ließen sie an alte Geschichten denken, in denen Mädchen von Ungeheuern aufgefressen wurden, von Hexen gestohlen oder von Löchern verschluckt, die sich plötzlich vor ihnen auftaten und sie in die ewige Dunkelheit saugten. Ich fürchte mich nicht, sagte sie sich immer wieder, ich fürchte mich nicht. Endlich sah sie die Hütte im matten, mutlosen Licht. Sie schaute und schaute – und trat nicht heran. Ich klopfe das nächste Mal, nahm sie sich vor.

Beim zweiten Mal hörte sie leises Schluchzen. Es war Cora. Sie erkannte ihre Stimme. Dieselbe Stimme, die ihr die leuchtendsten Geschichten erzählt hatte, die diese Welt je hervorgebracht hatte, dieselbe Stimme, die sie in den Fluss gerufen hatte, die sie besser bemuttert hatte als ihre eigene Mutter und sie aufgefordert hatte, mutig zu sein. Nun zögerte Leda an der Tür. Was, wenn Cora sie nicht sehen wollte? Was, wenn Cora sie biss und kratzte wie ein Tier – so wie es die Klatschtanten immer behaupteten? Und wieder kroch sie davon. Das nächste Mal klopfe ich, ganz bestimmt.

Doch das nächste Mal klopfte sie auch nicht; sie konnte nicht klopfen, weil sie etwas hörte – oder vielleicht hörte sie nichts, es gab keinen Grund wegzulaufen, aber vielleicht gab es tausend Gründe, jedenfalls rannte sie schnell nach Hause, so schnell sie konnte, so dass die Bäume verschwammen. Als sie am nächsten Morgen aufwachte, wusste sie nicht mehr, warum sie weggerannt war und was sie gehört hatte – sie hatte alles vergessen und wusste nur noch eins: dass sie nie wieder auf diesen Berg gehen würde.

Der November schickte einen frischen Frühling durch die Straßen von Buenos Aires. Als der Dezember kam, wurde aus der Luft ein dickes, heißes Gebräu, von dem man betrunken werden konnte. Dante lebte im Augenblick und ganz für den Augenblick, als gäbe es nichts anderes als das Cabaret, das Büro im ersten Stock, die Nächte mit Tango, die Morgenstunden mit Carmen. Zu Hause im La Rete war sie El Tanguero, der Tangospieler, der vor einem vergoldeten Publikum auftrat, beneidet und verehrt. La Stregas Tochter heiratete, und Dante bezahlte für ihr knisterndes weißes Kleid, das vor ihr noch nie jemand getragen hatte, so frisch wie eine Seite ohne Worte, und die Kosten für das Festessen, das im großen Innenhof stattfand, übernahm Dante ebenfalls. La Strega danke ihr mit Tränen in den Augen und mit tausend Segenssprüchen für seine Nachkommenschaft, sollte er je eine haben, und er sollte wirklich eine haben, denn er war ein guter Junge. Du bist, sagte sie, wie ein Sohn für mich. Ihre Umarmung war so innig, dass Dante die Augen schließen musste angesichts der halluzinogenen Kraft ihrer Brüste.

Das Sexteto Torres ging in diesem Sommer nicht auf Tour, sondern beschloss, im Leteo weiterzuspielen, wo sie nach wie vor massenhaft Zuhörer anlockten. Das Sextett existierte jetzt seit anderthalb Jahren, und Dante konnte sich kaum noch daran erinnern, wie sie ohne Amato und Joaquín geklungen hatten, ohne die Akkorde und Verzierungen des Klaviers, ohne das solide Fundament der langen, tiefen Saiten. Ihr Musikstil war jetzt richtig üppig, aber gleichzeitig präzise, sie vermischten sich miteinander, jeder kannte die Tonschöpfungen des anderen, sie ergänzten sich, verfugten sich ineinander, ohne überlegen zu müssen.

Für Silvester plante Carmen ein rauschendes Fest, um das Jahr 1917 zu begrüßen, mit erlesenen Weinen, mit Türmen aus französischem Gebäck, mit mehreren Spanferkeln, die an den polierten Äpfeln erstickt zu sein schienen, und mit Trapezkünstlern, die zwischen den Musiknummern durch die Luft sausen sollten.

Die Musiker stießen in ihrer Höhle mit Champagner an, eine halbe Stunde vor Mitternacht.

»Auf das beste Jahr unseres Lebens«, sagte Santiago und hob sein Glas.

»Welches Jahr meinst du?«, fragte Amato grinsend. Er war in den letzten Monaten etwas runder geworden und hatte mit seiner Frau ein viertes Kind bekommen, außerdem noch eines mit einer Geliebten, und er sprach über alle seine Kinder mit großem Stolz. »Das Jahr, das jetzt zu Ende geht, oder das nächste?«

Die Männer lachten.

»Das nächste«, antwortete Santiago ernst.

»Ich weiß nicht, Negro.« El Loro hob seine Geige mit einer triumphierenden Geste hoch in die Luft. In zwei Wochen wollte er heiraten, die ganze Gruppe hatte einen Tag frei, um zur Feier der Hochzeit in einer Synagoge in San Telmo zu gehen. »Das Jahr jetzt war auch schon ziemlich gut!«

»Hört, hört!«

»Jedenfalls auf dieser Seite des Atlantiks.«

»Jedenfalls für uns.«

»Seht uns doch nur an!«

»Seht euch das hier an!«

»Kann es wirklich noch besser werden?«

»Wartet's nur ab«, sagte Santiago. »Ihr werdet euren Augen nicht trauen.«

Sie spielten besonders schön in dieser Nacht, und die Trapezkünstler flogen und glitzerten und fielen nicht herunter (die Blonde, erzählte ihnen Pedro später, gab im Bett süße kleine Töne von sich und bog sich so, wie man es sich erträumte), aber ein großer Teil des Fleisches und des Gebäcks blieb übrig, weil längst nicht so viele Gäste erschienen waren, wie man gehofft hatte.

»Wo waren sie alle?«, beklagte sich Carmen später im Büro. »Warum hat es nicht funktioniert?«

»Es hat doch alles bestens geklappt«, sagte Dante und verband ihr die Augen.

»Aber es hätte besser sein können.«

»Psssst –«

»Warum waren keine –« Sie redete nicht weiter, sondern gab nur noch unzusammenhängende Laute von sich.

Drei Tage später ereignete sich in der Welt des Tango eine neue Sensation. Der junge Sänger Carlos Gardel, von dem Amato mit so viel Wärme und Bewunderung gesprochen hatte, präsentierte als Teil seines Auftritts im Teatro Esmeralda ein neues Phänomen, genannt Tango canción: Es war ein Tango, bei dem der Gesang wichtiger war als die Instrumente, das heißt, die Texte passten nicht nur irgendwie zur Melodie, sondern erzählten eine Geschichte. Im konkreten Fall, also bei dem Lied »Mi Noche Triste«, ging es um einen Mann, dem eine Frau das Herz bricht und der nun, allein, die Traurigkeit der Nacht ertragen muss. Das Publikum klatschte am Ende frenetisch Beifall, hingerissen, verzaubert, überzeugt. Ein Kritiker sprach von einer musikalischen Revolution: *Die Seele des Tango kann gesungen werden!*

»Wir in den Conventillos wissen das doch längst«, knurrte El Loro, als Santiago den Artikel in der Höhle laut vorlas.

»Das ist nicht das Gleiche«, sagte Joaquín so hochmütig, dass sich Dantes Nackenhaare sträubten. »Hier reden sie über Kunst.«

»Was wir in den Conventillos machen, ist auch Kunst«, sagte El Loro mit einer gewissen Schärfe in der Stimme.

Joaquín musterte El Loro mit zusammengekniffenen Augen und öffnete den Mund, sagte aber nichts.

»Eins steht fest«, erklärte Amato. »Wenn Carlitos damit weitermacht, und das tut er bestimmt, dann kann die Welt das nicht ignorieren.«

Don Carrasco war außer sich. Er wollte einen Sänger. Jetzt begriff er, was das Problem mit der Silvesterparty gewesen war: Sie hatten nicht mitgehalten mit dem neuesten Trend. Alle bedeutenden Cabarets würden einen Sänger einstellen, er sah die Welle kommen, und sie mussten mitmachen. Er zog Santiago kurz vor der Pause beiseite, um ihm seine neue Vision zu schildern. Das Publikum würde noch tanzen, klar, aber es sollte auch eine Show geben. Die Leute konnten aber auch sitzen, ihren Wein trinken und die Show verfolgen, denn das war es offensichtlich, was sie wünschten, also sollten sie es haben.

»Wenn wir den richtigen Mann finden«, sagte Santiago zu seinen Musikern in der Höhle, »dann kriegen wir das hin. Wer weiß, vielleicht ist es sogar ein hervorragender Anlass für uns, unser Repertoire auszubauen.«

»Diese reichen Leute«, brummte El Loro, während er seinen Bogen mit Harz einrieb. Er behandelte sein Instrument immer mit großer Hingabe. Bestimmt ist er ein guter Liebhaber, dachte Dante, vielleicht ein bisschen zu zaghaft, aber trotzdem. »Sie haben nicht den Mumm zu tanzen, und jetzt wollen sie, dass wir unsere Musik so verändern, wie es ihnen passt.«

»Ich glaube nicht, dass es nur an ihnen liegt«, sagte Pedro, dessen Haare noch struppiger waren, wodurch er noch wilder aussah. »Es hat schon immer Texte gegeben.«

»Dieser Carlitos.« Amato schüttelte bewundernd den Kopf. »Er hat das Glück verdient. Schlaues Kerlchen.«

Joaquín zündete sich eine Zigarette an, die zwischen seinen Lippen hing wie ein toter Vogel. »Die Frage ist nur – wie finden wir den richtigen Mann?«

»Don Carrasco hilft uns«, sagte Santiago. »Er organisiert schon Termine für Kandidaten. Wir können dann auswählen.«

Vier Tage später, um sieben Uhr abends, lange vor ihrem Auftritt, versammelten sich die Musiker im Leteo, um die Kandidaten kennenzulernen. Sie setzten sich in die erste Tischreihe vor der Bühne.

Ein Kellner brachte ihnen eine Flasche Grappa und sechs Gläser, goss ein und trat beiseite, als sie die Gläser erhoben und sich zuprosteten.

»Auf den richtigen Mann«, sagte Santiago.

»Auf den richtigen Mann«, antworteten die anderen.

Der Grappa wärmte Dante die Kehle, ein köstliches Brennen – wie hatte sie es je geschafft, ohne diesen Genuss zu leben? Sie spürte, dass die Männer alle untergründig aufgeregt waren –

wer war der Richtige? Wie würde sich ihre Gruppe durch ihn verändern? Jedes Mitglied einer solchen Gemeinschaft hatte großen Einfluss auf das Ganze. Ihr Sprung vom Quartett zum Sextett hatte sie transformiert, hatte das feine Netz ihrer Verbundenheit verdichtet, hatte Druck auf ihre Gruppe ausgeübt und sie letztlich gestärkt. Diese neuerliche Veränderung, ein Sänger, konnte sie bereichern – oder sprengen.

Der Kellner räusperte sich. »Don Carrasco möchte wissen, ob ihr bereit seid, die Kandidaten zu empfangen.«

»Sie sollen hereinkommen.«

Amato ging auf die Bühne und setzte sich ans Klavier, um die Lieder zu begleiten. Die Sänger betraten den Saal. Es waren mehr, als Dante erwartet hatte, einer nach dem anderen kam herein, zwanzig, dreißig, vierzig, ein schweigender Ansturm. Die Mitglieder des Orquesta tauschten überraschte Blicke: *So viele!*

»Stellt euch an der Wand auf, bitte«, sagte Santiago.

Sie folgten der Anweisung, schubsten sich gegenseitig, um näher bei der Bühne zu sein, jeder kämpfte nur für sich, junge Männer mit pechschwarzen Haaren, die nach hinten gegelt waren, alte Männer mit Bauch, über dem der Smoking spannte, arme Männer, die nur ein gehemmtes Lächeln wagten, weil man die Zahnlücken nicht sehen sollte, Männer mit Geld oder jedenfalls genug Geld, um ihre Schuhe zu polieren und um sich mit goldenen Manschettenknöpfen zu schmücken, Männer, die vor Ehrgeiz loderten, Männer, die nur mühsam ihre Verzweiflung kaschieren konnten, Männer, die nervös zuckten, Männer, die sich bewegten, als täten sie der Luft einen Gefallen. Sie schauten sich im Saal um, staunend oder gierig – dieser Luxus, der Marmor, das Messing, die Vögel, die von der Decke herunterhingen, erstarrt in einem Zerrbild ihres Flugs.

Dante merkte, dass seine Musikerkollegen fasziniert ans Ende der Reihe schauten. Einer der Kandidaten war von den anderen Sängern dahin abgedrängt worden.

Der letzte Kandidat war eine Frau.

Sie trug einen Anzug und einen schwarzen Bowler und presste eine Aktentasche an sich. Ihre Brüste und ihre Hüften waren nicht zu übersehen, auch unter den Männerkleidern. Sie war viel zu kurvig, um der Welt weismachen zu können, sie sei ein Mann. Und sie unternahm auch gar nicht den Versuch. Der Anzug schien auf ihre Figur zugeschnitten. Sie hatte knallroten Lippenstift aufgetragen und die Augen mit schwarzem Kajal geschminkt. Das Gesicht einer Frau unter einem arrogant schräg sitzenden Herrenhut. Die Schultern einer Frau, gestrafft wie die eines Mannes, ihre Haltung breitbeiniger, als das einer Frau eigentlich gestattet war. Dante starrte sprachlos auf diese Erscheinung, ein menschliches Echo ihrer eigenen Existenz, ihr schlimmster Albtraum – diese Frau war hübsch, auf eine offene, pragmatische Art. Dante kannte ihr Gesicht, oder? Denk nach, denk nach, Dante, suche in deinem Gedächtnis – und plötzlich wusste sie es: Es war Rosa. Die Frau, die bei La China zu ihnen gekommen war und mit ihnen als Sängerin auftreten wollte. Was tat sie hier? Wie konnte sie es wagen? Sie hatte kein Recht dazu – eine blutjunge Anfängerin aus den Tanzhallen, die mit der Grenze spielte, die Dante unter Einsatz ihres Lebens überquert hatte, und sie zeigte allen, was sie tat, jeder sollte es sehen, konnte sie anschauen und über Männer und Frauen nachdenken, über die Trennlinie zwischen ihnen, jeder konnte die Scheuklappen ablegen – und wie lange würde es dann noch dauern, bis sie auch Dante genauer anschauten und herausfanden, wer sie wirklich war?

Verstohlen musterte sie ihre Kollegen. Alle hatten nur Augen für Rosa und unterhielten sich flüsternd.

»Mein Gott.«

»Ist das wirklich eine Frau?«

»Du kannst *die* doch nicht als Frau bezeichnen.«

»Als was sonst?«

»Keine Ahnung. Ein Etwas.«

»Wer ist sie?«

»Was will sie hier?«
»Sie kommt mir bekannt vor …«
»Nie gesehen.«
»Sie muss verrückt sein.«
»Das ist ja widerlich.«
»Soll bestimmt ein Witz sein.«
»Schmeiß sie raus, Negro.«
»Ach, komm schon. Soll sie sich doch blamieren.«
»Die bringt alles durcheinander.«
»Das wird lustig!«
»Sie kann nicht hierbleiben. Sie muss gehen.«

»Nein, wartet!« Santiago hob die Hand, eine Geste, die immer bewirkte, dass das Meer der Worte sich teilte und sich ein Raum des Redens für ihn auftat. »Ich möchte sie hören.«

Die anderen Musiker waren überrascht, amüsiert, verärgert, aber es gab keinen Widerspruch. Dante wäre froh gewesen, wenn einer protestiert hätte. In der Gegenwart dieser Frau konnte sie sich nicht entspannen, der Knoten in ihrem Magen löste sich nicht.

Es dauerte drei Stunden, bis sämtliche Kandidaten durch waren. Santiago gab jedem von ihnen die Chance zu singen, gleichgültig, wie abgetragen seine Schuhe oder wie grau seine Haut. Ein weniger großherziger Mann, dachte Dante, hätte die Bewerber, die am jämmerlichsten aussahen, gleich nach Hause geschickt, weil sie für des Publikum im Leteo eindeutig nicht passten, aber unter Santiagos Aufsicht bekam jeder ein paar Minuten auf der Bühne. Manche waren mittelmäßig, viele waren gut, ein paar erstklassig. Mit der Zeit verschmolzen sie in der Erinnerung. Als nach der Hälfte einer der Männer deprimiert und mit hochgezogenen Schultern den Saal verließ, bemerkte Dante, dass Don Carrasco und Carmen ganz hinten im Saal saßen und den Prozess verfolgten. Wie lang waren sie schon da? Carmen wich ihrem Blick aus, aber als Dante sich wieder der Bühne zuwandte, spürte sie Carmens Präsenz wie ein Prickeln im Nacken.

Endlich war Rosa an der Reihe – als Letzte. Sie betrat die Bühne, und augenblicklich herrschte absolute Stille. Die Musiker stießen nicht mit ihren Gläsern an, sie scharrten nicht mit den Füßen, zuckten nicht mit der Wimper.

»Name?«, rief Santiago.

»Rosa Vidal.«

»Lied?«

»›El Terrible‹.«

Pedro, der neben Dante saß, gab ein ungläubiges Ächzen von sich. Dante selbst war nicht weniger schockiert von der Auswahl: Dieses Lied feierte männliche Energie, männliches Draufgängertum – wie konnte eine Frau so etwas singen?

Amato, der auf der Bühne am Klavier saß, um die Sänger zu begleiten, erstarrte, die Finger über den Tasten. Fragend schaute er zu Santiago, aber dieser nickte nur langsam: *Fang an, spiele.*

Rosa öffnete den Mund, ihre Stimme ertönte, und die Welt versank. Es war eine voluminöse, kraftvolle Stimme, groß genug, um die Bühne zu füllen, den Saal, die ganze Stadt. Rosa schien zu wachsen, während sie sang, und man wollte nichts anderes mehr als ihr zuhören, sie anschauen, wie sie da stand und leuchtete, die Hände lässig in den Hosentaschen, die Brust breit: Sie war, wie sie sagte, ein Mann, der weiß, was ihm gefällt, ein Mann, der hingeht, wo es ihm passt, und der die Frauen liebt, alle Frauen, *criolla* Frauen, der beste Tänzer und das beste Messer bei jeder Party, ein Mann, der die Gitarren liebt und gutes Essen, und – möge das edle Publikum ihm verzeihen – er wolle offen sein, er müsse ehrlich sein und bekennen, wer er wirklich sei: El Terrible. Rosa streichelte jedes Wort beim Singen, sie war pure Lebensenergie, sie war der *compadrito* aus den Bordellen, aus den Cafés, rebellisch und, bei aller Obszönität, freundlich und unerschrocken. Sie bewegte sich wie ein Mann und klang wie eine Frau, und diese Mischung bewirkte einen inneren Zusammenprall, der die tiefsten Tiefen eines Menschen berühren konnte. Rosa kostete die Vieldeutigkeit jeder Zeile aus und beobachtete dabei unter der schiefen Hutkrempe die Zuhörer, zwinkerte ihnen zu, als wollte sie alle dazu ermuntern, ihre Worte so anzüglich wie möglich zu verstehen, und jeden in ihre Geschichte verwickeln. El Loro musste wider Willen lachen und versteckte sein Lachen unter einem Husten. Dante konnte kaum atmen. Wenn sich diese Frau doch in Luft auflösen würde! Krampfhaft hielt sie sich an der Tischkante fest, um irgendwie Halt zu finden.

Dann war Rosa fertig, Stille trat ein, und sie stand da, erwartungsvoll, wieder klein, fast erdrückt von den schweren Samtvorhängen.

»Vielen Dank«, sagte Santiago. »Das war's.«

Rosa verließ die Bühne, nahm ihre Aktentasche und ging. Mit einer Handbewegung forderte Santiago die Musiker auf, ihm in die Höhle zu folgen.

»Was war denn das!«, rief Pedro und ließ sich aufs Sofa fallen.

»So was habe ich noch nie erlebt«, sagte Amato.

Sie verteilten sich auf den Sofas und Sesseln, gossen sich Whiskey ein, zündeten sich Zigaretten an.

»Also wirklich, Negro«, sagte Joaquín. »Ich kann's nicht fassen, dass du ihr erlaubt hast zu singen.«

»Ach, warum?«, sagte El Loro. »War doch unterhaltsam. Das musst du zugeben.«

»Und das Lied? ›El Terrible‹?«

»Don Carrasco hat bestimmt einen Herzinfarkt bekommen!«

Alle lachten. Dante lachte mit ihnen.

»Sie war nicht die Einzige, die sich lächerlich gemacht hat.«

»Stimmt.«

»Da waren ja ein paar Männer dabei …«

»Gott sei Dank gab's auch gute.«

»Mir hat der am besten gefallen, der ›Brisas Camperas‹ gesungen hat – wie hieß der noch mal?«

»Ja, der war gut. Aber nicht so gut wie der Compadre ziemlich am Anfang, ihr wisst schon, der Russe.«

»Er war kein Russe!«

»Woher willst du das wissen?«

»Er hat keinen russischen Namen – er hieß Pérez, oder?«

»Also ich finde, er sah russisch aus.«

Sie rauchten eine Zigarette nach der anderen, füllten immer wieder ihre Gläser und redeten ohne Pause, verglichen die verschiedenen Kandidaten miteinander, aber bald schon verengte sich die Auswahl auf den Russen und den Brisas-Mann. Beide waren erstklassige Sänger, der Russe wirkte irgendwie majestätisch, während der Brisas-Mann der geborene Charmeur war – er gewann garantiert alle Frauenherzen. Der Russe hatte die beste Stimme. Nein, stimmt nicht. Der Brisas-Mann war beweglich in der Melodieführung. Der Russe wirkte verlässlicher. Der Brisas-Mann war mit Sicherheit lustiger und unterhaltsamer. Dante war für den Russen, aber sie hätte auch den anderen genommen, beide erschienen ihr durchaus passend.

Nach einer Weile merkten sie, alle mehr oder weniger gleichzeitig, dass Santiago noch kein Wort gesagt hatte. Er saß in seinem Sessel und hörte zu, das Bandoneón auf dem Schoß. Seine Finger wanderten über die Tasten, ohne sie zu drücken, als führte er ein stummes Zwiegespräch mit seinem Instrument. Die Männer schauten ihn fragend an, ohne ihre Frage auszusprechen: *Und du?*

Santiago musterte sie durch einen Schleier aus Zigarettenrauch. »Ich möchte das Mädchen.«

»Das Mädchen!« El Loro war fassungslos.

Santiago beugte sich vor und breitete die Hände aus. Sie waren riesig, seine Hände, mit langen Fingern, muskulös, in einem Missverhältnis zu einem so schlaksigen Mann.

»Das meinst du nicht ernst, oder?«

»Sie ist gut«, erwiderte Santiago.

»Aber sie hat keine Eier«, sagte Joaquín, und die anderen Männer lachten.

»Doch«, sagte Santiago. »Hat sie.«

Schweigen. Dante wagte es nicht, Santiago anzuschauen, aus Angst, ihre Maske könnte fallen.

»Wir machen uns zum Gespött der gesamten Tango-Welt!«, rief Pedro.

»Vielleicht – vielleicht aber auch nicht.« Santiagos Finger tanzten immer noch über die Tasten, schneller als vorher, als würde er hinter einer zwingenden Melodie herjagen. »Aber wir machen etwas Neues. Das ist gut für den Tango und gut fürs Cabaret.«

»Oder eine Katastrophe«, brummte Joaquín.

»Kann sein.«

»Das erlauben die uns doch nie.«

»Vielleicht nicht. Aber ich werde ihnen sagen, dass ich das Mädchen will.«

»Bei allem Respekt«, sagte Joaquín, »das ist ein Riesenfehler.«

»Ich behaupte das Gegenteil«, sagte Santiago.

»Und wenn wir abstimmen?« Joaquín wollte nicht nachgeben.

Santiagos Finger gefroren. »Hier gibt es keine Abstimmungen. Das ist mein Orquesta. Wem das nicht passt, der kann gehen.«

Keiner rührte sich. Die Luft zitterte.

»Negro«, sagte Pedro, »heißt das, du würdest uns gegen ein Mädchen eintauschen?«

»Ich bitte euch, etwas anderes auszuprobieren.«

»Etwas anderes ist nicht immer gut«, entgegnete Joaquín.

Santiago stellte das Bandoneón in seinen Kasten und sagte bedächtig: »Das haben die Leute auch gesagt, als ich dich eingestellt habe.«

Joaquín war verdutzt und wütend zugleich. Er wollte protestieren, brachte aber keinen Ton heraus.

Santiago verschloss den Instrumentenkasten mit einem kurzen Klick.

»Ist das dann überhaupt noch Tango?«, knurrte Pedro.

»Woher willst du wissen, was Tango ist?«, erwiderte Santiago.

Pedro zuckte zusammen, als hätte er ihm einen Schlag verpasst.

»Gibt es sonst noch irgendwelche Einwände?«, fragte Santiago dann.

Schweigen.

»Ich bin dabei«, verkündete Amato schließlich. »Sie ist eine klasse Sängerin.«

»Ich bin auch dabei«, platzte El Loro heraus. Er schien sich selbst darüber zu wundern.

Pedro warf ihm einen bösen Blick zu, und El Loro hob die Arme, eine Geste der Ratlosigkeit.

Dante hatte das Gefühl, als hätte sie zwei Zungen. Die eine wollte Santiago zustimmen und die Ankunft dieses merkwürdigen, hochbegabten Mädchens begrüßen, aber die andere hatte den glühenden Wunsch, sie zu schmähen, zu vernichten, sie aus der Welt zu jagen, damit ihre Welt sicher blieb.

»Gut«, murmelte Santiago.

Und verschwand.

Santiago wappnete sich für einen Kampf, als er den großen Saal durchquerte. Die anderen Musiker zu überreden war ja schon ganz schön schwierig gewesen – sie waren gute Männer, aber sie wollten kein Risiko eingehen, sie wollten nicht über den Tellerrand hinausschauen, nicht bis zum Horizont, geschweige denn dahinter. Vermutlich war es unmöglich, Don Carrasco zu gewinnen. Langsam ging er die Treppe hinauf und zählte dabei die Stufen, ein Trick, um seine Gedanken zu bündeln.

Aber die Tür von Don Carrascos Büro war geschlossen. Der Oberkellner stand davor, ein strenger Wächter.

Er ist nicht da, verkündete der Kellner. Er ist nach Hause gegangen.

Aber wir wollten uns treffen.

Ja, ich soll Ihnen etwas ausrichten.

Ach?

Er lässt sagen, dass Sie alles mit Doña Ruiz besprechen sollen. Der Kellner deutete auf die gegenüberliegende Tür. Sie ist in ihrem Büro.

Mit seiner Schwester soll ich es besprechen?, dachte Santiago. *Er überlässt die Entscheidung seiner Schwester?*

Der Kellner ging die Treppe hinunter, er hatte seine Pflicht erfüllt.

Santiago klopfte an die Bürotür der Witwe.

Herein, rief eine Stimme.

Im Raum war es dämmerig, und Santiago musste an verbotene Kirchtürme denken, an Orte, die man eigentlich nicht betreten durfte. Das Büro war größer als das von Don Carrasco, was ihn überraschte. Sehr mysteriös, die Verhältnisse in dieser Familie. In der Ecke stand ein blauer Diwan, und die hohen Fenster verwandelten die Nacht in strenge Vierecke. Die Witwe saß hinter einem kunstvoll verzierten Schreibtisch, der bestimmt so viel gekostet hatte wie Santiagos Monatslohn. Sie blickte hoch und musterte ihn mit undurchdringlicher Miene, und ihre Miene veränderte sich auch nicht, als er begann, seine Argumente für Rosa Vidal vorzubringen. Rosa sei zwar unkonventionell, besitze aber seiner Meinung nach ein Talent, das man nicht ignorieren dürfe.

Als er fertig war, fragte die Witwe: Und Sie sind sich sicher, dass Sie das wollen?

Mehr als sicher, antwortete Santiago.

Das wird Gerede geben.

Dagegen habe ich nichts, sollen sie doch reden, dachte Santiago, aber laut sagte er nur: Ich verstehe, Señora, wenn Sie das beunruhigt –

Oh, nein, ich bin nicht beunruhigt. Sie musterte ihn kühl. Ihr Gesicht erinnerte an eine uneinnehmbare Festung. Und so wie es aussieht, sind Sie ebenfalls nicht beunruhigt.

Ich sehe dazu keinen Anlass.

Sie sind ein kluger Mann, Señor Torres. Diese Frau ist die beste der Kandidaten.

Santiago nickte irritiert.

Ich habe ihr bereits mitgeteilt, dass sie morgen Abend wiederkommen soll.

Weiche Knie. Er hatte weiche Knie. Der Boden unter seinen Füßen schwankte.

Schön, dass wir beide einer Meinung sind, fügte die Witwe noch hinzu.

Mein Orquesta gehört mir, nicht Ihnen, Sie können nicht einfach – Er zwang sich zu einem Lächeln. Jawohl, Señora.

Sie können gehen.

Leise verließ er das Büro, ging die Treppe hinunter, hinaus auf die Straße. Eine halbe Stunde blieb ihm noch, um sich zu sammeln, dann musste sich das Orquesta für den abendlichen Auftritt vorbereiten. Seine Männer waren vermutlich noch in der Höhle, unruhig und voll gespannter Erwartung, was aus seinem Vorschlag, das Mädchen zu nehmen, geworden war. Er würde nicht zu ihnen gehen. Noch nicht. Die Avenue pulsierte vom Verkehr, er stürzte sich ins Getümmel. Wenn er zu Fuß ging, half ihm das immer, den Kopf frei zu bekommen, und genau das brauchte er jetzt: einen klaren Kopf. Diese Frau. Diese geschmeidige Anakonda. Sie lauerte hinter Don Carrasco, als wäre ihr Bruder nicht viel mehr als eine Puppe aus Papier, ohne Autorität. Vor einer Weile hatte Santiago sich Gedanken gemacht wegen der Witwe, er hatte sich gefragt, ob zwischen ihr und Dante etwas lief – aber das war doch absolut lächerlich, das konnte nicht sein, was für ein absurder Verdacht, eine einzige Begegnung mit ihr hätte den ruhigen, schmalen Jungen vernichtet. Der Gedanke, dass irgendjemand Dante Leid zufügen könnte, war für ihn unerträglich – diesem verlorenen Jungen, den er aus der Gosse geholt hatte und der mit so viel Talent gesegnet war und von einem Schmerz erfüllt, den vermutlich kein Mensch je verstehen würde. Santiago wanderte immer weiter. Die Straßenlaternen warfen ihr Licht auf Autos und Verkaufsstände, auf alte Männer und junge Dandys, auf elegante Geschäfte und feuchte Rinnsteine. Diese Frau, die Witwe, keiner konnte wissen, wozu sie fähig war, sie saß da oben im Turm ihres Schlosses, führte sich auf, als wäre er ihr Leibeigener, oder genauer gesagt, als hätte ihr Großvater seinen Großvater besessen, was theoretisch sogar stimmen konnte. Und das bedeutete, dass alles, was er, Santiago, tat oder fühlte oder *war*, bis zum heutigen Tag ihr gehörte. Da stieg etwas in ihm hoch, eine heiße, kochende Wut, er kannte sie, die Wut war eine lodernde Flamme, die aus seinem Mund kommen wollte oder seine Arme hinunterlaufen, hinein in die Welt, als Gewalttätigkeit oder in sein Bandoneón. Wie oft schon hatte das Instrument ihn gerettet, ihn geläutert. Seine Finger brauchten es jetzt. Dieses spöttische Lächeln auf ihrem Gesicht, als könnte sie nicht nur ein Cabaret kaufen, sondern auch sein Orquesta – *sein* Orquesta, das er unter unendlichen Mühen in all den Jahren aufgebaut hatte. Und noch schlimmer: als könnte sie die Seele des Tango kaufen. Die reichen Bosse behandelten den Tango, als wäre er nichts weiter als billiges Amüsement, mehr nicht, etwas, was sie nach Lust und Laune formen konnten. Mit dem Ergebnis, dass sich der Tango tatsächlich veränderte, das konnte Santiago nicht leugnen. Das Klavier wäre nie dazugekommen ohne die Reichen, so war sie jetzt, die Welt des Tango, und wenn er das Spiel nicht nach den geltenden Regeln spielte, dann ging es eben ohne ihn weiter. Die Vorstellung konnte er nicht ertragen. Deshalb war er willens, die Veränderungen zu akzeptieren und so den Tango lebendig zu halten. *Ist das überhaupt noch Tango?* Pedros Stimme in seinem Kopf. Pedro war ein Idiot, so viel war klar: Er spielte gut und arbeitete hart, aber insgesamt war er zu mürrisch und redete oft los, ohne vorher zu überlegen. Aber die Frage wollte nicht verstummen. Nicht wegen des singenden Mädchens, nicht wegen der Witwe, sondern weil Pedro nicht ahnte, genauso wenig wie die anderen in der Höhle, wie sehr sich der Tango tatsächlich schon verändert hatte, wie viel seiner Geschichte in Vergessenheit geriet und in Gefahr war, für immer unterzugehen.

Eine Musik, die bei den Kindern der Sklaven entsteht, ist wie ein Waisenkind: Sie wird nie ihre wirklichen Eltern kennen, wird nie die elementare Geschichte ihrer Geburt erfahren. Das hatte ihm sein Onkel Palo gesagt. Palo trommelte die ganze Zeit, als Santiago noch ein Kind war, jeden Abend nach dem Essen und natürlich sonntags, stundenlang, auf umgedrehten Schubladen, auf Fässern, die er irgendwie im Hafen gerettet hatte. Er trommelte, als würde er dadurch, dass er mit den Handflächen auf harte Dinge schlug, die hungrigen Mägen seiner Kinder füllen (was nicht stimmte) und als würden sich die Toten im Kreis um ihn versammeln, ihm zuhören und feiern und sich im Takt bewegen. Und so viele waren schon tot. Palos drei Brüder, alle älter als er, waren im Paraguay-Krieg gestorben, eingezogen von der argentinischen Regierung, gewaltsam abgeholt, wie alle dunkelhäutigen Männer ihrer Generation.

Denn die Regierung, so erzählte Palo seinem kleinen Neffen Santiago, brauchte eine Methode, die ihr half, nicht nur den Krieg zu gewinnen – gleichzeitig konnten sie uns auch noch loswerden. Zwei Fliegen mit einer Klappe. Buenos Aires war ihnen zu schwarz, ein Drittel der Bevölkerung, so viel schwarze Haut, die frisst einen auf! Deshalb haben sie unsere Väter in den Krieg geschickt und haben die Schleusen für europäische Dampfer geöffnet, damit weiße Männer in die Stadt fluteten, um uns zu ersetzen, diese Schweinehunde, und ihr Plan ist aufgegangen. Schau dir doch die Stadt jetzt an. Schau dir San Telmo an. Das Viertel ist ja wie ein italienischer Außenposten. Ich will mich nicht beklagen, dein Vater war ein guter Mann, und wenn er nicht aus Florenz hierhergekommen wäre, dann hätte er nie meine Schwester kennengelernt, und du wärst nicht geboren worden. Die Geschichte als solche ist schmutzig, aber du bist etwas Gutes, was daraus entstanden ist, vielleicht sogar das Allerbeste.

Als Santiago sechs Jahre alt war, starb sein Vater bei einem Arbeitsunfall auf dem Bau, und von da an hatte Palo ihn immer in seiner Nähe. Onkel Palo wohnte im Zimmer nebenan und spielte den Candombe – drei verschieden große Trommeln, deren Rhythmen sich zu einem komplexen pulsierenden Ganzen verbinden – und auch den Tango, in den Anfangstagen, als die Musik gerade erst diesen Namen bekam. Er spielte mit anderen Männern aus dem Viertel im Patio des Conventillo. Die Frauen spülten währenddessen das Geschirr und wuschen die Wäsche, die Jungen schliffen Messer und knüpften Seile, um sie auf der Plaza zu verkaufen, die Mädchen putzten Bohnen oder wrangen Laken aus, in Zubern, so groß wie Särge. In den achtziger Jahren des 19. Jahrhunderts, als Santiago noch ein kleines Kind war, hatte Palo mit El Negro Casimiro und mit El Mulato Sinforoso gespielt. Die beiden gehörten zu den ersten Männern, die den Tango aus den Mietshäusern in die Bars und Cafés trugen, wo sie ein paar Stücke spielten und dann den Hut herumreichten. Sie waren glücklich, wenn sie sich so ein paar Münzen verdienten und gleichzeitig den Männern das Herz wärmten. Sie wurden in San Telmo und in La Boca richtig berühmt, vor allem für die schwungvolle Ausgelassenheit ihrer Geige und ihrer Klarinette. Damals war der Tango noch fröhlich und ungezähmt und durchsetzt mit den alten afrikanischen Tanzrhythmen, die das Blut in Wallung brachten.

Palos Frau war gar nicht damit einverstanden, wenn er mit Casimiro und Sinforoso loszog – überall diese Seeleute und die Huren, sagte sie –, und deshalb hörte Palo nach ein paar Jahren damit auf. Santiago begann mit den Trommeln, wie sein Onkel Palo, aber als er zwanzig war, hörte er das Bandoneón eines alten deutschen Nachbarn und verliebte sich sofort in die samtenen Töne, in die süße, durchdringende Melancholie. Er half dem alten Mann bei seinen Erledigungen und bekam dafür Unterricht, und schon bald liebte er alles am Bandoneón: das Gewicht auf dem Schoß, die elegante Einlegearbeit, die schwierige Bedienung der vielen winzigen Tasten, die Kraft, die man brauchte, um die Luft herauszupressen – aufziehen, zusammendrücken – und so aus dem verborgenen Dunkel heraus Musik zu schaffen.

Aber du bist doch gar kein Deutscher, sagte ein Nachbar. Was willst du mit dem Ding?

Mir gefällt es, antwortete Santiago. Er wusste nicht, wie er es sonst erklären sollte.

Onkel Palo kam ihm zu Hilfe. Lass ihn in Ruhe. Es ist ein komischer Kasten, dieses Instrument, aber der Junge macht das prima, und außerdem muss man vor neuen Instrumenten keine Angst haben, wenn sie die Musik lebendig erhalten.

Da ist was dran, mischte sich der alte deutsche Nachbar ein und zündete sich eine Zigarette an.

Und außerdem, fügte Palo noch hinzu, denk doch nur an Sebastián Ramos Mejía!

Er sprach diesen Namen mit Sonne in der Stimme aus. Santiago hatte Sebastián nie getroffen, aber er wusste, dass er ein alter Mann war, der Sohn von Sklaven, und dass er in Cafés auftrat. Es ging das Gerücht, dass Sebastián das Bandoneón beim Tango einsetzte wie vor ihm noch keiner. Dass Onkel Palo ihn in dieselbe Kategorie einordnete wie diesen großen Mann, gab Santiago ein ganz wunderbares Gefühl des Stolzes.

Die Jahre vergingen, und Palo trommelte zu Santiagos Bandoneón. Die Musik, die sie gemeinsam schufen, war schöner als alles, was einer allein zustande gebracht hätte.

Onkel Palo wurde zweiundsechzig, dann ging im Conventillo eine Lungenentzündung um und raffte viele Kinder und alte Männer dahin. Santiago war dreiunddreißig. Als die Männer seiner Familie Erde auf den Sarg schaufelten, dachte er an Palo Torres und dass die Welt ihn bald vergessen würde, seinen Namen, den Klang seiner Stimme, sein Trommeln, seine Schritte auf den kalten Fliesen. Das alles war dazu verurteilt, aus dem Buch der Zeit getilgt zu werden. In dem Moment schwor sich Santiago, den Spaten in der Hand, Torres als seinen Künstlernamen zu nehmen und mit so viel Leidenschaft Musik zu machen, dass sein Name sich in die Welt des Tango eingravieren würde, oder, wenn nicht sein Name, dann doch zumindest sein Sound, der unter der Oberfläche auch Palos Sound transportierte.

Dieser Vorsatz trieb ihn bis heute an und ließ ihn weitermachen, auch wenn sich alles gegen ihn verschworen zu haben schien. Er heiratete nicht, und selbst jetzt, mit neununddreißig, konnte er immer noch nicht daran denken zu heiraten, aus Angst, eine Frau könnte sein Herz der Musik wegnehmen und seinen Hunger dämpfen. Manchmal, wenn er erschöpft und müde war und die anderen Mitglieder seines Orquestas nach Hause gegangen waren, fragte er sich, warum er das alles machte und ob er nicht lieber aufgeben sollte. Er könnte sich eine Frau suchen und sich für ein Leben am heimischen Herd entscheiden, wo er abends die Füße hochlegte und immer genug zu essen hatte. Er würde Kinder großziehen, nicht die verstreuten unehelichen Bälger, die er wahrscheinlich gezeugt und noch nie gesehen hatte, nein, Kinder, die auf ihm herumkletterten und ihn mit Freudengeschrei begrüßten. In solchen Augenblicken des Zweifels rief er sich die Stimme seines Onkels ins Gedächtnis, die sagte: Der Tango gehört uns, vergiss das nicht – denk immer daran, wo er herkommt. Für jeden Menschen, der die Wurzeln des Tango kennt, wird es hundert geben, die sie nicht kennen, und eines Tages werden diejenigen, die sie kennen, vielleicht ganz verschwunden sein. Aber das Geheimnis lebt weiter, es schlägt die Trommel, es lebt in diesen Synkopen, selbst wenn die Trommel nicht mehr da ist, in den Schritten der Tanzenden, die nicht wissen werden, dass sie die Schritte einer alten Religion nachahmen, die in den schwärenden Bäuchen der Sklavenschiffe hierhergekommen ist. Sie war das einzige Licht in der Hölle, ein Gott und eine Göttin, die Seite an Seite tanzen, so wie sie es getan haben, ehe der Tango sie dazu gebracht hat, sich in die Augen zu sehen und einander anzufassen. Diese weißen Menschen fragen sich, warum sie sich durch diesen Tanz so lebendig fühlen. Mach dir keine Gedanken deswegen. Versuch erst gar nicht, es ihnen zu erklären. Gib ihnen einfach die Musik, denn die Musik wird den Rest besorgen.

Es war Zeit, ins Leteo zurückzugehen. Vor seine Musiker mit ihren endlosen Ängsten zu treten. Das neue Mädchen, diese Rosa – sie hatte eine frische Art, den Tango lebendig zu halten, und er, Santiago, begrüßte dies, obwohl er keine Vorstellung hatte, was dies langfristig bedeuten würde. Man kann den Tango nicht in einen Käfig sperren, dachte er, und als er sich dem Dienstboteneingang näherte, war er plötzlich nicht mehr neununddreißig, sondern sechs Jahre alt, schrubbte Rattendreck von den Holzkisten im Conventillo und hörte, wie Palo mit Casimiro und Sinforoso stritt, auf diese freundschaftliche Art, wie das unter guten Kumpeln üblich ist.

Der Tango, sagte Casimiro, ist der Klang Afrikas.

Nein, entgegnete Palo. Er wurde hier geboren. Der Tango ist der Klang Américas.

Aber er hat auch die Musik Afrikas in sich.

Sieh uns an: Wir haben das Blut Afrikas in unseren Venen, aber wir sind hier auf die Welt gekommen. Sind wir Afrikaner?

Ja, klar.

Und unsere Kinder? Sind sie Afrikaner?

Warum nicht? Argentinien wird sie nie als zugehörig akzeptieren.

Sinforoso schüttelte den Kopf. Soll ich euch was sagen? Ihr irrt euch beide.

Was?

Was?

Aber sie schauten ihn an, um zu hören, was er zu sagen hatte.

Der Tango begann mit Trommeln. Trommeln sind ein Gebet, und sie sind immer noch das Fundament des Ganzen.

Ja.

Das stimmt.

Und?

Und deshalb, meine Freunde, ist der Tango die Musik der Götter.

EINE NEUE ATTRAKTION! stand in großen Buchstaben auf den Plakaten. SO ETWAS GAB'S NOCH NIE! SENSATIONELL!

NUR IM
CABARET LETEO

Keine Namen. Keine weiteren Erläuterungen. Nicht einmal »Orquesta Torres« stand auf den Flugblättern, den Plakaten, der Markise. Die Strategie funktionierte: Am geplanten Abend waren so viele Gäste da, dass die Kellner in die Restaurants in der Nähe rannten, um Stühle auszuborgen, die sie dann an den Wänden entlang aufstellten.

Denn was konnte das sein, was es für einen Gentleman in Buenos Aires noch nie gegeben hatte?

Die Musiker kamen zuerst heraus, um halb eins, und sie spielten ein Instrumentalstück. Dante, die zwischen den beiden anderen Saiteninstrumenten stand, zwischen Joaquín und El Loro, merkte, wie sich unter den Zuhörern schon eine gewisse Enttäuschung breitmachte. Mehrere Paare erhoben sich, um zu tanzen, aber sie taten es nur halbherzig – war das etwa alles, nur das Orquesta von El Negro Torres, zuverlässig gut, aber doch vorhersagbar? Beim zweiten Stück gesellten sich noch mehr Paare zu den Tanzenden. Beim dritten wurden die Leute unruhig, flüsterten miteinander, grinsten irritiert. Anschließend an das dritte Stück kam Don Carrasco auf die Bühne. Sofort trat erwartungsvolle Stille ein. Don Carrasco hatte sich für den Anlass eine rote Rose ans Revers gesteckt. Er war es nicht gewohnt, vor Publikum zu stehen, und seine Hände zitterten, als er zur Begrüßung die Arme ausbreitete.

»Meine Damen und Herren. Ich möchte Ihnen den Star des heutigen Abends vorstellen, das bestgehütete Geheimnis von ganz Buenos Aires: eine Lady, wie es sie nur einmal gibt, ein aufsteigender Stern und jetzt schon eine Legende: Rosa Vidal!«

Das Publikum quittierte seine Ankündigung mit höflichem Beifall.

Rosa betrat die Bühne.

Der Applaus verstummte abrupt, als wären die Hände mit Schwertern von den Handgelenken getrennt worden.

Im Zentrum dieser Stille stand Rosa, in Weste, Jackett, Hose und Hut, die Schultern gestrafft, und sie lächelte in den feindseligen Saal.

Auf Santiagos Nicken hin begann, das Orquesta zu spielen: »El Terrible«.

Und Rosa sang. Sie gab alles, was sie hatte, sie prahlte und schmeichelte und schleuderte die Worte ins Publikum, und als sie den Kopf drehte und Dante sie im Licht der Bühnenscheinwerfer kurz im Profil sehen konnte, glänzte ihr Gesicht vor Schweiß. Ihre Pose war männlich in ihrer Kraft, aber weiblich in den Konturen, ein glorioser Anblick.

Zuerst klatschte kein Mensch, als das Lied zu Ende war. Dann begann hinten im Saal jemand zaghaft zu applaudieren, begleitet von Gemurmel. Stühle wurden geräuschvoll zurückgeschoben, ganze Gruppen von Gästen erhoben sich und gingen, als das nächste Lied begann, in dem Rosa zweihundert entsetzten Gesichtern versicherte, sie würde sofort alles hergeben für die Frau ihrer Träume, eine Frau wie die Nacht, wie Gelächter. Und gefährlich.

»Tja«, sagte Rosa, als das zweite Lied zu Ende war, »anscheinend hatten ein paar nette Gäste noch eine dringende Verabredung anderswo.«

Dante musterte die übrigen Musiker. Diese Entwicklung hatte keiner vorausgeahnt, es gab keinen Plan B. Eigentlich sollten sie jetzt sofort übergehen zu »Mi Noche Triste«. Joaquín wirkte sehr angespannt und wollte gerade von seinem Bass zu Rosa gehen, vermutlich, um sie am Weitersingen zu hindern, aber Santiago, der vor ihm saß, hob unauffällig die Hand, um ihn aufzuhalten. Rosa holte eine Zigarette aus der Tasche und zündete sie an, scheinbar völlig unbeirrt. Sie atmete den Rauch aus. Lächelte.

»Wisst ihr was? Ich verstehe diese Leute«, begann sie in einem Tonfall, als würde sie den Gästen etwas anvertrauen. »Nicht jeder ist so wie ihr.« Sie deutete mit einer ausholenden Geste auf das verbliebene Publikum und fügte achselzuckend hinzu: »Oder wie ich.«

Nervöses Gelächter. Es wurde ganz leise im Saal. Kein Hüsteln war zu hören, keine klirrenden Weingläser, kein Damenfächer. Selbst die Kellner standen wie erstarrt an ihren Plätzen. Nur Carmen, die sich ganz im Hintergrund bei der Küchentür postiert hatte, drehte den Kopf, um den großen Saal zu begutachten, wie der Kapitän eines Schiffs, das dem Untergang entgegenfährt.

»Aber da wir nun unter uns sind« – Rosa zog genüsslich an ihrer Zigarette –, »will ich euch sagen, wie es ist, ich zu sein, einverstanden?«

Keine Reaktion.

»Gut«, sagte Rosa und nickte dem Orquesta zu.

Sie sang »Mi Noche Triste«, und jedes Wort stimmte, sie war ein todunglücklicher Mann, mit einem Stachel im Herzen, verlassen von einer Frau, und nun ist sein Zuhause eine leere Hülle, sogar der Spiegel ist mit Tränen verschmiert, er will die Tür nicht schließen, denn sie könnte ja zu ihm zurückkehren, aber selbst die Lampe weigert sich, seine traurige Nacht mit ihrem Licht zu erhellen. Und jede Silbe war wahr, die Tragödie vollkommen, die Sängerin kannte den tiefsten und den kostbarsten Schmerz, den die menschliche Seele ertragen kann, und diesen Schmerz teilte sie mit, die ganze Kraft ihrer Lunge setzte sie ein, und sie war dafür geschaffen, genau diese Melodie vor genau diesem Publikum vorzutragen, und alle lauschten wie gebannt, sprachlos, bestürzt, überflutet von Rosas Lied.

Am nächsten Tag war das Leteo in allen Zeitungen.

Eine Sensation.
Eine Perversion der Natur.
Eine Blamage.
Ein Wunder. Man traut seinen Augen nicht. Diese Señorita besitzt die Musikalität – und den Wagemut – eines Carlos Gardel.
So etwas müsste verboten werden.
Auf keinen Fall verpassen!
Das Leteo sollte man schließen.
Das Leteo ist das beste Cabaret des Sommers.
Von nun an werden Sie den Tango ganz anders hören.

In dieser Woche platzte das Leteo aus allen Nähten. Die Herren und Damen aus dem Norden von Buenos Aires strömten alle herbei, weil sie sich diese neue Nummer nicht entgehen lassen wollten. Sie waren empört, sie waren neugierig, sie konnten nicht wegbleiben. Don Carrasco kaufte zusätzliche Stühle und schob die Tische enger zusammen. Trotzdem waren die Auftritte Abend für Abend ausverkauft, und es mussten sogar Leute weggeschickt werden.

In der Höhle hinter der Bühne redete Rosa nicht viel. Sie kam früh, damit ihr ausreichend Zeit blieb, um ihren Herrenanzug anzuziehen, den sie in ihrer ledernen Aktentasche zur Arbeit mitbrachte. Die Kellner befestigten einen Vorhang an der Decke, so dass eine kleine Umkleidekabine entstand, aber an den meisten Abenden hatte Rosa sich längst umgezogen, wenn die anderen Musiker eintrafen, immer sauber und frisch gebügelt, ihr Gesicht geschützt durch die Maske eines Lächelns.

Sie wussten so gut wie nichts über die junge Frau. Rosa war

neunzehn, also ein Jahr jünger als Dante. Sie stammte aus Uruguay. Die Musiker hatten keine Ahnung, wo sie wohnte, seit wann sie in Buenos Aires lebte, wie sie überhaupt hierhergekommen war und mit wem. Niemand fragte sie. Die ersten Abende waren eine Qual. Die Männer konnten nicht mehr so ungehemmt reden wie vorher, über Frauen, über Huren, über alles, aus Angst, das schwächere Geschlecht zu kränken. Und da war noch mehr: Eine Frau, eine Fremde, war in die Höhle eingedrungen, in ihren Männerbund, in das Geflecht ihrer Seelen, wenn sie spielten. Ihrer Musik lag ein unausgesprochener Pakt zugrunde, und dieser Pakt war erschüttert worden, wenn nicht zerstört. Jeder spürte das, aber keiner sprach es aus. El Loro zappelte herum und dämpfte seine sonst so temperamentvolle Stimme zu einem Murmeln. Pedro schmollte und hielt Distanz zu Rosa, beäugte sie nur zwischendurch mit einer Mischung aus Verlangen und Herablassung. Amato machte zu viele Witze, und sie gingen alle daneben. Joaquín brodelte diffus vor sich hin, seine Wut war schwer zu deuten. Santiago benahm sich förmlicher als sonst und achtete immer darauf, allen gleich viel Aufmerksamkeit zu schenken. Er konzentrierte sich auf die Arbeit, schien aber hin- und hergerissen zwischen dem Versuch, die Spannung zu lösen und gleichzeitig bei seinen Prinzipien zu bleiben. Er wollte, dachte Dante, immer kühl und nüchtern wirken und seine Frustration nicht zeigen. Was Dante anging – sie wusste überhaupt nicht, wie sie sich verhalten sollte. Ein Teil von ihr wollte großzügig sein und Rosa etwas schenken: Freundschaft, Bewunderung und Anteilnahme, weil sie ständig kämpfen musste, um überhaupt hier sein zu können und ihren Platz zu finden. Aber sie konnte es sich nicht leisten, irgendwie Verdacht zu erwecken, und außerdem wäre es ja keine echte Kameradschaft gewesen, sondern immer vermischt mit Wut und Neid, weil Rosa das alles so leichtnehmen konnte und so lässig mit den Insignien der Männlichkeit spielte, als wären sie nur Spielgeld und nicht das riskante Rüstzeug des Überlebens.

Rosa ließ sich vom Schweigen der Männer nicht kleinkriegen. Ruhig und gelassen saß sie während der Pausen auf dem Sofa und wartete, bis die nächste Runde begann, als wollte sie alle Töne und ihr ganzes Feuer für die Bühne aufsparen, wo sie dann so viel Energie produzierte, dass sie die neuen elektrischen Glühbirnen in der Stadt alle zum Leuchten bringen könnte. Nach getaner Arbeit verschwand sie immer ganz schnell hinter dem Vorhang, der sich anfühlte wie die Grenze zu einem separaten und feindlichen Land. Die Männer gossen sich etwas zu trinken ein und widmeten sich ihren Instrumenten, während Rosa sich umzog (Dante versuchte krampfhaft, nicht daran zu denken, wie sie die Knöpfe und Haken öffnete, wie der Stoff zu Boden glitt, wie sie die Arme streckte – aber sie konnte nicht anders, und aus der Art, wie die Männer vor sich hin starrten, schloss sie, dass es nicht nur ihr so ging). Und auch wenn sie sich währenddessen manchmal unterhielten, bezogen sie Rosa in ihrem Vorhangbereich nie mit ein. Wenn sie wieder auftauchte, im Rock und ganz Frau, schauten die Männer sie nicht an, sie redeten auch dann nicht mit ihr, gossen ihr keinen Whiskey ein, sondern taten so, als wäre sie gar nicht da. Am Anfang stand sie noch dabei, stumm wie ein hungriger Vogel, und beobachtete die Männer, bevor sie ihre Aktentasche nahm und sich verabschiedete. Aber nach ein paar Wochen ging sie einfach, ohne weitere Umstände, als wäre dies ihre Rolle in einem Stück, das nirgends niedergeschrieben war, aber nicht verändert werden konnte.

Carmen ihrerseits triumphierte. Oben im ersten Stock schwärmte sie Dante von dem unglaublichen Erfolg vor. »Denen haben wir's gezeigt, wirklich, und jetzt wollen alle kommen, selbst die Feiglinge, vor allem die. Es ist mir völlig egal, was sie sagen, wir haben sie besiegt.« Sie lachte öfter als vorher. Sie wagte mehr, sie spreizte die Beine breiter, sie zeigte einen Appetit, verschlingender als alles, was Dante je bei einer Frau erlebt hatte (und sie musste plötzlich an Alma denken, die still dagelegen hatte, die Augen geschlossen, und danach weinte; das Kind müsste inzwischen schon auf der Welt sein, wenn es wirklich eins gegeben hatte, war es ein Mädchen? Ein Junge? Wie ging es den beiden? Halt, nicht weiter, nicht darüber nachdenken, komm zurück in diesen Raum voll Schweiß, komm zurück zu diesen begehrlichen Schenkeln). Und Carmen wollte jetzt alles, sie wollte Dante nackt sehen, sie wollte in die Hose ihres Liebhabers fassen.

»Warum lässt du mich nicht?«

»Weil – auf gar keinen Fall.«

»Ach, komm schon – ich will dich sehen. Ganz. Es ist nicht fair, dass ich immer nackt bin und du nicht.«

»Du bist nicht zufrieden mit dem, was passiert, wenn du nackt bist?«

»Das habe ich nicht gesagt.«

Ein kokettes Lächeln. Ihre Hände, unterwegs zu den Knöpfen. Dante stieß sie weg, schroff.

»Nein. Lass das!«

»Warum?«

»Weil ich es nicht will.«

»Du bist wirklich komisch, Dante.«

Dante setzte sich auf und zündete sich eine Zigarette an. Der Rauch kringelte sich in der Luft und bildete einen hauchdünnen Schleier über Carmens Nacktheit. Wenn diese Frau nur nicht so wunderschön wäre.

Carmen nahm noch einmal Anlauf, diesmal mit sanfterer Stimme. »Was hast du zu verbergen – eine Narbe vielleicht?«

Fast hätte Dante sich auf diese Lüge eingelassen – sie klang plausibel –, aber Carmen fügte noch hinzu: »Dann möchte ich dich nämlich erst recht sehen.«

Und schon stürzte sie sich auf Dante, wie ein Puma auf seine Beute, Dante wehrte sich, Carmen lachte kampflustig – bis sie mit einem lauten Schmerzensschrei zurückfuhr.

»Du hast mich verbrannt!«

Dante starrte auf die feuerrote Stelle an Carmens Handgelenk. »Das wollte ich nicht.«

»Du bist ein Tier!«

»Du solltest keinen Mann angreifen, der eine Zigarette in der Hand hat.«

»Soll das heißen, man darf einer Frau weh tun, wenn man raucht?«

»Pssst, Carmen, schrei nicht so. Ich hab dir doch gesagt, es war ein Versehen.«

»Du bist doch nichts anderes als ein mieser *conventillero.*«

Fassungslos schaute Dante sie an, im harten Licht des Morgens. Sie sollte nicht hier oben sein. Sie hätte nie heraufkommen sollen. Aber als sie sich erhob, um zu gehen, packte Carmen sie am Arm.

»Geh nicht.«

Dante erstarrte, unfähig, sich zu entscheiden.

»Schau mich an.«

Als Dante sich umdrehte, sah sie Tränen in Carmens Augen.

»Du kannst mich jetzt nicht allein lassen.«

»Ich wollte dir nicht weh tun.«

»Ich weiß.«

»Es tut mir so leid.«

»Ich weiß.«

»Du kannst – du kannst meine Regeln nicht brechen, Carmen. Wenn du willst, dass ich bleibe, musst du sie akzeptieren.«

Carmen starrte Dante an, als wäre unter ihrer Haut ein kosmisches Rätsel verborgen. »Ich akzeptiere sie. Bleib!«

Bei diesen Worten wurde Dante ganz weich und fiel auf die Knie, um Carmens Handgelenk zu küssen. Als könnten Küsse Wunden heilen.

Monate vergingen, und sie liebten sich, fast immer mit Fesseln, nicht nur als Schutz, sondern auch zur Steigerung der Lust, denn Carmen genoss die Liebe mehr, wenn ihre Augen verbunden waren, ihr Körper war hemmungsloser, wenn sie gefesselt war. Für Dante bedeuteten die gemeinsamen Stunden immer eine Gefahr, und der Gedanke *Das ist ein Fehler* und *Wir müssen damit aufhören* ließ sie nicht los. Ihre Welten waren Galaxien voneinander entfernt – doch Dante konnte nicht anders, immer und immer wieder musste sie die Treppe hinaufgehen, zurück zu Carmen, zu ihrem gewölbten Rücken, zu ihren Brüsten, die sich dem Himmel entgegendrängten, während sie an den Fesseln zerrte, die sie festhielten.

Carmen beschloss, einen Maskenball zu organisieren. Die Idee kam ihr in einem wirren Traum, der sie aus ihrer Siesta weckte, in süßen Schweiß gebadet. Das Fest sollte zur Frühlings-Tagundnachtgleiche stattfinden, um die neue Septembersonne zu begrüßen, und es musste mit den extravagantesten Kostümbällen beim Carnaval konkurrieren können.

Sie war begeistert von ihrer Idee und plante jedes Detail. Sie bestellte venezianische Masken in allen Farben für die griechischen Statuen im Saal. Für die Musiker kaufte sie entsprechende schwarze Masken im neapolitanischen Stil, mit langen schwarzen Nasen. El Loro machte gleich einen Witz darüber, ihm sei ein neues Körperteil für die Frauen gewachsen (es war nicht schlecht, dass er versuchte, die Stimmung der Männer etwas zu lockern, auch wenn nicht alle lachten – im allgemeinen war die Atmosphäre zwischen ihnen nämlich immer noch angespannt). Jeder sollte bei dem Fest eine Maske tragen – von den Kellnern über die Statuen bis zu den Gästen –, außer Rosa, die mit unverhülltem Gesicht singen würde.

Am Abend des Maskenballs wollten sich die Musiker um zehn Uhr treffen, um noch zu proben.

Als Joaquín um halb elf immer noch nicht da war, begannen sie ohne ihn und spielten auf der Bühne ein paar ihrer neueren Stücke durch. Die Töne schwebten durch den geschmückten Saal zu den Steinnymphen, die glitzernde Masken in Grün, Silber und Purpurrot trugen, wodurch ihre Nacktheit noch unterstrichen wurde. Nach der Probe zogen sie sich in die Höhle zurück, immer noch ohne Joaquín. Niemand redete. Niemand wagte zu fragen, was passieren würde, wenn er nicht kam. Sie setzten ihre Masken auf, gingen hin und her, blieben stehen, setzten sich wieder. Rosa saß stumm da, in Weste und Hose, und starrte stumm auf den Parkettfußboden. Santiago schien innerlich zu kochen, obwohl man sein maskiertes Gesicht ja eigentlich nicht entschlüsseln konnte. Dante fühlte sich extrem unsicher – seit Rosa zu ihnen gestoßen war, brodelte Joaquín vor Wut. Dante hatte erwartet, dass er sich nach einer Weile wieder beruhigen würde, wie alle anderen auch, aber das Gegenteil war der Fall, er wurde immer explosiver. Auf einmal überfiel Dante der Gedanke, dass das Orquesta viel zerbrechlicher war, als sie dachte. Es war ihr immer so stabil erschienen, auf Dauer angelegt – ähnlich wie eine Familie oder ein Dorf auf Dauer angelegt waren oder jedenfalls so wirkten. In der Realität konnten ja auch Familien in alle Winde verstreut werden, man musste sich nur die ganzen Immigranten anschauen, vom Schicksal hierhergetragen, weit weg von ihren Wurzeln. Das Orquesta selbst bestand teilweise aus solchen Männern, und die Musik hatte sie zusammengeführt, um eine neue Familie zu bilden. Die einzige Familie, die sie, Dante, hatte. Und jetzt wurde gestritten. Wenn sie die anderen verlor – was sollte sie dann tun? Sie blickte hoch und merkte voller Schrecken, dass Rosa sie neugierig musterte. Dieser Blick traf sie wie ein Blitz. Sie musste ihn abstellen, indem sie ihn erwiderte. Rosa schaute weg, zu dem feuerroten Muster an der Wand.

Der Oberkellner steckte den Kopf zur Tür herein. Er trug das grüne Gesicht eines grinsenden Satyrs. »Fertig?«

»Wir sind bereit«, antwortete Santiago.

»Aber ihr seid nicht vollzählig, oder?«

»Doch.« Santiago klang grimmig. »Wir treten von nun an in dieser Formation auf.«

»Wir haben aber El Sexteto Torres angekündigt.«

»Das sind wir immer noch.«

Der Kellner seufzte. Seine Maske grinste weiter. »Gut, meinetwegen. Noch fünf Minuten.«

Er verschwand, und Santiago nahm sein Instrument. Die anderen taten es ihm gleich.

Sie waren alle schon fast zur Tür draußen, als Joaquín auf der Schwelle erschien, seinen riesigen Kasten über der Schulter.

»Wo warst du?«, fragte Santiago durch seine schwarze Maske.

»Unterwegs.«

»Was ist passiert?«

Joaquín zuckte die Achseln. Offenbar war er betrunken.

»Wir wollten schon ohne dich anfangen.«

»Ihr könnt unmöglich ohne mich spielen!«

»Doch, können wir. Eigentlich sollte ich dich gar nicht auf die Bühne lassen.«

Joaquín drängte sich an Santiago vorbei zu dem kleinen Tisch, auf dem seine schwarze Maske lag, setzte sie umständlich auf und drehte sich dann wieder zu Santiago. »Die Bühne gehört nicht dir«, sagte er und fügte dann, nach einer theatralischen Pause, hinzu: »Negro.«

Die Männer erstarrten. Sie hörten alle, was sich hinter diesem Wort verbarg. Dante ahnte genauso wie die anderen, dass es als Angriff gemeint war – auch wenn sie es nicht glauben wollte. Santiago rührte sich nicht vom Fleck, streng, wachsam. Durch ihre Masken mit den lächerlich langen Nasen starrten die beiden Männer einander an, und zwischen ihnen geschah etwas, was aber nicht ausgesprochen wurde. Dante beobachtete die beiden, und auf einmal war ihr klar, dass sie Joaquín gar nicht kannte. Trotz der langen Abende und Nächte, die sie gemeinsam Musik gemacht hatten. Wunderschöne, komplizierte Musik. Während sie jetzt sein maskiertes Gesicht vor sich hatte, glaubte sie tiefer blicken zu können, an einen dunklen, wütenden Ort, der selten an die Oberfläche drang und sich unter der arroganten Traurigkeit verbarg, die Joaquín normalerweise der Welt zeigte. Sie wollte genauer hinsehen. Sie wollte gar nichts sehen. Und dann nahm Santiago sein Bandoneón und ging an Joaquín vorbei hinaus auf die Bühne.

Die anderen folgten ihm, ohne Joaquín eines Blickes zu würdigen. Er schloss sich ihnen wenig später an und stellte sich rechts neben Dante. Niemand hielt ihn zurück. Sie begannen ihr erstes Stück, die Türen wurden aufgerissen, herein strömte die maskierte, kostümierte Oberschicht, um ihr Frühlings-Äquinoktium zu feiern. Das Orquesta spielte, aber es gelang den Musikern nicht, zu einer Einheit zu verschmelzen. Ihr Rhythmus stimmte, die Intonation stimmte, das ungeübte Ohr konnte nichts entdecken, doch Dante spürte, wie das musikalische Netz, das sie unter der Oberfläche miteinander verband, sich anspannte und zerfaserte. Sie spielten für ein begeistertes, ahnungsloses Publikum. Das Fest wurde wild und ausgelassen, so weit dies den Vertretern dieser Schicht möglich war: Der Champagner floss, die Paare tanzten wagemutiger, intimer als sonst, der überfüllte Raum ließ ihnen keine andere Möglichkeit, als sich dicht aneinanderzupressen und die Beine ineinanderzuschlingen. Stimmen erhoben sich und verklangen, es wurde gelacht und geschrien, gesungen und geschluchzt, Whiskey wurde ausgeschenkt, Gin wurde ausgeschenkt, Männer leckten Chantilly-Sahne von den Fingern maskierter Damen, eine männliche Gestalt mit Eberkopf raste durch den Saal und grapschte Frauen am Hinterteil, eine Betrunkene übergab sich auf ihr elegantes Seidenkleid. Rosa verzauberte die Zuhörer wie immer mit ihrem strahlenden Glanz, sie wurde mit Gejohle und anerkennenden Pfiffen belohnt, Rosen wurden aus Knopflöchern gezogen und ihr zugeworfen, ein paar undeutlich gelallte Heiratsanträge wurden ihr zugerufen.

Aber wo steckte Carmen? War das nicht ihre Party, ihr ganz spezieller Traum? Dante blickte sich um, konnte sie jedoch nirgends entdecken. In der Pause zogen sich die Männer in die Höhle zurück und kippten ein Glas nach dem anderen hinunter, um die Spannung zu lockern, wechselten dabei aber kaum ein Wort. Sie nahmen ihre Masken nicht ab. Santiago schwieg während der ganzen Pause, sagte nur zwischendurch *Übertreib's nicht, Dante*, als er sah, dass sie blitzschnell noch ein Glas leerte. Aber das hielt Dante nicht zurück. Der Alkohol wärmte sie und beruhigte ihre Nerven. Beim nächsten Set drehte sich die Bühne etwas, aber sie spielte das erste Lied mit perfekter Präzision.

Und dann erschien Carmen.

Sie trug kein Schwarz. Ihr Kleid war rot, blutrot, passend zu dem Rubinhalsband, das sie um den Hals trug. Ihre goldene Maske ließ den Mund frei, die roten Lippen, die triumphierend lächelten. Gleich darauf tanzte sie mit einem großgewachsenen jungen Mann, und Dante wurde ganz unruhig vor Eifersucht: Eigentlich sollte sie das sein, da unten, auf der Tanzfläche, *sie* sollte Carmen in den Armen halten, nicht dieser Mann, überhaupt keiner, nur sie, Dante. Aber wie konnte sie das tun, wenn doch niemand wusste, was zwischen ihnen war? Und was war eigentlich zwischen ihnen? Carmen, diese Flamme in der Menschenmenge, gleitend, tanzend, den Tango lebend – und Dante vergaß die Probleme des Orquesta, den Riss in ihrer Musik, Joaquín, Santiago, sie vergaß, was gesagt worden war und was nicht, sie stellte sich nur noch vor, wie sie mit Carmens blutroter Gestalt verschmolz, wie sie an ihre Brust sank, sich in die neue Frau versenkte, die jede Farbe tragen, die tun und lassen konnte, was sie wollte. Was für eine Frau, diese Carmen, blendend hell wie die Sonne. Dante spielte wie ein Dämon, Pferdehaare sprangen aus ihrem Bogen und fegten durch die Luft, während ihre Geige sang, so wie sie vor langer, langer Zeit für einen König gesungen hatte, der bald darauf ins Exil geschickt werden sollte. Sie sang mit einer Stimme, die längst Dantes eigene geworden war, berauschend, wohltönend, die Zuhörer ergreifend.

Als der Ball zu Ende war und Dante endlich nach oben eilen

konnte, grüßte schon die Morgendämmerung hinter den Fenstern.

Carmen erwartete sie, vor ihrem Schreibtisch stehend, immer noch mit ihrer glitzernden Goldmaske. »Und? Hat es dir gefallen?«

»Ja.«

»Alle waren hin und weg.«

»Du hast die Trauerkleidung abgelegt.«

Carmen lächelte. Ein träges, trunkenes Lächeln. »Lass die Maske auf.«

Ihre Stimme klang gebieterisch. Dunkel wie die Nacht. Sie zog ihr Kleid aus, bevor Dante bei ihr war, und das war besser so, kein Gespräch über das Fest, stattdessen nur der Augenblick, als gäbe es kein Morgen, nur diese Frau, ihre feine Haut wie Whiskey, ein Lebenselixier, wenigstens für den kurzen Moment. Das Begehren in Dante war fordernd und grell, sie packte Carmen und trug sie zum Diwan, warf sie auf die Kissen und nahm sie, mit mehr Wucht als je zuvor, die Masken prallten aufeinander, Carmen krümmte und wand sich, war es Abwehr, war es Lust, sie sagte nicht nein, sie sagte nicht ja, sie sagte kein einziges Wort, in keiner der den Menschen bekannten Sprachen, es sei denn, man zählte die Sprache von Monstern und Wölfen dazu.

Explosive Ekstase, als würde sie sich selbst berühren. Als könnte direkt von ihrer Hüfte Sperma durch ihre Hand fließen.

Danach ließ sie sich auf Carmen sinken, die ihre Arme um sie schlang. »Dante, Dante.«

»Ist alles gut?«, murmelte Dante, aber bevor sie eine Antwort hörte, war sie in abgrundtiefen Schlaf gesunken.

Sie erwachte und spürte eine Hand zwischen den Beinen, in ihrer Hose, Dante wollte ausweichen, die Hand tastete – und zuckte zurück, als hätte sie eine Giftschlange entdeckt. Dante öffnete die Augen, alle Muskeln in höchster Alarmbereitschaft.

Carmen rutschte vom Sofa, taumelte quer durch den Raum und stand da, mit dem Rücken zur Wand.

Dante schaute sie an. Der Nebel des Schlafs ging über in den Nebel des Grauens: Es war ein Traum. Es musste ein Traum sein. Sie versuchte, sich in den Arm zu kneifen. Aber sie wachte nicht auf. Hektisch knöpfte sie ihre Hose zu.

»Was bist du?«, murmelte Carmen.

Dante konnte nicht ertragen, was sie in Carmens Augen sah. Die Sonne war höher gestiegen und erfüllte den Raum mit einer schrecklichen Helligkeit. »Ich habe dir gesagt, du sollst mich nicht berühren.«

Carmen griff nach ihrem Kleid, das noch auf dem Boden lag, und hielt es vor sich hin, um ihren nackten Körper zu bedecken. »Was? Bist? Du?«

»Was denkst du?«

Langes Schweigen. Der Raum drehte sich. Die Welt zerfiel – schneller, als sie es je geahnt hatte.

»Mein Gott. Mein Gott«, stammelte Carmen.

Dante wollte sagen: Du hattest kein Recht dazu – wie konntest du nur! Aber sie sagte nichts, die Worte blieben ihr in der Kehle stecken.

Carmen stieß einen Klagelaut aus, rein und schmerzerfüllt. Dann blickte sie zu dem großen Fenster, zu dem Stück Himmel, grau über den Häusern. Da war er nun, der Augenblick, den Dante viereinhalb Jahre lang gefürchtet hatte. Die Wände standen noch, der Himmel wölbte sich noch über den Häusern. Irgendwie hatte sie gedacht, wenn ihr Geheimnis aufgedeckt würde, dann müsste alles um sie herum einstürzen, die Mauern, die Fensterscheiben, ihre Gliedmaßen. Sie konnte nicht sagen, welches Ergebnis schlimmer war.

»Carmen.«

»Verschwinde.«

»Ich kann alles erklären.« Ein leeres Versprechen. Was gab es zu sagen?

»Raus hier!«

Dante rannte aus dem Zimmer, die Treppe hinunter, durch die Küche und durch den Dienstboteneingang hinaus in die wehklagende Stadt.

7

SETTE

Leid der Berge, Lust der Sonne

Sie konnte nicht zurück. Sie musste zurück. Wenn sie das Leteo nicht hatte, dann hatte sie nichts auf der ganzen Welt.

Den Tag über blieb sie in ihrem kleinen Zimmer im La Rete, hörte zu, wie La Strega sang und im Innenhof Wäsche wusch. La Strega, Schiffezerstörerin, Lakenwringerin, immer mit einem Lied auf den Lippen. Dantes Kopf klopfte vor Schmerzen. Sie sollte schlafen, sie musste ja am Abend zur Arbeit, aber sie konnte sich nicht hinlegen, konnte ihr Hemd nicht ausziehen, sich nicht rühren.

Was war das, was da siedend heiß durch sie hindurchschoss?

Scham.

Verzweiflung.

Angst.

Der Wunsch zu sterben.

Sonst gab es keinen Ausweg.

Und sie *musste* sterben. Sie hatte es nicht verdient, die Luft dieser Welt in diesen widerlichen Körper einzuatmen.

Sie blickte sich im Zimmer um, auf der Suche nach Möglichkeiten. Keine Balken für einen Strick. Kein Gift. Sie hatte ihr Messer, das war alles: Es würde genügen, wenn sie mit der Klinge ihre Handgelenke aufschlitzte.

Carmens Gesicht. Der Ausdruck auf ihrem Gesicht!

Santiago, der heute Abend auf einen Geiger wartete, welcher nie erscheinen würde.

Das Orquesta, fünf Männer, die ihr alle den Rücken zuwandten.

Wenn die Musiker ihr Geheimnis erfuhren – was würden sie tun? Sie verprügeln? Sie vergewaltigen? Sie anspucken? Diese Männer, die für sie doch längst wie Brüder waren.

Ihr Geheimnis – einem schockierten Publikum eröffnet.

Der Dienstboteneingang, bewacht von einem Koch mit groben Händen.

Oder von Hunden. Die sie in einem feuchtkalten Hinterhof in Stücke rissen.

Ihr Körper – der Verräter – zerfetzt.

Sie konnte nicht gehen. Sie sollte sich die Pulsadern aufschneiden, ehe der Rest der Welt sich auf sie stürzte.

Sie holte das Messer aus ihrem Hosenbein und fuhr mit der Klinge über die Innenseite ihres Handgelenks, zur Übung. Und dann hörte sie in ihrem Kopf Carmens Stimme: *Ich hab's versucht, aber ich konnte es nicht. Ich konnte mich nicht überwinden, in den Tod zu gehen.*

Drei Stunden lang saß sie da, das Messer in der Hand. Sie starrte auf die Klinge, starrte auf ihre Pulsadern. Draußen vor der Tür sang La Strega ihre Lieder, italienische Volkslieder, darunter eine Ballade von einer Fischersfrau, der das Herz bricht, weil ihr Mann eines Morgens fortgeht, um zu fischen, und nie wieder nach Hause kommt. Sie sitzt am Ufer und wartet, sie wartet und wartet, und das Meer ist immer da, das Meer hat kein Ende, das Meer verschlingt alles. La Stregas Stimme war rau vor Schmerz, immer wieder sang sie den Refrain, während das Wasser in dem großen Waschzuber im Takt dazu schwappte und klatschte. Ich werde sterben, dachte Dante, ich weiß, ich muss sterben, aber vorher will ich dieses Lied noch einmal hören, noch einmal, nur noch ein einziges Mal, und dann wurde es dämmrig, und sie bekam Hunger. Es war wie ein Schock, dass sie so etwas wie Hunger empfinden konnte. Dass sie essen wollte, dass sie überhaupt irgendetwas wollte. Dieser rebellische

Körper, so fest entschlossen, seine Bedürfnisse zu befriedigen, zu leben.

Das Tageslicht verblasste. Dunkelheit hüllte sie ein. Und als ihre Kehle ganz austrocknet war und ihr Rücken schmerzte und ihr Magen in der Stille zu knurren begann, da hörte sie etwas, eine Stimme, von der sie nicht gewusst hatte, wie sehr sie ihr fehlte.

Coras Stimme.

Warte, Leda. Du kannst dich morgen umbringen. Geh heute Abend ins Leteo.

Ich kann nicht, *carissima*, meine Fast-Schwester.

Warum nicht?

Sie werden mich gar nicht reinlassen.

Und wenn doch?

Es stand kein Monster am Dienstboteneingang, kein Koch, um sie aufzuhalten. Hinter der Bühne wurde sie von den Musikern begrüßt, als wäre nichts geschehen, keine prüfenden Blicke, niemand verhielt sich anders als sonst. Offenbar ahnten sie nichts. Und sie waren sowieso anderweitig beschäftigt: Joaquín und Santiago saßen nebeneinander und stimmten sich auf ihre Instrumente ein, Joaquín zerknirscht und reuig, Santiago nachsichtig und verzeihend. Sie wechselten kein Wort. Die übrigen beobachteten die beiden mit verhaltenem Optimismus.

An diesem Abend waren Dantes Finger feuchtkalt vor Furcht, doch Carmen erschien nicht. Um sie herum die Musiker, über ihr die toten Vögel, vor ihr der große Saal mit den Statuen, die noch ihre Masken trugen, als wollten sie nicht akzeptieren, dass die Festlichkeiten zu Ende waren. Und mit dem riesigen Pfau, doch Dante konnte es kaum ertragen, in ihm ihr eigenes Spiegelbild zu sehen. Nach der Arbeit folgte sie den anderen Männern ins Bordell, um ihren Kummer zu ertränken. Wenn ihre Welt schon kurz davor war unterzugehen, warum dann nicht noch ein bisschen das Leben genießen? Sie legte sich zu einem hübschen nackten Mädchen und summte eine langsame Tangomelodie, während das Mädchen so tat, als würde es schlafen. Aber ihr Schmerz konnte nicht ertränkt werden. Sie ging nach Hause, schlief und wachte wieder auf, verwundert darüber, dass sie noch am Leben war.

Als sie ins Leteo ging, war sie wieder darauf gefasst, dass dies ihr Ende bedeuten konnte. Aber auch jetzt war Carmen nirgends zu sehen. Ein Stich der Erleichterung, fast Freude darüber, dass sie mindestens bis zur Pause spielen konnte. In der Pause kam Don Carrasco zu den Musikern.

»Doña Ruiz«, begann er, »muss sich nach dem großen Ball etwas ausruhen.«

»Selbstverständlich«, sagte Santiago höflich.

»Sie ist zu den Thermalquellen bei Salto gefahren, in Uruguay.«

Dante merkte, dass sich etwas in ihr löste.

»Ah«, sagte Santiago.

Und wie lange? Frag ihn, wie viel Zeit mir bleibt.

»Ich hoffe, es geht ihr gut?«

»Ja, durchaus.« Don Carrasco wirkte etwas verwirrt, als wäre der Gesundheitszustand seiner Schwester für ihn ein Rätsel, das er nicht entschlüsseln konnte. »Sie hat genaue Anweisungen für alles hinterlassen. Die Dekoration im großen Saal soll noch bleiben. Und ihr Musiker sollt weitermachen wie bisher.«

»Vielen Dank«, sagte Santiago.

Don Carrasco nickte und ging.

Amato schüttelte den Kopf. »Was war das denn?«

»Er weiß anscheinend genauso wenig Bescheid wie alle anderen«, sagte El Loro.

»Diese Dame ist wirklich seltsam«, sagte Joaquín.

»Wahrscheinlich ist sie mit irgendeinem Liebhaber durchgebrannt.«

»Der arme Kerl – Gott steh ihm bei!«

»Sie wird ihn auffressen, mit Haut und Haar!«

Gelächter.

Sie gingen zurück auf die Bühne. Carmen, weit fort, jenseits der Grenze. Beim Gedanken daran wurde Dante so leicht ums Herz, dass sie fast das Gefühl hatte, sie würde schweben. Wenn Carmen zurückkam, konnte sie jederzeit den Boden unter Dantes Füßen aufreißen und ihr alles rauben, was sie sich aufgebaut hatte. Was blieb ihr dann noch? Sollte sie weglaufen oder mit ihren eigenen Waffen kämpfen? Welche Waffen hatte sie überhaupt zur Verfügung? Sie konnte damit drohen, Carmen bloßzustellen und bekanntzumachen, dass sie eine Affäre mit einem miesen kleinen Conventillero hatte. In ihren Kreisen war das mit Sicherheit eine Schande, eine peinliche Angelegenheit. Aber diese aristokratischen Dame hatte ihr eigenes Geld und führte ein Cabaret; außerdem wusste jeder, dass sie alle Konventionen verhöhnte – eine solche Dame zu beschämen war nichts im Vergleich zu der Zerstörung, die Dante bevorstand. Es wäre kein gleichberechtigter Kampf. Also doch lieber weglaufen, dachte sie, als sie die Geige an den Hals legte und auf Santiagos Wink zu spielen begann. Doch bis dahin hatte sie noch das hier: eine Bühne, Lichter, Wein, Feuer, Musik.

Sie wurde kühner. Sie spielte voller Leidenschaft, Abend für Abend. Sie hatte nichts zu verlieren, also hielt sie nichts zurück. Sie verausgabte sich, solange sie sich noch verausgaben konnte.

Sie hatte die Hoffnung verloren, und dieser Verlust machte sie frei. Wie sehr wir uns alle bemühen, Haltung zu bewahren, den Part zu spielen, den wir uns ausgesucht haben oder der uns zugewiesen wurde – wir schlafen mitten am Tag ein, mit offenen Augen, wir reden und lachen und pinkeln und streiten und laufen herum, im Tiefschlaf, in einen Traum gesperrt, in dem die Rolle, die wir spielen, das verborgene Ich zu verschlingen droht. Und vielleicht gelingt ihr das auch mit der Zeit. Vielleicht kommen manche Teile von uns nie hervor, weil sie nach und nach verzehrt werden und verschwinden. Die Teile von mir, die ich nicht mehr bin – Leda aus dem Dorf, Leda mit Rock, Leda, die niemals eine nackte Frau berühren wollte – ich weiß nicht, wo diese Ledas sind, sie sind weg, und jetzt sieht es so aus, als würden Teile des Dante, der ich bisher war, sich ebenfalls verabschieden, der vorsichtige Dante, der ängstliche Dante, El Chico, der Kleine. Immer wachsam, wie ein Dieb, der weiß, er ist erledigt, wenn er nachts draußen erwischt wird. Aber nun bin ich sowieso erledigt, warum wache ich da nicht einfach auf aus meinem Traum und sehe mir die Welt um mich herum genau an, ehe sie zerfällt.

Die Farben waren bunter, die Lampen heller. Manchmal hatte Dante den Wunsch, etwas zu töten, irgendetwas, was gerade in der Nähe war, und diese Wut ging dann über in den Drang, sich selbst zu töten. Aber es kam auch vor, dass in ihr eine große Menschenliebe brannte, die sogar die arroganten Gäste einschloss, die sie verächtlich oder herablassend musterten, sie wussten es nicht besser, sie waren blind, aber jeder Einzelne von ihnen war einmal ein kleines Kind gewesen, das Hilfe brauchte, wenn es sich das Gesicht wusch, und der Tango war auch für sie da, oder? Der Tango sang für alle, gleichgültig, wie verschlossen oder kaputt sie waren. Er sang auch für sie selbst, für Dante, für ihre verwundete Seele. Er sang für Santiago, Wächter und Bewahrer der Musik, Santiago, der das Feuer schürte. Er sang für Rosa, er sang durch Rosa, die auf der Bühne weder eine Frau noch ein Mann war – oder vielleicht war sie beides gleichzeitig, ein Mischwesen, vertraut mit dem Leid der Berge und der Lust der Sonne. So fühlte es sich jedenfalls an, wenn man ihre Stimme hörte.

Sie war eine Sängerin mit großer Kraft. Eine geniale Sängerin. Das konnte niemand mehr bestreiten, aber trotzdem behandelten die Musiker sie nicht wie ihresgleichen, nicht einmal Santiago. Und Dante auch nicht. Santiago wollte vielleicht nur höflich sein und sich nicht aufdrängen, aber die Wirkung war die gleiche: Rosa entfernte sich, sobald sie ihre Frauenkleider angezogen hatte, als würde sie nicht zur Gruppe gehören, als würde sie außerhalb der Bühne nicht dazu passen. Aber sie war doch ein Teil ihrer Musik, genau wie die anderen, oder? Mussten sie sich nicht alle bei ihr bedanken, dass ihr Ruhm so gewachsen war? Die ganze Zeit schon hatte Dante diese Dynamik schweigend akzeptiert und sich genauso verhalten wie die anderen, aber jetzt störte sie dieses Muster. Sie konnte sich selbst nicht leiden. In ihrer neuen, klaren Sicht der Welt fand sie sich feige.

An einem Abend nahm sie ihren ganzen Mut zusammen, und als Rosa hinter dem Vorhang hervorkam, rief Dante: »Rosa! Bleib doch noch und trink einen Whiskey mit uns.«

Im Raum wurde es still. Alle waren sprachlos vor Staunen.

Rosa schaute wie ein gehetztes Reh. »Nein, danke. Ich muss nach Hause.«

Dante hielt die Flasche schon in der Hand und goss ihr ein Glas ein. »Ach, komm, setz dich zu uns.«

Rosa setzte sich. Die Musiker hörten auf, sich zu unterhalten, man spürte förmlich, wie irritiert sie waren. Eigentlich hatten sie vorgehabt, ins Bordell zu gehen, wenn die Flasche leer war, und sie hätten die Zeit jetzt genutzt, um darüber zu debattieren, in welches sie gehen sollten, denn jeder hatte anderswo ein Lieblingsmädchen. Es lag Spannung in der Luft. Rosa sagte kein Wort, alle leerten schnell ihre Gläser und erhoben sich dann, um zu gehen: zuerst Joaquín, dann Pedro und El Loro und Amato, der sich in der Tür umdrehte und Santiago fragte: »Kommst du?«

Santiago zuckte mit den Achseln. »Nein.«

Der Raum wirkte leer, als sie nur noch zu dritt waren, Santiago, Dante und Rosa.

»Gut gemacht«, sagte Santiago zu Dante. Und dann zu Rosa: »Es tut mir leid.«

Rosa kippte den Rest Whiskey hinunter. Santiago goss ihr noch einmal nach.

»Warum hast du das gesagt?«, fragte Rosa, die Augen auf ihr Glas gerichtet, und Dante brauchte einen Moment, um zu begreifen, dass sie nicht Santiago meinte.

»Du hast es verdient«, antwortete Dante. »Du gehörst zu diesem Orchester.«

»Nein.«

»Doch«, sagte Santiago.

Rosa schaute Dante an. »Ich brauche deine Hilfe nicht.«

Dieser Blick – er durchbohrte Dante, machte sie hilflos. »Wie du meinst.«

Eine ganze Weile saßen sie schweigend da. Zuerst war die Stille angespannt, aber dann löste sie sich nach und nach, mit jedem Schluck Whiskey.

Als die Flasche leer war, stand Rosa auf. »Danke für die Einladung«, sagte sie und ging, ohne sich noch einmal umzudrehen.

Santiago holte eine neue Flasche, setzte sich und goss ein. Sie tranken zügig.

Dann sagte Santiago noch einmal: »Das hast du gut gemacht.«

»Aber geholfen hat es nichts.«

»Gib nicht so schnell auf.« Er goss ihr noch einmal nach. »Du bist wichtig für die Gruppe, Dante. Vergiss das nie.«

Sie wusste nicht, was sie sagen sollte. Santiagos Worte beeindruckten sie, nahmen in ihr Gestalt an, bildeten ein zartes Glimmen, flatterten. Inzwischen tranken sie beide etwas langsamer, schauten einander aber nicht an. Dante fühlte sich merkwürdig eng verbunden mit Santiago, als könnte die Luft zwischen ihnen alles tragen, sogar ihr Geheimnis. Zum ersten Mal sah Dante bewusst Santiagos Körper, seine Ecken und Kanten unter den Kleidern. Es war ihr nicht möglich, einen Mann zu lieben, nicht mehr, nachdem sie geworden war, wie sie nun war, und nachdem sie so vieles abgelegt hatte, was Männer von Frauen brauchten – aber wenn sie je wieder einen Mann lieben könnte, dann wäre es bestimmt einer wie Santiago, das konnte sie sehen. Der Whiskey war ihr zu Kopf gestiegen. Ihre Hände sehnten sich nach nackter Haut. Wie gern hätte sie gewusst, was Santiago jetzt dachte! Er schwieg und starrte wie gebannt auf die Wand.

»Manchmal«, begann Dante unvermittelt, »manchmal will ich die Welt verschlingen.«

»Die ganze?«

»Ja.«

»Und was dann?«

»Keine Ahnung. Sie noch mal hinunterschlucken. Oder mich von ihr verschlucken lassen.«

»Ich weiß genau, was du meinst.«

»Du kennst das Gefühl?«

»Klar. Deswegen bin ich hier.« Mit einer ausholenden Geste zeigte er auf den Raum, auf den Bandoneón-Kasten zu seinen Füßen.

»Manchmal ist es zu viel.«

»Mit dem Alter wird es leichter.«

»Gut zu wissen.«

»Außer wenn's dich vorher erwischt, versteht sich.«

Dante lachte.

Santiago lachte auch. Ihr gemeinsames Gelächter stieg auf, leuchtete, vibrierte und drang in jeden Winkel der Höhle.

Am nächsten Abend zog sich Rosa nach dem Auftritt genauso rasch um wie immer und verschwand. Diesmal folgte ihr Dante, ohne lang zu überlegen und auch ohne sich von den anderen zu verabschieden. Die Musiker riefen ihr hinterher, aber sie tat, als würde sie nichts hören. Sie folgte Rosa mit einem gewissen Abstand – durch die Küche, hinaus auf den dunklen Hinterhof, die Gasse entlang. Rosa ging eilig zu der breiten Straße, dann bog sie rechts ab, in Richtung San Telmo, wo sie wohnte, nur vier Straßen von Dante entfernt. Warum waren sie noch nie zusammen nach Hause gegangen? Wieso beschleunigte Rosa ihren Schritt? Da erst begriff Dante, dass sie ja nicht wusste, wer ihr folgte, und wenn ein fremder Mann nachts hinter einer

Frau herläuft, bedeutete das: Gefahr. Ich bin ein Idiot – wie kann ich das alles vergessen, dachte sie und rannte los, um Rosa einzuholen. Rosa fing ebenfalls an zu rennen.

»Rosa, ich bin's!«

Sie blieb stehen. »Du hast mir Angst eingejagt!«

»Tut mir leid. Darf ich dich begleiten?«

»Ich habe die Straße nicht für mich gepachtet.«

Sie gingen nun nebeneinander. Vor einer Weile hatte es geregnet, und kleine Bäche gluckerten in die Gullies, mit Zigarettenkippen, ein paar toten Ratten und Lichtsplittern von den eisernen Straßenlaternen. Am Himmel zogen dichte Wolken.

»Egal, was du willst – die Antwort lautet: nein.«

»Ich will nichts von dir, Rosa.«

»Was machst du dann hier?«

Tapp, tapp, tapp, auf den Pflastersteinen. Welche Frage. Dante hatte keine Ahnung, was sie antworten sollte. »Du wirkst so allein.«

»Ich bin gern allein.«

»Das verstehe ich. Ich bin auch gern allein.«

»Ehrlich?«

»Ja.«

»Warum läufst du dann hinter mir her?«

»Das weiß ich selbst nicht. Wirklich nicht.«

Rosa schwieg. Schweigend gingen sie weiter und horchten auf das Knarren und Ächzen und das Pferdegetrappel von Buenos Aires bei Tagesanbruch.

»Vielleicht gibt es verschiedene Arten, allein zu sein«, sagte Dante leise.

»Möglich.«

»Manche tun gut, und andere sind Gift.«

»Es kann auch Gift sein, wenn man mit anderen zusammen ist.«

»Das hängt davon ab, was die anderen tun, oder?«

»Es hängt davon ab, wer sie sind.«

An ihrer Haustür – ein Conventillo mit einer bröckelnden, wunderschönen Fassade – sagte Dante: »Danke, dass ich dich begleiten durfte.«

Rosa nickte, immer noch skeptisch.

»Ich will nichts von dir. Aber ich würde dich gern bald wieder begleiten.«

»Wir werden sehen«, sagte Rosa und verschwand im Haus.

Am nächsten Abend folgte Dante ihr wieder. Sie fühlte sich von Rosa angezogen wie von einem Magneten. Sie überlegte gar nicht, warum, ihr Körper sprang wie von selbst auf, und sie folgte ihr, ohne nachzudenken. Rosa hinderte sie nicht daran, weder in dieser Nacht noch in der nächsten. Von nun an gingen sie regelmäßig zusammen heim. Sie redeten über alles Mögliche, über Gott und Grappa, über Sterne und Pferdemist, seltsame Gedanken, die aus dem Nichts angeschwebt kamen, um jeweils ins Bewusstsein des anderen zu dringen. Sie redeten nie über die Arbeit, über die Auftritte, über ihre Musik. Oft legte sich langes Schweigen über den Takt ihrer Schritte. Dante freute sich mit der Zeit fast so sehr auf ihren gemeinsamen Weg wie auf die Stunden auf der Bühne. Sie wusste nicht, warum – nur dass sie, während sie die schwindenden Tage der Freiheit zählte, ein verzehrendes Verlangen nach Menschen hatte, die sie aufweckten. Und Rosa machte sie wach. Sie war ein Mysterium, ein Rätsel, ohne Lösung, offen und labyrinthisch, distanziert und ehrlich, alles gleichzeitig.

»Hast du Lust, noch was zu trinken?«, fragte Dante eines Abends, als sie an einer Bar vorbeikamen.

»Du weißt genau, dass ich da nicht rein kann. Da behandelt man mich wie eine Hure.«

»Nicht, wenn ich bei dir bin.«

»Dann behandelt man mich wie *deine* Hure.«

Dante merkte, dass sie wieder etwas vergessen hatte. Durch ihr Leben als Mann war so vieles in ihr eingeschlafen. »Dann lass uns einfach noch ein Stück weitergehen.«

Sie fingen an, in manchen Nächten etwas länger herumzulaufen: an Rosas Tür vorbei, über die Plaza Dorrego und den Marktplatz von San Telmo mit seinen mächtigen Festungsmauern, die nachts verschlossen waren, vorbei an abblätternden Türen, aus denen Arbeiter herauskamen, um ihre Frühschicht in der Fabrik anzutreten, während Frauen am Fenster saßen und ihre Säuglinge stillten und zum Himmel hinaufblinzelten, um abzuschätzen, was der Tag bringen würde. Je länger sie gingen, desto deutlicher sprach ihr Schweigen, es verband sie miteinander, verwandelte ihre Schritte in ein gemeinsames Trommeln. Weil sie sich bewegten, schauten sie einander kaum an. Weil sie einander kaum anschauten, lief Dante Gefahr, immer mehr zu erzählen, zu viel, sie wollte dieser Frau alles sagen, denn Rosa war anders als alle anderen. *Sei vorsichtig, Dante. Plaudere nichts aus, gar nichts.* Nach zwei Wochen – Carmen war noch nicht zurückgekommen, Dante immer noch frei, die Welt intakt – stellte sie eine Frage, die sie schon lange mit sich herumtrug.

»Wie hast du das gemacht?«

»Wie habe ich was gemacht?«, fragte Rosa zurück.

»Das zu werden. Was du bist.«

»Ich habe vorgesungen – du warst doch dabei.«

»Nein, davor. Wie hast du es geschafft, du selbst zu werden?«

Schweigen. Dazu der Rhythmus ihrer Schritte. Sie näherten sich einem kleinen Jungen, höchstens fünf Jahre alt, der in einem Hauseingang saß und Messer schliff. Er glotzte sie an, als sie vorbeigingen. Die Messerklinge vibrierte noch.

»Einfach so.«

»Da muss noch mehr sein. Ich weiß das.«

»Klar, das kann man immer sagen. Jeder Mensch hat eine Geschichte, die so endlos ist wie der Ozean.«

»Ja! Stimmt. Ich bin über den Ozean gefahren –«

»Und ich habe ihn noch nie gesehen.«

»Er ist wunderschön. Er ist grauenvoll. Und er hört nie auf. Genau die Version deiner Geschichte möchte ich.«

Rosa lachte. Dante war schon ganz süchtig nach ihrem heiser sarkastischen Lachen. »Kannst du aber nicht – tut mir leid.«

»Wieso nicht?«

»Geht nicht.«

»Doch, natürlich geht das.«

»Außerdem ist meine Geschichte sowieso nichts Besonderes.«

»Mir egal.«

»Ich habe nicht die richtigen Wörter dafür.«

»Versuch's.«

»Das dauert Stunden.«

»Ich habe Zeit. Wir können immer weitergehen. Die Stadt ist groß.«

Zum ersten Mal, seit Dante sie kannte, wirkte Rosa verunsichert. Sie schwieg so lange, dass Dante schon dachte, ihr Versuch sei fehlgeschlagen, und überlegte, worüber sie stattdessen reden könnten. Dann begann Rosa. Zögernd kreiste sie das Thema ein.

Sie war erst vor zwei Jahren nach Buenos Aires gekommen. Allein. Von ihrer Mutter hatte sie ein bisschen Geld bekommen, um den Schock des Exils zu puffern. Ihre Mutter hatte zwar nicht das Wort »Exil« benutzt, aber Rosa verwendete es immer in ihrem Kopf. Als sie von Melo wegging, der Stadt im ländlichen Norden von Uruguay, in der sie auf die Welt gekommen war, hatte sie gerade ihren achtzehnten Geburtstag gefeiert. Sie war noch nie fort gewesen, war nie weiter gekommen als bis zu den Feldern gleich auf der anderen Seite des Flusses, der eine halbe Stunde von ihrem Elternhaus entfernt war. Diese Felder jenseits von Melo waren grün und üppig und erstreckten sich in alle Richtungen bis in die Unendlichkeit. Ihre Mutter war die Geliebte eines wohlhabenden *estanciero*, eines Großgrundbesitzers, als Rosa noch ein kleines Kind war. Mutter und Tochter lebten in einem hübschen blauen Haus in einer sauberen Straße. Rosas Mutter wurde von den anständigen Familien geschnitten, trug aber immer den Kopf hoch und frisch gebügelte, elegante Kleider, bis zum Hals zugeknöpft. Rosa wusste damals schon, dass der Estanciero zwar ihr Vater war, dass sie ihn aber auf keinen Fall so nennen durfte. Sie musste immer Señor zu ihm sagen, wozu sie allerdings nur wenig Gelegenheit hatte. Denn immer, wenn er ihre Mutter besuchte, saß sie mäuschenstill in ihrem Zimmer, wie man ihr befohlen hatte. Sie kam nie heraus, egal, was sie hörte, und bei manchen Besuchen hörte sie einiges. Ihre Mutter sorgte dafür, dass Rosa in ihrem Zimmer einen Teller mit etwas zu essen und einen leeren Nachttopf hatte, wenn der Señor kam – es sei denn, er erschien unangemeldet. Dann verschwand Rosa sofort in ihrem Zimmer, bat um nichts und unterdrückte das Bedürfnis zu pinkeln so lang, wie sie konnte (nur ganz selten schaffte sie es nicht). Trotzdem war es ein gutes Leben; sie ging in die Schule bis zur dritten Klasse; das Haus hatte einen kleinen Garten, und dort sang sie stundenlang für die Feen, die sie in den Sonnenpunkten auf dem Gras ganz deutlich vor sich sah. Wenn der Señor nicht da war, durfte sie bei ihrer Mutter schlafen, und die meiste Zeit war der Señor ja nicht da, denn er lebte bei seiner richtigen Familie in einem großen weißen Haus, auf seiner *estancia* (Rosa hatte keine Ahnung, ob das Haus wirklich weiß war, aber sie war fest davon überzeugt, es konnte nicht anders sein). Und als Rosa dreizehn wurde, kam der Señor plötzlich nicht mehr und bezahlte auch nicht mehr für das hübsche blaue Haus. Rosa und ihre Mutter mussten zum Bruder der Mutter ziehen. Der Bruder war ein guter Mensch, aber in seinem Haus war nicht genug Platz für alle, sie waren immer eine Last, und die Frau des Bruders sagte ihnen das auch oft genug, gleichgültig, wie fleißig Rosa den Fußboden schrubbte oder die Mahlzeiten zubereitete. Oft musste sie dem Hund die Knochen stehlen. Rosa und ihre Mutter wuschen für die reichen Familien von Melo die Wäsche, riesige Körbe schleppten sie zum Fluss am Stadtrand, an dessen Ufer jeden Tag viele, viele Frauen die Laken an den Steinen rieben, so dass sich die seichten Stellen mit glitzernden Seifenblasen füllten. Rosa lernte, die großen Wäschekörbe auf dem Kopf zu balancieren, wie es die schwarzen Frauen taten. Ihre Mutter sagte, sie dürfe das nicht tun. Du siehst dann aus wie eine Sklavin, *hija*, sagte ihre Mutter, und du bist keine Sklavin, vergiss das nie. Die schwarzen Frauen waren auch keine Sklavinnen, aber Rosa wusste, dass manche welche gewesen waren, bevor sie aus Brasilien geflohen und über die Grenze gekommen waren. Sie wirkten sehr majestätisch, wenn sie die Körbe auf den Köpfen trugen wie riesengroße, geflochtene Kronen, fand Rosa. Aber das sagte sie ihrer Mutter lieber nicht. Ihre Mutter neigte zu extremen Stimmungsschwankungen, das ging so blitzschnell, dass einem ganz schwindelig wurde. Sie war immer noch sehr schön, nur sechzehn Jahre älter als Rosa und fest entschlossen, wieder einen Mann zu finden, der für sie sorgte. Als sie einen fand, war Rosa froh, dass sie und ihre Mutter nun wieder ein eigenes Haus hatten. Das neue Haus war nicht blau und auch nicht hübsch, aber es reichte – bis sich zwei Monate später alles änderte: Eines Abends setzte sich die Mutter mit ihr hin, legte mehr Geld auf den Tisch, als Rosa je gesehen hatte, und sagte: Er will dich nicht hier haben, tut mir leid. Das ist für dich. Hör auf meinen Rat und geh so weit weg von Melo, wie du nur kannst. Rosa war kein Kind mehr – sie war inzwischen siebzehn –, also vergoss sie keine einzige Träne auf der Bahnfahrt nach Süden in die Hauptstadt Montevideo. Sie war völlig überwältigt von der Größe der Stadt und von dem Fluss, der so breit war, dass man das andere Ufer nicht sehen konnte. Wie lang musste man mit einem Boot unterwegs sein, bis man wieder Land sah? Am unsichtbaren anderen Ufer lag Buenos Aires und war angeblich noch größer als Montevideo. Die Stadt des Tango. Auch Montevideo war eine Tango-Stadt, wie Rosa schon bald von den Wäscherinnen am Ufer des Río de la Plata erfuhr. Eine der Frauen hatte Mitleid mit Rosa und gab ihr einen Teil ihrer Arbeit und ihres Verdienstes ab. Ein Mädchen wie du, sagte sie, darf in einer Stadt wie dieser eigentlich nicht allein sein, wo ist deine Mutter? Tot, antwortete Rosa. Das war leichter auszusprechen als die Wahrheit. Die Frauen schnalzten und schüttelten den Kopf. Rosa mietete ein winziges Zimmer in einem heruntergewirtschafteten Haus, in dem sich mehrere Familien einen langen Flur und eine einzige Toilette teilten. Dort hörte sie zum ersten Mal den Tango und war hingerissen. Sie tanzte mit Enthusiasmus, wofür sie teuer bezahlen musste, denn ein paar Abende später brach einer der Männer – ein Gitarrist und Fabrikarbeiter, Vater von fünf Kindern – in ihr Zimmer ein und lieferte ihr einen Grund dafür, von nun an immer mit einem Messer auf dem Nachttisch zu schlafen. Sie zog aus und suchte sich ein anderes Zimmer. In der ersten Nacht dort lag sie auf der harten Pritsche und dachte an ihre Mutter, an den Estanciero und an den Vater der fünf Kinder, die alle in dem Moment in verschiedenen Betten schliefen. Sie schwor sich, nie von einem Mann abhängig zu werden. Sie wollte allein überleben oder sterben. In ihrem neuen Haus wohnten gute Leute. Und der Tango. Das Messer hatte sie immer griffbereit, sie tanzte nicht, sie sang. Und das Singen machte ihr noch mehr Freude als das Tanzen. Wenn sie sang, dann führte sie, statt zu folgen, sie stieß durch die Schallmauer der Töne und sorgte dafür, dass ihre Stimme einen Platz fand in der rauen Welt. Sie erwarb einen Namen als die Sängerin ihrer Straße. Die Leute sagten: In Buenos Aires wärst du berühmt und würdest auf tollen Bühnen auftreten, kannst du dir das vorstellen? Sie begann, sich eben das vorzustellen. Sie begann, einen absurden Traum zu träumen.

»Und jetzt bin ich hier«, sagte sie zu Dante und blieb stehen. Sie hatten den Hafen von La Boca erreicht. Für Dante war es ein Schock, ihn wiederzusehen, die großen Lagerhallen, die zusammengestückelten Häuser, aus Treibholz und Wellblech gebaut und mit bunten Farben angestrichen, ein knalliger Flickenteppich, der von Hoffnung und Chaos berichtete. Dante und Rosa beugten sich übers Geländer. Das Wasser unter ihnen war ein dunkler Spiegel in der wachsenden Dämmerung. Kein Mond. Dante hatte gegen ihren eigenen Vorsatz verstoßen, nie wieder in diese Gegend zu gehen, weil das ihre Verkleidung gefährden konnte, aber Rosa hatte das Tempo bestimmt, und sie hatte es nicht gewagt, irgendwie Einspruch zu erheben, da sie auf keinen Fall Rosas Geschichte unterbrechen wollte. Worte wie Wasser für einen Verdurstenden. Es war ihre eigene Geschichte – und gleichzeitig eine ganz andere.

»Ich habe das noch keinem erzählt«, murmelte Rosa.

Dante dachte an den Mann, an den Vater von fünf Kindern, seine Hände fleckig von der Fabrik. Sie versuchte nicht daran zu denken, wie das für Rosa gewesen war, diesen Händen ausgeliefert zu sein, allein in der Dunkelheit. Ihr fiel nichts ein, was sie sagen könnte, also fragte sie das Erstbeste: »Hast du Heimweh nach Uruguay?«

»Weiß ich nicht. Hast du Heimweh nach Italien?«

»Ja, aber ich kann mir nicht vorstellen, je wieder zurückzugehen.«

»Warum nicht?«

»Da gibt's viele Gründe.«

»Du musst sie mir erzählen.«

»Kann ich nicht.«

»Diese Ausrede hast du bei mir nicht gelten lassen. Morgen bist du an der Reihe mit einer langen Geschichte.«

Sie hatte einen Fehler gemacht. Was für ein Idiot sie doch war. Sie konnte unmöglich ihre Geschichte erzählen, weil sie viel zu viel weglassen musste. »Ich höre lieber zu.«

»Dante!« Rosa blickte hinaus aufs Wasser, ganz auf die Ferne konzentriert. »Ich liebe das Orquesta. Ich liebe die Bühne. Und es ist mir völlig egal, was die anderen Musiker von mir denken.«

»Sie respektieren dich«, sagte Dante schnell.

»Ich bin nicht dumm.«

»Sie haben Angst vor dir.«

»Kann sein.« Sie schien darüber nachzudenken. »Sie werden

mich immer zuerst als Frau sehen und dann erst als Sängerin oder als Mensch.«

»Sie finden dich sehr schön.«

»Ich bin nicht schön. Du meinst auch eigentlich nicht Schönheit, sondern Objekt der Begierde.«

Bestürzend, so viel Direktheit. Dante schämte sich plötzlich, hätte aber gar nicht erklären können, warum.

»Hör zu, Dante – was ich sagen will, ist Folgendes: Für mich ist die Bühne alles. Sie ist mein Leben.«

Dante nickte. Rosa schaute immer noch hinaus aufs Wasser – ohne etwas zu sehen.

»Und ich werde nichts tun, was dieses Leben in Gefahr bringen könnte. Nicht einmal mit dir.« Und dann tat Rosa etwas Unerwartetes: Sie nahm Dantes Hand, die auf dem Geländer lag, und hielt sie eine Weile fest.

Dante stand da wie gelähmt. Ihr ganzer Körper vibrierte von der Berührung. Sie wusste nicht, was sie sagen sollte, und irgendwie hatte sie das Gefühl, dass da gar kein Platz war, um etwas zu sagen, und dass sich eine Tür zwischen ihnen geschlossen hatte. Also blieb sie einfach neben Rosa stehen und schaute hinunter ins stille schwarze Wasser, das nichts preisgab.

Tagelang dachte sie über dieses Gespräch nach. Sie konnte es nicht aus ihrem Kopf verbannen. Rosas Satz *Nicht einmal mit dir* klang immer wieder in ihr nach. Rosa glaubte, dass sie, Dante, hinter ihr her war. Da irrte sie sich selbstverständlich. Aber Dante spürte immer wieder die Wärme von Rosas Hand auf ihrer, die durchdringende Kraft. Vielleicht hatte Rosa sich doch nicht geirrt. Vielleicht war Dante ihr die ganze Zeit gefolgt, angetrieben von Hoffnungen, die viel komplizierter waren, als ihr selbst bewusst war. Das Begehren ist ein Prisma, das bei verschiedenen Frauen das Licht verschieden bricht. Alma, Carmen, Mamacita, die Tanzhallenmädchen, das Spatzenmädchen. Rosa war anders als sie alle. Sie war ehrlich, auf eine seltene, beunruhigende Art. Sie war ein Universum mit den funkelnden Sternen ihrer eigenen Gedanken. Dante wollte in dem Raum zwischen diesen Sternen schwimmen, sie wollte in Rosas Lachen schwimmen, in ihrer Stimme, ihrem Schweigen. Freundschaft nannte man das, oder nicht? Rosa hatte keinen Grund, sich zu fürchten. Aber dann war da diese Hand, die auf dem Geländer nach Dantes Hand tastete, das Duett ihrer Berührung, kurz, glühend. Während sie sich nun Zigaretten rollte oder Geigensaiten ölte oder ihr Hemd aufknöpfte, um schlafen zu gehen – immer musste sie an die Hand denken. An den Arm, zu dem sie gehörte. An den Körper und was sie mit ihm tun könnte. Daran dachte sie, wenn sie im Bett lag. Schon Hunderte von Malen hatte Dante ihr eigenes Geschlecht angefasst und sich dabei diese oder jene Frau vorgestellt, aber beim Gedanken an Rosa berührte sie sich auch an anderen Stellen – ihre Hüfte, ihr Becken, die Brüste, die jede Nacht aus der Gefangenschaft heraussprangen und hartnäckig wieder ihre eigentliche Form annahmen. Die zarte Haut innen an den Schenkeln, die noch nie jemand gestreichelt hatte. Sie staunte, staunte über das alles, diesen geheimen Körper, warm, beharrlich. Die Lust war so stark, dass sie ihr Angst machte. Sie durfte Rosa nicht länger nachlaufen. Rosa wollte nicht, dass jemand ihr nachlief. Dieser wunderbare Moment zwischen ihnen war eine Warnung. Und es wäre sowieso ein riesiger Fehler – aus Gründen, die Rosa noch nicht ahnen konnte. Sie, Dante, war ein Lügner, Hochstapler, Schwindler, darauf vorbereitet, jederzeit davonlaufen zu müssen (wohin? nach Uruguay vielleicht, dieses nahe Land, von dem Rosa mit einer stacheligen Sehnsucht sprach?), und eine Verbindung wäre für sie beide extrem gefährlich.

Sie wollte sich zwingen, nicht mehr an Rosa zu denken. Aber es war zu spät. Bei der Arbeit im Leteo konnte sie Rosa kaum anschauen, weil sie immer an den Körper in diesem Männeranzug denken musste, an die Brüste, die sich unter dem Hemd abzeichneten, die Hüften, die den Hosen zu widersprechen schienen. Ihre Stimme war der funkelndste Klang auf der ganzen Welt. Wenn Rosa sich nach dem Auftritt hinter dem Vorhang umzog, war Dante innerlich nur damit beschäftigt, sich jede ihrer Bewegungen auszumalen.

Sechzehn Tage, seit Carmen fort war. Siebzehn. Die Heilquellen bei Salto mussten erstklassig sein, *bleib dort, Carmen, bleib noch lange, lange dort.* Dante ging nicht weg. Wie hätte sie gehen sollen? Sie wusste nicht, wie viel Zeit ihr noch blieb und wie ihre Geschichte enden würde. Sie konnte nicht anders als böse enden, aber sie war noch nicht vorüber. Die Nächte im Leteo waren herrlich. Rosas Auftritte blieben ein Magnet, die Massen strömten nach wie vor hinein. Rosa bekam jede Menge Angebote von anderen Orquestas und Cabarets, lehnte aber alle ab.

»Eines Tages verlässt sie uns«, sagte Santiago.

»Ach, ja?«, entgegnete Joaquín. »Mit welchem Ziel?«

»Sie wird ein Star.«

»Du bist mir noch was schuldig«, sagte Rosa auf dem Heimweg.

»Wie meinst du das?«

»Ich habe dir erzählt, wie ich ich geworden bin – oder wie du das ausgedrückt hast.«

»Ja. Stimmt.«

»Und du hast mir immer noch nicht deine Geschichte erzählt.«

»Ich kann sie dir nicht erzählen. Wirklich nicht.«

»Warum nicht?«

»Ein Mann hat seine Geheimnisse.« Dante bemühte sich, geistreich zu klingen.

»Eine Frau etwa nicht?«

»So meine ich es nicht.«

»Deine Geheimnisse können nicht größer sein als meine.«

Wie gern sie Rosa alles erzählt hätte. Sie sehnte sich danach, einen Menschen zu haben, einen einzigen Menschen auf der Welt, der wusste, wer sie war. Sie wünschte sich das so sehr, dass ihr alles weh tat, der ganze Körper.

»Ich weiß, was dein Problem ist.«

»Ach, ehrlich?«

»Du denkst, du könntest mich schockieren. Aber mich kann man nicht schockieren.«

Dante lachte.

Rosa blieb stehen und holte ihre Zigaretten heraus. Sie lachte nicht. Sie bot Dante eine Zigarette an und ließ sich Feuer geben. »Fang doch einfach an.«

Dante nahm einen tiefen Zug. Auf der anderen Straßenseite stellte ein Gemüsehändler mit der Hilfe eines kleinen Jungen seine Kisten auf. Der Mann wirkte verhärmt, der Junge schien noch zu träumen. »Ich muss von hier weg.«

»Wann?«

»Bald.«

»Wohin?«

»Weiß ich nicht.«

»Warum?«

»Ich stecke in Schwierigkeiten.«

»Was hast du getan? Einen umgebracht?«

»Schlimmer.«

Rosa schaute sie an, völlig ruhig. »Erzähl.«

»Es geht um La Viuda Ruiz. Sie ist meinetwegen fort.«

»Deinetwegen? Wieso?«

»Was denkst du?«

Rosa schnippte die Asche von ihrer Zigarette. Es hatte angefangen zu nieseln, kleine Tröpfchen glitzerten in ihren Haaren. Der Gemüsehändler auf der anderen Straßenseite schaute zum Himmel und zog eine Grimasse. »Und es hat ihr nicht gefallen?«

»Das ist nicht das Problem.«

Rosa grinste Dante an, so unverhohlen, dass Dante rot wurde und wegschaute.

»Entschuldige«, murmelte Rosa. »Ich weiß, es ist ernst. Du willst weg. Aber vielleicht kannst du die Situation ja retten – sag ihr, es tut dir leid, schick ihr Blumen, leck den Staub von ihren Schuhen, das gefällt ihr bestimmt.«

»Es ist zu spät.«

»Wieso?«

»Sie hat mich in der Hand.«

»Sie hat uns alle in der Hand. Na und?«

»Bei mir ist es schlimmer.«

»Liebst du sie?«

Die Frage brachte Dante ganz durcheinander. Dieser verdammte Regen! Ihre Stirn war schon ganz nass, ihre Ärmel verfärbten sich dunkel. »Keine Ahnung.«

»Dann liebst du sie nicht.«

»Ich weiß gar nicht, was Liebe ist.«

»Egal, was Liebe ist – mit ihr verbindet dich jedenfalls keine.«

»Warum nicht?«

»Weil sie dich nie *sehen* wird.«

Da sah Dante Carmen vor sich: Sie trug nur die Augenbinde, sonst nichts, und sie bettelte um mehr, komm, du schmutziger kleiner Conventillero. Und dann die Brandwunde von der Zigarette. Dante dachte an Rosa, an das kleine Mädchen, das in sein Zimmer eingesperrt war und der Mutter mit dem Señor, wie sie ihn nannte, zuhörte. »Niemand wird mich je richtig sehen.«

Rosa konzentrierte sich darauf, noch eine Zigarette anzuzünden – sie musste das Streichholz gegen den Regen abschirmen. »Das kommt ganz auf dich an.«

»Stimmt nicht.«

»Ich warte.«

Dante schaute ihr ins Gesicht. Seit fast fünf Jahren versteckte sie nun schon ihre Identität. Der ganze Schmerz brach plötzlich über sie herein. Wie gern hätte sie die mühsam aufgebaute Sicherheit eingetauscht gegen einen einzigen Moment, in dem sie wirklich gesehen wurde. Von Rosa. Von dieser unvergleichlichen Frau mit dem klaren Gesicht, die da vor ihr stand. Sie war kurz davor, ihr Geheimnis zu offenbaren, doch dann zuckte

Rosa resigniert mit den Achseln. »Es ist schon ziemlich spät«, sagte sie, und gemeinsam setzten sie ihren Weg fort.

Noch eine Woche verging. Der Wunsch, sich Rosa anzuvertrauen, wurde immer stärker. Dante wollte ihr alles mitteilen, ihr ganzes Ich, den Ozean ihres Lebens. Alles drängte an die Oberfläche, wenn sie Rosa sah, wollte ans Licht. Vielleicht kam Carmen ja nie mehr zurück. Vielleicht konnte Dante so weiterleben, zwischen zwei Polen pendelnd, zwischen der Bühne und den Heimwegen – mehr brauchte sie nicht.

Sie berührten sich nicht noch einmal. Aber manchmal, wenn die Stille zwischen ihnen sich besonders sinnlich anfühlte, kam es Dante so vor, als wäre da wieder dieses Summen, das ihre Körper verband, wie in La Boca. Bestimmt merkte Rosa das auch. Immer wieder sah es so aus, als wollte sie etwas sagen – aber dann überlegte sie es sich offensichtlich anders, ihr Gesicht wurde verschlossen, sie nahm sich zurück.

»Du bist wunderschön, Rosa«, sagte Dante eines Abends in so einem Augenblick.

»Ach, sei doch still!«

Dante machte nicht weiter – traute sich nicht.

Die Welt war irgendwie zu klein für sie beide, für Dante und Rosa. Wenn sie nicht aufpassten, brachten sie womöglich noch den ganzen Kosmos zur Explosion.

Dante begrub ihr Verlangen, konnte es aber nicht auslöschen. Der Drang lauerte unter ihrer Haut, ähnlich wie der Wunsch, eine Schorfkruste zu entfernen – egal, ob es schlechter verheilt, egal, wenn es eine Narbe gibt –, lieber die Verletzung bloßlegen, lieber die Wahrheit über das eigene Leben aufdecken, koste es, was es wolle. Selbst wenn es den Tod bedeutet. Wenn du dann stirbst, wird wenigstens deine Geschichte nicht komplett verschwinden. Um das zu erreichen, genügt schon eine einzige Person, sie bewirkt, indem sie dir zuhört, dass dein gelebtes Leben auch außerhalb deiner eigenen Haut existiert. Dieser überwältigende Gedanke begeisterte Dante und jagte ihr Angst ein. In der Nacht hatte sie einen Traum: Sie ritt in Jeanne d'Arcs Panzer auf einem Pferd durch einen Wald, in der Dunkelheit, und wurde ständig von Zweigen gestreift, während sie einer Stimme folgte, die Tango-Lieder sang, fast geisterhaft, aber es war Rosas Stimme, und Dante suchte sie verzweifelt, konnte sie aber nicht finden. Die Stimme schien erst aus einer Richtung zu kommen, dann aus einer ganz anderen, von nirgendwo und von überall her, und dann begann der Panzer zu rosten und fiel stückweise von ihr ab, samt Haut- und Muskelfetzen, alles lag auf dem Waldboden, und Dante war fast da, aber wo war sie? Sie gelangte zu einem Fluss, am Ufer lag eine Leiche, aufgedunsen, das Gesicht zerschunden, es war ihr eigenes Gesicht.

Sie wachte auf und beschloss zu handeln. Sie wollte Rosa alles sagen, ihr die Tür zu ihrer Welt öffnen. Während sie sich für die Arbeit anzog, bündelte sie ihren ganzen Mut.

Doch genau an diesem Abend, ehe Dante die Möglichkeit hatte, mit Rosa zu reden, kam Carmen zurück.

Sie stand an ihrem kleinen Tisch, hinten im großen Saal, wieder rot gekleidet. Sie sah sehr gut aus, irgendwie erfrischt, aber sie hatte auch etwas Gnadenloses, Brutales, wie sie das Kinn vorstreckte und überhaupt in ihrer ganzen Haltung. Erstaunlicherweise schmückte das Rubinband ihren Hals.

Das Orquesta spielte »El Terrible«, was längst eine von Rosas beliebtesten Nummern geworden war – jedes Mal schockierte sie das Publikum und begeisterte es gleichzeitig. Rosa sang mit einer Hand in der Hosentasche, die andere zeigte zum Kronleuchter. Ihre runde Rückseite in der Herrenhose, ihre Stimme, die durch den Saal schallte – ja, Rosa war schön. Und sie war mehr als das: ein Wunderwesen, ein Geschöpf, das wie Drachen oder Einhörner nur im Reich der Phantasie existieren konnte. Beispielsweise auf der Bühne. Die Bühne, dieses hell erleuchtete Rechteck, war in dem Moment für Dante der einzige sichere Ort auf der Welt. Jedenfalls fühlte es sich so an. Sie konnte es nicht fassen, dass Carmen das Rubinhalsband trug. Es konnte unmöglich für sie gedacht sein. Sie schaute an Rosa vorbei, quer durch den Saal, vorbei an den vornehmen Paaren, die wie immer tanzten und Wein tranken, zu Carmen, um aus der Ferne ihren Gesichtsausdruck zu entschlüsseln. Carmen erwiderte den Blick, unverwandt, unerbittlich.

Dante wusste nicht, was sie tun sollte. Sie hatte Angst, nach oben zu gehen, aber sie hatte auch Angst, nicht zu gehen.

Als sie fünf Stunden später am Ende ihrer Schicht mit den anderen in der Höhle stand, hatte sie sich immer noch nicht entschieden. Sie klappte ihren Geigenkasten zu und rauchte eine Zigarette. Rosa kam hinter dem Vorhang hervor, wieder in einem Kleid, und musterte sie fragend: *Kommst du?*

Es war längst zur Gewohnheit geworden, dass sie gemeinsam gingen.

Ohne zu überlegen, schüttelte Dante den Kopf.

Die anderen Männer waren mit ihren Instrumenten beschäftigt und schienen nichts zu merken. Nur Amato, der rauchend auf dem Sofa saß, verfolgte die Szene aus dem Augenwinkel. Seine Miene war nicht unfreundlich.

Rosa nickte kurz – war sie gekränkt? Wusste sie Bescheid? Aber selbst wenn sie Bescheid wusste, weshalb sollte es sie treffen? Dann verließ sie rasch die Höhle.

Dante begab sich nach oben. Es war fünf Uhr morgens. Carmen stand hinter ihrem Schreibtisch am Fenster mit dem Rücken zur Tür und blickte hinaus auf Dächer und Balkone. Diese Frau, furchterregend, überlebensgroß – wie war Dante je auf die Idee gekommen, sie würde Carmen kennen?

Sie drehte sich nicht um. Dante starrte auf den wunderschönen Rücken, gerahmt vom roten V ihres Kleides, und räusperte sich, um ihre Anwesenheit zu signalisieren. Wartete.

»Du hast mich angelogen.«

»Carmen«, sagte Dante.

Carmen rührte sich nicht.

»Ich habe nicht gelogen.«

»Wie kannst du so etwas sagen?«

»Ich habe nie behauptet, dass ich ein Mann bin.«

Carmen lachte auf, kurz, schrill, es klang fast wie ein Bellen.

»Du hast mich nie gefragt.«

»Dann sollte ich dich jetzt fragen.«

»Du kennst die Antwort.«

»Wer weiß es sonst noch?«

»Niemand.«

»Nur ich?«

»Nur du.«

»Gut. Dann frage ich dich jetzt.«

»Ich verstehe nicht, was du meinst.«

Carmen drehte sich um. Diese strenge Eleganz – es tat weh, sie anzuschauen. »Was bist du?«

Dante hatte keine Antwort. Diese Frage war eine Tür in den Irrsinn.

»Das, was du gemacht hast – wie war es möglich, dass du mich so täuschst?«

»Ich weiß es nicht.«

»Ich bin nicht die Erste?«

»Nein.«

Carmen zuckte zusammen. »Was für eine Frau tut so etwas?«

»Eine Frau wie ich.«

»Heißt das, du bist eine Frau?«

»Ich weiß es nicht.« Die Klarheit des Irrsinns, die durchsichtige Luft. »Ich bin ein Tanguero.«

»Tust du es deshalb? Um Tango zu spielen?«

»Das ist der Grund, weshalb ich angefangen habe.« Und um zu überleben, fügte sie in Gedanken hinzu – aber dieser zweite Teil der Erklärung riss noch eine Kluft zwischen ihr und Carmen auf, so tief wie die erste, aber breiter und mit Worten nicht zu überbrücken.

»Ich kann mir dich nicht in einem Kleid vorstellen.« Carmen

verzog das Gesicht. »Ich habe es versucht, aber es widert mich an.« Sie ging um den Schreibtisch herum und zündete sich eine Zigarette an, ohne Dante eine anzubieten. »Ich will nicht – ich bin nicht – ich bin keine von diesen Frauen. Du verstehst, was ich meine?«

»Ja«, antwortete Dante, obwohl sie noch nie in ihrem Leben gehört hatte, dass darüber geredet wurde.

»Du vielleicht. Aber ich nicht. Kapiert?«

Dante konnte ihr nicht folgen. Sie holte ihre eigenen Zigaretten aus der Tasche und zündete sich eine an.

Eine Weile rauchten sie beide schweigend. Die Luft zwischen ihnen knisterte vor Begierde. Wie war das möglich – auf einmal war das Verlangen da, ein elektrischer Impuls, der sie näher zusammentrieb. *Wehr dich, wehr dich.* Carmen schaute Dante nicht an. Sie zog an ihrer Zigarette und studierte konzentriert ihre Fingernägel. Dante hatte nicht damit gerechnet, dass er diese knallharte Frau je so sehen würde: unsicher, im Konflikt mit sich selbst.

»Wenn ich dich als Frau sehe, hasse ich dich. Aber als Mann – da brauche ich dich. Ich habe versucht, nicht mehr an dich zu denken. Glaub mir, ich habe mich bemüht. Aber ich schaffe es nicht. Ich weiß nicht, was du bist, aber wenn du sagst, du bist ein Mann, kannst du bleiben.«

»Und wenn ich nicht bleiben will?«

»Leg dich lieber nicht mit mir an.«

Wider Willen geriet Dante ins Schwanken.

»Keine Sorge« – Carmen schnippte die Zigarettenasche in ein kleines Messingtellerchen –, »irgendwann wirst du mir langweilig.« Sie zog ein letztes Mal an ihrer Zigarette, drückte sie aus und schaute hoch. »Also? Bist du ein Mann?«

Sie müsste nein sagen, müsste fliehen, solange sie noch konnte, die Katastrophe abwehren. Aber es war schon zu spät, um unversehrt zu entkommen. Sie saß in der Falle, war gefangen, eine Motte vor der Lampe dieser Frau, gelähmt, geblendet, sie vergaß alle Vernunftargumente, weil die Verlockung, das Feuer zu berühren, zu stark war. »Ja.«

»Dann komm her«, schnurrte Carmen, »und zeig's mir.«

Diesmal schloss Carmen die Augen. Und sie benützte ihre Hände nicht. Dante blieb angekleidet, sie blieb intakt, *er* blieb intakt, der gierige Mann, der zerstörerische Mann, ein Tier aus den schmutzigen Conventillos. Solche Wörter gingen ihr durch den Kopf, als sie Carmens Schenkel spreizte, grob, zum ersten Mal drehte sie Carmen um, zog sie zu sich, drückte sie gegen Hände und Knie, und Carmens Ekstase explodierte, und Dante fragte sich, was das war, dieser Aufruhr in ihrem eigenen Körper, dieses innere Ziehen – wie viel davon war Lust, und wie viel war Schmerz?

Rosa wusste Bescheid, ohne es hören zu müssen. Sie suchte in Dantes Gesicht nach dem, was sie erfahren wollte, dann wandte sie sich ab. Den ganzen Abend schaute sie Dante nicht an, weder in der Höhle noch auf der Bühne, auch nicht nach der Arbeit, als es Zeit war zu gehen. Sie ging, ohne sich zu verabschieden. Schloss die Tür der Höhle hinter sich, und Dante starrte darauf, Leere in der Brust.

»Hier, Chico.« Lächelnd reichte El Loro ihr ein Glas und goss Whiskey ein.

Der Alkohol brannte in der Kehle. Um sie herum rauschte die Luft. Rosa. Sie überlegte nicht lange, sondern lief durch den großen Saal in die Küche und dann durch den Dienstboteneingang hinaus in den Hinterhof und zur Straße. Sie konnte Rosa noch sehen, gleich würde sie in die Menschenmenge eintauchen. Eine einsame Frau mit einer komischen Aktentasche, zwischen all den Nachtschwärmern auf dem Heimweg. Dante rannte los.

»Rosa!«

Ein reiches Paar mit grauen Haaren, das gerade in sein Auto

steigen wollte, drehte sich um, aber Rosa wartete nicht. Selbst als Dante bei ihr war, ging sie mit entschlossenen Schritten weiter, schnell, den Blick starr nach vorn gerichtet.

»Rosa!«

»Was willst du?«

»Ich will dich begleiten.«

»Warum begleitest du nicht lieber Carmen?«

Dieser sarkastische Tonfall. Dante schämte sich. Die Wahrheit war: Carmen hatte ihr Rubinhalsband nicht getragen. Sonst wäre Dante vielleicht jetzt oben bei ihr im Büro. »Sie würde sich nie mit mir sehen lassen.«

»Und warum soll ich mich mit dir sehen lassen?«

»Du bist wütend.«

»Bin ich nicht – warum auch?«

Sie ging neben Rosa her, im vertrauten Rhythmus, aber voller Spannung. Wortlos. Das Geräusch ihrer Schritte ertrank im Lied der Großstadt, in dem Dröhnen der Autos, dem Klappern der Pferdehufe, dem Geschrei streitender Säufer, die zu müde waren, um mehr zu tun als sich gegenseitig anzuschreien, dazu das schrille Lachen einer Hure, die letzte Tango-Melodie in den Cafés, die sich sträubten, die Nacht zu verabschieden, das Weinen von Kindern aus den Fenstern der Conventillos, die nun geöffnet wurden, eins nach dem anderen. An Rosas Tür angekommen, wollte Dante etwas sagen, aber ihr fiel nicht schnell genug etwas Passendes ein. Ohne ein einziges Wort ging Rosa hinein und schloss die Tür hinter sich.

Den ganzen Tag dachte Dante an Rosas Gesicht, als sie die Tür hinter sich schloss. Es verfolgte sie. Wie sehr sie sich wünschte, dass dieses Gesicht sich ihr wieder öffnen würde. Sie wünschte es sich viel mehr, als sie sich je hätte vorstellen können, mehr als sie sich einzugestehen wagte. Aber sie durfte solche Gedanken nicht zulassen, oder? Sie waren gefährlich. Sie war nicht frei. Sie war gefangen in der Schattenwelt von Carmens Macht. Allein wanderte sie durch die Straßen, und die Stadt beschimpfte sie, feindselig: *Für wen hältst du dich eigentlich?* Sie war niemand. Sie besaß nichts. Sie wird dich nie *sehen*, hatte Rosa gesagt. Das Rubinhalsband erschien vor ihren Augen, auf der Straße, im Innenhof bei ihren Nachbarn, in der Höhle, als sie zur Arbeit kam, aber es war kein Halsband, sondern eine Kette, übergroß und grell, ein Hundehalsband für einen gepflegten Hund. Als Dante auf die Bühne kam und spielte und Carmen hinten im Saal sah, das rote Band um den Hals, ekelte sie dieser Anblick. Hier war Rosa, vor Pedro und Santiago, mit ihren ausholenden Bewegungen, während die beiden Männer mit den Bandoneóns ihr rebellisches Lied begleiteten. Eine Frau, deren Existenz die Welt niemals hätte erlauben dürfen. Und wenn sie doch leben kann? Und ich? Zu viele Gedanken, um sie in einem einzigen Körper zu beherbergen. Dantes Geige spann sie alle in einen feinen Faden aus Musik. Ein paar Pferdehaare ihres Bogens rissen und tanzten um sie herum, während sie spielte, diese Haare waren sich selbst treu, wild, frei, losgerissen. Auch sie würde sich losreißen. Sie würde dem roten Halsband nicht gehorchen. Sie würde dahin gehen, wohin sie gehen musste, kostete es, was es wolle.

Als die Arbeit getan war, rannte Dante hinter Rosa her, früher als am vorherigen Abend. Sie holte Rosa schon am Dienstboteneingang ein. »Rosa – warte!«

»Was willst du?«

»Mit dir reden.«

»Für uns gibt es nichts zu reden.«

»Doch.« Dante holte tief Luft. »Ich schulde dir eine Geschichte.«

»Du schuldest mir gar nichts.«

Sie waren im Hinterhof, auf der Straße. Dante passte sich Rosas Rhythmus an. Rosa verlangsamte ihr Tempo nicht, nicht einmal, als sie die Straßen überquerte, nicht einmal, als eine Kutsche sie fast überfuhr und der Fahrer fluchend die Pferde beiseiteriss.

»Ich liebe sie nicht«, sagte Dante, dicht bei ihr.
»Das spielt keine Rolle.«
»Ich möchte dir von mir erzählen. Bitte, warte, bleib stehen, lass uns eine Zigarette rauchen.«
An der Ecke blieben sie stehen. Rosa nahm eine Zigarette von Dante, ließ sich Feuer geben. »Also?«
Dante stellte ihren Geigenkasten auf den Boden und zündete sich ebenfalls eine Zigarette an. Ihre Hände zitterten so, dass sie sich mit dem Streichholz die Finger verbrannte. Der Schmerz fühlte sich gut an, ein Dorn des Lebens. »Carmen kennt mein Geheimnis. Deshalb hat sie Macht über mich. In der Nacht, bevor sie gegangen ist, hat sie alles herausgefunden. Sie bedroht mich – wenn ich nicht tue, was sie will, wird sie mich vernichten.«
Rosa presste die Lippen zusammen, aber sie hörte zu. »Dein Geheimnis.«
Wie schön sie aussah im blassen Licht des Morgens, ein Wesen zwischen den Welten. Bald würde die Sonne aufgehen und ihr Licht in die Straßen dieser großen Stadt ergießen, hell und hart, ihre Strahlen würden enthüllen, was die Nacht bedeckt hatte, was Buenos Aires verloren oder gestohlen hatte und vielleicht nie sehen wollte. Wenn sie doch nur die Zeit anhalten könnte, genau jetzt, genau hier, in diesem Augenblick, während sie mit Rosa im staubigen Schein der Dämmerung stand, kurz vor der Enthüllung, und der Rauch ihrer Zigaretten verwob sich ineinander und verschwand im Dunkel.
»Rosa«, sagte sie, »ich bin eine Frau.«
Rosa schaute sie lange an. Verwirrung, zuerst. Dann kämpften Schock und Verstehen in ihrem Gesicht. Sie zog an ihrer Zigarette, langsam, bedächtig. Jetzt zitterten ihre Finger. »Lieber Gott.«
Dante wollte etwas sagen, aber da waren keine Worte. Oder zu viele.
»Wie lang lebst du schon als –?«
»Vier Jahre. Fast fünf.«

»Und sonst weiß es niemand?«

»Niemand.«

Sie musterte Dante, als würde sie die Gesichtszüge neu ordnen, ihnen mit ihrem Blick eine neue Form geben. »Ich höre.«

»Beim Gehen kann ich besser reden.«

»Gut, dann gehen wir.«

Sie gingen die Straße hinunter, und Dante erzählte, langsam, sprunghaft – anders konnte sie es nicht erzählen. Das Schiff aus Italien mit der nervösen Braut an Deck; der Cousin-Ehemann, der durch eine Kugel in den Augen der Arbeiter zum Helden geworden war; die schmerzenden Hände, die von früh bis spät nähten; die Geige, die, wenn man ihrem Großvater glaubte (und vielleicht konnte man das), früher dem König von Neapel gehört hatte; der blinde Mann im Innenhof, der wie ein Dämon geigte; der Schrank voller Kleider, die einem toten Mann gehörten; die Verwandlung eines Dorfmädchens in einen entwurzelten Stadtjungen, der seine ganze Seele in den Tango legte, als könnte die Musik diese Seele retten oder zumindest die Hölle fernhalten durch ein paar Stunden der Freude, des Glücks – und dann noch ein paar Stunden und noch ein paar. Die ständige Lebensgefahr. Irgendwann während der Geschichte kamen sie in ihr Viertel, nach San Telmo, wo die Fabrikarbeiter schon aufbrachen zur Arbeit, zu einem neuen Tag der Schufterei, wo die Ehefrauen zusammen mit dem Dreck auch die bösen Geister aus dem Haus fegten, so wie es ihre Großmütter getan hatten, in einem fernen Land, das nicht mehr ihnen gehörte. Rosa sagte nichts, bis Dante verstummte.

»Du bist mutig«, sagte sie schließlich.

Nicht widerlich, nicht böse, nicht abstoßend. Dante bekam kaum Luft.

»Ich habe so etwas noch nie gehört.«

»Ich auch nicht.«

»Aber du kannst nicht die Erste sein.«

»Keine Ahnung.«

»Und … mit Carmen …«
»Ich habe es auch vor ihr verheimlicht. Die längste Zeit.«
»Sogar als ihr –«
»Ja.«
»Ich kann das gar nicht glauben.« Sie kamen an die Ecke von Rosas Straße. Aber sie bogen nicht ein, sondern gingen weiter, in schweigendem Einverständnis. »Und irgendwann hat sie es gemerkt.«
»Ja.«
»Und sie will dich immer noch haben?«
»Ich bin ihr Spielzeug.«
»Und warum erzählst du es mir?«
Dante blieb wieder stehen und nahm Rosas Gesicht zwischen beide Hände.
Sie schauten einander an, im heller werdenden Tageslicht. Es waren schon viele Leute unterwegs, sie hatten die Straße nicht für sich, aber vielleicht gehörte sie ihnen genau wie allen anderen. Die kunstvoll verzierten, heruntergekommenen Gebäude flankierten sie wie stumme Wächter und passten auf sie auf, nur auf sie, wie es schien. Der Kuss begann sanft, ihre Lippen streiften sich, und dann wurde er leidenschaftlich, Dante erschrak, aber immer noch keine Abwehr, Rosa erwiderte den Kuss mit überraschender Kraft. Die Welt riss auf, an einer verborgenen Naht, es war nicht mehr dieselbe Straße, nicht mehr dasselbe Viertel, sondern ein viel größerer Ort, elementar, schmerzhaft, voller Leben, voller Möglichkeiten.
»Was ist?«, flüsterte Dante. »Bist du dir sicher?«
»Halt den Mund, Dante.«
Also sagte sie nichts mehr. Mehr Berührungen, mehr Küsse, an die Mauer gedrückt, im Hauseingang eines Conventillo, dessen Tür jeden Moment aufgehen konnte, irgendeine vorwurfsvolle Matrone würde sie wegfegen. Dantes Geigenkasten und Rosas Aktentasche waren beide auf dem Boden gelandet, weil sie die Hände frei haben wollten, damit sie den Körper der

anderen erforschen konnten, jeden Zentimeter, jede Rundung. Eine Offenbarung. »Rosa.«

»Mmmm?«

»Komm mit zu mir.«

Sie hatten Glück: Als sie in Dantes Zimmer huschten, sah sie niemand im Innenhof, außer der französischen Ehefrau, die sich wortlos wieder ihrer Näharbeit zuwandte, zweifellos vertieft in ein Gespräch mit den Toten ihres Dorfes. Sie ließen die Jalousien geschlossen. Durch die Lamellen drang die Morgensonne und fiel in Streifen auf Rosas blaues Kleid und auf Dantes Hände, als sie den Reißverschluss des Kleides öffnete, als wollte sie ein unglaublich wertvolles Kunstwerk enthüllen. Sie ließen sich Zeit. Da war Rosas Körper, üppige, schwere Brüste, berauschende Rundungen, Schenkel, kräftig genug, um tausend Schiffe zu versenken. So viele Wunder. So viel zu entdecken. Und dann, nach langer, genussvoller Annäherung, der glühende, wunderbare Ort, der einen Liebenden verschlingen konnte, die geheime Achse der Erde. Rosas Lust schwoll an und überschlug sich, stürzte ab, stieg wieder an – du, Vater von fünf Kindern in deinem Zimmer in Montevideo, du konntest sie nicht vernichten, und nun sollst du in der Hölle deines eigenen Albtraums schmoren – diese Frau brennt, diese Frau lebt.

Dante sank an Rosas weichen Bauch, keuchend. Sie hatten sich bemüht, leise zu sein – waren sie leise gewesen? Das Geplapper der Nachbarfrauen drang durch die Tür, erwacht mit dem Tag, während draußen auf der Straße vor ihrem Fenster quietschend und klappernd ein Pferdewagen vorbeifuhr. Rosas Hände waren in ihren Haaren und zeichneten feine Pfade über ihre Kopfhaut, fast zu zärtlich, um es auszuhalten.

Rosa richtete sich träge auf und griff nach Dantes Hosenknöpfen.

»Was tust du?«

»Was denkst du?«

»Ich habe das noch nie gemacht.«

»Dann ist es Zeit, endlich damit anzufangen.«

»Ich kann nicht.«

»Natürlich kannst du.« Die Hose war jetzt offen, das Hemd aufgeknöpft, so dass die Binde zu sehen war. »Ich möchte dich sehen. Mach die Binde weg.«

Dante gehorchte mit zitternden Fingern. Rosa schaute aufmerksam zu, als wollte sie sich jede Bewegung, jedes Stück Haut, das sichtbar wurde, genau einprägen. Sie berührte den Stoff, der Dantes Brüste zusammenpresste, mit der vorsichtigen Neugier eines Kindes. »Tut das nicht weh?«

»Ein bisschen. Aber man gewöhnt sich daran.«

Rosa nickte. Dante wickelte die Binde auf und saß da, nackt und bloß. Sie schauten einander an, im dämmrigen Licht des verdunkelten Zimmers, zwei Frauen in der Wildnis, ohne Landkarte, ohne Kompass. Rosa drückte Dante zurück aufs Bett.

»Zeigt mir, wie es geht.«

Zuerst war Dante zu überwältigt, um sich zu rühren. Dann begann sie, langsam.

Sich öffnen. Sich ergeben. Es von der anderen Seite erleben.

Darüber sprechen – ja, so, jetzt hier –, bis du nicht mehr sprechen kannst, bis die Wörter im heißen Schmelztiegel deiner Gedanken dahinschmelzen.

Sich entfalten. Entfaltet werden. Wir brauchen keine Karte, keinen Kompass, das Land ist neu und uralt, und wir ergründen es, verirren uns, wir verwandeln uns in dieses Land, wir brechen es in glitzernde Stücke und brauchen sonst nichts.

Carmen, du hast dich getäuscht: Vergessen bedeutet nicht Lust. Lust ist das hier. Eine Wahrheit, ein offener Himmel, und alles mitnehmen, Schatten, Musik, Hunger, Schönheit, Schmerz.

Später lagen sie eng umschlungen beieinander und atmeten die Luft, schwer von der Hitze des Tages.

»Rosa?«

»Mmmmmmm?«

»Verlass mich nie.«

»Mmmm.«

»Ich werde dich nie verlassen.«

»Nie?«

»Nie.«

»Was ist mit ihr?«

»Ich werde mich befreien.«

»Wie?«

»Ich sage es ihr. Ich sage es ihr einfach.« Im Glanz dieses Augenblicks schien es ganz leicht.

»Und dann?«

»Dann sind wir zusammen.«

»Wo?«

»Hier. Oder irgendwo.«

»Und machen Musik.«

»Ja – Musik.«

»Und das hier.«

»Ja. Ganz oft.«

»Für immer?«

»Für immer.«

»Ist das ein Antrag?«

»Wie meinst du das?«

»Du weißt genau, was ich meine.«

»Ein Heiratsantrag?«

Rosa setzte sich auf, in dem Lamellenlicht, ihre Brüste dicht über Dantes Gesicht. »Ja.«

»Ich kann dich nicht heiraten, Rosa.«

»Wieso nicht?«

»Ich bin kein Mann.« Und dann, lachend: »Oder hast du das etwa nicht gemerkt?«

»Du willst kein Mann sein?«

»Das habe ich nicht gesagt.«

»Du möchtest wieder Frauenkleider tragen?«

»Das habe ich auch nicht gesagt.«

»Aber – willst du es?«

Dante strich sanft über Rosas Hüfte und schloss einen Moment lang die Augen. »Nein.«

»Dann tu's nicht. Wenn du Lust hast, kannst du dich immer als Mann bezeichnen.«

»Und mit dir zusammen sein?«

»Und mit mir zusammen sein.«

»Aber – das, was du gerade mit mir gemacht hast …«

Rosas Stimme war leise, scheu. »Hat es dir gefallen?«

»Ja. Ja!«

»Wir können das tun, und du kannst trotzdem ein Mann sein.«

»Aber wie soll das gehen?«

»Weil wir es sagen.«

Dante versuchte, ihr Denken weit genug zu öffnen, um diese Gedanken aufzunehmen. Sie versuchte, sich ihre eigene Zukunft vorzustellen, jenseits der elementaren Frage *Werde ich leben, oder werde ich sterben?*, worauf sich ihre Zukunft so lange reduziert hatte. Draußen vor der Tür stritten sich die Kinder darüber, wer welche Aufgabe übernehmen sollte, und La Strega hatte begonnen zu singen.

»So viele Leute da draußen«, seufzte Rosa. »Sie sehen mich doch. Ich sitze in der Falle.«

»Du kannst den ganzen Tag hierbleiben. Ich bringe dir etwas zu essen. Wir schlafen und essen, ohne uns anzuziehen.«

Rosa schüttelte den Kopf. »Wenn ich nicht nach Hause gehe, ist das noch schlimmer.«

»Was willst du tun?«

»Ich ziehe meine Tango-Sachen an.« Rosa deutete auf ihre Tasche. »Wenn ich den Hut tief ins Gesicht ziehe, dann vermuten deine Nachbarn nichts.«

Dante schaute zu, wie Rosa in ihre Männerhose samt Hemd und Weste schlüpfte. Zum ersten Mal konnte sie die Verwandlung beobachten. Ein seltsamer Spiegel. Unvorstellbar. Und doch die simpelste Maßnahme auf der Welt. Und dann war Rosa angekleidet, kein Mann, sondern eine Frau in Männerkleidern, alles in einem Körper.

»Bis bald, Dante.«

Rosa küsste sie auf den Mund, dann zog sie den Hut ins Gesicht und war verschwunden.

Der Raum summte vom schweren Licht. Dante lag auf dem Bett, nackt und allein. Sie dachte über die Zukunft nach. Sie dachte über die Wahrheit nach. Sie dachte darüber nach, was es bedeutete, wahrhaftig zu sein. Sie dachte über Wahnsinn und Güte nach und über die Möglichkeiten, die sich vor ihr auftaten. Sie dachte an die unermesslichen Verluste, an die Vulkane, die sie nie wieder am Horizont sehen würde, an den Fluss, dessen Wasser nie mehr um ihre Füße spielen würde. An das Gehirn ihres Ehemannes-Cousins, das auf die Straße gespritzt war, an einen zerbrochenen Vater, an eine Mutter, so verschlossen wie eine verriegelte Tür. Und plötzlich rannte sie los, in Gedanken, sie rannte schnell, immer schneller, den Hügel hinunter, weg von der Mönchshütte, in der Cora ihre letzten Tage verbrachte, und weg von der Wahrheit, die sie jagte, sie einholte – sie wusste es, sie erinnerte sich an jede Einzelheit, und diesmal würde sie nicht wegschauen.

Sie hörte es ganz deutlich, das Geräusch, das aus Coras Hütte kam. Es war ein Kind, das schrie. Kein böser Geist, wie die Tratschbasen im Dorf behaupteten. Der Wald ist verhext, sagten sie immer, es ist alles Coras Schuld, sie hat das Böse über uns gebracht – eine Verdrehung der Geschichte, der Beweis dafür, dass diese Frauen Bescheid wussten, dass auch andere Bescheid wussten, sie hatten das gleiche Geräusch im Wald gehört und erzählten eine Geschichte, die leichter zu schlucken war als die Wahrheit.

Ein menschliches Kind. Das war es, was sie hörte in der Nacht, als sie von zu Hause davonschlich, den Berg hinauf zur Hütte. Sie hoffte, noch einmal mit Cora reden zu können, aber stattdessen rannte sie so schnell, wie ihre zwölfjährigen Beine sie tragen konnten, fort von dem unerträglichen Geräusch, es war kein Geschrei, kein Heulen, sondern das Wimmern eines Säuglings, eines kleinen Kindes, das klang, als hätte es seine ganze Kraft verbraucht und jede Hoffnung aufgegeben. All die Jahre war dieses Geräusch in einem Winkel jenseits der Erinnerung verborgen gewesen, in sich zusammengekrümmt hatte es darauf gewartet, endlich freizukommen.

Die Gerüchteküche versteckte die Geschichte und enthüllte sie gleichzeitig. Ein Gespenst, das in den Wäldern spukte. Ein Schluchzen im Laub. Böse Geister, die durch Coras verbrecherischen Wahnsinn herbeigerufen wurden. Eine Geschichte überdeckt die andere. Die Klatschbasen im Dorf wetzten die Zungen, sie geiferten, sie verfluchten Coras Namen, und merkwürdigerweise erzählten sie das Geheimnis, was mit dem Kind geschehen war, ohne je seine Existenz anzuerkennen.

Gesegnet seien die Nonnen, sie haben ihr Bestes getan.

Sie haben den Wald gereinigt.

Zum Wohle aller.

Die Nonnen taten so viel Gutes. Sie trieben bei bösen Mädchen die Dämonen aus. Oder jedenfalls versuchten sie es. Sie reinigten Altare und Geschirr und entfernten den Schmutz aus ihren eigenen Seelen. Sie besaßen auch ein Steinhaus in Salerno, das, so hieß es, im Mittelalter ein Gefängnis gewesen war und dann ein Stall, ehe es ein Waisenhaus mit vergitterten Fenstern und schimmeligen Wänden wurde. Was die Priester anging – die hatten sich immer wie schwache Setzlinge dem Willen ihres Onkels Mateo gebeugt; alles, was es brauchte, war eine Spende für die Kirche, und die Priester redeten dann mit den Nonnen, die wiederum ein Baby verschwinden ließen.

Wo war das Kind jetzt? War es in Sicherheit? War es glücklich? Wie gern wüsste sie den Namen des Kindes, sie wollte wissen, wie sein Gesicht aussah und seine Seele. Wenn das Kind lebte, dann war es jetzt neun Jahre alt, aber Leda, die auch Dante war und nackt auf ihrem Bett lag, an einem heißen Tag in Buenos Aires, sie konnte sich das Kind nur als Baby vorstellen, das immer noch in seiner Hütte lag und weinte, das nach Hilfe rief, die sie ihm nicht gegeben hatte. *Weil ich es nicht konnte.* Ein Knoten der Scham riss auf. Sie hätte die beiden gerettet, wenn sie es gekonnt hätte, aber sie war damals zwölf Jahre alt und so viel kleiner als ihre Welt, das sah sie jetzt. Der Knoten entwirrte sich noch weiter, schmerzlich, ein Stich. Cora, *querida, carissima*, meine Fast-Schwester, verzeih mir, ich hätte euch so gern gerettet, aber ich hatte nicht die Kraft, damals nicht und auch nicht heute. Ich sehne mich danach, dein Gesicht zu sehen, wie du dich über dein Kind beugst, im Mondlicht, das Gesicht einer Mutter, egal, wie jung und wahnsinnig und kaputt du warst. Hast du dein Baby geliebt, obwohl es das Kind deines Vaters war? Kann es so eine Liebe geben? Ich werfe jetzt einen flüchtigen Blick auf die Liebe, Cora, sie ist eine größere Kraft, als ich je gedacht habe, und viel mysteriöser – verzweifle nicht, ich hole euch, könnt ihr mich sehen, wie ich von diesem Conventillo in der Neuen Welt aufsteige und zurückfliege über den Ozean, zurück in der Zeit. Ich bringe all die Kraft, die ich damals gern gehabt hätte, in jener Nacht, als ich zu deiner Hütte gekommen bin – um diese Kraft zu gewinnen, musste ich den riesigen Ozean überqueren, die Kraft, bis zur Tür zu gehen, mit meinen bloßen Händen das Schloss aufzubrechen und euch beide da drinnen zu sehen, wie ihr euch im Schein eines Feuers umklammert, beide so rein und so wunderschön. Und du wirst nicht überrascht sein, wenn du siehst, dass ich Männerhosen trage, weil du mein Gesicht kennst, du weißt, ich bin es, die zu dir kommt, die Geige des Königs von Neapel in der einen Hand, die andere Hand zu dir ausgestreckt, du wirst strahlen, wenn du mich siehst, und das Kind wird die Veränderung spüren und nicht mehr weinen, ein Wunder, und wenn ich sage: Cora, bist du bereit zu gehen? Dann wirst du aufstehen, und dein Lächeln wird ein Stern sein, der uns alle leitet.

Dante zog sich an und ging nach draußen, ohne zu überlegen, wohin und warum sie jede Menge Pesos eingesteckt hatte, bevor sie die Tür hinter sich zuzog. Sie hatte nicht geschlafen, sie war nicht müde, die Straßen schienen ihr in einer steinernen Sprache etwas zuzumurmeln. Sie ging immer weiter, ohne Ziel. Jedenfalls dachte sie das – bis sie plötzlich vor einer grauen Tür stand.

Die Tür stand einen Spaltbreit offen. Dante trat ein, ohne zu klopfen.

Im Innenhof sah sie jede Menge Kinder und ein paar Frauen, die Wäsche wuschen und aufhängten. Die Kinder versammelten sich sofort um Dante, musterten sie mit blitzenden Augen und betatschten sie mit klebrigen Fingern auf der Suche nach Orten, aus denen sie etwas stehlen konnten. Dante vergrub die Hände fest in den Taschen – keine Münze, keine einzige, sonst gab es kein Ende. Kurz musste sie an ihren ersten Tag in Buenos Aires denken, als sie den Conventillo betrat, der ihre erste Heimat werden würde, mit Arturo, vor tausend Jahren. Jedenfalls kam es ihr so vor.

»Was wollen Sie hier?«, fragte eine korpulente Frau.

»Ich suche Alma.«

Die Frau schnaubte. »Die wohnt nicht mehr hier.«

»Wo kann ich sie finden?«

»Wissen wir nicht.«

»Hat sie keine Adresse hinterlassen?«

»Nein«, entgegnete die Frau eisig und drehte sich weg. Die anderen Frauen machten verkniffene Gesichter und widmeten sich ihrer Wäsche.

Dante gab auf. Sie war schon fast den Gang hinunter, als sie eine Stimme hörte: »Psssst, Señor!«

Es war ein junges Mädchen, groß und mager, irgendwo in dieser gefährlichen Zone zwischen Kind und Frau. Sie schaute nach hinten, um sich zu versichern, dass niemand sie zusammen beobachtete. »Alma ist weg, weil die anderen sie rausgeschmissen haben.« Mit einer Geste deutete sie einen dicken Schwangerschaftsbauch an und riss die Augen weit auf.

»Verstehe. Weißt du, wo sie ist?« Dante flüsterte leise, genau wie das Mädchen. Also stimmte es – Alma war schwanger gewesen. So viel war sicher.

Die Kleine nickte und presste die Lippen aufeinander.

Dante holte drei Münzen aus der Tasche und gab sie dem Mädchen, das fasziniert darauf starrte.

»Und?«

»Sie wohnt im Lo de Julia.«

Dante hatte das Gefühl, als hätte ihr jemand einen Schlag in die Magengrube versetzt. Sie kannte dieses Haus. Die Frauen wohnten dort und arbeiteten die ganze Nacht, in ihrem eigenen Bett. Dante bedankte sich bei dem Mädchen und machte sich sofort auf den Weg.

Im Lo de Julia überredete sie die Madam – eine Frau, die von der Größe und dem Umfang her an einen Straßenbahnwaggon erinnerte –, sie hereinzulassen, obwohl sie außerhalb der Geschäftszeiten kam. Sie gab ihr noch ein paar Münzen zusätzlich, damit sie Alma in den Innenhof holte. Alma kam aus einem Zimmer hinten rechts. Sie sah viel älter aus als bei der letzten Begegnung. Ihre Haut war fahl und schlaff, ihr Kinn nach vorne geschoben, wie bei einem Boxer zwischen zwei Runden. Sie hatte abgenommen, war noch dünner als früher, und ihre nackten Arme hingen herunter wie dürre Zweige. Als sie Dante sah, stockte sie.

»Alma.«

»Was willst du?«

»Ich habe etwas für dich.«

Alma stemmte abwartend die Hände in die Hüften.

Dante hätte sie gern gefragt, wie sie hier gelandet war. Warum war sie so tief gesunken? Die Madam war zu ihrem Ende des Innenhof zurückgegangen und tat so, als würde sie eifrig sticken – als wäre das angemessen für eine Puffmutter. »Was ist mit dem Kind?«

»Geboren.«

»Junge oder Mädchen?«

»Mädchen.«

»Sie lebt nicht hier?«

»Spielt das eine Rolle? Ich dachte, du bist impotent.« Das Wort spuckte sie regelrecht aus, sehr laut, und die Madam starrte sie jetzt unverhohlen an, alle Heuchelei fallen lassend.

»Nicht impotent, Alma. Steril.«

»Meinetwegen. Steril. Du kannst nicht der Vater sein, also – was soll's.«

Dante senkte die Stimme. »Du kannst doch in so einer Umgebung kein Kind großziehen.«

»Dann nimm du sie doch, du blöder Scheißer.«

»Bitte, beruhige dich.«

»Du kannst mich mal, Dante.«

Der Gedanke drängte sich mit gnadenloser Wucht auf: So hätte es mir auch ergehen können. Wenn ich nicht Dantes Hosen angezogen hätte, dann wäre ich genauso abgestürzt, und das Gesicht, das ich jetzt vor mir sehe, würde meinem gleichen. Sie unterschied sich kaum von Alma, auch wenn diese davon nichts ahnte. Aber es hatte keinen Sinn, sich ihr zu offenbaren, deshalb sagte sie nichts, als sie Alma ein unordentliches Bündel Pesos überreichte. Dabei achtete sie darauf, dass die Madam nichts mitkriegte. Alma wirkte schockiert, verstaute die Scheine aber blitzschnell in ihrer Korsage. Die Madam, die sie neugierig beäugte, schien es nicht zu bemerken.

Alma beugte sich vor und fragte leise: »Heißt das, du gibst zu, dass du der Vater bist?«

Echte Hoffnung auf ihrem Gesicht. Vielleicht war es nie eine

Lüge gewesen, jedenfalls nicht ganz. Vielleicht glaubte Alma tatsächlich, dass Dante der Vater war – oder sie wünschte es sich so sehr, dass es für sie wahr wurde. Vielleicht hatte sie keine Ahnung, wer der Vater war. Vielleicht tappte sie im Dunkeln, und es war im Grund keine Lüge, sondern die verzweifelte Suche nach einer Geschichte, an der sie sich festklammern konnte, wie so viele Menschen.

»Ich möchte nur nicht, dass dein kleines Mädchen Not leidet.«

Alma sagte nichts. Ihr Gesicht war jetzt wie versteinert, eine Mauer aus Granit.

»Ich muss gehen.« Dante küsste Alma auf die Wange. Alma zuckte zusammen, und Dante tat so, als würde sie es nicht bemerken.

Als sie an diesem Abend ins Leteo kam, ging sie nicht gleich in die Höhle, sondern stattdessen hinauf in Carmens Büro, uneingeladen, fest entschlossen. Sie klopfte an die blasse Tür. Keine Antwort. Vielleicht war Carmen noch gar nicht da. Dante hatte keine Ahnung, denn sie war abends noch nie so früh hergekommen und kannte die Abläufe nicht. Sie war ein Eindringling und sollte lieber gehen. Doch vorher drückte sie die Klinke, und die Tür öffnete sich.

Carmen saß an ihrem Schreibtisch und trank Whiskey aus der Flasche. Sie trug wieder Rot – anscheinend hatte sie, nachdem sie die Trauer abgelegt hatte, einfach eine Farbe gegen die andere ausgetauscht. Als sie Dante sah, schoss sie von ihrem Stuhl hoch. »Du!«, fauchte sie.

»Carmen.«

»Du darfst um diese Uhrzeit nicht hierherkommen. Mein Bruder könnte dich sehen.«

»Ich mache es kurz.«

»Wo warst du gestern Abend?«

»Ich bin gekommen, um dir zu sagen, dass es vorbei ist.«

Carmen schwanke leicht, und ihr Mund verkrampfte sich. »Dante – es ist vorbei, wenn ich es sage.«

»Ich bin nicht dein Besitz.«

»Was fällt dir ein –«

»Ich bin nicht dein Hund, Carmen. Ich komme nicht jedes Mal angesprungen, wenn du rufst.«

»Gibt es eine andere?«

»Das spielt keine Rolle.«

»Wer ist sie?«

»Es gibt niemanden.«

»Rosa Vidal?«

Dante erstarrte, sie konnte nichts machen. Woher wusste Carmen das? »Nein«, entgegnete sie. Zu spät.

»Diese Hure! Dabei hat sie ihre Existenz nur mir zu verdanken!«

Dante hatte nicht den geringsten Schimmer, was Carmen damit meinte. Aber sie wagte es nicht, zu fragen. »Carmen, bitte, beruhige dich.«

Carmen starrte sie an, mit wildem, verletztem Blick, und Dante hätte sie am liebsten in die Arme geschlossen, sie ein letztes Mal nackt ausgezogen. Dieses Raubtier der Lust und der Begierde, dachte sie. Wie sie sich der Zähmung widersetzt! Sie wollte Carmen immer noch besitzen. Aber Rosa wollte sie noch mehr – und das neue Leben, das sich vor ihr auftat, vor ihr und Rosa. Sie nahm Carmens Hand und küsste sie zart. Carmen schaute zu, mit undurchdringlicher Miene. So viel hatten sie miteinander getan. Auch wenn es keine Liebe gewesen war, so doch eine lodernde Leidenschaft. Und die war noch nicht erloschen. Wenn sie an diese Leidenschaft appellierte, hatte sie vielleicht eine Chance, unbeschadet zu entkommen. »Lass mich frei, Carmen. Wie einen deiner eingesperrten Vögel.«

Carmen grinste höhnisch. »Oder wie meinen Ehemann?«

Zuerst begriff Dante nicht. Carmens Mann war gestorben, oder? Wie hatte sie es beschrieben? *Plötzlich, im Schlaf. Die*

Ärzte haben gesagt: Herzschwäche. Und dann fiel ihr das Gift ein, das Carmen in der Hand hatte, als sie an den Tod dachte. An ihren eigenen Tod. Es sei denn – Dante schüttelte den Kopf. Es konnte nicht sein, dass Carmen – nein! Diese Frau, deren Gesicht in Ekstase sogar den Gott Eros dahinschmelzen ließe.

Auf einmal begriff Dante, in welcher Gefahr sie schwebte.

Sie überlegte schnell: Stell keine Fragen, lass dich nicht ködern, versuche eine andere Strategie. »Carmen. Du bist so wunderschön. Tausende von Männern würden alles dafür geben, um mit dir zusammen zu sein.«

»Dann bleib. Geh nicht weg.«

Sie bettelte jetzt, ihr Gesicht schutzlos, den Tränen nah. Dante konnte das verängstigte Kind in ihr sehen, die zwangsverheiratete Braut, die misshandelte Gattin, die Frau, die sich mühsam aus dem Abgrund nach oben arbeitete. Aber auch das reiche kleine Mädchen, das immer die Puppe bekam, die es haben wollte. Sie schloss Carmen in die Arme und spürte, wie sie an ihre Brust sank. Ihr Geruch war so vertraut, herb, vornehm.

»Es wird alles gut«, flüsterte sie in ihr Haar.

Dann wollte sie sich abwenden, aber um zu entkommen, musste sie sich erst aus Carmens Armen befreien und sich taub stellen gegenüber ihrem Schluchzen. Dann ging sie aus dem Zimmer und die Treppe hinunter, ohne einen Blick zurück.

Ich bin frei, dachte sie, als sie die Höhle betrat, wo die Musiker ihre Instrumente stimmten und sich mit improvisierten Arpeggien aufwärmten. Wir sind frei, wir können neu anfangen. Rosa kam hinter dem Vorhang hervor, prächtig in ihrem Herrenanzug, und Dante strahlte sie an, legte die ganze Siegesfreude in ihren Blick, und Rosa verstand. Schnell schauten sie beide weg, gingen auf die Bühne und spielten glorios. Carmen war nirgends zu sehen im großen Saal. Rosa sang mit frischer Hingabe, brachte das Publikum zwischen den Liedern noch mehr zum Lachen als sonst, bewegte sich so selbstbewusst, als gehörte ihr die ganze Welt, und vielleicht war das ja auch tatsächlich so. Dantes Geige sang mit der kollektiven Harmonie des Orchesters, verwegener als je zuvor, und das Instrument war wie eine Fortsetzung ihres Körpers und ihrer Seele.

Aber als sie sich während der Pause alle in der Höhle versammelten, kam der Oberkellner herein und verkündete, der Rest des heutigen Programms sei gestrichen.

Die Männer wechselten fassungslose Blicke.

»Was soll das heißen?«, fragte Santiago.

»Das Leteo ist geschlossen«, antwortete der Kellner.

Dante spürte, wie ihr kalt wurde.

»Außerdem habe ich eine Nachricht von Doña Ruiz«, sagte der Kellner. »Nur für die Männer.«

Es wurde still in der Höhle, und alle Männer schauten Rosa an, die reglos dastand, wie eine Statue, ihren Hut in der Hand.

»Du musst nicht gehen«, erklärte Santiago.

Geh nicht, Rosa, flehte Dante sie in Gedanken an. *Es ist eine Falle, wir sind nicht ihre Schachfiguren, tu's nicht.*

»Ist schon okay.« Rosa setzte ihren Hut auf. »Wir sehen uns morgen.«

Dann nahm sie ihre Aktentasche und ging, in Männerkleidern.

Der Oberkellner zog einen Zettel aus der Tasche. »Hier ist die Mitteilung«, sagte er und las vor: *»Ich habe mich damit einverstanden erklärt, dass eine Frau auf der Bühne steht – aber nur eine. Entlasst sie beide oder kommt nie wieder. Doña Ruiz.«* Er räusperte sich und starrte wie gebannt auf einen Punkt an der gegenüberliegenden Wand. »Irgendwelche Fragen?«

Schweigen. Alle waren offensichtlich zu verblüfft, um etwas zu sagen.

»Gute Nacht«, murmelte der Oberkellner und verschwand.

Die sechs Musiker schauten einander an. Dante blickte ihnen in die Augen, einem nach dem anderen, ihr Gesicht glühte, sie musste die Reaktionen der anderen nachahmen, um zu überleben. Sie suchten alle verzweifelt nach einer Erklärung, man konnte ihnen den Schock ansehen – während Dantes Welt wie in Zeitlupe unterging. Dann schaute Dante zu Santiago. Santiago wich ihrem Blick aus. In dem Moment begriff Dante, dass er Bescheid wusste. Santiago wusste alles.

»Großer Gott«, stöhnte Amato und bekreuzigte sich.

»Wer ist es?«, fragte Joaquín.

»Wie kann sie es wagen?«, schimpfte Pedro und drückte eine Zigarette mit unnötig viel Energie aus.

»Sie ist übergeschnappt«, sagte El Loro mit gepresster Stimme.

Und Joaquín zischte: »Heißt das, du bist es?«

»Nein!«

»Hört sofort auf, ihr zwei«, wies Santiago sie zurecht. Er erhob sich und breitete die Arme aus, als hielte er eine unsichtbare, leicht entflammbare Kugel in den Händen. »Wir feuern niemanden. Wir bleiben zusammen.«

»Und geben das Leteo auf?«, fragte Pedro.

»Es gibt andere Möglichkeiten.«

Joaquín sprang vom Sofa auf, zum Zerreißen angespannt. »Aber irgendeiner hier lügt, Negro.«

»Das wissen wir doch gar nicht. Es ist die Witwe, die das –«

»Ich bin's jedenfalls nicht.« El Loro hob beide Hände, wie bei einer Polizeirazzia.

»Ich auch nicht«, sagte Pedro. Sein lautes Lachen klang ziemlich verkrampft.

»Ach, wirklich?«, sagte Joaquín zu den beiden, zu allen, zu keinem. »Dann zeigt mir doch mal eure Schwänze.«

»Du fängst an!«

Joaquín war schon dabei, seinen Gürtel aufzumachen.

»Schluss hier!«, rief Santiago.

Joaquín hielt seinen Penis in der Hand, eine schlaffe Flagge. »Wer zieht mit?«

Bei diesem absurden Anblick lachte Pedro wieder laut, aber niemand stimmte ein, und das Lachen verhallte schnell.

»Ich muss diesen Quatsch nicht mitmachen«, erklärte Amato.

»Dich verdächtigt keiner, Amato«, verkündete Joaquín und musterte El Loro mit giftigem Blick.

»Ich hab eine Frau«, sagte El Loro kläglich.

»Die du aber noch nicht geschwängert hast, stimmt's?«

El Loro wurde bleich, trat einen Schritt zurück und begann, seine Hose zu öffnen.

»Loro!« Santiago ging zu ihm. »Lass das –«

In Dantes Kopf drehte sich alles. Ein Grollen wie ein Erdbeben. Da sagte sie: »Ich bin's.«

Die Männer wichen zurück, als wären sie ein einziges amöbisches Wesen. El Loro gab ein angewidertes Geräusch von sich, das Dante mehr verletzte, als wenn er sie niedergestochen hätte.

»Du!«, rief Joaquín. »Ich hätte es wissen müssen.«

Dante begegnete seinem Blick. Da war nur noch Hass. Nichts hätte sie darauf vorbereiten können. Der Blick sollte sie von den Füßen holen, aber sie fiel nicht um. Sie wankte nicht einmal.

»Zeig's uns«, sagte Joaquín.

Sie würde heute Abend sterben, hier. Sie würde sterben, bevor sie zuließ, dass er sie auszog und vergewaltigte. Wenn sie noch irgendetwas zu sagen hatte. *Bitte, lass mich noch etwas zu sagen haben.*

»Lass ihn in Ruhe«, sagte Santiago.

»Ihn? Du nennst dieses Ding da immer noch ›ihn‹?«

»Joaquín«, versuchte Amato zu vermitteln. »Ich finde, wir sollten uns alle beruhigen und –«

Joaquín fasste in sein Hosenbein. Ein Messer blitzte in seiner Hand. Die Luft verschob sich, wurde knapp, lenkte alle Blicke auf die Waffe. Es war kein Facón, in dem sich das Licht spiegelte, sondern eine größere Klinge, ein Schlachtermesser. »Zeig's uns«, wiederholte er, ganz ruhig, wie ein Mann, der einen Drink bestellt.

Dante wollte nach ihrem Messer greifen, all ihre Kraft darauf konzentrieren, doch schon stürzte sich Joaquín auf sie und schleuderte sie gegen die Wand – sie betete um einen schnellen Tod, doch plötzlich warf sich jemand zwischen sie. Santiago riss Joaquín weg, stürzte dann keuchend zu Boden, bäumte sich auf, Joaquín sprang zurück, das Messer rot. Entsetzt starrte er auf Santiago, der nun vor ihm lag, in einer immer größer werdenden Blutlache, Santiago, der keine Luft mehr bekam, der sich krampfhaft die Seite hielt –

Dante war schon bei ihm, betastete die Wunde. Ihre Hände verfärbten sich blitzschnell, Blut, warmes Blut, all ihre Versuche, es zu stillen, waren vergeblich. Der furchtbare, metallische Geruch überwältigte sie, er war nicht auszuhalten, Santiago durfte nicht sterben, nicht ihretwegen, bitte, bitte, bitte nicht, Santiago – eine rote Explosion, langsam.

Joaquín ließ das Messer auf den Boden fallen, ächzte leise und war verschwunden.

Amato fiel auf die Knie und zerriss sein Hemd, um einen Druckverband anzulegen. El Loro neben ihm breitete die Hände aus, als wollte er einen Zaubertrick vollbringen, hilflos. Pedro lehnte wie erstarrt an der Wand und glotzte auf das Blut oder vielleicht auch auf Dante, sie wusste es nicht, sie konnte nicht aufblicken, sie konnte nicht denken, ihre Hände waren nichts, sie waren nutzlos, sie verfluchte ihre Hände, während das Blut unaufhaltsam aus der Wunde quoll.

»Loro«, sagte Amato, »hol einen Arzt.«

El Loro rannte los, gefolgt von Pedro. Nun waren es nur noch Amato und Dante. Gemeinsam schlangen sie den Stoff um Santiagos Oberkörper, ohne ein Wort zu wechseln, und Dante empfand eine seltsame Dankbarkeit gegenüber diesem Mann, dessen Liebe zu Santiago größer war als die Abscheu, die er, neben ihr kniend, zweifellos empfand. Dante spürte ihre Finger nicht, sie gehörten einer Fremden, sie waren beharrlich und flink, immun gegen die Schreie in ihrem Inneren. Santiago schloss die Augen, sein Atem ging keuchend, er röchelte, und kurz glaubte Dante, er könnte es schaffen, doch dann, nach einem letzten, gleitenden Seufzer, einem letzten Glissando, hörte er auf zu atmen.

»Nein!«, stöhnte Dante. Das Zimmer drehte sich, drehte sich, hielt nicht an.

Amato stöhnte laut. »Chico, wir sollten lieber verschwinden.«

»Nein! Nein!«

»Du willst nicht hier sein, wenn die Bullen kommen.« Mit diesen Worten eilte Amato davon.

Dante stolperte nach Hause, den Mantel fest um sich geschlungen, den Hut tief im Gesicht, um die Blutspuren zu verbergen, aber als La Strega sie sah, schrie sie vor Schreck.

»Was ist passiert?«

Dante fiel ihr in die Arme, und zum ersten Mal seit ihrer Ankunft in Argentinien begann sie zu weinen. Sie verschmierte La Strega mit Blut und Rotz und Tränen, ihr üppiger Busen umschloss sie, er roch nach Schweiß und Zwiebeln und nach animalischer Wärme. La Strega stellte keine Fragen mehr, und nachdem sie sich versichert hatte, dass Dante unverletzt war, wiegte sie sie in ihren Armen, wie ein kleines Kind, bis ihre Tränen versiegten. Dann wollte sie doch wissen, was los war. Dante erzählte, dass Santiago tot sei, ohne den eigentlichen Grund der Auseinandersetzung zu nennen.

»Er hat mir das Leben gerettet.«

»Aber du bist immer noch in Gefahr.« Mit ihrem Rockzipfel wischte La Strega Dantes Gesicht ab. »Du musst dich verstecken.«

Sie führte Dante in die kleine Kammer im oberen Stock, wo sie ganz am Anfang gewohnt hatte und die jetzt wieder als Abstellraum diente, brachte ihr einen Nachttopf und einen Teller mit Brot und Käse. Sie bestand darauf, dass Dante im Zimmer blieb und sich nicht rührte. Mit strengen Anweisungen – kein Wasser holen, keine Zigarette rauchen, nicht einmal frische Luft schnappen – ließ sie Dante im Dunkeln zurück. Dante tastete nach einer Stelle, wo sie sich hinlegen konnte. Da waren Getreidesäcke, gestapelte Holzkisten, leere Waschzuber. Irgendetwas vermoderte in einer vergessenen Ecke, was, konnte sie nicht sagen. Vom Innenhof drangen Stimmen durch die geschlossene Tür, das Leben ging weiter. Dante krabbelte in einen Waschzuber und rollte sich zusammen, immer noch blutverschmiert. Ihre Geige drückte sie an sich wie Treibgut von einem Schiffswrack, ihre einzige Hoffnung, nicht unterzugehen.

Gegen Abend wachte sie auf und hörte Männer über den Hof stampfen, Türen wurde geöffnet, geschlossen. Offizielle Männer. Polizei.

»Wo ist Dante Di Bacco?«

»Ich weiß es nicht, Sir. Es ist nicht hier.« La Stregas Stimme, ahnungslos, unschuldig, fast dumm. Das perfekte Schauspiel.

»Wann haben Sie ihn das letzte Mal gesehen?«

»Bevor er zur Arbeit gegangen ist, gestern Abend.«

Türenknallen.

»Wieso fragen Sie? Ist ihm etwas zugestoßen?«

»Zeigen Sie uns sein Zimmer.«

Sie marschierten zu Dantes Zimmer, und Dante dankte den guten Menschen vom La Rete, die sich wie ein schützender Schleier um sie legten. Keiner sagte etwas. Die Polizisten verbrachten etwa eine halbe Stunde in dem Zimmer, dann gingen sie. Zwei Stunden später klopfte La Strega an die Tür und kam mit Kaffee, Tratsch und den Morgenzeitungen herein.

»Sieht nicht gut aus«, sagte sie und zündete eine Kerze an.

Dante las die Schlagzeilen.

BLUTBAD IM LETEO, stand da.

DAS CABARET DES TODES.

TANGO UND MORD! POLIZEI IST DEM TÄTER AUF DER SPUR.

Dazu Fotos: Santiagos blutige Leiche, die Tatwaffe auf dem Boden. Reißerisch prangerten sie die Gewalt in der Tango-Szene an und beschrieben sensationsgierig die Leiche bis ins Detail. La Strega konnte ihrerseits noch ein paar Informationen beisteuern, sie hatte sich mit ihrem großen Beziehungsnetz aufgemacht und hier und da glitschige Fakten eingefangen. Die Polizei stand unter Erfolgszwang, man brauchte dringend einen Tatverdächtigen. Der Tote war ihnen egal, El Negro Torres aus den Conventillos von San Telmo interessierte keinen, aber sie mussten jemanden verhaften – es gab Druck vonseiten des Cabarets. Bisher hatte man mit einem Bandoneónspieler und mit einem russischen Geiger gesprochen – mit Pedro und El Loro, vermutete Dante –, weil die beiden mit einem Arzt zum Tatort zurückgekommen waren und dort die Leiche vorgefunden hatten. Niemand wusste so recht, was sie gegenüber der Polizei ausgesagt hatten, aber es ging das Gerücht, dass der Russe den Bassisten als Täter genannt hatte, während der Bandoneónspieler die Tat Dante in die Schuhe schieben wollte. Der Bassist und der Klavierspieler waren nirgends zu finden.

»Der Bandoneónspieler – wie heißt er?«, wollte La Strega wissen.

»Pedro.«

»Warum sagt er, du warst es?«

Dass Pedro angewidert war von Dantes Geheimnis, schien nur logisch. Bestimmt gab er ihr die Schuld an allem, was in der Höhle geschehen war. Aber offenbar war dieses Geheimnis noch nicht nach außen gedrungen, sonst wüsste La Strega längst Bescheid. Dante war erleichtert. »Das ist eine lange Geschichte.«

La Strega musterte Dante mit zusammengekniffenen Augen im Kerzenlicht. »War anscheinend ein ziemlich übler Streit.«

»Ja.«

»Hör zu, mein Junge – du steckst in der Klemme. Die Polizisten heute Morgen, die waren hinter dir her. Und wenn der

Typ, der es getan hat, untergetaucht ist, und danach sieht es aus, dann hängen sie dir die Tat an, schneller als du piep sagen kannst.«

Dante dachte daran, dass die Polizei von Buenos Aires ja auch ihren Cousin-Ehemann bei dem Streik erschossen hatte. Die kleinen Conventilleros waren diesen Leuten völlig gleichgültig. Hauptsache, sie konnten den Namen des Leteo reinwaschen. »Du hast recht.«

»Du kannst nicht hierbleiben.«

»Stimmt.« Die Großstadt um sie herum brodelte, schrill, unversöhnlich. »Ich verschwinde noch heute Nacht.«

»Wohin willst du?«

In ihrem Kopf drehte sich alles. Ihr fiel nur eine Antwort ein. »Nach Uruguay.«

La Strega nickte zufrieden und nahm den Nachttopf. »Ich werde dich vermissen. Für mich bist du wie ein Sohn.«

Das hatte sie schon hundertmal gesagt, aber heute hörte Dante es zum ersten Mal richtig, und sie prägte sich diese Worte ein, um sie niemals zu vergessen.

»Kannst du mir helfen?«

»Dante, *carissimo* – ich bin schon dabei.«

Sie wollte nicht daran denken, was sie alles verlor – das Leben, das sie sich aufgebaut hatte, diese wunderbare, gefährliche Stadt, Santiagos geniale Bühnenpräsenz, das Orquesta, den Männerbund, das funkelnde Leteo, Mondlicht in den Rinnsteinen, die Morgendämmerung über den Dächern, Santiago, zusammengekrümmt in einer roten Blutlache, Rosa, Rosa, Rosa. Nicht daran denken! Wenn sie zu lange grübelte, lähmte sie das, und sie würde es nicht schaffen, die Brücke ins Exil zu überqueren. Rosa. Ein Leben ohne sie – welche Strafe. Aber noch schlimmer wäre es, Rosa in Gefahr zu bringen. Es ging nicht anders, sie musste fliehen, ohne sich von ihr zu verabschieden.

Aber als La Strega ihr am Nachmittag einen sauberen Nachttopf und einen Teller Suppe brachte, sagte sie: »Es ist schon zweimal jemand vorbeigekommen und hat nach dir gefragt.«

Dantes Herz hämmerte.

»Eine Frau.«

»Wie hieß die Frau?«

»Rosa.«

Das Zimmer erstrahlte im Glanz von La Stregas Kerze, es war nicht mehr schmuddelig, sondern eine dunkle Kapelle, in der jedes Gebet möglich war. »Was hast du ihr gesagt?«

»Das, was ich allen sage. Dass du nicht hier bist.«

»Wenn sie noch mal kommt, dann sag ihr, bitte, dass ich sie sehen muss.«

La Strega musterte Dante fragend.

»Du kannst ihr trauen.«

»Meine Güte«, sagte La Strega. »Du hast dich endlich verliebt!«

Dante blickte hoch. Sie hätte so viel sagen wollen in diesem Augenblick, es gab so viel zu sagen, aber sie hatten keine Zeit, die Zeit würde niemals reichen, und als sie La Stregas Gesicht anschaute, begriff sie, dass es gar nicht nötig war.

»Ach, mein Junge«, seufzte La Strega, strich Dante übers Haar und ging.

Rosa kam eine Stunde später. La Strega brachte sie bis zur Tür und ließ die beiden dann in der Dunkelheit zurück. Rosa tastete nach Dante, und als sie einander fanden, fielen sie sich in die Arme. Schweigend umklammerten sie sich. Rosas Körper löste einen Tumult in Dante aus, Freude und Schmerz und ein glühendes Verlangen.

»Geht es dir gut?«

»Ja«, antwortete Dante, unsicher.

»Ich kann dich nicht sehen.«

»Soll ich die Kerze anzünden?«

»Nein, es geht schon.«

»Rosa.«

»Was ist passiert?«

Dante erzählte ihr von Carmens Zettel und was er ausgelöst hatte. Bis zu Santiagos Tod.

»Mein Gott. Ich bring ihn um, diesen Joaquín!«

»Nicht noch ein Tod.«

»Ich kann es nicht glauben, dass Santiago nicht mehr lebt.« Rosa klang ganz heiser vor Schmerz. »Er war so gut zu mir.«

»Er war zu uns allen gut.«

»Und jetzt sind sie hinter dir her.«

»Ja.«

»Was willst du tun?«

»Ich gehe weg von hier.«

»Wohin?«

»Nach Uruguay.«

Rosas Schweigen erfüllte den Raum.

»Ich gehe über den Fluss. Fange ein neues Leben an.« Dante bemühte sich, hoffnungsvoll zu klingen. »Vielleicht spiele ich sogar wieder Tango.«

»Natürlich spielst du Tango!«

»Vergiss mich nicht«, murmelte Dante mit erstickter Stimme.

»Du bist ein Idiot, Dante.«

»Was?«

»Zünde die Kerze an.«

Dante gehorchte. Rosas Gesicht wurde sichtbar, entschlossen, wunderschön, wie konnte es sein, dass sie das nicht vom ersten Moment an erkannte hatte?

»Ich komme mit.«

»Das geht nicht!«, entgegnete Dante, viel zu hastig – die Hoffnung war unüberhörbar.

»Warum nicht?«

»Du hast keinen Grund zu fliehen.«

»Aber du.«

»Deine Karriere! Du bist auf dem Weg nach ganz oben.« Als Dante das sagte, hörte sie Santiagos Stimme.

»Ich kann auch in Uruguay singen.«

»Du darfst nicht alles aufgeben.«

»Willst du, dass ich mich selbst aufgebe?«

»Nein, nein.« Jetzt weinte Dante. »Das ist alles meine Schuld.«

»Stimmt doch gar nicht. Du hast nicht zum Messer gegriffen.«

»Aber Santiago –«

»Santiago hat dich verteidigt. Und das war richtig so.«

»Das Orquesta. Es ist zerstört.«

»Ach, zur Hölle mit dem Orquesta.«

»Sag das nicht.«

»Warum nicht?«

»Das Orquesta ist das Leben.«

»Nein, *mi amor.* Das Leben ist das Leben. Das Orquesta – das sind nur Menschen, die Musik machen.«

»Für mich gibt es keinen Unterschied zwischen beidem.«

»Aber es gibt einen Unterschied.«

»Die Bühne ist doch auch für dich das Leben. Das hast du selbst gesagt. Und wenn du mit mir weggehst, dann ist dieses Leben zu Ende.«

Rosa beugte sich vor. »Wir haben keine Ahnung, was das Leben alles sein kann.«

»Wir haben keine Ahnung?«

»Nein.«

»Und wie finden wir es heraus?«

Rosa wischte mit den Fingern die Tränen aus Dantes Gesicht. Die Geste war entschieden und zärtlich zugleich. »Wir springen.«

In dieser Nacht, drei Stunden vor der Morgendämmerung, schlichen zwei Gestalten durch die Schatten von San Telmo und auf ein Boot, das im Hafen von La Boca auf sie wartete. Die eine Gestalt trug eine Aktentasche, die andere einen Instrumentenkasten, genau passend für eine Geige. Ein Fischerboot lag am Dock, sein Holzrumpf nahm sie ohne Fragen auf, genau wie der Fischer, der in dieser Nacht mehr Geldscheine auf einmal kassierte als je in seinem Leben. Die Passagiere gingen unter Deck, wo sie sich, eng aneinandergeschmiegt, auf ein Netz kauerten, dessen Garn noch nass war vom gestrigen Fang. Als das Boot auf den Río de la Plata hinausfuhr, summten die beiden Tango-Melodien, die sich mit dem Klatschen der Wellen verbanden. Schließlich schliefen sie ein, und es war ein leichter, traumloser Schlaf.

Währenddessen ging in Buenos Aires das Leben weiter, hellwach in der Nacht. In einer öffentlichen Leichenhalle wurde der Körper eines Bandoneónspielers für das Begräbnis präpariert, von zwei Männern, die sich über die Hände des Musikers unterhielten, denn seine Finger waren stärker als alle, die sie bisher gesehen hatten. Jahrelang hatten diese Finger Musik gemacht, und nun lagen die Hände übereinander auf der Brust, die vom Blut gereinigt worden war. Die Bestatter wollten die Locken des Toten bändigen, aber sie gaben es auf und ließen zu, dass die Haare eine dichte schwarze Krone um sein Gesicht bildete. Während sie mit diesen Vorbereitungen beschäftigt waren, hob ein müder, alter Totengräber auf dem Friedhof die Grube aus, in welcher der Bandoneónspieler seine letzte Ruhe finden sollte. Ein paar Meter von ihm entfernt lag in einem anonymen Grab ein polnisches Mädchen, deren Körper sich langsam mit der Erde vermischte und sich in Nahrung für die Würmer verwandelte, die wiederum eines Tages Nahrung für die Vögel sein würden.

Im selben Augenblick saß in San Telmo eine Frau, die alle nur Mamita nannten, auf ihrem Bett, und ein grauhaariger Mann nuckelte an ihren üppigen Brüsten wie ein Säugling. Sein Kopf glänzte oben kahl, und seine Berührung hatte nichts Hartes. Mamita empfand Mitleid mit dem armen Kerl, sie schenkte ihm fünf Minuten zusätzlich, wiegte ihn sanft vor und zurück und summte dazu ein altes Lied, aus Langeweile. Neun Straßen weiter wachte ein junger Mann von der Cilento-Küste auf, sein Arm tat ihm weh, denn in seiner Jugend war dieser Arm gebrochen worden und nie richtig ausgeheilt. Er hatte gerade von seinem toten Freund geträumt, wieder einmal, erst der Moment, als die Kugel den Kopf aufriss, dann sie beide zusammen, gesund und ganz, lachend auf einem großen roten Schiff. Seine Frau merkte, dass er sich hin und her wälzte, und drehte sich zu ihm, um ihm den Arm zu massieren, damit er sein Tagwerk bewältigen konnte.

Zwei Häuser weiter lebte ein blinder Greis, der wusste, dass seine Zeit bald gekommen war, aber noch nicht gleich, und er träumte einen berauschenden Traum: Barfuß ging er eine Straße entlang, die nach Neapel führte, oder jedenfalls hoffte er, dass sie nach Neapel führte, und sein Traum-Ich dachte, da die Welt ja rund ist, führen letztlich alle Straßen nach Neapel, wenn man nur lange genug weitergeht. Er ging und ging. Seine Füße klopften vor Schmerzen. Und dann merkte er, dass er nicht auf einer Straße ging, sondern auf einem Geigenhals, der so lang war, dass er sich bis in die Unendlichkeit erstreckte. Das Land rechts und links von ihm war verschwunden, zurückgeblieben war nur schwarze Nacht. Wenn er stürzte, gab es kein Zurück. Die Geigensaiten schnitten ihm in die Fußsohlen und machten leise Töne unter seinen Schritten, seltsame Töne, Geistertöne, die einen Menschen über die Grenzen dieser Welt hinaustragen konnten.

Drei Straßen weiter lag eine Frau wach. Sie hieß Fausta. Ihr Sohn weinte nach ihrer Milch. Sie nahm ihn zu sich und öffnete ihr Nachthemd. Während er trank, verfingen sich ihre Blicke, und er streckte seine kleine Hand zu ihrem Gesicht. Sie streichelten einander im Mondlicht, und weil der Kleine offensichtlich nicht müde war und weil auch Fausta ganz wach war, flüsterte sie ihm eine Geschichte ins Ohr, eine alte Geschichte von ihrer Großmutter, die älteste Geschichte, die sie kannte. Es war einmal eine Zeit, flüsterte sie, da gab es ganz viele Götter, und sie vernichteten die Welt durch eine große Flut, um sie dann neu zu erschaffen. Alle Menschen starben in dem riesigen Meer, welches immer höher stieg und das ganze Land bedeckte. Nur zwei überlebten, ein Bruder und eine Schwester, die auf einem kleinen Floß zu einer hohen Bergspitze trieben, wo sie in Sicherheit waren. Sie betrachteten die Verwüstung, bis schließlich das Wasser zurückwich und sie sich in einem Land wiederfanden, das sie nicht kannten und das übersät war von den Leichen der Ertrunkenen. Anfangs waren sie verzweifelt, doch dann fanden sie den Weg zum Tempel einer herrlichen Göttin. Dort küssten sie den kalten Steinboden und sagten: Hilf uns, mach uns neu, sag uns, wie wir diese Welt wieder zu unserer Welt machen können. Die Göttin sagte: Wenn ihr meinen Tempel verlasst, dann werft die Knochen eurer Mutter hinter euch. Zuerst wehrten sich die beiden. Wir sollen die Leiche unserer Mutter schänden? So etwas können wir unmöglich tun. Doch dann wurde ihnen klar, dass sie zwei Mütter hatten, so wie alle anderen Menschen auch. Wir haben die Frau, die uns geboren hat, so wie ich dich geboren habe, aber wir haben auch eine größere Mutter, die Erde. Die Knochen dieser Mutter sind überall, in der Form von Steinen. Und so kam es, dass der Bruder und die Schwester, als sie den Tempel verließen, Steine über ihre Schulter warfen, und die Steine wurden größer und weich und verwandelten sich in Menschen. Und schon bald war das Land bevölkert von Frauen und Männern, aus einem Stoff, der hart genug war, um dieses schwere Leben zu ertragen, und dann, mein Junge, mein Licht, mein Engel, dann erfüllten sie die Luft mit ihrem Gesang.

TEIL DREI

8

OTTO

Ein helles, widersprüchliches Etwas

Rosa und Dante lebten zusammen in Montevideo, einundfünfzig Jahre lang.

Sie wohnten in der Ciudad Vieja, dem historischen Zentrum der Stadt, das sich in den Río de la Plata erstreckte wie der Daumen einer kräftigen Hand. Der Fluss war ein Wunder, jeden Tag hatte er eine andere Farbe: Blau, Braun, Silbergrau, manchmal glatt wie ein Spiegel, dann wieder aufgepeitscht zu weiß gekrönten Wellen. Das Wasser erstreckte sich bis zum Horizont, als wäre der Fluss das Meer, und vielleicht war er das ja auch, breit wie er war, ein Meeresarm, in dem sich alles vermischte, noch nicht der Atlantik, aber mit Salzwasser durchsetzt. Das Hafengebiet erinnerte Dante an den Golf von Neapel, nur ohne Vulkan in der Ferne. Zu Hause und doch nicht zu Hause, bekannt und unbekannt. In den ersten ekstatischen und ungewissen Monaten schlenderten Rosa und Dante viele Stunden am Ufer entlang, redend oder schweigend, den Blick aufs Wasser gerichtet, auf der Suche nach den Geheimnissen der Tiefe. Den Tag ihrer Hochzeit feierten sie mit einem langen Spaziergang von ihrer Wohnung in der Altstadt hinunter zum Leuchtturm von Punta Carretas, wo sie die Felsen hinunterkletterten und lachten, wenn die brechenden Wellen sie erwischten und ihre Körper bis zum Oberschenkel verschluckten.

Es zeigte sich schon bald, dass Rosa mit dem Tango recht gehabt hatte. Er florierte in Montevideo, und für zwei Musiker aus den Cabarets von Buenos Aires gab es mehr als genug Möglichkeiten. Sie schlossen sich einem Orquesta an, das in Hotels, Bars und Theatern auftrat – im Politeama, Artigas, Stella D'Italia, sogar in der eleganten Oper, dem Teatro Solís. Rosas Auftritte machten Furore auf den Bühnen von Montevideo. Sie hatten keinen Mangel an Arbeit.

In ihrem ersten Sommer hängten Rosa und Dante ein Moskitonetz über das Ehebett, und wenn sie sich darunter liebten, waren sie nicht mehr in Uruguay, sie waren nicht mehr auf der Erde, sondern schwebten schwerelos, schimmernd wie kosmische Wesen, hoch oben zwischen den Sternen.

»Das Ding da darfst du nie entfernen«, sagte Rosa. Und daran hielten sie sich.

Die argentinische Polizei kam nie an ihre Tür. Sie waren frei. Und sie waren glücklich, fast schon unverschämt glücklich. Sie wussten, dass sie ein Riesenglück hatten, als wäre das Gewand der Wirklichkeit zerrissen, und sie hatten es geschafft, durch das Loch hinaus ins Freie zu kriechen. Aber es gab auch dunkle Seiten. Lange fühlte Rosa sich vom Vater der fünf Kinder verfolgt, der, soviel sie wusste, immer noch in Montevideo lebte und den sie manchmal in einer Menschenmenge entdeckte – bis der Mann den Kopf drehte und sich herausstellte, dass er ein Fremder war. Er verfolgte sie bis in ihre Träume, aber dann empfahl ihr jemand eine Heilerin, in einer ärmlichen Gegend von Punta Carretas. Die winzige Frau hockte im Hinterzimmer einer Metzgerei und hörte zu, still und unbeweglich wie eine Eule. Sie gab Rosa eine Medizin, die nach und nach die Albträume vertrieb. 1919 kamen traurige Nachrichten aus Argentinien, Nachrichten von einer »tragischen Woche«, wie man sie nannte: Die Polizei erschoss Anarchisten, Hunderttausende gingen auf die Straße, um zu protestieren, es gab Aufruhr und Schießereien, bei denen Hunderte Menschen starben und Tausende verletzt wurden. Zehntausende kamen ins Gefängnis. Wochenlang konnte Dante nicht schlafen, sie dachte an den zertrümmerten Schädel ihres Cousin-Ehemanns, sie dachte an El Loro und Arturo, zwei Anarchisten, die möglicherweise an den Unruhen beteiligt waren, aber auch die anderen aus den Conventillos – Francesca, Carlo, Valentino, Fausta, La Strega, Palmira, all ihre Onkel, Töchter, Kinder – waren vielleicht ebenfalls auf der Straße, Dante sah sie alle ganz deutlich vor dem Hintergrund der dunklen Zimmerdecke, und sie wünschte sich sehnlichst, dass ihnen nichts Schlimmes zugestoßen sein möge. (Jahre später traf sie El Loro, der auf einer Tango-Tournee durch Montevideo kam. Sie freute sich maßlos, dass er noch lebte, er kam abends zum Essen zu ihnen, und sie schwelgten in Erinnerungen, begleitet von Rosas Gnocchi und einer genüsslichen Flasche Whiskey. Es war phantastisch, ihn zu sehen, und er schien sich ehrlich darüber zu freuen, dass Dante und Rosa glücklich verheiratet waren. Er sprach nicht über Dantes Geheimnis, machte keinerlei Andeutungen, es war, als hätte es nie ein Geheimnis gegeben, als hätte es diesen Augenblick in der Höhle nie gegeben. Sie tranken und redeten, bis der Morgen dämmerte, tauschten Geschichten aus: über Amato, der in Paris lebte, angeblich mit derselben Ehefrau und einer neuen Geliebten, über Pedros Erfolge in New York – beide Männer schwammen auf der Tango-Welle, die sich über den ganzen Globus ausbreitete und ihnen ermöglichte, in fernen Ländern ein neues Lebens aufzubauen, wie Exporteure des Tango, sagte El Loro, oder wie Tango-Missionare, ergänzte Rosa, und sie lachten, und dann spekulierten sie darüber, was wohl aus Joaquín geworden war, den keiner mehr gesehen hatte, und sie stießen auf die alten Zeiten an und vor allem auf die Erinnerung an Santiago, der ihr Leben so entscheidend beeinflusst hatte.) Die Briefe von Ledas Vater kamen nach dem Tod ihrer Mutter nur noch einmal im Jahr. Und teilten so gut wie nichts mit. Das war zu erwarten gewesen, und trotzdem zerriss es Dante fast das Herz, wenn sie daran dachte, dass ihre Mamma in einem Grab lag, das sie noch nie gesehen hatte, oder wenn sie sich vorstellte, wie Tommaso weiterlebte, nachdem er im Krieg ein Bein verloren hatte, und dass sie ihre vielen Nichten und Neffen nie kennenlernen würde. Dass sie Italien nie wiedersehen würde, nie mehr italienische Luft atmen. Manchmal erschien ihr das wie ein unmögliches Opfer. An anderen Tagen war es gar kein Opfer, sondern reine Illusion – Italien war ja gar nicht weit weg, es lebte in ihrem Inneren, im Pulsschlag ihrer Adern, in Form der Wörter in ihrem Mund, und die Vulkanträume besuchten sie immer noch im Schlaf.

Ein paarmal im Jahr schickte Dante Geld an Alma. Für ihre Tochter. Wie sich herausstellte, hieß das Kind Miriam. Als Reaktion erhielt sie gelegentlich einen kurzen Brief. Keinen Dank, nur die Bestätigung, dass das Geld angekommen war: *Dein Umschlag ist eingetroffen, Miriam geht es gut, sie wächst tüchtig.* Keine Fotos, keine Anekdoten, keine Einzelheiten darüber, wofür sie das Geld verwendete.

»Warum tust du das?«, fragte Rosa sanft.

Dante wusste gar nicht, was sie sagen sollte. Die Antwort auf diese Frage lag irgendwo im Gestrüpp der verlorenen italienischen Berge verborgen und im verschlungenen Labyrinth der Vergangenheit. »Weil ich es möchte«, war die beste Erwiderung, die sie zustande brachte, und Rosa akzeptierte sie.

Durch den explosiven Ruhm von Carlos Gardel erlebten sie in den zwanziger Jahren den unaufhaltsamen Aufstieg des Tango. Und durch die Ankunft des Radios, weil nun eine menschliche Stimme mit der Hilfe unsichtbarer Wellen in Tausende von Wohnungen geschickt werden konnte. Gardels Gesang drang aus allen Fenstern und eroberte jeden Gehweg, genau wie die Stimmen anderer Sänger, auch die von Frauen – sie durften jetzt nicht nur den Tango *singen*, sondern dabei in Abendkleidern auftreten, die auch für eine Königin gepasst hätten. Tango-Sänger waren nicht mehr Botschafter von Sünde und Laster, sondern der Gipfel glamouröser Eleganz.

»Schau dir das an«, sagte Rosa. »Wer hätte das gedacht?«
»Santiago«, sagte Dante. »Er hat es schon immer gewusst.«

Santiago erschien vor ihrem inneren Auge, wie immer, wenn sie seinen Namen aussprach, aber auch sonst. Santiago war bei ihnen in der Wohnung, er machte sich über ihre Trauer lustig, er wollte Leben, er wollte Musik, er trieb ihre Finger an, wenn sie Geige spielte.

Sie gehörten zu den Ersten im Viertel, die sich ein Grammophon kauften. So konnten sie in ihrem Wohnzimmer Tango tanzen, Dante führte, Rosa schmiegsam in ihrem Kleid, ihre Körper wurden eins in der Bewegung, und sie tanzten nicht nur *zur* Musik, sondern *in* der Musik.

Inzwischen konnte Rosa singen, was sie wollte und wie sie wollte. Jeden Tag gab es neue Lieder, die für Frauen geschrieben worden waren. Die Freiheit war schwindelerregend. Rosa experimentierte damit, wie es sich anfühlte, in einem femininen Kleid zu singen, aber die Männerhosen gab sie nie ganz auf. Gemeinsam komponierten Rosa und Dante ihre eigene Tango-Musik, mit geheimnisvollen, verwegenen Texten, die auf ihre Leidenschaft anspielten. Diese Lieder nahmen sie auf, gesungen von der einzigartigen, der wunderbaren Rosa Vidal. Ihre Stimme faszinierte die Radiohörer, nicht nur in Uruguay, sondern auch in Brasilien, Argentinien, den Vereinigten Staaten und sogar in Europa, das nach dem Krieg langsam wieder auf die Füße kam. Rosa ging auch auf Tour. Gelegentlich begleitete Dante sie (allerdings nicht nach Argentinien, weil sie dort polizeilich gesucht wurde), aber meistens blieb sie zu Hause. Das machte ihr nichts aus; sie sehnte sich nicht nach dem großen Publikum. Ihre liebste Art, Musik zu machen, sah jetzt so aus, dass sie am Fenster ihrer Wohnung im ersten Stock stand, mitten in der Ciudad Vieja, in der Calle Ituzaingó, nur sie und ihre Geige und das Stück Himmel zwischen den Häusern. Ihre Musik erfüllte die belebten Straßen, und alle, die sie hören wollten, konnten sie hören. Es waren viele: Männer verlangsamten ihre Schritte, reckten den Hals, schauten aus den blank geputzten Fenstern des Café Brasilero. Frauen, die auf den flachen Dächern ihre Wäsche aufhängten, schwenkten die Hüften. Kinder drängten auf die Balkone, rangelten um den besten Platz und vergaßen eine Weile ihre hitzigen kleinen Kämpfe. Dante schenkte ihnen Melodien, spielte für alle, spielte für keinen.

Irgendwann in diesen Jahren fand der Wechsel statt. Dante konnte nicht sagen, wann genau, so ähnlich wie man nie genau weiß, wo der Fluss aufhört und der große Atlantik beginnt. Eines Tages wusste er es einfach. Er empfand sich als er, fühlte sich wohl mit dem Pronomen, das ihm die Außenwelt Tag für Tag zuwies – nicht weil sein Körper sich verändert hatte, nicht weil seine Geschichte sich verändert hatte, auch nicht weil er sich selbst nicht als Frau sah, sondern einfach weil die Kluft zwischen Innen und Außen, zwischen Selbst und Rolle, zwischen Wahrheit und Darstellung immer kleiner und schmaler geworden war, bis sie für das menschliche Auge unsichtbar wurde.

Als Rosa vierzig wurde – 1936, also ein Jahr nach Gardels Flugzeugabsturz, der die ganze Welt des Tango in ein Leichentuch der Trauer hüllte –, bat sie Dante um ein ganz spezielles Geschenk. »Ich möchte mit dir tanzen und dabei die Rolle des Mannes übernehmen.«

Dante stutzte. »Aber ich habe seit über zwanzig Jahren kein Kleid mehr angehabt.«

»Du musst kein Kleid anziehen. Du kannst immer noch du sein – du bist immer noch Dante. Ich möchte nur führen.«

Dante schloss die Jalousien und kontrollierte ein paarmal, ob man auch wirklich nicht hereinsehen konnte.

Dann ließ er Rosa führen.

Es war trotzdem, im Grund, der gleiche Tanz: dieselben Körper, die sich miteinander verbanden, die gemeinsam dahinglitten, zwei sehnliche Seelen, die aufeinander zugingen und mehr fanden, als ausgesprochen werden konnte. Und dann, beim vierten Stück, oder vielleicht war es auch das fünfte, tauschten sie die Rollen, ohne es zu verabreden, ihre Körper trafen die Entscheidung, die Hände wanderten von der Taille zur Schulter oder von der Schulter zur Taille und gaben dem Tanz die entgegengesetzte Richtung, die allerdings, wie sie herausfanden, gar nicht entgegengesetzt war, sondern eine Fortsetzung desselben Tanzes, derselben elementaren Körpersprache: zwei Körper, die eins sein wollten und aus dieser Sehnsucht heraus ein Gedicht der Bewegung formten. Sie tauschten wieder, immer wieder, bis ihre Körper schon vor den Gedanken wussten, wohin der Fluss des Tanzes sie führte. Dieser formbare, geheime Tango wurde ihr schönster, ihr wahrhaftigster. Sie tanzten ihn miteinander bis an ihr Lebensende.

Später im Jahr fuhr Rosa zu einem Auftritt nach New York City, wo sie mit einem riesigen Orquesta sang und ihre Stimme einen Saal füllte, der normalerweise den feierlichen Symphonien aus der Alten Welt vorbehalten war. Und Dante bekam in Montevideo unerwarteten Besuch. Er hätte fast nicht aufgemacht, als es an der Tür klopfte. Vor ihm stand ein junges Mädchen mit rundem Gesicht, einer züchtigen Haube und einem offenen Blick.

»Guten Morgen. Ich suche Dante Di Bacco.«

»Das bin ich.«

Das Mädchen musterte ihn noch genauer. »Darf ich reinkommen?«

Interessiert schaute sie sich um – das sauber aufgeräumte Wohnzimmer, die Geranientöpfe auf dem Fensterbrett, die gemütliche kleine Küche am Ende des Korridors –, als käme sie von einem anderen Planeten. Dann blinzelte sie kurz und konzentrierte sich. »Ich heiße Miriam.«

Dante verschlug es den Atem. Er starrte sie an und versuchte, sie in sich aufzusaugen, als könnte sie sich jederzeit in Luft auflösen.

»Miriam Di Bacco.« Sie sprach die letzten drei Silben betont deutlich aus, wie eine Provokation.

Hatte Alma ihrer Tochter diesen Nachnamen gegeben? Oder hatte sie selbst sich dafür entschieden? Hunderte von Fragen schossen Dante durch den Kopf, alle gleichzeitig. »Möchtest du dich hinsetzen?«, fragte er sie.

Sie verbrachten den Nachmittag damit, Mate zu trinken und zu reden. Miriam erzählte ihm, dass sie mit neun einen Briefumschlag aus Uruguay einfach aufgemacht hatte, in dem sich Geld und eine kurze Mitteilung befanden: »Für Miriam, wie immer, D.« Bis dahin hatte sie geglaubt, ihr Vater sei tot. Die zwei anderen Kinder im Bordell sagten aber immer, ihr Vater sei bestimmt ein Kunde gewesen, so wie ihrer. Miriam stellte ihre Mutter zur Rede, und nach einem Streit, der sich über mehrere Tage hinzog, erfuhr sie, dass hinter dem »D.« ein gewisser Dante Di Bacco steckte, der in Montevideo lebte. *Und – ist er mein Vater?*, hatte Miriam ihre Mutter gefragt. *Ist er's? Ist er's?* Alma hatte sie lange angeschaut und schließlich geantwortet: *Ja, Miriam, er ist dein Vater.* Von da an wurden die Pesos direkt für Miriam ausgegeben (wofür sie vorher verbraucht worden waren, wusste nur Gott): Mit Hilfe dieses Geldes konnte sie auf die Schule gehen und letztlich dem Gewerbe ihrer Mutter entkommen. Mit vierzehn haute sie ab, ein ganzes Bündel Geldscheine in der Tasche, weil sie immer wieder Briefe abgefangen hatte. Sie fand einen Job am anderen Ende der Stadt, in Palermo, bei einem libanesischen Teppichhändler, der sie in seinem Lagerraum auf dem Fußboden schlafen ließ, weil er zu den Menschen gehörte, die den Unterprivilegierten in dieser Welt eine Chance geben wollen. Der Fußboden war wesentlich besser als das Zimmer ihrer Mutter, sagte sie, ohne zu erläutern, warum, und Dante fragte nicht nach. Miriam arbeitete fleißig und träumte davon, eines Tages ihren Vater kennenzulernen.

Sie sparte jahrelang Geld, ehe sie sich auf die Suche machte. Den Namen zu ändern, war ihre Idee gewesen. Sie habe ihn noch nicht legalisiert, aber so heiße sie jetzt.

»Wie lange möchtest du hierbleiben?«, fragte Dante mit belegter Stimme.

Miriam musterte ihn, halb trotzig, halb hoffnungsvoll. »Wie lange kann ich bleiben?«

Sie war noch da, als Rosa in der folgenden Woche nach Hause kam, auch ein Jahr später noch, sie wurde ein Teil der Familie und blieb drei wertvolle Jahre lang, in denen Dante und Rosa sich an ihr kupferrotes Lachen gewöhnten, an ihr aufbrausendes Wesen und ihre hemmungslose Großzügigkeit – und in diesen drei Jahren erlebte Dante, wie berauschend schön es war, Papà genannt zu werden. Er widersprach nie, sondern ließ zu, dass Miriams Wahrheit ihre gemeinsame Welt bestimmte. 1940 schloss sie ihre Ausbildung als Krankenschwester ab und ging nach Buenos Aires zurück, um für die Armen in San Telmo, ihrem alten Viertel, zu sorgen. Als sie sich verabschiedete, standen Dante und Rosa am Hafen von Montevideo und winkten und winkten, bis das Boot am Horizont verschwand, und selbst dann blieben sie noch lange stehen, Hand ihn Hand. Ohne ein Wort zu wechseln, schauten sie hinaus auf den großen Fluss, voller Staunen.

Der Tango erlebte sein goldenes Zeitalter. Immer neue Orchester bildeten sich, Orchester von schwindelerregender Größe, und sie bereisten die ganze Welt, um die besten Bühnen zu beglücken. Musiker mit klassischer Ausbildung, Musiker, die jahrelang Jazz gemacht hatten, Musiker, die beides beherrschten – sie erweiterten die Grenzen des Tango und eroberten neues Terrain, was manche empörend fanden, während andere begeistert waren. Rosa und Dante gehörten inzwischen zur alten Garde, ein Titel, der sie amüsierte, aber auch irgendwie irritierte, weil sie sich nur zu gut an die Zeit erinnerten, als ihre Musik und alles, was sie machten, radikal und neu gewesen waren. Einige ihrer Altersgenossen schimpften über die Veränderungen, während sie in Montevideo am Tresen standen und sich einen Drink gönnten; sie fanden, das, was die Leute jetzt als Tango bezeichneten, sei überhaupt kein Tango, und gelegentlich befürchtete auch Dante, die Seele des Tango von früher könnte im Wirrwarr der Töne untergehen. Vielleicht stimmte das ja. Aber dann dachte er immer an Santiago, an seine Offenheit gegenüber Neuerungen – das Verschwinden der Trommeln, die Ankunft von Klavier und Bass, die weibliche Stimme. Santiago hatte immer gesagt: *Veränderung hält den Tango lebendig.* Und der Tango war lebendig, während der ganzen vierziger Jahre und bis hinein in die fünfziger, er schwamm auf dem Strom der nationalistischen Leidenschaft von Juan und Evita Perón, bis 1955 die Generäle putschten, Argentinien mit eiserner Hand würgten und den Tango unterdrückten, als wäre er die Musik der Rebellion. Als könnte Musik zerschmettert werden wie ein abrissreifes Gebäude oder ein unnachgiebiger Anarchist. Aber das funktionierte nicht. Der Tango erhob sich immer wieder und kehrte zurück, vital, groß, gestärkt durch neue Instrumente, neue Formen, neue Musiker, die verrückt genug waren, ihm ihr Leben zu widmen, wie Priester des Untergrunds ohne Priesterweihe. Dante spielte immer weiter, und Rosa sang immer weiter, während der Tango aufstieg und abfiel, Ebbe und Flut, über die Jahrzehnte hinweg, über die Zeiten hinweg, gemeinsam mit denen, die diese Lieder begriffen und sie zur Wiedergeburt trugen.

Als Dante alt wurde, blickte er sich um und schaute das Leben an, das er sich geschaffen hatte, die Freunde, die er gewonnen hatte, die Stadt, die ihm ans Herz gewachsen war, er betrachtete den Mann, den Menschen, der er geworden war. Es war ein gutes Leben, und oft wünschte er sich, er könnte es in eine Decke wickeln und dem Mädchen bringen, das er einmal gewesen war, vor langer Zeit, um ihr zu zeigen, was möglich war, und um zu sehen, wie ihre Gedanken sich öffneten, schockiert. Als er auf die siebzig zusteuerte, begann er, mit seiner Cousine Cora zu reden – wenn er am Hafen spazieren ging, unter der Dusche, im Schlaf. Er dachte über das Grab nach, über die Dinge, die man nicht mitnehmen kann, und die Dinge, die man mitnimmt. In dieser Phase kaufte er den Sarg, ein schlichtes Modell aus uruguayischer Eiche, und stellte ihn ins Wohnzimmer, verschlossen und leer, als Ablage für Notenstapel und als Sitzgelegenheit für Gäste. Es sprach sich im Freundeskreis und in der ganzen Stadt herum, dass dieser exzentrische alte Tanguero in der Ciudad Vieja vom Tod besessen sei. Nur Rosa verstand, was der wahre Grund für den Sarg war: keine Todesbesessenheit, sondern die Überzeugung, dass man sein eigenes Leben selbst erzählen muss. Denn wenn du deine Art zu leben nicht selbst bestimmst, dann wird das Drehbuch deines Lebens von anderen geschrieben, dann denken andere sich aus, wie du sein sollst, und dein Tun und Lassen wird durch sie gesteuert – und nicht von dem hellen, widersprüchlichen Etwas, das du wirklich bist.

Dante starb mit zweiundsiebzig. Rosa fand ihn in der Küche, mit dem Kopf auf der Zeitung, in der das Foto eines großen Trauerzugs in den Vereinigten Staaten abgedruckt war: das Begräbnis von Martin Luther King, Jr. Dantes Mate, den er jeden Morgen trank, war auf den Boden gefallen und ausgelaufen, die kleinen Blätter lagen auf den Fliesen verstreut. Unter dem Artikel über Martin Luther King stand einer über die Tupamaros, eine revolutionäre Guerilla-Bewegung in Uruguay. Dante sollte nicht mehr miterleben, wie diese Bewegung wuchs und dann von der Regierung, die immer mehr in Richtung Diktatur ging, gewaltsam niedergeschlagen wurde. Rosa sah alle diese Veränderungen, sie versteckte Revolutionäre in ihrem Keller und dachte dabei an Dantes Cousin, den ersten Dante, der als anarchistischer Märtyrer gestorben war – und sie dachte an El Loros jugendliche Leidenschaft, damals – der ewige Zug der großen, großen Träume. Sie nahm diese jungen Tupamaros auf, nicht, weil sie zu ihnen gehörte oder weil sie auch nur eine Sekunde glaubte, dass die Revolution unmittelbar bevorstand, sondern weil sie ergriffen war von ihren frischen Gesichtern und vom Licht in ihren Augen. Diese Art von Fieber ist nicht aufzuhalten, dachte sie, genauso wenig wie andere Arten von Fieber, die ich kenne. Rosa lebte, bis die Demokratie nach Uruguay zurückkehrte und auch nach Argentinien, ihr anderes Land, so riesig, auf der anderen Seite des Flusses, und als es soweit war, schrieb sie einen Tango, der die Freiheit feierte, aber sie nahm nicht an den großen Demonstrationen und Kundgebungen teil, ihr Lied wurde von niemandem gehört. Sie sang es leise für ihre Topfpflanzen, und die Pflanzen nahmen den süßen Gesang der alten Frau erfreut in sich auf.

Aber das geschah alles erst später.

Als Dante starb, wusch sie ihn selbst und kleidete ihn ein, damit niemand das Geheimnis erfuhr, das ihr Geliebter fast sein ganzes Leben mit sich herumgetragen hatte. So hatte er es ihr aufgetragen: Nur du, hatte er ihr, öfter als nötig, gesagt, nur du allein sollst mich sehen, wenn ich als Erster diese Welt verlasse. Ich sehe dich, du alter Gauner, dachte Rosa, als sie seinen faltigen Körper mit dem Schwamm abwusch, ich sehe dich ganz, jeden Winkel, jede Rundung, die schlaffe Haut, die so straff war, als wir jung waren. Ich habe gesehen, wie sie im Lauf der Jahre müde geworden ist, und ich möchte sie immer noch berühren, auch nach so langer Zeit noch, wie kannst du mich verlassen, du egoistischer Kerl, du hättest einen Sarg kaufen sollen, in dem Platz ist für zwei. Sie legte den Kopf auf Dantes nackte Brust und schloss die Augen, als könnte sie dadurch die Tränen aufhalten, aber das ging nicht. Als das Schluchzen nachließ, überkam sie ein ganz seltsames Gefühl, eine riesig große, übernatürliche Ruhe, und Rosa rieb ihre Tränen in Dantes Haut und vollendete ihre Aufgabe mit ruhigen Händen.

Beim Eintreffen des Arztes war die Leiche angekleidet und im Sarg aufgebahrt. Rosa hatte alles vorbereitet: die Haare gekämmt, die Hände sanft übereinandergelegt auf dem frischen Smoking, die Fliege saß perfekt, auf dem Küchentisch lag ein Brief von Dante, in dem er den Wunsch äußerte, dass seine irdischen Überreste unbehelligt bleiben sollten. Der Arzt, ein guter Freund von Rosa und Dante, der ihnen seit zwei Jahrzehnten beigestanden und sie durch alle Wintergrippen begleitet hatte, bestätigte die Todesursache, ohne in irgendeiner Weise gegen die ungewöhnlichen Wünsche des Verstorbenen zu verstoßen. Zur Beerdigung gaben ihm viele das letzte Geleit, Menschen aus der Tango-Welt, aus der Nachbarschaft, aus ganz Montevideo, und alle fanden, dass Dante auch im Tod ein sehr schöner Mann war. Was sagst du dazu, Dante?, dachte Rosa, an den Toten gewandt, bevor sich der Sargdeckel endgültig schloss, mit einem kurzen Klicken wie bei einem Geigenkasten. Genau so, wie du es dir gewünscht hast.

Der Tote blieb stumm.

Aber das Schweigen, dachte Rosa, als der Sarg eine Stunde später in seinem Grab versenkt wurde, das Schweigen ist auch eine Art Musik. Es war ein klarer, kalter Tag, der Himmel so blau, dass seine Schönheit schon fast verboten werden sollte. Auch die Musik setzt sich aus Stille zusammen, und nun war ihr Dante in ein Leichentuch aus Musik gehüllt. Das habe ich gemacht, Dante, ich habe das Tuch für dich gewoben. Geh nach Hause, *querido.* Du hättest noch länger bleiben sollen, ich will vierhundert Jahre mit dir haben und noch mehr. Aber gut, meinetwegen – du kannst gehen, und ich bleibe hier, keine vierhundert Jahre, aber solang mein alter Körper mich lässt, und während ich hier bin, werde ich alles in Erinnerung behalten, was mit dir in dieses Tuch gehüllt wurde und was nie ausgesprochen werden wird – deine Gestalt, was wir getan haben, was wir geschaffen haben, unsere Lieder und – du Gauner, du süßer Gauner – wie lang wir sie gesungen haben, diese Lieder, wie wir dem Schicksal ins Gesicht gelacht haben, wild, übermütig, verrückt, als würde die Welt uns gehören, nur uns allein – was für eine Melodie, Dante, kannst du sie noch hören?

Dank

Ein Riesendank – ich meine eine wirklich rauschende Welle des Dankes – geht an alle Menschen und Institutionen, die ich nun erwähne.

In Italien: die Mitarbeiter des Premio Rhegium Julii – besonders Giuseppe Casile, Josephine Condemi und Mario Musolino – für ihre wunderbare Gastfreundschaft in Reggio Calabria, samt jener unvergesslichen Fahrt nach Scylla. Domenico Chieffallo, Historiker und Spezialist für italienische Migration in die Amerikas, der mir so großzügig sein Haus geöffnet und seine Bücher zur Verfügung gestellt hat. Meine Verwandten in Salerno und Prepezzano, die mich in die Arme geschlossen und mir ihr Leben geöffnet haben und mich bei meinen Recherchen überschwänglich unterstützten: Alfredo und Rosanna Grimaldi, Alessandro und Nicola Grimaldi; Giuseppe, Stella und Mariolino Grimaldi; Liana Basso – sowie sämtliche Partner und Kinder.

In Uruguay, wo ich anderthalb Jahre gelebt habe, während ich dieses Buch geschrieben habe: die *Fulbright Commission*, die mich und meine Frau – und infolgedessen auch unsere ganze Familie – so freundlich aufgenommen hat. Patricia Vargas bei Fulbright, für ihren Charme und ihre unermüdliche Unterstützung. Gabi Renzi und Zara Cañiza für ihre Großherzigkeit, ihre Freundschaft und die zahlreichen Offenbarungen über Mate. Tomás Olivera Chirimini, der eine wandelnde Enzyklopädie der afro-uruguayischen und der afro-argentinischen Geschichte ist und außerdem ein bemerkenswerter Mann. Alejandro Giussi, mein Geigenlehrer, dessen Leidenschaft für den Tango nur von seiner Bereitschaft, diese mit anderen zu teilen, erreicht wird. Mario Gulla, Geiger der Band El Club de Tobi, für die Zeit, die er mir geschenkt hat, und für sein tiefgehendes Verständnis des Instruments. Dario González Galeano für den besten privaten Tango-Unterricht, den eine Frau mit zwei linken Füßen sich wünschen kann. Sergio Ortuño und Patricia Fernández von Triangulación Kultural für ihre Arbeit, für den freundlichen Empfang und für ihre Vision. Ramón Farías, Jr., Ramón Farías, Sr., und Movimiento de Integración Afro Arachana für die Einladung in die Stadt Melo. Die National Library, für den Zugang zu zentralen Texten. Meine Tante Mary Marazzi für ihre nicht enden wollende Liebe und für ihre Unterstützung.

In Argentinien: meine Cousins und Cousinen, Tanten und Onkel, die mich bei einer investigativen Expedition begleitet und in ausufernde Gespräche verwickelt haben, mir gute Ratschläge gaben, mir Liebe und Inspiration geschenkt und Buenos Aires auf tausend verschiedene Arten zum Leben erweckt haben. Daniel Batlla, Diego Batlla, Guadalupe López Ocón, Ester María López Ocón, Mónica López Ocón, Claudio Batlla, Graciela Uribarri, Susana Rodríguez, Carlos Salatino, Héctor Bonafina (du fehlst), Horacio Bonafina, Gabriela Bonafina, Lucía Salatino, Sebastián Batlla, Malena Battla, Fernando Batlla, Cecilia López, Mariana Hilbert, Ricardo Dubati – sowie sämtliche Partner und Kinder.

In den USA: Ich bin dem National Endowment for the Arts sehr dankbar für die großzügige Unterstützung beim Schreiben dieses Buches. Marcelo de León, Historiker mit unvergleichlichem Talent und ebensolcher Großzügigkeit, für harte Fakten und Quellen. Malena Kuss, die so freundlich war, ihre enorme musikwissenschaftliche Kompetenz einzubringen. Susan McClary, die mir vor vielen Jahren die Tür zur Welt der Musikwissenschaft geöffnet hat. Shanna Lo Presti für die vielen

Jahre an kreativem Beistand und Austausch. Jessica Strauss, die so gründlich liest und so viel anregt. Und zahlreiche andere, die verschiedene Versionen gelesen oder sonst etwas Wichtiges getan haben: Joyce Thompson, Luna Han, Alex Batkievich, Micheline Aharonian Marcom, Laleh Khadivi, Margaret Benson Thompson, Pablo Palomino, Mûthoni Kiarie, Ed Ntiri, Jenesha de Rivera, Aya de León und Joan Lester. Und natürlich aus vielen, vielen Gründen, mein erweiterter Familienkreis in den USA, einschließlich Ceci De Robertis; Alex, Meg, Maia und Henry De Robertis; Margo Edwards; John Harris (du fehlst); Carlos und Yvette Aldama.

In Frankreich: meine Tante Cristina De Robertis für ihren wundervollen Beistand und für die inspirierende Arbeit, die sie und ihr Mann Henri Pascal für die Kultur *ríoplatense* und für eine bessere Welt leisten. Alfredo De Robertis für alles, was er mir über Musik, Buenos Aires, Liebe und die menschliche Seele beigebracht hat.

In der Verlagswelt: Victoria Sanders, meine geliebte, unvergleichliche Agentin, sowie Chris Kepner und Bernadette Baker-Baughman für die Wunder, die sie hinter den Kulissen vollbringen. Chandler Crawford, Auslandsvertreter, der erstaunliche Dinge schafft. Meine Lektorin bei Knopf, Carole Baron, dafür, dass diese Zusammenarbeit so viel Freude macht, und für ihre Klugheit, ihr Können und ihre Großzügigkeit. Sonny Mehta für seinen unerschütterlichen Beistand. Kathy Zuckerman, Brittany Morrongiello, Ruth Reisner, Lexy Bloom und Jaime de Pablos für alles, was sie tun. Alle meine internationalen Verleger, denen ich zu großem Dank verpflichtet bin – allen voran Susanne Kiesow und Julia Schade vom Fischer Verlag; Kjersti Herland Johnsen, Anna Iversen, Trygve Arlind und Vebjørn Rogne bei Schibsted Forlag in Norwegen; Elisabetta Migliavada und Francesca Rodella bei Garzanti in Italien.

Im historischen Äther: Ich schulde so vielen, vielen Autoren und Texten Dank, vor allem Juan Carlos Cáceres' *Tango negro*, und Francisco Canaros *Mis memorias: mis bodas de oro con el tango.* Ebenso Billy Tipton, einem Jazzmusiker, der / die fünfzig Jahre als Mann gelebt hat, und seiner Biographin Diana Wood Middlebrook, die seiner Geschichte eine beredte Stimme gegeben hat. Ich verneige mich vor Azucena Maizani, einer Tango-Sängerin der frühen Jahre, deren bahnbrechende Auftritte in Drag viel zu lange in der Geschichte des Tango nicht entsprechend gewürdigt wurden (eine Idee bekommt man bei www.youtube.com/watch?v=WJPfhwJur5k). Und ich verbeuge mich auch vor allen Musikern, die den Tango zu dem gemacht haben, was er heute ist, durch ihren Schweiß, ihre Leidenschaft, ihren Erfindungsgeist, in der Alten Garde und auch schon vorher, in den mysteriösen Jahrzehnten, als der Tango entstand. Die Namen vieler dieser Tangueros sind vergessen, aber ihr Beitrag zur Weltkultur bleibt bestehen.

Schließlich zu Hause. Meine beiden Kinder, Rafael und Luciana, bringen mir so viel bei und inspirieren mich jeden Tag. Und ohne Pamela Harris, meine Erstleserin, meine Seelenfreundin, meine Mitverschwörerin im Großen und im Kleinen, gäbe es dieses Buch gar nicht. *Gracias.*

Marian Izaguirre
Als die Träume noch uns gehörten
Roman
Band 19872

Eine kleine, fast vergessene Buchhandlung in der Altstadt von Madrid. Ein rätselhaftes Buch, dessen Herkunft keiner kennt. Zwei Frauen, die mit ihm auf eine weite Reise gehen – zurück in eine dunkle Vergangenheit voller Geheimnisse.

»Wenn Kate Morton und Carlos Ruiz Zafón zusammen einen Roman geschrieben hätten, dann diesen!«
El País

fi 19872 / 1